마담 보바리

세계문학전집
200

Gustave Flaubert : Madame Bovary

마담 보바리

귀스타브 플로베르 장편소설

김남주 옮김

문학동네

일러두기

1. 번역 대본으로는 *Madame Bovary*(Gustave Flaubert, édition de C. Gothot-Mersch, Editions Garnier Frères, Paris, 1971)를 사용했다.
2. 각주는 모두 옮긴이주다.
3. 원서의 이탤릭 표기는 의미를 강조하거나, 서명 또는 그림이나 연극의 작품명, 각종 상호 및 라틴어, 영어 등의 기타 언어 표기가 혼재되어 있다. 그중 강조 부분만 중고딕으로 처리했다.

차례

파리 변호사협회 회원이자
국회의장과
내무부 장관을 역임한
마리앙투안쥘 세나르에게*

친애하는, 저명한 친구에게

이 책의 헌사에 앞서 서두에 당신의 이름을 적는 걸 허락해주시기 바랍니다. 그 무엇보다도 당신 덕분에 이 책을 출간할 수 있었습니다. 당신의 탁월한 변론을 통해 이 작품은 내게 뜻밖의 권위를 지니게 되었습니다. 그러니 존경하는 마음에서 우러나온 이 감사 표시를 받아주십시오. 아무리 감사를 표해도 당신이 보여준 헌신과 웅변에는 결코 미치지 못할 것입니다.

1857년 4월 12일 파리에서
귀스타브 플로베르

---

* 『마담 보바리』는 1856년 『르뷔 드 파리』에 처음 발표되었다. 작품이 연재되면서 잡지 발행인은 제2제정 당국으로부터 종교 모독과 풍기문란을 야기할 가능성이 있는 소설의 내용 일부를 삭제하라는 요구를 받는다. 이에 따라 발행인은 마차 장면 등 몇몇 장면을 삭제하나 이듬해 1월 결국 플로베르와 함께 "미풍양속과 대중의 종교심을 훼손했다"는 이유로 기소되어 파리 경범재판소에 출석한다. 플로베르는 마리앙투안쥘 세나르를 변호사로 선임했고, 그의 변론으로 "비난받아 마땅한 면이 있지만 일말의 도덕적 교훈을 담고 있음"이 인정되어 무죄판결을 받는다. 그리하여 1857년 초판본에 변호사 세나르에게 바치는 헌사가 추가되었다.

루이 부이예에게

제1부

1

우리가 자습실에서 공부를 하고 있을 때 교장이 평상복 차림의 신입생 한 명과 커다란 책상을 든 급사를 데리고 들어왔다. 졸던 아이들은 정신을 차렸고, 모두들 공부에 열중하고 있다가 놀란 척 자리에서 일어섰다.

교장은 우리에게 다시 자리에 앉으라고 손짓하고는 담당 교사를 향해 돌아서서 나직한 어조로 말했다.

"로제 선생님, 내가 데려온 이 학생을 우선 5학년*에 넣읍시다. 성적과 품행을 봐서 양호하면 제 나이에 맞는 상급반으로 옮기기로 하고요."

* 중학교 2학년에 해당한다.

문 뒤 구석에 서 있어 잘 보이지도 않는 신입생은 열다섯 살쯤으로 보이는 시골내기로 우리 중 누구보다도 키가 컸다. 시골 성가대원처럼 이마 위로 머리를 가지런히 자른 그는 얌전한 인상이었지만 몹시 거북해했다. 어깨가 그리 딱 바라진 편이 아니었음에도 검은 단추가 달린 초록색 나사 웃옷은 겨드랑이 부분이 끼는 듯했고, 맨살을 내놓고 지낸 듯 벌게진 양 손목이 소맷부리 사이로 드러나 보였다. 멜빵으로 바짝 딸려올라간 노르스름한 바지 아래로 푸른색 긴 양말을 신은 두 다리가 나와 있었다. 징 박힌 구두를 신었는데 튼튼해 보이긴 했으나 제대로 안 닦여 있었다.

우리는 교과서를 소리 내어 읽기 시작했다. 그는 우리의 낭독이 사제의 강론이라도 되는 양 다리를 꼬거나 턱을 괸다는 건 엄두도 못 내고 두 귀를 쫑긋 세운 채 어찌나 주의깊게 듣던지, 이윽고 두시 종이 울렸을 때 자습 지도 교사는 그에게 우리를 따라 줄을 지어 밖으로 나가라고 말해주어야 했을 정도였다.

우리는 교실로 들어가면서 쓰고 있던 모자를 바닥에 내던지는 습관이 있었다. 그래야 두 손이 자유로워졌다. 교실 문턱을 넘자마자 의자 아래로 집어던지면 모자는 먼지를 잔뜩 일으키며 벽에 가 부딪혔다. 바로 그렇게 하는 것이 우리 방식이었다.

그런데 이런 방식을 눈치채지 못했는지, 아니면 감히 따라 할 용기가 없었는지 신입생은 기도가 끝날 때까지도 모자를 자기 무릎 위에 올려둔 채였다. 그애의 모자는 근위병 털모자, 창기병 모자, 중산모, 수달피 모자, 나이트캡이 한데 섞인 잡탕식 쓰개로, 요컨대 천치의 얼굴처럼 말없는 추함이 표정의 깊이를 만들어내듯 딱한 물건이었다. 고래수염을 넣어 타원형으로 모양을 잡은 그 모자는 둥글게 감은 세 개의 타래로 시작되고 빨간 띠로 구획을 지어 마름모꼴의 토끼털과 벨벳 조각을 교차시켰다. 이어 자루 비슷한 것이 붙어 있는데, 요란한 장식실로 수놓은 판지로 된 다각형이 달렸고, 그 꼭짓점으로부터 금실로 만든 가로대 형태의 작은 술을 끄트머리에 매단 너무도 가느다란 끈이 길게 늘어져 있었다. 모자는 새것이었다. 챙이 반짝거렸다.

"일어나보게." 교사가 말했다.

그가 일어났다. 그 바람에 모자가 바닥에 떨어졌다. 학생들이 모두 웃음을 터뜨렸다.

그는 몸을 굽혀 모자를 집어들었다. 옆자리 아이가 팔꿈치로 모자를 쳐서 떨어뜨리자 그는 다시 집어들었다.

"자네 그 투구 좀 치우게." 재치 있는 사람인 교사가 말했다.

학생들 사이에 웃음이 터져나오자 그 딱한 소년은 몹시도 당황해서 모자를 손에 들고 있어야 할지, 바닥에 내려놓아야 할지, 아니면 머리에 써야 할지 몰라 했다. 그는 다시 자리에 앉아 모자를 무릎 위에 올려놓았다.

"일어나서 이름을 말해보게나." 교사가 다시 말했다.

신입생은 알아듣기 힘들 만큼 빠르게 이름을 댔다.

"다시 한번 말해보게!"

조금 전과 똑같이 빠르게 음절을 웅얼거리는 소리가 반 아이들의 야유 사이로 들려왔다.

"좀더 크게! 좀더 크게!" 교사가 소리쳤다.

그러자 신입생은 큰맘 먹고 결심이라도 한 듯 엄청나게 입을 크게 벌리고 마치 누군가를 부르기라도 하는 것처럼 있는 힘을 다해 외쳤다.

"샤르보바리."

순간 교실에는 일대 소동이 벌어졌다. 날카롭게 터져나오는 목소리들과 더불어 소동은 크레셴도로 고조되었다. (아이들은 고함치고 악을 쓰고 발을 구르며 계속해서 "샤르보바리! 샤르보바리!" 하고 외쳐댔다.) 이윽고 소동이 간신히 진정되면서 그 이름은 띄엄띄엄 들려오다가, 늘어선 긴 의자 여기저기서 숨죽이고 쿡쿡거리는 웃음이 마치 타다 남은 폭죽처럼 불쑥 터져나오면 다시금 소동이 시작되곤 했다.

하지만 벌로 숙제를 잔뜩 내주겠다는 말에 교실에는 차츰 질서가 잡혔고, 교사는 그에게 이름을 다시 말하게 하고 철자와 발음을 확인한 다음 마침내 '샤를 보바리'라는 이름을 알아들은 뒤 그 딱한 학생에게 교탁 바로 아래 벌서는 자리에 가 앉으라고 지시했다. 그는 몸을 일으켰으나 걸음을 떼려다 말고 주저했다.

"뭘 찾나?" 교사가 물었다.

"제 모……" 신입생이 불안한 눈길로 주위를 둘러보며 쭈뼛쭈뼛 말했다.

"전원 시 5백 행이다!" 쿠오스 에고*를 외치는 듯한 노기 띤 교사의 목소리가 새로 일어나려는 소동을 저지했다. "조용히들 해!" 교사는 다시 한번 외치고는 쓰고 있던 챙 없는 모자에서 손수건을 꺼내 이마의 땀을 닦았다. "그리고 신입생, 자네는 리디쿨루스 숨**의 동사형을 스무

---

* Quos ego. 베르길리우스의 서사시 「아이네이스」에서 바다의 신 넵투누스가 거센 파도를 향해 한 말. '내 네 놈을……'이라는 뜻.

** ridiculus sum. 라틴어로 '나는 우스꽝스러운 사람이다'라는 뜻.

번 베껴쓰도록."

그런 다음 약간 누그러진 목소리로 말했다.

"참! 찾을 수 있을 거야, 자네 모자 말이야. 누가 훔쳐가진 않았을 테니까!"

교실은 다시 조용해졌다. 학생들은 학습장 위로 고개를 숙였고, 신입생은 이따금 펜촉으로 튕긴 종이 뭉치가 날아와 얼굴을 때려도 두 시간 내내 모범적인 자세를 유지했다. 그는 손으로 얼굴을 쓱 문지를 뿐, 두 눈을 내리깐 채 꼼짝도 하지 않았다.

그날 저녁, 자습실에서 그는 책상에서 토시를 꺼낸 다음 자질구레한 물건을 정리하고 종이에다 조심스럽게 줄을 그었다. 우리는 그가 모든 단어를 고생스럽게 일일이 사전에서 찾아가며 성실하게 공부하는 모습을 지켜보았다. 그가 하급반으로 내려가지 않은 것은 분명 그런 근면성을 기울인 덕분이리라. 그도 그럴 것이 그는 문법은 그런대로 잘 알았지만 문장을 격조 있게 쓰지는 못했던 것이다. 그의 부모가 돈을 아끼느라 그를 중학교에 보내는 걸 최대한 미뤘기 때문에, 그는 마을 사제에게서 라틴어를 처음 배웠다.

그의 아버지 샤를드니바르톨로메 보바리는 군의관의 조수였는데, 1812년경 어떤 징병 사건에 연루되어 그즈음 군을 떠날 수밖에 없게 되자, 자신의 신체적인 매력을 활용해 그의 외모에 반한 양품점집 딸이 가져온 지참금 6만 프랑을 거머쥐었다. 잘생긴 얼굴에 허풍을 잘 치고 요란하게 박차를 쩔렁거리고 콧수염을 구레나룻과 닿을 정도로 기르고 손가락에는 언제나 여러 개의 반지를 끼고 화려한 색깔의 옷을 즐겨 입는 그는 외판원처럼 쉽사리 쾌활해지는 호남이었다. 결혼 후 이

삼 년 동안 그는 아내의 재산으로 살며 좋은 음식을 즐기고 늦잠을 자고 커다란 도기 파이프로 담배를 피우고 저녁이면 꼭 공연을 보고 나서야 돌아왔고 카페를 들락거렸다. 그러다 장인이 죽었는데 남겨진 유산이랄 게 거의 없었다. 그 사실에 분개한 그는 방직 사업에 뛰어들어 재산을 얼마간 탕진했고 그런 뒤에는 땅을 경작할 생각으로 시골로 물러났다. 하지만 농사나 옥양목 날염이나 아는 바가 없기는 매한가지여서, 말로 밭을 가는 대신 타고 돌아다녔고 사과주를 술통에 담아 팔기는커녕 병째로 마셔버리고 뜰에서 가장 실한 가금류는 잡아먹고 돼지를 키워 얻은 기름은 사냥용 부츠에 윤내는 데 쓰는 식이어서, 얼마 지나지 않아 아예 돈을 벌 생각을 하지 않는 편이 낫다는 사실을 깨닫게 되었다.

그래서 그는 코 지역과 피카르디 지역 사이에 있는 어떤 마을에서 반은 농가, 반은 저택인 건물을 찾아내 연 2백 프랑을 내는 조건으로 임대했다. 그러고는 슬픔에 젖어 후회로 괴로워하고 하늘을 원망하고 사람들을 시기하면서 마흔다섯 살의 나이에 인간에게 환멸을 느껴 세상과 담을 쌓고 조용히 살아가기로 결심했다.

한때 아내는 그에게 열중했었다. 남편을 너무도 사랑한 나머지 비굴할 정도로 애정을 쏟았는데 그럴수록 그와의 거리는 더 멀어졌다. 전에는 쾌활하고 외향적이고 상냥했던 그녀가 늙어가면서 (김빠진 포도주가 식초로 변하듯이) 성격이 까다롭고 악을 써대고 신경질적인 여자가 되어갔다. 남편이 동네의 경박한 여자들을 모조리 쫓아다니는 것을 보고도, 온갖 불결한 곳을 드나들다 지쳐 저녁이면 술냄새를 지독하게 풍기며 돌아와도 처음에는 불평 한마디 하지 않고 참고 견뎠다! 이윽고 자존심이 고개를 들었다. 그녀는 말없는 극기 속에서 분노를 삼킨 채 아예 입을 다물어버렸으며, 죽을 때까지 그 태도를 버리지 않았다. 그녀는 잔일과 볼일을 해내느라 끊임없이 돌아다녀야 했다. 변호사 사무실에 가고, 판사를 만나고, 어음을 갚아야 할 날짜를 기억해두고 지급기한 연장을 협상했다. 그리고 집에서는 다림질을 하고 바느질을 하고 빨래를 하고 일꾼들을 관리하고 계산서를 처리했다. 그러는 사이에 남편은 어떤 일에도 신경을 쓰지 않고 줄곧 심통 맞은 무기력 상태에 빠져 있다가 정신이 들 때면 언짢은 소리나 해대면서 난롯가에서 담배를 피우며 재 속에 가래침을 뱉었다.

아기가 생기자 그녀는 보모에게 아기를 맡길 수밖에 없었다. 집으로 돌아온 아이는 왕자라도 되는 양 버릇이 엉망이었다. 어머니는 아이에게 잼을 먹여 키웠다. 반면 아버지는 아이가 맨발로 뛰어다니도록 내버려두었고, 심지어는 짐승 새끼들처럼 벌거벗고 다닐 수 있어야 한다고까지 달관한 양 말하기도 했다. 어머니의 생각과는 반대로 아이가 사내다운 유년기를 보내야 한다는 이상을 품고 있던 아버지는 이에 맞춰 스파르타식 훈육 방식을 사용해 아들을 엄하게 키워 건장한 체격을 갖추도록 만들고 싶어했다. 그는 아이를 불도 때지 않은 방에서 재우고, 럼주를 벌컥벌컥 들이켜고 종교 행렬을 조롱하는 법을 가르쳤다. 하지만 천성적으로 양순한 아이는 그의 노력에 상응하는 반응을 보이지 않았다. 어머니가 늘 아이를 달고 다녔다. 아이에게 판지를 오려주고, 다양한 이야기를 들려주었으며, 씁쓰레하면서도 기발한 농담과 묘한 매력이 있는 수다로 가득한 독백을 끝도 없이 늘어놓았다. 고립된 삶을 살아가던 그녀는 흩어지고 꺾인 자신의 꿈을 아이에게 투사했다. 아이가 높은 지위에 오르기를 꿈꾸면서, 훤칠한데다 잘생기고 재기 발랄한 모습으로 토목기사나 법관이 된 모습을 벌써부터 그려보곤 했다. 그녀는 아이에게 글 읽는 법을 가르치고, 심지어는 집에 있는 낡은 피아노에 앉아 발라드를 두세 곡쯤 부를 수 있게 가르쳤다. 하지만 문학이나 예술에 관심이 없던 그녀의 남편은 이 모든 것을 하등 쓸데없는 짓!이라고 일축했다. 아이를 공립학교에 보내고, 개업을 하게 해주거나 사업 자금을 대줄 재산이 어디 있단 말인가? 게다가 어쨌든 남자는 배짱만 있으면 언제든 출세할 수 있는 법이다. 아이 어머니는 입술을 깨물었고, 아이는 정처 없이 동네 여기저기를 돌아다녔다.

아이는 농부들을 따라다니고, 진흙덩이를 던지며 날아가는 까마귀를 쫓았다. 도랑을 따라 걸으며 블랙베리를 따먹고, 장대를 들고 칠면조를 지키고, 건초를 만들고, 숲속을 뛰어다니고, 비 오는 날이면 성당 포치에서 돌차기를 하고, 축제일이면 성당지기를 졸라 종을 쳤는데 굵은 밧줄에만 온몸을 의지해 허공을 가를 때면 나는 듯한 기분을 느꼈다.

그렇게 아이는 참나무처럼 쑥쑥 자랐다. 그는 강건한 두 손과 건강한 혈색을 갖게 되었다.

아이가 열두 살이 되자, 어머니는 아들의 교육을 시작해도 좋다는 허락을 받아냈다. 교육은 사제가 맡았다. 하지만 수업이 너무 짧고 불규칙하게 이루어져서 별 도움이 되지 않았다. 수업은 세례식이나 장례식 사이의 자투리 시간에 성구실에서 선 채로 허겁지겁 이루어졌다. 혹은 사제가 삼종기도 후에 외출할 일이 없을 때면 학생을 불러왔다. 사제의 방으로 올라가 자리에 앉으면, 각다귀들과 나방들이 촛대 주위를 날아다녔다. 날이 더워서 아이는 졸음에 빠져들곤 했다. 그러면 사제도 두 손을 배 위에 올려놓고 졸다가 이내 입을 벌린 채 코를 골기 시작했다. 가끔은 근처에 사는 환자에게 종부성사를 해주고 돌아오다가 들판에서 놀고 있는 샤를을 발견하고는 불러다가 십오 분 동안 설교를 하고 그 참에 나무 아래에서 동사 변화를 외우게 시키기도 했다. 비가 오거나 아는 사람이 지나가면 수업은 중단되었다. 그래도 사제는 학생에게 언제나 만족해서 젊은이의 기억력이 아주 좋다고 말하기도 했다.

샤를은 그 정도에서 멈추어서는 안 되었다. 어머니는 열성적이었다. 샤를의 아버지는 남부끄러워서, 아니 그보다는 상대하기 피곤해서 순순히 물러섰고, 부모는 아이가 첫영성체를 받을 때까지 일 년을 더 기다렸다.

다시 육 개월이 흘렀다. 이윽고 샤를이 그다음해 루앙의 중학교로 가는 것이 확정되어, 10월 말 생로맹 박람회가 열릴 때 아버지가 직접 아이를 데리고 갔다.

이제 우리 중 누구도 그에 대해 뭔가 기억을 떠올리기는 어려우리라. 온순한 성격을 지닌 그는 쉬는 시간에는 놀고 자습시간에는 공부하고 수업시간에는 귀기울여 듣고 기숙사에서는 잘 자고 식당에서는 잘 먹었다. 그의 현지 보호자는 강트리가에 있는 철물 도매점 주인으로, 한 달에 한 번 일요일에 상점 문을 닫고 나서 그를 항구로 데려가 배를 바라보며 산책을 하게 해주었다. 그런 다음 일곱시가 되면 저녁식사 전에 그를 학교로 다시 데려다주었다. 매주 목요일 저녁에 그는 붉은 잉크로 어머니에게 긴 편지를 써서 밀떡 세 개로 봉인했다. 그러고 나서는 역사 공책을 펴고 복습하거나 자습실에 굴러다니는 낡은 『아나카르시스』*를 읽었다. 산책할 때에는 그처럼 시골 출신인 급사와 대화를 나누었다.

열심히 공부한 덕분에 그는 늘 학급에서 중간 성적을 유지했다. 심지어 한번은 자연사 과목에서 이등을 하기도 했다. 그런데 3학년 말, 그의 부모는 그가 대학입학자격시험까지 혼자서 공부를 해나갈 수 있으리라 여기고 의학 공부를 시키기 위해 중학교를 그만두게 했다.

어머니는 오드로벡 하천가에 사는, 알고 지내는 염색업자의 건물 오층에 방 하나를 구해주었다. 그녀는 아들의 하숙 조건을 마무리짓고 탁자 하나와 의자 두 개를 들이고, 벚나무로 만든 낡은 침대를 집에서 가져오고 딱한 아들이 따뜻하게 지낼 수 있도록 주철 난로와 장작을 사들였다. 그런 다음 이제 혼자 알아서 지내야 하는 만큼 행동거지를 조심해야 한다는 등 온갖 당부를 한 후 일주일 만에 집으로 돌아갔다.

게시판에서 학과목 일람표를 본 그는 정신이 아득해졌다. 위생학과 약제학 외에도 해부학, 병리학, 생리학, 약학, 화학, 식물학, 임상학, 치료학 같은, 그로서는 어원조차 알 수 없는 학과명 모두가 엄숙한 어둠으로 가득찬 성소의 문처럼 느껴졌다.

그는 그런 것들을 전혀 이해할 수 없었다. 열심히 귀를 기울였으나 알아들을 수가 없었다. 하지만 그는 공부를 하고 제본된 공책을 마련하고 수업을 빠짐없이 듣고 단 한 번도 참관 수업을 놓치지 않았다. 그는 자신이 무엇을 빻고 있는지도 모른 채 두 눈을 가리고 방아 주위를 뱅뱅 도는 말처럼 매일의 일과를 완수했다.

---

* 18세기 프랑스 학자 장자크 바르텔레미의 저서 『젊은 아나카르시스의 그리스 여행기』를 가리킨다. 스키타이 출신의 철학자 아나카르시스의 가상 그리스 여행기를 담은 책이다.

돈을 적게 쓰게 하려고 어머니는 매주 인편으로 화덕에서 구운 송아지고기를 한 덩이씩 보냈고, 그는 아침에 병원에서 돌아오면 구두를 신은 채 발을 벽에 부딪으며 그것으로 식사를 했다. 그런 다음 교실로, 계단식 강의실로, 병원으로 뛰어다니다가 이 길 저 길을 다 거쳐 집으로 돌아왔다. 저녁이면 하숙집 주인이 내놓는 빈약한 식사를 한 다음 방으로 올라가서 다시 공부를 시작했는데, 붉게 달아오른 난로 앞이라 그의 젖은 옷에서 김이 올라왔다.

쾌청한 여름날 저녁 후텁지근한 거리가 텅 비는 시각에 하녀들이 문간에서 배드민턴을 칠 때면 그는 창문을 열고 턱을 괴었다. 더럽기는 하지만 루앙의 이 동네를 작은 베네치아처럼 만들어주는 하천이 그의 눈 아래에서 노란색, 보라색, 푸른색 물결을 이루며 여러 개의 다리와 철책 사이로 흘러가고 있었다.* 일꾼들이 물가에 쭈그리고 앉아 팔을 씻고 있었다. 다락방 창밖으로 연결된 장대에는 목화 실타래가 바람에 마르고 있었다. 맞은편 지붕 위로는 탁 트인 하늘에 붉게 물든 해가 지고 있었다. 저기는 얼마나 시원할까! 너도밤나무 아래는 얼마나 싱그러울까! 그는 들판의 향기를 들이마시려 콧구멍을 벌름거렸지만, 그가 있는 곳까지는 오지 않았다.

그는 몸이 여위고 키가 커졌으며 얼굴에는 서글픈 표정 같은 것이 떠올라 거의 매력적으로 보일 정도였다.

자연스럽게 그는 열정을 잃고 스스로 다짐한 온갖 결심들을 소홀히 하기에 이르렀다. 한번은 참관에 빠지고, 그다음날은 수업에 들어가지

---

* 당시 염색업자들은 염색에 쓰고 남은 물을 오드로벡천으로 흘려보냈다고 한다.

않고, 점차 게으름에 맛들이면서 더는 수업에 들어가지 않게 되었다.

그는 도미노 게임에 열을 올리고 술집에 드나드는 버릇이 생겼다. 매일 저녁 더러운 도박장에 틀어박혀 까만 점이 새겨진 양뼈 패로 대리석 탁자를 두드렸는데, 이야말로 자신의 자유를 실천하는 귀중한 행위처럼 여겨져 자존감이 높아졌다. 세상으로의 입문이자 금지된 쾌락에의 접근 같았다. 그래서 그는 그곳으로 들어서기 위해 문손잡이에 손을 올릴 때면 관능적이라고 할 만한 쾌감을 느꼈다. 그 순간 내면에 억눌려 있는 많은 것들이 터져나왔다. 그는 유행하는 노래를 외워 사람들 앞에서 부르고 베랑제*에 열광하고 직접 펀치를 만들고 마침내는 성애에 눈을 떴다.

삶에 대한 이러한 준비 작업 때문에, 그는 공의 시험**에서 형편없는 점수로 떨어졌다. 그날 저녁 집에서는 합격을 축하하기 위해 그를 기다리고 있었는데 말이다!

그는 집을 향해 걸어서 출발해 마을 입구에서 걸음을 멈추고는 어머니를 불러와 전부 털어놓았다. 어머니는 그가 떨어진 이유를 부당한 시험관 탓으로 돌리면서 아들을 용서하고, 자신이 사태를 처리하겠다며 격려했다. 아버지가 진실을 알게 된 것은 그로부터 오 년이 지나서였다. 이미 오래전 일이고 자신이 낳은 자식이 바보라고는 도저히 생각할 수 없었으므로 그는 상황을 받아들였다.

그래서 샤를은 다시 공부를 시작해 쉬지 않고 시험 준비에만 매진했

---

* 프랑스 시인, 샹송 작가.

** 프랑스대혁명 후 의사가 부족해 만들어진 제도. 공의는 간단한 의료 행위를 할 수 있었고, 의사 배석하에만 중요한 수술을 집도할 수 있었다. 이 제도는 1892년 폐지되었다.

고 모든 문제를 미리 외워버렸다. 그는 상당히 좋은 점수로 합격했다. 어머니에게는 얼마나 행복한 날이었던가! 축하 잔치가 열렸다.

개업은 어디서 하는 게 좋을까? 토트가 적소였다. 그곳에는 나이 많은 의사만 하나 있었다. 샤를의 어머니는 오래전부터 그가 죽기만을 기다렸는데, 노인이 죽기도 전에 샤를이 그의 후임으로 맞은편에 의원을 열었다.

하지만 아들을 양육해 의학 공부를 시키고 토트에서 개업을 하게 해준 것으로 끝이 아니었다. 아들에게는 아내가 필요했다. 그녀는 아들에게 맞는 여자를 찾아냈다. 디에프에 사는 어느 압류 집행관의 과부로 나이 마흔다섯 살에 천2백 리브르*의 연금을 받고 있었다.

장작처럼 비쩍 마르고 못생긴데다 봄에 새싹 나듯이 얼굴에는 부스럼이 피었지만, 과부 뒤뷔크 부인에게는 골라잡을 남편감이 부족하지 않았다. 샤를의 어머니는 목적을 달성하기 위해 그 모두를 쳐내야 했는데, 특히 사제들의 지지를 등에 업고 술수를 부린 돼지고기 상인을 아주 솜씨 좋게 처리했다.

샤를은 결혼을 하면 삶이 보다 나아지리라 기대했는데, 자신이 좀더 자유로워져 원하는 대로 행동하고 돈도 마음대로 쓸 수 있을 줄 알았던 것이다. 하지만 주도권을 쥔 사람은 아내였다. 사람들 앞에서 이 말을 하고 저 말은 하지 말아야 하고 금요일마다 육식을 금해야 하며 아내의 마음에 드는 차림을 하고 그녀가 시키는 대로 치료비를 제대로 내지 않는 환자들에게 싫은 소리를 해야 했다. 그녀는 그에게 온 편지

* 프랑스혁명 전 화폐 단위로, 3리브르는 1에퀴, 즉 5프랑에 해당한다.

를 뜯어보고 행동거지를 감시하고 여자 환자가 오면 진료실 칸막이벽 너머로 엿들었다.

그녀는 매일 아침 코코아를 마셔야 했고 끝도 없이 비위를 맞춰줘야 했다. 자신의 신경에 대해, 가슴에 대해, 기분에 대해 끊임없이 불평을 해댔다. 발소리가 나면 거슬린다고 했다. 그가 외출을 하면 혼자 있는 것을 못 견디겠다고 했다. 곁에 가면 자신이 죽는 것을 보러 왔느냐고 했다. 저녁에 샤를이 돌아오면 시트 아래에서 비쩍 마른 긴 팔을 꺼내 그의 목에 감아 침대가에 앉히고는 그가 자신을 잊었다, 다른 여자를 사랑하고 있다! 하며 서글픈 심정을 늘어놓기 시작했다. 이 결혼으로 자신이 불행해질 거라고 한 사람들의 말이 맞았다는 것이다. 이윽고 그녀는 건강에 좋은 음료를 달라고 사랑도 좀더 달라면서 말을 끝내곤 했다.

2

어느 날 밤 열한시경 부부는 집 문 바로 앞에서 말이 멈추는 소리에 잠에서 깼다. 하녀가 다락방에서 채광창을 열고 아래쪽 길가에 서 있는 어떤 남자와 한동안 이야기를 나누었다. 의사를 부르러 왔고, 편지 한 통을 가지고 있었다. 나스타지는 추위로 몸을 떨면서 층계를 내려가 자물쇠를 열고 빗장을 차례차례 풀었다. 남자는 말을 두고 하녀를 따라 방안으로 불쑥 들어섰다. 그가 회색 술이 달린 털모자 속에서 헝겊으로 싼 편지를 꺼내 조심스럽게 내밀자, 샤를은 베개에 팔꿈치를 괴고 편지를 읽었다. 나스타지가 침대 옆에 등잔을 들고 섰다. 안주인은 내외를 하느라 벽 쪽으로 등을 돌리고 누웠다.

작고 푸른 밀랍으로 봉인된 그 편지는 보바리에게 즉시 베르토 농장에 와서 다리가 부러진 환자를 치료해달라고 청하고 있었다. 그런데 토트에서 베르토까지는 롱그빌과 생빅토르를 관통해 가로질러가도 6리외*가 족히 되는 거리였다. 게다가 칠흑 같은 밤이었다. 아내는 남편이 사고라도 당하지 않을까 불안해했다. 그래서 마부가 먼저 가기로 결정되었다. 샤를은 세 시간 후 달이 뜨면 출발하기로 했다. 아이 하나가 마중나와 그에게 농장까지 오는 길을 가르쳐주고 그가 들어올 수 있도록 울타리 문을 열어주기로 했다.

새벽 네시경 샤를은 외투를 단단히 여미고 베르토를 향해 길을 나섰다. 그는 여전히 달콤한 잠에 취해 말의 안정적인 속보에 가만히 몸을 내맡겼다. 농부들이 밭고랑가에 파놓은 가시덤불로 둘러친 구덩이 앞에서 말이 걸음을 멈출 때마다 샤를은 깜짝 놀라 소스라치며 잠에서 깨어서는, 재빨리 다리가 부러진 환자를 기억해내고 자신이 알고 있는 모든 골절상의 경우를 하나하나 떠올려보려 애썼다. 비는 더이상 내리지 않았다. 동이 터오고, 이파리 없는 사과나무 가지 위에는 새들이 차가운 새벽바람에 작은 깃털을 꼿꼿이 곤두세운 채 꼼짝 않고 앉아 있었다. 편평한 들판이 끝이 보이지 않을 정도로 멀리 펼쳐졌고, 음산한 하늘의 저 지평선까지 이어지는 광활한 잿빛 벌판 위에 농가를 둘러싼 몇 그루의 나무들이 띄엄띄엄 간격을 두고 검보랏빛 반점을 이루고 있

* 프랑스의 옛 거리 단위로, 1리외는 약 4킬로미터에 해당한다.

었다. 샤를은 이따금 눈을 떴다. 그러다 머릿속이 몽롱해지면서 다시 졸음이 쏟아지고 일종의 반수면 상태에 빠져들자 최근의 감각과 지난 추억이 뒤섞였고, 그 자신을 학생인 동시에 결혼한 남자로, 조금 전처럼 침대에 누워 있는 동시에 지난날처럼 외과 병동을 가로질러가는, 분리된 두 존재로 인식했다. 그의 머릿속에서 찜질약의 열기 어린 냄새가 이슬의 싱그러운 냄새와 뒤섞였다. 그의 귀에는 병원 침대의 철고리들이 커튼 봉 위로 굴러가는 소리와 아내의 잠자는 숨소리가 뒤섞여 들려왔다…… 바송빌을 지날 때 그는 도랑가 풀밭에 앉아 있는 남자아이를 발견했다.

"의사 선생님이세요?" 소년이 물었다.

샤를이 그렇다고 하자 아이는 나막신을 두 손에 들고 앞장서서 달리기 시작했다.

공의 샤를은 이동하는 동안 안내자 소년의 말을 듣고 루오 영감이 상당히 부유한 농장주임을 알 수 있었다. 루오 영감은 그 전날 밤 이웃집에서 열린 주현절 행사*에 다녀오다가 다리가 부러지는 사고를 당했다. 그의 아내는 이 년 전에 세상을 떠났다. 딸과 단둘이 살았고 그를 도와 딸이 집안을 관리했다.

길 위의 바퀴자국이 점점 더 깊어졌다. 베르토 농장에 가까워진 것이다. 소년은 울타리에 난 구멍을 통해 모습을 감추었다가 곧 마당 한 구석에서 나와 마당으로 통하는 울타리 사립문을 열어주었다. 말은 젖

* 예수의 신성이 나타난 것을 축하하는 가톨릭 축일(1월 6일). 이날 갈레트라는 둥근 빵을 나누어 먹는다. 빵 안에 인형 모형이 숨겨져 있고, 모형이 든 조각을 받은 사람은 그날의 왕이 된다.

은 풀 위에서 발이 미끄러지곤 했다. 샤를은 몸을 숙여 나뭇가지 아래를 지났다. 집 지키는 개들이 개집 안에서 사슬을 끌며 짖어댔다. 베르토 농장 안으로 들어서자, 샤를의 말이 겁을 먹고 한 걸음 멀찍이 물러섰다.

훌륭한 농장이었다. 열린 문 위쪽으로 보니 마구간 안에 다부진 경작용 말들이 새 구유 속 여물을 느긋하게 먹고 있었다. 건물들 옆으로 넓게 펼쳐놓은 퇴비에서는 김이 피어올랐고, 암탉들과 칠면조들 사이에서 코 지역의 사육 가금으로는 사치스러운 축인 공작 대여섯 마리가 모이를 쪼고 있었다. 양우리는 길고, 곳간의 높다란 벽은 사람 손처럼 매끄러웠다. 헛간에는 커다란 짐수레 두 대와 쟁기 네 대, 채찍, 멍에, 마구 일체가 세워져 있었는데, 마구에 달린 푸른색 양털에는 다락의 곡식 창고에서 떨어지는 고운 가루가 내려앉아 지저분했다. 일정한 간격으로 나무를 심은 마당은 안쪽으로 들어갈수록 오르막을 이루었고, 물웅덩이 가장자리에서는 거위떼가 기운차게 꽥꽥대는 소리가 울려퍼졌다.

치마의 주름 장식이 세 겹으로 된 푸른색 메리노 울 원피스를 입은 젊은 여자가 문간에 나와 보바리를 맞이해 불이 활활 타고 있는 부엌으로 안내했다. 화덕 주위에 놓인 다양한 크기의 냄비에는 농장 식구들의 아침식사가 끓고 있었다. 벽난로 안쪽에서 젖은 옷가지를 말리고 있었다. 커다란 부삽, 부젓가락, 풀무 주둥이 모두 윤낸 강철처럼 반들거리는 한편, 벽을 따라 걸려 있는 많은 부엌세간 위로 유리창으로 들어오는 새벽 햇살과 난로의 밝은 불꽃이 어우러져 불규칙하게 어른거렸다.

샤를은 환자를 보기 위해 이층으로 올라갔다. 환자는 침대에 누워 나이트캡을 멀찍이 던져놓은 채 이불 아래서 땀을 흘리고 있었다. 쉰 살쯤 되어 보이는 작고 뚱뚱한 남자로 하얀 피부에 눈은 파랗고 머리 앞쪽이 벗어졌으며 양쪽 귀에는 귀고리를 하고 있었다. 기운을 차리려고 이따금 병에서 술을 따라 마셨는지 침대 옆 의자 위에 커다란 브랜디 병이 놓여 있었다. 하지만 의사를 보자마자 갑자기 기운이 떨어진 듯 지난 열두 시간 동안 욕설을 퍼부어대던 것과는 달리 힘없이 앓는 소리를 내기 시작했다.

골절은 어떤 합병증의 위험도 없는 단순한 것이었다. 샤를로서는 그보다 더 쉬운 경우를 바랄 수 없을 정도였다. 그래서 그는 다친 사람들의 침상 옆에서 스승들이 취한 태도를 떠올리며, 메스에 칠하는 기름과도 같은 외과적 애무랄 수 있는 온갖 듣기 좋은 말로 환자의 기운을 북돋워주었다. 부목으로 쓸 것이 필요해 사람들이 수레 창고에서 판자 한 다발을 가져왔다. 샤를이 그중 하나를 골라 쪼갠 다음 유릿조각으로 매끄럽게 다듬는 동안 하녀는 시트를 찢어 붕대를 만들었으며 에마 양은 보호대를 만들어보려 했다. 딸이 반짇고리를 찾는 데 오래 걸리자 환자는 짜증을 냈다. 에마 양은 아무런 대꾸도 하지 않았다. 하지만 바느질을 하다가 손가락을 여러 차례 찔렸고, 그럴 때마다 손가락을 입으로 가져가 빨곤 했다.

샤를은 그녀의 손톱이 눈부시게 하얀 것에 놀랐다. 윤이 나고 끝이 가늘었으며 디에프산 상아 세공품보다 더 말끔했고 아몬드형으로 다듬어져 있었다. 하지만 손은 예쁘다고 할 수 없었는데 그리 하얗지도 않고 손가락 마디가 좀 도드라진 편이었다. 또한 지나치게 길고 윤곽선의 굴곡이 부드럽지 않았다. 그녀의 아름다움은 눈에 있었다. 눈은 갈색이지만 속눈썹 때문에 까맣게 보였고, 천진하면서도 대담한 눈길로 상대를 지그시 응시했다.

붕대를 다 감고 나자 루오 씨는 직접 의사에게 한술 뜨고 가라고 권했다.

샤를은 일층의 큰 방으로 내려갔다. 터키인들의 모습이 염색된 무명천을 지붕처럼 늘어뜨린 커다란 침대 발치의 작은 탁자에 은잔 두 개와 함께 두 사람을 위한 상이 차려져 있었다. 창문 맞은편에 놓인 떡갈나무로 된 키 큰 장롱에서 붓꽃 향과 축축한 시트 냄새가 배어나왔다. 바닥에는 구석마다 밀가루 부대들이 가지런히 세워져 있었다. 그 방에서 돌계단 세 개만 올라가면 나오는 곳간을 꽉 채우고 남은 것들이었다. 습기로 초석이 생겨 페인트칠이 벗어지고 있는 녹색 벽 한가운데에는 실내 장식용으로 미네르바의 두상을 그린 연필 소묘가 금박 액자에 걸려 있었는데, 그림 아래쪽에는 고딕체로 "사랑하는 아빠께"라고 쓰여 있었다.

두 사람은 처음에는 환자에 대해, 이어 최근 날씨와 혹한기, 밤이면 들판을 돌아다니는 늑대에 대해 대화를 나누었다. 루오 양은 시골생활을 그다지 즐기는 편이 아니었는데, 거의 혼자서 농장 살림을 건사해야 하는 지금은 특히 더 그랬다. 방이 추워서 그녀는 음식을 먹으며 오들오들 떨었고, 그럴 때면 말하지 않을 때는 습관적으로 잘근잘근 깨물곤 하는 도톰한 입술 안쪽의 속살이 살짝 드러나 보였다.

접힌 하얀 옷깃 위로 그녀의 목이 드러났다. 머리카락이 어찌나 매끄러운지 각각 하나의 덩어리처럼 보이는 타래를 양쪽으로 늘어뜨렸고, 한가운데 타놓은 가느다란 가르마는 두개골의 굴곡에 따라 부드럽게 곡선을 이루었다. 머릿단은 관자놀이 쪽으로 굽이치며 흘러 귓불을 살짝 내보이며 뒤쪽에서 하나로 합해져 풍성한 쪽을 지었는데, 시골 의사 샤를로서는 평생 처음 보는 머리 모양이었다. 두 뺨은 장밋빛이었다. 그녀는 남자들이 하듯 코르사주*형 조끼의 단추와 단추 사이에 테가 거북등껍질로 된 코안경을 걸고 있었다.

샤를이 루오 영감에게 작별인사를 하기 위해 올라갔다 내려와 떠나기 전 다시 그 방으로 들어갔을 때 그녀는 이마를 유리창에 대고 서서 완두콩 버팀대들이 바람에 쓰러져버린 마당을 바라보고 있었다. 그녀가 돌아섰다.

"뭘 찾으시나요?" 그녀가 물었다.

"제 말채찍을 찾고 있습니다만." 그가 대답했다.

그런 다음 그는 침대 위와 문 뒤와 의자 아래를 살펴보기 시작했다. 채찍은 밀가루 부대와 벽 사이에 떨어져 있었다. 에마 양이 그것을 발견하고 밀가루 부대 위로 몸을 굽혔다. 샤를은 신사답게 서둘러 몸을 움직여 그녀와 똑같이 팔을 뻗다가 아래에서 몸을 굽히고 있던 젊은 여자의 등에 자신의 가슴이 스치듯 닿는 것을 느꼈다. 그녀는 얼굴이 빨개진 채 몸을 일으키고는 소 힘줄로 만든 채찍을 내밀며 어깨 너머로 그를 바라보았다.

그는 약속한 사흘 뒤가 아닌 바로 다음날 베르토를 다시 찾았고, 이따금 착각했다며 예정에 없이 들른 것은 헤아리지 않더라도 일주일에

---

* 가슴에서 허리께까지 내려오는 몸에 꼭 맞는 여성용 옷.

두 번씩 꼬박꼬박 왕진을 갔다.

게다가 모든 것이 순조로웠다. 환자는 예상대로 차츰 회복해 사십육일 후 루오 영감은 그의 소小농장에서 혼자 걷는 연습을 하게 되었고, 그 모습을 본 사람들은 보바리를 실력 있는 의사로 여기기 시작했다. 루오 영감은 이브토 아니 심지어 루앙의 제일가는 의사들도 이보다 더 치료를 잘하지는 못했을 거라고 단언했다.

샤를은 자기가 어째서 베르토 농장에 가는 일을 그토록 즐거워하는지 그 이유를 생각해보지 않았다. 만일 생각했다 하더라도, 그는 자신의 열성을 상황이 중대해서라거나 그 일로 얻게 될 수입 때문이라고 여겼으리라. 하지만 그 농장을 방문하는 일이 따분하기 그지없는 일과로 가득한 그의 삶에서 매력적인 예외가 된 것이 정말 그런 이유 때문이었을까? 농장에 가는 날이면 그는 아침 일찍 일어나 구보로 출발해 말을 몰아붙이고, 내려서는 풀에 신발을 닦은 뒤 집안으로 들어가기 전에 검은 장갑을 꼈다. 그는 그 집 마당에 들어서는 것, 어깨로 밀면 빙글 돌아가는 사립문의 감촉, 담장 위에서 목청껏 우는 수탉, 일꾼들이 그를 맞으러 나오는 것이 좋았다. 그 집 헛간과 마구간이 좋았다. 자신을 생명의 은인이라 부르며 그의 손바닥을 찰싹 치듯이 악수를 하는 루오 영감이 좋았다. 말끔하게 닦인 부엌 판석 위를 걸어다니는 에마 양의 작은 나막신이 좋았다. 높은 굽 때문에 그녀는 키가 조금 더 커 보였고, 앞서 걸을 때면 나무 창이 빠르게 올라붙으면서 안에 신은 부츠의 가죽과 부딪쳐 찌익 하는 소리가 나곤 했다.

그녀는 언제나 현관 층계의 맨 아래까지 나와 그를 배웅했다. 말을 채 끌어다놓지 않았을 때면 그녀는 그곳에 서서 기다렸다. 작별인사는 이미 나누었으므로 더이상 이야기를 이어가지는 않았다. 바깥공기가 들이치면서 그녀의 목덜미에 잔머리가 나부끼고 앞치마 끈이 날려 허리께에서 띠처럼 구불거렸다. 해빙기의 어느 날, 마당의 나무껍질에서 물기가 배어나오고 지붕 위에서 눈이 녹아내렸다. 그녀는 문턱에 서 있다가 양산을 가지고 나와 펴 들었다. 비둘기 털빛처럼 무지갯빛이 도는 회색을 띤 비단 양산을 통과한 햇빛이 그녀의 하얀 얼굴에 비쳐 빛의 잔영이 어른거렸다. 그녀는 양산을 받쳐든 채 그 은은한 온기 속에서 미소를 지었다. 팽팽하게 펼쳐진 양산의 비단 위로 물방울이 한 방울 한 방울 떨어지는 소리가 들려왔다.

샤를이 베르토 농장에 자주 드나들기 시작하자 샤를의 아내는 환자에 대해 빠짐없이 묻고, 자신이 작성하고 있는 복식부기 장부에 루오 영감용 페이지를 통으로 따로 할애해두기까지 했다. 하지만 루오 영감에게 딸이 하나 있다는 것을 안 뒤로는 정보를 수집했다. 이윽고 그녀는 영감의 딸이 우르술라회 수녀원에서 이른바 양질의 교육을 받았고, 그 결과 춤과 지리와 그림과 타피스리 직조, 피아노 연주를 할 줄 안다는 사실을 알게 되었다. 이런 어이없는 일이 있나!

'갈 때마다 싱글벙글하고 비 맞으면 상할 텐데 굳이 새 조끼를 입는 것이 다 그 여자 때문이었군? 아! 그 여자야! 그 여자라고!……' 그녀는 생각했다.

그녀는 에마를 본능적으로 미워했다. 처음에는 자신의 감정을 넌지시 토로했기 때문에 샤를은 무슨 뜻인지 이해하지 못했다. 그런 다음에는 온갖 것에 트집을 잡아 잔소리를 했는데, 그는 집안의 평화를 위해 들어 넘겼다. 마침내 그녀가 대놓고 비난을 퍼부어대자 그는 무어라 대답해야 좋을지 알 수 없었다. "루오 씨는 다리가 다 나았고, 그 사람들은 아직 치료비도 내지 않았는데, 도대체 왜 베르토 농장에 계속 가는 거지? 아! 거기에 누군가가, 이야기도 잘하고 수도 놓을 줄 아는, 재기 넘치는 사람이 있기 때문이지. 그이가 좋아하는 건 바로 그런 거니까. 그이에게는 도시물을 먹은 아가씨가 필요했던 거야!" 그리고 그녀는 이어 말했다.

"루오 영감의 딸이 도시 여자인 줄 아나보네. 말도 안 돼! 그 집 조부는 양치기였고, 사촌 하나는 싸움하다 사람을 죽도록 패서 감옥에 갈 뻔했는걸. 그렇게 고상한 척하고, 주일마다 백작부인처럼 비단 드레스를 차려입고 성당에 나타나봐야 아무 소용 없지. 게다가 그 딱한 노인은 작년에 유채 농사가 잘되지 않았다면 연체 대금도 못 갚아서 알거지가 됐을걸!"

아내의 성화에 지친 샤를은 베르토 농장에 가는 일을 그만두었다. 엘로이즈가 격하게 사랑을 토로하면서 엉엉 울며 입맞춤을 퍼부은 다음, 기도서에 손을 얹고 다시는 그곳에 안 가겠다고 맹세하게끔 만든 것이다. 그는 아내의 말에 순종했다. 하지만 대담한 욕망은 비굴한 행동에 맞서 저항했고, 그는 일종의 천진한 위선에 따라 에마를 만나는 것을 금지당함으로써 그녀를 사랑할 수 있는 권리 같은 것을 얻었다고 여겼다. 게다가 이 과부는 비쩍 말랐고, 치아가 길쭉했다. 일 년 내내 두르고 있는 검은색 숄은 너무 작아서 그 끝이 늘 어깨뼈 사이에 늘어져 있었다. 원피스 안에는 뻣뻣한 몸이 칼집 속의 칼처럼 들어 있었고, 치마는 너무 짧아서 잿빛 긴 양말 위로 십자 모양으로 끈을 맨 펑퍼짐한 구두와 발목이 훤히 드러났다.

샤를의 어머니는 이따금 아들 부부를 보러 오곤 했는데, 함께 며칠을 지내고 나면 며느리 때문에 신경이 날카로워지는 듯했다. 두 사람은 두 개의 칼날처럼 잔소리와 핀잔으로 그를 난도질했다. 그렇게 많이 먹으면 안 된다! 어째서 오는 손님마다 술을 대접하느냐? 플란넬 내복을 안 입겠다니 무슨 고집이냐!

봄이 시작될 무렵 뒤뷔크 미망인의 자금 관리인인 앵구빌의 공증인이 관리하던 돈을 전부 챙겨 물때를 틈타 배로 달아난 사건이 일어났다. 그렇다고 해도 엘로이즈에게는 여전히 6천 프랑 가치의 선박 지분과 생프랑수아가에 위치한 주택이 있었다. 하지만 그토록 요란하게 자랑했던 재산 가운데 그녀가 결혼 때 가져온 살림이라고는 가구 몇 개와 옷가지 몇 벌이 다였다. 사태를 명확히 밝힐 때가 되었다. 디에프의 집은 기둥뿌리까지 저당잡혀 있었다. 공증인에게 위탁한 자산의 내역은 신만이 알고 있었고 선박의 지분은 천 에퀴를 넘지 못했다. 그 여자가 거짓말을 한 것이다! 샤를의 아버지는 격노해서 판석에 의자를 내던져 박살내고, 가죽값이 마굿값만도 못한 비쩍 마른 늙은 말 같은 여자를 끌어다 붙여서 아들의 인생을 망쳐놓았다고 아내를 비난했다. 그들은 토트로 찾아왔다. 온갖 말이 오갔다. 한바탕 난리가 벌어졌다. 엘로이즈는 울면서 남편의 품안에 안겼고 자기편을 들어달라고 애원했다. 샤를은 아내의 입장을 옹호해보려 했다. 그의 부모는 화가 나서 가버렸다.

하지만 이미 타격을 입을 대로 입은 뒤였다. 일주일 후 그녀는 마당에서 빨래를 널다가 갑자기 피를 토했고, 이튿날 샤를이 그녀를 등지고 창문에 커튼을 치는 사이, "아! 맙소사!" 하는 소리와 함께 한숨을 내쉬더니 기절했다. 죽은 것이다! 어이없게도!

묘지에서 모든 장례 절차를 끝낸 뒤 샤를은 집으로 돌아왔다. 아래층에는 아무도 없었다. 이층의 침실로 올라가자 침대가 놓인 벽감 발치에 아내의 원피스가 여전히 걸려 있는 것이 보였다. 그는 책상에 기대 저녁까지 서글픈 몽상에 잠겨 있었다. 그녀는 그를 사랑하지 않았던가, 어쨌든.

3

어느 날 아침 루오 영감이 샤를에게 다리 치료비를 가지고 왔다. 40수짜리 동전으로 75프랑* 그리고 칠면조 한 마리였다. 그는 샤를이 겪은 불행에 대해 알고 있었고 최선을 다해 그를 위로했다.

"그게 어떤 건지 나도 압니다." 그는 이렇게 말하며 샤를의 어깨를 토닥였다. "나도 겪어봤으니까요! 가엾은 아내를 잃었을 때 나는 혼자 있으려고 들판으로 나가곤 했어요. 나무 아래에 털썩 주저앉아 울면서 하느님을 부르며 온갖 말도 안 되는 소리를 늘어놓곤 했지요. 나뭇가지에 내걸린 채 뱃속에 구더기가 우글거리는 두더지를 보고는 나도 그렇게 되었으면, 요컨대 죽어버렸으면 했어요. 그리고 그 순간에도 다른 사람들은 귀여운 자기 아내를 꼭 끌어안고 있을 거라는 생각이 들어 지팡이로 땅을 마구 내리쳤지요. 거의 제정신이 아니었고, 뭘 먹을 수도 없

---

* 프랑스의 옛 화폐 단위로 1수는 5상팀, 1프랑은 100상팀이다. 따라서 40수짜리로 75프랑을 냈다는 설명은 저자의 오기로 보인다.

었어요. 믿기지 않겠지만, 카페에 간다는 생각만 해도 속이 뒤집어지더군요. 그런데 시나브로 하루가 가고 또 하루가 오고, 겨울이 가고 봄이 오고, 여름이 가고 가을이 오자, 한 올 한 올, 한 조각 한 조각 풀어지더군요. 그러면서 결국 그런 감정은 멀어지고 사라지고 가라앉았다고나 할까요. 그러니까 언제나 가슴속에 뭔가…… 묵직한 추 같은 것이 남아 있으니까요! 하지만 이게 우리 모두의 운명이니까 자포자기해서는 안 되고 누군가 죽었다고 해서 죽을 생각을 해서도 안 됩니다…… 털어버려야죠, 보바리 선생. 다 지나갈 겁니다! 언제 우리집에 오세요. 아시겠지만 제 딸애가 이따금 선생 생각을 하는지 선생이 자기를 잊은 모양이라고 하더군요. 자, 곧 봄이잖아요. 들판에 나가 토끼 사냥이라도 하면서 기분전환을 해봅시다."

샤를은 그의 충고를 따랐다. 그는 다시 베르토를 찾았다. 마치 어제 다녀간 것처럼 모든 것이 다섯 달 전과 같았다. 배나무에는 벌써 꽃이 피었고, 루오 영감이 이제 두 다리로 걸어 돌아다녀서인지 농장이 더 활기차 보였다.

영감은 그의 고통스러운 상황을 고려해 최대한 예의를 베푸는 것이 도리라고 믿고, 그에게 모자를 벗지 않아도 괜찮다며 환자라도 대하는 양 나직한 어조로 말을 건넸을 뿐 아니라 심지어 샤를을 위해 익힌 배나 커스터드 크림 같은 부드러운 음식을 준비해두지 않았다고 화를 내는 척하기도 했다. 그는 이런저런 이야기를 늘어놓았다. 샤를은 자신도 모르게 웃음을 터뜨렸다. 하지만 갑자기 아내에 대한 기억이 다시 떠올라 침울해졌다. 커피가 나왔고, 더는 아내 생각을 하지 않았다.

혼자 지내는 삶에 익숙해지면서 그는 아내 생각을 점점 덜 하게 되었다. 독립적인 생활이 가져다주는 새로운 즐거움 덕분에 이내 고독도 견딜 만해졌다. 이제는 식사시간을 바꿀 수도, 이유를 대지 않고 집에서 나가거나 들어올 수도, 몹시 피곤할 때면 침대에 몸을 쭉 펴고 대자로 누울 수도 있었다. 그래서 그는 편하게 지내고 자기 몸을 아끼고 사람들이 건네는 위로를 편안히 받아들였다. 한편 아내의 죽음은 직업적인 면에서도 나쁘지 않게 작용해, 한 달 동안 그는 "가엾은 청년! 웬 불행이람!" 하는 말을 줄곧 들었다. 그의 이름이 퍼져나갔고 환자 수가 늘었다. 그리고 편안하게 베르토에 드나들었다. 그는 무엇에 대한 것인지 모를 희망을 품었고 막연한 행복을 느꼈다. 거울 앞에서 구레나룻을 빗으로 다듬으며, 자기 얼굴이 전보다 좋아 보인다고 생각했다.

어느 날 그는 세시쯤 도착했다. 모두들 밭에 나가고 없어서 부엌에 들어갔지만, 처음에는 에마가 있다는 것을 알아차리지 못했다. 창의 덧문이 닫혀 있었던 것이다. 나무판자 틈으로 들어온 햇빛이 바닥의 판석 위에 길고 가는 줄무늬를 그리다가 가구 모서리에 이르러 끊어지더니 천장에서 어른거렸다. 식탁에는 파리들이 마시고 난 유리잔을 오르거나 바닥에 남은 사과주에 빠져 붕붕거렸다. 굴뚝을 통해 들어온 빛에 벽난로 안쪽 벽의 검댕이 벨벳처럼 보였고, 차갑게 식은 재는 푸르스름한 빛을 띠었다. 창문과 난로 사이에서 에마가 바느질을 하고 있었다. 숄을 두르고 있지 않아서 맨살이 드러난 어깨에 작은 땀방울이 맺혀 있는 것이 보였다.

시골 풍습대로 그녀는 마실 것을 내오겠다고 했다. 그는 사양했으나 그녀는 물러서지 않았고 마침내 웃으면서 자신과 함께 술을 한잔하는 게 어떻겠느냐고 제안했다. 그러고는 찬장에서 퀴라소 한 병을 꺼내고 작은 유리잔 두 개를 내리더니 하나에는 술을 가득 따르고 나머지 하나에는 따르는 둥 마는 둥 해서 잔을 맞부딪친 다음 입으로 가져갔다. 잔에 술이 거의 없었으므로 그녀는 안에 든 것을 마시기 위해 몸을 뒤로 젖혔다. 고개를 뒤로 젖히고 입술을 내밀고 목을 길게 늘여도 아무것도 입안으로 들어오지 않자 그녀는 웃음을 터뜨리며 고운 이 사이로 혀끝을 내밀어 유리잔 안쪽의 술 방울을 핥았다.

그녀는 다시 자리에 앉아 깁고 있던 하얀 면양말을 집어들었다. 그녀는 고개를 숙이고 바느질을 했다. 그녀가 아무 말도 하지 않았으므로, 샤를도 잠자코 있었다. 문 밑으로 바람이 들어와 판석 위에 있던 먼지가 얼마간 쓸려갔다. 그는 천천히 일렁이는 먼지를 멀거니 바라보았다. 그에게는 오직 자신의 머릿속에서 나는 쿵쿵거리는 소리와 저쪽 마당에서 알을 낳은 암탉이 우는 소리만 들려왔다. 에마는 이따금 두 손바닥을 양뺨에 갖다대며 열을 식혔고, 그런 다음 커다란 장작 받침대의 둥근 쇠자루에 손바닥을 식혔다.

그녀는 봄이 시작되면서부터 현기증이 난다고 한탄하면서, 해수욕을 하면 증상이 나아질지 그에게 물었다. 그녀는 수녀원 학교에 대해, 샤를은 중등학교에 대해 이야기했고, 대화는 자연스럽게 이어졌다. 그들은 에마의 방으로 올라갔다. 그녀는 그에게 전에 쓰던 음악 공책과 상으로 받은 작은 책들, 옷장 바닥에 넣어두고 잊어버렸던 떡갈나무 잎으로 만든 화관 등을 보여주었다. 또 세상을 떠난 어머니와 묘지에 대해 이야기하고, 뜰의 화단을 가리키며 매달 첫 금요일이면 그곳에서 꽃을 꺾어 묘지에 갖다둔다고 말했다. 그런데 자기 집에서 일하는 정원사는 아무것도 모른다고 했다. 남의 집 일을 그렇게 허투루 하다니! 그녀는 여름에는 낮이 길어서 시골생활이 더 권태롭게 여겨진다 해도, 적어도 겨울철만이라도 도시에서 지냈으면 좋겠다고 말했다. 무슨 말을 하는지에 따라 그녀의 목소리는 낭랑했다가 날카로웠다가 갑자기 나른해지면서 거의 웅얼거리듯 혼잣말로 바뀌어 흐려졌고, 때로는 천진한 눈을 크게 뜨며 즐거워했다가 눈을 반쯤 내리깔고 권태에 빠진 눈빛으로 생각에 잠기기도 했다.

저녁에 집으로 돌아오면서 샤를은 자신이 그녀를 알지 못했던 시기에 그녀가 살았을 삶을 나름대로 재구성해보려 애쓰며, 그녀가 했던 말 한 마디 한 마디를 기억을 되살려 되짚어보면서 그 의미를 완전히 파악해보려 했다. 하지만 그녀를 처음 보았을 때나 조금 전 헤어졌을 때의 모습이 아닌 다른 모습은 도무지 그려지지가 않았다. 그러다가 그는 그녀가 앞으로 어떻게 될지, 결혼을 할지 생각해보았다. 한다면 누구와? 이런! 루오 영감은 상당한 부자이고 또 그녀는!…… 너무도 아름답지 않은가! 하지만 에마의 얼굴이 눈앞에 계속 어른거렸고, 팽이가 윙윙거리는 소리 같은 단조로운 울림이 귓가를 맴돌았다. "그런데 네가 결혼한다면! 네가 결혼한다면!" 그날 밤 그는 잠을 이루지 못했다. 목이 조여들고 갈증이 났다. 그는 자리에서 일어나 물병의 물을 마시고 창문을 열었다. 하늘에는 별이 총총 떠 있고, 더운 바람이 불어오는 가운데 멀리서 개들이 짖었다. 그는 베르토 쪽으로 고개를 돌렸다.

어쨌든 손해볼 게 없다고 생각한 샤를은 기회가 오면 구혼을 하겠다고 결심했다. 하지만 그런 기회가 와도 적당한 말을 찾아내지 못할 것만 같은 두려움에 입이 떨어지지 않았다.

루오 영감으로서는 집안에 별반 도움이 안 되는 딸을 달라는 청을

마다할 이유가 없었다. 그는 백만장자가 나온 적이 없는 것을 보면 하늘의 저주를 받은 직업이라고 봐도 마땅할 농사를 하기에는 딸애가 지나치게 재기 발랄하다고 여기고 내심 그녀를 참아주고 있었다. 농사로 큰돈을 벌기는커녕 노인은 매해 손해를 보고 있었다. 술수 부리는 거래를 좋아해 장터에서는 탁월한 능력을 발휘했지만 실제로 땅을 경작한다거나 농장을 운영하는 일에는 그 누구보다도 부적합했다. 그는 자진해서 일하려 들지 않았고, 생활에 드는 비용을 아끼지 않았으며, 잘 먹고 따뜻하게 지내고 편안한 잠자리를 누리고 싶어했다. 그는 진한 사과주와 살짝 구운 양다리, 브랜디를 섞어 오래 거품 낸 글로리아 커피를 좋아했다. 그는 부엌 화덕 앞에 앉아 흡사 연극 무대에서처럼 아예 차려진 채로 가져다준 작은 식탁에서 혼자 식사를 했다.

샤를이 딸 옆에 있으면 뺨을 붉히는 것을 보고, 영감은 그가 조만간 딸에게 청혼하리라 짐작하고 모든 것을 미리 숙고했다. 샤를이 조금 왜소한 편이어서 원하던 사윗감과는 거리가 있었다. 하지만 행동거지가 반듯하고 검소하고 공부를 많이 했다고들 했으며, 지참금에 대해 과하게 승강이를 할 것 같지는 않았다. 지금 루오 영감은 그의 재산 중에서 땅 22에이커를 팔아야 할 상황이었고, 석공과 마구 제조인에게도 갚을 돈이 많았으며 압착기의 굴대도 바꿔야 했다.

'딸을 달라고 하면 줘야겠군.' 그는 생각했다.

성미카엘 축일* 기간에 샤를은 베르토에 와서 사흘을 머물렀다. 마지막날에도 그전 이틀과 마찬가지로 이야기를 꺼낼 순간을 십오 분 후,

* 대천사 성미카엘을 기리는 축일로, 9월 29일.

또 십오 분 후로 미루기만 했다. 루오 영감이 그를 배웅 나왔다. 움푹 팬 길로 걸어나가 작별인사를 할 참이었다. 그때가 바로 적기였다. 샤를은 울타리 모퉁이에 이를 때까지도 시간을 허비하기만 하다가 막 울타리를 지나쳤을 때 입을 열었다.

"루오 영감님, 긴히 드릴 말씀이 있습니다." 그가 나직하게 말했다.

그들은 걸음을 멈추었다. 샤를이 입을 다물었다.

"하고 싶은 말을 하시지요! 내가 아무것도 모르고 있겠습니까?" 루오 영감이 부드럽게 웃으며 말했다.

"루오 영감님…… 루오 영감님……" 샤를이 더듬거렸다.

루오 영감이 말을 이었다. "나로서는 그 이상 좋은 일이 없지요. 물론 그애도 내 생각과 같겠지만, 그래도 그애의 의견을 물어봐야 해요. 그러니 오늘은 이만 돌아가시지요. 난 집으로 가리다. 만약 그애가 승낙한다면, 내 말 잘 들어요, 사람들 이목도 있으니 다시 돌아올 필요는 없지요. 게다가 그랬다간 그애도 몹시 당황할 거요. 하지만 당신이 애가 타지 않게 내가 덧문을 벽에 닿을 정도로 활짝 열어젖히리다. 울타리 너머로 몸을 기울이면 보일 거요."

그런 다음 그는 걸음을 옮겼다.

샤를은 자기 말을 나무에 묶었다. 그러고는 오솔길로 달려가 기다렸다. 반시간이 흘렀고 그는 시계를 보며 다시 십구 분을 헤아렸다. 갑자기 벽에 뭔가 쾅하고 부딪히는 소리가 들렸다. 덧문이 활짝 열리고 문에 달린 걸쇠가 흔들거렸다.

이튿날 아홉시가 되자마자 그는 농장에 도착했다. 그가 들어가자 에마는 얼굴을 붉히면서도 태연한 척 살짝 미소를 지으려 애썼다. 루오 영감은 장차 사위가 될 남자를 끌어안았다. 지참금 문제에 대해서는 나중에 의논하기로 했다. 그러잖아도 체면상 샤를의 탈상 전, 그러니까 다음해 봄까지는 결혼을 할 수 없었기 때문에 시간은 충분했다.

기다림 속에서 겨울이 지나갔다. 에마는 혼수를 준비했다. 일부는 루앙에 주문을 했고, 잠옷과 나이트캡은 본을 빌려서 직접 만들었다. 샤를이 농장에 오면 둘은 결혼 준비에 대한 이야기를 나누었다. 피로연은 어느 방에서 열지 의논했다. 요리를 얼마나 준비하면 좋을지, 전채요리로는 무엇이 맞춤할지 고심했다.

에마는 남들과는 다르게 한밤중에 횃불을 밝힌 채 결혼식을 올리고 싶어했다. 하지만 루오 영감은 그런 발상을 도통 이해할 수가 없었다. 결국 결혼식에는 마흔세 명의 하객이 와서 열여섯 시간 동안 연회를 벌였는데, 연회는 그 이튿날과 이후 며칠에 걸쳐 계속되었다.

4

손님들은 이른아침부터 말 한 마리가 끄는 소형 이륜마차, 긴 좌석이 달린 이륜마차, 낡은 무개 이륜마차, 가죽 캐노피가 달린 승합마차 등 다양한 마차를 타고 도착했고, 인근 마을의 젊은이들은 짐마차 위에 한 줄로 서서 왔는데, 말이 속보로 달려서 심하게 흔들릴 때면 넘어지지 않기 위해 난간을 손으로 붙잡았다. 10리외 정도 떨어진 고데르빌, 노르망빌, 카니에서도 찾아왔다. 양가의 친척을 모두 초대했고, 사이가 틀어졌던 친구들과도 화해했으며, 오랫동안 얼굴을 보지 못했던 지인들에게도 초대장을 보냈다.

울타리 뒤에서 수시로 채찍질소리가 들려왔다. 그러면 이내 울타리 사립문이 열리고 이륜마차가 들어섰다. 현관 계단 앞까지 전속력으로 질주하던 말이 갑자기 멈추면 마차에 타고 있던 사람들이 여기저기서 무릎을 문지르고 기지개를 켜며 나왔다. 보닛을 쓴 부인들은 도시풍 원피스에 회중시계의 금줄을 늘어뜨리고 케이프의 양끝을 교차시켜 허리띠 밑으로 넣거나 쨍한 색감의 숄을 뒷목이 드러나 보이게 두르고 끝을 등에다 핀으로 고정시켰다. 아버지와 비슷하게 차려입은 사내아이들은 새 옷 때문에(그날 태어나 처음으로 부츠를 신어본 아이들도 많았다) 거동이 거북해 보였고, 옆에는 사촌누이나 누나로 보이는 열네다섯 살 정도 된 키 큰 여자애가 입을 열 엄두도 내지 못하고 서 있었는데, 그애는 첫영성체 때 입었던 하얀 원피스를 이 행사를 위해 길이만 늘여 입은 듯했고, 머리는 장미 기름을 발라 번들거렸으며 혹여나 장갑을 더럽힐까봐 마음 졸이며 어쩔 줄 몰라 했다. 마차에서 말을 풀어낼 일손이 모자라 남자 손님들이 소매를 걷어붙이고 직접 나섰다. 그들은 사회적 지위에 따라 연미복, 프록코트, 롱 재킷, 커터웨이 재킷 등으로 각기 다른 차림을 하고 있었다. 집안 식구 모두가 높이 평가하는 고급 정장으로, 중요한 행사가 있을 때만 옷장에서 꺼내 입는 것들이었다. 프록코트는 둥근 깃과 자루처럼 넓은 주머니가 달렸으며 옷자락이 풍성해 바람에 나부꼈다. 굵은 나사로 된 재킷은 보통 챙 가장자리에 구리테를 두른 제모制帽와 같이 착용했다. 커터웨이 재킷은 몹시 짧아서 옷자락이 꼭 목수가 도끼로 단번에 잘라낸 것처럼 보였고, 등 쪽에는 단추 두 개가 한 쌍의 눈알처럼 좁은 간격으로 달려 있었다. 하객 중 몇몇은(물론 이들은 식탁의 말석에 앉게 될 텐데) 농사꾼의 나들이옷 차림, 다시 말해서 옷깃은 어깨 쪽으로 젖혀지고 등에는 잔주름을 잡고 허리 아래쪽에 허리띠를 바느질로 붙인 옷을 입고 있었다.

셔츠는 가슴께가 전부 갑옷처럼 불룩했다! 모두들 새로 이발을 해서 두 귀가 두상에서 삐죽 튀어나온 것처럼 보였고 말끔하게 면도도 했는데, 동트기 전에 일어나 잘 안 보이는 상태에서 수염을 깎은 몇몇은 심지어 코 밑에 비스듬하게 상처가 나거나 턱의 살갗이 3프랑짜리 은화만하게 벗어져서 오는 내내 찬바람을 쐬자 염증이 생겨 그 하얗고 투실한 흥겨운 얼굴들이 분홍빛 반점으로 얼룩져 있었다.

마을 청사는 농장에서 반 리외 떨어진 곳에 있어서, 모두들 걸어갔다가 성당에서 예식을 마치고 다시 걸어서 돌아왔다. 행렬은 처음에는 푸른 밀밭 사이로 구불구불 이어지는 좁은 오솔길을 따라 마치 하나의 머플러처럼 들판에서 굽이치다가, 이내 잡아 늘인 듯 사이가 벌어지더니 이윽고 몇 명씩 무리 지어 이야기를 나누느라 지체하는 바람에 끊어지고 말았다. 악사가 스크롤을 리본으로 장식한 바이올린을 들고 선두에서 걸었다. 그다음에는 신랑 신부가 따르고 그 뒤로는 친척들, 친지들이 아무렇게나 뒤섞여 걸었는데, 아이들은 뒤처져서 종 모양의 귀리 이삭을 훑거나 어른들의 눈을 피해 자기들끼리 장난을 쳤다. 에마의 드레스가 너무 길어서 아랫단이 조금 땅에 끌렸다. 그녀는 이따금 걸음을 멈추고 드레스 자락을 끌어올리고는 작은 엉겅퀴 가시와 거친 풀들을 장갑 낀 손으로 섬세하게 떼어냈는데, 그동안 샤를은 빈손으로 그녀가 일을 끝내기를 기다렸다. 루오 영감은 새 실크해트를 쓰고 소매가 손톱까지 내려오는 검은 예복 차림으로, 샤를의 어머니 보바리 노부인과 팔짱을 끼고 걸었다. 샤를의 아버지는 내심 그곳에 모인 사람들을 경멸하며 그저 군복처럼 단추가 한 줄로 달린 프록코트만 걸치고 와서는, 금발의 시골 처녀에게 술집에서나 통할직한 찬사를 늘어놓고 있었다. 여자는 인사를 해 보이고는 얼굴이 붉어져서 대답할 말을 찾지 못했다. 결혼식에 온 다른 사람들은 사업 이야기를 하거나 서로 장난을 치기도 하면서 벌써부터 흥을 돋웠다. 귀를 기울이면 들판 한가운데에서 연주를 이어가는 악사의 바이올린소리가 줄곧 들려왔다. 사람들이 너무 뒤처지는 것 같으면 그는 걸음을 멈추고 숨을 돌리면서 매끄럽게 현을 켜게끔 활에 한참 동안 송진을 칠한 다음 박자를 맞추려고 바이올린의 목 부분을 올렸다 내렸다 하면서 다시 걷기 시작했다. 멀리서 작은 새들이 악기 소리에 놀라 날아갔다.

짐수레를 넣어두는 헛간 안에 잔칫상이 차려져 있었다. 쇠고기 등심구이 네 덩이, 닭고기 프리카세 여섯 개, 송아지고기 캐서롤, 양 넓적다리 세 덩이 그리고 한가운데에는 먹음직스러운 새끼돼지 통구이가 소리쟁이 잎을 넣어 만든 앙두이유 소시지 네 줄과 함께 놓여 있었다. 식탁 귀퉁이마다 브랜디가 담긴 유리병이 세워져 있었다. 순한 사과주가 담긴 병의 마개 주위로 거품이 부글부글 새어나왔고, 식탁에 놓인 잔마다 이미 포도주가 가득 따라져 있었다. 큰 접시에 담긴 노란 크림은 식탁이 조금만 흔들려도 제풀에 출렁거렸는데, 그 고른 표면에는 녹인 설탕으로 신랑 신부의 이니셜이 아라베스크 필체로 쓰여 있었다. 과일파이와 누가는 이브토의 제과점에 주문을 넣었다. 파티셰는 그 지역에서 처음 개업을 한 터라 여러모로 신경을 썼다. 그가 디저트로 피에스

몽테*를 직접 가지고 나오자 사람들의 탄성이 터져나왔다. 우선 맨 밑에 파란 정방형 판지로 신전의 터를 잡고, 주위를 빙 둘러 주랑과 기둥을 세운 다음, 벽감 안을 금종이로 만든 별로 장식하고 작은 석고상들을 세워놓았다. 둘째 단에는 사부아 지방의 카스테라로 된 성채가 안젤리카 졸임, 아몬드, 건포도, 오렌지 조각으로 섬세하게 만든 보루에 둘러싸여 있었다. 마지막으로 맨 윗단은 푸른 초원으로, 잼으로 만든 호수에 개암 껍질로 만든 배가 떠 있고 드문드문 바위가 보였으며 작은 큐피드 상이 초콜릿 그네를 타고 있었는데 그네의 양쪽 기둥 끝에는 둥근 장식 대신 진짜 장미꽃 봉오리가 꽂혀 있었다.

식사는 저녁때까지 계속되었다. 앉아 있는 것이 지겨워지면 사람들은 마당을 돌아다니거나 헛간에서 코르크 마개로 게임을 했다. 그런 다음 다시 식탁으로 돌아왔다. 연회가 끝날 무렵이 되자 몇몇은 식탁에서 잠이 들어 코를 골았다. 하지만 커피가 나오자 다시 분위기가 살아났다. 사람들은 노래를 부르고, 힘자랑을 하고, 보란듯이 무거운 물건을 들고, '엄지 아래 놀이'**를 하고, 짐수레를 떠메보려 하고, 외설스러운 농담을 하고, 여자들에게 입맞춤을 했다. 저녁에 돌아갈 때가 되자, 콧구멍까지 귀리를 포식한 말들을 끌채 속으로 들여보내는 데 애를 먹었다. 말들이 발길질을 하고 뒷다리로 일어서는 바람에 마구가 부서지자 주인들이 욕설을 내뱉거나 웃음을 터뜨렸다. 그날 밤 달빛이 비치는 가운데 그 지방의 길이란 길마다 밤새도록 마차들이 덜컹거리며 전속력으로 달리면서 도랑에 빠지는가 하면 높이 쌓인 자갈더미를 뛰어넘

---

* 빵이나 과자를 층층이 쌓아올려 탑처럼 만든 연회용 케이크.

** 탁자에 엄지손가락을 붙이고 고개를 비틀어 팔 아래로 통과할 수 있는지 겨루는 놀이.

기도 하고 경사진 언덕길을 겨우 오르기도 했는데, 그럴 때면 여자들은 수레 밖으로 몸을 내밀고 말고삐를 잡으려 애썼다.

베르토에 남은 사람들은 밤새도록 부엌에서 술을 마셨다. 아이들은 긴 의자 아래에서 잠들었다.

신부는 사람들이 관습적으로 첫날밤 하는 짓궂은 장난을 못하게 해달라고 아버지에게 당부해두었다. 하지만 그럼에도 생선장수인 사촌 하나가(심지어 그는 결혼 선물로 가자미 한 손을 가져왔다) 열쇠 구멍에 대고 입으로 물을 내뿜으려 했는데, 마침 루오 영감이 다가와 제지하며 사위의 사회적 지위를 생각해 그런 부적절한 장난을 해선 안 된다고 설명했다. 사촌은 그런 이유를 납득하긴 어려웠지만 마지못해 물러섰다. 그는 으스대는 루오 영감을 내심 못마땅하게 여기면서 한구석에 모여 넌지시 주인이 망했으면 좋겠다고 수군거리는 네다섯 명의 하객 무리에 합류했는데, 고기의 맛없는 부위가 우연히 연거푸 자기들 앞에 놓이자 결국 박대를 당했다고 여긴 이들이었다.

샤를의 어머니는 그날 종일 입을 열지 않았다. 신부의 옷치장에 대해서든 연회의 진행에 대해서든 아무도 그녀에게 묻지 않아서 일찌감치 식탁에서 물러났다. 남편은 그녀를 따르는 대신 생빅토르에서 시가를 사오게 해서 동이 틀 때까지 피우며 키르슈를 섞은 그로그*를 마셔댔고, 시골에서는 듣도 보도 못했을 그런 배합이 자신을 존중받을 만한 존재로 만들어준다고 여겼다.

샤를은 농담을 즐기는 성격이 전혀 아니었으므로, 피로연 석상에서

* 키르슈는 체리 브랜디, 그로그는 럼에 설탕이나 레몬을 넣고 물을 섞은 음료.

빛을 발하지 못했다. 그는 수프가 나올 때부터 사람들이 이런 자리에서는 으레 그래야 한다는 생각으로 신랑에게 던지게 마련인 놀림이나 재담, 중의적 의미를 지닌 말, 칭찬이나 외설적인 농담 따위를 재치 있게 받아넘기지 못했다.

하지만 다음날이 되자 그는 딴사람이 된 것 같았다. 그가 생전 처음으로 초야를 치른 사람처럼 행동한 반면 신부는 간밤에 사람들이 지레 짐작할 만한 일을 겪은 내색을 전혀 내보이지 않았다. 아주 눈치 빠른 이들조차 어떻게 반응해야 할지 알 수 없어서 신부가 곁을 지나갈 때면 주의깊게 그녀를 관찰했다. 하지만 샤를은 아무것도 감추지 않았다. 그는 신부를 아내라고 부르고, 편한 말투를 쓰고, 만나는 사람마다 그녀가 어디 있는지 묻고, 사방으로 찾아다니고, 때로는 데리고 마당으로 나가기도 했는데, 그럴 때면 저멀리 나무 사이로 그가 아내의 허리에 팔을 두르고는 드레스 앞섶이 구겨질 정도로 몸을 굽혀 고개를 파묻고 걷는 광경이 보이곤 했다.

결혼식 이틀 후 신랑 신부는 떠났다. 샤를이 환자들 때문에 더 길게 자리를 비울 수 없었던 것이다. 루오 영감은 자기 이륜마차로 그들을 데려다주게 하면서 바송빌까지 따라갔다. 그곳에서 그는 딸과 작별의 입맞춤을 하고 마차에서 내려 집을 향해 걷기 시작했다. 그는 백 보쯤 걷다가 걸음을 멈추고, 바퀴로 먼지를 일으키며 멀어져가는 마차를 바라보면서 깊은 한숨을 내쉬었다. 자신의 결혼식, 젊은 시절, 아내의 첫 임신이 떠올랐다. 아내를 장인 집에서 자기 집으로 데려오던 날, 그녀를 말 뒤에 태우고 눈 위를 빠르게 달리면서 얼마나 행복했던가. 크리스마스 무렵이었고 들판은 온통 하얀 눈으로 덮여 있었다. 아내는 한 팔로 그를 붙잡고 다른 팔에는 바구니를 걸고 있었다. 코 지역풍 장식 모자에 달린 긴 레이스 자락이 바람에 날려 그녀의 입가를 스쳤고, 이따금 그가 고개를 돌리면 어깨 너머 보닛의 금박 장식 아래로 말없이 미소를 짓는 발그레한 작은 얼굴이 바로 가까이에서 보였다. 그녀는 곱은 손가락을 녹이려고 간간이 그의 외투 가슴께로 손을 집어넣곤 했다. 그 모든 것이 얼마나 오래전 일인지! 아들이 살아 있었다면 이제 서른 살이 될 터였다! 그는 뒤를 돌아보았지만 길에는 아무것도 보이지 않았다. 그는 가구를 모두 빼 텅 비어버린 집처럼 마음이 서글퍼졌다. 큰 잔치의 여운으로 몽롱해진 머릿속에서 행복한 추억이 우울한 생각과 뒤섞이자, 그는 문득 성당 쪽을 한 바퀴 돌아보고 싶은 마음이 들었다. 하지만 보고 나면 더 서글퍼질까봐 두려워 곧장 집으로 향했다.

샤를 부부는 여섯시경 토트에 도착했다. 이웃 사람들이 창가에 서서 동네 의사의 새 아내를 구경했다.

늙은 하녀가 나와 무릎 인사를 하고 아직 저녁식사 준비가 끝나지 않은 것에 대해 용서를 구하면서 준비를 하는 사이에 부인은 집안을 둘러보시라고 권했다.

5

벽돌집의 전면은 길 아니 좀더 정확히 말하자면 대로에 바로 면해 있었다. 현관문 뒤에는 짧은 깃이 달린 외투와 말고삐, 검은 가죽 챙모자가 걸려 있었고, 한쪽 구석 바닥에는 마른 흙이 여전히 묻어 있는 각반 한 켤레가 놓여 있었다. 오른쪽은 큰 방으로 식사를 하고 쉬기도 하는 공간이었다. 위쪽으로 연한색 꽃무늬 띠를 두른 연노란색 벽지가 잘못 발린 초벌 천 위로 온통 울어 있었다. 빨간 장식줄을 가장자리에 댄 하얀 무명천 커튼이 창문 위쪽에서 사선으로 교차되어 드리워져 있고, 좁은 벽난로 장식대에는 히포크라테스 두상이 새겨진 추시계가 타원형 유리갓을 씌운 은도금한 촛대 두 개 사이에서 번쩍거렸다. 복도 맞은편에는 샤를의 진료실이 있었는데, 너비가 여섯 보 정도 되는 작은 방으로 탁자 하나, 의자 세 개, 팔걸이가 달린 사무용 의자 하나가 구비되어 있었다. 전나무로 짠 여섯 단짜리 책장은 『의학 사전』 한 질로 거의 꽉 채워져 있었고, 책장이 잘리지도 않은* 그 책들은 여러 주인을 거치며 제본 부분이 이미 상해 있었다. 진료하고 있노라면 벽으로 음식 냄새가 스며들었고, 마찬가지로 부엌에서는 진료실에서 환자들이 기침을 하고 증상을 말하는 소리가 고스란히 들렸다. 이어 마구간이 있는 마당으로 곧장 통하는 황폐한 느낌이 드는 큰 방이 있었는데, 화덕이 설치된 그 방은 지금은 장작과 포도주, 잡동사니를 넣어두는 창고로 고철이라든가 빈 술통, 못 쓰게 된 농기구, 그 밖에 용도를 알 수 없는 잡다한 물건들이 먼지를 두텁게 덮어쓰고 빽빽이 들어차 있었다.

양옆 흙담 사이로, 과수장의 살구나무들이 빼곡히 자라는 길쭉한 마당이 가시나무 울타리까지 이어졌는데 그 너머로는 밭이었다. 마당 한가운데 석재 받침대 위에는 점판암으로 만든 해시계가 놓여 있었다. 볼품없는 들장미가 자라는 화단 네 개가 그보다는 훨씬 쓰임새가 많은

* 재단하지 않고 제본된 책으로, 읽으려면 종이칼로 잘라가며 넘겨 봐야 한다.

채소밭을 대칭으로 둘러싸고 있었다. 마당 맨 안쪽의 가문비나무 아래에는 기도서를 읽는 사제의 석고상이 있었다.

에마는 이층으로 올라갔다. 첫번째 방에는 가구가 아무것도 없었다. 두번째 방은 부부 침실로 빨간색 휘장을 드리운 넓은 벽감 안쪽에 마호가니 침대가 놓여 있었다. 조개껍질로 만든 상자 하나가 서랍장 위를 장식하고 있었다. 그리고 창가의 책상에는 하얀 비단 리본으로 묶은 오렌지꽃 다발이 물병에 꽂혀 있었다. 다름 아닌 신부의 부케, 샤를 전처의 부케였다! 에마는 그것을 바라보았다. 샤를이 사태를 알아차리고 부케를 집어들어 다락방으로 가져가는 동안 에마는 안락의자에 앉아(사람들이 짐을 날라와 그녀 주위에 내려놓고 있었다) 판지 상자에 담긴 자신의 결혼식 부케를 생각했고, 혹시 자신이 죽는다면 사람들이 그 부케를 어떻게 할지 꿈꾸는 듯한 기분으로 자문해보았다.

처음 얼마 동안 그녀는 그 집을 어떻게 바꿀지 궁리하느라 바빴다. 촛대들에 씌운 유리갓을 벗기고 도배를 새로 하고 층계를 다시 칠하고 마당의 해시계 주위로 빙 둘러 벤치를 설치했다. 심지어 물고기가 있는 분수 연못을 만들려면 어떻게 해야 하는지 묻기도 했다. 아내가 마차를 타고 돌아다니는 것을 좋아한다는 사실을 안 샤를은 중고 보크 마차를 구해왔는데, 새 램프를 달고 누비 가죽 흙받이를 갈자 거의 틸버리 마차처럼 보였다.*

그러니까 샤를은 행복했고 아무 걱정도 없었다. 단둘이 하는 식사, 큰길을 거니는 저녁 산책, 머리를 매만지는 그녀의 손동작, 창문 걸쇠

---

* 보크 마차는 말 한 마리가 끄는 단순한 형태의 지붕 없는 이륜마차. 틸버리 역시 경량 이륜마차로, 당시 영국에서 도입된 최신형 모델이었다.

에 걸린 그녀의 밀짚모자, 그 밖에도 그로서는 기쁨을 느끼리라고는 결코 생각해본 적이 없는 무수한 것들이 이제 그를 끊임없이 행복하게 해주었다. 아침이면 그는 침대에서 베개를 나란히 베고 누워, 나이트캡의 장식 자락에 반쯤 가려진 그녀 뺨의 금빛 솜털 사이로 햇살이 비치는 모습을 바라보았다. 그렇게 가까이에서 보니, 특히 막 잠에서 깨어 눈을 깜빡거릴 때면 그녀의 눈이 평소보다 훨씬 더 커 보였다. 그늘진 부분은 까맣고 햇빛을 받은 부분은 짙푸른 색을 띠는 눈동자는 마치 겹겹의 층을 지닌 것처럼 맨 안쪽이 진하고 반들거리는 안구 표면으로 올라올수록 밝아졌다. 그 자신의 눈이 그녀의 깊은 눈동자에 빠져, 그 속에서 얇은 비단 두건을 쓰고 잠옷 셔츠 위쪽을 풀어헤친 자신의 모습이 축소되어 머리에서 어깨까지 비쳐 보였다. 그는 침대에서 일어났다. 그녀는 그가 집을 나서는 것을 보려고 창가로 갔다. 그러고는 가운 자락을 늘어뜨린 채 제라늄 화분들 사이로 창턱에 팔꿈치를 대고 턱을 괴었다. 길로 나온 샤를은 경계석에 발을 얹고 신발에 박차를 맸다. 이층에서 그녀는 그에게 말을 걸면서 입으로 꽃잎이나 이파리를 따서 그 쪽으로 불어 보냈는데, 그것들은 공중에 나부끼다가 마치 새처럼 허공에서 반원을 그린 다음 문 앞에 꼼짝 않고 서 있는 늙은 하얀 암말의 빗질 안 된 갈기에 걸렸다가 바닥으로 내려앉았다. 샤를은 말에 올라타고 그녀에게 입맞춤을 보냈다. 그녀가 손짓으로 화답한 다음 창문을 닫으면 그는 길을 나섰다. 긴 리본처럼 끝없이 길게 이어지는 먼지투성이의 큰길에서, 나뭇가지들이 낮게 드리워진 바큇자국 움푹 파인 길에서, 밀이 무릎까지 자란 오솔길에서, 어깨로는 햇살을 받고 콧구멍으로는 아침 공기를 들이마시고 가슴으로는 지난밤의 지극한 기쁨을 느끼면서, 평화로운 마음과 만족스러운 몸으로 마치 저녁식사 후에 소화되고 있는 송로버섯의 맛을 되새기는 사람처럼 자신의 행복을 되새기며 길을 갔다.

지금까지 살아오면서 행복한 적이 있었던가? 높은 담장 안에 갇히다시피 한 채 그보다 더 부유하고 공부도 잘하는 급우들 사이에서 외따로 지내고 억양 때문에 웃음거리가 되고 옷차림 때문에 놀림을 당하고 급우들의 어머니는 토시 속에 고급 과자를 넣어가지고 면회실에 오던 중등학교 시절? 그다음 돈이 충분치 않아 귀여운 여공 애인과 카드리유*를 추러 갈 수도 없었던 의학을 공부하던 시기? 그후에는 침대 속에서도 두 발이 얼음처럼 차갑던 과부와 십사 개월을 살았다. 하지만 이제 그는 사랑하는 예쁜 아내와 평생 함께할 수 있게 되었다. 그의 세계는 그녀의 매끄러운 치마폭 안에 있었다. 그는 늘 자신의 사랑이 충분치 않다고 자책했고, 그녀를 다시 보고 싶은 욕망에 휩싸여 서둘러 집으로 돌아와 두근거리는 가슴으로 층계를 올랐다. 에마는 방에서 화장을 하고 있었다. 그가 살금살금 다가가 등에 입을 맞추자, 그녀가 놀라 비명을 질렀다.

그는 그녀의 빗, 반지, 숄을 줄곧 만지작거리고 싶어 참을 수가 없었다. 때로는 그녀의 두 볼에 힘껏 입맞춤을 하거나 맨살이 드러난 팔을 따라 손가락 끝부터 어깨까지 연이어 가벼운 입맞춤을 하기도 했다. 그러면 그녀는 보채며 매달리는 아이에게 하듯이 미소를 지으며 조금 성가시다는 양 그를 밀어냈다.

---

* 네 쌍의 남녀가 마주서서 추는 프랑스 춤.

결혼하기 전 그녀는 자신이 사랑을 하고 있다고 여겼다. 하지만 사랑한다면 마땅히 따라와야 할 행복이 느껴지지 않자 어쩌면 자신이 잘못 생각했는지도 모른다고 생각했다. 그리고 에마는 책에서 그토록 아름답게 보였던 도취, 열정, 희열 같은 말이 실제 삶에서 정확히 무엇을 의미하는지 알고 싶어졌다.

6

그녀는 『폴과 비르지니』*를 읽은 다음, 대나무로 지은 집, 흑인 노예 도밍고, 강아지 피델, 특히 종탑보다 높은 나무 위로 올라가 빨간 열매를 따다주거나 맨발로 모래 위를 달려와 새둥지를 갖다주는 착한 동생 같은 소년과의 감미로운 우애를 꿈꾸었다.

열세 살이 되었을 때, 그녀의 아버지는 그녀를 수녀원 학교에 입학시키기 위해 직접 루앙 시내로 데리고 갔다. 부녀는 생제르베 구역의 여관에 묵었는데, 저녁식사에 발리에르 양**의 이야기가 그려진 접시가 나왔다. 그림에 대한 설명은 나이프 자국 때문에 여기저기 끊겨 있었는데 모두 신앙, 고결한 마음, 궁정의 화려함을 찬양하는 내용이었다.

처음에 그녀는 수녀원 학교를 싫어하기는커녕 수녀들과의 생활을

---

* 프랑스 소설가이자 박물학자인 자크앙리 베르나르댕 드 생피에르가 쓴 목가적인 작품. 이국적인 배경 속에서 펼쳐지는 소년 소녀의 우정과 사랑을 다룬다.

** 루이즈 드 라 발리에르. 군인의 딸로 궁정에 들어가 루이 14세의 정부가 되었으나 후에 수녀원에 들어갔다.

좋아했고, 수녀들은 에마를 즐겁게 해주기 위해 식당에서 긴 복도로 연결되는 제실로 데리고 가곤 했다. 그녀는 휴식시간에도 요란하게 놀지 않았고 교리문답을 잘 이해해서 보좌신부의 어려운 질문에 대답하는 학생은 언제나 그녀였다. 그러니까 학급의 미온적인 분위기에서 결코 벗어나는 일 없이 구리 십자가가 달린 묵주를 든 창백한 안색의 여자들과 지내면서 에마는 제단의 향냄새와 성수반의 서늘한 기운과 촛불에서 발산되는 신비로운 나른함에 편안하게 빠져들었다. 미사 진행을 따라가는 대신 책 속 하늘색 테두리 안에 그려진 경건한 삽화를 바라보면서, 병든 어린양, 날카로운 화살이 박힌 성심 혹은 십자가를 지고 걷다가 쓰러진 가엾은 예수 그림을 마음에 들어했다. 그녀는 고행에 동참하기 위해 하루종일 아무것도 안 먹기도 했다. 또 실천에 옮길 만한 서약에 어떤 것들이 있는지를 머릿속으로 궁리하기도 했다.

고해성사를 하러 가면 어둠 속에서 무릎을 꿇고 두 손을 모으고 창살에 얼굴을 바짝 갖다댄 채 사제의 나직한 말소리를 들었는데, 그곳에서 더 오래 머물기 위해 사소한 잘못을 지어내기도 했다. 강론에 자주 나오는 영원한 결혼, 천상의 연인, 남편, 약혼자의 비유는 마음 깊숙한 곳에서 예기치 않은 뭉클함을 불러일으켰다.

저녁이면 기도를 하기 전 자습실에서 종교적인 책을 읽었다. 주중에는 성서의 내용을 요약한 것이나 프레시누 신부의 『강의』*를 읽었고, 일요일에는 기분전환 삼아 『기독교의 정수』** 몇 단락을 읽었다. 지상

* 프랑스 주교이자 문필가 드니앙투안뤼크 프레시누가 1825년 출간한 『기독교 옹호 혹은 종교 강의』를 가리킨다.

** 샤토브리앙이 1802년 출간한 종교서. 화려하고 섬세한 문체가 돋보여 프랑스 낭만주

과 영원의 모든 속성을 반향하는 듯이 보이는, 낭만적인 애수에서 우러나온 그 우렁찬 탄식에 처음 얼마간 얼마나 열중해서 귀를 기울였던지! 상업지구의 가게 뒷방에서 유년을 보냈다면 그녀는 문학의 중재를 통해서만 우리에게 다가오는 자연의 서정적 호소에 마음을 열었으리라. 하지만 그녀는 시골에 대해서라면 속속들이 알고 있었다. 가축의 울음소리, 젖 짜는 법, 쟁기질이 어떤 것인지 알았다. 조용한 환경에 익숙했던 그녀는 오히려 떠들썩한 쪽에 마음이 끌렸다. 바다를 좋아한 것은 오직 폭풍우 때문이었고, 초목이 좋을 때는 폐허 속에서 드문드문 자라고 있을 때뿐이었다. 그녀는 어디에서든 자신에게 도움이 될 만한 것들을 끌어내고자 했다. 예술적이기보다는 감상적인 기질의 소유자로서 그녀는 풍경이 아니라 감동을 찾고자 했으며 자신의 마음에 즉각 호소력을 갖지 못하면 무엇이든 쓸모없다고 여기고 거부했다.

수녀원에는 매달 와서 일주일간 머물며 옷가지 등을 손봐주는 나이 든 여자가 있었다. 대혁명 시기에 몰락한 귀족 가문 출신이라서 대주교의 비호를 받던 그녀는 식당에서 수녀들과 같은 식탁에 앉아 식사를 했고, 식사 후에는 그들과 가볍게 잡담을 나눈 다음 일하러 위층으로 올라가곤 했다. 기숙사의 학생들은 자습실을 빠져나와 그녀를 만나러 갔다. 그녀는 지난 세기의 연가를 외우고 있어 바느질을 하면서 나직한 어조로 흥얼거렸다. 그녀는 여러 이야기를 들려주었고, 바깥 소식을 전해주었으며, 시내에서 볼일을 대신해주고, 앞치마 주머니에 언제나 넣어 다니면서 일하는 사이사이에 그녀 자신도 긴 장들을 탐독하곤

의의 시작을 알리는 작품으로 평가받는다.

하는 소설책을 수녀들 몰래 상급생들에게만 빌려주기도 했다. 그 내용은 하나같이 사랑에 관한 것이었다. 사랑에 빠진 남자, 사랑에 빠진 여자, 외딴집에서 학대받으며 외롭게 시들어가는 부인, 역참에서 살해되는 마부들, 페이지마다 혹사당하는 말들, 음침한 숲, 찢어지는 가슴, 맹세, 흐느낌, 눈물과 입맞춤, 달빛 아래 조각배, 숲속의 나이팅게일, 사자처럼 용감하고 새끼 양처럼 유순하며 더할 수 없이 고매하고 언제나 말쑥하게 차려입은 모습으로 눈물을 펑펑 쏟는 신사들에 관한 것이었다. 그러니까 열다섯 살의 에마는 이런 도서 대여점의 먼지투성이 책장에 손을 더럽히며 육 개월을 보냈다. 후에 월터 스콧의 책을 읽으면서는 역사물에 사로잡혀 골동 궤짝이나 위병소, 음유시인을 동경했다. 그녀는 허리 아래까지 상체의 굴곡이 드러나는 드레스를 입고, 삼엽형 첨두 아치 밑에서 돌난간 위에 팔꿈치를 올려놓고 턱을 괸 채 들판 저 멀리에서 하얀 깃털을 단 기사가 검은 말을 타고 전속력으로 달려오는 것을 바라보면서 매일을 보내는 성의 안주인들처럼, 유서 깊은 영주의 저택에 산다면 얼마나 좋을까 하고 생각했다. 그 시기 그녀는 메리 스튜어트*를 숭배했고 유명하거나 불행을 겪은 여자들에게 열광적인 찬사를 보냈다. 에마에게 잔 다르크, 엘로이즈**, 아녜스 소렐***, 아름다

* 스코틀랜드 여왕이자 프랑스 왕비. 잉글랜드 왕위 계승권을 놓고 엘리자베스 1세와 반목했고, 반역 행위에 연루되어 1587년 참수되었다.

** 프랑스 작가이자 수녀. 철학자인 스승 아벨라르와 열렬히 사랑했으나 비극적인 사건으로 이루어지지 못했다.

*** 샤를 7세의 애첩으로 정치적 영향력을 행사했으며 가슴을 드러내는 패션을 주창하는 등 스캔들을 일으켰다.

운 페로니에르*와 클레망스 이조르**는 망망한 암흑의 역사 속에서 혜성처럼 두드러진 존재였고, 그 역사 속에는 떡갈나무 아래의 생루이***나 죽어가는 바야르****, 루이 11세의 횡포*****, 성바르톨로메오 축일 학살 사건******의 몇몇 장면들, 베아른 사람*******의 모자 깃털 장식 그리고 언제나 빠지지 않는 루이 14세를 칭송하는 그림이 그려진 접시들에 대한 기억이 서로 아무런 관련 없이 여기저기에서 불쑥불쑥 튀어올랐다가는 어둠 속으로 더 깊이 잦아들었다.

음악시간에 그녀가 부르는 노래에는 늘 금빛 날개를 가진 작은 천사, 성모마리아, 석호, 곤돌라의 사공이 등장했는데, 이런 평화로운 노래들은 시시한 가사와 엉성한 곡조에도 불구하고 그 너머로 감상적인 현실에 대한 매혹적인 환영을 엿볼 수 있게 해주었다. 몇몇 급우들이 새해 선물로 받은 호화로운 장정의 시화집을 수녀원에 가져왔다. 그런

* 프랑수아 1세의 정부. 그녀의 남편이 '페로니에(철물제작자)'여서 철물제작자의 아내, '페로니에르'로 불렸다.

** 프랑스의 반전설적인 중세 여인으로, 15세기 초에 음유시인들을 위해 툴루즈의 '꽃 게임'을 되살렸다. 프랑스의 가장 유명한 여인 중 하나로 꼽히며 여러 그림과 조각의 소재가 되었다.

*** 루이 9세. 프랑스의 경제, 문화, 예술의 재부흥을 일으킨 군주로 평가되며, 전통에 따라 떡갈나무 아래 양탄자에 앉아 재판을 했다고 한다.

**** 중세 기사의 귀감으로 알려진 피에르 뒤 테라이.

***** 부친 샤를 7세와 불화하며 반역을 꾀했고, 1461년 즉위해서는 왕권 강화를 위해 부르고뉴 공작 및 정적 세력을 탄압했다.

****** 1572년 성바르톨로메오 축일인 8월 23일에서 24일까지 파리에서 신교도들이 잔인하게 학살당한 사건. 학살은 10월까지 프랑스 도처에서 계속되었다.

******* 앙리 4세를 가리킨다. 프랑스와 나바르왕국의 왕이었으며 1598년 낭트칙령을 공표했다. 하얀 깃털 장식은 그의 상징물로서 자주 언급된다.

책들은 숨겨둬야 했는데, 그것은 결코 쉬운 일이 아니었다. 학생들은 공동 침실에서 그 책을 펼쳤다. 아름다운 비단 장정을 조심스럽게 매만지면서 에마는 작품 아래 서명해놓은, 대개는 백작이나 자작인 낯선 저자들의 이름을 매혹당한 눈길로 골똘히 응시했다.

판화에 덮인 박엽지가 자신의 숨결에 반쯤 접힌 채 올라갔다가 맞은편 페이지 위로 살포시 내려앉는 것을 보며 그녀는 전율했다. 발코니 난간 안쪽에서 짧은 망토 차림의 청년이 하얀 드레스를 입고 허리띠에 보시 주머니*를 찬 젊은 처녀를 안고 있는 그림이 나타났다. 둥근 밀짚모자를 쓰고 옅은 빛깔의 커다란 두 눈으로 상대를 바라보는, 구불거리는 금발의 이름 모를 영국 숙녀들 초상화도 있었다. 공원 가운데를 미끄러지듯 달려가는 마차 안 등받이에 몸을 기댄 숙녀들의 모습도 보였는데, 흰 반바지 차림의 소년 마부 둘이 말고삐를 잡고 그 앞에는 사냥개 한 마리가 힘차게 뛰고 있었다. 개봉한 편지를 옆에 둔 채 안락의자에 앉아 검은 커튼으로 반쯤 가려진 창문 너머 달을 바라보는 숙녀들의 그림도 있었다. 뺨에 눈물이 맺힌 천진한 숙녀들이 고딕식 새장의 창살 사이로 산비둘기에게 입맞춤을 날리거나, 고개를 갸웃하면서 미소를 머금고 손가락 끝을 터키식 실내화 코처럼 뾰족하게 모아 데이지 꽃잎을 따는 그림도 있었다. 또한 정자 아래에서 무희의 품에 안겨 몽롱한 눈길로 긴 담뱃대를 물고 있는 술탄이나, 자우르**, 터키 검, 그리

* 가난한 이들에게 줄 돈을 넣어둔다는 의미에서 이름이 유래되었으나 19세기 귀족사회에서는 여인들이 장식적인 용도로 허리 한쪽에 찼다.

** '신을 믿지 않는 자'라는 뜻으로 이슬람교도가 비신도, 특히 기독교인을 경멸적으로 칭하는 단어.

스 모자를 그린 그림도 있었고, 특히 아름다운 고장을 그린 단색 풍경화들에는 종종 야자수와 전나무가 함께 그려졌으며, 오른쪽에는 호랑이, 왼쪽에는 사자가 있는가 하면, 먼 지평선에는 이슬람 사원의 첨탑이, 전면에는 폐허가 된 로마의 유적에 이어 웅크리고 앉은 낙타들이 동시에 등장했다. 그 모두가 청정한 원시림으로 둘러싸여 있고, 수직으로 내리꽂히는 강한 햇살 한줄기가 어른거리는 물위를 여기저기 떠도는 백조들의 모습이 마치 푸르스름한 회색 배경을 할퀴어놓은 자국처럼 보였다.

늦은 시각에 큰길 위를 달리는 마차들의 바퀴 소리가 멀리서 들려올 뿐 고요하기 짝이 없는 공동 침실에서 에마는, 머리 위 벽에 걸린 캥케식 램프에서 나오는 불빛에 비친 이 모든 세속의 그림들을 한 장, 또 한 장 펼쳐 보았다.

어머니가 세상을 떠났을 때 그녀는 처음 며칠 동안 몹시 울었다. 그녀는 망자의 머리카락으로 추모용 작품을 제작하게 했고, 인생에 관한 서글픈 고찰로 가득찬 편지를 베르토로 보내 나중에 자신이 죽으면 어머니의 무덤에 같이 안장해달라고 청했다. 루오 영감은 딸이 아픈 모양이라고 여기고 수녀원으로 그녀를 보러 왔다. 에마는 평범한 사람이라면 결코 도달할 수 없는, 천상에 가까운 삶의 이상적인 경지에 자신이 단번에 도달한 데 대해 내심 만족했다. 그래서 그녀는 라마르틴풍의 애수어린 시구에 빠져들어, 호수 위에 배를 띄우고 뜯는 하프 소리, 죽어가는 백조의 노래, 낙엽 지는 소리, 정결한 처녀들이 승천하는 소리, 골짜기에 울려퍼지는 신의 목소리에 귀를 기울였다. 이윽고 그녀는 그런 것들에 싫증을 느꼈지만 인정하고 싶지 않아서 처음에는 습관적으로,

나중에는 허영심 때문에 계속했는데, 마침내 미간에서 주름이 사라진 것처럼 마음속에도 더이상 슬픔이 남아 있지 않음을 느끼고 자신이 평온을 되찾은 사실에 스스로도 놀랐다.

그녀가 수녀로서의 소명을 받았다고 확신하던 수녀들은 에마가 자신들의 손에서 빠져나가는 것을 눈치채고는 무척 놀랐다. 사실 수녀들이 그녀를 미사, 피정, 구일기도, 강론에 참여시키고, 성인이나 순교자들에게 마땅히 가져야 할 존경에 대해 가르치고, 육신의 절제와 영혼의 구원을 위한 충고 등을 어찌나 퍼부어댔던지 에마는 고삐가 잡아당겨진 말과 비슷해지고 말았다. 달리다가 갑자기 멈춰 서는 바람에 물렸던 재갈이 빠지고 만 것이다. 열광적인 감정에 잠기면서도 실제적인 정신을 지닌 그녀는 장식해놓은 꽃 때문에 교회를 사랑했고, 감상적인 노랫말 때문에 음악을 사랑했으며, 감정을 휘젓는 힘 때문에 문학을 사랑했다. 신앙의 신비 앞에서 반감을 느꼈듯 자신의 기질과 상반되는 수녀원의 계율이 갈수록 짜증스러워졌다. 루오 영감이 딸을 수녀원 학교에서 데리고 나왔을 때 그녀가 떠나는 것을 애석하게 여기는 사람은 없었다. 수녀원장은 심지어 그녀가 얼마 전부터 공동체의 규율을 무시한다고까지 여겼다.

집으로 돌아온 에마는 처음에는 하인들에게 지시하기를 즐겼지만, 얼마 지나지 않아 시골이 싫어져서 수녀원 학교를 그리워했다. 샤를이 처음 베르토에 왔을 때 그녀는 더이상 배울 것도 전혀 없고 느낄 것도 없다는 듯 삶에 몹시 환멸을 느낀 상태였다.

새로운 상황에 대한 불안 혹은 그 사내의 존재가 야기한 흥분은 그녀로 하여금 근사한 열정을 마침내 품게 되었다고 여기게 하기에 충분했는데, 그때까지 열정이란 찬란한 시의 하늘을 날아다니는 장밋빛 날개를 가진 커다란 새 같은 존재에 다름 아니었다. 그래서 그녀는 지금 영위하고 있는 이 침체된 삶이 바로 자신이 줄곧 꿈꾸었던 행복이라고는 도저히 인정할 수 없었다.

7

그렇기는 해도 그녀는 이때가 자신의 삶에서 가장 아름다운 시절, 사람들이 말하는 밀월이 아닐까 하고 이따금 생각했다. 그 감미로움을 음미하기 위해서는, 신혼기의 나날을 보다 달콤하고 나른하게 해주는, 이름마저 낭랑하게 울리는 그런 곳으로 갔어야 했다! 푸른 비단 커튼이 내려진 역마차 좌석에 앉아, 산양의 방울소리와 먼 폭포 소리와 더불어 산골짜기에 메아리치는 마부의 노랫소리를 들으며 가파른 길을 천천히 올라가는 것이다. 황혼녘이면 바닷가 물굽이에서 레몬나무의 향기를 들이마신다. 이어 저녁이 오면 별장의 테라스에서 단둘이 손을 맞잡고 별을 바라보며 미래를 설계한다. 어떤 식물이 특정한 토양에서만 잘 자라고 다른 곳에서는 제대로 자라지 못하는 것과 마찬가지로, 그녀는 이 지상에도 행복을 가져다주는 장소가 따로 있을 거라고 생각했다. 검은색 벨벳 연미복에 낭창한 가죽장화, 끝이 뾰족한 모자를 쓰고 소맷단에는 커프스를 단 남편과 스위스 산장의 발코니에 팔을 괴거나 스코틀랜드의 별장에 틀어박혀 애수를 달랠 수는 없단 말인가!

아마도 그녀는 이런 모든 생각을 누군가에게 털어놓고 싶었으리라.

하지만 구름처럼 시시각각 형태가 바뀌고 바람처럼 회오리치는 그 포착할 수 없는 불안을 어떻게 설명한단 말인가? 그녀로서는 적당한 말을 찾을 수 없었고, 그래서 그럴 기회도, 용기도 없었다.

만약 샤를이 알아보려는 시도라도 했다면, 눈치라도 챘다면, 그의 눈길이 단 한 번이라도 그녀의 생각에 가닿았다면, 다 익은 과일이 손만 뻗으면 떨어지듯이 이 모든 이야기가 그녀의 가슴속에서 왈칵 쏟아져 나왔을 것이다. 하지만 생활에서 친밀감이 더해질수록 마음의 거리가 생겨나 그녀를 남편으로부터 떼어놓았다.

샤를과의 대화는 거리의 포석처럼 단순했고, 그의 이야기 속에 깃든 누구나 할 법한 뻔한 생각들은 평범한 차림으로 그 포석 위를 지나갈 뿐 감동도, 웃음도, 몽상도 자아내지 못했다. 그 자신의 말에 따르면, 샤를은 루앙에서 지내는 동안에도 극장에 가서 파리에서 온 배우들을 보고 싶다는 호기심을 느껴본 적이 한 번도 없다고 했다. 그는 수영도, 검술도, 사격도 할 줄 몰랐고, 어느 날 그녀가 소설을 읽다가 승마 용어를 물었을 때에도 설명해주지 못했다.

하지만 남자라면 모름지기 모르는 것이 없고 여러 활동에 뛰어나며 열정적 원기와 세련된 생활과 온갖 신비로운 것으로 상대를 이끌어주어야 하지 않는가? 하지만 이 남자는 아무것도 가르쳐주지 못했고 아는 것도 없었으며 특별히 원하는 것도 없었다. 그는 그녀가 행복하다고 믿었다. 그런데 그녀는 결코 흔들리지 않는 평온과 어떻게 해볼 수 없는 둔감함, 자신이 그에게 행복을 가져다주었다는 바로 그 사실 때문에 그를 원망했다.

그녀는 때때로 소묘를 했다. 샤를은 그 앞에 가만히 서서, 그녀가 작품을 더 자세히 살펴보기 위해 눈을 가늘게 뜨며 도화지 위로 몸을 숙이거나 엄지손가락으로 빵 부스러기를 돌돌 마는 모습을 바라보는 것을 아주 좋아했다. 피아노에 대해 말하자면, 그녀의 손가락이 건반 위를 빠르게 누비면 누빌수록 그의 감동은 커져갔다. 그녀는 안정감 있게 건반을 두드렸고, 가장 높은 음에서부터 가장 낮은 음까지 건반 전체를 쉬지 않고 오갔다. 그녀가 연주할 때면 그 낡은 악기가 현을 떨며 내는 소리가 창문이 열려 있을 때는 온 동네에 울려퍼져서, 맨머리에 슬리퍼만 신고 큰길을 지나가던 집행관의 서기는 종종 서류를 손에 든 채 걸음을 멈추고 연주에 귀를 기울이곤 했다.

다른 한편 에마는 집안을 꾸려갈 줄 알았다. 환자들에게 청구서라는 인상을 주지 않도록 표현을 잘 다듬은 진료 청구서를 보냈다. 일요일 저녁식사에 이웃을 초대할 때면, 멋진 요리를 대접할 줄 알았다. 포도 잎사귀 위에 자두를 피라미드 모양으로 쌓아올리고, 접시 위에 잼 단지를 기울여 내놓고, 심지어는 후식 때 쓸 핑거볼을 사야겠다고 말하기도 했다. 이 모든 일들이 보바리의 명망을 높여주었다.

샤를은 자신이 그런 여자를 아내로 맞이했다는 사실 때문에 자긍심이 높아졌다. 그는 에마가 그린 작은 소묘화 두 점을 과하다 싶을 만큼 큰 액자에 넣어서 벽지를 바른 거실 벽에 긴 녹색 끈으로 자랑스레 걸어놓았다. 사람들은 미사에서 돌아오는 길에 타피스리 기법으로 수를 놓은 근사한 실내화를 신고 집 문간에 서 있는 그의 모습을 보곤 했다.

샤를은 밤 열시, 때로는 자정이 되어서야 집으로 돌아왔다. 그럴 때면 먹을 것을 달라고 했는데, 하녀가 잠자리에 들어서 에마가 식사를 차려주었다. 그는 좀더 편하게 식사를 하기 위해 프록코트를 벗었다.

그러고는 자신이 만난 모든 사람들에 대해, 다녀온 여러 마을에 대해, 자신이 쓴 처방전에 대해 낱낱이 이야기하고는 스스로에게 만족해서 남은 쇠고기 양파 스튜를 먹고 치즈 껍질을 벗기고 사과를 소리 나게 베어먹고 포도주 한 병을 비운 다음 침대로 가서 등을 대고 누워 코를 골기 시작했다.

그는 오랫동안 잘 때 면으로 된 나이트캡을 써온 터라 비단 두건이 귓가에 붙어 있지 않았다. 그래서 아침이면 머리카락은 엉망진창으로 헝클어져 있었고, 밤 동안 조임끈이 풀린 베개에서 나온 하얀 깃털이 얼굴 여기저기에 붙어 있었다. 그는 투박한 부츠를 줄곧 신고 다녔는데, 발등에서 발목 부위까지 두 줄의 굵은 주름이 사선으로 잡히고 부츠의 발등과 발목 위쪽 부분은 마치 사람 발이 아니라 발 모양의 나무가 들어 있기라도 하듯 팽팽하게 당겨져 있었다. 그는 시골에서는 이 정도면 충분히 훌륭하다고 말하곤 했다.

그의 어머니는 아들의 이런 검소한 태도를 흐뭇하게 여겼다. 그녀는 자기 집에 좀 심한 분란이 생길 때면 예전처럼 아들을 보러 오곤 했다. 하지만 보바리 노부인은 며느리가 마음에 들지 않는 듯했다. 그녀는 며느리가 그들의 경제적 형편에 비해 지나치게 고상한 부류라고 생각했다. 장작과 설탕과 양초가 무슨 대갓집에서처럼 헤프게 소비되었고, 주방에서 타고 있는 숯의 양만 보면 스물다섯 명을 해 먹이고도 남을 것 같았다! 그녀는 속옷을 옷장에 정리해넣은 다음, 푸주한이 고기를 가져오면 꼼꼼히 살펴봐야 한다고 며느리에게 가르쳤다. 에마는 이런 가르침을 받아들였다. 보바리 노부인은 끝없이 잔소리를 해댔다. 그리하여 하루종일 두 사람 사이에는 "애야"와 "어머니"라는 말이 가늘게 떨리는 입술에서 수도 없이 오갔는데, 그럴 때면 말투는 부드러워도 목소리는 분노로 떨리고 있었다.

뒤뷔크 부인이 며느리였을 때 보바리 노부인은 자신이 여전히 샤를에게 가장 중요한 사람이라고 느꼈다. 하지만 이제 에마에 대한 샤를의 사랑은 그녀가 보기에 자신의 애정에 대한 배신이자 원래 자기 몫인 애정의 탈취로 여겨졌다. 그래서 그녀는 파산한 사람이 원래 자기가 살던 집의 식탁에 둘러앉은 사람들을 창밖에서 바라보는 양 서글픈 눈길로 아들의 행복을 말없이 지켜보았다. 그녀는 추억을 빙자해 자신의 수고와 희생을 아들에게 환기시키면서 그것들을 에마의 소홀한 태도와 비교했고, 그가 그렇게 유난스럽게 에마를 귀히 여기는 것이 부당하다는 식으로 몰아갔다.

샤를은 뭐라고 대답해야 좋을지 알 수 없었다. 그는 어머니를 존경했고, 아내를 더할 나위 없이 사랑했다. 그는 한쪽의 판단이 틀리지 않다고 여기면서도 다른 쪽이 나무랄 데가 없다고 생각했다. 보바리 노부인이 가고 나면 그는 소심하게, 어머니가 한 지적 중에서 제일 가벼운 것 한두 가지를 시험삼아 말해보았다. 에마는 딱 잘라서 그가 틀렸음을 증명해 보이고는 그를 환자들에게 돌려보냈다.

그녀는 자신이 옳다고 여기는 이론에 따라 사랑이라는 것을 느껴보려 애썼다. 마당에 나가 달빛 아래에서 자신이 외우고 있는 열정적인 시구를 모조리 암송했고 한숨을 내쉬며 우수어린 아다지오를 샤를에게 불러주기도 했다. 하지만 그런 뒤에도 자신의 마음은 이전과 다름없이 냉랭했고, 샤를 역시 그런 일로 더 감동하거나 사랑이 깊어지지는 않는 듯했다.

이렇게 그의 심장에 불꽃을 일으키려다가 실패하자, 자신이 경험할 수 없는 것은 이해하지 못하고 통상적인 형태로 나타나지 않는 것은 믿지 못하는 그녀는 이내 자신에 대한 샤를의 열정에 더이상 특별한 것이 없다고 치부해버렸다. 그의 감정 표현은 정해놓은 일과처럼 규칙적이었고, 정해진 시간에 그녀를 포옹했다. 이는 단조로운 식사 끝에 예상했던 후식이 나오는 것과 마찬가지로 그의 여러 습관 중 하나에 지나지 않았다.

선생의 치료 덕택에 폐렴에 걸렸다 나은 한 사냥터 관리인이 부인에게 이탈리안 그레이하운드 암컷 새끼 한 마리를 주었다. 그녀는 잠시 혼자 있기 위해서, 그리고 먼지투성이의 길과 단조로운 마당만 바라보고 있는 게 지겨워져서 때때로 집밖으로 나가 산책을 할 때면 강아지를 데리고 갔다.

그녀는 들판에 면한 담장 한쪽 끝에 버려진 외딴집이 있는 반빌의 너도밤나무 숲까지 가곤 했다. 널찍한 도랑 속 수풀 사이에 잎이 날카로운 갈대들이 높이 자라 있었다.

그녀는 먼저 주위를 둘러보면서 지난번에 왔을 때와 달라진 게 없는지 확인하곤 했다. 커다란 돌들을 휘감고 있는 쐐기풀 다발, 향꽃무, 디기탈리스, 그리고 창문 세 개를 길게 뒤덮은 이끼 모두 그대로였고, 녹슨 쇠빗장 위 늘 닫혀 있는 창의 덧문은 삭아가고 있었다. 그녀의 생각은 처음에는 들판을 둥글게 돌면서 뛰어다니고 노랑나비를 쫓아가며 짖기도 하고 뾰족뒤쥐를 사냥하거나 밀밭 가장자리의 개양귀비를 물어뜯기도 하는 강아지처럼 두서없이 되는대로 떠돌았다. 그러다가 점차 생각이 한군데로 모이면 에마는 잔디 위에 앉아 양산 끝으로 잔디를 쿡쿡 찌르면서 스스로에게 되묻곤 했다.

'맙소사! 내가 도대체 왜 결혼을 했을까?'

그녀는 혹시라도 우연이 다르게 겹쳤더라면 다른 남자를 만나게 되지 않았을까 하고 생각했다. 그러고는 실제로 일어나지 않은 그런 사건, 그런 다른 삶, 알지도 못하는 미지의 남편이 어땠을지 상상해보려 애썼다. 어떤 남자를 남편감으로 상상하더라도 지금 그녀와 살고 있는 남자와는 비슷하지 않았다. 상대는 잘생기고 재치 있고 품위 있고 매력적인 남자일 테고, 그녀의 옛 수녀원 학교 친구들은 틀림없이 그런 이들과 결혼했을 터였다. 친구들은 지금 어떻게 지내고 있을까? 도시에서 거리의 소음, 극장의 웅성거림, 무도회의 눈부신 불빛과 더불어 심장이 벅차오르고 관능이 만개하는 삶을 살고 있으리라. 하지만 그녀의 삶은 채광창이 북쪽으로 난 다락방처럼 싸늘했고, 마음 구석구석 그늘진 곳마다 권태가 조용한 거미처럼 거미줄을 치고 있었다. 그녀는 수상자에게 주는 작은 화관을 받기 위해 연단을 오르던 시상식 날을 회상했다. 머리를 땋아 늘인 채 하얀 드레스를 입고 발등에는 능직 천을 댄 구두를 신은 사랑스러운 모습으로 자리로 돌아올 때 신사들이 몸을 숙여 축하 인사를 건넸다. 수녀원 마당에는 사륜마차가 가득했고, 사람들이 마차 창문 너머로 그녀에게 작별인사를 했으며, 음악 선생님은 바이올린 케이스를 들고 지나가며 인사를 건넸다. 그 모든 것이 얼마나 아득한지! 정말이지 얼마나 까마득한지!

그녀는 강아지 잘리를 불러 무릎 사이에 앉히고는 기다랗고 섬세한 머리를 손가락으로 쓸어주며 말했다.

"자, 주인에게 입맞춤을 해주렴, 슬픔이란 걸 모르는 녀석아."

그러고는 천천히 하품을 하는 이 날렵하게 생긴 동물의 우수어린 표정에 마음이 움직여, 그 강아지를 자기 자신에게 비유하면서 마치 고통스러워하는 누군가를 위로라도 하듯 소리 내어 이야기했다.

이따금 돌풍이, 코 지역의 고원지대 전체를 단숨에 가로질러 들판 저멀리까지 소금기어린 냉기를 실어나르는 바닷바람이 불어왔다. 골풀이 씽씽거리며 땅에 스칠 듯이 몸을 눕히고, 너도밤나무 잎은 윙윙거리며 세차게 떨고, 나무의 우듬지는 줄곧 흔들리면서 커다란 한숨을 토해냈다. 에마는 어깨에 걸친 숄을 여미면서 자리에서 일어났다.

대로에 이르자 잎새에 부딪혀 연두색을 띠는 햇살이 그녀의 발밑에서 부드럽게 바삭대는 짧은 이끼를 비추고 있었다. 해가 지고 있었다. 나뭇가지 사이로 보이는 하늘은 붉게 물들고, 일직선으로 심은 나무들의 비슷비슷한 줄기가 금빛 배경 위로 드러나는 갈색 기둥처럼 보였다. 그녀는 갑자기 두려워져서 잘리를 불러 큰길을 따라 서둘러 토트로 돌아와서는 안락의자에 털썩 주저앉아 저녁 내내 한 마디도 하지 않았다.

그런데 9월 말 그녀의 삶에 아주 특별한 일이 일어났다. 보비에사르에 있는 당데르빌리에 후작 집에 초대를 받은 것이다.

왕정복고시대에 정무대신을 지낸 후작은 정계 복귀를 꿈꾸며 하원의원에 입후보하기 위해 오래전부터 준비하고 있었다. 그는 겨울이 되면 사방에 장작을 나눠주었고, 지역의회에서는 언제나 자기 지역구에 도로를 신설해달라고 강력하게 요구했다. 더위가 한창일 때 그의 입안에 종기가 생겼는데, 샤를이 수술용 메스로 깔끔하게 절개해 기적처럼 낫게 해주었다. 치료비를 치르러 토트에 왔던 후작의 집사는 그날 저녁 그 의사 집의 작은 정원에서 아주 멋진 벚나무를 보았다고 주인에게 보고했다. 보비에사르의 벚나무는 발육 상태가 좋지 않아서 후작은 보바리에게 접목시킬 가지 몇 개를 부탁했고, 그 일로 직접 감사를 표하러 왔다가 에마를 보고는 맵시가 곱고 인사하는 품새가 전혀 시골 여자 같지 않다고 생각했다. 그래서 보비에사르성의 사람들은 이 젊은 부부를 초대하는 것이 과한 호의를 베푸는 것도 아니고 그렇다고 어설픈 실수를 저지르는 것도 아니라고 판단했다.

어느 수요일 오후 세시, 보바리 부부는 보크 마차에 올라 보비에사르를 향해 출발했다. 마차 뒤에 커다란 트렁크를 싣고 모자 상자는 흙받이 앞에 올려놓고도 샤를은 다리 사이에 상자 하나를 더 끼고 있었다.

그들은 해질녘, 마차들에게 길을 밝혀주기 위해 사람들이 정원에 램프를 켜기 시작할 즈음 성에 도착했다.

8

그 저택은 좌우로 돌출된 익랑과 세 개의 층계가 딸린 이탈리아풍 현대식 건물로 드넓은 잔디밭 안쪽에 자리잡고 있었는데, 잔디밭에는 적당한 간격을 두고 작은 숲을 이루는 커다란 나무들 사이에서 암소 몇 마리가 풀을 뜯고, 진달래, 고광나무, 까마귀밥나무 같은 관목이 모랫길의 휘어진 곡선을 따라 들쭉날쭉 푸른 덤불로 솟아 있었다. 다리 아래로 작은 시내가 흘렀다. 안개 너머로 초원 여기저기 흩어져 있는 초가지붕이 눈에 들어왔고, 나무가 우거진 언덕 두 개가 완만한 경사를 이루며 가장자리를 둘러싼 형국으로 뒤쪽 덤불 사이에는 헐린 옛 성채의 잔해인 마구간과 창고가 두 줄로 나란히 자리잡고 있었다.

샤를의 보크 마차는 중앙 층계 앞에서 멈추었다. 하인들이 나왔다. 후작이 다가와 의사의 아내가 팔을 낄 수 있도록 자기 팔을 내어주고 홀로 안내했다.

현관 안쪽의 홀에는 대리석 포석이 깔려 있고 천장이 무척 높아서 발소리와 목소리가 성당에서처럼 울렸다. 정면에는 직선형 계단이 있고, 왼쪽으로는 정원이 내다보이는 회랑을 통해 당구실로 갈 수 있었는데, 당구실에서 상아 공이 부딪는 소리가 문간까지 들려왔다. 응접실로 가기 위해 당구실을 가로지르면서 에마는 하나같이 훈장을 단 남자들이 심각한 표정으로 당구대를 에워싸고는 높이 맨 넥타이 위로 턱을 쳐든 채 큐를 밀며 조용히 미소 짓는 모습을 보았다. 짙은 색 목재의 장식벽에는 커다란 금빛 액자들이 걸려 있었고 그 밑에 검은 글씨로 이름이 쓰여 있었다. 그녀는 이름을 읽었다. '장앙투안 당데르빌리에 디베르봉빌, 라 보비에사르 공작 겸 라 프레네 남작, 1587년 10월 20일 쿠트라전투에서 전사.' 또다른 액자 아래에는 이렇게 쓰여 있었다. '장앙투안앙리기 당드빌리에 드 라 보비에사르, 프랑스 해군 제독이자 생미셸 훈장 수훈자, 1692년 5월 29일 라 우그생바스트전투에서 부상, 1693년 1월 23일 보비에사르에서 사망.' 이어지는 액자들은 램프 불빛이 당구대의 녹색 융단 쪽을 비추는 까닭에 실내가 어둑해서 잘 알아볼 수 없었다. 불빛은 나란히 걸린 그림들을 갈색으로 물들이면서 유약의 균열을 따라 섬세한 그물무늬를 그리며 부서졌다. 금테를 두른 그 커다란 사각형들마다 눈에 띄는 것은 그림의 좀더 밝은 부분들, 이를테면 인물의 하얀 이마나 똑바로 응시하는 두 눈, 붉은 예복의 희끄무레한 어깨 위에 드리워진 가발이나 불룩한 종아리 위쪽으로 드러난 대님의 장식 쥠쇠 같은 것뿐이었다.

후작이 응접실 문을 열었다. 귀부인 하나(바로 후작부인이었다)가 자리에서 일어나 에마에게 다가오더니 자기 옆 이인용 안락의자에 앉히고는 마치 오래전부터 알던 사이처럼 친근하게 이야기를 하기 시작했다. 어깨가 아름답고 매부리코에 말꼬리를 길게 끄는 마흔 살 언저리의 여자로, 그날 저녁에는 밤색 머리카락 뒤쪽으로 세모꼴로 늘어지는 수수한 레이스 숄을 두르고 있었다. 옆에는 금발의 젊은 여자가 등받이가 긴 의자에 앉아 있었다. 양복 상의 단춧구멍에 작은 꽃을 꽂은 신사들이 벽난롯가에서 숙녀들과 이야기를 나누었다.

일곱시가 되자 만찬이 시작되었다. 수가 더 많은 남자들이 홀에 놓인 첫번째 식탁에 앉았고, 여자들은 후작 부부와 함께 식당에 놓인 두번째 식탁에 앉았다.

식당 안으로 들어서면서 에마는 꽃향기, 고급 리넨 냄새, 구운 고기 냄새, 송로버섯 향이 뒤섞인 더운 공기가 자신을 감싸는 것을 느꼈다. 나뭇가지형 촛대의 촛불이 둥근 은제 덮개 위로 길게 빛을 드리웠다. 뿌옇게 김이 서린 컷글라스들이 창백한 빛을 반사했다. 꽃다발이 식탁 끝에서 끝까지 줄지어 놓여 있고, 테두리가 넓은 접시 위에는 주교모 모양으로 접힌 냅킨 주름 사이에 작은 타원형 빵이 끼워져 있었다. 바닷가재의 붉은 발이 큰 접시 밖으로 삐져나와 있고, 짜임이 성긴 바구니 안에 이끼를 깔고 탐스러운 과일을 담아두었다. 깃털이 그대로 붙은 메추라기 요리에서 김이 피어올랐다. 이윽고 긴 비단 양말에 반바지를 입고 하얀 넥타이에 주름 잡힌 가슴 장식을 단 급사장이 판사처럼 엄숙한 표정으로 손님들의 어깨 사이로 잘라놓은 요리가 담긴 접시를 들이밀면서 손님이 고른 조각을 숟가락으로 재빨리 덜어주었다. 구리로 테를 두른 커다란 도기 난로 위에는 턱까지 올라오는 옷을 입은 여인상이 사람들로 가득찬 방안을 굽어보았다.

보바리 부인은 몇몇 부인들이 잔 속에 장갑을 넣어두지 않은 것*에 주목했다.

한편 여자들뿐인 그 식탁의 상석에 청일점인 한 노인이 어린아이처럼 냅킨 자락을 목 뒤쪽에서 묶고 음식이 가득한 접시 위로 몸을 굽힌 채 입가에 소스를 흘리며 식사를 하고 있었다. 두 눈은 충혈되고 머리는 짧게 땋아 까만 리본으로 묶어놓았다. 후작의 장인인 라베르디에르 노공작으로, 콩플랑 후작의 영지인 보드뢰유에서 사냥 시합이 열리던 시절 아르투아 백작의 신임을 받았고, 마리 앙투아네트 왕비가 드 쿠아니와 헤어지고 드 로죙과 만나기 전 한동안 그녀의 애인이었다고들 했다. 그는 결투와 내기와 여성 납치로 점철된 방탕하고 요란한 삶을 살며 재산을 탕진하고 일가 전체를 경악하게 만든 인물이었다. 하인 하나가 의자 뒤에 서서 그가 우물거리며 손가락으로 가리켜 묻는 요리의 이름을 귀에 대고 큰 소리로 알려주었다. 에마의 눈길은 뭔가 특별하고 위엄 있는 것에 이끌리기라도 하듯 입술이 축 처진 그 노인에게로 무심결에 자꾸 돌아가곤 했다. 그는 궁정에서 살았고 왕비의 침대에서 잠을 잤다지 않은가!

얼음에 채운 샴페인이 잔에 따라졌다. 에마는 입안에 그 차가움을

* 정숙한 부인들은 만찬 동안 술을 마시지 않는 게 일반적이어서, 자신의 잔에 포도주를 따를 필요가 없다는 뜻으로 장갑을 넣어두었다.

느끼며 몸을 떨었다. 그녀는 석류를 본 적도 없었고 파인애플을 먹어본 적도 없었다. 이곳에서는 가루 설탕마저도 다른 곳보다 훨씬 더 하얗고 곱게 느껴졌다.

이어서 부인들은 무도회를 위해 옷을 갈아입으려고 각자 방으로 올라갔다.

에마는 데뷔 무대에 서는 여배우처럼 꼼꼼하게 신경써서 매무새를 가다듬었다. 미용사가 권한 대로 머리 모양을 만지고 침대 위에 펼쳐놓았던 바레주산 천*으로 만든 드레스를 입었다. 샤를의 바지는 배 부분이 꽉 끼었다.

"발 끈 때문에 춤출 때 걸리적거리겠는걸요." 그가 말했다.

"당신이 춤을 춘다고요?" 에마가 물었다.

"그럼요!"

"당신 제정신이 아니군요! 괜히 비웃음 사지 말고 자리에 가만히 계세요. 게다가 그편이 훨씬 더 의사 선생님답잖아요." 그녀가 덧붙였다.

샤를은 아무 대답도 하지 않았다. 에마가 옷을 다 입기를 기다리면서 그는 방안을 이리저리 왔다갔다했다.

그는 두 촛대 사이로 거울에 비친 그녀의 모습을 뒤에서 바라보았다. 검은 눈이 한층 더 까맣게 보였다. 앞가르마를 타고 귀 위쪽에서 살짝 부풀린 머리카락이 푸른 광택을 띠며 빛났다. 쪽찐 머리 타래에는 장미 한 송이가 잎새 끄트머리에 인조 이슬방울을 매단 채 흔들리는 가지 위에서 떨고 있었다. 그녀의 엷은 사프란빛 드레스는 녹색 이파리

---

* 울에 비단이나 면을 섞어 성글게 짠 고급 천.

와 함께 묶은 작은 장미꽃 세 다발로 장식되어 있었다.

샤를이 다가와 어깨에 입을 맞추었다.

"건드리지 말아요! 옷이 구겨지잖아요." 그녀가 말했다.

바이올린 간주곡과 호른소리가 들려왔다. 그녀는 달려가고 싶은 마음을 억누르며 층계를 걸어내려갔다.

카드리유가 시작된 참이었다. 사람들이 속속 도착했다. 무도회장 안에서 서로 떠밀릴 정도였다. 그녀는 문 가까이에 있는 긴 의자에 앉았다.

콩트르당스*가 끝나고 마루가 비자, 남자들이 무리 지어 서서 이야기를 나누고 제복 차림의 하인들이 큰 쟁반을 날랐다. 자리에 앉은 여자들의 대열 위로 그림이 그려진 부채가 펄럭였고, 미소 띤 얼굴들이 꽃다발에 반쯤 가려졌으며, 금빛 마개가 달린 작은 병들이 반쯤 오므린 손 안에서 빙빙 돌아갔는데, 손에 낀 하얀 장갑은 손톱 모양이 드러나고 손목 부위가 딱 죄었다. 레이스 장식, 다이아몬드 브로치, 메달이 달린 팔찌가 드레스 윗부분에서 잔잔히 떨리고 가슴팍에서 반짝거리고 드러낸 팔 위에서 달랑거렸다. 이마 위에서 말끔하게 붙여 넘겨 목덜미에서 꼬아놓은 머리에는 물망초, 재스민, 석류꽃, 보리이삭, 수레국화 등이 화관이나 포도송이나 나뭇가지 모양으로 장식되어 있었다. 머리에 붉은 터번을 두른 노부인들은 얼굴을 찌푸린 채 조용히 자리를 지켰다.

파트너가 그녀의 손끝을 잡고 대열에 줄 맞추어 서서 현악기 반주가

---

* 18~19세기 프랑스를 중심으로 유행한 사교춤으로, 여러 쌍이 마주보고 추는 활달한 춤.

시작되기를 기다리는 동안 에마는 심장박동이 약간 빨라졌다. 하지만 불안감은 이내 사라졌다. 이윽고 오케스트라의 리듬에 몸을 맡긴 채 그녀는 가볍게 고갯짓을 하며 앞으로 미끄러져 나아갔다. 다른 악기들이 연주를 멈춘 사이 바이올린 독주의 섬세한 소리가 들릴 때면 그녀의 입술에 미소가 떠올랐다. 바로 옆방에서 융단이 깔린 게임 테이블 위에 금화가 쏟아지는 맑은 소리가 들려왔다. 이윽고 코넷의 우렁찬 소리와 더불어 모든 악기가 다시 연주를 시작했다. 발들이 박자에 맞추어 바닥을 두드렸고, 드레스 자락이 부풀어올라 서로 스치고, 손들이 서로 만났다가 떨어졌다. 조금 전 내리깔린 눈이 다음 순간 상대의 두 눈을 뚫어져라 응시했다.

스물다섯 살부터 마흔 살가량 되었음직한 남자들(열다섯 명쯤 되는)이 춤추는 사람들 가운데 흩어져 있기도 하고 문간에서 이야기를 나누기도 했는데, 나잇대나 옷차림, 얼굴 생김새는 제각기 달랐지만 같은 가문이라 지니는 유사한 분위기가 있어서 유독 눈에 띄었다.

그들의 옷은 특별히 더 부드러운 천으로 훨씬 잘 마름질해 만들어진 듯했고, 관자놀이 언저리에서 구불거리는 머리카락은 더 좋은 머릿기름으로 윤을 낸 것 같았다. 그들은 부자의 안색, 곧 도자기 같은 은은한 빛과 비단 같은 광택과 고급 가구 같은 윤기 때문에 더욱 돋보이는 뽀얀 낯빛을 지녔는데, 이는 고급스러운 음식을 현명하게 섭취하는 식생활로 건강히 유지되고 있었다. 그들은 넥타이를 낮게 매고 목을 편안하게 움직였다. 구레나룻은 길어서 접힌 깃 위까지 내려왔다. 또 이니셜을 큼직하게 수놓은 손수건으로 입을 닦을 때면 손수건에서 그윽한 향기가 풍겨나왔다. 노년에 막 들어선 사람도 젊은이 같은 태도를 지녔고, 젊은이의 얼굴에도 노숙한 분위기가 깃들어 있었다. 그 무심해 보이는 눈길 속에는 언제든 바로바로 욕망을 채울 수 있는 사람들만이 누리는 평온함이 감돌았다. 친절한 태도 이면에는 혈통 좋은 말을 조련하면서 힘을 단련하거나 화류계 여자들과 어울리면서 허영심을 만족시키는 식으로 비교적 손쉬운 목표들을 정복하는 과정에서 생긴 특유의 야비함이 엿보였다.

에마에게서 세 걸음 떨어진 곳에서 푸른 양복을 입은 기사 하나가 진주 목걸이를 한 창백한 안색의 젊은 여자와 이탈리아에 대해 이야기하고 있었다. 그들은 성베드로성당의 거대한 기둥, 티볼리, 베수비오 화산, 카스텔라마레 온천, 카시노 산책길, 제노바의 장미, 달빛 비치는 콜로세움에 대해 찬탄을 늘어놓았다. 다른 쪽 귀에는 이해할 수 없는 단어들로 가득한 대화가 들려왔다. 사람들이 지난주 영국에서 열린 도랑 건너뛰기 경주에서 미스아라벨과 로물루스를 격파하고 2천 루이*를 손에 넣은 젊은 청년을 둘러싸고 있었다. 어떤 사람은 자기 경주마들이 너무 살이 쪘다고 한탄했다. 또다른 사람은 자기 말의 이름이 인쇄 실수로 잘못 발표되었다고 불평했다.

무도회장 안의 공기가 답답해졌다. 램프 불빛이 파리했다. 사람들이 다시 당구실로 몰려갔다. 하인 하나가 의자 위에 올라가서 유리창 두 개를 깼다. 유리가 깨지는 소리에 고개를 돌린 보바리 부인은 정원에서 농부들이 창유리에 얼굴을 바짝 갖다대고 저택 안을 들여다보고 있는 것을 발견했다. 그러자 베르토에서의 기억이 머릿속에 떠올랐다. 농장

* 프랑스 국왕의 초상이 새겨진 금화로, 1루이는 20프랑에 해당한다.

과 진창투성이 늪, 작업복 차림으로 사과나무 아래 선 아버지의 모습이 눈에 선했고, 착유장에서 손으로 크림을 걷어내던 자신의 옛 모습도 떠올랐다. 하지만 눈부시고 화려한 현재 앞에서 조금 전까지만 해도 그토록 또렷했던 과거의 삶은 완전히 사라져버렸고, 자신이 그런 삶을 살았는지조차 의심스러워졌다. 그녀는 거기 있었다. 무도회장을 제외한 모든 것은 어둠에 덮여 있었다. 그녀는 마라스키노가 들어간 아이스크림을 먹으면서, 조개껍질 모양의 도금한 은접시를 왼손에 들고 숟가락을 이 사이에 문 채 두 눈을 반쯤 감았다.

그녀 옆에 있던 숙녀가 부채를 떨어뜨렸다. 마침 춤을 추던 남자 하나가 그 앞을 지나쳐갔다.

"죄송하지만, 이 긴 의자 뒤에 떨어진 제 부채 좀 집어주시겠어요!" 숙녀가 말했다.

신사가 부채를 집기 위해 몸을 굽히고 팔을 뻗는 동안, 에마는 그 젊은 여자의 손이 그의 모자 속에 삼각형으로 접힌 하얀 뭔가를 던져넣는 것을 보았다. 신사는 부채를 집어들어 정중하게 귀부인에게 내밀었다. 그녀는 고개를 숙여 감사를 표하고는 쥐고 있던 꽃다발을 들어 향기를 맡았다.

스페인산 포도주와 라인산 포도주가 넉넉하게 나오고, 조개와 아몬드유 수프, 트라팔가르 푸딩, 가장자리에 젤리 형태의 육즙이 접시 안에서 출렁거리는 각종 냉육 등 음식들이 잔뜩 나온 저녁식사가 끝나자 마차들이 하나둘 돌아가기 시작했다. 모슬린 커튼을 살짝 들추면 마차의 불빛이 어둠 속으로 사라지는 모습이 보였다. 빈자리가 늘어갔다. 카드 게임을 하는 사람들은 아직 남아 있었다. 악사들이 혀로 손끝을 핥아 열기를 식혔다. 샤를은 문에 등을 기대고 반쯤 잠이 들어 있었다.

새벽 세시에 코티용*이 시작되었다. 에마는 왈츠를 출 줄 몰랐다. 당데르빌리에 양과 후작부인까지 모두들 왈츠를 추었다. 이제 남은 사람은 성에서 묵을 손님 열두어 명뿐이었다.

그런데 왈츠를 추던 이들 중 사람들이 친숙하게 자작이라고 부르는, 앞이 넓게 파이고 품이 꼭 맞는 조끼를 입은 한 남자가 또다시 보바리 부인에게 다가오더니 자신이 이끄는 대로 따라오기만 하면 된다고 안심시키며 춤을 청했다.

그들은 처음에는 천천히 춤을 추기 시작해서 이윽고 속도를 높였다. 둘은 빙글빙글 돌며 춤을 추었다. 램프 불빛, 가구, 벽, 마룻바닥 등 주위의 모든 것이 굴대 위 원반처럼 빙글빙글 돌았다. 문 옆을 지나면서 에마의 드레스 자락이 남자의 바지를 휘감았다. 그 바람에 두 사람의 다리가 서로의 다리 사이로 들어갔다. 그는 눈을 내리깔고 그녀를 내려다보았고, 그녀는 눈을 들어 그를 쳐다보았다. 그녀는 온몸이 마비된 듯 몽롱해져 동작을 멈추었다. 두 사람은 다시 춤을 추기 시작했다. 자작은 훨씬 빠른 동작으로 그녀를 이끌어 사람들의 눈에 띄지 않는 회랑 끝까지 갔고, 거기서 그녀는 넘어질 듯 숨이 가빠 한순간 그의 가슴팍에 머리를 기댔다. 그런 다음에도 줄곧 빙글빙글 돌긴 했지만, 그는 한결 속도를 늦추어 그녀를 원래 자리에 데려다주었다. 그녀는 쓰러지듯 벽에 등을 기댄 채 두 눈에 손을 얹었다.

* 카드리유나 콩트르당스와 마찬가지로 쌍을 이루어 추는 춤. 네 쌍이 한 무리로, 고유의 춤곡이 없어 왈츠 등에 맞춰 춘다.

다시 눈을 뜨자 응접실 한복판에 한 숙녀가 등받이 없는 의자에 앉아 있고, 그 앞에 세 남자가 무릎을 꿇고 춤을 청하고 있었다. 숙녀는 자작을 선택했고, 바이올린 연주가 다시 시작되었다.

모두들 두 사람을 바라보았다. 그들은 눈앞을 지나쳐갔다가 되돌아오곤 했는데, 여자는 몸통을 똑바로 세운 채 턱을 숙이고 있었고, 남자는 입을 앞으로 내밀고 허리를 뒤로 젖히고 팔꿈치를 둥글게 구부린 아까와 같은 자세를 줄곧 유지했다. 저 여자는 왈츠를 출 줄 아는구나! 춤은 오랫동안 이어졌고, 이내 사람들은 그들에게 더이상 신경을 쓰지 않게 되었다.

사람들은 한동안 담소를 나누었고, 그런 다음 성에서 묵는 손님들은 밤 인사라기보다는 아침 인사를 나누고서 침실로 향했다.

샤를은 무릎이 말을 듣지 않아 난간에 의지해 몸을 끌다시피 해서 계단을 올라갔다. 그는 카드 게임 탁자 옆에 서서 그로서는 전혀 이해할 수 없는 휘스트 게임을 들여다보느라 꼬박 다섯 시간을 보낸 것이다. 부츠를 벗고 나자 그는 안도의 한숨을 내쉬었다.

에마는 어깨에 숄을 두르고 창문을 연 다음 턱을 괴었다.

밖은 캄캄한 밤이었다. 빗방울이 후두둑 떨어지고 있었다. 그녀는 눈꺼풀을 시원하게 진정시켜주는 축축한 바람을 들이마셨다. 무도회의 음악이 여전히 귀에 쟁쟁했고, 이제 곧 두고 떠나야 할 이 호화스러운 삶의 환영을 좀더 오래 연장하고 싶어 깨어 있으려 했다.

날이 밝아왔다. 그녀는 지난밤 눈길을 끌던 이들의 방이 어디일지 가늠하려 애쓰면서 성의 창문들을 오랫동안 바라보았다. 그들의 삶을 알고 그 안으로 들어가 하나가 되고 싶었다.

하지만 실제로는 추워서 몸이 덜덜 떨렸다. 그녀는 옷을 벗고는 침대 속으로 들어가 자고 있는 샤를 옆에 누워 몸을 웅크렸다.

아침식사에는 사람들이 많았다. 식사는 십 분 만에 끝났다. 술이 전혀 나오지 않아서 샤를은 놀랐다. 곧이어 당베르빌리에 양이 남은 브리오슈 조각을 작은 바구니에 모아 정원 연못에서 헤엄치고 있는 백조들에게 가져다주었고, 사람들은 온실로 산책을 갔는데, 그곳에는 털로 덮인 기이한 식물들이 피라미드처럼 층층이 심어져 있고 그 위로 화분들이 매달려 있었는데, 서로 뒤엉킨 녹색 덩굴이 마치 너무 많아 소굴 밖으로 삐져나온 뱀들처럼 화분 아래로 길게 늘어져 있었다. 정원 끝에 있는 오렌지나무 온실은 성의 부속 건물까지 지붕 덮인 길로 연결되어 있었다. 후작은 이 젊은 여성을 즐겁게 해주려고 마구간 구경을 시켜주었다. 바구니 모양의 여물통 위 도기로 된 명판에는 말들의 이름이 검은 글씨로 적혀 있었다. 사람들이 곁을 지나가면 말들은 칸막이 안에서 혀를 차며 몸을 움직거렸다. 바닥은 응접실의 마룻바닥처럼 반들거렸다. 마차용 마구는 복판에 있는 회전식 기둥 두 개에 걸려 있고, 재갈, 채찍, 등자, 재갈 사슬이 벽을 따라 가지런히 정리되어 있었다.

그동안 샤를은 하인에게 자신의 보크 마차에 말을 매어달라고 부탁했다. 마차가 현관 계단 앞에 도착하고 짐이 다 실리자 보바리 부부는 후작 내외에게 작별인사를 하고 토트를 향해 출발했다.

에마는 빙빙 돌아가는 바퀴를 말없이 바라보았다. 샤를은 좌석 끝에 걸터앉아 두 팔을 벌린 채 마차를 몰았고, 작은 말은 몸집에 비해 지나치게 큰 수레와 끌채 사이에서 옆으로 왔다갔다하며 달리고 있었다. 느슨한 고삐줄이 말의 엉덩이에 찰싹거리며 부딪히면서 땀에 젖었고 뒤에 묶어놓은 궤짝은 차체에 부딪혀 규칙적으로 쿵쿵거리는 소리를 냈다.

티부르빌 언덕에 이르렀을 때, 갑자기 말 탄 사람들 몇몇이 입에 시가를 문 채 웃으면서 그들 앞을 지나갔다. 에마는 얼핏 자작의 얼굴을 보았다고 생각했다. 그녀는 뒤를 돌아보았다. 하지만 지평선에 보이는 것이라고는 속보 혹은 구보로 달리는 말의 각기 다른 속도에 따라 위아래로 오르내리는 사람들의 머리뿐이었다.

4분의 1리외쯤 더 가서 말의 엉덩이끈이 끊어지는 바람에 그들은 마차를 세우고 밧줄로 이어야 했다.

그런데 샤를은 마지막으로 마구를 살펴보다가 말의 다리 사이로 땅바닥에 무엇인가 떨어져 있는 것을 보았다. 녹색 비단으로 가장자리를 두르고 가운데에는 마차 문에 하듯 가문의 문장을 새긴 담뱃갑이었다.

"시가도 두 대나 들었네. 오늘 저녁 먹은 뒤에 피우면 되겠군." 그가 말했다.

"당신 담배 피워요?" 그녀가 물었다.

"이따금. 기회가 있으면요."

그는 주운 물건을 주머니에 넣고 조랑말에 채찍질을 했다.

집에 와보니 저녁식사가 전혀 준비되어 있지 않았다. 에마는 벌컥 화를 냈다. 나스타지는 감히 말대꾸를 했다.

"나가요! 이건 못 넘어가. 당장 해고예요."

저녁식사로 나온 것은 양파 수프와 참소리쟁이를 곁들인 송아지고기 요리였다. 샤를은 에마 맞은편에 앉아 행복하다는 듯 두 손을 비비며 말했다.

"역시 집이 최고야!"

나스타지가 훌쩍거리는 소리가 들려왔다. 샤를은 그 가엾은 처녀 애를 좋아하는 편이었다. 지난날, 그러니까 홀아비 시절 할일 없이 무료한 저녁이면 그애가 말 상대가 되어주었다. 그녀는 그의 첫 환자였고, 이 지방에서 가장 오래 알고 지낸 사람이기도 했다.

"당신 정말로 저애를 내보낼 거예요?" 마침내 그가 물었다.

"그래요. 그래선 안 될 이유라도 있어요?" 그녀가 되물었다.

잠자리가 준비되는 동안 그들은 부엌에서 몸을 녹였다. 샤를은 담배를 피우기 시작했다. 입술을 내밀고 담배를 피우면서, 연기를 내뿜을 때마다 몸을 뒤로 뺐다.

"그러다 몸 상하겠네요." 그녀가 비웃듯이 한마디했다.

그는 시가를 내려놓고 펌프로 달려가 찬물을 한 컵 마셨다. 에마는 담뱃갑을 집어서 찬장 깊숙이 던져버렸다.

그다음날은 시간이 얼마나 더디게 흘러갔던가! 그녀는 작은 뜰을 산책하며 같은 길을 왔다갔다하고 화단 앞, 과수장 앞, 사제 석고상 앞에서 걸음을 멈추고는 그토록 잘 알던 과거의 것들을 경악스러운 눈길로 응시했다. 무도회는 벌써 얼마나 까마득한가! 그제 아침과 오늘 저녁 사이는 왜 이렇게 먼가? 때때로 폭풍우가 하룻밤 사이에 산속에 커다란 균열을 내듯 보비에사르 여행은 그녀의 삶에 커다란 구멍을 뚫어놓았다. 하지만 마음을 추스를 수밖에 없었다. 그녀는 아름다운 드레스와, 마룻바닥에 칠한 밀랍 때문에 밑창이 노랗게 변색된 비단 구두를 장롱에 조심스럽게 넣어두었다. 그녀의 가슴도 구두와 같았다. 부유한 삶을 언뜻 스치면서 가슴에 지울 수 없는 무엇인가가 덧입혀졌다.

그 무도회의 추억을 돌이켜보는 일이 에마에게 일과로 자리잡았다. 수요일마다 그녀는 아침에 눈을 뜨면서 이렇게 속으로 되뇌었다. '아! 일주일 전에…… 보름 전에…… 삼 주 전에 난 거기 있었는데!' 이윽고 차츰 기억 속에서 사람들의 얼굴이 흐릿해지고 콩트르당스의 곡조도 더이상 기억나지 않았으며 하인들의 제복과 방의 모양도 또렷하게 떠오르지 않았다. 여행의 세세한 부분은 잊혔지만, 아쉬움은 마음에 남았다.

9

샤를이 나가고 없을 때면 그녀는 종종 옷장으로 가서 개어놓은 속옷 사이에 넣어둔 녹색 비단으로 된 담뱃갑을 꺼내보곤 했다.

그녀는 그 담뱃갑을 바라보고 열어보고 심지어는 안감에 밴, 마편초와 담배가 뒤섞인 냄새를 맡아보기도 했다. 누구의 것이었을까?…… 자작의 것이었으리라. 아마도 정부가 준 선물이었을 터였다. 사람들에게 함부로 보여주지 않는 예쁜 자단나무 자수대 위로 부드럽게 물결치는 머리카락을 늘어뜨린 채 고개를 숙이고 오랜 시간 생각에 잠겨 수를 놓았으리라. 사랑의 숨결이 천의 올 사이사이를 지나갔으리라. 바늘땀 하나하나에 소망과 추억을 담았을 테니, 서로 얽힌 이 비단실들은 말없는 열정으로 이어져 있는 것이나 다름없었다. 어느 날 아침 자작은 이 담뱃갑을 받아들었으리라. 널찍한 벽난로 선반 위, 꽃병과 퐁파두르

탁상시계* 사이에 이것을 올려놓고 둘은 무슨 이야기를 나누었을까? 자신은 지금 토트에 있었다. 그런데 그는 파리에 있다. 그 먼 곳에! 파리는 어떤 곳일까? 정말이지 엄청난 이름 아닌가! 작게 도시 이름을 거듭해서 발음해보자 기분이 좋아졌다. 대성당의 종소리처럼 귓가에 울려퍼졌고, 머릿기름 단지의 상표에 적혀 있을 때조차도 빛을 발하는 것 같았다.

밤에 생선장수들이 짐수레를 타고 〈라 마르졸렌〉**을 부르면서 창문 아래로 지나갈 때면 그녀는 잠에서 깨곤 했다. 그러고는 마을을 벗어나 흙길로 접어들면서 잦아드는 쇠바퀴 소리에 귀를 기울였다.

'저들은 내일이면 그곳에 가 있겠지!' 그녀는 생각했다.

그리고 그녀는 머릿속으로 그들을 따라 언덕을 오르내리고 여러 마을을 가로지르고 별빛 찬란한 대로를 달렸다. 얼마나 갔을까 그렇게 한동안 달리고 나면 어딘지 알 수 없는 모호한 곳에 이르고 몽상이 끝나곤 했다.

그녀는 파리 지도를 한 장 사서 손가락으로 짚어가며 수도 이곳저곳을 누볐다. 대로를 따라가며 모퉁이마다, 거리를 나타내는 선과 선 사이마다, 집을 표시한 흰색 네모 앞마다 멈추곤 했다. 마침내 피곤해져 두 눈을 감으면 어둠 속에서 바람에 깜박거리는 가스등과 극장의 주랑 앞에서 덜컥거리며 펴지는 사륜마차의 접이식 발판이 보였다.

---

* 장식적인 모양의 도기로 만들어진 시계. 루이 15세가 연인 퐁파두르 부인에게 선물한 베네치아산 시계에서 유래한 이름이다.

** 프랑스 민요 〈라 마르졸렌의 동지들〉을 말하는 듯하다. 파수꾼을 자처해 공동체를 지킨다는 내용을 담고 있다.

그녀는 『라 코르베유』와 『실프 데 살롱』 같은 여성잡지를 구독했다. 개막 공연, 경마, 파티에 관한 온갖 기사들을 빠짐없이 훑었고 신인 여가수의 데뷔 무대나 새로운 상점의 개업에 관심을 가졌다. 최신 유행, 고급 양장점의 주소, 불로뉴 숲이나 오페라극장의 공연 일정에 정통했다. 또한 외젠 쉬의 소설에서 가구 배치가 묘사된 부분을 공부하듯 읽었다. 발자크와 조르주 상드의 소설을 읽으며 상상으로나마 스스로의 은밀한 욕망을 채웠다. 식탁에까지 책을 가져와, 샤를이 그녀에게 이야기하며 식사를 하는 동안에도 줄곧 책장을 넘기곤 했다. 책을 읽을 때면 언제나 자작과의 추억이 되살아났다. 그녀는 자작과 작품 속 인물들 사이에서 닮은 점을 찾아냈다. 그를 중심으로 한 원은 주변으로 점점 확장되었고 그의 후광은 그에게서 떨어져나와 멀리까지 퍼지면서 또 다른 몽상들까지 환히 비춰주었다.

그리하여 이제 에마의 눈앞에 대양보다 광막한 파리라는 도시가 진홍빛 광채에 싸여 반짝거렸다. 그 소란함 속에서 요동치는 수많은 삶은 몇몇 부분들로 나뉘어 뚜렷이 구별되는 장면들로 분류되어 있었다. 에마는 그중에서 두세 가지만을 알아볼 수 있었는데, 그것들이 나머지를 모두 가려 마치 인류 전체를 대표하는 듯 보였다. 대사大使들이 속한 세계에 사는 사람들은 벽면이 거울로 된 살롱에서 금빛 술이 달린 우단을 씌운 타원형 탁자 주위로 반들거리는 마룻바닥 위를 걸어다녔다. 그곳에는 자락이 길게 끌리는 드레스, 엄청난 비밀, 미소 아래 감춰진 고뇌가 있었다. 이어 공작부인들의 사교계가 있었다. 그곳 사람들은 안색이 창백했다. 오후 네시가 되어야 잠자리에서 일어났다. 딱한 천사 같은 여자들! 그들은 아랫자락에 영국식 고급 레이스가 달린 드레스를 입고, 경박해 보이는 외모 때문에 오히려 능력이 과소평가되는 남자들은 재미삼아 말이 녹초가 되도록 승마를 즐기고 바덴으로 가서 여름 한철을 지내다가 마침내 나이 마흔 줄에 접어들면 돈 많은 상속녀와 결혼했다. 자정이 넘어서야 저녁식사를 하는 식당의 별실에서는 문인이나 여배우로 이루어진 다양한 군상이 촛불 아래 웃고 있었다. 왕처럼 돈을 물쓰듯 쓰고, 뜬구름 같은 야망과 혼미한 환상에 사로잡힌 이들이었다. 그들의 삶은 다른 사람들의 삶을 넘어서는, 하늘과 땅 사이, 폭풍우 속에 있는 숭고한 그 무엇이었다. 그 외의 세상은 정확한 위치도 없이 마치 존재하지 않는 것처럼 사라졌다. 게다가 자신과 가까운 것일수록 에마는 애써 생각하지 않으려 했다. 바로 가까이에 있는 모든 것, 권태로운 시골, 우둔한 프티부르주아, 진부한 생활은 자기에게만 덮친 예외적인 사건, 괴상한 우연으로 여겨지는 한편, 저 너머에는 지복과 정열의 거대한 나라가 끝 간 데 없이 펼쳐져 있었다. 그녀는 욕망에 사로잡혀 사치의 쾌감과 사랑의 희열을, 의례적인 우아함과 섬세한 감정을 혼동했다. 인도산 식물이 그렇듯 사랑에도 준비된 토양과 특별한 온도가 필요하지 않겠는가? 그러므로 달빛 아래의 한숨, 긴 포옹, 연인에게 내맡긴 두 손 위로 흘러내리는 눈물, 육체의 온갖 열기와 사랑의 번민은 한가로움이 흐르는 대저택의 발코니, 두꺼운 융단이 깔리고 창가에는 화분이 가득하며 단 위에 침대가 놓이고 비단 휘장이 드리워진 내실, 그리고 보석의 광채나 하인들 제복의 어깨끈 장식과 떼어놓고 생각할 수 없었다.

매일 아침 샤를의 암말을 손질해주러 오는 역참의 청년이 투박한 나막신을 신고 복도를 지나가곤 했다. 웃옷에는 구멍이 나 있고 나막신

안에는 맨발에 헝겊신을 신고 있었다. 반바지 차림의 저런 심부름꾼에 만족해야 하다니! 일이 끝나면 그는 하루종일 다시 오지 않았다. 샤를이 돌아오면 직접 말을 마구간으로 데려가 안장을 벗기고 고삐를 채웠고, 그동안 하녀는 짚 한 단을 가져와 되는대로 구유 안에 던져놓았다.

나스타지(그녀는 결국 눈물을 펑펑 쏟으며 토트를 떠났다)를 대신해 에마는 얌전하게 생긴 열네 살짜리 고아 여자애를 고용했다. 에마는 그녀에게 면 보닛을 쓰지 못하게 했고 삼인칭 존대어를 쓰고 물컵은 잔에 받쳐 가져오고 방안으로 들어오기 전에 노크를 하고 다림질, 풀먹이기, 자신의 옷 시중드는 법을 가르쳐 몸종으로 만들고자 했다. 새 하녀는 쫓겨날까봐 두려워 군말 없이 따랐다. 하지만 부인이 평소에 열쇠를 찬장에 그대로 꽂아두곤 했으므로, 펠리시테는 매일 밤 설탕을 조금씩 훔쳐내 밤 기도를 마친 다음 침대 속에서 혼자 먹었다.

오후에 하녀는 때때로 길을 건너가 역마차 마부들과 수다를 떨곤 했다. 부인은 위층 자기 방에 틀어박혀 있었다.

에마는 앞이 활짝 트인 실내복을 입고 있어서 숄 모양의 폭넓은 옷깃 사이로 금단추 세 개가 달린 주름 블라우스가 보였다. 허리에는 큰 술이 달린 굵게 꼰 줄을 맸고, 석류빛 실내화에는 넓은 리본으로 만든 꽃장식이 발등에 늘어져 있었다. 그녀는 편지를 쓸 상대가 아무도 없었음에도 압지와 편지지, 펜대, 봉투를 사놓았다. 선반의 먼지를 떨고 거울에 비친 자신의 모습을 들여다보고 책을 한 권 집어들어 읽다가 행과 행 사이에서 몽상에 잠겨 무릎 위로 떨구곤 했다. 여행을 떠나고 싶기도 했고 수녀원으로 돌아가 지내고 싶기도 했다. 죽고 싶은 동시에 파리에 가서 살고 싶기도 했다.

샤를은 눈이 오나 비가 오나 말을 타고 지름길을 가로질렀다. 그는 여러 농가의 식탁에서 오믈렛을 먹고 축축한 침대 속에 손을 밀어넣고 사혈할 때 뿜어나오는 미적지근한 핏줄기를 얼굴에 받고 헐떡거리는 숨소리에 귀를 기울이고 대야의 내용물을 살펴보고 더러운 속옷을 수 없이 걷어올렸다. 하지만 저녁이면 불꽃이 타오르는 난로, 식사가 차려진 식탁, 편안한 가구 그리고 아름답게 차려입은 매혹적인 아내가 그를 기다리고 있었다. 그녀에게서는 어디서 나는지조차 알 수 없는 싱그러운 향기가 풍겼는데, 살갗에서 나는 향기가 블라우스를 향기롭게 하는지도 몰랐다.

그녀는 온갖 섬세한 방식으로 그를 매혹했다. 때로는 종이를 새로운 방법으로 접어 촛농받이를 만들기도 하고 드레스의 주름 장식을 바꿔 달기도 하고 하녀가 망친 아주 소박한 요리에 특별한 이름을 붙여 샤를이 남기지 않고 기분좋게 먹도록 하기도 했다. 루앙의 귀부인들이 시계에 패물 묶음을 달고 다니는 것을 보고는 장신구를 사들였다. 또한 벽난로 위에 푸른색 커다란 유리 화병 두 개를 올려두고 싶어했고, 얼마 후에는 은도금된 골무가 든 상아 반짇고리를 욕심냈다. 샤를은 그런 우아한 것들에 무지했던 터라 더더욱 매혹되었다. 그것들은 그의 감각적 쾌감에, 가정적 감미로움에 뭔가를 더해주었다. 마치 그의 별 볼 일 없는 인생의 오솔길에 뿌려진 금가루 같았다.

그는 건강하고 안색도 좋았다. 그의 명성은 확고부동했다. 오만하지 않아서 시골 사람들은 그를 좋아했다. 아이들을 귀여워했고, 술집에 드나들지 않았으며, 게다가 품행도 방정해서 사람들로부터 신임을 받았다. 그는 특히 카타르 염증과 흉부 질환에 뛰어났다. 혹여나 환자를 죽게 만들까봐 두려웠던 샤를은 실제로 진정제만을 주로 처방했고 이따금 구토제나 족욕, 거머리를 이용한 사혈을 곁들일 뿐이었다. 그렇다고 외과수술을 겁낸 것은 아니었다. 그는 환자들의 피를 가차없이 많이 뽑았고 치아를 뽑을 때는 손힘이 어마어마했다.

또한 그는 새로운 의학 지식에 뒤처지지 않기 위해 안내 광고를 받은 바 있는 새로운 잡지 『뤼슈 메디칼』을 구독 신청했다. 저녁식사를 마친 후 그 잡지를 조금씩 읽곤 했다. 하지만 방안의 열기와 식곤증 때문에 오 분만 지나면 잠이 들고 말았다. 그는 두 손으로 턱을 괴고 머리카락을 말갈기처럼 등잔 아래까지 늘어뜨린 채 꼼짝도 하지 않았다. 에마는 그를 바라보며 어깨를 으쓱했다. 자신의 남편이라면 적어도 밤마다 열심히 책을 읽어서 마침내 류머티즘이 찾아드는 예순 살쯤에는 재단이 시원찮은 검은 양복에 훈장을 줄줄이 달고 다닐 그런 과묵한 열성을 지녔어야 하지 않은가. 그녀는 이제 자신의 것이기도 한 이 보바리라는 이름이 유명해져서 서점마다 전시되고 신문에 거듭 게재되고 프랑스 전역에 알려지기를 바랐다. 하지만 샤를에겐 야망이라곤 찾아볼 수 없었다! 최근 이브토에서 온 어떤 의사가 그의 진찰에 입회했는데, 친척들이 모인 환자의 침대 머리맡에서 그를 약간 모욕한 적이 있었다. 그날 밤 샤를에게 이야기를 들은 에마는 그 동료 의사를 향해 불같이 화를 냈다. 샤를은 그녀의 반응에 감동했다. 눈물을 글썽이며 그녀의 이마에 입맞춤을 했다. 하지만 그녀는 수치스러워서 이성을 잃을 지경이었고 그를 후려치고 싶은 마음마저 일어 복도로 나가 창문을 열고 신선한 공기를 들이마시며 마음을 가라앉혔다.

"한심한 남자 같으니라고! 어쩌면 저렇게 한심할까!" 그녀는 입술을 깨물며 나지막하게 중얼거렸다.

게다가 그녀는 그가 점점 신경에 거슬렸다. 나이가 들면서 그에게는 조잡한 습관들이 생겼다. 후식을 먹을 때면 빈 포도주병의 코르크 마개를 조각냈다. 음식을 먹고 나서는 혀로 이를 핥았다. 수프를 한 모금 한 모금 넘길 때마다 꿀떡거리는 소리를 냈고, 몸에는 살이 붙기 시작해 포동포동해진 뺨 때문에 원래도 작은 눈이 관자놀이 쪽으로 당겨 올라간 것처럼 보였다.

에마는 때때로 삐져나온 그의 빨간 내복 끝자락을 조끼 안으로 넣어주고 넥타이를 바로잡아주거나 그가 끼려고 놓아둔 낡은 장갑을 내다 버렸다. 하지만 이 모든 건 샤를이 짐작하는 바와 달리 그를 위해서가 아니었다. 바로 그녀 자신을 위한 일로, 과도한 이기심과 신경질적인 짜증의 발로였다. 또한 그녀는 때때로 자기가 읽은 소설이나 새로운 희곡의 한 단락, 신문에서 본 상류사회에 관한 일화를 그에게 들려주었다. 어쨌든 샤를은 언제나 그녀의 말을 귀담아듣고 언제나 호응해줄 자세가 되어 있는 사람이었으니. 그녀는 기르는 그레이하운드에게도 속내를 많이 털어놓았다! 할 수만 있다면 벽난로의 장작에게도, 괘종시계의 추에게도 그렇게 했으리라.

하지만 그녀는 마음속 깊이 어떤 사건을 기다리고 있었다. 조난당한 뱃사람처럼, 삶의 고독 위로 절망적인 눈길을 던지면서 저멀리 수평선의 안개 속에서 하얀 돛을 단 배가 다가오지 않는지 살폈다. 그 우연이 어떤 것일지, 어떤 바람이 그 배를 그녀 자신에게까지 밀어붙일지, 그 배가 그녀를 어느 기슭으로 데려갈지, 조각배일지 삼중 갑판이 딸린 선박일지, 뱃전까지 기쁨이 가득차 있을지 고뇌가 가득차 있을지 알 수 없었다. 하지만 매일 아침 잠에서 깨면 그녀는 바로 그날 그 일이 일어나기를 바랐고 들리는 모든 소리에 귀를 기울였으며 소스라쳐 자리에서 일어났다가 그 일이 일어나지 않았다는 사실에 놀라곤 했다. 그리고 해가 질 무렵에는 언제나 더욱더 서글퍼져서는 어서 빨리 다음날이 왔으면 하고 바랐다.

다시 봄이 찾아왔다. 첫더위가 찾아오는 배꽃이 필 무렵 그녀는 가슴이 답답해지는 증세를 느꼈다.

7월이 시작되자 그녀는 어쩌면 당데르빌리에 후작이 보비에사르에서 또 무도회를 열 수도 있으리라는 생각에 10월이 오려면 몇 주나 남았는지 손가락으로 헤아려보았다. 하지만 9월이 다 가도록 편지도 방문도 없었다.

이런 실망으로 권태로움만 쌓인 그녀의 마음은 또다시 공허해졌고, 똑같은 날들이 다시 이어졌다.

그러니까 이제 똑같은 나날들이 무수히 계속 이어질 뿐 아무 일도 일어나지 않을 것인가! 다른 이들의 삶은 아무리 단조롭다 한들 적어도 어떤 사건이 일어날 기회가 있었다. 모험은 때때로 무한한 변화를 이끌어내고 환경을 바꾸었다. 하지만 그녀에게는 아무 일도 일어나지 않았고, 그것은 신의 섭리일 터였다! 미래는 캄캄한 복도였고, 그 끝에 있는 문은 굳게 잠겨 있었다.

그녀는 연주를 그만두었다. 무엇 때문에 연주를 한단 말인가? 누가 듣는다고? 연주회에서 짧은 소매의 벨벳 드레스 차림으로 에라르 피아노*

---

* 19세기 프랑스의 대표적인 피아노 제조자 세바스티앵 에라르가 세운 회사에서 만든 고급 피아노.

앞에 앉아 손가락으로 가볍게 상아 건반을 두드리며 감탄의 웅성거림이 미풍처럼 주위를 감도는 걸 느껴볼 일도 없을 테니 애써 힘들게 연습할 필요가 없었다. 화첩도 타피스리 자수천도 벽장에서 꺼내지 않았다. 해봐야 무슨 소용이 있는가? 도대체 무슨 소용이 있단 말인가? 바느질은 그녀를 짜증나게 했다.

"책도 읽을 만큼 읽었어." 그녀는 중얼거리곤 했다.

그녀는 자리에 앉아서 부젓가락이 빨갛게 달궈질 때까지 벽난로 속을 쑤석거리거나 비 내리는 것을 바라볼 뿐이었다.

일요일에 저녁기도 종소리가 울릴 때면 그녀는 얼마나 서글펐던지! 그녀는 금이 간 종이 한 번 두 번 울리는 소리를 몽롱한 상태에서 귀기울여 들었다. 고양이 한 마리가 희미한 빛을 받으며 등을 둥글게 말고 지붕 위를 천천히 거닐었다. 큰길에서는 바람이 길게 먼지를 일으켰다. 때때로 저멀리서 개가 길게 짖었다. 그리고 종소리는 일정한 간격으로 줄곧 단조롭게 울리면서 들판 너머로 사라져갔다.

한편 사람들이 교회에서 나왔다. 밀랍을 먹인 나막신을 신은 여자들, 새 셔츠를 입은 농부들, 그들 앞에서 맨머리로 깡충거리며 뛰어다니는 어린아이들 모두 각자 집으로 돌아갔다. 그리고 언제나처럼 사내 대여섯 명이 식당을 겸한 여관 대문 앞에 남아 해질 때까지 코르크 마개 쓰러뜨리기 놀이를 했다.

겨울은 추웠다. 매일 아침 유리창에는 성에가 끼었고, 그런 창 너머로 마치 반투명유리를 통과한 듯 희끄무레하게 들어오는 빛은 때로 온종일 더 밝아지지 않은 채 그 상태에 머물곤 했다. 오후 네시가 되면 등불을 켜야 했다.

날이 좋으면 그녀는 마당으로 내려갔다. 투명한 이슬이 양배추 위로 은빛 레이스처럼 덮여 사이사이로 길고 맑은 선이 이어져 있었다. 새소리는 들리지 않았고, 짚을 씌운 과수장과 담장의 갓돌 아래 병든 커다란 뱀처럼 보이는 포도나무까지 모두 잠이 든 것 같았는데, 가까이 가 보면 발이 무수히 달린 쥐며느리들이 꼬물거리고 있었다. 울타리 옆 가문비나무 아래 삼각모를 쓰고 기도서를 읽는 사제상은 오른발이 떨어져나갔고, 결빙 때문에 석고가 비늘처럼 일어나 얼굴에 하얀 어루러기가 번진 것처럼 보였다.

이윽고 그녀는 방으로 올라가 문을 닫고 숯불을 일궈놓았는데, 난로의 열기에 몸이 나른해지거나 권태가 더욱 무겁게 내려앉는 듯 느껴지곤 했다. 아래층으로 내려가 하녀와 이야기를 나눌까 했지만 왠지 그래서는 안 될 것 같다는 생각에 그러지 못했다.

매일 같은 시각에 검은 비단 모자를 쓴 학교 교사가 자기 집 덧문을 열었고, 마을 경찰이 상의 위로 칼을 찬 채 지나갔다. 아침저녁으로 역참의 말들이 셋씩 무리 지어 늪으로 물을 마시러 길을 가로질러갔다. 이따금 술집 문에 매달린 작은 종이 딸랑거렸고, 바람이 불면 가발가게 겸 이발소의 간판으로 쓰이는, 작은 구리 대야들이 지지대 구실을 하는 두 개의 막대 위에서 삐걱거리는 소리가 들려왔다. 이발소 쇼윈도에는 오래된 스타일 그림이 장식으로 붙어 있고 머리가 노란 밀랍 여인 흉상도 있었다. 이발소 주인은 앞길이 막힌 직업 그리고 불확실한 미래 때문에 마음을 끓였고, 예컨대 루앙 같은 대도시의 항구 옆 극장 근처에 가게를 내는 꿈을 꾸면서 하루종일 어두운 얼굴로 마을 청사부터 성당까지 왔다갔다하며 손님을 기다렸다. 눈만 들면 그리스 모자를 귀까지 눌러쓰고 질긴 모직 상의를 입은 그가 근무중인 보초병처럼 선 모습을 언제나 볼 수 있었다.

오후에는 때때로 거실의 유리창 너머로 검은 구레나룻에 얼굴이 햇볕에 그은 남자가 나타나곤 했는데, 그는 하얀 이를 드러내 보이며 천천히 부드러운 함박웃음을 지었다. 곧이어 왈츠가 시작되고, 그러면 손풍금 위쪽의 작은 응접실에서 손가락만한 크기의 분홍 터번을 두른 여자들, 모닝코트를 입은 티롤 지방 사람들, 검은 연미복을 입은 원숭이들, 반바지를 입은 신사들이 안락의자와 소파와 콘솔 사이를 빙글빙글 돌면서 춤을 췄고, 금종이 띠로 귀퉁이를 이어붙인 거울 조각에 그 모습이 비쳤다. 사내는 좌우를 번갈아 바라보고 집집의 창문으로 시선을 주면서 악기의 손잡이를 돌렸다. 이따금 멀리 경계석까지 누런 침을 뱉으면서, 딱딱한 가죽 멜빵 때문에 어깨가 결리는지 무릎으로 악기를 떠받치곤 했다. 때로는 구슬프고 길게 늘어지게, 또 때로는 유쾌하고 빠르게 음악이 아라베스크 모양 구리망 아래에 드리워진 분홍색 호박단 휘장 너머로 붕붕대며 상자 밖으로 흘러나왔다. 그것은 다른 어딘가의 무대에서 연주하는, 살롱에서 부르는, 밤에 환하게 밝혀진 샹들리에 아래에서 춤을 출 때 곁들여지는 곡조로, 에마의 귀에까지 들려오는 사교계의 메아리였다. 그녀의 머릿속에서는 사라방드 춤곡이 끝없이 펼쳐졌고, 그녀의 생각은 꽃무늬 양탄자 위에서 춤추는 무희처럼 곡조를 따라 튀어올라 꿈에서 꿈으로, 슬픔에서 슬픔으로 널뛰었다. 모자 속에 돈이 떨어지면 사내는 푸른 모직으로 된 낡은 덮개를 씌우고 손풍금을 등에 진 다음 무거운 걸음으로 멀어져갔다. 그녀는 그가 떠나가는 뒷모습을 바라보았다.

그녀가 특히 참기 어려운 것은 식사시간으로, 일층의 좁은 주방에서는 화덕에서 연기가 피어오르고 문이 삐걱거리고 벽에서 물방울이 스며나오고 바닥의 판석은 축축하기 짝이 없었다. 생활의 온갖 신산이 그녀의 접시에 차려진 것 같았고, 삶은 고기에서 올라오는 김을 맡으면 가슴 저 밑바닥에서 다른 종류의 구역감이 치밀었다. 샤를은 음식을 천천히 먹었다. 그녀는 개암 열매를 갉아먹거나 팔꿈치를 괴고 앉아 나이프 끝으로 밀랍을 입힌 식탁보에 가는 금을 그으며 시간을 보냈다.

이제 그녀는 살림을 되는대로 내버려두었으므로, 사순절 기간 중 며칠을 보내러 토트에 온 보바리 노부인은 이런 변화에 몹시 놀랐다. 실제로 예전에는 그토록 신경을 쓰고 섬세했던 에마는 이제는 며칠간이나 옷을 갈아입지 않기도 하고 회색 면양말을 신기도 하고 싸구려 양초를 켜기도 했다. 그녀는 살림이 넉넉하지 않으므로 절약을 해야 한다고 거듭 말하면서 자신은 매우 만족스럽고 행복하며 토트가 무척 마음에 든다는 둥 안 하던 말을 덧붙여 시어머니의 입을 막았다. 그러잖아도 에마는 더이상 시어머니의 충고에 따를 생각이 없는 듯했다. 심지어 한번은 보바리 노부인이 주인이라면 당연히 하인들의 종교 활동을 감독해야 한다고 주장할 생각으로 말을 꺼냈다가, 에마가 어찌나 성난 눈길과 싸늘한 미소로 대꾸하던지 노부인은 두 번 다시 그 말을 꺼낼 수 없었다.

에마는 대하기 까다롭고 변덕스러워졌다. 그녀는 자기가 먹겠다며 몇 가지 요리를 만들게 하고는 정작 손도 대지 않았고, 어떤 날은 아무것도 넣지 않은 우유만을 마시는가 하면 그다음날은 차만 열두 잔을 마시기도 했다. 외출하지 않고 집에 있겠다고 종종 고집을 부리다가도 갑자기 숨이 막힌다면서 창문을 열어젖히고 얇은 옷을 꺼내 입기도 했다. 하녀를 심하게 닦아세운 다음에는 선물을 주고 이웃집으로 마실을 보내는가 하면, 시골에서 나고 자란 이들이 대개 그러듯 그들 아버지들의 손에 박인 못 같은 것을 늘 마음속에 지니고 있어 그다지 정이 많거나 타인의 감정에 쉽게 동화되는 성격이 아님에도 이따금 지갑에 든 은화를 전부 털어 가난한 이들에게 던져주곤 했다.

2월 말경 루오 영감은 자신이 회복된 일을 기념하며 사위에게 근사한 칠면조 한 마리를 직접 가져와서 토트에 사흘간 머물렀다. 샤를이 환자들을 보러 가 있을 때면 에마가 그와 함께 시간을 보냈다. 그는 침실에서 담배를 피웠고 벽난로의 장작 받침대에다 침을 뱉었으며 농사일과 송아지, 암소, 닭, 마을 의회에 대해 떠들어댔다. 아버지를 배웅하고 문을 닫고 들어오면서 에마는 안도감을 느꼈고 그 사실에 스스로도 놀랐다. 그녀는 무엇에 대해서도, 누구에 대해서도 더이상 경멸감을 감추려 들지 않았다. 때로는 사람들이 흔히 인정하는 것들을 비난하면서 괴상한 견해를 내놓고 사악하고 부도덕한 것들을 옹호하기도 했다. 아내의 이런 행동에 샤를은 눈이 휘둥그레졌다.

이런 비참한 삶이 줄곧 계속되는 것일까? 그녀는 헤어나올 수 없는 것일까? 하지만 그녀는 어느 모로 보나 행복한 삶을 사는 다른 여자들에 비해 부족할 게 없었다! 보비에사르에서 자신보다 몸매가 둔하고 행동거지가 저속한 공작부인들을 본 그녀는 신의 부당함이 증오스러웠다. 그녀는 벽에 머리를 기대고 눈물을 흘렸다. 시끌벅적한 생활, 가면무도회의 밤, 그녀가 알지 못하는 온갖 격정과 그 격정이 가져다줄 것이 분명한 극도의 쾌락을 선망했다.

그녀는 안색이 핼쑥해졌고 심장 고동이 거칠어졌다. 샤를은 쥐오줌풀 추출액과 장뇌 탕욕을 처방했다. 하지만 이 모든 시도가 그녀의 상태를 악화시키는 것 같았다.

어떤 날에는 열에 들뜬 듯 엄청나게 말을 많이 하기도 했다. 그런 과도한 흥분 다음에는 갑작스럽게 마비 상태에 빠져 말을 하지도 몸을 움직이지도 않은 채 지내기도 했다. 그럴 때 그녀를 깨우는 방법은 두 팔에 오드콜로뉴 한 병을 들이붓는 것이었다.

그녀가 끊임없이 토트에 대해 불평을 했으므로, 샤를은 풍토적인 영향으로 병이 생긴 것이라 보았고, 그 생각에 사로잡혀 다른 곳에 가서 개업하는 것을 진지하게 고려하기 시작했다.

그즈음부터 에마는 날씬해지겠다며 식초를 마셨고, 마른기침을 하고 식욕을 완전히 잃었다.

샤를로서는 사 년간 머물며 이제 자리가 잡히기 시작한 차에 토트를 떠난다는 데 아쉬움이 컸다. 하지만 그래야 한다면 어쩌겠는가! 그는 아내를 루앙으로 데려가 옛 스승에게 진찰을 받게 했다. 신경성 질병이라고 했다. 사는 환경을 바꿔야 한다는 것이다.

이곳저곳을 수소문한 끝에 샤를은 뇌샤텔 지방에 용빌라베라고 불리는 큰 마을이 있는데, 폴란드에서 망명한 그곳의 의사가 지난주에 다른 지역으로 갔다는 사실을 알게 되었다. 그는 그 지역 약제사에게 편지를 써서 그곳의 인구가 몇 명인지, 가장 가까운 병원까지의 거리가 어떻게 되는지, 전임 의사의 연간 수입이 얼마였는지 등을 문의했다. 답신의 내용이 만족스러웠으므로, 그는 만약 에마의 건강이 나아지지 않는다면 다음해 이른봄에 이사를 하기로 마음먹었다.

어느 날 이사 준비로 서랍을 정리하던 에마는 뭔가에 손가락을 찔렸다. 그것은 그녀의 결혼식 부케에 감겨 있던 철사였다. 오렌지꽃 봉오리들은 먼지로 누렇게 덮였고, 은테를 두른 비단 리본은 올이 해져 있었다. 에마는 그것을 불속으로 던져버렸다. 부케는 마른 밀짚보다 더 빨리 타올랐다. 그리고 재 위에서 붉은 덤불처럼 보이더니 천천히 사그라들었다. 그녀는 타들어가는 부케를 바라보았다. 판지로 된 작은 앵두 열매들이 터지고 구리철사가 뒤틀리고 장식끈이 녹아내렸다. 오그라든 종이 꽃잎들이 검은 나비처럼 벽난로 뒷벽을 따라 춤추다가 마침내 굴뚝으로 날아가버렸다.

3월에 그들이 토트에서 이사를 나갈 때 보바리 부인은 임신중이었다.

제2부

1

용빌라베(수도원이라는 뜻인 '아베'가 마을 이름에 붙은 이유는 이제는 흔적조차 남아 있지 않지만 옛날에 카푸친회 수도원이 있었기 때문이다)는 루앙에서 8리외 떨어져 있는 마을로 아브빌로와 보베로가 교차하는 지점, 리욀 하천이 지나가는 골짜기 아래쪽에 자리잡고 있는데, 이 하천은 하구 어귀에서 물레방아 세 개를 돌린 다음 앙델강으로 합류하며, 송어가 꽤 있어서 일요일이면 아이들이 낚시를 즐기는 곳이다.

라 부아시에르에서 큰길을 벗어나 평지를 계속 따라가다 뢰 언덕 꼭대기에 이르면 그 골짜기를 내려다볼 수 있다. 그곳은 하천을 경계로 지형적 차이가 뚜렷한 두 개의 지역으로 나뉜다. 왼쪽은 온통 목초지고 오른쪽은 온통 경작지다. 풀밭은 겹겹의 낮은 구릉 아래로 길게 이어지다가 뒤쪽으로 브레 지방의 목초지와 연결되고, 한편 평지인 동쪽은 서서히 오르막이 되어 폭이 넓어지다가 끝이 보이지 않는 황금빛 밀밭이 지평선까지 펼쳐진다. 풀밭 가장자리를 흘러가는 하천이 마치 하얀 띠로 목초지와 경작지의 색을 가른 양 그 지방의 풍경은 초록색 벨벳 깃에 은색 장식끈으로 테를 두른 커다란 망토를 펼쳐놓은 모양새다.

그곳에 이르러 정면의 지평선을 바라보면 아르괴유 숲의 떡갈나무들과 불규칙한 붉은 띠가 위에서 아래로 길게 줄무늬를 이루는 생장 언덕의 급경사면이 보인다. 이는 빗물의 흔적으로, 잿빛 산괴에 그토록 선명하게 그어진 가느다란 선들이 벽돌색을 띠는 이유는 주변 지역으로 흘러가는 주위의 많은 샘물에 철분이 다량 함유되어 있기 때문이다.

노르망디, 피카르디, 일드프랑스 세 지역이 맞닿아 있는 이곳은 풍경에 별 특징이 없듯 사람들의 말투에서도 두드러진 억양을 찾아볼 수 없는, 이른바 잡탕 지역이다. 이 일대에서 품질이 가장 떨어지는 뇌샤텔 치즈가 만들어지는 곳이 바로 이곳이며, 모래와 자갈투성이인 척박한 토양을 비옥하게 하려면 많은 비료가 필요하기 때문에 농사에 드는 비용도 만만치 않다.

1835년까지는 용빌로 오는 길이 제대로 나 있지 않았다. 하지만 그 무렵 아브빌로와 아미앵로를 이어주는 널찍한 지방 도로가 생겨 루앙에서 플랑드르로 가는 짐마차꾼들이 종종 이용하게 되었다. 하지만 이 새로운 돌파구에도 불구하고 용빌라베는 여전히 침체된 채로 머물러 있었다. 이곳 사람들이 경작 방법을 개량하는 대신 가치가 떨어지는 목축을 고집했으므로, 농사에 손을 놓은 마을은 자연히 평야와는 거리를 두고 강 쪽으로 줄곧 뻗어나갔다. 멀리서 보면 강둑을 따라 길게 자리잡은 마을이 마치 소 치는 목동이 물가에서 낮잠을 자는 모습처럼 보였다.

언덕 밑에서 다리를 건너면 어린 사시나무가 늘어선 길이 시작되는데 똑바로 뻗은 그 길을 따라가면 이웃고 마을 초입에 있는 집들이 나온다. 집들은 산울타리를 두른 마당 한가운데 자리하고, 주변으로 포도 압착소, 짐수레 창고, 증류소 등 부속 건물 몇 채가 울창한 나무 아래 여기저기 흩어져 있으며, 나뭇가지에는 사다리, 장대, 낫 같은 것들이 걸려 있다. 초가지붕은 마치 털모자를 눈 바로 위까지 눌러쓴 것처럼, 낮은 창문의 3분의 1을 가릴 만큼 내려와 있고, 두껍고 가운데가 불룩한 창유리 복판에는 흡사 포도주병 바닥처럼 혹이 튀어나와 있다. 검은 가로목이 대각선으로 박힌 회벽 바로 앞에는 앙상한 배나무 몇 그루가 거의 달라붙을 듯 바짝 붙어 자라고, 일층의 문턱에는 여닫이식 작은 살문이 달렸는데, 이는 사과주를 머금은 빵 부스러기를 쪼아먹으러 문지방을 넘어오는 병아리들을 막기 위해서다. 이웃고 마당이 점차 좁아지며 집들 사이가 가까워지고 울타리가 사라진다. 어느 집 창문 아래 빗자루 손잡이에 매단 고사리 한 묶음이 흔들리고 있다. 편자를 만드는 제철공의 대장간이 있고, 이어 수레를 만드는 목공소가 나오며 건물 밖 길까지 새로 만든 짐수레 두세 채가 삐져나와 있다. 그다음으로는 산울타리 너머로, 입에 손가락을 갖다댄 큐피드 상으로 장식한 둥근 풀밭 뒤에 자리잡은 하얀 집이 보인다. 돌층계 양쪽에는 주철로 된 수반이 놓였다. 문에는 방패꼴 구리 명판이 번쩍인다. 마을에서 가장 멋진, 공증인의 집이다.

성당은 그로부터 이십 보 정도 떨어진, 길 건너 광장 입구에 있다. 성당을 둘러싸고, 팔꿈치를 괼 수 있을 정도로 나지막한 담을 두른 작은 묘지가 있는데, 무덤이 아주 빽빽하게 들어차 있어서 지면 높이의 오래된 묘석들은 바닥에 깔린 포석처럼 보이고, 거기에서 풀이 아예 질서정연하게 녹색 사각형 형태로 자라고 있다. 성당은 샤를 10세 치세 마지막 몇 해 동안 개축되었다. 성당 내부의 둥근 나무 천장은 꼭대기부터 썩기 시작해서 푸른색 천장 여기저기가 검게 패었다. 오르간이 놓여야 할 출입구 위는 남자 신도석으로 주랑이 딸려 있고, 그곳으로 통하는 나선형 계단을 나막신을 신은 사람이 지나갈 때면 요란한 소리가 울린다.

무늬 없는 판유리를 통해 들어오는 환한 햇빛이 벽과 직각으로 놓인 긴 의자들을 비스듬히 비추는데, 긴 의자 중간중간 짚방석이 못으로 고정되어 있고 그 아래에 굵은 글씨로 '아무개 씨 자리'라고 쓰여 있다. 조금 더 안쪽, 회중석의 폭이 좁아지는 곳에 고해실이 작은 성모상과 마주보고 있으며, 비단 드레스를 입고 은색 별이 박힌 망사 베일을 쓴 성모상은 샌드위치제도*의 우상처럼 두 뺨에 온통 붉은 칠이 되어 있다. 마지막으로 네 개의 촛대 사이에서 주제단을 내려다보는 구도로 걸린, 내무대신이 기증한 〈성가족〉 모사화 한 점에서 시야는 마감된다. 전나무로 만든 성가대석은 색을 칠하지 않은 원목 상태다.

시장, 그러니까 이십여 개의 기둥 위에 기와지붕을 덮은 공간은 홀로 용빌대광장의 절반 정도를 차지한다. 파리 건축가의 설계로 지은 마을 청사는 그리스 신전을 본떴으며 약제사의 집 옆길 모퉁이에 자리잡

* 하와이제도의 옛 별칭.

고 있다. 아래층에는 이오니아식 원주가 세 개, 이층에는 아치형 회랑이 있고 회랑 끝 합각合閣에는 한 발로 프랑스 헌장을 딛고 다른 발로는 정의의 저울을 움켜쥔 갈리아 수탉*이 새겨져 있다.

하지만 무엇보다도 가장 눈에 띄는 것은 리옹 도르 여관 맞은편에 있는 오메 씨의 약국이다! 저녁에 캥케식 램프를 밝혀 약국 진열장을 장식하는 붉은색과 녹색의 약병들을 통과한 빛이 멀리 땅바닥으로 그 두 가지 빛깔을 드리울 때면 특히 그렇다. 그럴 때면 불빛 너머로 마치 벵골 불꽃** 속에 있는 듯 책상에 팔꿈치를 괴고 앉은 약제사의 검은 윤곽이 보인다. 약국 건물 외벽에는 영어나 둥근 글씨체, 인쇄체로 쓰인 다음과 같은 광고 문구들이 위에서 아래까지 붙어 있다. '비시, 셀처, 바레주 등 광천수, 시럽형 정화제, 라스파유 요법, 아랍산 식용 전분, 다르세 드롭스, 레뇨 연고, 붕대, 입욕제, 약용 초콜릿 등등.' 건물 전체에 걸친 간판에는 금색 글씨로 '약제사 오메'라고 쓰여 있다. 이어 가게 안쪽 카운터 위에 고정된 커다란 저울 뒤로 보이는 유리문 위에는 '조제실'이라는 글씨가 쓰여 있고, 그 문 중간쯤 되는 높이에 다시 한번 '오메'라는 글자가 검은 바탕에 금색 글씨로 쓰여 있다.

지금까지 이야기한 것 이외에 용빌에는 더 볼 만한 것이 없다. (하나뿐인) 큰 도로의 길이는 소총의 사정거리 정도로 양쪽에 몇몇 상점들이 늘어서 있는데 길모퉁이에서 갑자기 끊긴다. 거기에서 오른쪽으로 돌아 생장 언덕 기슭을 따라가면 이내 묘지가 나온다.

콜레라가 유행했을 때 묘지를 넓히기 위해 사람들은 담을 일부 허물

---

* 프랑스의 비공식 국가 상징.

** 해난 신호용으로 쓰이는 선명한 청백색의 지속성 불꽃.

고 이웃한 땅 3에이커를 매입했다. 하지만 이 새로 사들인 부분은 거의 빈 채로 남아 있고, 무덤들은 예전처럼 출입구 쪽에만 줄곧 늘어난다. 무덤 파기와 성당지기 일을 함께 하는(그런 식으로 교구의 고인들에게서 이중의 이익을 취하는) 묘지기는 이 빈 땅을 이용해 감자씨를 심었다. 해가 갈수록 밭의 넓이는 줄어드는데, 전염병이 돌 때면 그는 묘혈 팔 일이 늘어나 기뻐해야 할지 무덤 면적이 늘어나 밭이 줄어드는 것을 슬퍼해야 할지 알 수가 없었다.

"자네는 죽은 사람들 덕분에 먹고사는군, 레스티부두아!" 어느 날 사제가 결국 그에게 한마디했다.

이 불길한 말에 그는 생각에 잠겼다. 그는 한동안 감자 심기를 그만두었다. 하지만 지금도 여전히 그는 이 땅속줄기 채소를 계속 재배하고 있고, 심지어는 천연덕스럽게도 그 감자는 자신이 심은 것이 아니라 저절로 자라나는 거라고까지 주장한다.

이제부터 이야기할 사건들 이후에도 사실 용빌은 전혀 바뀌지 않았다. 삼색기가 그려진 양철판은 여전히 성당 종루 꼭대기에서 돌아가고 있다. 잡화점에는 여전히 무명천으로 만든 기다란 깃발 두 개가 바람에 휘날린다. 약국에서는 허연 스펀지 덩어리처럼 보이는 태아 표본들이 탁한 알코올 속에서 점차 부패해가고, 여관 출입문 위에 걸린, 비에 퇴색된 낡은 황금 사자상은 지금도 행인들에게 구불거리는 갈기를 보여주고 있다.

보바리 부부가 용빌에 도착하는 날 저녁, 여관 주인인 과부 르프랑수아 부인은 몹시 바쁘게 이 냄비 저 냄비를 저으면서 구슬땀을 흘리고 있었다. 다음날은 마을의 장날이었다. 미리 고기를 토막 내고, 닭 내장을 제거하고 수프와 커피를 만들어놓아야 했다. 게다가 하숙인들의 식사, 의사 부부와 그들이 데려온 하녀의 식사도 준비해야 했다. 당구실에서 웃음소리가 울려퍼졌다. 작은 방에서는 제분업자 셋이 브랜디를 가져오라고 소리쳤다. 장작은 타오르고 잉걸불은 탁탁 소리를 내며 튀고, 부엌의 긴 탁자 위에는 생양갈비 사이에 높이 쌓아올린 접시들이 시금치를 다지는 도마의 진동에 따라 흔들렸다. 닭장에서는 목을 따려고 쫓아다니는 하녀를 피해 도망가는 닭들이 꼬꼬댁거리는 소리가 들려왔다.

천연두를 앓아 조금 얽은 얼굴에 금색 장식끈이 달린 벨벳 모자를 쓰고 초록색 가죽 실내화를 신은 남자가 벽난로에 등을 대고 불을 쬐고 있었다. 얼굴에는 온통 자족감이 깃들어 있었고, 태도는 머리 위에 매달린 버드나무 새장 속 방울새만큼이나 느긋했다. 그가 바로 약제사였다.

"아르테미즈! 나뭇단을 풀어놓고, 유리병들 채우고, 얼른 브랜디 좀 가져와! 어서!" 여관 주인이 소리쳤다. "오시는 손님들께 후식으로는 뭘 내놓아야 한담? 이런! 이삿짐 일꾼들이 또 당구실에서 소란을 피우기 시작했네! 자기들 짐수레는 우리집 대문 앞에 그대로 놔두고 말이야! 리롱델이 도착하면 부딪힐 수도 있는데! 이폴리트를 불러서 짐수레 좀 창고에 갖다놓으라고 해!…… 정말이지 오메 씨, 저 사람들은 아침부터 지금까지 게임을 아마 열다섯 판은 하고 사과주를 여덟 단지는 마셨을 거예요!…… 저러다가 당구대 융단을 찢어놓고 말 거라니까." 그녀가 거품 국자를 손에 든 채 당구실 쪽을 건너다보며 말했다.

"별것도 아닌데요 뭘. 하나 새로 사면 되죠." 오메 씨가 대꾸했다.

"새 당구대를 산다고요!" 과부가 소리쳤다.

"왜냐하면 저건 이제 더 못 써요, 르프랑수아 부인. 거듭 말하는데 부인은 지금 잘못하고 계세요! 크게 잘못하고 있다고요! 게다가 요즘 당구 좀 치는 사람들은 포켓이 작고 큐가 무거운 걸 좋아한답니다. 요즘은 구슬치기 같은 건 하지 않아요. 모든 게 변했죠. 시대의 흐름에 발맞추어 나가야 해요. 텔리에 씨 좀 보세요……"

여관 주인은 분한 마음에 얼굴이 붉어졌다. 약제사가 덧붙였다.

"이러니저러니 해도 그 집 당구대가 여기 것보다 훌륭해요. 게다가 그 사람은 예를 들어 폴란드인 돕기나 리옹 수재민 돕기* 같은 애국적인 내기 당구도 주최하잖아요……"

"그런 동냥아치 같은 인간은 하나도 겁나지 않아요!" 여주인이 뚱뚱한 어깨를 으쓱해 보이며 그의 말을 끊었다. "자! 자! 오메 씨, 이 황금사자Lion d'or가 살아 있는 한 손님이 끊이지 않을 거예요. 우리는 장사할 만하답니다! 오히려 머지않아 어느 날 아침에 카페 프랑세가 문을 닫고 덧문에 보기 좋게 벽보가 나붙을걸요!…… 우리집 당구대를 바꾸다니," 그러고는 혼잣말처럼 이어서 말했다. "빨래를 개기에 그렇게 편할 수가 없고 사냥철에는 그 위에 손님을 여섯 명까지 재운 적도 있는데!…… 그런데 이 굼벵이 이베르가 모는 마차는 아직도 안 오네!"

"손님들 저녁식사 때문에 마차를 기다리는 건가요?" 약제사가 물었다.

"마차를 기다려서 식사를 낸다고요? 그럼 비네 씨는 어떡하고요! 여

* 1830년 11월 29일 폴란드에서 일어난 바르샤바 민중 봉기를 지원하기 위한 모금활동 및 1840년 리옹 대홍수로 인한 구호활동을 말한다.

섯시가 땡 치면 그가 들어서는 게 보일 거예요. 이 세상에 그 사람보다 정확한 사람은 또 없을 테니까. 그 사람은 언제나 작은 방에 자기 자리가 있어야 해요! 죽어도 다른 데서는 식사를 안 한다니까요! 성격은 또 어찌나 고약한지! 특히 사과주에 대해서는 까다롭기가 말도 못해요! 레옹 씨와는 달라요. 레옹 씨는 때때로 일곱시에 오고 심지어 일곱시 반에 올 때도 있죠. 자기가 뭘 먹는지에 크게 신경쓰지 않아요. 어찌나 좋은 청년인지! 큰소리 한번 내는 법이 없답니다."

"알다시피 공부를 좀 한 사람과 전에 기병이었다가 세무관리가 된 사람과는 차이가 크지요."

시계가 여섯시를 울렸다. 비네가 들어왔다.

그는 마른 몸 위로 일자로 떨어지는 푸른색 프록코트를 입고, 머리에는 양쪽 귀마개를 위로 올려 끈으로 묶어놓은 가죽 모자를 썼는데, 젖힌 챙 아래로 오랫동안 철모를 쓴 탓에 눌린 자국이 남은 벗어진 이마가 보였다. 검은색 모직 조끼와 말총을 단 깃에 회색 바지를 입고 언제나 잘 닦인 부츠를 계절을 막론하고 신고 있었는데, 양쪽 부츠 모두 같은 자리에 불룩한 발가락 자국이 나 있었다. 털 한 가닥도 삐져나오지 않은 금빛 턱수염이, 눈이 작고 코가 매부리처럼 생긴 칙칙하고 긴 얼굴을 화단 테두리처럼 에워싸고 있었다. 온갖 종류의 카드 게임에 능하고 실력 있는 사냥꾼이며 멋진 필체의 소유자인 그는 집에 선반기를 들여놓고 금속을 다듬어 냅킨 고리 만들기를 즐겼고, 예술가적인 시새움과 프티부르주아적인 자기중심주의에 차서 그것들을 집안 여기저기에 늘어놓았다.

그는 작은 방으로 향했다. 하지만 일단 제분업자 세 명을 그 방에서 내보내야 했다. 그를 위한 식탁이 차려지는 동안 비네는 줄곧 난로 근처 자기 자리에 말없이 앉아 있었다. 이윽고 그는 언제나처럼 방문을 닫고 모자를 벗었다.

"예의상 인사 좀 한다고 혓바닥이 닳기라도 한답니까!" 주인 여자와 둘만 남게 되자마자 약제사가 말했다.

"도대체 필요한 말 이상을 하는 법이 없어요. 지난주에는 옷감 행상인 둘이 왔는데, 정말 유쾌한 청년들이라 그날 저녁 재미있는 이야기를 어찌나 많이 하던지 웃느라고 눈물이 다 났다니까요. 그런데도 저 사람은 저 자리에 앉아 한 마리 청어처럼 아무 말이 없더라고요." 여주인이 대답했다.

"그래요, 상상력도 없고 재치도 없고 사교성도 전혀 없죠." 약제사가 말했다.

"하지만 사람들 말이 실력은 있다던데요." 여주인이 반박했다.

"실력이라고요?" 오메가 반문했다. "저 사람이! 실력이 있다고요? 자기 분야에서는 그럴 수도 있겠네요." 그가 한결 차분해진 어조로 덧붙였다.

그러고는 다시 입을 열었다.

"아! 거래처가 많은 상인이나 법률가, 의사, 약제사 같은 이들이 일에 워낙 몰두하다보니 괴팍해지기도 하고 심지어 퉁명스러워지기도 한다는 건 나도 압니다. 역사는 그런 사례로 가득하니까요! 그런데 그건 적어도 그들이 뭔가를 골똘히 생각하고 있기 때문이에요. 나만 해도 약병에 붙일 라벨을 쓰려고 책상 위에서 펜을 찾다가 나중에 보면 내 귀에 꽂혀 있던 게 벌써 몇 번인지 몰라요!"

르프랑수아 부인은 문간에 나가 리통델이 도착하지 않는지 내다보고 있었다. 그러다 화들짝 놀랐다. 검은 옷을 입은 남자가 불쑥 주방으로 들어왔던 것이다. 사그라드는 석양빛을 받아 불그레한 얼굴과 운동선수 같은 체격이 드러났다.

"뭐 필요한 거 있으세요, 신부님?" 여관 주인이 벽난로 위에 주랑처럼 나란히 세워둔, 양초가 꽂힌 구리 촛대 하나를 집으며 물었다. "뭐 좀 드시겠어요? 머루주나 포도주 한잔 드릴까요?"

신부는 정중하게 거절했다. 그는 지난번 에른몽 수도원에 잊고 두고 온 우산을 찾아가기 위해 온 것으로, 그날 밤에 사제관으로 보내달라고 르프랑수아 부인에게 부탁한 뒤 저녁기도 종소리가 울리는 성당을 향해 길을 나섰다.

광장을 지나가는 신부의 발소리가 멀어지자, 약제사는 조금 전 신부의 행동이 몹시 부적절했다고 지적했다. 음료를 권하는데 그렇게 거절하는 것은 그가 보기엔 역겨운 위선이라는 것이다. 신부들은 모두 사람들이 보지 않는 곳에서는 흥청망청 먹고 마시면서 십일조를 지키던 시대로 돌아가고 싶어한다는 것이다.

여주인은 신부를 변호했다.

"하지만 신부님은 선생 같은 사람 넷 정도는 무릎 위에 올려놓고 꺾어버릴 수 있을걸요. 작년에 신부님이 우리 일꾼들이 짚단 거두는 걸 도와주셨어요. 어찌나 힘이 센지 한 번에 여섯 단을 번쩍 드시더라고요!"

"대단하군요! 그런 정력적이고 건장한 남자들한테 딸들을 고해성사하러 보내고 싶은 생각이 참 잘도 들겠네요! 내가 정부 당국자라면 한 달에 한 차례 신부들에게 사혈을 실시하겠어요. 그래요, 르프랑수아 부인, 치안과 미풍양속을 지키기 위해 매달 신부들의 피를 잔뜩 뽑는 거죠!" 약제사가 말했다.

"그런 말 마세요, 오메 씨! 당신은 신앙이 없는 사람이군요! 믿음이 없어요!"

약제사가 대답했다.

"나도 나름의 믿음과 신앙을 갖고 있고, 위선과 협잡에 능한 저들 모두보다 더 종교적이지요! 그들과 달리 오히려 나는 신을 사랑합니다! 우리를 이 세상에 태어나게 해서 시민으로서, 가장으로서 의무를 다하게 한 지고의 존재를, 창조주를 믿습니다. 뭐라고 부르든 하등 중요하지 않아요. 그렇다고 성당에 가서 은접시에 입을 맞춘다거나, 우리보다 더 잘 먹고 잘사는 사기꾼들을 살찌우는 데 내 주머니까지 털 필요가 있는지 모르겠군요! 왜냐하면 숲속에서도, 들판에서도 심지어는 옛날 사람들처럼 하늘만 바라보면서도 신을 경배할 수 있으니까요. 나의 신은 소크라테스, 프랭클린, 볼테르, 베랑제의 신과 같습니다! 나는 '사부아 부제의 신앙 고백'*과 '89년의 불멸의 원칙'**을 지지합니다! 그래서 지팡이를 쥐고 동산을 산책하고, 친구들을 고래 뱃속에 들어가게 하고, 비명을 내지르며 죽었다가 사흘 만에 부활하는 그런 평범한 인간 같은 신은 인정하지 않습니다. 그건 그 자체로도 불합리한 이야기일 뿐 아니라 모든 물리법칙에도 위배되죠. 말이 나온 김에 하는 말인데 이 사실로 미루어 사제들이 계속 비열하게도 무지 속에 빠져 있고 다른 사람

* 루소의 『에밀』에 나오는, 믿음은 형식과 율법 대신 자신의 양심에서 나온다는 주장.

** 1789년 프랑스 인권선언문에 게시된 원칙.

들까지 그 속으로 끌어들이려 한다는 것을 알 수 있지요."

약제사는 말을 멈추고 청중을 찾느라 주위를 둘러보았는데, 자신의 말에 열중한 나머지 한순간 시의회에서 연설중이라고 착각했기 때문이다. 하지만 여관 주인은 더이상 그의 말을 듣고 있지 않았다. 그녀는 멀리서 들려오는 마차 소리에 귀를 기울이고 있었다. 편자가 헐거워져 철컥이며 땅에 부딪히는 소리에 뒤섞인 마차 소리가 들리더니 마침내 리롱델이 여관 문 앞에 멈춰 섰다.

그 승합마차는 노란 상자에 커다란 바퀴 두 개를 달아놓은 모양이었는데, 바퀴가 마차 덮개에 닿을 정도로 높아서 안에 탄 사람들은 바깥길을 볼 수 없었고 자칫하면 어깨가 지저분해졌다. 좁은 여닫이창에 끼운 작은 유리들은 마차 문이 닫혀 있을 때는 창틀 속에서 덜거덕거렸고, 세찬 비에도 완전히 씻겨나가지 않는 오래된 먼지층 여기저기에 진흙이 묻어 있었다. 마차를 끄는 세 마리 말 중 한 마리가 조금 앞서서 달렸고, 언덕을 내려갈 때면 마차 바닥이 땅에 닿기도 했다.

용빌의 마을 사람들 몇몇이 광장에 나왔다. 그들은 소식을 묻고 설명을 요구하고 광주리를 달라는 등 동시에 떠들어댔다. 이베르는 누구에게 먼저 대답을 해야 할지 알 수 없을 지경이었다. 루앙 시내로 나가 마을 사람들의 심부름을 해주는 이가 바로 그였다. 그는 여러 상점에 들러서, 구둣방에는 두루마리 가죽을, 대장간에는 고철을, 자기 여주인에게는 청어 한 통을, 모자 장인에게는 보닛을, 미용실에는 부분가발 같은 것을 갖다주었다. 마을로 돌아오면 길을 따라가며 물건을 전달했는데, 말이 달리는 동안 마부석에 선 채로 목청껏 소리를 지르면서 담 너머 마당으로 보따리를 집어던졌다.

오늘은 한 가지 일이 생겨 도착이 늦어졌다. 보바리 부인의 강아지가 들판을 가로질러 달아나버린 것이다. 사람들은 족히 십오 분 동안 휘파람을 불며 강아지를 찾아다녔다. 이베르도 얼핏 강아지를 본 것 같아 마차를 돌려 반 리외가량을 되짚어가봤다. 하지만 결국 그냥 길을 갈 수밖에 없었다. 에마는 눈물을 흘리며 화를 냈다. 그녀는 이 불행한 일에 대해 샤를을 원망했다. 함께 마차에 타고 있던 포목상 뢰뢰는 잃어버린 개들이 오랜 세월이 지나서도 주인을 잊지 않고 알아본 일화를 여럿 들면서 에마를 위로하려 애썼다. 그의 말에 따르면 콘스탄티노플에서 파리까지 주인을 찾아 돌아온 경우도 있다고 했다. 또 직선거리로 50리외나 되는 여정을 강을 네 개나 건너 거슬러온 경우도 있다고 했다. 그의 아버지가 기르던 복슬강아지는 사라진 지 십이 년 만인 어느 날 저녁, 시내로 저녁식사를 하러 가는 길이던 아버지의 등에 갑자기 뛰어올랐다고 했다.

2

에마가 제일 먼저 마차에서 내렸고, 그다음 펠리시테, 뢰뢰, 유모 한 사람이 차례로 내렸는데, 샤를은 땅거미가 내리자마자 마차 구석에서 곯아떨어져 흔들어 깨워야만 했다.

오메가 자기를 소개했다. 그는 의사 부인에게 예를 갖추고 의사에게 인사를 한 다음, 그들에게 도움이 될 수 있어 기쁘게 생각한다면서 아내가 집을 비운 까닭에 실례를 무릅쓰고 자신도 식사를 하러 왔노라고

싹싹한 태도로 덧붙였다.

부엌으로 들어간 보바리 부인은 화덕으로 다가갔다. 그녀는 두 손가락으로 드레스의 무릎께를 집어 발목 위로 끌어올리고는, 불꽃 위에서 빙글빙글 돌아가는 양의 넓적다리 고기 위로 검은 부츠를 신은 발을 뻗었다. 타오르는 불길이 그녀의 전신을 비추어, 드레스 천의 짜임, 모공이 고른 하얀 피부, 깜박이는 눈꺼풀까지 강렬한 빛으로 파고들었다. 살짝 열린 문틈으로 바람이 들어올 때마다 붉은 불기운이 그녀를 스치고 지나갔다.

벽난로 맞은편에서 한 금발 청년이 말없이 그녀를 지켜보고 있었다.

공증인 기요맹 사무소의 서기 레옹 뒤퓌(리옹 도르 여관의 두번째 단골이었다)는 용빌 생활이 몹시 지루해서, 혹시 자신과 이야기를 나누며 저녁나절을 보낼 만한 손님이 오지 않을까 하는 기대를 품고 종종 식사시간을 미루곤 했다. 하루 업무를 끝낸 다음에는 달리 뭘 해야 할지 몰랐으므로 정확한 시각에 도착해 수프부터 시작해 치즈가 나올 때까지 비네와 얼굴을 맞대고 앉아 있어야 했다. 그래서 그는 새로운 손님과 같이 저녁식사를 하지 않겠느냐는 여관 주인의 제안을 기쁘게 받아들여, 르프랑수아 부인이 네 사람분의 식사를 멋지게 차려놓은 큰 방으로 사람들과 함께 들어갔다.

오메가 코감기에 걸릴까 염려된다면서 그리스 모자를 벗지 않는 것에 대해 양해를 구했다.

그런 다음 옆에 앉은 사람 쪽으로 몸을 돌리며 말했다.

"부인, 아마 좀 피곤하시겠지요? 우리 리롱델이 지독하게 흔들리거든요!"

"정말 피곤해요. 하지만 이리저리 움직이는 건 언제나 흥미로워요. 저는 장소가 바뀌는 것을 좋아하거든요." 에마가 대답했다.

"한곳에 못박혀 사는 건 따분하기 그지없죠!" 서기가 한숨을 내쉬었다.

"하지만 당신이 나처럼 줄곧 말을 타고 돌아다녀야 하는 처지라면 생각이……" 샤를이 말했다.

"제게는 그만큼 신나는 일이 또 없을 것 같은데요." 레옹이 보바리 부인 쪽을 바라보며 말했다. 그러고는 "그럴 수만 있다면요" 하고 덧붙였다.

약제사가 말했다. "그건 그렇고 이 마을에서 의술을 펼치는 건 그다지 힘든 일이 아닙니다. 이륜마차를 타고 다닐 수 있을 정도로 도로가 갖춰져 있고, 농사짓는 이들이 생활에 여유가 있어서 대개 치료비를 잘 내거든요. 의학적인 관점에서 보자면 장염, 기관지염, 간염 같은 일반적인 병 이외에 이따금 수확기에 나타나는 간헐열이 있습니다만, 요컨대 특별히 주의할 것도 없고 심각한 경우도 거의 없는데, 다만 연주창이 흔한 편으로 아마 이건 우리 농가의 한탄스러운 위생 상태 때문이겠죠. 아! 보바리 선생도 숱한 편견과 싸우게 될 겁니다. 선생의 수많은 과학적 노력이 온갖 완고한 인습과 매일같이 부딪칠 겁니다. 응당 의사나 약제사를 찾아야 하는데도 구일기도나 성유물이나 사제에게 의지하니까요. 하지만 사실 이곳 기후는 전혀 나쁘지 않고, 심지어 마을에는 아흔 살이 넘는 노인도 몇 분 계십니다. 기온은 (제가 관측한 바에 따르면) 겨울에는 4도까지 내려가고, 더운 계절에는 25도에서 높아야 30도, 그러니까 열씨로는 24도, 화씨(영국식 단위죠)로는 54도를 넘지 않아요! 실제로 이곳은 한쪽은 아르괴유 숲이 북풍을 막아주고, 다른 쪽은 생장 언덕이 서풍을 막아줍니다. 열기는 하천의 수증기와 목초지에 있는 수많은 가축 때문인데, 아시다시피 가축들은 다량의 암모니아 가스를 내뿜으니까, 즉 질소와 수소와 산소(아니 질소와 수소뿐이군요) 때문에 생깁니다. 이 열기가 지면의 부식토에서 나오는 습기를 빨아들이고, 여러 발산물을 한데 섞어, 말하자면 한 다발로 만들어서는 대기 중에 퍼져 있는 전기와 결합해 결국 열대지방에서처럼 건강에 해로운 가스를 만들어낼 수 있지요. 그런데 이 열기가 그 발원지, 아니 그보다는 발원했다고 추정되는 방향, 즉 남쪽에서 불어오는 남동풍에 의해 적절히 완화되는 겁니다. 센강을 지나면서 식으니까요. 그래서 이따금 러시아에서 불어오는 바람처럼 갑자기 시원한 미풍이 불기도 한답니다."

"이 근처에 산책할 만한 곳은 좀 있겠죠?" 보바리 부인이 청년에게 물었다.

"오! 거의 없습니다. 언덕 꼭대기 숲 가장자리에 '목장'이라고 부르는 데가 있습니다. 저는 이따금 일요일에 책을 들고 그곳에 가서 석양을 바라보곤 합니다." 그가 대답했다.

"석양처럼 멋진 것도 없는 것 같아요, 특히 바닷가에서는요." 그녀가 말했다.

"아! 저는 바다를 정말 좋아합니다." 레옹이 말했다.

"그 끝없이 펼쳐진 곳에서는 마음이 더욱 자유롭게 떠도는 것 같고, 바라보고 있노라면 영혼이 한껏 고양되고 무한이나 이상에 대해 생각하게 되는 것 같지 않나요?" 보바리 부인이 말했다.

"산도 마찬가지입니다. 제 사촌이 작년에 스위스를 여행했는데, 호수의 시정, 폭포의 매력, 빙하의 장대함이 상상을 불허한다더군요. 믿기 어려울 정도로 거대한 소나무가 급류를 가로질러 가지를 드리우고 깎아지른 절벽에 오두막이 매달려 있는가 하면 구름이 잠깐 걷힐 때면 까마득한 발아래로 계곡 전체가 눈에 들어온다고요. 이런 광경을 보면 열광할 수밖에 없고 기도하고 싶어지고 황홀경에 들기 마련이죠! 상상력을 더 자극하기 위해 압도적인 풍광 앞에서 피아노를 연주하곤 했다는 그 유명한 음악가를 이해할 수 있을 것 같습니다." 레옹이 말했다.

"음악을 하시나요?" 그녀가 물었다.

"그렇진 않습니다만, 몹시 좋아합니다." 그가 대답했다.

"아! 그 말을 곧이곧대로 들으시면 안 됩니다, 보바리 부인, 그건 순전히 겸손에서 나온 말이거든요." 오메가 접시 위로 몸을 기울이면서 끼어들었다. "이 친구야, 무슨 그런 말을! 이런! 지난번에 방안에서 〈랑주 가르디앵〉을 기막히게 부르지 않았나. 조제실에서 자네 노랫소리를 들었다네. 가수 뺨치게 잘 부르던걸."

사실 레옹은 약제사의 집 삼층에 있는, 광장에 면한 작은 방에 세 들어 살고 있었다. 그는 집주인의 칭찬에 얼굴을 붉혔는데, 정작 집주인은 이미 의사 쪽으로 몸을 돌리고 용빌의 유지들 이름을 하나하나 열거하고 있었다. 그는 일화를 이야기하고 정보도 알려주었다. 공증인의 재산이 정확히 얼마인지는 아무도 모른다, 튀바슈 집안의 허세는 알아줘야 한다, 하는 식이었다.

에마가 다시 물었다.

"그런데 어떤 음악을 좋아하세요?"

"아! 독일 음악을 좋아합니다. 사람을 꿈꾸게 하는 음악이죠."

"파리의 이탈리아극장에 가보셨나요?"

"아직 못 가봤습니다. 하지만 내년에 법학 공부를 마치러 파리에 가서 살게 되면 가볼 겁니다."

약제사가 끼어들었다. "남편분께는 이미 말씀드렸는데, 도망치다시피 떠난 저 딱한 야노다 선생이 과한 호사를 부린 덕분에 부인은 용빌에서 가장 살기 좋은 축에 드는 집에 사는 즐거움을 누리게 되셨습니다. 의사가 살기에 특히 편리한 점은 오솔길로 난 뒷문이 있어서 남의 눈에 띄지 않고 드나들 수 있다는 겁니다. 게다가 그 집에는 살림에 필요한 모든 것이 갖춰져 있습니다. 세탁실, 찬방이 딸린 부엌, 가족실, 과일 저장실 같은 것들요. 그런 데에 돈을 아낄 줄 모르는 통 큰 사내였다니까요! 여름에 맥주를 마시려고 일부러 마당 끝 물가에 퍼걸러까지 만들어놓았으니, 혹시 부인께서 정원 일을 좋아하신다면, 하실 수 있는 일이……"

"아내는 그런 것에 별로 취미가 없습니다. 운동을 하라고 권하는데도 줄곧 자기 방에 틀어박혀서 책을 읽는 편을 더 좋아하죠." 샤를이 말했다.

"저와 같군요. 사실 바람이 유리창을 때리고 등잔이 타오르는 저녁 무렵 책 한 권 들고 불가에 머무는 것보다 좋은 일이 있을까요?……" 레옹이 말했다.

"왜 아니겠어요?" 그녀가 까맣고 큰 눈을 더욱 크게 뜨고 그를 지그시 바라보며 되물었다.

"아무 생각도 하지 않고 몇 시간이 훌쩍 지나가죠. 꼼짝도 하지 않고 앉아서 눈앞에 떠오르는 여러 장소를 산책하고, 생각은 이야기 속으로 빠져들어가 그 세세한 내용에 즐거워하고 사건의 윤곽을 따라가기도 하고요. 작중인물과 하나가 되어, 그들의 옷 아래서 우리 자신의 심장이 뛰는 거예요."

"맞아요! 정말 그래요!" 그녀가 말했다.

"혹시 가끔 책 속에서 부인이 이미 했던 막연한 생각이나 아득한 곳에서 되살아나는 흐릿한 이미지, 자신의 가장 섬세한 감정이 그대로 표현된 것을 만날 때가 있지 않으세요?" 레옹이 다시 말했다.

"그런 적 있어요." 그녀가 대답했다.

"바로 그런 이유에서 저는 특히 시인을 사랑합니다. 제가 보기에 시는 산문보다 감미롭고 사람을 더 깊이 울린답니다."

"하지만 결국은 피곤해져요. 그래서 지금은 마음을 졸이며 단숨에 책장을 넘기게 되는 이야기가 좋아요. 현실에서 흔히 보는 진부한 주인공이나 미지근한 감정은 지긋지긋해요." 에마가 대답했다.

"사실 그런 작품들은 심금을 울리지 못하고 '예술'의 진정한 목적에서도 벗어나는 것 같습니다." 서기가 지적했다. "삶의 환멸 한가운데에서 상상으로나마 고상한 인물, 순수한 애정, 행복한 정경을 경험할 수 있다면 정말 좋은 일이죠. 세상으로부터 멀리 떨어져서 이곳에 사는 제게는 유일한 낙입니다. 용빌에는 정말이지 즐길 거리가 거의 없으니까요!"

에마가 말을 받았다. "토트와 매한가지인가보군요. 그래서 저는 언제나 도서 대여점에 회원 등록을 했어요."

이 마지막 말을 들은 약제사가 말했다. "최고 저자의 작품들을 갖추어놓은 제 서재를 부인께서 이용해주시면 영광일 텐데요. 볼테르, 루소, 들릴, 월터 스콧의 작품과 『레코 데 푀유통』* 등등, 그리고 다양한 정기간행물도 구독하고 있는데, 그중에서도 〈르 파날 드 루앙〉은 제가 뷔시, 포르주, 뇌샤텔, 용빌과 그 일대를 담당하는 통신원이라 매일 받아보지요."

식탁에 앉은 지 두 시간 반이 지났다. 하녀 아르테미즈가 천 실내화를 타일 바닥에 질질 끌면서 마지못한 태도로 음식을 하나씩 하나씩 날라왔는데, 잊고 안 가져온 것투성이인데다 어떤 지시도 귀담아듣지 않고 당구실 문은 제대로 닫는 법이 없어서 문고리 끝이 벽에 부딪히곤 했다.

레옹은 이야기를 하면서 자신도 모르는 사이에 보바리 부인이 앉아 있는 의자의 받침살에 한 발을 올려놓았다. 그녀는 작은 푸른색 비단 끈을 매고 있었는데, 프릴이 달린 하얀 삼베 깃을 프레이즈**처럼 반듯하게 떠받친 모양새라 고개를 움직일 때마다 얼굴 아래쪽이 리넨 깃에 묻히기도 하고 살짝 드러나기도 했다. 샤를과 약제사가 한담을 나누는 동안, 그들은 이렇게 가까이 앉아서 특별한 주제 없이 이야기를 나누었는데, 어떤 주제에 대해 대화를 하든 간에 언제나 결국은 서로 공감하게 되었다. 파리의 공연, 여러 소설 제목, 새로운 카드리유, 그들이 알지 못하는 사교계, 그녀가 살았던 토트, 지금 그들이 있는 용빌 등 그들은 저녁식사가 끝날 때까지 온갖 화제로 이야기를 이어나갔다.

커피가 나오자 펠리시테는 새집의 침실에 잠자리를 준비하려고 여

---

* '연재소설의 메아리'라는 뜻. 단편소설, 설화, 일화, 신문 기사 등을 모아 엮은 책.

** 16세기 유럽에서 유행한 빳빳한 주름 장식 깃.

관을 나섰고, 얼마 지나지 않아 회식자들도 자리에서 일어났다. 르프랑수아 부인은 잔불만 남은 난로 옆에서 졸고 있었고, 마구간 일꾼이 보바리 부부를 집으로 안내하기 위해 손에 등불을 들고 기다렸다. 일꾼은 붉은 머리카락에 밀짚이 붙어 있었고 왼쪽 다리를 절뚝거렸다. 그가 다른 손으로 신부의 우산을 집어들었고, 사람들은 걷기 시작했다.

마을은 잠들어 있었다. 시장의 기둥들이 그림자를 길게 드리웠다. 땅바닥은 여름밤이면 그렇듯이 온통 잿빛이었다.

의사의 집은 여관에서 오십 보 정도 떨어져 있었으므로 그들은 이내 작별인사를 나누어야 했고, 일행은 흩어졌다.

현관에 들어서자마자 에마는 회벽의 냉기가 축축한 빨래처럼 어깨에 내려앉는 것을 느꼈다. 벽은 새로 칠했으나 나무 계단은 삐걱거렸다. 이층 침실의 커튼 없는 유리창으로 희끄무레한 빛이 들어왔다. 나무들의 우듬지가 보이고 더 멀리로 굽이치는 시내를 따라 달빛을 받으며 피어나는 안개 속에 반쯤 잠긴 들판이 보였다. 방 한가운데에는 옷장 서랍, 병들, 커튼 봉, 금칠을 한 막대기가 엉망진창으로 흩어져 있고, 의자 위에는 매트리스가, 마룻바닥에는 대야가 놓여 있었다. 가구를 나른 두 사내가 아무렇게나 부려두고 간 것이다.

에마가 낯선 장소에서 자는 것은 이번이 네번째였다. 처음은 수녀원 학교에 들어간 날이었고, 두번째는 토트에 도착한 날이었으며, 세번째는 보비에사르, 네번째가 지금이었다. 그녀의 삶은 새 잠자리로 매번 새로운 국면에 접어들곤 했다. 그녀는 장소가 달라지면 일어나는 일들도 달라진다고 믿었는데, 이제까지 운이 좋지 않았으므로 앞으로 펼쳐질 삶은 틀림없이 더 나을 터였다.

3

다음날 잠에서 깬 그녀는 광장에 서 있는 서기를 보았다. 그녀는 실내복 차림이었다. 서기는 고개를 들어 그녀에게 목례를 보냈다. 그녀는 재빨리 고개를 까딱해 보이고는 창문을 닫았다.

레옹은 하루종일 저녁 여섯시가 되기를 기다렸다. 하지만 여관에 들어서자 벌써 식탁에 자리잡고 앉아 있는 비네 말고는 아무도 보이지 않았다.

전날 밤의 저녁식사는 그에게 대단한 사건이었다. 그때까지 그는 한 번도 숙녀와 두 시간 꼬박 이야기를 나눠본 적이 없었다. 이전이라면 그렇게 말하지 못했을 그 많은 것들을 어떻게 그토록 유려한 말솜씨로 표현할 수 있었던 것일까? 내성적인 그는 평소에 수줍어하는 동시에 속마음을 드러내지 않으려는 듯한 조심스러운 태도를 유지해왔다. 용빌에서 그는 모범적인 태도의 소유자로 여겨졌다. 그는 손윗사람들의 말을 경청했고, 젊은이치고는 놀랍게도 정치에 열을 올리는 법이 없었다. 그리고 다방면에 재능도 있어서, 수채화를 그리고, 악보를 읽을 줄 알았으며, 식사 후 카드 게임을 하지 않을 때면 문학 서적을 즐겨 읽었다. 오메는 교육을 받았다는 이유로 그를 높이 평가했고, 오메 부인은 지저분한 개구쟁이들인데다 버릇이 없고 자기를 닮아 선병질인 자기 아이들과 마당에서 곧잘 놀아주곤 하는 다정한 태도 때문에 그를 좋아했다. 오메 부부는 아이들을 돌보기 위해 하녀 이외에도 쥐스탱을 약국의 조수로 두었는데, 그는 오메의 먼 친척으로 오메의 동정에 힘입어 그 집에 와서 하인 노릇까지 하고 있었다.

약제사는 최고의 이웃인 양 처신했다. 그는 보바리 부인에게 물건을 대주는 상인들에 대한 정보를 주었고, 자신이 거래하는 사과주 상인을 일부러 불러서 직접 술맛을 보고는 나무 술통을 지하실에 들여놓는 것을 감독했다. 또한 비축해둘 버터를 싸게 사는 방법을 일러주었고, 성당과 묘지 관련 일 외에도 집주인이 원하는 방식에 따라 시간 계약이나 연간 계약으로 용빌의 큰 집들의 마당일을 해주는 성당지기 라스티부두아와의 거래도 마무리지어주었다.

약제사가 이런 아첨성 호의를 베푸는 것은 단순히 그가 다른 사람을 돌봐주는 일을 좋아해서만은 아니었는데, 그 이면에는 속셈이 있었다.

그는 면허가 없는 개인이 의료 행위를 하는 것을 일절 금하는, 공화력 11년 풍월* 19일의 법령 제1조를 위반한 적이 있었다. 그 결과 익명의 고발에 의해 루앙에 있는 왕립 검사실로 소환되었다. 검사는 어깨에는 흰담비 털을 댄 법복을, 머리에는 법모를 쓰고 선 채로 그를 맞았다. 아침이었고 법정도 열기 전이었다. 헌병들이 복도를 지나가는 군홧발 소리와, 멀리서 육중한 자물쇠를 채우는 듯한 소리가 들려왔다. 귓전에 소리가 어찌나 웅웅대며 크게 울리는지 약제사는 금방이라도 졸도할 것 같았다. 지하 감옥, 울부짖는 가족, 매각된 약국, 온통 흩어진 약병들이 눈앞에 떠올랐다. 그는 정신을 차리기 위해 카페에 들어가 셀처 광천수를 곁들여 럼주 한 잔을 마셔야 했다.

그렇게 문책당한 기억이 점차 희미해지면서, 그는 예전처럼 약국 뒷방에서 소소하게 진찰하는 일을 계속했다. 하지만 마을 대표가 이를 못

---

* 1793년부터 1805년까지 사용된 프랑스공화력의 여섯번째 달. 윤년이나 추분점 등에 영향을 받아 조정되나 대략 2월 20일부터 3월 21일까지이다.

마땅해하고, 시기하는 동료 약제사들도 있었으므로 매사에 경계를 게을리해서는 안 되었다. 이렇게 호의를 베풀면서 보바리 씨의 호감을 사두면 그가 고마운 마음에 후에 뭔가를 알아채더라도 쉽게 말을 옮기지는 않을 터였다. 그래서 오메는 매일 아침 보바리에게 신문을 가져다주었고, 오후에도 종종 잠깐 약국을 비우고 샤를의 진료실로 가서 대화를 나누곤 했다.

샤를은 울적했다. 환자가 오지 않았기 때문이다. 그는 몇 시간 내리 한 마디도 하지 않은 채 앉아 있기도 하고, 진료실에 가서 낮잠을 자기도 하고, 아내가 바느질하는 모습을 바라보기도 했다. 기분전환 삼아 집에서 허드렛일을 하기도 했는데, 심지어 칠장이들이 두고 간 남은 페인트로 다락방을 칠하기도 했다. 하지만 그는 돈 문제가 걱정이었다. 토트에 있는 집수리, 부인의 치장, 이사에 어찌나 돈이 많이 들었는지 3천 에퀴가 넘는 지참금을 이 년 만에 전부 다 써버리고 말았다. 게다가 캥캉푸아에서 짐마차가 너무 심하게 요동치는 바람에 포석 위로 떨어져 산산조각난 석고 사제상 말고도, 토트에서 용빌까지 오는 길에 얼마나 많은 세간이 상하고 없어졌는지!

아내가 아이를 가졌다는 기분좋은 근심이 그의 마음을 풀어주었다. 해산이 가까워짐에 따라 그는 아내를 더욱더 소중히 대했다. 이는 또하나의 육체적 유대가 생기는 것으로, 더 완전하게 결합되는 느낌을 지속적으로 안겨주었다. 아내의 느릿한 거동이나 코르셋을 풀어놓은 허리가 엉덩이 위에서 천천히 돌아가는 것을 멀리서 바라볼 때, 고단해하면서 안락의자에 앉아 있는 그녀를 맞은편에서 느긋하게 바라볼 때면 그는 행복을 주체할 수가 없었다. 그는 자리에서 일어나 그녀에게 입맞춤을 하고 두 손으로 그녀의 얼굴을 쓰다듬고 귀여운 엄마라고 부르며 춤을 추려는 듯 그녀를 안고 반은 웃고 반은 울면서 머릿속에 떠오르는 온갖 애정에 찬 농담을 쏟아놓았다. 아이가 생긴다고 생각하면 환희가 차올랐다. 이제 그에게는 부족한 것이 아무것도 없었다. 그는 삶에 통달한 사람처럼, 인생이라는 탁자 위에 평온하게 팔꿈치를 괴고 앉아 있었다.

에마는 처음에는 무척 놀랐고, 이윽고 어머니가 된다는 것이 어떤 일일지 알고 싶어 어서 아기를 낳고 싶어졌다. 하지만 분홍색 비단 커튼이 달린 곤돌라 모양의 요람이나 수놓은 아기 모자를 사는 데 필요한 돈을 마음껏 쓰지 못하자 크게 실망해서 아기 옷 준비를 포기하고, 아무 고민도, 의논도 없이 마을의 한 침모에게 한꺼번에 맡겨버렸다. 그녀는 어머니로서의 애정을 싹트게 하는 이런 출산 준비에 재미를 붙이지 못했고, 그래서인지 아이에 대한 애정이 처음부터 어느 정도 약해진 듯했다.

하지만 샤를이 식사 때마다 아기에 관해 이야기하자 그녀도 얼마 지나지 않아 출산에 대해 생각을 꾸준히 이어가게 되었다.

그녀는 아들을 원했다. 튼튼하고 갈색 머리일 아기에게 조르주라는 이름을 지어주리라. 남자아이를 낳는다고 생각하니 지난날 그녀가 겪은 온갖 무력감을 앙갚음할 희망이 생긴 듯했다. 남자는 적어도 자유롭다. 열정을 불태우고 세상을 두루 경험하고 장애를 뛰어넘고 아득히 먼 곳에 있는 행복을 맛볼 수 있다. 하지만 여자는 끊임없이 금지당한다. 무력한 동시에 환경에 순응해야 하는 여자는 약한 육체와 더불어 법의 속박에도 맞서 싸워야 한다. 여자의 의지는 끈으로 고정된 모자에 달린 베일처럼 바람에 사방으로 펄럭인다. 늘 어떤 욕망에 이끌리지만 관습에 제약당하고 만다.

어느 일요일 아침 여섯시, 동이 틀 무렵에 그녀는 아기를 낳았다.

"딸이야!" 샤를이 외쳤다.

그녀는 고개를 돌리더니 정신을 잃었다.

오메 부인이 거의 곧바로 달려와 그녀에게 입맞춤을 했고 리옹 도르 여관의 르프랑수아 부인도 마찬가지였다. 약제사는 점잖은 남자답게 살짝 열린 문틈으로 우선 간단한 축하의 말만 전했다. 그는 아기를 살펴보고자 했고 아무 이상이 없다고 알렸다.

산후조리를 하는 동안 그녀는 딸에게 지어줄 이름을 찾느라 고심했다. 우선 클라라, 루이자, 아망다, 아탈라 같은 이탈리아식으로 끝나는 이름을 모조리 살폈다. 갈쉬앵드라는 이름이 상당히 마음에 들었고, 이죄 혹은 레오카디라는 이름은 더 좋았다. 샤를은 아기에게 자기 어머니의 이름을 붙여주고 싶어했다. 에마는 반대했다. 그들은 달력에 있는 성녀의 이름을 처음부터 끝까지 훑어보았고 다른 사람들에게도 의견을 물었다.

약제사가 말했다. "지난번 레옹 씨와 이 문제에 대해 이야기를 했는데, 요즘 한창 유행인 마들렌이라는 이름이 물망에 없다고 놀라더군요."

하지만 보바리 노부인은 그 죄 많은 여자의 이름에 강경하게 반대했다. 오메로 말하자면, 그는 위대한 인물, 뛰어난 업적, 고귀한 사상을 연상시키는 이름을 선호했고, 바로 그런 원칙에 준해 네 아이의 이름을 지었다. 나폴레옹은 영광을, 프랑클랭은 자유를 나타냈다. 이르마는 아마도 낭만주의에 대한 양보였을 것이다. 아탈리는 프랑스 연극사 최고의 불후의 명작에 대한 경의였다. 그가 지닌 철학적 신념이 예술에 대한 찬탄을 방해하거나, 내면의 사상가가 감수성이 예민한 인간을 질식시킨 것은 결코 아니었기 때문이다. 그는 상상력과 광신주의를 구별하고 각각의 몫을 나눌 줄 알았다. 예를 들어 그는 그 비극에 담긴 사상은 비난했지만 그 문체에는 찬탄을 보냈다. 전체적 구상은 몹시 싫어했지만 모든 세부 요소에 박수를 보냈고, 작중인물에 대해 격분하면서도 그들의 대사에는 열광했다. 위대한 문구들을 읽을 때면 압도되었다. 하지만 사이비 성직자들이 이를 이용해 이득을 취하리라고 생각하면 속상했고, 그는 당혹스러운 감정적 혼란에 빠져 자신의 두 손으로 라신에게 월계관을 씌워주고 싶은 동시에 그와 십오 분 정도 토론을 벌이고 싶어지기도 했다.

마침내 에마는 보비에사르성에서 후작부인이 한 젊은 여자를 베르트라고 불렀던 것을 떠올렸다. 곧바로 그 이름을 선택했고, 루오 영감이 올 수 없었으므로 오메에게 대부가 되어달라고 청했다. 오메는 선물로 약국의 온갖 제품들, 곧 대추 여섯 상자, 식용 전분이 가득 든 병 하나, 마시멜로 반죽 세 봉, 그리고 찬장에서 찾아낸 막대사탕 여섯 개를 가져왔다. 영세식 날 저녁에는 성대한 만찬이 열렸다. 신부도 참석했고 모두들 흥겨워했다. 음료가 나올 무렵 오메는 〈르 디외 데 본 장〉*을, 레옹은 뱃노래를, 대모인 보바리 노부인은 제정시대의 연가 한 곡을 불렀다. 마지막으로 샤를의 아버지 보바리 노인이 아기를 데려오라고 고집을 부려 세례라면서 아기의 머리 위에 샴페인 한 잔을 부었다. 칠성사

* 베랑제가 쓴 노래 제목으로, '선한 이들의 신'이라는 뜻.

중 첫 성사를 우롱하는 이런 행위에 부르니지앵 신부가 격노했다. 노인이 「신들의 전쟁」*에 나오는 한 구절을 인용하며 응수하자, 신부는 자리에서 일어나 가버리려 했다. 여자들이 사정했다. 오메가 중재에 나섰다. 결국 신부는 다시 자리에 앉아 반쯤 마시다 만 커피잔을 받침에서 조용히 집어들었다.

노인은 용빌에 한 달 더 머물렀는데, 아침마다 은색 장식줄이 달린 멋진 경찰모를 쓰고 광장에서 파이프 담배를 피워서 마을 사람들의 찬탄을 자아냈다. 또한 브랜디를 과음하는 습관이 있어서 하녀를 종종 리옹 도르 여관에 보내 브랜디 한 병을 가져오게 하고 그 대금을 아들 앞으로 달아놓았다. 그런가 하면 스카프에서 좋은 향이 나게 하려고 며느리의 오드콜로뉴를 다 써버리기도 했다.

며느리는 그와 함께 지내는 것을 조금도 언짢아하지 않았다. 그는 세상을 두루 돌아다녀본 사람이었다. 베를린, 비엔나, 스트라스부르에 대해, 군대 시절에 대해, 사귀었던 정부들에 대해, 자신이 주최한 성대한 오찬에 대해 이야기했다. 게다가 며느리에게 무척 상냥했는데, 심지어 때로는 층계나 마당에서 며느리의 허리를 안으며 이렇게 외치기도 했다.

"샤를, 조심 좀 해야 할 게다!"

보바리 노부인은 그러다가 아들의 행복을 망치지 않을까 겁에 질렸고, 남편이 결국에는 젊은 며느리의 사고방식에 부도덕한 영향을 끼치지 않을까 걱정스러워 출발을 서둘렀다. 어쩌면 그녀는 더 심각한 사태

* 프랑스 시인 에바리스트 드 파르니가 쓴 반기독교적 시.

를 걱정했는지도 몰랐다. 샤를의 아버지는 어떤 짓도 마다하지 않을 부류의 인간이었던 것이다.

어느 날 에마는 문득 유모로 삼은 목수의 아내에게 맡겨놓은 어린 딸이 보고 싶은 충동에 휩싸였다. 그래서 산후 육 주간의 근신 기간*이 지났는지 달력을 확인하지도 않고 마을 끝 언덕 기슭, 큰길과 목초지 사이에 있는 롤레의 집으로 길을 나섰다.

정오였다. 집집마다 덧문이 내려져 있고, 푸른 하늘로부터 쏟아지는 따가운 햇빛을 받아 반짝이는 슬레이트 지붕들은 박공 꼭대기에서 불꽃을 튀기는 것 같았다. 후덥지근한 바람이 불었다. 에마는 걸으면서 몸에 힘이 빠지는 것을 느꼈다. 인도에 깔린 자갈을 밟자 발이 아팠다. 그녀는 도로 집으로 돌아갈지, 아니면 어딘가에 들어가 좀 앉을지 망설였다.

그 순간 레옹이 팔에 서류 뭉치를 끼고 근처에 있는 집에서 나왔다. 그는 다가와 인사를 하고는 뢰뢰네 상점 앞에 쳐놓은 회색 천막 아래 그늘로 들어갔다.

보바리 부인은 아기를 보러 가는 길인데 지치기 시작한 참이라고 말했다.

"혹시 제가 ……" 레옹은 입을 열었지만 감히 말을 잇지 못했다.

"다른 볼일 없으신가요?" 그녀가 물었다.

서기가 없다고 하자 그녀는 자신과 동행해달라고 청했다. 그날 저녁이 되자마자 그 일은 용빌 전체에 알려졌고, 마을 대표의 아내인 튀바

---

* 가톨릭에서 성탄절부터 2월 2일 정결 의식에 이르기까지의 기간을 이르는 말. 마찬가지로 산모는 해산 후 육 주간 운동을 삼가야 하며, 이 기간이 끝나면 산후 축성식을 한다.

슈 부인은 하녀 앞에서 보바리 부인이 스스로 평판을 위태롭게 하고 있다고 잘라 말했다.

유모의 집에 가기 위해서는 묘지로 갈 때처럼 큰길을 벗어나 왼쪽으로 돌아서 오두막집들과 마당 사이에 난, 양쪽에 쥐똥나무가 늘어선 샛길을 따라가야 했다. 쥐똥나무에 꽃이 활짝 피었고, 개불알풀, 들장미, 쐐기풀, 덤불에서 아치 모양으로 튀어나온 가느다란 산딸기 줄기에도 꽃이 한창이었다. 산울타리 틈으로 보이는 오두막집 마당에는 돼지 한 마리가 퇴빗더미 위에 올라가 있고, 나무굴레*에 매인 암소들이 나무줄기에 뿔을 문지르고 있었다. 두 사람은 나란히 서서 천천히 걸었는데, 그녀는 그에게 몸을 기대고, 그는 걸음을 늦추어 그녀와 보조를 맞추었다. 그들 앞에서 파리떼가 더운 공기 중을 붕붕거리며 날았다.

그들은 그늘을 드리운 오래된 호두나무를 보고 유모의 집을 알아보았다. 갈색 기와를 얹은 나지막한 집에는 다락방 밖으로 난 채광창 아래로 양파가 한 줄 매달려 있었다. 잔가지 나뭇단들을 기대어놓은 가시나무 산울타리가 상추밭과 라벤더 몇 그루, 그리고 지지대를 타고 올라가며 꽃을 피운 완두콩을 에워싸고 있었다. 풀밭 위로 더러운 물이 여기저기 흘러가고, 그 주위에는 무엇인지 분간하기 어려운 누더기 몇 가지와 코바늘로 짠 긴 양말, 붉은색 옥양목 여자 속옷이 흩어져 있었으며 거친 천으로 된 커다란 시트가 산울타리에 세로로 길게 널려 있었다. 사립문을 여는 소리에 유모가 젖을 물린 아기를 한 팔로 안고 나왔다. 다른 손으로는 얼굴이 부스럼으로 덮인 허약해 보이는 가엾은 아이

* 노르망디 지역에서 소가 나뭇잎을 뜯어먹지 못하도록 가슴에 채우는 도구.

의 손을 붙잡고 있었는데, 루앙 양품점집 아들로 부모가 장사 일로 몹시 바빠 이 마을에 맡긴 것이다.

"들어오세요, 따님은 저기서 자고 있어요." 유모가 말했다.

일층에 있는, 그 집의 하나뿐인 침실 안쪽 벽에는 휘장 없는 큰 침대가 놓여 있고, 창가에는 밀가루 반죽통이 놓여 있었는데, 깨진 유리창은 파란 종이를 해 모양으로 둥글게 오려 수선해놓은 모습이 보였다. 문 뒤쪽 구석에는 반짝이는 징을 박은 부츠가 빨랫돌 아래에 가지런히 놓여 있고, 그 옆에는 기름이 가득 든 병이 주둥이에 깃털 하나를 꽂고 있었다. 먼지투성이 벽난로 위에는 『마티외 랑스베르그 연감』*이 부싯돌, 양초 토막, 부싯깃조각 사이에 널브러져 있었다. 마지막으로 그 방에서 가장 불필요해 보이는, 나팔을 부는 명성名聲의 여신이 있었는데, 향수 광고에서 오려낸 듯한 그 그림은 나막신용 못 여섯 개로 벽에 고정되어 있었다.

에마의 딸은 방바닥에 놓인 버드나무 요람에서 자고 있었다. 에마는 포대기째로 아기를 안아서는 이리저리 어르면서 나직하게 노래를 부르기 시작했다.

레옹은 방안을 왔다갔다했다. 담황색의 난징산 비단 드레스를 입은 이 아름다운 부인이 이런 누추한 방안에 있다는 사실이 그에게는 기묘하게 여겨졌다. 보바리 부인이 얼굴을 붉혔다. 그는 자신의 눈빛에 뭔가 무례한 표정이 떠오른 모양이라고 생각해 눈길을 돌렸다. 이윽고 에마는 주름진 옷깃에 막 젖을 토해놓은 아기를 다시 제자리에 눕혔다.

---

* 리에주 지역에서 발행하던 역서(曆書)로 다양한 정보가 담겨 있다.

유모가 얼른 다가와 토한 것을 닦으며 얼룩이 남지는 않을 거라고 힘주어 말했다.

"아기가 저한테도 자주 이래요. 그래서 끊임없이 씻겨야 하죠! 그러니까 카뮈네 잡화상에 제가 필요할 때 비누를 좀 쓸 수 있도록 일러두시면 안 될까요? 그러면 제가 번번이 말씀드리지 않아도 되니 부인도 더 편하실 거예요." 그녀가 말했다.

"알았어요, 알았다고요! 그만 가볼게요, 롤레 어멈." 에마가 말했다.

그런 다음 그녀는 문지방에다 발을 문질러 닦고 밖으로 나왔다.

유모는 마당 끝까지 에마를 따라오면서 아기 때문에 밤중에 일어나야 하는 고충을 늘어놓았다.

"그러다보니 때로는 너무나 피곤해서 의자에서 깜빡 잠이 들기도 해요. 제가 한 달쯤 쓸 수 있게 갈아놓은 커피 1리브르*만 주실 수는 없을까요? 아침마다 우유에 타서 마시려고요."

연신 감사하다고 인사하는 유모의 말을 들은 뒤 보바리 부인은 걸음을 옮겼다. 오솔길을 향해 몇 걸음 뗐을 때 나막신소리가 들려와 그녀는 고개를 돌렸다. 유모였다!

"무슨 일이에요?"

그러자 그 시골 여자는 에마를 느릅나무 뒤로 이끌더니, 남편에 대해, 그의 직업과 선장에게 연 6프랑을 받는다는 것에 대해 말을 꺼냈다.

"빨리 용건을 말하세요." 에마가 말했다.

---

* 프랑스의 옛 무게 단위. 1리브르는 500그램.

유모는 한 마디 한 마디 할 때마다 한숨을 내쉬면서 말을 이었다. "제가 혼자 커피를 마시는 것을 보면 남편이 기분 나빠하지 않을까 걱정스러워서요. 알다시피 남자들이란……"

"준다고 했잖아요. 준다고요!…… 정말 귀찮게 하네요!" 에마가 말했다.

"아아! 친애하는 부인, 사실 제 남편은 부상 후유증으로 가슴에 극심한 경련을 일으키거든요. 그이 말로는 사과주가 기운을 떨어뜨린대요."

"얼른 본론을 말해요, 롤레 어멈!"

유모는 무릎 인사를 하며 말을 이었다. "그래서 말인데요, 너무 지나친 부탁이 아니라면……" 하고는 다시 한번 고개를 숙인 다음, "언제라도 좋으니까"라고 하더니 간절한 눈빛으로 "브랜디 한 병만 보내주시면" 하고 마침내 말을 마쳤다. "그걸로 혀처럼 보드라운 따님의 발을 닦아드릴게요."

유모에게서 벗어난 에마는 다시 레옹의 팔을 잡았다. 그녀는 한동안 걸음을 서둘렀다. 이윽고 걸음을 늦추고는 앞을 바라보던 눈길을 검은 벨벳 깃이 달린 프록코트를 입은 청년의 어깨로 돌렸다. 단정하게 빗질한 밤색 머리카락이 어깨 위로 내려와 있었다. 그녀는 용빌의 그 누구보다도 길쭉하게 다듬어진 청년의 손톱을 눈여겨보았다. 손톱 손질은 서기의 주요한 관심사 중 하나였다. 그는 필통에 손톱 손질용으로 쓰는 주머니칼을 넣고 다녔다.

그들은 시냇가를 따라 용빌로 돌아왔다. 더운 계절이라 시냇물이 줄면서 기슭이 넓어져, 몇몇 집 마당의 축대가 아래쪽까지 훤히 드러났는데, 거기에는 시내로 내려가는 짤막한 계단도 있었다. 시냇물은 소리

없이 빠르게 흘렀고 차가워 보였다. 높이 자란 가느다란 풀들이 물결 따라 떠밀리는 대로 한데 휘어져서 마치 풀어헤친 녹색 머리채처럼 투명한 물속에 펼쳐져 있었다. 이따금 골풀 끝이나 수련 위로 벌레 한 마리가 가는 다리로 기어가거나 그 위에 앉아 있는 것이 보였다. 햇빛 한 줄기가 끊임없이 찰랑이는 물결의 푸른 포말을 비추었다. 가지를 쳐낸 오래된 버드나무의 잿빛 껍질이 물에 비쳤다. 그 너머로 사방에 펼쳐진 초원에는 아무도 없는 것 같았다. 농가마다 저녁식사 시간이어서, 그 길 위에서 들리는 것이라고는 젊은 여자와 그녀의 동행이 보조를 맞추어 흙길을 걷는 발소리와 주고받는 말소리, 그리고 여자가 입은 드레스가 사각거리는 소리뿐이었다.

깨진 병 조각을 갓돌 삼아 박아놓은 마당의 축대 위는 온실 유리처럼 뜨거워져 있었다. 벽돌 틈으로 무아재비가 자라나 있었다. 보바리 부인이 양산을 펴 든 채 지나가면서 끄트머리로 시들어가는 무아재비 꽃을 건드리자 노란 가루가 흩어져내렸고, 축대 아래로 늘어진 미나리아재비와 인동덩굴이 한순간 비단 천을 스치며 가장자리 장식술에 걸리기도 했다.

그들은 곧 루앙의 극장에서 공연하는 스페인 무용단에 대해 이야기를 나누었다.

"당신도 가실 건가요?" 그녀가 물었다.

"갈 수만 있다면요." 그가 대답했다.

그들에게 그 이외에 서로 나눌 다른 이야기는 없었을까? 두 사람의 눈은 훨씬 더 진지한 이야기로 가득차 있었다. 그러니까 일상적인 화제를 찾으려 애쓰면서 두 사람은 똑같이 어떤 답답함을 느꼈다. 깊은 영혼의 속삭임 같은 것이 줄곧 그들이 음성으로 나누는 나지막한 대화를 압도했다. 둘은 처음 느껴보는 이런 감미로운 느낌에 깜짝 놀라 그 감각에 대해 서로 털어놓을 생각도, 그 이유를 찾아보려는 생각도 하지 못했다. 미래의 행복이 마치 열대의 해변처럼 그 앞에 펼쳐진 광대한 바다 위로 본연의 부드러움과 향기로운 미풍을 투사하고, 그러면 우리는 보이지 않는 수평선 너머의 일 따위는 잊고 그 도취감에 빠져드는 것이다.

가축이 밟고 지나가 땅이 패어 온통 진흙탕인 곳이 나오자 그들은 군데군데 놓인 커다란 녹색 돌을 밟고 건너가야 했다. 그녀는 종종 잠시 걸음을 멈추고 부츠를 신은 발로 어디를 디뎌야 할지 살폈고, 흔들거리는 돌 위에서 비틀거리며 두 팔꿈치를 허공으로 쳐들고 허리를 굽힌 채 불안한 눈빛으로 물웅덩이에 빠질까봐 겁이 나 웃음을 터뜨리곤 했다.

집 마당에 다다르자 보바리 부인은 작은 사립문을 밀어 열고 층계를 뛰어올라가 모습을 감추었다.

레옹은 사무실로 돌아왔다. 공증인은 자리를 비우고 없었다. 그는 서류를 대강 훑어보고는 깃털 펜을 깎은 다음 결국 모자를 쓰고 사무실을 나섰다.

그는 아르괴유 언덕 꼭대기 숲 가장자리에 있는 '목장'으로 갔다. 전나무 아래 땅바닥에 누워 손가락 사이로 하늘을 바라보았다.

"정말 지루하군! 지루해!" 그가 중얼거렸다.

그는 이 마을에서 오메를 친구로 삼고 기요맹을 상사로 모시며 지내는 자신의 처지가 한심했다. 금테 안경에 하얀 넥타이를 매고 붉은 구레나룻을 기른 기요맹은 일밖에 모르는 사람으로, 딱딱한 영국식 태도를 지녀 처음에는 그 점이 마음에 들었지만 정신적인 섬세함에 대해서는 전혀 이해하지 못하는 인물이었다. 약제사의 아내에 대해 말하자면, 양처럼 순하고 아이들과 부모, 친척을 소중히 여기고 남의 불행에 같이 눈물짓고 살림은 되는대로 내버려두고 코르셋을 몹시 싫어하는, 노르망디 지역의 으뜸가는 아내였다. 하지만 행동이 너무 굼뜨고 하는 말은 너무 지루하고 외모는 평범하기 짝이 없고 화제는 몹시 제한적이었으므로, 서른 살의 그녀가 자는 방 바로 옆방에서 스무 살의 그가 잠을 자고 매일 대화를 나누었음에도 불구하고, 그녀가 누군가에게 여자로 보일 수 있다든가 몸에 걸친 드레스 이외에 여성적인 면이 따로 있으리라는 생각은 한 번도 든 적이 없었다.

그리고 또 누가 있던가? 비네와 몇몇 상인들, 두세 명의 술집 주인, 사제, 마지막으로 마을 대표인 튀바슈와 그의 두 아들이 있지만, 다들 돈은 많을지 몰라도 거칠고 둔한 사람들로 자기네 땅을 직접 경작하고 가족끼리만 호의호식하는데다가 독실한 신자이기까지 해서 정말이지 참기 어려운 부류뿐이었다.

이 모든 이들의 얼굴로 이루어진 진부한 배경 위에 에마의 얼굴이 홀로 또렷하게 떠올랐지만 그 모습은 훨씬 아득하게 여겨졌다. 그녀와 자신 사이에 알 수 없는 심연이 놓여 있다는 느낌이 들었던 것이다.

처음 얼마 동안 그는 약제사와 함께 몇 차례 그녀의 집을 찾아갔다. 샤를은 그가 와도 특별한 관심을 보이지 않았다. 그래서 레옹은 자신이 무례를 범하는 것은 아닐까 하는 두려움과 그와 친구가 되기란 거의 불가능하다고 판단하면서도 친하게 지내고 싶은 욕망 사이에서 어찌할 바를 몰라 갈팡질팡했다.

4

첫추위가 닥치자마자 에마는 침실을 떠나 거실에서 생활하기 시작했는데, 천장이 낮고 길쭉한 그 방 벽난로 위에는 가지 많은 산호가 거울에 제 모습을 비추고 있었다. 그녀는 창가에 놓인 안락의자에 앉아 인도를 지나가는 마을 사람들을 바라보았다.

레옹은 하루에 두 차례 사무실에서 나와 리옹 도르 여관으로 갔다. 에마는 멀리서 그가 다가오는 소리를 들을 수 있었다. 몸을 앞으로 기울이며 귀를 기울였다. 이윽고 언제나 똑같은 복장을 하고 고개 한 번 돌리지 않는 청년의 모습이 커튼 너머로 미끄러지듯 지나갔다. 황혼 무렵, 막 시작한 타피스리 자수천을 무릎 위에 내려놓고 왼손으로 턱을 괴고 있다가 갑자기 그의 그림자가 지나가면 그녀는 종종 소스라치듯 몸을 떨었다. 그러고는 자리에서 일어서서 하녀에게 저녁상을 차리라고 일렀다.

저녁식사를 하는 동안에 오메가 찾아오는 경우도 있었다. 그는 그리스 모자를 손에 들고 방해가 되지 않으려 발소리를 죽이고 들어와서는, 언제나 똑같이 "안녕들 하신지요!"라고 인사를 건넸다. 그런 다음 식탁 가까이 부부 사이에 자리를 잡고는 의사에게 환자들 소식을 물었고, 의사는 진료비를 어떻게 받는 게 좋을지 그에게 의견을 구했다. 그런 다음에는 신문에 난 것들이 화제에 올랐다. 그 시간쯤이면 오메는 신문 내용을 거의 다 외우다시피 했다. 그는 담당 기자의 견해, 국내외에서 일어난 개개의 재난과 함께 사설까지 빠짐없이 의사에게 이야기해주었다. 화제가 궁해지면 그는 이내 눈앞에 보이는 요리에 대해 소견을 말하기 시작했다. 때로는 반쯤 몸을 일으키고 에마에게 고기의 가장 연한 부분을 가리켜 보이거나 하녀 쪽으로 몸을 돌리고 스튜를 만드는 법이나 향신료의 위생적인 관리에 대해 충고를 해주기도 했다. 그는 향료, 고기 진액, 육즙, 젤라틴에 대해 찬탄이 나올 정도로 세세하게 설명했다. 그의 약국에 저장용 병들이 가득차 있는 것 이상으로 오메의 머릿속은 조리법으로 가득차 있어서 수많은 잼과 식초와 달콤한 음료를 만드는 데 뛰어났고, 연료 절약형 화덕 같은 온갖 새로운 발명품과 더불어 치즈 보관법이나 맛이 이상해진 포도주를 되돌리는 법도 잘 알고 있었다.

여덟시에 쥐스탱이 약국 문을 닫기 위해 그를 데리러 왔다. 그럴 때면 오메 씨는 다 안다는 듯한 눈길로 자기 조수를 바라보았는데, 특히 그 자리에 펠리시테가 있을 때면 더욱 심했으니, 그가 의사 집에 오는 것을 좋아한다는 사실을 눈치챘기 때문이다.

오메가 말했다. "저 녀석이 뭔가 꿍꿍이가 있어 보이는데, 제 생각에는 아무래도 이 집 하녀를 좋아하는 것 같네요!"

그런데 오메가 마음에 들어하지 않는 쥐스탱의 더 심각한 단점은 사람들의 대화를 줄곧 엿듣는 것이었다. 예를 들어 일요일에 아이들이 거실 안락의자에서 넓은 광목 커버를 등까지 끌어당겨 덮고 잠이 들어버리면 오메 부인은 아이들을 데려가라고 그를 불렀는데, 그는 일단 들어왔다 하면 좀처럼 나갈 생각을 하지 않았다.

약제사의 저녁 모임에 오는 사람들이 그리 많지는 않았는데, 이는 그의 독설과 정치적 견해 때문에 점잖은 이들의 발길이 하나둘씩 멀어졌기 때문이다. 서기는 빠지지 않고 참석했다. 이윽고 초인종이 울리면 그는 즉각 보바리 부인을 맞으러 달려나가서는 숄을 받아들었고, 눈이 올 때면 그녀가 구두 위에 신고 온 두툼한 천 덧신을 약제사의 책상 밑에 따로 놓아두기도 했다.

사람들은 우선 31게임 몇 판을 했다. 이어 오메가 에마와 에카르테 게임을 했다. 레옹은 에마 뒤에서 훈수를 두었다. 그는 그녀가 앉은 의자의 등받이를 두 손으로 잡고 서서 쪽찐 머리에 꽂힌 빗살을 바라보았다. 카드를 던지려 팔을 움직일 때마다 그녀의 드레스 오른쪽이 치켜 올라가곤 했다. 틀어올린 머리카락에서 등으로 갈색 음영이 내려오면서 점점 엷어지다가 어둠 속으로 사라졌다. 주름이 풍성하게 잡힌 치마는 의자 양쪽을 불룩하게 덮으며 흘러내려 바닥에까지 펼쳐졌다. 때때로 부츠 신은 발로 그 자락을 밟게 되면, 레옹은 마치 누군가의 발을 밟기라도 한 양 얼른 물러섰다.

카드 게임이 끝나면 약제사와 의사는 도미노 게임을 했고, 에마는 자리를 옮겨 탁자에 팔꿈치를 괴고 『일뤼스트라시옹』을 뒤적였다. 집에서 그 패션잡지를 가지고 왔다. 레옹은 그녀 곁에 앉았다. 그들은 함께 삽화를 들여다보았고 다음 장을 넘기기 전에 상대가 다 읽기를 기다려주었다. 그녀는 종종 그에게 시를 읊어달라고 청했다. 레옹은 여운을 남기는 듯한 어조로 시를 낭송했는데, 사랑을 말하는 대목에서는 조심스럽게 소리를 낮추곤 했다. 하지만 도미노 게임 소리가 낭송을 방해했다. 오메는 그 게임에 능해서 샤를에게 더블 식스, 곧 최고점으로 이겼다. 이윽고 300점이 나서 게임이 끝나자, 둘 다 난로 앞에 길게 늘어져 이내 잠이 들어버렸다. 불이 재 속에서 꺼져갔다. 찻주전자가 비었다. 레옹은 낭송을 계속했다. 에마는 그의 목소리를 들으면서 등잔 갓을 멍하니 빙글빙글 돌렸는데, 갓의 거즈 천 위에는 마차에 탄 광대와 평행봉을 들고 줄타기를 하는 무희들이 그려져 있었다. 레옹이 낭송을 멈추고 잠든 두 사람을 몸짓으로 가리켰다. 그러면 그들은 나지막한 어조로 이야기를 나누었는데, 듣는 사람이 없어 그 대화는 더욱 감미롭게 여겨졌다.

이런 식으로 그들 사이에는 일종의 유대가 생겼고, 책과 연애시를 계속 주고받는 습관이 만들어졌다. 질투심이라고는 없는 보바리 선생은 그런 일에 놀라거나 하지 않았다.

샤를은 흉곽에까지 번호가 매겨져 있고 파란 칠이 된 멋진 골상학용 해골 흉상을 생일 선물로 받았다. 서기의 배려였다. 그는 그 외에도 두루 신경을 써서 루앙에 가서 심부름을 해주기까지 했다. 그리고 어떤 소설가의 책 때문에 선인장 기르기가 유행하자 부인을 위해 선인장을 사서 리롱델을 타고 돌아왔는데, 억센 가시에 손가락을 찔리면서도 무릎 위에 안고 왔다.

그녀는 화분을 올려놓기 위해 여닫이창에 난간 달린 선반을 달았다. 서기 역시 공중에 매달린 정원이 있었다. 그들은 각자의 창가에서 꽃을 가꾸는 서로의 모습을 바라보았다.

마을의 창문들 중에서 그 이상으로 사람의 모습이 빈번하게 보이는 집이 또하나 있었다. 일요일이면 아침부터 저녁까지, 그리고 날씨가 좋으면 매일 오후 선반기 위로 몸을 기울이고 있는 비네의 여윈 옆얼굴이 다락방 돌출창 너머로 보였고, 기계에서 나는 윙윙대는 단조로운 소리가 리옹 도르 여관에까지 들렸다.

어느 날 저녁 집에 돌아온 레옹은 연한색 바탕에 나뭇잎 무늬가 들어간, 벨벳과 양모로 짠 깔개가 방안에 깔려 있는 것을 보고는 오메 부부와 쥐스탱, 아이들, 하녀를 불러 보여주고 상사인 공증인에게도 이야기를 했다. 모두들 그 깔개를 보고 싶어했다. 의사의 아내가 어째서 서기에게 그런 선심을 쓰는 것일까? 이상한 일이었으므로, 사람들은 그녀가 그의 여자친구임이 분명하다고 결론을 내렸다.

레옹이 그렇게 생각할 빌미를 준 셈이었는데, 그는 그녀의 매력과 재치에 대해 만나는 사람한테마다 이야기해서 심지어 한번은 비네가 퉁명스럽게 이렇게 응수하기도 했다.

"그게 나랑 무슨 상관인가. 난 그 부인과 어울려 지내는 사람도 아니잖나!"

그는 어떤 방법으로 그녀에게 고백을 할지 고민했다. 그녀의 기분을 상하게 할지도 모른다는 우려와 그토록 소심한 자신에 대한 부끄러움 사이에서 줄곧 주저하면서 낙담과 욕망 때문에 눈물을 흘렸다. 이윽고 그는 기운을 내 결단을 내렸다. 그는 편지를 썼다가 찢어버렸고 언제까지는 꼭 쓰겠다고 기한을 정했다가 다시 날짜를 늦추곤 했다. 종종 모든 것을 걸겠다는 각오로 집을 나섰다. 하지만 에마 앞에 서면 이런 결심은 이내 자취를 감추고 말았는데, 그럴 때 마침 샤를이 불쑥 들어와 자신의 보크 마차를 타고 함께 마을 외곽에 있는 환자를 보러 가자고 하면 즉각 받아들여 부인에게 인사를 하고 나왔다. 그녀의 남편 역시 그녀의 일부 아니겠는가?

에마로서는 자신이 레옹을 사랑하고 있는지 스스로에게 물어볼 생각조차 하지 않았다. 그녀가 생각하기에 사랑이란 요란한 천둥 번개와 더불어 별안간 닥치는 것으로, 인간의 삶 위로 떨어져 삶을 온통 뒤흔들고 인간의 의지를 나뭇잎처럼 날려버리고 온 마음을 심연 속으로 몰아넣는 하늘의 폭풍우였다. 그녀는 집 테라스의 빗물받이 홈통이 막히면 빗물이 고여 호수를 이룬다는 사실을 몰랐으므로, 그대로 태평스러운 삶을 계속 이어가다가 어느 날 갑자기 벽에 금이 간 것을 발견했다.

5

2월의 어느 일요일, 눈 내리는 오후였다.

그들 모두, 그러니까 보바리 부부와 오메와 레옹은 용빌에서 반 리 외 떨어진 계곡에 건설중인 리넨 방적공장을 보러 출발했다. 약제사는 운동도 시킬 겸 나폴레옹과 아탈리를 데려갔고 쥐스탱이 어깨에 우산 몇 자루를 메고 그들을 따라 나섰다.

하지만 그만큼 재미없는 볼거리도 없었다. 널따란 공터 한가운데에 작은 창이 여러 개 뚫린 길다란 사각형 건물 하나가 서 있고, 그 주위로 모래와 자갈 더미 사이에 벌써 녹이 슬기 시작한 톱니바퀴 몇 개가 아무렇게나 흩어져 있었다. 건물은 아직 다 지어지지 않아서 지붕의 서까래 사이로 하늘이 보였다. 박공의 들보에 매달린 이삭 섞인 밀짚 다발이 바람에 삼색 리본을 요란하게 펄럭이고 있었다.

오메가 이야기하는 중이었다. 그는 장래 이 시설이 가질 중요성을 일행에게 설명했고, 판자의 강도와 벽의 두께를 추산하면서 비네가 개인적인 용도로 지니고 다니는 것과 같은 눈금자가 없다는 사실을 몹시 아쉬워했다.

에마는 오메의 팔짱을 끼고 그의 어깨에 살짝 몸을 기댄 채 저멀리 안갯속에서 창백하고 눈부신 빛을 발하는 둥근 해를 바라보았다. 이윽고 그녀는 고개를 돌렸다. 샤를이 거기 있었다. 그는 챙모자를 눈썹 위까지 눌러쓰고 두툼한 입술을 떨고 있었는데, 그 때문에 얼굴이 더 바보스러워 보였다. 느긋해 보이던 등마저 보는 순간 짜증이 일었는데, 그녀의 눈에 프록코트로 감싼 그 등이 진부하기 짝이 없는 그의 성격을 고스란히 드러내는 듯 보였다.

그녀가 샤를을 살펴보면서 짜증 속에서도 도착적인 쾌감 같은 것을 맛보고 있을 때 레옹이 한 걸음 앞으로 나섰다. 추위로 창백해진 그의 얼굴에 한층 더 감미로운 우수가 서린 것 같았다. 넥타이와 목 사이로 셔츠 깃이 조금 헐렁해서 피부가 드러나 보였다. 한쪽 귓불이 머리카락 아래로 살짝 보였고, 구름을 올려다보는 크고 푸른 두 눈이 에마의 눈에는 하늘이 비쳐 보이는 저 산속의 호수보다 더 맑고 아름답게 여겨졌다.

"이 한심한 녀석아!" 약제사가 갑자기 소리를 질렀다.

그는 구두를 하얗게 칠하겠다고 석회 더미 속으로 뛰어든 아들에게 달려갔다. 호된 꾸중을 들은 나폴레옹이 요란하게 울어대는 동안 쥐스탱은 꼬아놓은 짚단 하나를 집어 아이의 신발을 닦아주었다. 하지만 그보다 칼이 필요했다. 샤를이 자기 칼을 내어주었다.

'아! 저 사람은 농사꾼처럼 주머니에 칼을 갖고 다니네!' 그녀는 생각했다.

진눈깨비가 내리기 시작해 그들은 용빌로 돌아왔다.

그날 밤 보바리 부인은 이웃집 모임에 가지 않았는데, 샤를이 나가고 혼자 남자 거의 직접 느낀 감각만큼이나 선명하게, 그리고 기억 속 사물에 대해 생각할 때처럼 충분한 거리를 두고 두 사람에 대한 비교를 다시 시작했다. 침대에 누워 환하게 타오르는 난롯불을 바라보면서 그녀는 레옹이 아까 그곳에서처럼 한 손으로는 가느다란 단장을 눌러 짚고 다른 한 손으로는 말없이 얼음조각을 빠는 아탈리의 손을 잡고 있는 모습을 떠올렸다. 매혹적이었다. 그녀는 그 모습을 떨쳐버릴 수가 없었다. 그녀는 다른 때 그가 보여준 모습, 그가 한 말, 그의 음색, 그 사람 전체를 떠올렸다. 그러고는 입맞춤이라도 하려는 듯 입술을 앞으로 내밀며 되뇌었다.

"그래, 매력적이야! 매력적이라고!…… 혹시 누군가를 사랑하는 것은 아닐까? 그렇다면 도대체 누굴까?…… 틀림없이 나겠지!" 그녀가 중얼거렸다.

모든 증거가 단숨에 눈앞에 펼쳐지면서 가슴이 두근거렸다. 벽난로의 불길이 즐거운 듯 천장에 일렁이는 빛을 던졌다. 그녀는 몸을 돌려 반듯하게 누우며 기지개를 켰다.

그러자 끝도 없는 탄식이 터져나왔다. "오! 하늘이 허락하기만 했다면! 어째서 안 된 걸까? 도대체 누가 방해한 걸까?……"

자정에 샤를이 돌아오자 그녀는 자다가 깬 척했고, 그가 옷을 벗으면서 소리를 내자 편두통이 있다고 투덜거리면서 무심한 어조로 저녁 모임이 어땠느냐고 물었다.

"레옹 씨는 일찍 자기 방으로 올라갔어요." 그가 말했다.

그녀는 미소를 짓지 않을 수 없었고, 새로운 기쁨으로 가슴이 벅차오르는 것을 느끼며 잠이 들었다.

다음날 해질 무렵 그녀는 포목상 뢰뢰의 방문을 받았다. 그 사내는 노회한 장사꾼이었다.

가스코뉴 출신이지만 노르망디 지역에 정착한 그는 남프랑스인의 달변과 코 지역 사람 특유의 교활함을 모두 갖고 있었다. 피둥피둥하고 기름지며 수염 없는 얼굴은 연한 감초즙으로 물을 들인 것 같았고, 흰 머리카락 때문에 작고 까만 눈에 서린 빛이 더 매서워 보였다. 아무도 그의 과거를 아는 사람이 없었다. 어떤 사람들은 그가 행상인이었다고 했고, 또다른 사람들에 따르면 루토에서 대부업을 했다고 했다. 확실한 것은 그가 비네조차 겁낼 정도로 복잡한 계산을 암산으로 해낸다는 사실이었다. 아첨에 가까울 정도로 예의를 차리는 그는 언제나 인사를 하거나 초대를 하려는 듯이 엉덩이를 뒤로 뺀 채 몸을 숙여 보였다.

그는 크레이프 띠를 두른 챙모자를 문간에 내려놓은 뒤 탁자 위에 초록색 종이 상자를 올려놓고는 무척 공손하게 그때까지도 부인의 신뢰를 얻지 못했다며 자신을 한탄하기 시작했다. 자기 가게 같은 보잘것없는 상점은 고상한 부인의 관심을 끌 주제가 못 된다는 것이었다. 그는 고상한이라는 말에 힘을 주었다. 하지만 주문만 하시면, 바느질 용품이든 옷감이든 양품류든 유행품이든 원하는 것을 기꺼이 조달하겠다고 했다. 한 달에 네 차례씩 정기적으로 시내에 가기 때문에 가능하다고 했다. 그는 최고급 상점들과 거래했다. 트루아 프레르, 라 바르브 도르, 그랑 소바주에 가서 자기 이름을 대기만 하면 된다고도 했다. 그곳

주인들과 잘 알고 지내는 사이라는 것이다! 오늘은 지나는 길에 부인에게 어렵게 구한 귀한 물건들을 보여드리려고 들렀다고 했다. 그는 상자에서 수놓은 깃 반 다스를 꺼냈다.

보바리 부인은 깃을 살펴보았다.

"필요한 게 아무것도 없는데요." 그녀가 말했다.

그러자 뢰뢰는 알제리산 숄 세 개, 영국산 바늘 몇 갑, 밀짚 실내화 한 켤레, 그리고 마지막으로 죄수들이 코코넛 열매를 끌로 다듬어 빛이 비쳐들게 만든 달걀컵 네 개를 조심스러운 손길로 늘어놓았다. 그러고는 두 손을 탁자 위에 올리고 목을 길게 뽑아 입은 벌린 채 몸을 앞으로 기울이면서, 애매한 눈길로 물건을 훑어보는 에마의 시선을 좇았다. 그는 쭉 펼쳐놓은 비단 숄을 먼지라도 떠는 것처럼 이따금 손톱으로 튕기기도 했다. 그러면 숄이 가벼운 소리를 내며 흔들리면서 옷감에 찍힌 반짝이들이 황혼녘의 초록빛 하늘에 뜬 작은 별처럼 반짝거렸다.

"이런 건 얼마인가요?"

"얼마 안 합니다. 얼마 안 해요. 게다가 지불을 서둘 이유가 없습니다. 편하실 때 주시면 됩니다. 저희는 유대인이 아니니까요!" 그가 대답했다.

그녀가 잠시 생각해보다가 결국 뢰뢰에게 됐다고 하자, 그는 아무런 동요도 없이 이렇게 대답했다.

"다음번엔 부인과 제 생각이 하나가 되겠지요. 저는 언제나 부인들과 잘 통한답니다, 제 아내만 빼고요!"

에마가 미소를 지었다.

그는 농담 뒤에 다시 호인 같은 태도를 취했다. "제가 드리고 싶은 말씀은 제가 돈 때문에 이러는 게 아니라는 겁니다…… 돈이야 제가 드릴 수도 있습니다."

그녀가 놀란 듯한 몸짓을 했다.

"아! 멀리 갈 필요도 없이 즉석에서 부인께 돈을 변통해드릴 수 있습니다. 제 말 믿으셔도 됩니다!" 그가 나지막한 목소리로 재빨리 말했다.

그러고는 최근 보바리 선생에게 치료를 받고 있는 카페 프랑세의 주인인 텔리에 영감의 소식을 물었다.

"도대체 텔리에 영감은 어디가 안 좋은 건가요?…… 집 전체가 흔들릴 정도로 기침을 하던데, 조만간 플란넬 내복이 아니라 전나무 외투가 필요하지 않을까 정말 걱정입니다. 그 영감은 젊은 시절에 몹시 방탕했답니다! 부인, 그런 사람들은 절제라곤 몰라요! 브랜디로 스스로를 불사른 셈이죠! 어쨌든 아는 사람이 세상을 떠나는 걸 보면 힘들죠."

그는 상자를 다시 닫으면서 그런 식으로 샤를이 치료하는 환자에 대해 이야기를 이어갔다.

뢰뢰는 얼굴을 찌푸리고 창문을 쳐다보며 말했다. "그런 병은 틀림없이 날씨 때문이에요! 저도 썩 좋다고는 할 수 없습니다. 등이 아파서 조만간 선생께 진찰을 받으러 와야 할 것 같아요. 그럼 안녕히 계십시오, 보바리 부인. 필요하면 언제든 연락 주세요. 도와드리겠습니다!"

그런 다음 그는 조용히 문을 닫았다.

에마는 저녁식사를 쟁반에 담아 자기 방 난로 옆으로 가져오게 했다. 그녀는 오랫동안 식사를 했다. 모두 다 맛있어 보였다.

'정말 현명하게 처신을 잘한 것 같아!' 그녀는 숄을 떠올리면서 생각했다.

그때 층계에서 발소리가 들려왔다. 레옹이었다. 그녀는 자리에서 일어나 서랍장 위에 쌓인 가장자리를 감침질해야 할 행줏감 중에서 제일 위에 있는 것을 집어들었다. 그가 모습을 나타냈을 때 그녀는 바느질에 몰두해 있는 것처럼 보였다.

대화는 활기가 없었다. 보바리 부인은 말을 하다가 자꾸 중간에 멈추었고 레옹은 줄곧 안절부절못했다. 그는 벽난로 옆 낮은 의자에 앉아 손가락으로 상아 반짇고리함을 빙글빙글 돌렸다. 그녀는 바늘을 놀리거나 때로는 손톱으로 천에 주름을 잡았다. 말은 하지 않았다. 그는 그녀의 말에 사로잡혔던 것처럼 그녀의 침묵에 사로잡혀 침묵을 지켰다.

'가엾은 청년 같으니라고!' 그녀가 생각했다.

'내 어떤 점이 마음에 들지 않는 것일까?' 그가 자문했다.

레옹은 마침내 사무실 일 때문에 며칠 내로 루앙에 갈 거라는 말을 할 수 있었다.

"부인의 악보 구독 기간이 만료된 것 같은데 갱신해드릴까요?"

"아뇨." 그녀가 대답했다.

"왜 안 하시나요?"

"왜냐하면……"

그녀가 입술을 오므리며 회색 실이 꿰어진 긴 바늘을 천천히 주욱 잡아당겼다.

바느질하는 모습을 보고 있자니 레옹은 짜증이 났다. 에마의 손가락 끝에 상처가 날 것 같았다. 머릿속에 여자의 환심을 살 만한 달콤한 구절이 떠올랐지만 감히 그 말을 입 밖에 낼 수가 없었다.

"그럼 그만두시는 건가요?" 그가 다시 물었다.

"뭘 말인가요?" 하고 말한 뒤 그녀가 재빨리 덧붙였다. "음악요? 아! 맙소사, 그럼요! 집안일도 해야 하고 남편도 보살펴야 하고, 요컨대 그보다 우선해야 하는 일들이 너무나 많거든요!"

그녀가 탁상시계를 바라보았다. 샤를은 오늘 귀가가 늦는 모양이었다. 그러자 그녀는 짐짓 걱정하는 내색을 했다. 두세 차례 이렇게 중얼거리기까지 했다.

"그이는 정말 착해요!"

서기는 보바리 씨를 좋아했다. 하지만 그녀가 이렇게 그에 대한 애정을 드러내자 놀랐고 불쾌했다. 그럼에도 불구하고 그는 사람들이 모두 보바리 씨를 칭찬한다고, 특히 약제사가 그렇다고 말했다.

"아! 좋은 사람이죠." 에마가 다시 말했다.

"물론이죠." 서기가 맞장구쳤다.

그런 다음 그는 지나치게 소홀한 옷차림으로 평소 그들의 웃음거리가 된 오메 부인에 대해 이야기하기 시작했다.

"그게 뭐 어때서요?" 에마가 말허리를 끊었다. "현모양처는 자기 옷단장에 신경을 쓰지 않는답니다."

그런 다음 그녀는 다시 침묵을 지켰다.

그다음날도 또 그다음날도 마찬가지였다. 그녀가 하는 말과 행동 모두 완전히 달라졌다. 마음을 다해 집안일을 하고 규칙적으로 성당에 가고 하녀를 엄하게 단속하는 그녀를 볼 수 있었다.

그녀는 유모에게서 베르트를 데려왔다. 손님이 오면 보바리 부인은 펠리시테에게 아기를 데려오게 해서 옷을 벗기고 팔다리를 보여주었다. 그녀는 아이들이 정말 좋다고 힘주어 말했다. 아이는 그녀의 위안이자 즐거움이자 열정의 대상이라며, 아이를 어루만지면서 시적인 토로를 곁들였는데, 용빌 사람이 아닌 외부인이 들었더라면 『노트르담 드 파리』에 나오는 라 사셰트를 떠올렸을 터였다.

샤를이 집에 돌아오면 재를 묻어놓은 난로 옆에 그의 실내화가 따뜻하게 데워져 있었다. 이제 그의 조끼는 안감이 터져 있지 않았고 셔츠 단추가 떨어져 있지도 않았으며 심지어 옷장 속에 나이트캡들이 같은 높이로 정돈되어 있는 모습을 보는 즐거움까지 있었다. 그녀는 이제 옛날처럼 마당을 산책하는 것에 싫은 기색을 보이지 않았다. 그가 제안하면 뭐든 동의했고, 의중을 파악할 수 없어도 군소리 없이 따랐다. 저녁 식사 후 식곤증으로 붉어진 뺨에 행복에 겨워 촉촉해진 눈으로 불가에 앉아 두 손은 배 위에, 두 발은 장작 받침대에 올려놓은 샤를과 양탄자 위를 기어다니는 아기, 안락의자의 등받이 뒤로 와서 남편의 이마에 입맞춤을 하는 날씬한 에마를 보면서 레옹은 생각했다.

'이게 무슨 미친 짓인가! 저런 여자에게 어떻게 다가간단 말인가?'

그녀가 너무나도 고결하고 다가가기 어려운 존재로 보였으므로 그는 모든 희망을, 아주 막연한 희망마저도 잃고 말았다.

하지만 이런 체념 덕에 그는 그녀에게 특별한 지위를 부여할 수 있었다. 그의 관점에서 볼 때 그녀를 육체적으로 차지한다는 것은 가망이 없었으므로 그녀는 육신을 초월한 존재가 되었다. 그의 마음속에서 그녀는 승천하는 신처럼 장엄하게 육체를 벗어나 점점 더 높이 상승했다. 그의 감정은 일상생활을 방해하지 않는 순수한 감정, 너무나도 희귀해서 가꾸게 되는 감정, 소유하는 데서 얻는 기쁨 이상으로 잃어버렸을 때 고통이 클 그런 감정이었다.

에마는 몸이 여위고 두 뺨이 창백해지고 표정이 우울해졌다. 그녀의 검은 머리채, 커다란 눈, 반듯한 코, 새처럼 가벼운 발걸음 그리고 이제는 침묵에 잠겨 있는 그녀의 모습은 닿을 듯 말 듯 삶을 스치며 횡단하는 듯하고, 이마에는 무슨 숭고한 숙명의 낙인이 찍혀 있는 것 같지 않은가? 그녀는 너무나도 슬퍼 보이고 너무나도 고요한 동시에 너무나도 부드럽고 신중했으므로, 그녀 곁에 있으면 사람들은 마치 성당 안에서 대리석의 냉기에 섞인 꽃향기에 전율하듯 서늘한 매력에 사로잡혔다. 다른 이들 역시 이런 매혹에서 벗어나지 못했다. 약제사는 이렇게 말했다.

"지역 대표의 부인이 되기에도 부족함이 없는 대단한 여성이죠."

마을의 주부들은 그녀의 검소함에, 샤를의 환자들은 그녀의 예의바름에, 가난한 이들은 그녀의 너그러움에 감탄했다.

하지만 사실 그녀는 갈망과 분노와 증오로 가득차 있었다. 주름이 똑바로 잡힌 그녀의 드레스는 혼란스러운 마음을 가려주었고, 그토록 음전해 보이는 입술은 번뇌를 억누르고 있었다. 그녀는 레옹을 사랑하고 있었으므로, 그의 모습을 편안하게 떠올리며 즐기기 위해 혼자 있고 싶었다. 그의 모습을 직접 대하면 상상에서 느끼는 쾌락에 방해가 되었다. 그의 발소리를 들으면 에마는 가슴이 두근거렸다. 하지만 그가 눈앞에 나타나면 감동이 약해지고 커다란 충격만 남았다가 결국은 슬퍼지곤 했다.

절망한 채 그녀의 집에서 나온 레옹은 거리를 걸어가는 자신의 모습을 지켜보기 위해 에마가 그가 집을 나서는 즉시 자리에서 일어난다는 사실을 몰랐다. 그녀는 그의 행동거지에 신경을 썼고 그의 표정을 살폈다. 그의 방에 들어가기 위해 온갖 정교한 구실을 지어냈다. 그와 같은 지붕 밑에서 자는 약제사의 아내가 그녀에게는 몹시 행복한 여자로 여겨졌다. 비둘기들이 리옹 도르 여관으로 와서 빗물받이 홈통에 분홍 다리와 하얀 날개를 담그는 것처럼, 그녀의 생각은 끊임없이 그 집 위에 내려앉았다. 하지만 자신의 사랑을 의식하면 할수록 그녀는 그 사랑이 드러나지 않도록 억눌렀고, 약화시키기 위해 애썼다. 그녀는 레옹이 자신의 사랑을 눈치채기를 바랐다. 그래서 그럴 수 있게 해줄 우연한 사건이나 돌발 상황을 떠올려보기도 했다. 그녀를 가로막은 것은 아마도 무기력이나 공포였을 테고 수치심도 한몫했으리라. 그녀는 자신이 그를 너무 멀리 밀어내버렸다고, 시기를 놓쳤다고, 모든 것을 망치고 말았다고 생각했다. 그런 다음 체념한 태도로 거울에 비친 자신의 모습을 바라보면서 '나는 정숙한 여자야'라고 중얼거렸는데, 그때 차오르는 기쁨과 자부심이 자신이 치른다고 여기는 희생을 조금이나마 보상해주었다.

육체적 욕망, 돈에 대한 갈망, 열정으로 인한 우수가 모두 단일한 고통으로 한데 녹아들었다. 그녀는 생각을 딴 데로 돌리려 애쓰는 대신 더더욱 거기에 집착하고 그럴 수 있는 기회를 애써 찾아서 고통으로 스스로를 밀어붙였다. 요리가 제대로 준비되지 않았다고, 문이 제대로 안 닫혔다고 짜증을 냈고, 자신에게 벨벳이 없다고, 행복하지 않다고, 자신의 꿈은 너무 높다고, 집이 너무 좁다고 한탄했다.

더욱 화가 나는 것은 그녀의 극심한 고통을 샤를이 짐작조차 못한다는 사실이었다. 그녀를 행복하게 해주고 있다고 믿는 그의 확신이 그녀에게는 어이없는 모욕이나 다름없었고, 그런 안심이 배은망덕처럼 여겨졌다. 대체 누구 때문에 정숙하게 굴고 있는 것일까? 샤를이야말로 모든 행복의 장애물, 모든 비참의 원인 그리고 자신을 온통 옥죄고 있는 이 복잡한 코르셋의 벨트 버클에 달린 날카로운 핀 같은 존재가 아니던가?

그래서 그녀는 자신의 곤욕스러운 처지에서 생긴 온갖 증오를 샤를 한 사람의 탓으로 돌렸다. 증오심을 줄이려고 노력하면 할수록 더욱 심해질 뿐이었다. 그 소용없는 수고가 절망감의 또다른 이유로 작용해 그와의 간격을 그만큼 더 벌어지게 만들었던 것이다. 그녀는 자신의 부드러운 태도에서도 반발심을 느꼈다. 평범하기 짝이 없는 가정생활은 그녀를 사치스러운 공상으로 밀어붙였고, 부부간의 미지근한 애정은 불륜에 대한 욕망으로 그녀를 내몰았다. 그녀는 더 정당하게 샤를을 미워하고 복수할 수 있도록 그가 자신을 때리기라도 했으면 하고 바랐다. 때때로 에마는 머릿속에 떠오르는 끔찍한 가정에 스스로도 놀랐다. 그런데도 줄곧 미소를 지으면서, 자신은 행복하다고 거듭 중얼거리고, 행복한 척을 하고, 행복할 거라고 여기도록 내버려둬야 하다니!

에마는 자신의 이런 위선이 혐오스러웠다. 레옹과 함께 어딘가 멀리로 도망쳐서 새로운 운명을 시도해보고 싶은 유혹에 사로잡혔다. 하지만 다음 순간 그녀의 마음속에서는 한없이 깜깜한 형체 없는 심연이 입을 벌렸다.

그녀는 생각했다. '게다가 그는 더이상 나를 사랑하지도 않잖아. 앞으로 어떻게 될까? 어떤 희망을, 어떤 위로를, 어떤 안식을 기대할 수 있을까?'

그녀는 낙심해서는 숨을 헐떡이며 움직이지 못하고 나직하게 흐느끼며 눈물을 흘렸다.

"왜 선생님께 이런 상황을 알리지 않으세요?" 그녀가 발작을 일으키고 있을 때 방에 들어온 하녀가 물었다.

"신경성이야. 괜히 말씀드려서 걱정하시게 하지 마." 에마가 대답했다.

"아! 예." 펠리시테가 말했다. "마님 증세가 제가 이 댁에 오기 전에 디에프에서 알고 지낸 게린하고 똑같아요. 폴레 마을 어부 게랭 영감의 딸이요. 어찌나 슬퍼 보이던지 문간에 나와 서 있기라도 하면 사람들은 그 집에 초상이라도 난 줄 알 정도였어요. 머릿속에 안개가 낀 것처럼 아프다고 했는데, 그 병은 의사도 신부님도 어떻게 해줄 수가 없었어요. 증세가 너무 심해질 때면 혼자 바닷가로 나갔는데, 세관 관리가 순찰을 하다가 그녀가 자갈 위에 배를 깔고 엎드려 울고 있는 걸 발견하곤 했대요. 그러다가 결혼을 하고 나서 괜찮아졌다고 하더라고요."

"하지만 내 증상은 결혼하고 나서 생겼는걸." 에마가 대답했다.

6

어느 날 저녁 에마가 창문을 열어놓고 앉아 성당지기 레스티부두아가 회양목을 가지치기하는 모습을 바라보고 있는데 문득 저녁기도 종소리가 들려왔다.

4월 초 앵초가 필 무렵이었다. 흙을 갈아놓은 화단 위로 따뜻한 바람이 불고, 마당은 여름 축제를 앞둔 여자들처럼 몸단장을 하는 것 같았다. 퍼걸러의 칸살 사이로 저멀리 초원 한가운데를 흘러가는 시내가 보였는데, 시냇물이 풀 위를 방랑하듯 구불거리며 흘러가고 있었다. 저녁 안개가 잎이 없는 포플러나무 가지 사이를 지나면서 나뭇가지에 걸린 섬세한 망사보다 더 창백하고 투명한 보랏빛으로 나무의 윤곽을 어슴푸레하게 물들였다. 멀리서 가축들이 돌아다녔다. 하지만 발소리도 울음소리도 들리지 않았다. 계속해서 울리는 종소리만이 대기 속에서 그 평화로운 탄식을 이어갔다.

거듭되는 그 종소리에 젊은 여인의 생각은 처녀 시절과 수녀원 기숙사에서의 옛 추억을 정처없이 헤맸다. 제단에 놓인 꽃이 가득한 화병들과 작은 기둥이 있는 감실 위로 비죽 솟아난 커다란 촛대가 떠올랐다. 그녀는 옛날처럼 하얀 미사포의 긴 행렬 속에 자신도 다시 섞여들면 얼마나 좋을까 생각했다. 기도대 위에서 머리를 숙인 수녀들의 뻣뻣한 두건이 군데군데 검은 점을 찍어놓았다. 주일미사를 드릴 때 숙이고 있던 고개를 들면 소용돌이를 이루며 푸르스름하게 피어오르는 향불 연기 사이로 성모의 자애로운 얼굴이 보이곤 했다. 그러면 그녀는 벅찬 감정에 사로잡혔다. 폭풍우에 휘말린 한 가닥 새털처럼 연약하고 완전히 내맡겨진 듯한 느낌이었다. 그녀는 영혼이 거기에 빠져들 수만 있다면, 그 속에서 존재 자체가 사라져버릴 수만 있다면, 신앙에 무조건 헌신할 태세로, 자신도 모르게 성당을 향해 걸었다.

광장을 걸어가던 그녀는 성당에서 돌아오는 레스티부두아와 마주쳤다. 그는 하루치 일당을 축내지 않기 위해 일을 하는 중간에 종을 치러 다녀오곤 해서, 저녁기도 종은 그의 편의에 따라 울리는 시간이 들쭉날쭉했다. 게다가 종을 좀 앞당겨 칠 때면 아이들에게 이번에 교리문답이 있을 거라고 미리 알려줄 수도 있었다.

일찍 온 아이들 몇몇이 벌써 묘지의 포석 위에서 구슬치기를 하고 있었다. 또 몇몇은 담장에 말 타듯 걸터앉아서 두 다리를 흔들어대며 나막신을 신은 발로 작은 울타리와 맨 끝 줄 무덤 사이에 길게 자라난 쐐기풀을 걷어차고 있었다. 녹색 풀이 있는 공간은 그곳뿐이었다. 나머지는 온통 묘석뿐이고, 성구실에 빗자루가 있는데도 늘 고운 먼지에 뒤덮여 있었다.

뒤축이 있는 신발을 신은 아이들이 묘석이 자기네를 위한 마루라도 되는 양 뛰어다녔고, 울리는 종소리 너머로 아이들의 날카로운 외침이 섞여 들려왔다. 종루 꼭대기에서부터 내려와 끝이 땅에 끌리는 굵은 밧줄의 흔들림이 약해짐에 따라 종소리도 잦아들었다. 제비들이 작은 소리를 내며 날갯짓으로 대기를 가르면서 빠르게 날아 빗물막이 기와 밑 노란 둥지로 돌아갔다. 성당 안쪽에서 등잔이 타고 있었다. 매달아놓은 유리컵 속에 심지를 담가 밤에 켜두는 등이었다. 멀리서 보면 그 빛은 기름 위에서 흔들리는 희끄무레한 반점처럼 보였다. 길게 들어오는 햇빛 한줄기가 회중석 전체를 가로지르면서 양쪽 옆과 구석을 더욱 어둡게 만들었다.

"신부님은 어디 계시지?" 축이 박힌 구멍이 느슨해져 덜컹거리는 회전문을 흔들며 놀고 있는 소년에게 보바리 부인이 물었다.

"이제 오실 거예요." 아이가 대답했다.

실제로 사제관의 문이 삐걱 소리를 내며 열리더니 부르니지앵 신부가 나타났다. 아이들이 우르르 몰려와 성당 안으로 들어갔다.

"저 장난꾸러기들! 항상 이런다니까!" 사제가 중얼거렸다.

그런 다음 그는 한쪽 발에 차인 너덜너덜해진 교리문답서를 집어들었다.

"물건을 소중히 다룰 줄을 모른다니까!"

그제야 그는 보바리 부인의 존재를 알아차렸다.

"실례했습니다. 거기 계신 줄 몰랐습니다." 그가 말했다.

그는 교리문답서를 주머니에 집어넣으며 걸음을 멈추었는데, 그러는 중에도 두 손가락으로는 무거운 성구실 열쇠를 줄곧 흔들었다.

황혼녘의 햇빛이 그의 얼굴을 정면으로 비추자, 양쪽 팔꿈치가 반질반질했고 라스팅 모직으로 된 사제복의 색이 바래 보였는데, 아랫단은 올이 풀려 있었다. 넓은 가슴팍에 일렬로 달린 작은 단추들 주위로는 기름과 코담배 자국이 얼룩져 있었으며, 붉은 턱살이 잔뜩 접힌 라바깃*에서 멀어질수록 얼룩이 많았다. 얼굴 여기저기에 퍼진 누런 반점들은 희끗희끗해져가는 뻣뻣한 수염에 가려 보이지 않았다. 그는 막 저녁식사를 마치고 나오던 참이라 가쁜 숨을 쉬었다.

"어떻게 지내십니까?" 그가 물었다.

"잘 못 지내요. 제가 좀 아파요." 에마가 대답했다.

"이런, 저도 그렇습니다. 요즘 같은 첫더위는 놀랄 정도로 사람을 노곤하게 만들죠, 그렇지 않습니까? 하지만 어쩌겠습니까! 성바울이 말씀하셨듯 우리는 고통받기 위해 태어난걸요. 그런데 보바리 선생은 부인 증세에 대해 뭐라시던가요?" 성직자가 다시 말했다.

---

* 앞섶으로 늘어뜨리는 두 겹의 천으로 이루어진 장식 깃. 대개 흰 천으로 만들어 풀을 먹인다.

"그 사람이 무슨!" 그녀가 경멸하듯 말했다.

"아니! 선생이 부인께 아무 처방도 내려주지 않았단 말입니까?" 신부가 몹시 놀라며 물었다.

"아! 제게 필요한 건 속세의 처방이 아니에요." 에마가 말했다.

사제는 이따금 성당 쪽에 눈길을 던졌는데, 성당 안에서는 아이들 모두가 무릎을 꿇고 앉아 서로 어깨를 밀치다가 카드놀이를 할 때 일렬로 세워놓은 카드들처럼 우르르 쓰러지고 있었다.

"제가 알고 싶은 건……" 그녀가 다시 말을 시작했다.

"가만, 기다려, 리부데, 내가 혼쭐을 내주마, 못된 녀석 같으니라고!" 사제가 화가 난 목소리로 소리쳤다.

그런 다음 에마에게로 고개를 돌렸다.

"저 녀석은 목수 부데의 아들인데요, 형편이 넉넉하니까 부모가 아이를 제멋대로 하게 내버려두죠. 그런데 머리가 좋아서 하려고만 들면 빨리 배운답니다. 저는 이따금 저애를 리부데(마롬 가는 길에 있는 언덕 이름이지요)라고 부르기도 하고, 어떤 때는 농담삼아 '몽리부데'* 라고 부르기도 한답니다. 하! 하! 그러니까 리부데 언덕이라고 부르는 거죠! 일전에 이 말장난을 주교님께 이야기해드렸더니 웃으시더라고요…… 정말 웃으셨어요. 그런데 보바리 선생은 어떻게 지내시나요?"

그녀는 이 질문을 듣지 못한 것 같았다. 신부가 말을 계속했다.

"물론 여전히 무척 바쁘시겠지요? 왜냐하면 선생과 저는 틀림없이 이 교구에서 가장 할일이 많은 두 사람일 테니까요. 선생은 몸의 의사

---

* mon Riboudet. '나의 리부데'라는 뜻이지만, '리부데 언덕(Mont Riboudet)'과 발음이 같다.

이고 저는 영혼의 의사죠!" 그는 굵직한 소리로 껄껄 웃으며 덧붙였다.

그녀가 애원하는 눈길로 사제를 응시했다.

"그래요…… 신부님은 고통을 겪는 모든 이들을 위로해주시죠." 그녀가 말했다.

"아! 말씀 마십시오, 보바리 부인! 바로 오늘 아침만 해도 고창증이 생긴 암소 때문에 바디오빌에 다녀와야 했습니다. 사람들은 소가 저주를 받아서 그렇다고 믿어요. 어떻게 된 일인지 그 집 암소들이 모조리…… 잠깐만요! 롱그마르 그리고 부데! 이 빌어먹을 녀석들! 그만두지 못해!"

그러면서 그는 한달음에 성당 안으로 뛰어들어갔다.

아이들은 높다란 낭독대 주위에 모여들어 서로를 밀치기도 하고 성가대석으로 기어오르기도 하고 기도서를 펼치기도 했다. 심지어 대담하게 고해실로 살그머니 들어가려는 녀석들도 있었다. 하지만 신부가 갑자기 들이닥쳐 모두의 뺨을 우박이 쏟아지듯 후려쳤다. 그는 아이들의 멱살을 잡아 바닥에서 들어올린 다음 나무를 심기라도 하듯 성가대석의 판석 위에 내려놓고 무릎을 꿇렸다.

다시 에마에게로 돌아온 그는 커다란 옥양목 손수건의 한쪽 끝을 이로 물어 펼치며 말했다. "사실 농부들은 몹시 불쌍한 이들입니다!"

"그 사람들만 그런 게 아니죠." 그녀가 대답했다.

"그럼요! 예를 들어 도시 노동자들도 그렇지요."

"그들을 말하는 게 아니라……"

"이렇게 말하는 저를 용서하시죠! 제가 아는 가난한 어머니들은 말 그대로 성녀라고 해도 좋을 만큼 덕성스러운 부인들인데 먹을 빵조차 부족해서……"

"그런데, 신부님." 에마가 다시 말했다(그녀의 양쪽 입아귀가 일그러졌다). "빵은 있지만 다른 게 없는 여자들도 있어요……"

"겨울에 땔 불 말씀이군요." 사제가 말했다.

"아! 그런 게 뭐 중요하겠어요?"

"뭐라고요! 그런 게 뭐 중요하냐고요? 제가 보기에는 등 따뜻하고 배부르면…… 그러니까 요컨대……"

"이런! 맙소사!" 그녀가 한숨을 내쉬었다.

"어디 불편하신가요?" 그가 걱정스러운 표정으로 앞으로 나서며 물었다. "혹시 체하신 게 아닐까요? 보바리 부인, 집에 돌아가셔서 차를 좀 드세요. 그러면 기운이 날 테고, 아니면 시원한 물에 흑설탕을 타서 한잔 마시세요."

"왜 그런 말씀을 하시나요?"

그녀는 막 몽상에서 깨어난 사람 같았다.

"부인께서 손으로 이마를 짚으셔서요. 현기증이 나신 줄 알았습니다."

그런 다음 갑자기 기억난 듯이 물었다.

"그런데 제게 뭔가 묻지 않으셨나요? 뭐였죠? 생각이 잘 안 나네요."

"제가요? 아무것도…… 아무것도 아니에요……" 에마가 거듭 말했다.

그녀의 시선이 주위를 두리번거리다가 사제복을 입은 노인에게로 천천히 돌아왔다. 그들은 말없이 서로를 바라보았다.

마침내 그가 말했다. "그럼 보바리 부인, 아시다시피 할일이 우선이니 이만 실례하겠습니다. 저 개구쟁이 녀석들부터 처리해야겠어요. 이제 곧 첫영성체가 열리죠. 아무래도 때맞춰 준비를 끝내지 못할 것 같아 걱정입니다. 그래서 주님승천대축일 때부터 수요일마다 아이들을 정확히 한 시간씩 더 붙잡아두고 있지요. 저 딱한 녀석들을요! 천주님께서 성스러운 독생자의 입을 통해 우리에게 몸소 권고하신 것처럼, 저 아이들을 어떻게 하면 한시바삐 주님의 길로 인도할 수 있을지…… 그럼 부인, 몸조심하시고 선생께 인사 전해주십시오!"

그는 성당 문 앞에서 가볍게 한쪽 무릎을 구부려 인사한 뒤 안으로 들어갔다.

에마는 그가 고개를 어깨 위로 살짝 기울이고 양손을 반쯤 펴 옆구리에 늘어뜨린 채 두 줄로 놓인 신도석 사이로 무거운 걸음을 내디디며 사라지는 것을 보았다.

이윽고 그녀는 회전대 위의 조각상처럼 발꿈치를 휙 돌려 집을 향해 걷기 시작했다. 등뒤로 신부의 굵은 목소리, 아이들의 낭랑한 목소리가 줄곧 들려왔다.

"여러분은 천주교인입니까?"

"예, 저는 천주교인입니다."

"천주교인이란 어떤 사람입니까?"

"천주교인이란 영세를 받은…… 영세를 받은…… 영세를 받은 사람입니다."

그녀는 난간을 붙잡고 층계를 올라가 방에 들어가자마자 안락의자에 쓰러지듯 주저앉았다.

유리창 너머로 희끄무레한 빛이 일렁이며 서서히 엷어져갔다. 제자리에 놓인 방안의 가구들은 평소보다 더 요지부동으로 못박힌 채 캄캄한 대양 같은 어둠 속으로 가라앉는 것 같았다. 벽난롯불은 꺼져 있고, 탁상시계가 언제나처럼 째깍거렸는데, 에마는 자신의 마음이 그토록 요동치는데도 사물들이 그렇게 고요한 것에 막연히 놀랐다. 창문과 재봉대 사이에서 어린 베르트가 코바늘로 짠 신발을 신고 뒤뚱거리며 어머니에게 다가와 덧옷에 달린 리본 끝을 붙잡으려 했다.

"저리 가!" 그녀가 손으로 아이를 밀쳐내며 말했다.

하지만 아이는 곧 그녀의 무릎께까지 바투 다가왔다. 그런 다음 무릎에 두 팔을 짚고는 크고 파란 눈으로 어머니를 올려다보았는데, 아이의 입술에서 에마의 비단 덧옷 위로 맑은 침이 흘러내렸다.

"저리 가라니까!" 짜증이 난 젊은 여인이 다시 소리쳤다.

그녀의 화난 표정에 겁이 난 아이가 울음을 터뜨렸다.

"이런! 그러니까 저리 가라고 했잖아!" 그녀가 아이를 팔꿈치로 밀어내며 말했다.

그 바람에 베르트가 나동그라져 서랍장 발치의 구리 장식에 부딪혔다. 아이의 뺨이 찢기면서 피가 났다. 보바리 부인은 황급히 달려가 아이를 안아올리고 설렁줄을 잡아당기며 큰 소리로 하녀를 부른 다음, 스스로를 책망하려는데 때마침 샤를이 들어왔다. 저녁식사 때가 되어 집에 돌아온 것이다.

"이것 좀 봐요, 여보. 애가 놀다가 바닥에 넘어져 다쳤어요." 에마가 그에게 태연한 어조로 말했다.

샤를은 별일 아니라며 그녀를 안심시키고 연고를 가지러 갔다.

보바리 부인은 식탁이 차려진 아래층으로 내려가지 않았다. 그녀는 아이를 돌보며 단둘이 있겠노라고 했다. 이윽고 아이가 자는 모습을 지켜보고 있자니 불안한 마음이 점차 사라졌고, 조금 전 그렇게 대수롭지 않은 일에 허둥댔던 스스로가 몹시 바보 같으면서도 무척 착하게 여겨졌다. 실제로 이제 베르트는 칭얼거리지 않았다. 아이의 고른 숨에 따라 면 이불이 가볍게 들썩였다. 반쯤 감긴 눈꺼풀 끄트머리에는 굵은 눈물방울이 맺혀 있었고, 속눈썹 사이 깊숙이 연한 눈동자가 보였다. 뺨에 비스듬하게 붙인 반창고가 피부를 팽팽히 잡아당기고 있었다.

'이렇게 못생기다니 이상한 일이야!' 에마는 생각했다.

밤 열한시에 샤를이 약국에서 돌아왔을 때(저녁식사 후 그는 쓰고 난 연고를 돌려주기 위해 그곳에 갔다), 아내는 요람 옆에 서 있었다.

그가 그녀의 이마에 입맞추며 말했다. "괜찮대도 그러네. 너무 걱정하지 말아요, 여보, 이러다가 당신이 병나겠어요!"

그는 약제사의 집에서 오래 머물렀다. 그가 크게 걱정하는 내색을 하지 않았는데도 오메는 그를 안심시키고 사기를 북돋우려 애썼다. 그는 어린아이에게 닥칠 수 있는 여러 위험과 하인들의 부주의에 관해 이야기했다. 그의 아내도 그런 일을 겪은 적이 있는데, 옛날에 하녀가 부엌일을 하다가 숯불 한 사발을 그녀의 옷에 쏟는 바람에 생긴 흉터가 아직도 가슴에 남아 있다는 것이었다. 그래서 그들 부부는 신경을 많이 썼다. 칼은 절대로 날카롭게 갈지 않았고, 집안 바닥에는 밀랍을 바르지 않았다. 창문에는 쇠창살을, 벽난로 틀에는 튼튼한 가로대를 설치해놓았다. 오메의 아이들은 자유롭게 지냈지만 항상 누군가가 뒤에서 그들의 움직임을 지켜보았다. 감기 기운이라도 있으면 오메는 호흡기에 좋은 음료를 잔뜩 먹였고, 딱하게도 그 집 아이들 모두 네 살이 넘도록 누비 모자를 쓰고 다녀야 했다. 사실 이는 아내의 강박 때문이었다. 오메는 그렇게 머리가 짓눌리다가 지능에 문제라도 생길까봐 어찌나 속을 끓였던지 이따금 자신도 모르게 이런 말을 내뱉곤 했을 정도였다.

"당신은 애들을 카리브족이나 보토쿠도족처럼 만들 생각이야?"

샤를은 여러 차례 오메의 말을 끊어보려 했다.

그는 앞서서 층계를 내려가는 서기의 귀에 대고 낮은 목소리로 속삭였다. "당신에게 할 이야기가 있는데요."

'뭔가 눈치를 챈 것일까?' 레옹이 자문했다. 그는 심장 고동이 빨라졌고 여러 가지 가능성 사이에서 갈피를 잡을 수 없었다.

마침내 샤를은 문을 닫고 그에게 루앙에 가서 질 좋은 은판사진 가격이 얼마나 하는지 알아봐달라고 부탁했다. 검은 예복을 입은 자신의 사진을 찍어 아내에게 애정어린 깜짝 선물을 하려는 샤를의 섬세한 배려였다. 그전에 우선 비용이 어느 정도 드는지 알고 싶다는 것이었다. 거의 매주 루앙에 가는 레옹에게는 이런 일이 그다지 번거롭지 않을 터였다.

저 친구는 무슨 목적으로 매주 루앙에 가는 것일까? 오메는 거기에 청년의 연애와 같은 무슨 꿍꿍이가 있을 거라고 의심했다. 하지만 그 짐작은 틀렸다. 레옹은 사랑을 좇고 있지 않았다. 그는 그 어느 때보다도 울적했는데, 르프랑수아 부인은 요즘 그가 접시에 남기는 음식 양을 보고 그 사실을 확신했다. 그녀는 사정을 좀더 자세히 알고 싶어서 세무관리에게 물었다. 비네는 오만한 어조로 자신은 경찰 끄나풀이 아니라고 대꾸할 뿐이었다.

어쨌든 같이 밥을 먹는 비네가 보기에도 레옹의 상태는 몹시 이상했다. 레옹은 종종 식탁에 앉아 몸을 뒤로 젖히고 두 팔을 벌린 채 모호한 말로 삶을 한탄했던 것이다.

"그건 자네에게 오락거리가 충분치 않아서야."

"어떤 오락거리 말인가요?"

"내가 자네라면 선반기를 하나 장만하겠는데!"

"하지만 전 그 기계를 어떻게 사용하는지도 모르는걸요." 서기가 대답했다.

"참! 그렇군!" 상대는 경멸과 만족이 섞인 태도로 턱을 쓸면서 말했다.

레옹은 응답 없는 사랑에 지쳐 있었다. 사람을 이끌어주는 어떤 재미도, 사람을 떠받쳐주는 어떤 희망도 없이 매일 똑같은 삶을 되풀이하는 데서 오는 낙담을 느끼기 시작했다. 용빌과 용빌 사람들에게 어찌나 진력이 났던지 어떤 사람이나 집은 보기만 해도 견디기 힘든 짜증이 치밀었다. 약제사는 호인이었지만 그에게는 참을 수 없는 존재가 되어버렸다. 하지만 상황을 새롭게 하겠다는 생각은 매혹적이면서도 두려움을 불러일으켰다.

이 두려움은 이내 조바심으로 바뀌었고, 이윽고 저멀리 파리가 경박한 여자들의 웃음소리와 더불어 가장무도회의 팡파르를 그를 향해 울려댔다. 그리로 가서 법 공부를 마쳐야 하는데, 지금이라도 떠나지 않을 이유가 뭐란 말인가? 누가 못 가게 막는가? 그는 마음속으로 준비를 시작했다. 할일을 미리 계획해보았다. 머릿속으로 새 공간에 가구도 배치했다. 그곳에 가면 예술가의 삶을 살리라! 기타 수업도 받으리라! 실내복, 바스크식 베레모, 푸른색 벨벳 실내화를 마련하리라! 심지어 그는 미래의 자기 방 벽난로 위에 X자로 걸어놓을 펜싱용 검과 그 위를 장식할 해골과 기타를 떠올리며 미리 감탄하기까지 했다.

어려운 점은 어머니의 허락을 얻는 일이었다. 하지만 그보다 합리적인 계획이 없는 듯했다. 그의 상사인 공증인까지 발전 가능성이 더 큰 다른 사무실로 옮겨보라고 권할 정도였다. 레옹은 절충안을 취해 루앙에 이등 서기직을 알아보았지만 자리가 없었기에 결국 어머니께 길고 상세한 편지를 써서 자신이 즉각 파리로 떠나야 하는 이유를 설명했다. 어머니는 승낙했다.

그는 전혀 서두르지 않았다. 한 달이 다 가도록 이베르는 매일같이 그를 위해 용빌에서 루앙으로, 루앙에서 용빌로 궤짝과 여행 가방과 꾸러미 등을 실어날랐다. 옷을 장만하고, 안락의자 세 개의 속을 채우고, 목도리를 더 사두는 등, 간단히 말해서 세계 일주를 떠나도 될 만큼 준비를 다 마쳐놓고도 레옹은 한 주일 또 한 주일 출발을 미루다가 방학 전에 시험을 치를 생각이라면 서둘러 떠나라는 어머니의 두번째 편지를 받았다.

작별의 순간이 오자 오메 부인은 눈물을 흘렸다. 쥐스탱은 흐느꼈다. 오메는 강한 사내답게 감정을 겉으로 드러내지 않았다. 그는 레옹의 외투를 자기가 공증인의 집 철책까지 들어주고 싶어했는데, 공증인이 자기 마차로 레옹을 루앙까지 데려다주기로 했던 것이다. 이제 레옹에게는 보바리의 집에 작별인사를 하러 갈 시간밖에는 남아 있지 않았다.

층계 꼭대기에 이르러 그는 몹시 숨이 차 걸음을 멈추었다. 그가 들어가자 보바리 부인이 서둘러 일어났다.

"또 접니다!" 레옹이 말했다.

"꼭 오실 줄 알았어요!"

그녀가 입술을 깨물었는데, 피부 아래로 피가 몰리면서 머리카락과 맞닿은 부분부터 작은 깃 가장자리까지 얼굴이 온통 분홍빛으로 물들었다. 그녀는 벽의 나무판에 어깨를 기대고 서 있었다.

"선생님은 안 계신가요?" 그가 물었다.

"안 계셔요."

그녀가 다시 한번 말했다.

"안 계셔요."

이윽고 침묵이 찾아왔다. 그들은 서로 마주보았다. 두근거리는 가슴이 서로를 끌어안은 것처럼 그들의 생각이 같은 고뇌 속에서 하나가 되었다.

"베르트에게 작별의 입맞춤을 하고 싶습니다." 레옹이 말했다.

에마는 층계를 몇 칸 내려가 펠리시테를 불렀다.

그는 재빨리 눈길을 들어 주위의 벽과 선반, 벽난로의 모든 것을 꿰뚫듯이, 모두 다 담아갈 듯이 둘러보았다.

그녀가 돌아왔고 하녀가 베르트를 데리고 왔는데, 아이는 실 끝에 거꾸로 매달린 바람개비를 흔들고 있었다.

레옹은 아이의 목에 몇 번이나 입맞춤을 했다.

"잘 있어, 아가야! 잘 지내렴, 귀염둥이, 그럼 안녕!"

그는 아이를 어머니에게 돌려주었다.

"아이를 데려가렴." 그녀가 말했다.

그들 둘만이 남았다.

보바리 부인은 등을 돌린 채 창유리에 얼굴을 대고 있었다. 레옹은 챙모자를 손에 들고 허벅지를 가볍게 두드렸다.

"비가 올 것 같네요." 에마가 말했다.

"외투가 있어서 괜찮습니다." 그가 대답했다.

"아!"

그녀는 턱을 낮추고 이마를 그에게로 내민 채 몸을 돌렸다. 빛이 대리석 위로 미끄러지듯 이마에서부터 둥근 눈썹까지 매끄럽게 비추었는데, 그 아래는 보이지 않아 에마가 지평선을 바라보고 있는지 깊은 생각에 잠겨 있는지 알 수가 없었다.

"자, 그럼 안녕히 계십시오!" 그가 한숨을 내쉬며 말했다.

에마가 갑작스럽게 고개를 들었다.

"예, 안녕히…… 이제 그만 가셔요!"

두 사람은 서로를 향해 다가섰다. 그가 손을 내밀자 그녀는 잠시 망설였다.

"그래요, 그럼 영국식으로 해요" 하고 말하며 그녀는 미소를 지으려 애쓰면서 한 손을 내밀었다.

레옹은 손가락 사이로 그녀의 손을 느꼈는데, 자기 존재의 정수가 그 축축한 손바닥에 온통 쏠리는 것 같았다.

이윽고 그가 손을 놓았다. 두 사람의 시선이 다시 한번 부딪쳤고, 레옹은 방을 나갔다.

시장의 지붕 아래에 이르러 걸음을 멈춘 그는 기둥 뒤에 몸을 숨기고 네 개의 녹색 미늘 덧문이 달린 그 하얀 집을 마지막으로 응시했다. 침실 창문 뒤로 그림자 하나가 어른거리는 것 같았다. 하지만 아무도 손을 대지 않았는데 저절로 그러는 것처럼 커튼이 커튼 걸이에서 벗겨지면서 비스듬한 주름이 천천히 흔들리다가 단번에 완전히 펼쳐지더니 석고 벽보다 더 요지부동으로 움직이지 않았다. 레옹은 달리기 시작했다.

멀리 길 위에 공증인의 이륜마차가 서 있고, 그 옆에 앞치마 삼아 마포를 두른 남자가 말을 잡고 있는 것이 보였다. 오메와 기요맹이 이야기를 하고 있었다. 그들은 그를 기다리고 있었다.

"작별의 포옹을 해주게." 약제사가 눈물을 글썽이며 말했다. "여기 자네 외투를 받게, 친애하는 친구. 감기를 조심하게! 몸조심하고! 무리하지 말게나!"

"자, 레옹, 마차에 오르게." 공증인이 말했다.

오메는 마차 바퀴의 흙받이 위로 몸을 굽히며 울음 섞인 목소리로 슬프게 두 마디를 내뱉었다.

"여행 잘하게!"

"그럼 또 뵙겠습니다." 기요맹 씨가 말했다. "출발하게!"

그들은 떠났고 오메는 집으로 돌아갔다.

보바리 부인은 마당 쪽으로 난 창문을 열고 구름을 바라보았다.

루앙이 있는 서편에서 층층이 피어오른 구름이 검은 소용돌이를 이루며 빠르게 흘러가고 있었는데, 그 뒤쪽으로 굵직한 태양 광선이 마치 공중에 매달린 트로피의 금빛 화살처럼 구름 사이를 뚫고 뻗어나왔고, 하늘의 나머지 부분은 텅 비어 도자기처럼 하얀 빛을 띠고 있었다. 한 줄기 돌풍이 불어와 포플러 가지가 휘어지더니 갑자기 비가 내렸다. 빗방울이 초록 잎새 위에 후드득 소리를 내며 떨어졌다. 이윽고 해가 다시 나오고 닭이 꼬꼬댁거리고 축축한 덤불 속에서 참새들이 날개를 파닥거렸고 모래 위에 물웅덩이가 흘러가면서 분홍색 아카시아 꽃잎을 쓸어갔다.

'아! 이미 멀리 갔겠지!' 그녀는 생각했다.

오메가 평소처럼 여섯시 반에, 저녁식사를 하는 중에 찾아왔다.

그가 자리에 앉으면서 말했다. "그러니까 우리는 오늘 오후에 그 청년을 떠나보낸 거네요?"

"그런 것 같군요!" 의사가 대답했다.

그런 다음 의자에 앉은 채 몸을 돌리며 말했다.

"댁에 별일 없으시죠?"

"별다른 일은 없습니다. 다만 제 아내가 오늘 오후 좀 신경이 곤두선 모양입니다. 알다시피 여자들은 아무것도 아닌 일에 마음이 산란해지니까요! 제 아내는 특히 그렇답니다! 여자들의 신경조직이 우리보다 훨씬 민감하니까 그렇다고 화를 내면 안 되겠죠."

샤를이 말했다. "가엾은 레옹! 파리에서 어떻게 지내려나요?…… 잘 적응할까요?"

보바리 부인이 한숨을 내쉬었다.

약제사가 혀를 차면서 말했다. "무슨 그런 말씀을요! 식당에서 열리는 멋진 파티! 가장무도회! 샴페인! 분명히 아주 유쾌한 시간을 보내게 될 겁니다."

"그 친구가 흐트러진 생활을 할 것 같진 않은데요." 샤를이 반박했다.

"저도 그렇게는 생각 안 해요." 오메가 서둘러 말을 받았다. "하지만 예수회 수사 취급을 당하지 않으려면 남들처럼 행동해야 할 거예요. 카르티에라탱의 바람둥이들이 여배우와 어떻게 지내는지 선생은 모르실 겁니다! 게다가 파리에서 학생은 인기가 좋거든요. 남의 호감을 살 재주만 좀 있으면 상류 사교계에도 발을 들일 수 있고, 심지어는 포부르 생제르맹의 숙녀들과 사랑에 빠지는 경우도 있는데, 그렇게 되면 아주 대단한 결혼을 할 기회를 잡는 겁니다."

의사가 말했다. "하지만 내가 걱정되는 건…… 거기에서……"

"선생 말씀이 맞습니다." 약제사가 그의 말을 가로챘다. "동전의 양면 같은 거죠! 파리에서는 지갑을 줄곧 단속해야 한답니다. 그러니까 선생이 공원에라도 간다고 해봅시다. 옷을 잘 차려입고 심지어는 훈장까지 단, 외교관이라고 해도 좋을 어떤 사람이 나타납니다. 그가 선생께 접근합니다. 말을 걸지요. 선생의 비위를 맞춰주고 코담배를 한 줌 권하거나 모자를 집어주기도 합니다. 그렇게 친해지죠. 그 사람은 선생을 카페로 데려가고 자기 시골집에 한번 오라고 초대해서는 포도주를 마시는 사이사이에 온갖 종류의 사람들을 소개해주죠. 그런데 그 사람들 중 대부분은 선생의 지갑을 털거나 수상쩍은 일에 선생을 끌어들이는 데에만 관심이 있을 뿐입니다."

"맞습니다. 그런데 나는 무엇보다도 여러 가지 병들, 예를 들어서 지방에서 온 학생들이 잘 걸리는 장티푸스 같은 열병을 걱정하고 있었습니다." 샤를이 대답했다.

에마가 몸을 부르르 떨었다.

약제사가 말을 계속했다. "식생활이 변하고 그로 인해 몸 전체의 균형이 깨져서 그런 거죠. 파리의 물이 어떤지 아시잖습니까! 식당에서 파는 음식은 양념이 강해 결국 피를 뜨겁게 만들 뿐 누가 뭐래도 좋은 집밥에는 비할 수가 없지요. 저는 언제나 가정식이 더 좋습니다. 그게 훨씬 건강하죠. 그래서 루앙에서 약학 공부를 할 때 저는 하숙집에서 숙식을 했지요. 교수들과 함께 식사를 했답니다."

그는 자신의 전반적인 견해를 줄줄이 늘어놓고 개인적인 취향에 대해 떠들어댔는데, 쥐스탱이 에그노그*를 만들어야 한다며 그를 찾으러 왔다.

그가 소리쳤다. "난 잠시도 쉴 틈 없이 줄곧 일에 매여 있다니까! 잠깐 외출도 못한다고! 일하는 말처럼 피땀을 흘려야 하다니! 이 무슨 고역인지!"

문에 이르러 그가 말했다.

"그건 그렇고, 소식 들으셨습니까?"

"무슨 소식 말씀입니까?"

오메가 눈썹을 치켜올리고 몹시 진지한 표정을 지으며 말했다. "센앵페리외르 지방의 농업 박람회가 올해는 아마도 용빌라베에서 열릴 거랍니다. 그런 소문이 나돌아요. 오늘 아침 신문에도 그 얘기를 조금 다뤘더군요. 우리 지역으로서는 아주 중요한 일이죠! 나중에 다시 이야기합시다. 어두워도 길이 잘 보여요. 고맙지만 걱정 안 하셔도 됩니다. 쥐스탱이 초롱을 들고 있거든요."

* 우유와 달걀을 섞고 브랜디나 럼주를 넣어 만드는 칵테일 음료.

7

다음날 에마는 무척 우울한 하루를 보냈다. 어둑한 공기가 모든 것을 에워싸고 사물의 표면 위를 흐릿하게 떠도는 듯했고, 버려진 성 안에 불어닥치는 겨울바람처럼 슬픔이 그녀의 마음속으로 나직하게 윙윙거리며 밀려들었다. 그것은 다시는 돌아오지 않을 것에 대한 몽상이자 어떤 사건이 끝난 후 찾아오는 피로감, 요컨대 습관적인 움직임이 중단되거나 오랫동안 이어지던 진동이 갑자기 멈추었을 때 느껴지는 고통이었다.

보비에사르성에서 돌아온 후 얼마간 머릿속에서 카드리유가 맴돌았던 것처럼 그녀는 침울한 애수, 어딘가 마비된 듯한 절망에 휩싸였다. 레옹의 모습이 실제보다 더 크고 더 멋있고 더 감미롭고 더 모호하게 눈앞에 떠올랐다. 그의 몸은 그녀와 떨어져 있었지만, 그의 마음은 거기 남아 그녀와 함께 있고, 집안의 벽에는 그의 그림자가 어른거리는 것 같았다. 그가 걸어다녔던 양탄자에서, 그가 앉았던 빈 의자에서 눈을 뗄 수가 없었다. 시냇물은 변함없이 흐르면서 미끄러운 제방에 잔물결을 느릿하게 밀어붙이고 있었다. 지금 들려오는 것과 똑같은 그 물결의 속삭임을 들으며 그들은 이끼 낀 자갈 위를 얼마나 많이 걸었던가. 머리 위로 쏟아지는 햇살은 얼마나 유쾌했던가! 마당 안쪽 나무 그늘에서 단둘이 보낸 오후는 얼마나 좋았던가! 그는 모자도 쓰지 않은 채 마른 통나무로 만든 스툴에 앉아 소리 내어 책을 읽곤 했다. 목초지에서 불어오는 시원한 바람에 책장과 퍼걸러의 한련 잎이 펄럭거렸다…… 아! 그녀의 삶에서 유일한 기쁨이자 그녀가 행복해질 수 있는 유일한 희망이었던 그가 떠나버렸다! 그 행복이 곁에 있을 때 어째서 붙잡지 않았을까? 행복이 달아나려 할 때, 어째서 무릎 꿇고 두 손으로 붙잡지 않았을까? 그녀는 레옹에 대한 사랑을 표현하지 않은 스스로를 저주했다. 그녀는 그의 입술을 갈망했다. 달려가 그를 붙잡고 "나예요, 난 당신 거예요!"라고 말하면서 그의 품에 몸을 던지고 싶은 욕망에 사로잡혔다. 하지만 에마는 그렇게 하기가 어렵다는 사실에 지레 체념했는데, 그녀의 욕망은 아쉬움 때문에 더 커지고 그만큼 더 절박해지기만 했다.

그때부터 레옹에 대한 이런 추억은 그녀의 권태로운 생활 속에 중심으로 자리잡았다. 그것은 러시아의 초원에서 여행자들이 눈 위에 내버려두고 간 모닥불보다도 더욱 크게 불꽃이 튀면서 타올랐다. 그녀는 불가로 달려가 그 앞에 웅크리고 앉아 사위어가는 불을 조심스럽게 뒤적이면서 불꽃을 타오르게 할 만한 게 없는지 사방을 두리번거렸다. 가장 최근의 사건이든 가장 오래된 추억이든, 실제로 경험한 것이든 상상한 것이든, 흩어지는 관능의 욕망이든 죽은 나뭇가지처럼 바람에 꺾여버리는 행복의 계획이든, 아무짝에도 쓸모없는 정조든 기대를 벗어난 희망이든, 잡다한 집안일이든 상관없이 그녀는 모든 것을 그러모으고 모든 것을 취해서 자신의 슬픔을 따뜻하게 해줄 땔감으로 삼았다.

하지만 땔감이 다 떨어져서인지 아니면 지나치게 많은 땔감을 쌓아올려서인지 불길이 꺼지고 말았다. 사랑하는 마음은 부재로 인해 점차 꺼져갔고, 갈망은 일상에 눌려 질식했다. 그녀의 창백한 하늘을 붉게 물들이던 불길의 붉은빛은 더 짙은 어둠에 덮여 점차 사라졌다. 몽롱한 의식 속에서 그녀는 남편에 대한 혐오감을 연인에 대한 갈망으로, 타오르는 증오를 다시 불붙은 애정으로 착각하기도 했다. 하지만 폭풍우는 여전히 휘몰아치고 열정이 다 타서 재가 되도록 아무런 구원도 오지 않고 사방이 햇빛 한줄기 없이 캄캄한 어둠이었으므로, 그녀는 온몸으로 스며드는 무시무시한 추위 속에 어쩔 줄 모르고 갇혀 있었다.

그러자 토트에서처럼 불행한 나날이 다시 시작되었다. 그녀는 지금이 그때보다 훨씬 더 불행하다고 여겼다. 왜냐하면 그녀는 이제 슬픔을 경험했고, 그 슬픔이 끝나지 않으리라고 확신했기 때문이다.

그렇게 큰 자기희생을 감수한 여자는 변덕스러운 기분에 좀 취해도 좋을 터였다. 그녀는 고딕풍 기도대를 샀고 손톱 손질용으로 쓸 레몬을 구입하는 데 한 달에 십사 프랑을 썼다. 루앙의 상점에 편지를 써서 푸른색 캐시미어 드레스를 주문했다. 뢰뢰의 상점에서 가장 예쁜 스카프를 골랐다. 그녀는 그것을 실내복의 허리에 둘러 묶었다. 그런 차림으로 덧문을 내리고 손에 책을 들고서 소파 위에 길게 드러누웠다.

그녀는 자주 머리 모양을 바꾸었다. 중국 여자처럼 하기도 하고 부드럽게 구불거리게 하기도 하고 땋아 늘이기도 했다. 한쪽으로 옆 가르마를 타고 머리카락을 안으로 말아넣어 남자처럼 매만질 때도 있었다.

그녀는 이탈리아어를 배우기로 마음먹었다. 여러 사전과 문법책, 다량의 백지를 사들였다. 역사나 철학서 같은 진지한 책을 읽으려 시도하기도 했다. 밤이면 샤를은 종종 환자가 생겨서 사람들이 자신을 부르러 온 줄 알고 소스라쳐 잠에서 깨어났다.

그러고는 이렇게 중얼거렸다. "지금 갑니다."

그런데 실은 에마가 등잔에 불을 붙이려고 성냥을 긋는 소리였다. 하지만 그녀의 독서는 시작만 해놓고 끝내지 못한 채 장롱 속에 처박힌 타피스리 자수천과 다를 바 없었다. 그녀는 하나를 손에 잡았다가는 내팽개치고 다른 것으로 옮겨갔다.

그녀는 감정적으로 격앙되곤 했는데 그럴 때면 별거 아닌 자극에도 쉽사리 터무니없는 짓을 저질렀다. 어느 날은 남편에게 맞서 브랜디를 큰 잔으로 절반은 마실 수 있다고 장담했는데, 샤를이 어리석게도 그럴 수 없을 거라고 하자 단숨에 끝까지 다 마셔버리기도 했다.

에마는 들뜬 것처럼 보였는데(용빌 여자들의 표현이었다) 행복해 보이지 않았고, 노처녀나 추락한 야심가의 얼굴에 특징처럼 나타나는 그 뚜렷한 주름 자국이 입아귀에 줄곧 나 있었다. 온몸은 시트처럼 창백했다. 코의 피부가 콧구멍 쪽으로 당겨지고 두 눈은 멍하게 상대를 응시했다. 관자놀이 근처에서 흰 머리카락 세 가닥을 발견하고는 자신이 늙었다고 여러 차례 말했다.

종종 현기증이 나서 쓰러질 뻔하기도 했다. 어느 날은 각혈까지 해서 걱정이 된 샤를이 한바탕 소동을 피웠다.

"아, 됐어요! 이게 뭐 대단하다고 그래요?" 그녀는 말했다.

샤를은 에마를 피해 진료실로 갔다. 그는 팔걸이의자에 앉아 골상학 해골 흉상이 놓인 탁자 위에 팔꿈치를 괴고 울었다.

그는 어머니에게 편지를 써서 와달라고 청했고, 두 사람은 에마 문제에 대해 길게 의논을 했다.

어떻게 해결해야 할까? 그녀가 어떤 치료도 받지 않으려 하니 어쩌면 좋을까?

보바리 노부인이 말했다. "네 처에게 뭐가 필요한지 아니? 꼭 해야 하는 일거리, 손을 움직이는 노동이야! 저애가 다른 많은 사람들처럼 먹고살기 위해 일을 해야 하는 상황이라면, 저런 우울증 같은 건 생기지 않았을 게다. 그런 병은 머릿속에 잡념만 가득하고 하는 일 없이 놀고먹기 때문에 생기는 거야."

"하지만 저 사람은 바쁘게 지내요." 샤를이 대답했다.

"아! 바쁘다고! 도대체 무슨 일로? 소설이나 질 나쁜 책, 볼테르의 말을 빌려 신부님들을 비웃기나 하는 반종교적인 책들을 읽느라고 바쁘겠지. 하지만 그러다 큰일날지도 몰라. 얘야, 신앙심이 없는 사람은 언제나 잘못되기 마련이란다."

그래서 에마에게 소설을 읽지 못하게 하기로 결론이 났다. 그 일은 결코 쉽지 않아 보였다. 노부인이 그 임무를 맡았다. 요컨대 그녀는 루앙을 지나는 길에 직접 도서 대여점에 가서 에마가 구독을 중지하기로 했다고 알리기로 했다. 만약 그랬음에도 대여점에서 해독을 끼치는 장사를 그만두지 않는다면, 경찰에 신고할 권리가 있지 않은가?

시어머니와 며느리 간의 작별인사는 냉랭했다. 같은 지붕 아래 지낸 삼 주 동안 그들은 식사 때와 잠들기 전 인사 같은 형식적인 말이나 예의상 묻는 말 이외에는 네 마디도 나누지 않았다.

보바리 노부인은 수요일에 떠났는데, 그날은 용빌의 장날이었다.

광장은 아침부터 짐수레의 행렬로 붐볐는데, 모두 뒷부분을 땅에 붙이고 두 개의 긴 끌채를 공중으로 치켜올린 채 성당부터 여관까지 집들을 따라 늘어서 있었다. 맞은편에는 천막으로 임시 점포가 세워져, 사람들이 면직물과 이불, 털양말을 끝자락이 바람에 날리는 푸른 리본 다발이나 말고삐와 함께 팔고 있었다. 땅바닥에는 피라미드형으로 쌓은 달걀 더미와 끈적한 짚이 비어져나온 치즈 바구니 사이에 커다란 철물들이 놓여 있었다. 밀 탈곡기 옆에서는 낮고 널찍한 닭장 속에서 닭들이 꼬꼬댁거리며 창살 사이로 목을 내밀고 있었다. 한곳에 모여 움직이려 들지 않는 사람들 때문에 이따금 약국의 진열대가 부서질 것 같았다. 약국은 수요일마다 대만원이었는데, 사람들은 약을 사기 위해서라기보다 인근 마을까지 명성이 퍼진 오메의 진찰을 받기 위해 밀려들었다. 그의 자신 있고 침착한 태도에 시골 사람들은 매혹당했다. 사람들은 그를 그 어떤 의사보다도 실력이 훌륭하다고 여겼다.

에마는 방 창가에 팔꿈치를 괴고 앉아서(그녀는 종종 그렇게 시간을 보냈다. 시골에서는 창이 영화 관람과 산책을 대신하는 법이다), 몰려든 시골 사람들을 재미삼아 바라보고 있었는데, 초록색 벨벳 프록코트를 입은 한 신사가 눈에 띄었다. 다리에는 투박한 각반을 찼지만 손에는 노란색 장갑을 끼고 있었다. 그는 의사의 집을 향해 다가오고 있었고, 한 농부가 수심에 찬 기색으로 고개를 숙인 채 그의 뒤를 따랐다.

"선생님을 뵐 수 있겠나?" 문간에서 펠리시테와 이야기하고 있는 쥐스탱에게 그가 물었다.

쥐스탱을 그 집 하인으로 여긴 그가 다시 말했다.

"선생님께 로돌프 불랑제 드 라 위셰트라는 사람이 찾아왔다고 전하게."

이 새로운 방문객이 자기 이름에 귀족의 성 앞에 붙이는 '드'를 붙인 것은 자기의 영지를 자랑하려는 의도에서가 아니라 자신이 누구인지를 좀더 정확히 알리기 위해서였다. 위셰트는 용빌 근처 사유지로, 그는 그곳의 성과 농장 두 채를 구입해 직접 농사를 지었지만 농사에 특별히 전념하는 것 같지는 않았다. 독신이었는데, 알려진 바로는 연간 수입이 적어도 만 5천 리브르에 달했다!

샤를이 진료실 안으로 들어왔다. 불랑제가 그에게 온몸이 저릿저릿한 증세 때문에 사혈을 받고 싶어한다면서 자기 일꾼을 소개했다.

"그러고 나면 몸이 개운해질 것 같습니다." 일꾼은 아무리 설득해도 고집을 꺾지 않았다.

보바리는 붕대와 대야를 가져오라고 한 다음 쥐스탱에게 대야를 들고 있으라고 말했다. 그런 다음 시작도 하기 전에 얼굴이 창백해진 그 시골 사내에게 말했다.

"여보게, 겁낼 것 없네."

"예, 예, 해주세요!" 그가 대답했다.

그런 다음 대담한 척 굵은 팔뚝을 내밀었다. 수술용 칼로 찌르자 피가 솟구쳐 거울에 튀었다.

"대야를 바짝 대게!" 샤를이 소리쳤다.

"이것 좀 보세요! 무슨 분수처럼 흐르네요! 피가 어쩌면 이렇게 새빨간지! 이건 좋은 징조 아닌가요?" 농부가 물었다.

의사가 다시 말했다. "처음에는 아무렇지도 않다가 갑자기 기절하는 경우가 있는데, 이 사람처럼 체격 좋은 사람들이 특히 그렇답니다."

그 말이 끝나자마자 시골 사내는 손에 쥐고 만지작거리던 메스 케이스를 떨어뜨렸다. 어깨에 경련이 일면서 의자의 등받이가 삐걱거렸다. 그의 모자가 바닥으로 떨어졌다.

"이럴 줄 알았지." 보바리가 손가락으로 정맥을 누르면서 말했다.

쥐스탱이 들고 있는 대야가 흔들리기 시작했다. 그의 무릎이 휘청하고 꺾이면서 안색이 창백해졌다.

"여보! 여보!" 샤를이 에마를 불렀다.

그녀가 단숨에 층계를 뛰어내려왔다.

"식초 좀 가져와줘요! 아! 맙소사. 두 사람이 한꺼번에 이러다니!" 그가 소리쳤다.

그는 당황해 상처에 습포를 제대로 대지 못했다.

"별일 아닙니다." 불랑제가 침착하게 말하며 쥐스탱을 두 팔로 붙잡았다.

그런 다음 그를 탁자 위에 앉히고 벽에 등을 기대게 했다.

보바리 부인이 쥐스탱의 넥타이를 풀기 시작했다. 셔츠 끈이 단단히 묶여 있었다. 그녀는 깃 안으로 손가락을 넣어 잠시 날렵하게 움직거렸다. 그런 다음 자신의 하얀 아마포 손수건에 식초를 부어서는 청년의 관자놀이를 톡톡 두드려 적시고 그 위로 부드럽게 입김을 불었다.

이윽고 짐수레꾼이 정신을 차렸다. 하지만 쥐스탱은 여전히 기절한 상태로, 그의 눈동자는 우유 속에 잠긴 푸른 꽃잎처럼 하얀 공막 속으로 꺼져들어가고 있었다.

"이걸 이 친구가 못 보게 해야겠어요." 샤를이 말했다.

보바리 부인이 대야를 집어들었다. 탁자 밑으로 집어넣으려고 몸을 앞으로 굽히자 그녀의 드레스(주름 장식 네 단을 단 노란색 여름 드레스로 허리 부분이 길고 치마폭이 풍성했다)가 진료실의 판석 위로 펼쳐졌다. 에마가 허리를 굽힌 채 두 팔을 벌리고 약간 비틀거리는 바람에 부풀어올랐던 천이 여기저기 꺼지면서 몸의 굴곡이 드러났다. 그녀가 물병을 가져와 설탕조각을 넣어 녹이고 있는데 약제사가 들어왔다. 북새통 속에서 하녀가 그를 불러왔던 것이다. 자기 조수가 눈을 뜨고 있는 것을 보고 그는 안도의 한숨을 내쉬었다. 그러고는 그의 주위를 돌면서 아래위로 살펴보았다.

그가 말했다. "바보! 정말 바보군! 한마디로 그냥 바보 같은 녀석이야! 사혈이 무슨 대단한 일이라고! 도대체 겁이라고는 모르는 건장한 녀석이! 다람쥐처럼 날쌔게 까마득하게 높은 나무에 올라가 호두도 터는 녀석이 이게 무슨 꼴이냐. 아! 그래, 말 좀 해봐, 네 자랑 좀 해봐! 이런 잘난 적성으로 나중에 약국 일을 잘도 할 수 있겠다. 심각한 상황이 벌어져서 법정에 불려가 판사를 설득해야 할 수도 있어. 그럴 때 냉정하게 잘잘못을 따지고 남자답게 처신하지 않으면 바보 취급을 받기 딱 좋다고!"

쥐스탱은 대답하지 않았다. 약제사가 말을 이었다.

"누가 너한테 여기 와달라고 했어? 넌 언제나 선생과 부인을 귀찮게 한다고! 게다가 수요일은 평소보다 더 내 옆에 꼭 붙어 있어야 하는 날이잖아. 지금 약국에 손님이 스무 명이나 와 있어. 그런데도 네가 걱정돼서 이렇게 온 거라고. 자, 어서 가! 뛰어! 가서 내가 갈 때까지 약병들 잘 살피고!"

쥐스탱이 옷매무새를 고치고 진료실을 나가자, 기절에 관해 이런저런 이야기가 나왔다. 보바리 부인이 한 번도 기절을 해본 적이 없다고 말했다.

불랑제가 말했다. "여자분으로는 참 특이한 경우군요. 사실 아주 예민한 사람들이 있습니다. 결투에서 입회인 하나가 탄환을 장전하는 소리만 듣고도 기절하는 경우도 보았지요."

약제사가 말했다. "나는 다른 사람 피를 보는 것은 아무렇지도 않아요. 하지만 내 피가 흘러나오는 건 생각만 해도 기절할 것 같습니다. 그러니까 너무 깊이 생각한다면요."

불랑제는 하인에게 하고 싶던 사혈을 받았으니 마음을 편히 가지라고 하면서 그를 돌려보냈다.

"그 괴상한 소원 때문에 선생님을 뵙는 특혜를 누렸네요." 그가 덧붙였다.

그렇게 말하는 중에도 그의 시선은 에마를 향하고 있었다.

그러고는 탁자 모서리에 3프랑을 내려놓고 간단히 인사를 한 다음 그곳을 떴다.

잠시 후 그는 시내 건너편에 이르렀다(위셰트로 돌아가려면 시내를 건너야 했다). 에마는 목초지의 포플러나무 아래를 걸으면서 생각에 잠긴 듯 이따금 걸음을 늦추는 그의 모습을 볼 수 있었다.

"그 여자 아주 괜찮던걸! 그 의사의 부인 아주 괜찮아 보였어! 예쁜 치아에 까만 눈, 귀여운 발, 파리 여자 같은 맵시. 대체 어디서 떨어진 걸까? 그 뚱뚱한 의사가 대체 어디서 그런 여자를 찾아냈을까?" 하고 그는 중얼거렸다.

로돌프 불랑제는 서른네 살이었다. 그는 기질이 거칠고 머리가 비상했으며 여자들을 많이 사귀어봐서 여자들에 대해 정통했다. 그의 눈에 그 여자가 예뻐 보였다. 그는 여자에 대해, 여자의 남편에 대해 생각을 이어나갔다.

'남편은 무척 우둔한 것 같아. 여자는 아마 남편이 싫증났을 거야. 손톱도 지저분하고 수염도 사흘은 안 깎은 것 같아. 그가 총총거리며 환자를 보러 다니는 동안 여자는 집에서 양말이나 깁고 있겠지. 얼마나 지루할까! 도시에 살면서 매일 밤 폴카를 추면 좋을 텐데, 하고 생각하겠지! 가엾은 여자 같으니라고! 도마 위의 잉어가 물을 그리워하듯 고건 사랑에 목말랐을 거야. 달콤한 말 세 마디면 넘어올 게 분명해! 고건 보드라울 거야! 매혹적일 거라고!…… 그래, 그런데 나중에 어떻게 떼어낸담?'

그 쾌락에 장애가 될 만한 요인들을 생각하던 그의 머리에 현재의 정부가 대비되어 떠올랐다. 루앙의 여배우로 지금 그가 후원을 해주고 있었다. 하지만 잠시 떠올리기만 해도 진력이 났다.

그는 생각했다. '아! 보바리 부인 쪽이 훨씬 예쁘고, 무엇보다도 훨씬 싱싱해. 결정적으로 비르지니는 요즘 너무 살이 쪘어. 항상 즐거워하는 것도 지겨워. 게다가 새우는 또 왜 그렇게 좋아하는지!'

들판에는 아무도 없었으므로, 로돌프의 귀에 들리는 것이라고는 풀이 구두에 규칙적으로 쓸리는 소리와 멀리 귀리밭에서 우는 귀뚜라미 울음소리뿐이었다. 그는 조금 전 의사의 진료실에서 본 에마의 모습을, 이어 그 옷을 벗긴 모습을 눈앞에 떠올려보았다.

"그래! 그 여자를 갖고 말겠어!" 그가 지팡이로 발 앞의 흙덩이를 으스러뜨리며 소리쳤다.

그는 즉각 이 계획을 어떻게 실행할 것인지 전략을 세워보았다. 그리고 자문해보았다.

'어디서 만난다지? 어떤 방법으로? 목에는 줄곧 어린애가 매달려 있을 테고, 하녀에 이웃 사람들에 남편까지 온갖 문제가 다 신경쓰이는군. 아 쳇! 시간 낭비가 심하겠는걸!'

그런 다음 그는 다시 생각했다.

'그런데 그 여자의 눈은 송곳처럼 가슴을 파고드는 것 같아. 그리고

그 하얀 얼굴!…… 난 피부가 하얀 여자가 좋단 말이야!'

아르괴유 언덕 꼭대기에서 그는 결정을 내렸다.

'적당한 기회만 잡으면 돼. 이따금 그 집에 들르고 사냥해서 잡은 날짐승이나 닭을 보내는 거야. 필요하다면 사혈도 하지 뭐. 그 부부와 친구가 되어 집에 초대도 하고…… 아! 그렇지! 이제 곧 농업 박람회가 열리지. 그 여자도 올 테니 만날 수 있겠군. 첫수를 대담하게 밀어붙이는 것만큼 확실한 것도 없지.'

8

기대를 모았던 그 박람회가 드디어 열렸다! 성대한 축제가 열리는 날 마을 사람들은 아침부터 문간에 나와 준비 상황에 대해 이야기했다. 마을 청사의 박공은 담쟁이로 장식했다. 목초지에는 연회를 위해 천막이 세워졌고, 성당 앞 광장 한가운데에는 구식 대포를 설치해 지역 대표가 도착할 때와 상 받을 농부들의 이름이 불릴 때 발포하기로 했다. 뷔시의 민병대가 와서(용빌에는 민병대가 없었다), 비네가 대장으로 있는 소방서 대원들과 합류했다. 그날 비네는 평소보다 더 높은 깃을 달았다. 제복을 입고 허리를 졸라맨 상체가 어찌나 뻣뻣하게 굳어 있던지 그의 몸 전체에서 살아 있는 부분이라고는 박자에 따라 단번에 절도 있게 올라가는 두 다리뿐인 것 같았다. 세무관리와 민병대 대장 사이에는 경쟁심이 남아 있어서 두 사람은 부하들을 따로 훈련시키며 각자의 실력을 과시했다. 사람들은 붉은 견장을 단 무리와 검은 흉갑을 한 무리가 교대로 왔다갔다하는 모습을 바라보았다. 그 장면은 끝날 줄 모르고 줄곧 다시 시작되었다! 이 같은 성대한 행사는 이제까지 열린 적이 없었다! 마을 사람 몇몇은 전날 집을 깨끗이 청소했다. 조금 열린 창문에는 삼색기가 걸려 있었다. 술집마다 만원이었다. 날이 화창해서 풀 먹인 모자와 금십자가, 색색의 숄이 눈부신 햇살 속에 눈보다 더 하얗게 환히 빛나면서 여기저기 색조를 흩뿌리며 어두운 프록코트와 청색 작업복의 단조로움을 덜어주었다. 근처 농장에서 온 촌부들이 말에서 내린 후, 얼룩이 묻을까봐 드레스 자락을 접어올려 고정해두었던 커다란 옷핀을 풀었다. 남편들은 반대로 모자가 더러워질까봐 손수건으로 덮은 다음 한쪽 끝을 이 사이에 물고 있었다.

사람들이 마을 양쪽 끝에서부터 큰길로 모여들었다. 골목길과 오솔길, 집에서 사람들이 쏟아져나왔고, 면장갑을 낀 마을 여자들이 축제를 구경하러 허둥지둥 집을 나오느라 등뒤로 노커가 문에 부딪히는 소리가 이따금 들려왔다. 내빈석 연단 양쪽에 긴 등잔 받침대를 설치해 등잔을 가득 올려놓은 것이 특히 사람들의 감탄을 자아냈다. 그 외에도 마을 청사의 기둥 네 개에 장대 같은 것을 기대놓고 그 하나하나에 초록색 천으로 된 작은 깃발을 매달아놓았는데 거기에는 금색 글자로 '상업 만세' '농업 만세' '산업 만세', 마지막으로 '예술 만세'라고 쓰여 있었다.

하지만 모든 이들의 얼굴을 환하게 밝혀주는 축제의 즐거움이 여관 주인 르프랑수아 부인의 얼굴만큼은 어둡게 만드는 듯했다. 그녀는 부엌 층계에 서서 입속으로 중얼거렸다.

"저게 무슨 바보 같은 짓이람! 바보같이 방수포로 천막을 세우다니!

지사님이 무슨 서커스 광대처럼 천막 아래서 식사하면 좋아하실 줄 아나? 이 모든 소동이 지역에 무슨 도움이 될 거라고! 뇌샤텔까지 가서 시원찮은 요리사는 뭐하러 데려온담! 도대체 누구를 위해서? 소치기들이나 먹이려는 거겠지! 가난뱅이들이나 먹이려는 거라고!……"

약제사가 그 앞을 지나갔다. 그는 검은 양복에 담황색 난징산 천으로 만든 바지, 비버 가죽 구두를 신고 특별히 운두가 낮은 실크해트까지 쓰고 있었다.

"지나갑니다! 바빠서 그냥 가는 걸 용서하세요." 그가 말했다.

뚱뚱한 과부는 그에게 어디 가느냐고 물었다.

"분명 이상해 보일 겁니다, 안 그래요? 나는 치즈 속에 은거한 쥐처럼 언제나 조제실에 꼼짝도 않고 틀어박혀 있으니까요."

"치즈가 어떻다고요?" 여관 주인이 물었다.

"아니, 아무것도 아닙니다! 아무것도 아니라고요!" 오메가 거듭 말했다. "르프랑수아 부인, 그저 내가 대개는 약국에만 틀어박혀 있다는 말이에요. 하지만 오늘은 날이 날인 만큼 나와봐야……"

"아! 저기 가시는군요?" 그녀가 경멸하는 듯한 어조로 물었다.

"예, 저기 갑니다." 약제사가 놀라며 대답했다. "제가 자문위원단의 한 사람 아니겠습니까?"

르프랑수아 부인은 그를 잠시 바라보다가 이윽고 미소를 지으며 대답했다.

"그렇다면 얘기가 다르죠! 그런데 선생이 농사와 무슨 상관이죠? 농사에 대해 잘 아시나요?"

"저는 약제사, 다시 말해서 화학자니까 물론 그 방면에 정통하죠! 르프랑수아 부인, 화학은 자연계 모든 개체의 분자간 상호작용을 알아내는 것을 목표로 하기 때문에, 농업도 당연히 그 범주에 듭니다! 실제로 비료의 성분, 액체의 발효, 기체의 분석, 악취의 영향 같은 모든 게 화학이 아니면 대체 무엇이겠습니까?"

여관 주인은 대답하지 않았다. 오메가 말을 계속했다.

"직접 땅을 경작하고 닭을 통통하게 살찌워야만 농학자가 될 수 있다고 보십니까? 그보다는 오히려 관련된 물질의 구조, 지질층, 대기의 작용, 토양과 광석과 물의 성질, 여러 가지 물질의 밀도와 모세관 현상 등을 알아야 합니다! 또 시설의 건축, 동물의 사료 공급, 일꾼의 식생활을 지도하고 비판하기 위해서는 위생학의 온갖 원칙을 철저하게 숙지하고 있어야 합니다! 그뿐인가요, 식물학에 관한 지식도 가지고 있어야 한답니다, 르프랑수아 부인. 알다시피 식물을 식별하고, 어떤 것이 이롭고 어떤 것이 해로운지, 어디가 불모지이고, 어디가 옥토인지, 여기 이것을 뽑는 게 좋은지 저기에 다시 심는 게 좋은지, 어떤 것을 번식시키고 어떤 것을 뿌리 뽑을 것인지 결정하려면 말이에요. 간단히 말해서 종자를 개량하려면 공공 간행물이나 소책자를 통해 과학의 최근 동향을 파악하고 늘 공부하는 자세를 갖추어야 한다는 겁니다……"

여관 주인은 카페 프랑세의 문에서 눈을 떼지 않았고, 약제사는 말을 이어나갔다.

"우리 농부들이 화학자가 되어준다면, 적어도 과학자의 충고에 좀더 귀를 기울여주기라도 한다면 얼마나 좋을까요! 사실 저는 최근에 칠십이 쪽이 넘는 썩 괜찮은 논문을 하나 썼답니다. 제목은 「사과주의 제조법과 효과에 대하여: 이 문제에 대한 몇 가지 새로운 고찰」인데, 루앙의 농업학회에 보냈다가 영광스럽게도 농업 부문 과수원예분과 위원으로 뽑힌 겁니다. 만약 이 저작이 일반 사람들에게 널리 알려지기만 했다면……"

르프랑수아 부인이 하도 다른 데 정신이 팔려 있는 듯하자 약제사는 말을 멈추었다.

"저 사람들 좀 보세요! 도대체 이해할 수가 없어요. 저런 엉터리 식당엘 가다니!" 그녀가 말했다.

그녀는 입고 있는 스웨터의 뜨개질 코가 가슴팍 위에서 팽팽히 당겨질 정도로 어깨를 으쓱하면서, 노래가 흘러나오고 있는 경쟁자의 술집을 두 손으로 가리켰다.

"어쨌든 오래가지는 못할 거예요. 일주일도 못 가서 모든 게 끝장날걸요." 그녀가 덧붙였다.

오메가 깜짝 놀라 뒷걸음질쳤다. 그녀는 층계를 세 칸 내려와 그의 귀에 대고 말했다.

"이런! 모르고 계셨군요? 저 집은 이번주에 압류될 거래요. 경매에 부친 사람이 바로 뢰뢰예요. 그자가 어음으로 저 집을 끝장냈답니다."

"무슨 그런 끔찍한 대재앙이 있담!" 상상할 수 있는 모든 상황에 걸맞은 표현이 언제나 준비되어 있는 약제사가 소리쳤다.

그러자 여관 주인은 공증인 기요맹의 하인인 테오도르에게서 들은 이야기를 그에게 해주었는데, 카페 주인 텔리에를 몹시 싫어하면서도 이 문제에 대해서는 뢰뢰를 비난했다. 그가 앞에서는 굽신거리며 감언이설을 늘어놓지만 실은 사람을 속인다는 것이었다.

"아! 이런, 그자가 저기 시장 천막 아래 있어요. 초록색 모자를 쓴 보바리 부인에게 인사를 하네요. 보바리 부인은 불랑제 씨와 팔짱까지 끼고 있고요."

"보바리 부인이라고요! 어서 가서 인사를 드려야겠군요. 주랑 아래 실내에 자리를 잡아드리면 편안해하시겠죠." 오메가 말했다.

더 자세히 이야기해주려고 그를 부르는 르프랑수아 부인의 목소리를 듣는 둥 마는 둥 하면서 약제사는 입가에 미소를 띠고 좌우를 돌아보며 여러 차례 인사를 건네면서 무릎을 쭉 편 채 빠른 걸음으로 걷기 시작했다. 그의 뒤에서 검은 연미복의 넓은 옷자락이 바람에 휘날려 크게 부풀어올랐다.

멀리서 그의 모습을 발견한 로돌프는 걸음을 빨리했다. 보바리 부인이 숨가빠했다. 그러자 그는 속도를 늦추고 그녀에게 미소를 지어 보이며 거친 어조로 말했다.

"저 뚱뚱한 사내를 피하느라 그랬습니다. 약제사 말입니다."

그녀가 그를 팔꿈치로 쿡 찔렀다.

'이게 무슨 뜻일까?' 그가 생각했다.

그는 걸음을 계속하며 곁눈질로 그녀를 살폈다.

그녀의 옆얼굴은 너무나도 차분해서 아무것도 짐작할 수 없었다. 갈댓잎 비슷한 연한색 리본이 달린 타원형 보닛을 쓴 그녀의 얼굴이 환한 햇빛을 받아 또렷이 드러났다. 긴 속눈썹이 휘어져 올라간 두 눈은 앞을 쳐다보고 있었는데, 섬세한 피부 아래서 부드럽게 뛰는 맥박 때문에 눈을 크게 뜨고 있음에도 양쪽 광대뼈 쪽으로 살짝 당겨진 것처럼 보였다. 콧구멍 사이의 얇은 막에는 투명한 장밋빛이 어려 있었다. 고개를 어깨 쪽으로 기울이고 있었고 입술 사이로는 진줏빛이 감도는 하얀 치아 끝이 보였다.

'나를 놀리는 걸까?' 로돌프는 생각했다.

에마의 동작은 조심하라는 뜻일 뿐이었다. 뢰뢰가 그들 뒤를 따라오고 있었기 때문으로, 이제 그는 두 사람의 대화에 끼어들고 싶은 듯 이따금 말을 걸었다.

"정말 멋진 날이군요! 모두들 밖으로 나왔네요! 바람은 동쪽에서 불어오고요."

보바리 부인도 로돌프도 그의 말에 거의 대답을 하지 않았는데, 두 사람의 조그만 움직임에도 뢰뢰는 "방금 뭐라고 하셨는지요?"라고 물으며 다가와 모자에 한 손을 갖다댔다.

대장간 앞에 이르자 로돌프는 울타리까지 이어지는 큰길을 그대로 따라가는 대신 갑자기 보바리 부인을 끌어당기며 몸을 틀어 오솔길로 접어들었다. 그가 외쳤다.

"안녕히 가십시오, 뢰뢰 씨! 저희는 그럼 이만!"

"저 사람을 멋지게 따돌리셨네요!" 그녀가 웃으며 말했다.

"어떻게 다른 사람이 끼어들게 내버려두겠습니까? 이렇게 부인과 함께 있는 행운을 누리는데……" 그가 말했다.

에마는 얼굴을 붉혔다. 그는 말을 끝맺지 않았다. 대신 화창한 날씨와 수풀 위를 걷는 즐거움에 대해 이야기했다. 데이지가 몇 포기 자라나 있었다.

"예쁜 데이지예요. 이 동네 사랑에 빠진 모든 아가씨들에게 사랑점을 쳐줄 수 있겠는걸요." 그가 말했다.

그런 다음 덧붙였다.

"꺾을까요? 어때요?"

"선생님은 지금 사랑을 하고 계신가요?" 그녀가 가볍게 기침을 하면서 물었다.

"아! 이런! 글쎄, 누가 알겠습니까?" 로돌프가 대답했다.

목장에 사람들이 붐비기 시작하자 그들은 커다란 양산 혹은 바구니를 들고 있거나 아이들을 데리고 있는 여자들과 부딪치곤 했다. 푸른색 긴 양말에 굽 낮은 단화를 신고 은반지를 낀 하녀 같은 시골 여자들이 긴 행렬을 지으며 와서 두 사람은 종종 걸음을 멈추어야 했는데, 그들 옆을 지나갈 때면 우유 냄새가 났다. 여자들은 서로 손을 잡고 걸었는데, 줄지어 선 사시나무에서부터 연회용 천막까지 들판 전체를 가득 메우다시피 했다. 하지만 지금은 심사시간이어서, 말뚝에 긴 줄을 매어 경기장처럼 구획해놓은 곳으로 농부들이 차례대로 들어가고 있었다.

가축들이 그곳에서 말뚝의 끈 쪽으로 고개를 향한 채 크기가 제각기 다른 엉덩이들로 들쭉날쭉한 줄을 이루며 서 있었다. 돼지들이 주둥이를 흙에 파묻고 졸고 있었다. 송아지들이 음메 하고 울었다. 양들이 메에 하고 울었다. 암소들은 한쪽 다리를 접은 채 풀밭에 누워 느릿하게 되새김질을 하면서 무거운 눈꺼풀을 껌뻑거렸고 그 주변으로는 날파리떼가 윙윙거렸다. 소매를 걷어붙인 짐마차꾼들이 뒷발로 일어서서 콧구멍을 한껏 열고 암말을 향해 히힝거리는 종마의 고삐를 붙잡고 있었다. 암말들은 갈기를 늘어뜨린 채 조용히 고개를 숙이고 있었고, 망아지들은 어미 말 아래서 쉬거나 이따금 젖을 빨았다. 이처럼 온갖 몸뚱이가 빽빽하게 들어차 만들어내는 긴 흐름 위로 바람이 불어 하얀 갈기 몇 가닥이 물결처럼 일어나기도 하고, 날카로운 뿔이 불쑥 올라오기도 하며, 뛰어다니는 사람들의 머리가 오르내리기도 하는 것이 보였다. 울타리에서 바깥쪽으로 백 보 정도 떨어진 곳에서는 콧구멍에 쇠코뚜레를 끼운 우람한 검은 황소가 주둥이에 부리망을 쓴 채 마치 청동으로 만들어진 듯 꼼짝도 하지 않고 서 있었다. 누더기 차림의 아이 하나가 고삐를 잡고 있었다.

그러는 동안 신사 몇 명이 줄과 줄 사이를 누비며 신중한 걸음으로 가축마다 다가가 살펴본 다음 나지막한 목소리로 의견을 나누었다. 그들 중 가장 고위직인 듯한 사람이 걸어가면서 기입장에 뭔가를 기록했다. 심사위원장인 드로즈레 드 라 팡빌이었다. 그는 로돌프를 보고는 잰걸음으로 다가와 친근하게 미소를 지으며 말했다.

"이런, 불랑제 씨, 저희가 여기 있는데 가시는 겁니까?"

로돌프는 이제 갈 참이라고 말했다. 하지만 위원장이 모습을 감추자 다시 말했다.

"천만의 말씀, 난 갈 생각이 없답니다. 저 사람과 있는 것보다 부인과 함께 있는 편이 훨씬 좋으니까요."

로돌프는 박람회를 조롱하기까지 하고, 갖고 있는 푸른색 통행권을 헌병에게 보여준 뒤 자유롭게 여기저기를 돌아다니며 멋진 출품작 앞에서는 때때로 걸음을 멈추기도 했는데, 보바리 부인은 별달리 감탄하지 않는 눈치였다. 그 사실을 눈치챈 그는 용빌의 부인네들에 대해, 그들의 옷차림에 대해 농담을 하기 시작했다. 그러고는 자신의 차림새가 소홀하다며 용서를 구했다. 그의 옷차림은 진부함과 세련됨이 뒤섞여 통일성을 찾아보기 어려웠는데, 보통 사람들은 대개 그런 차림을 괴팍한 생활방식이나 무질서한 열정, 예술이면 다 좋다는 생각, 그리고 사회적 관습에 대한 경멸의 표시로 받아들여 바로 그 점에 매혹되기도 하고 불쾌해하기도 한다. 그러니까 소매에 주름 장식이 달린 그의 하얀 마직 셔츠는 바람이 불면 회색 아마포 조끼의 앞섶 사이로 불룩 부풀어올랐고, 굵은 줄무늬 바지는 발목께까지 왔고, 아래로는 유광 가죽을 댄 담황색 난징산 천으로 된 반부츠가 드러나 보였다. 부츠의 가죽이 어찌나 반들거리는지 풀이 비쳐 보일 정도였다. 그는 밀짚모자를 비스듬히 쓰고 한 손을 웃옷 주머니에 넣은 채 부츠 신은 발로 말똥을 밟고 지나갔다.

"게다가 시골에 살다보면……" 그가 덧붙였다.

"차림새에 신경을 써봤자 아무 보람이 없어요." 에마가 말했다.

"정말 그렇습니다! 저 사람들 중 누구도 옷맵시를 볼 줄 모른다고 생각하면 정말 답답하죠!" 로돌프가 대답했다.

이윽고 그들은 시골생활의 진부함, 그로 인한 숨막히는 생활, 그 속에서 사라져가는 꿈에 대해 이야기를 나누었다.

"그래서 저는 슬픔에 빠져들고 맙니다……" 로돌프가 말했다.

"선생님이요! 하지만 전 선생님이 아주 즐겁게 지내신다고 생각했는데요?" 그녀가 놀라서 반문했다.

"아! 그렇지요. 사람들 앞에서는 냉소를 즐기는 가면을 쓰니까요. 하지만 사실은 달빛 비치는 무덤을 보면서 거기에 잠든 사람들 사이에 끼는 편이 낫지 않을까 하고 생각한 적이 한두 번이 아닙니다……"

"오! 그럼 친구들은요? 친구분들 생각은 안 하시는군요." 그녀가 말했다.

"제 친구들이요? 어떤 친구들 말입니까? 제게 친구가 있기나 한가요? 누가 저를 걱정해준단 말입니까?"

마지막 구절을 말하며 그는 입술 사이로 휘파람소리 같은 것을 냈다.

그들은 뒤쪽에서 엄청나게 쌓아올린 의자를 들고 오는 한 사내 때문에 따로 떨어져 걸어야 했다. 어찌나 많은 의자를 들고 있던지 나막신 앞코와 앞으로 쭉 뻗은 두 팔의 끝부분밖에 안 보였다. 군중 사이로 성당의 의자를 나르는 사람은 바로 묘지기 레스티부두아였다. 자신의 이익에 관해서라면 무엇에든 상상력을 풍부하게 발휘하는 그는 박람회에서도 이익을 취할 방법을 생각해냈다. 그리고 그 방법은 대단히 성공적이어서, 어찌나 부르는 사람이 많은지 일일이 대응하지 못할 정도였다. 사실 더위에 시달리던 마을 사람들은 짚에서 향냄새가 풍기는 그 의자를 다투다시피 해서 차지하고는 촛농으로 지저분해진 나무 널 등받이에 경건한 자세로 몸을 기대고 앉았다.

보바리 부인은 다시 로돌프의 팔짱을 꼈다. 그가 마치 혼잣말을 하듯이 말을 이었다.

"그렇습니다! 제게는 정말 많은 것들이 결여되어 있었습니다! 늘 혼자였지요! 아! 제 인생에 목표가 있었다면, 사랑을 만날 수 있었다면, 누군가를 찾아낼 수 있었다면 얼마나 좋았을까요…… 오! 그랬다면 제 온 힘을 다해서 모든 것을 극복하고 모든 것을 꺾어버릴 수 있었을 텐데!"

"하지만 선생님은 그다지 딱한 처지에 놓인 분처럼 보이지 않아요." 에마가 말했다.

"아! 그렇게 생각하십니까?" 로돌프가 물었다.

"왜냐하면 요컨대…… 선생님은 자유롭잖아요."

그녀가 주저하다가 다시 말했다.

"부자고요."

"조롱하지 마세요." 그가 말했다.

그녀가 조롱하는 것이 아니라고 힘주어 말하는 순간, 대포 소리가 울려퍼졌다. 사람들이 즉각 서로 밀치며 마을 쪽으로 우르르 몰려가기 시작했다.

잘못 울린 경보였다. 지역 대표가 도착한 것이 아니었다. 심사위원들은 식을 개최해야 할지 아니면 좀더 기다려야 할지 몰라 몹시 당황했다.

마침내 광장 저 끝에서 하얀 모자를 쓴 마부가 힘껏 채찍을 휘둘러대는 가운데 두 마리의 여윈 말이 끄는 대형 사륜마차가 나타났다. 비네로서는 "받들어총!"이라고 외칠 시간밖에는 없었고, 민병대장 역시 그를 따라 소리쳤다. 모든 대원들이 총을 쌓아둔 곳으로 몰려갔다. 그들은 서둘러 총을 집어들었다. 심지어 몇몇 대원은 상의에 깃을 매는 것을 깜박 잊기까지 했다. 지역 대표의 마차에서도 이런 혼란을 눈치챈 듯, 두 마리 말은 몸에 매달린 가는 사슬을 짤랑거리면서 속도를 늦추고 걸어와, 민병대와 소방대원들이 북소리에 맞춰 제자리걸음을 하면서 대열을 펼치는 순간 마을 청사의 둥근 기둥 앞에 멈추어 섰다.

"제자리걸음!" 비네가 소리쳤다.

"제자리에 서! 좌로 나란히!" 민병대장이 외쳤다.

이윽고 구리냄비가 층계를 굴러떨어지는 것 같은 덜그럭거리는 소리와 함께 받들어총이 끝나고 모두들 총을 아래로 내렸다.

그러자 은사로 수놓은 짧은 연미복을 입은 신사가 마차에서 내렸는데, 앞이마는 벗어지고 뒤통수에만 숱이 많은 머리 모양에다 생기 없는 안색에 무척 온화한 용모였다. 그는 군중을 바라볼 때면 두꺼운 눈꺼풀에 덮인 커다란 두 눈을 반쯤 감고 동시에 뾰족한 코를 들어올리며 움푹 들어간 입가에 짐짓 미소를 지었다. 그는 어깨에서 허리로 비스듬히 두른 현장懸章으로 마을 대표를 알아보고는 그에게 지역 대표가 참석하지 못하게 되었다고 이야기했다. 그는 지역청의 참사관이었다. 그런 다음 몇 마디 변명을 덧붙였다. 튀바슈는 그 말에 예의바르게 대답했고, 상대는 미안하다고 말했다. 두 사람은 거의 이마가 닿을 듯이 마주서 있었고, 그 주위를 심사위원, 시의회 의원, 마을 유지, 민병대와 군중이 둘러싸고 있었다. 참사관이 작은 검은색 삼각모를 가슴팍에 댄 채 거듭 인사의 말을 하는 동안, 튀바슈는 활처럼 몸을 굽힌 채 역시 미소를 지으며 더듬더듬 적당한 말을 찾으려 애쓰면서 국왕에 대한 헌신을 맹세하고 용빌이 입은 영예에 대해 이야기했다.

여관 일꾼 이폴리트가 와서 마부에게서 말고삐를 받아 안짱다리를 절뚝거리며 말들을 리옹 도르 여관의 처마밑으로 데려갔는데, 그곳에는 많은 농부들이 지역 대표의 마차를 구경하려고 모여 있었다. 북이 울리고 축포가 터지자 신사들이 줄지어 단상으로 올라가 튀바슈 부인이 빌려준 위트레흐트산 붉은 우단을 씌운 안락의자에 앉았다.

이들의 모습은 대체로 모두 비슷했다. 햇빛에 조금 그은 물렁해 보이는 얼굴은 순한 사과주처럼 노란빛을 띠고, 넓은 나비매듭 모양으로 묶은 하얀 넥타이로 말끔하게 고정한 높고 빳빳한 깃 밖으로 풍성한 구레나룻이 삐져나와 있었다. 조끼는 모두 벨벳으로 단추가 두 줄로 달린 모양이었다. 회중시계마다 긴 리본이 달리고 그 끝에 타원형의 홍옥 인장 같은 것이 매달려 있었다. 이들은 다리를 조심스럽게 벌린 채 두 손을 허벅지 위에 올려놓았는데, 윤기가 가시지 않은 바지 천이 투박한 부츠의 가죽보다도 더 반들거렸다.

지체 높은 부인들은 연단 뒤 주랑 사이에 자리를 잡았고, 일반인들은 연단 앞에 놓인 의자에 앉거나 서 있었다. 레스티부두아는 들판에 갖다두었던 의자를 모두 다시 옮겨온 것도 모자라 성당에서 의자를 더 가져오려고 쉬지 않고 달음질쳤고, 그가 하는 이 장사 때문에 일대가 아수라장이 되어서 연단으로 통하는 작은 층계까지 가기도 쉽지 않았다.

뢰뢰가 입을 열었다(자기 자리로 가느라 옆을 지나가는 약제사에게 하는 말이었다). "제 생각에는 저기에 베네치아식 장식 기둥을 두 개 설치했어야 해요. 거기에 고급스럽고 화려한 최신 장식품 같은 것을 더 했다면 아주 멋진 눈요깃거리가 되었을 텐데요."

오메가 대답했다. "물론입니다. 하지만 어쩌겠습니까! 이 모든 게 마을 대표의 머릿속에서 나왔으니까요. 저 딱한 튀바슈에겐 취향이랄 게 없고, 이른바 예술적 감각이 전무하니까요."

그동안 로돌프는 마을 청사 이층에 있는 아무도 없는 회의실만큼 행사를 편안하게 즐기기에 적당한 곳도 없을 거라면서 보바리 부인과 함께 그곳으로 올라갔다. 그는 국왕의 흉상 아래에 있는 타원형 탁자 주위에서 걸상 세 개를 가져다가 창가에 놓고 보바리 부인과 나란히 앉았다.

연단 위가 술렁거리며 오랜 시간 수군거림과 의논이 이어졌다. 마침내 참사관이 자리에서 일어났다. 이제 그의 이름이 리외뱅이라는 것이 알려지면서, 군중 속에서 입에서 입으로 전달되었다. 그는 몇 장의 종이를 확인하고 잘 보이도록 눈에 가까이 가져다댄 후 연설을 시작했다.

"신사 여러분,

우선(오늘 이 모임의 목적을 말씀드리기에 앞서 여러분 모두가 저와 같은 심정일 거라고 확신하는바) 상급 관청과 정부와 국왕께 감사를 드리고 싶습니다. 신사 여러분, 우리의 주권자이자 경애하는 국왕께서는 공사를 막론하고 모든 영역의 번영에 관심을 기울이시고 폭풍우 치는 바다 같은 끊임없는 위기 속에서 국가라는 전차를 확고하고 지혜로운 손으로 이끌면서 전쟁, 산업, 상업, 농업, 예술과 마찬가지로 평화를 존중하십니다."

"난 조금 뒤로 물러나서 앉아야겠습니다." 로돌프가 말했다.

"왜요?" 에마가 물었다.

그 순간 참사관의 목소리가 뜬금없이 높아졌다. 그가 연설을 계속했다.

"신사 여러분, 지금은 더이상 내란이 광장을 피로 물들이던 시대도 아니고, 지주와 상인과 노동자 들이 밤에 잠자리에 들면서 갑자기 화재를 알리는 종소리에 잠이 깰까봐 두려워하던 시대도 아니며, 극도로 파괴적인 원칙들이 사회의 기초를 송두리째 전복시키던 시대도 아닙니다……"

로돌프가 다시 말했다. "저 아래서 누군가 저를 알아볼까봐서요. 그랬다가는 한 보름쯤은 그 해명을 해야 할 테고, 그게 제 좋지 않은 평판에 더해지면……"

"오! 스스로를 너무 비하하시네요." 에마가 말했다.

"아뇨, 아닙니다, 정말이지 제 평판은 최악이랍니다."

참사관은 연설을 이어갔다. "하지만 신사 여러분, 이런 음산한 정경을 기억에서 떨쳐내고 우리 아름다운 조국의 현재 상황을 바라본다면요, 무엇이 보일까요? 도처에서 상업과 예술이 꽃피고 있습니다. 국가라는 몸속에 새로운 동맥이 통하는 것처럼 도처에 새로운 소통의 길이 생기면서 새로운 관계가 형성되고 있습니다. 우리의 주요 공업 중심지들이 활기를 되찾았습니다. 종교는 더욱 굳건해져서 모든 이의 마음에 미소를 보냅니다. 우리의 항구는 배로 붐비고 신용이 되살아나 마침내 프랑스가 숨을 돌릴 수 있게 된 것입니다!……"

로돌프가 조금 전에 한 말의 뒤를 이었다. "게다가 세상의 관점에서는 그런 평판이 옳을지도 모르잖습니까?"

"어떻게 그렇다는 거죠?" 그녀가 물었다.

그가 말을 받았다. "이런! 끊임없이 번민하는 영혼들이 있다는 걸 부인은 모르십니까? 그들은 꿈과 행동, 순수하기 짝이 없는 열정과 격렬하기 짝이 없는 쾌락을 번갈아 필요로 하고, 그래서 온갖 변덕과 어리석음 속으로 뛰어드는 겁니다."

그러자 그녀는 상상 속의 나라들을 여행하고 돌아온 사람을 바라보는 듯한 눈길로 그를 바라보고는 다시 입을 열었다.

"우리 여자들은 가엾게도 그런 도락조차 누릴 수 없답니다!"

"거기서 행복을 찾을 수 없으니 서글픈 도락이죠."

"하지만 행복이란 건 영원히 찾을 수 없는 것 아닐까요?" 그녀가 물었다.

"아닙니다. 행복은 언젠가는 옵니다." 그가 대답했다.

참사관이 연설을 이어가고 있었다. "그리고 바로 그 점을 여러분은 알고 계십니다. 농부 그리고 농촌 노동자 여러분, 모든 문명 활동의 평화적 선구자 여러분! 진보와 도덕의 주체이신 여러분! 여러분은 정치적 폭풍우가 기상이변보다 훨씬 더 위험하다는 사실을 잘 알고 계십니다……"

로돌프가 되풀이해서 말했다. "행복은 언젠가는 옵니다. 언젠가 행복을 찾겠다는 희망마저 잃어버렸을 때, 갑자기 말입니다. 지평선이 열리면서 어떤 목소리가 '여기 행복이 있다!' 하고 외치는 것 같지요. 그 사람에게 살아온 이야기를 털어놓고 모든 것을 주고 모든 것을 희생하고 싶어집니다! 설명하지 않아도 두 사람은 그냥 느끼게 됩니다. 꿈속에서 이미 서로를 만났으니까요." (로돌프는 그녀를 바라보며 말을 이었다.) "요컨대 그토록 찾아 헤매던 그 보물이 여기, 당신 앞에 있습니다. 빛나고 반짝거리죠. 하지만 여전히 의심하면서 믿지 못합니다. 어두운 데 있다가 환한 곳으로 나온 것처럼 눈이 부시죠."

말을 끝내면서 로돌프는 무언극 배우 같은 몸짓을 했다. 그는 갑자기 현기증이 나는 것처럼 손으로 얼굴을 쓸었다. 그런 다음 그 손을 에마의 손 위에 내려놓았다. 에마는 손을 뺐다. 참사관이 여전히 연설문을 읽고 있었다.

"신사 여러분, 그 사실에 놀랄 사람이 누굴까요? 맹인이나 다름없는 사람, 편견에 빠진 사람, (감히 말하건대) 구시대의 편견에 깊이 빠져 농업인의 정신을 여전히 이해하지 못하는 사람들일 겁니다. 사실 애국심과 공익에 대한 헌신, 한마디로 말해서 지성을 찾는 데 농촌보다 더 적당한 곳이 어디 있겠습니까? 신사 여러분, 제가 말하는 지성이란 한가한 정신의 공허한 장식에 지나지 않는 저 피상적인 지성이 아니라 무엇보다 우선해 유용한 목표를 추구하는 깊이 있고 합리적인 지성으로, 개인 복지와 공공 진보, 국가 옹호에 기여하는 준법정신과 의무 수행의 열매라고 할 수 있습니다……"

로돌프가 말했다. "아! 또 저 소리. 언제나 의무 타령인데, 난 저런 말에 진저리가 납니다. 플란넬 내복을 입은 늙어빠진 노인과 발에는 탕파, 손에는 묵주를 끼고 사는 완고한 노파들이 우리의 귀에 대고 줄곧 '의무! 의무!' 하며 노래를 부르지요. 허! 맙소사! 우리의 진정한 의무는 위대한 것을 느끼고 아름다운 것을 사랑하는 것이지 사회가 우리에게 강요하는 굴욕과 온갖 사회적 인습을 받아들이는 것이 아니란 말입니다."

"하지만…… 하지만……" 보바리 부인이 반박하려 입을 열었다.

"아니고말고요! 어째서 열정을 비난하죠? 열정이야말로 이 지상에서 유일하게 아름다운 것이고, 영웅적 행동과 열의와 시와 음악과 예술, 요컨대 모든 것의 원천 아닙니까?"

"하지만 어느 정도는 세상의 통념을 따르고 그 도덕을 지켜야죠." 에마가 말했다.

로돌프가 말을 받았다. "아! 도덕에는 두 가지가 있습니다. 하나는 보잘것없는 도덕, 진부한 도덕, 인간이 만들어낸 도덕, 즉 지금 눈앞에 보이는 저 어리석은 무리처럼 끊임없이 변하고 요란하게 고함치는 지표에서 바글거리는 도덕이지요. 하지만 다른 하나는 영원한 도덕으로 우리를 둘러싼 풍경이나 우리를 밝혀주는 푸른 하늘처럼 우리 주위에, 우리의 머리 위에 있습니다."

리외뱅이 막 손수건으로 입을 닦았다. 그가 연설을 계속했다.

"신사 여러분, 제가 여기서 농업의 효용을 새삼스럽게 증명할 필요가 있겠습니까? 누가 우리에게 필요한 것을 공급해줍니까? 누가 우리에게 생필품을 조달해줍니까? 농부 아니겠습니까? 신사 여러분, 농부는 부지런한 손으로 비옥한 밭고랑에 씨를 뿌려 밀을 키우고 그 밀을 정교한 장치로 빻아 이른바 밀가루를 만들고, 그것은 다시 도시로 운반되고 빵집으로 배달되어 부자는 물론 가난한 이들을 위한 양식으로 만들어집니다. 목초지에서 수많은 가축을 건강하게 길러 옷감을 공급하는 사람 역시 농부 아니겠습니까? 농부가 없다면 우리가 어떻게 옷을 입고, 또 어떻게 음식을 먹을 수 있겠습니까? 신사 여러분, 멀리서 예를 찾을 필요가 없지 않습니까? 우리의 뒷마당을 장식한 평범한 동물에게서 얻는 저 엄청난 혜택에 대해 종종 생각하지 않는 사람이 어디 있겠습니까? 그들은 우리의 잠자리에 푹신한 베개를, 우리의 식탁에 신선한 고기와 달걀을 제공해줍니다. 잘 경작된 땅이 너그러운 어머니처럼 그 자식들에게 제공하는 온갖 다른 산물들을 하나하나 열거하자면 끝이 없을 것입니다. 여기 포도나무가 있습니다. 저기 사과주를 만들 수 있는 사과나무가 있지요. 저쪽에는 유채가 있습니다. 더 나아가면 치즈가 있지요. 아마亞麻도 있습니다. 신사 여러분, 아마를 기억해주십시오! 최근 몇 해 동안 생산량이 상당히 증가한 이 작물에 특히 관심을 기울여주시기를 촉구하는 바입니다."

그는 청중의 관심을 촉구할 필요가 없었다. 사람들은 그의 말을 마셔버리기라도 할 것처럼 모두 입을 벌리고 듣고 있었다. 튀바슈는 바로 옆에서 두 눈을 크게 뜬 채 연설을 경청했다. 드로즈레는 이따금 눈을 지그시 감곤 했다. 좀 떨어진 곳에서 약제사는 아들 나폴레옹을 무릎 사이에 앉힌 채 참사관의 말을 한 마디라도 놓칠세라 한 손을 귀에 대고 듣고 있었다. 다른 심사위원들은 조끼에 턱을 파묻고 동의한다는 뜻으로 고개를 천천히 끄덕거렸다. 소방대원들은 연단 아래에서 총검에 몸을 기대고 쉬고 있었다. 한편 비네는 한쪽 팔꿈치를 열고 검 끝을 허공으로 치켜든 자세로 꼼짝도 하지 않고 서 있었다. 귀로는 아마도 연설을 들었겠지만, 철모의 차양이 코까지 내려와 있어 아무것도 보지 못했을 터였다. 그의 부관인 튀바슈의 막내아들은 더했다. 철모가 너무 커서 머리 위에서 좌우로 흔들리는 통에 안에 끼운 인도산 직물로 된 머플러 끝이 모자 밖으로 비어져나왔다. 그는 철모를 쓴 채 천진난만한 미소를 짓고 있었는데, 땀이 줄줄 흘러내리는 조그맣고 창백한 얼굴에는 즐거움과 피로와 졸음이 떠올라 있었다.

집들이 있는 곳까지 광장은 인파로 가득차 있었다. 사람들이 창문마다 팔꿈치를 괴고 있었고, 문간마다 서 있었는데, 약국의 진열장 앞에선 쥐스탱은 눈앞의 광경을 바라보느라 넋이 나간 듯했다. 모두들 조용히 침묵을 지키고 있었음에도 리외뱅의 목소리는 공중에 흩어졌다. 사람들이 내는 의자 끄는 소리 때문에 그의 목소리가 군데군데 끊어져 토막토막 들려왔다. 그러다가 갑자기 소가 길게 우는 소리, 길모퉁이에서 서로 화답하는 새끼양들의 울음소리가 들려오기도 했다. 목동들이 그곳까지 가축을 몰고 와서, 가축들은 주둥이 위로 늘어진 나뭇잎 몇 조각을 혀를 길게 내밀어 뜯어먹으면서 이따금 울음소리를 냈다.

로돌프가 에마에게 다가앉으며 목소리를 낮춰 재빨리 말했다.

"세상의 이런 음모에 반발심이 들지 않으십니까? 세상이 매도하지 않는 감정이 하나라도 있습니까? 가장 고귀한 본능, 가장 순수한 공감이 박해와 중상을 당하고, 마침내 두 가엾은 영혼이 서로 만난다 하더라도 모든 것이 그들이 결합하지 못하도록 짜여 있지요. 하지만 그 두 영혼은 힘껏 노력하고 날개를 퍼덕이고 서로를 부를 것입니다. 오! 괜찮습니다. 육 개월이 걸리든 십 년이 걸리든 조만간 그들은 분명 하나가 되고 사랑하게 될 텐데, 그렇게 운명지어진데다 그들은 서로를 위해 태어난 사람들이기 때문입니다."

그는 팔을 포개 무릎에 올려놓은 채 에마를 향해 고개를 들고 가까이에서 그녀를 응시했다. 그녀는 그의 눈에서 작은 금빛 광선이 까만 동공 주위로 퍼져나가는 것을 알아볼 수 있었고, 심지어 머리에 윤이

나도록 바른 포마드 향까지 맡을 수 있었다. 그러자 문득 몸이 나른해지면서 보비에사르에서 함께 춤췄던 자작이 떠올랐다. 자작의 수염에서도 지금 그의 머리에서 나는 것과 똑같은 바닐라와 레몬 향이 나지 않았던가. 그녀는 향을 더 깊이 들이마시기 위해 반사적으로 눈을 반쯤 감았다. 그런데 의자에 앉은 채 몸을 뒤로 젖히자 멀리 지평선 끝에 깃털 장식 같은 먼지를 매달고 뢰 언덕을 천천히 내려오는 낡은 승합마차 리롱델이 시야에 들어왔다. 바로 그 노란 마차를 타고 레옹은 그토록 자주 그녀에게로 다시 돌아오곤 했다. 그리고 바로 저 길을 통해 영원히 떠나버리지 않았던가! 광장 건너 그의 방 창가에 그의 모습이 보이는 것 같았다. 이윽고 모든 것이 흐릿해지면서 구름이 지나갔다. 그녀는 샹들리에 불빛 아래서 자작의 팔에 안겨 여전히 춤을 추고 있는 듯했고, 또 레옹이 멀지 않은 곳에 있어서 금방이라도 달려올 것 같았는데…… 그러면서도 옆에 있는 로돌프의 머리에서 풍기는 향기를 맡았다. 그 감미로운 감각이 그런 식으로 과거의 욕망 속으로 스며들고, 과거의 욕망은 그녀의 영혼 위로 퍼지는 입김 같은 미묘한 향기 속에서 돌풍에 날리는 모래알처럼 소용돌이쳤다. 그녀는 여러 차례 콧구멍을 열고 기둥머리 주위의 담쟁이덩굴에서 풍기는 싱그러운 냄새를 들이마셨다. 그녀는 장갑을 벗고 손을 닦았다. 그리고 손수건으로 얼굴에 부채질을 했는데, 한편 관자놀이에서 쿵쿵대는 자신의 맥박 너머로 군중이 내는 소음과 연설을 이어나가는 참사관의 단조로운 목소리가 들렸다.

그가 말했다.

“계속하십시오! 포기하지 마십시오! 구습의 참견에도, 무모한 경험론의 성급한 충고에도 귀기울이지 마십시오! 무엇보다도 토지개량과 양질의 비료, 말과 소와 양과 돼지의 종자 개량에 매진하십시오! 이 농업 박람회가 여러분에게 평화로운 경쟁의 장이 되기를, 우승자가 경기장을 나서면서 낙선자에게 손을 내밀고 다음번에는 더 나은 성공을 거두리라는 희망 속에서 서로 형제애를 나누게 되기를 바랍니다! 그리고 각 가정의 훌륭한 하인 여러분! 겸허한 일꾼 여러분, 이날까지 그 어떤 정부도 여러분의 고달픈 노동을 제대로 평가하지 않았지만, 앞으로는 여러분의 묵묵한 미덕에 대해 보상받으시고, 이제부터는 국가가 여러분을 지켜보며 할 수 있는 한 여러분을 격려하고 보호하고 여러분의 정당한 요구를 존중하고 여러분의 고달픈 희생의 무게를 덜어드릴 것임을 알아주십시오!”

이윽고 리외뱅이 자리에 앉았다. 드로즈레가 일어나 다음 연설을 시작했다. 그의 연설은 참사관의 연설만큼 화려하지 않을지도 몰랐다. 하지만 훨씬 실제적인 방식이라는 장점이 있었는데, 다시 말해서 훨씬 더 전문적인 지식과 수준 높은 고찰이 녹아 있었다. 그 결과 정부에 대한 찬사는 훨씬 줄어들었다. 종교와 농업이 더 많은 비중을 차지했다. 종교와 농업의 관계를, 이 두 가지가 어떻게 시대를 막론하고 문명에 기여해왔는지를 밝혔다. 로돌프는 보바리 부인에게 꿈에 대해, 예감에 대해, 이끌림에 대해 이야기했다. 연설자는 인간 사회의 요람기로 거슬러 올라가, 인간이 숲속에서 도토리를 먹고 살던 거친 야생의 시대에 대해 이야기했다. 이윽고 인간은 짐승의 가죽을 벗고 천으로 옷을 만들어 걸쳤고 밭고랑을 팠고 포도나무를 심었다. 그것이 과연 좋은 일이었을까, 이 발견에는 이점보다 결점이 더 많지 않았을까? 드로즈레는 그런 문제를 제기했다. 로돌프는 이끌림에서 친밀감으로 점차 화제를 옮겨가서, 드로즈레 위원장이 쟁기를 든 로마 귀족 킨키나투스, 양배추를 심는 로마 황제 디오클레티아누스, 씨 뿌리기 의식으로 한 해를 연 중국 황제들을 인용하는 동안, 젊은 남자는 저항할 수 없는 이끌림은 말하자면 전생의 인연 때문이라고 젊은 여자에게 설명하고 있었다.

"그러니까 우리도 말입니다," 그가 말했다. "우리가 왜 알게 되었겠습니까? 어떤 우연이 우리를 만나게 했을까요? 두 줄기 강물이 흘러가다 결국 하나로 합쳐지듯 우리의 특별한 성향이 그 먼 거리를 가로질러 우리를 서로에게로 밀어붙였기 때문입니다."

그러고는 그녀의 손을 잡았다. 그녀는 손을 빼지 않았다.

"경작 부문!" 위원장이 외쳤다.

"예를 들어 얼마 전 제가 부인 집에 갔을 때……"

"캥캉푸아의 비제 씨."

"제가 이렇게 부인과 단둘이 이곳까지 오게 될 줄 알았겠습니까?"

"상금 70프랑!"

"저는 백번도 더 돌아서려 했습니다만, 당신 뒤를 따라와 여기 이렇게 있는 겁니다."

"퇴비 부문."

"오늘밤도, 내일도, 그다음날들도, 평생을 이렇게 있을 수 있다면 얼마나 좋을까요!"

"아르괴유의 카롱 씨, 금메달."

"지금껏 누구에게서도 이토록 완벽한 매력을 발견한 적이 없으니까요."

"지브리생마르탱의 뱅 씨!"

"그래서 저는 부인과의 추억을 늘 간직할 겁니다."

"메리노 양 부문의 수상자는……"

"하지만 선생님은 절 잊으실 테고, 그럼 저는 지나가는 그림자 같은 존재가 되겠지요."

"노트르담의 블로 씨……"

"오! 그렇지 않습니다. 제가 부인의 마음속에서, 부인의 삶 속에서 의미 있는 존재가 될 수도 있지 않겠습니까?"

"돼지 부문의 공동 수상자, 르에리세 씨와 퀼랑부르 씨에게 각각 상금 60프랑!"

로돌프는 에마의 손을 꽉 쥐었는데, 그녀의 손은 뜨거웠고, 붙잡힌 멧비둘기처럼 빠져나가고 싶은 듯 떨리고 있었다. 그녀가 손가락을 움직거렸는데, 손을 빼려는 것인지 아니면 쥐고 있는 그의 손에 응답하려는 것인지 알 수 없었다. 그가 외쳤다.

"오! 고맙습니다! 저를 뿌리치지 않으시는군요! 정말 마음이 착하신 분이네요! 제가 당신 것이라는 걸 알아주시는군요! 제가 당신을 바라볼 수 있도록, 응시할 수 있도록 해주십시오!"

창문으로 돌풍 한 자락이 불어와 테이블보에 주름을 잡아놓았고, 아래쪽 광장에서는 촌부들의 커다란 머리쓰개 자락이 위로 들려 올라가 하얀 나비 날개처럼 펄럭거렸다.

"깻묵 활용 부문." 심사위원장이 호명을 계속했다.

위원장은 진행을 서둘렀다.

"플랑드르식 퇴비 부문, 아마 재배 부문, 배수 부문, 장기 임대 부문, 입주 피고용인 부문."

로돌프는 이제 아무 말도 하지 않았다. 두 사람은 서로를 바라보았다. 강렬한 욕망에 그들의 바짝 마른 입술이 떨려왔다. 이윽고 둘의 손가락이 자연스럽게 서로 얽혔다.

"한 농장에서 오십사 년간 일한 사스토라게리에르의 카트린니케즈 엘리자베트 르루, 25프랑 상당의 은메달!"

"어디 계십니까, 카트린 르루?" 참사관이 위원장의 호명을 되풀이했다.

카트린 르루가 모습을 나타내지 않자 사람들이 수군거리는 소리가 들려왔다.

"어서 나가요!"

"싫어요."

"왼쪽으로요!"

"겁내지 마세요!"

"아! 저렇게 바보 같아서야!"

"거기 계신가요?" 튀바슈가 소리쳤다.

"예!…… 여기 그분이 있어요!"

"이리 나오시게 하세요."

이윽고 쪼그라든 듯한 몸에 허름한 옷차림을 한 자그마한 노파가 겁먹은 태도로 연단 위로 오르는 모습이 보였다. 발에는 투박한 나막신을 신고 허리에는 커다란 푸른색 앞치마를 두르고 있었다. 가장자리를 감치지 않은 머릿수건을 쓴 야윈 얼굴은 시든 사과보다 더 쭈글거렸고, 붉은색 윗옷의 소매 밖으로 비죽 나온 두 손은 마디가 불거져 있었다. 곡물 창고의 먼지, 빨래할 때 쓰는 잿물, 양털의 기름기에 거칠어지고 상하고 굳은살이 박인 그녀의 손은 맑은 물로 씻었음에도 여전히 때가 묻어 있는 것 같았다. 너무 많이 써서 반쯤 벌어진 채 오므라들지 않는 그 손은 마치 그 자체로 그녀가 감내해온 엄청난 고통을 증언하는 듯했다. 그녀의 얼굴에는 수도사의 엄격함 같은 것이 서려 있었다. 어떤 슬픔이나 감동도 그 흐릿한 눈빛을 부드럽게 만들 수 없을 것 같았다. 오랜 세월 가축들과 함께 지내온 그녀에게는 동물들의 과묵함과 평온함이 깃들어 있었다. 그녀가 그렇게 많은 사람들 앞에 나선 것은 이번이 처음이었다. 게다가 깃발과 북소리, 검은 양복 차림의 신사들, 참사관이 달고 있는 레지옹 도뇌르 훈장에 겁이 난 그녀는 앞으로 나가야 할지, 도망가야 할지, 왜 사람들이 자기를 앞으로 떠미는지, 왜 심사위원들이 자기를 보며 미소를 짓는지 알 수 없어 꼼짝도 하지 않고 서 있었다. 요컨대 반세기에 걸친 고용살이의 삶이 만면에 웃음을 띤 부르주아 앞에 서 있는 셈이었다.

"앞으로 나오세요, 존경하는 카트린니케즈엘리자베트 르루 님!" 위원장의 손에서 수상자 명단을 받아든 참사관이 말했다.

그리고 서류와 노파를 번갈아 쳐다보며 아버지 같은 어조로 되풀이했다.

"이리 가까이 오세요, 가까이 오시라고요!"

"당신 귀먹었어요?" 튀바슈가 의자에서 벌떡 일어서며 말했다.

그는 노파의 귀에 대고 소리를 지르기 시작했다.

“오십사 년 근속! 은메달! 25프랑! 당신이 받는 겁니다.”

이윽고 그녀가 메달을 받아들고 살펴보았다. 곧 지극히 행복해하는 미소가 그녀의 얼굴 가득 퍼져나갔고, 그 자리를 떠나며 이렇게 중얼거리는 소리가 들려왔다.

“마을 신부님께 드려서 나를 위해 미사를 올려달라고 해야겠어.”

“저런 광신자 같으니!” 약제사가 공증인 쪽으로 몸을 기울이며 외쳤다.

식이 끝났다. 군중이 흩어졌다. 연설도 전부 끝나자 각자 제 위치를 찾아갔고 모든 것이 원래대로 돌아갔다. 고용인은 일꾼에게 호통을 치고 일꾼은 그 모든 소란에 아랑곳없이 뿔 사이에 녹색 관을 쓴 채 축사로 돌아가는 상 받은 가축들을 채찍으로 후려쳤다.

민병대는 총검에 브리오슈 빵을 꿰어 들고 마을 청사 건물 이층으로 올라갔고, 대대 소속의 고수는 술병이 담긴 바구니를 날랐다. 보바리 부인은 로돌프의 팔짱을 꼈다. 그는 그녀를 집까지 데려다주었다. 둘은 그녀의 집 앞에서 헤어졌다. 그후 로돌프는 연회 시간이 되기를 기다리며 혼자 들판을 산책했다.

길게 이어진 연회는 시끄럽고 서비스가 엉망이었다. 사람들이 어찌나 빽빽하게 들어찼던지 팔도 제대로 움직이기 어려웠고, 긴 의자 대신 걸쳐놓은 좁은 판자는 연회객들의 무게 때문에 부러질 것 같았다. 사람들은 실컷 먹었다. 각자가 자기 몫을 해치웠다. 모두들 이마에 땀이 줄줄 흘러내렸다. 탁자 위에 매달린 캥케식 램프 사이로 가을 아침 강에서 피어오르는 안개 같은 희끄무레한 수증기가 떠돌았다. 천막 천에 등을 기댄 채 골똘히 에마 생각에 잠긴 로돌프의 귀에는 아무것도 들리지 않았다. 뒤쪽 풀밭에서는 하인들이 더러워진 접시를 쌓아올리고 있었다. 옆에 앉은 사람들이 무어라 말을 건네도 그는 대답하지 않았다. 잔이 채워지고, 주위의 소음이 점점 커져갔지만 그의 머릿속에는 침묵만이 자리했다. 그는 그녀가 한 말, 그녀의 입술 모양을 생각했다. 그녀의 얼굴이 마치 요술 거울에 비치기라도 한 듯 원통형 군모에 붙인 표찰 위로 선명하게 떠올랐다. 그녀의 드레스 주름이 벽을 따라 흘러내리고 사랑의 날들이 미래의 풍경 속에서 끝도 없이 펼쳐졌다.

그날 저녁 불꽃놀이 때 그는 그녀를 다시 만났다. 하지만 그녀는 남편과 오메 부인과 약제사와 함께였는데, 약제사는 폭죽이 빗나갈 위험 때문에 마음을 곯이고 있었다. 그는 틈이 날 때마다 일행을 떠나 비네에게 가서 조언을 늘어놓았다.

튀바슈는 집으로 배달된 불꽃놀이용 화약을 지나치게 경계하느라 지하실에 자물쇠를 채워 보관해두었다. 그 때문에 화약이 습기를 머금어 불이 제대로 붙지 않아, 가장 중요한 볼거리인 제 꼬리를 물고 올라가야 할 용의 모습이 완전히 엉망이 되고 말았다. 이따금 시원찮은 원통형 폭죽이 분수 모양으로 터졌다. 군중은 입을 벌린 채 함성을 질렀는데, 거기에는 어둠 속에서 허리에 간지럽힘을 당한 여자들의 비명도 섞여 있었다. 에마는 말없이 샤를의 어깨에 머리를 기대고 있었다. 그러고는 턱을 들고 캄캄한 하늘에 불꽃을 터트리는 폭죽을 눈으로 좇았다. 로돌프는 타오르는 등불의 희미한 빛에 비친 그녀의 모습을 바라보았다.

등불이 하나둘 꺼져갔다. 별들이 반짝였다. 빗방울이 후드득 떨어지기 시작했다. 에마는 맨머리에 숄을 두르고 매듭을 묶었다.

그때 참사관의 사륜마차가 여관에서 나왔다. 술에 취한 마부는 출발부터 선잠에 빠져들었다. 멀리서도 포장 위 두 개의 등불 사이에서 마부의 육중한 몸집이 스프링 쇠의 흔들림에 따라 좌우로 건들거리는 것이 보였다.

약제사가 말했다. "정말이지, 주정뱅이는 엄하게 다뤄야 합니다! 매주 마을 청사의 문에 붙은 특별 게시판에 한 주 동안 술에 취한 사람들의 이름을 모조리 적어놓으면 좋겠어요. 그러면 통계의 측면에서도 확실한 연보가 될 테니까 앞으로 필요할 때…… 잠시 실례하겠습니다."

그는 다시 소방대장에게 달려갔다.

소방대장은 집으로 돌아가는 길이었다. 그는 다시 선반기 앞에 앉을 터였다.

"대원 하나를 보내거나 직접 가보는 게 좋을 것 같은데요……" 오메가 그에게 말했다.

"아무 일 없으니 날 좀 그냥 내버려두십시오!" 세무관리가 대답했다.

약제사가 친구들에게로 돌아와 말했다. "안심하십시오. 비네 씨 말이 이미 조치를 취해놓았다는군요. 불티 같은 건 떨어지지 않을 거랍니다. 펌프에 물도 가득차 있고요. 이제 자러 갑시다."

"다행이에요, 정말 졸려요! 어쨌든 축제에 걸맞은 아주 아름다운 하루를 보냈네요." 오메 부인이 크게 하품을 하면서 말했다.

로돌프가 부드러운 눈빛과 나지막한 목소리로 그 말을 되풀이했다.

"오! 그래요, 아주 아름다웠습니다!"

사람들은 서로 인사를 나누고 돌아섰다.

이틀 후 〈르 파날 드 루앙〉에는 농업 박람회에 관한 긴 기사가 실렸다. 오메가 박람회 다음날 영감에 차서 작성한 것이었다.

'그 꽃줄 장식, 그 꽃들, 그 화환들은 무엇을 위한 것이었을까? 우리의 휴경지 위에 뜨거운 태양이 작열하는 가운데 군중은 마치 성난 파도처럼 대체 어디로 달려간 것일까?'

이어 그는 농민이 처한 상황에 대해 이야기했다. 물론 정부는 많은 일을 하고 있지만 그것만으로는 충분치 않았다! '자, 좀더 분발하라!' 그는 정부를 질타했다. '필요불가결한 개혁이 너무나도 많으니 그것을 완수하자.' 그런 다음 참사관의 등장에 대해 말하면서 '우리 민병대의 위용'과 '우리 마을의 기운찬 여성들'과 '대머리 노인들'에 대해 언급했는데, '그 노인들 중 몇몇은 불멸의 우리 보병대에 복무한 이들로 기운찬 북소리를 들으면 아직도 심장이 쿵쿵거리는 족장 같은 존재들'이라 했다. 또한 심사위원 명단 상위에 자신의 이름을 언급했고, 심지어는 주석을 달아 약제사 오메가 농학회에 사과주에 관한 논문을 기고했다는 사실도 환기했다. 시상식을 언급할 때가 되자 그는 수상자들의 기쁨을 열광적인 필치로 묘사했다. '아버지는 아들을, 형은 아우를, 남편은 아내를 얼싸안았다. 많은 사람들이 자신의 조촐한 메달을 자랑스럽게 과시했는데, 틀림없이 그들은 착한 배우자가 있는 집으로 돌아가서 눈물을 글썽이며 작은 오두막의 소박한 벽에 그 메달을 걸어놓았으리라.'

'여섯시경 리에자르 씨의 목초지에서 열린 연회에는 축제의 주요 참가자들이 모두 모였다. 분위기는 시종 몹시 화기애애했다. 사람들은 여러 가지를 위해 건배했다. 리외뱅 참사관은 국왕 폐하를 위하여! 튀바슈 마을 대표는 지역 대표를 위하여! 드로즈레 심사위원장은 농업을 위하여! 약제사 오메는 산업과 예술이라는 두 자매를 위하여! 르플리셰는 개량을 위하여! 각각 건배를 주창했다. 밤이 되자 눈부신 불꽃놀이가 홀연히 밤하늘을 밝혔다. 그것은 명실상부한 만화경, 진정한 오페라 무대로 우리의 작은 마을이 한순간 『천일야화』의 꿈 한가운데로 옮겨간 것 같았다.

이 가족적인 모임을 방해하는 그 어떤 불미스러운 일도 일어나지 않았음을 밝혀둔다.'

그런 다음 그는 이렇게 덧붙였다.

'다만 성직자들의 모습이 보이지 않았다는 점은 주목할 만하다. 교권옹호 세력은 진보를 다르게 이해하고 있음이 분명하다. 좋으실 대로, 로욜라*의 사도들이여!'

9

육 주가 흘렀다. 그동안 로돌프는 용빌에 발길을 끊었다. 마침내 어느 날 저녁 그가 나타났다.

박람회 다음날 그는 생각했다.

'너무 빨리 찾아가는 건 어리석은 짓이야.'

그래서 그는 주말에 사냥을 떠났다. 사냥에서 돌아오자 너무 늦어진 듯했지만 곧 이런 생각이 들었다.

---

* 이냐시오 데 로욜라. 스페인 바스크 귀족 가문의 기사로 로마가톨릭교회의 은수자이자 사제, 신학자. 예수회를 창립했다.

'만약 첫날부터 그녀가 내게 반했다면 한시라도 빨리 나를 다시 보고 싶은 마음 때문에 감정이 더 강해질 거야. 그러니 포기하지 말자!'

방안으로 들어서는 순간 에마의 안색이 창백해지는 것을 본 그는 자신의 계산이 맞았음을 알았다.

그녀는 혼자였다. 땅거미가 내리고 있었다. 유리창 위로 드리워진 작은 모슬린 커튼 때문에 어스름이 더욱 짙어 보였고, 금박을 입힌 기압계에 반사된 한줄기 햇살이 들쭉날쭉한 산호 가지 사이로 거울 속에 불꽃처럼 번쩍였다.

로돌프는 서 있었다. 그의 예의바른 인사말에 에마는 간신히 대답했다.

"일이 좀 있었습니다. 병이 났었거든요."

"심각한 건가요?" 그녀가 외치듯 물었다.

로돌프가 그녀 옆에 있는 걸상에 앉으며 말했다. "아니, 전혀 그렇진 않습니다!…… 사실은 이곳에 다시 오고 싶지 않았습니다."

"어째서죠?"

"모르시겠습니까?"

그는 다시 한번 그녀를 바라보았는데, 그 눈길이 어찌나 강렬했던지 그녀는 얼굴을 붉히며 시선을 내리깔았다. 그가 다시 말했다.

"에마……"

"선생님!" 하고 말하며 그녀는 살짝 물러났다.

그가 울적한 목소리로 말했다. "아! 이곳에 다시 오지 않으려 했던 제 생각이 옳았다는 걸 부인도 잘 아실 겁니다. 제 영혼을 가득 채운 이 이름, 저도 모르게 불러버린 이 이름을 부인은 부르지 못하게 하시니까요! 보바리 부인!…… 아! 모두들 당신을 그렇게 부르죠!…… 그런데 그건 당신의 이름이 아닙니다. 다른 남자의 이름이죠!"

그가 마지막 말을 되풀이했다.

"다른 남자의 이름이라고요!"

그런 다음 그는 두 손에 얼굴을 묻었다.

"그래요, 저는 줄곧 당신을 생각합니다!…… 당신과의 추억을 생각하면 너무 괴로워요! 아! 죄송합니다!…… 그만 가보겠습니다…… 그럼 부디 안녕히 계십시오!…… 저는 멀리…… 아주 멀리, 당신이…… 다시는 제 소식을 들을 수 없는 곳으로 떠날 겁니다!…… 그런데…… 오늘은…… 또 어떤 힘에 떠밀려 당신에게로 왔는지 모르겠습니다! 사실 하늘의 섭리와는 맞서 싸울 수 없고, 천사의 미소에는 저항할 수 없는 법이죠! 아름답고 매혹적이고 사랑스러운 것에는 이끌릴 수밖에요!"

에마가 자신에 대한 이런 찬사를 들은 것은 이때가 처음이었다. 그녀의 오만한 자존심은 마치 한증막에서 긴장이 풀리듯 그 말의 열기에 완전히 녹아내리고 말았다.

그가 말을 계속했다. "그동안 여기 오지는 않았지만, 당신을 볼 수는 없었지만, 아! 적어도 당신을 둘러싸고 있는 것들은 줄곧 응시했지요. 밤이면 밤마다 벌떡 일어나 이곳으로 와서 당신의 집을, 달빛 아래 빛나는 지붕을, 창가에서 흔들리는 마당의 나무를, 어둠 속에서 유리창 너머로 희미하게 반짝이는 등잔의 불빛을 바라보았습니다. 아! 그토록 가까우면서도 먼 곳에 한 가엾은 사내가 서 있다는 사실을 당신은 모르셨겠지요……"

그녀가 흐느끼는 소리를 내며 그에게로 몸을 돌렸다.

"오! 당신은 좋은 분이에요!" 그녀가 말했다.

"아닙니다, 저는 당신을 사랑하고 있을 뿐입니다! 모르시겠습니까! 대답해주십시오. 한 마디! 단 한 마디만!"

눈치채지 못하는 사이에 로돌프는 걸상에서 바닥으로 미끄러져 내려갔다. 하지만 부엌에서 나막신소리가 들려왔고, 그는 방문이 닫혀 있지 않음을 알아보았다.

그가 몸을 일으키며 말을 이었다. "너그러운 마음으로 부디 제 괴상한 바람 한 가지만 들어주십시오!"

그 바람이란 집 구경을 시켜달라는 것이었다. 그는 집안을 보고 싶어했다. 부적절하게 여겨질 만한 일이 아니었으므로 보바리 부인이 그와 함께 자리에서 일어섰고, 그때 샤를이 방안으로 들어왔다.

"안녕하십니까, 박사님." 로돌프가 인사했다.

이 뜻하지 않은 호칭에 우쭐해진 공의는 그에게 장황하게 예의를 차렸고, 상대는 그 틈을 타 침착을 되찾았다.

그가 말했다. "부인께서 건강에 대해 말씀하시는 중이었습니다……"

샤를이 그의 말을 가로챘다. 사실 그는 몹시 걱정스럽다는 것이었다. 아내의 가슴이 답답해지는 증세가 다시 시작되었다고 했다. 그러자 로돌프는 승마가 도움이 되지 않겠느냐고 물었다.

"물론이죠! 정말 좋지요, 완벽해요!…… 정말 좋은 생각입니다! 당신은 그렇게 하는 게 좋겠어요."

에마가 자신에게는 승마용 말이 없지 않느냐고 반박하자, 로돌프는 자신이 한 마리 가져오겠노라고 했다. 그녀는 그 제안을 거절했다. 그는 더이상 고집하지 않았다. 이윽고 그는 한번 더 방문할 구실을 만들기 위해 지난번에 사혈을 받은 마부가 여전히 현기증에 시달리고 있다고 말했다.

"제가 댁에 들르겠습니다." 보바리가 말했다.

"아니, 아닙니다. 그 사람을 보내겠습니다. 아니, 우리가 여기로 오지요. 그편이 더 편하실 테니까요."

"아! 그럼 정말 좋죠. 고맙습니다."

두 사람만 남게 되자 샤를이 곧바로 물었다.

"불랑제 씨의 제안을 왜 거절했소? 너무도 친절한 제안인데."

그녀는 뾰로통한 표정으로 이런저런 핑곗거리를 궁리하다가 마침내 남의 눈에 이상해 보일 수 있어서라고 잘라 말했다.

샤를이 몸을 빙그르르 돌리며 말했다. "아! 그런 건 신경쓰지 말아요. 괜찮아요! 건강이 무엇보다 우선이지! 그런 생각은 하지 말아요!"

"아! 승마복도 없는데 어떻게 말을 타라는 거예요?"

"하나 주문해야겠네요!" 그가 대답했다.

승마복이 갖춰진다는 말에 그녀는 마음을 정했다.

옷이 준비되자 샤를은 불랑제에게 편지를 써서 아내는 준비가 되어 있으며 자신들은 그의 친절한 제안을 고맙게 받아들이겠다고 알렸다.

다음날 정오에 로돌프가 승마용 말 두 필과 함께 샤를의 집 앞에 도착했다. 그중 한 마리에는 두 귀에 분홍색 방울 술이 달리고 사슴 가죽으로 된 여성용 안장이 얹혀 있었다.

부드러운 가죽으로 된 부츠를 신은 로돌프는 에마가 아마도 여태껏 그런 부츠를 본 적이 없을 거라고 생각했다. 과연 그가 멋진 벨벳 상의에 몸에 붙는 하얀색 승마용 반바지 차림으로 층계참에 나타나자, 에마는 그의 풍채에 매혹되었다. 그녀는 준비를 마치고 그를 기다리고 있었다.

쥐스탱이 그녀의 모습을 보기 위해 약국에서 나왔고, 약제사 역시 일손을 멈추었다. 그가 불랑제에게 충고를 늘어놓았다.

"사고는 눈 깜짝할 새에 닥치는 법이죠! 조심하십시오! 말들이 상당히 혈기왕성해 보이는군요!"

에마의 머리 위쪽에서 무슨 소리가 들려왔다. 어린 베르트를 어르느라 펠리시테가 유리창을 두드리는 소리였다. 아이가 멀리서 입맞춤을 보냈고, 어머니는 승마용 채찍 손잡이를 들어 그것에 화답했다.

"잘들 다녀오십시오! 무엇보다 조심하십시오! 조심해서 다니세요!" 오메가 소리쳤다.

그런 다음 멀어져가는 두 사람을 바라보며 들고 있던 신문을 흔들었다.

흙길이 나오자마자 에마의 말은 달리기 시작했다. 로돌프는 그녀 옆에서 달렸다. 그들은 간간이 짤막하게 이야기를 나누었다. 에마는 고개를 약간 숙이고 한 손을 높이 들고 오른팔은 쭉 편 채 안장 위에 앉은 자신을 어르듯이 흔들어주는 리듬감 있는 움직임에 몸을 맡겼다.

언덕 아래에 이르자 로돌프가 고삐를 늦추었다. 그들은 함께 언덕 위를 향해 내달리기 시작했다. 이윽고 꼭대기에 이르자 말들이 갑자기 멈춰 섰고, 그녀의 풍성한 푸른색 베일도 다시 가라앉았다.

10월 초였다. 들판에 안개가 끼어 있었다. 안개는 언덕의 어슴푸레한 윤곽 사이로 지평선까지 길게 깔리는가 하면, 서로 갈라지며 위로 올라가다가 시야에서 사라지기도 했다. 이따금 구름 사이가 벌어지며 해가 비쳐 멀리 물가의 정원과 마당, 담장, 성당의 종탑과 함께 용빌의 지붕들이 보였다. 에마는 눈을 가늘게 뜨고 자기 집이 어디 있는지 찾아보았는데, 자신이 살고 있는 그 초라한 마을이 이토록 작아 보인 적이 없었다. 지금 그들이 서 있는 언덕 위에서 바라보니 골짜기 전체가 공중으로 김이 피어오르는 희끄무레하고 드넓은 호수처럼 보였다. 군데군데 숲을 이룬 나무들이 검은 바위처럼 불쑥 솟아 있었다. 안개 위로 보이는 키 큰 포플러나무의 우듬지가 바람에 흔들리는 모습이 마치 호수의 모래톱처럼 보였다.

그들 옆, 풀밭 위 전나무들 사이로 갈색빛이 미지근한 대기 속을 떠돌고 있었다. 담뱃가루 같은 적갈색 흙을 밟는 말발굽소리가 부드러웠다. 말들은 걸으면서 쇠편자를 박은 발굽 끝으로 떨어진 솔방울을 걷어찼다.

로돌프와 에마는 그렇게 숲 가장자리를 따라갔다. 에마는 로돌프의 눈길을 피하기 위해 이따금 고개를 돌렸고, 그럴 때면 끝날 줄 모르고 줄지어 서 있는 전나무의 밑둥치만 눈에 들어와 현기증이 났다. 말들이 숨을 헐떡였다. 가죽 안장에서 삐걱대는 소리가 났다.

두 사람이 숲속으로 들어가는 순간, 해가 났다.

"신이 우리를 굽어살피시는군요!" 로돌프가 말했다.

"그렇게 생각하세요?" 에마가 물었다.

"자, 갑시다! 어서 갑시다." 그가 다시 말했다.

그는 혀 차는 소리를 냈다. 두 마리 말이 달리기 시작했다.

길 가장자리에 길게 자라난 고사리가 에마의 등자에 걸리곤 했다.

그럴 때마다 로돌프가 달리면서 상체를 기울여 걸린 고사리를 제거해 주었다. 때로는 나뭇가지를 걷어내주려고 에마 곁으로 다가서곤 했는데, 그럴 때마다 에마는 그의 무릎이 자기 다리에 스치는 것을 느꼈다. 하늘이 다시 파랗게 갰다. 나뭇잎들은 흔들리지 않았다. 꽃이 활짝 핀 히스로 덮인 넓은 공터들이 나왔다. 제비꽃이 지천으로 깔린 들판과, 잿빛과 다갈색과 황금빛 잎새를 단 여러 종류의 나무들이 뒤섞여 우거진 작은 숲이 번갈아 나왔다. 이따금 관목 아래로 새가 작게 파드득 날갯짓소리를 내며 미끄러지듯 지나가기도 하고 떡갈나무 숲속을 날아가는 까마귀의 목쉰 듯한 나직한 울음소리가 들려오기도 했다.

그들은 말에서 내렸다. 로돌프가 말을 맸다. 에마는 앞장서서 마차 바퀴자국 사이의 이끼를 밟으며 걸었다.

하지만 옷이 너무 길어서 그녀는 끝자락을 들어올리며 힘들게 걸음을 옮겼고, 로돌프는 그녀의 뒤를 따라 걸으며 까만 나사천과 까만 부츠 사이로 보이는 섬세한 흰색 긴 양말을 바라보았는데, 마치 그녀의 맨살을 보는 기분이었다.

에마가 걸음을 멈추었다.

"전 좀 피곤해요." 그녀가 말했다.

"자, 조금만 더 갑시다! 힘을 내요!" 그가 말했다.

백 보쯤 더 가서 그녀는 다시 걸음을 멈추었는데, 쓰고 있는 남자 모자에서 허리께까지 비스듬히 내려오는 푸른색 베일 너머로 마치 쪽빛 물결 아래에서 헤엄쳐나오기라도 한 듯 투명하고 푸르스름한 기운에 잠긴 그녀의 얼굴이 보였다.

"그런데 우리 어디 가는 건가요?"

그는 대답하지 않았다. 에마는 숨가빠했다. 로돌프는 주위를 둘러보며 콧수염을 질겅거렸다.

그들은 어린나무들을 쳐낸 좀더 넓은 공터에 이르렀다. 두 사람은 쓰러진 나무둥치에 걸터앉았고, 로돌프는 자신의 사랑에 대해 말하기 시작했다.

그는 처음부터 찬사를 쏟아내 에마를 겁에 질리게 하지 않았다. 그는 차분하고 진지하고 울적한 태도를 취했다.

에마는 고개를 숙인 채 바닥의 나뭇가지 조각들을 발끝으로 뒤적이면서 그의 말을 듣고 있었다.

그런데 이런 말이 들려오는 것이 아닌가.

"이제 우리의 운명은 하나가 된 셈입니다."

"아니에요! 당신도 잘 아시잖아요. 그건 불가능해요." 그녀가 말했다.

그녀는 일어나 그 자리를 뜨려 했다. 그가 그녀의 손목을 잡았다. 그녀가 동작을 멈추었다. 이윽고 사랑이 담긴 촉촉한 눈길로 잠시 동안 그를 바라본 다음 재빨리 말했다.

"아! 이런, 그런 이야기는 더이상 하지 말기로 해요…… 말은 어디 있죠? 우리 이제 돌아가요."

그는 화가 나고 짜증스러운 듯한 몸짓을 했다. 그녀가 거듭 말했다.

"말은 어디 있죠? 말은 어디 있어요?"

그러자 그는 기묘한 미소를 지으면서 그녀를 똑바로 응시하며 이를 악문 채 두 팔을 벌리고 다가왔다. 그녀는 떨면서 뒷걸음쳤다. 그러고는 더듬거리며 말했다.

"오! 무서워요! 불편하게 하지 마세요! 우리 그만 가요."

"꼭 그래야 한다면요." 그가 얼굴 표정을 바꾸며 말했다.

그는 즉각 다시 예의바르고 부드럽고 세심한 태도로 돌아갔다. 그녀가 그에게 한쪽 팔을 내맡겼다. 그들은 길을 되짚어가기 시작했다. 그가 말했다.

"도대체 무슨 생각을 하신 겁니까? 왜 이러시는 거죠? 이해할 수가 없군요! 저를 오해하신 거죠? 제 영혼 속에서 당신은 좌대 위에 높이 계신 성모마리아처럼 흠 없고 믿음직한 존재입니다! 하지만 전 살기 위해서 당신이 필요해요! 당신의 눈, 당신의 목소리, 당신의 생각이 필요합니다. 내 친구, 내 누이, 내 천사가 되어주십시오!"

그는 팔을 뻗어 그녀의 허리를 감았다. 그녀는 몸을 빼내려는 시늉을 했다. 그는 그렇게 그녀의 허리에 팔을 감은 채 걸었다.

그들의 귀에 두 마리 말이 나뭇잎을 뜯는 소리가 들려왔다.

로돌프가 말했다. "오! 이런. 아직 가지 맙시다. 여기 좀 있어주십시오!"

그는 조금 떨어진 작은 연못가로 그녀를 이끌었는데, 수면에는 개구리밥이 녹색 군집을 이루고 있었다. 시들어버린 수련이 골풀 사이에 가만히 떠 있었다. 풀 위를 걷는 그들의 발소리에 개구리들이 폴짝 뛰어 몸을 숨겼다.

"내가 잘못 생각했어요, 잘못 생각했다고요. 당신 말을 듣다니 내가 미쳤었어요." 그녀가 말했다.

"어째서죠?…… 에마! 에마!"

"오! 로돌프!……" 젊은 여인이 그의 어깨에 몸을 기대며 천천히 말했다.

에마의 승마복 천이 로돌프의 벨벳 상의에 달라붙었다. 에마는 목을 젖혔는데, 하얀 목이 한숨과 함께 부풀어올랐다. 그러고는 정신이 아득해진 채 눈물범벅이 된 얼굴을 가리고 길게 부르르 떨면서 몸을 내맡겼다.

땅거미가 내리고 있었다. 지평선으로 넘어가는 햇빛이 나뭇가지 사이로 비쳐 들어 그녀는 눈이 부셨다. 나뭇잎 사이와 땅 위, 주위 여기저기에서 빛의 반점들이 마치 날아가는 벌새가 흩뿌리는 깃털처럼 아른거렸다. 사방이 고요했다. 나무들이 무언가 감미로운 것을 뿜어내는 듯했다. 그녀는 자신의 심장이 다시 뛰고, 젖이 흐르는 시내처럼 피가 몸속을 도는 것을 느꼈다. 그때 숲 너머 저멀리 다른 언덕으로부터 분명치 않은 긴 외침, 여운이 남는 소리가 들려오자, 그녀는 흥분한 신경의 마지막 떨림과 화음을 이루는 음악이라도 되는 것처럼 말없이 귀를 기울였다. 로돌프는 이 사이에 잎담배를 물고 주머니칼로 망가진 말굴레 하나를 고치고 있었다.

그들은 올 때와 같은 길을 되짚어 용빌로 돌아왔다. 두 사람은 진흙 위에 나란히 찍힌 말굽 자국, 아까 지나온 그 덤불, 아까 지나온 풀밭의 조약돌들을 보았다. 그들 주위에는 변한 것이 아무것도 없었다. 하지만 그녀에게는 산이 자리를 옮긴 것보다 더 엄청난 일이 일어난 것 같았다. 로돌프는 이따금 몸을 기울여 그녀의 손을 잡아서는 입맞춤을 했다.

말 위에 앉은 그녀의 모습은 매혹적이었다! 날씬한 허리를 꼿꼿이 세우고 무릎을 굽혀 말갈기에 대고 있었는데, 붉게 물든 노을빛 아래 바깥공기를 쐰 얼굴이 살짝 상기되어 있었다.

용빌로 들어오자 그녀는 포장도로 위에서 말을 껑충거리며 돌게 했다. 사람들이 창문으로 그 모습을 바라보았다.

저녁식사 때 샤를은 그녀의 안색이 좋아졌다고 생각했다. 그가 말을 타고 나간 것이 어땠느냐고 묻자 그녀는 못 들은 척했다. 양쪽에서 촛불이 타고 있는 식탁에서 그녀는 접시 옆에 팔꿈치를 괸 채 앉아 있었다.

"에마!" 샤를이 불렀다.

"왜요?"

"음, 오늘 오후에 알렉상드르 씨네에 갔었어요. 그 집에, 무릎에 상처를 좀 입긴 했지만 아직 괜찮은 늙은 암말이 한 마리 있는데, 백 에퀴면 살 수 있을 것 같아요……"

그가 덧붙였다.

"당신 마음에 들 거라는 생각이 들어서 확보를 해놓았…… 아니, 사버렸어요…… 잘했지요? 당신 생각은 어떤지 말 좀 해봐요."

그녀는 동의한다는 뜻으로 고개를 끄덕였다. 그러고는 십오 분쯤 후에 물었다.

"오늘밤에 외출해요?"

"그래요. 왜요?"

"오! 아니에요, 그냥요, 여보."

샤를에게서 벗어나자 그녀는 즉각 자기 방으로 올라가 틀어박혔다.

처음에는 그저 얼떨떨한 상태였다. 나무들, 길, 도랑, 로돌프의 모습이 떠오르더니, 이어 나뭇잎이 흔들리고 골풀이 사각거리는 가운데 로돌프가 두 팔로 자신을 포옹했을 때의 느낌이 되살아났다.

거울을 들여다본 그녀는 자신의 얼굴에 깜짝 놀랐다. 눈이 지금처럼 크고 까맣고 깊어 보인 적이 없었다. 미묘한 어떤 것이 존재 전체에 퍼져서 그녀를 변화시킨 것이다.

그녀는 "내게 애인이 생겼어! 애인이 생겼다고!"라고 거듭 중얼거렸는데, 마치 사춘기가 다시 찾아오기라도 한 것처럼 그 생각을 하자 기분이 좋았다. 그러니까 이제 그녀는 마침내 사랑의 즐거움을, 포기했던 행복의 열기를 누릴 수 있게 되었다. 모든 것이 열정, 도취, 흥분에 다름 아닌 경이로운 어떤 세계로 들어선 것이다. 푸르스름한 빛을 띤 광대한 것이 그녀를 둘러싸고, 그녀의 상념 아래에서 최고조에 달한 감정이 반짝이며, 평범한 삶은 저멀리, 저 아래, 어둠 속, 저 높은 꼭대기 사이사이에만 존재할 뿐이었다.

그녀는 자신이 읽은 책 속의 여주인공들을 떠올렸는데, 그러자 불륜에 빠진 정열적인 여자들이 마치 자매 같은 친밀한 목소리로 그녀의 기억 속에서 노래하기 시작했고, 그녀는 그 목소리에 매혹되었다. 이제 그녀 자신이 명실상부하게 그런 상상의 일부가 되었고, 그토록 부러워했던 사랑에 빠진 여자 역할과 자신을 동일시할 수 있게 됨으로써 젊은 시절의 오랜 몽상을 실현한 셈이었다. 게다가 에마는 복수심 또한 만족시킬 수 있었다. 그동안 얼마나 고통스러웠던가! 하지만 그녀는 승리했고, 그토록 오랫동안 억눌려온 사랑이 환희로 끓어올라 송두리째 분출되었다. 그녀는 아무런 후회도, 불안도, 번민도 없이 그 사랑을 음미했다.

다음날 하루가 새로운 감미로움 속에서 지나갔다. 두 사람은 서로 많은 맹세를 했다. 그녀는 그에게 자신의 슬픔을 털어놓았다. 로돌프는 입맞춤으로 그녀의 이야기를 끊곤 했다. 그러면 그녀는 눈을 가늘게 뜨고 그를 응시하면서 자기 이름을 다시 불러달라고, 사랑한다고 한번 더 말해달라고 청했다. 그들은 전날에 왔던 숲속 나막신 장인의 오두막 안에 있었다. 벽은 짚으로 되어 있고, 지붕은 너무 낮아서 몸을 굽히고 있어야 했다. 두 사람은 마른 나뭇잎으로 만든 침상 위에 서로 몸을 붙인 채 앉아 있었다.

그날부터 그들은 매일 밤 서로에게 편지를 썼다. 에마는 자기가 쓴 편지를 마당 끝 시내 근처에 있는 테라스의 갈라진 틈 사이에 끼워두었다. 로돌프가 와서 그 편지를 꺼내고 그 자리에 자기가 쓴 편지를 끼워두곤 했는데 에마는 언제나 그 내용이 너무 짧다고 불평했다.

어느 날 아침 동이 트기도 전에 샤를이 집에서 나가자, 그녀는 로돌프를 당장 만나야겠다는 엉뚱한 충동에 사로잡혔다. 위셰트는 금방 갈 수 있는 거리이니 가서 한 시간 정도 머물다가 용빌로 돌아와도 모두들 여전히 자고 있을 터였다. 그럴 수 있겠다고 생각하자 그녀는 갈망으로 숨이 가빠왔고, 잠시 후에는 들판 한가운데를 뒤도 돌아보지 않고 빠른 걸음으로 걷고 있었다.

동이 트고 있었다. 에마는 흐릿한 새벽 하늘을 배경으로 제비 꼬리 모양의 풍향계 두 개가 검은 윤곽을 뚜렷하게 드러낸 애인의 집을 멀리서 알아보았다.

농장의 마당을 지나자 그가 지내는 저택으로 보이는 본채 건물이 나왔다. 그녀는 안으로 들어갔는데, 그녀가 다가가자 벽이 저절로 열리기라도 하는 것 같았다. 널찍한 직선형 층계를 오르자 복도가 나왔다. 에마가 어떤 방문 앞으로 다가가 손잡이를 돌리자, 방 안쪽에 한 남자가 자고 있는 모습이 한눈에 보였다. 로돌프였다. 그녀가 소리를 질렀다.

"당신이 여기에 있다니! 당신이 여기에 와 있다니!" 그가 되뇌었다. "어떻게 온 거예요?…… 이런, 옷이 젖었네요!"

"사랑해요!" 그녀는 두 팔로 그의 목을 끌어안았다.

이 대담한 첫 시도가 성공하자 에마는 이제 샤를이 일찍 나갈 때마다 재빨리 옷을 갈아입고 시냇가로 통하는 돌계단을 살그머니 내려가곤 했다.

하지만 소들이 지나다니는 널빤지가 치워져 있을 때면, 그녀는 시내를 따라 이어지는 축대를 따라가야 했다. 둑은 미끄러웠다. 그녀는 넘어지지 않기 위해 말라붙은 무아재비 덤불을 손으로 움켜쥐었다. 그런 다음에는 경작지를 가로질렀는데, 그럴 때면 발이 흙에 빠져 비틀거렸고 얇은 부츠가 벗겨질 것 같기도 했다. 머리에 맨 스카프가 목장의 바람에 펄럭였다. 황소들이 보이자 그녀는 겁이 나서 달리기 시작했다. 에마는 두 뺨이 장밋빛으로 물든 채 숨을 헐떡이면서, 수액과 풀과 들판의 신선한 향기를 온몸으로 풍기며 저택에 도착했다. 그 시각 로돌프는 아직 자고 있었다. 그녀가 들어가자 마치 봄날의 아침이 그의 방을 찾아온 듯했다.

창문을 따라 늘어진 노란 커튼을 통해 묵직한 금빛 햇살이 부드럽게 비쳐 들었다. 에마는 눈을 깜박이며 손으로 더듬으면서 다가갔는데, 머릿단에 매달린 이슬 때문에 얼굴 주위로 황옥빛 후광이 서린 듯이 보였다. 로돌프는 웃으면서 그녀를 끌어당겨 가슴에 껴안았다.

이윽고 그녀는 방안을 살펴보기 시작했는데, 가구의 서랍을 열어보고, 로돌프의 빗으로 머리를 빗고, 면도용 거울에 자신의 모습을 비춰

보았다. 심지어는 침대 협탁 위 물병 옆에서 각설탕과 레몬 사이에 놓인 굵은 담뱃대를 집어들어 이 사이에 물어보기도 했다.

그들이 헤어지는 인사를 나누는 데에만 족히 십오 분이 걸렸다. 그럴 때면 에마는 눈물을 흘렸다. 그녀는 로돌프를 두고 돌아가고 싶지 않았다. 그녀의 힘으로는 어쩔 수 없는 무언가가 그녀를 그에게로 몰아붙였는데, 어느 날 예고도 없이 불쑥 찾아온 그녀를 보고 로돌프는 기분이 상한 사람처럼 얼굴을 찌푸렸다.

"무슨 일이에요? 어디 아파요? 말 좀 해봐요!" 그녀가 말했다.

마침내 그는 심각한 얼굴로 이렇게 찾아오는 일은 경솔한 행동이며 그녀의 평판을 위태롭게 한다고 잘라 말했다.

10

이런 로돌프의 불안이 점차 에마에게도 전염되었다. 초반에 그녀는 사랑에 흠뻑 빠져서 그 이외의 것은 아무것도 생각하지 않았다. 하지만 사랑이 그녀의 삶에 없어서는 안 될 것이 되자, 이제 그녀는 사랑을 조금이라도 잃어버릴까봐, 방해받을까봐 두려워졌다. 그의 집에서 돌아올 때면 그녀는 불안한 눈길로 사방을 두리번거리며 지평선 위를 지나가는 형체 하나하나, 안에서 누군가 그녀를 알아볼 수도 있을 집들의 채광창 하나하나를 살펴보았다. 발소리, 외침소리, 쟁기질소리에 귀를 기울였다. 그러다가 머리 위에서 흔들리는 포플러 잎보다 더 파랗게 질려 파들파들 떨면서 걸음을 멈추곤 했다.

어느 날 아침 그렇게 로돌프의 집에서 돌아오던 그녀는 문득 자신을 겨누는 듯 튀어나와 있는 소총의 길쭉한 총신을 본 것 같다는 생각이 들었다. 총신은 도랑 옆 풀숲에 반쯤 파묻힌 작은 통 가장자리로부터 비스듬하게 튀어나와 있었다. 에마는 공포에 사로잡혀 금방이라도 기절할 것 같았지만 그래도 걸음을 멈추지 않았는데, 흡사 상자 속에서 튀어나오는 용수철 인형처럼 통에서 남자 하나가 불쑥 나왔다. 남자는 버클 달린 각반을 무릎까지 찬 채 챙모자를 눈 위까지 눌러쓰고 코는 빨갛게 얼어서 입술을 떨고 있었다. 들오리를 잡기 위해 숨어서 망을 보던 비네 대장이었다.

"사람이 온다고 멀리서부터 소리를 지르셨어야죠! 총을 보면 언제나 자신의 위치를 알려야 한다고요." 그가 소리쳤다.

세무관리는 그런 말로 자신이 조금 전 몹시 겁에 질렸었다는 사실을 감추려 애썼다. 오리 사냥은 배 위에서 하는 경우 외에는 지역 대표 법령으로 금지되어 있었으므로, 늘 법을 잘 지킨다고 주장하는 비네가 실제로는 법을 어기고 있었던 셈이다. 그래서 그는 매 순간 경찰이 오는 소리가 귓가에 들리는 것 같았다. 하지만 이런 불안감이 짜릿함을 더해주었으므로, 그는 혼자 통 속에 앉아 자신의 행운과 영리함에 갈채를 보내고 있었다.

다가오는 사람이 에마라는 것을 알고 그는 큰 짐을 내려놓은 것처럼 안심했고, 이내 이야기를 시작했다.

"날이 찹니다. 매서운 날씨네요!"

에마는 아무 대답도 하지 않았다. 그가 말을 이었다.

"그런데 부인께선 이른 시각에 외출하셨네요?"

"예. 아이를 맡겨둔 유모 집에 다녀오는 길이에요." 그녀가 더듬거리며 대답했다.

"아! 그래요! 그렇군요! 저는 보시다시피 동이 틀 때부터 여기 나와 있답니다. 하지만 안개가 워낙 짙게 껴서 바로 코앞까지 오리가 오지 않는 한……"

"비네 씨, 전 그만 가볼게요." 그녀는 그의 말허리를 자르며 발길을 돌렸다.

"살펴가십시오, 부인." 그가 무미건조한 어조로 말했다.

그런 다음 그는 다시 통으로 들어갔다.

에마는 세무관리를 그렇게 갑작스럽게 떠나온 것을 후회했다. 그는 틀림없이 그녀에게 이롭지 않은 추측을 하리라. 보바리네 아이가 집으로 돌아온 지 일 년이 되었다는 사실을 용빌 사람 모두가 알고 있는 만큼, 유모 이야기는 가장 피했어야 할 구실이었다. 게다가 그 근처에는 인가가 전혀 없었다. 그 길로는 위셰트밖에 갈 데가 없었다. 그러므로 비네는 그녀가 어디에서 오는지를 알았을 테니 가만히 있지 않고 떠들어댈 것이 분명하지 않은가! 그녀는 저녁때까지 사냥 자루를 둘러멘 그 사내의 얼간이 같은 모습이 줄곧 눈앞에 어른거려, 그럴싸한 온갖 변명을 궁리해내느라 머리를 쥐어짰다.

샤를은 그녀가 걱정스러운 표정을 짓고 있는 것을 보고, 저녁식사 후 기분전환을 위해 그녀를 데리고 약제사의 집으로 갔다. 그런데 약국에 도착하자마자 그녀의 눈에 제일 먼저 띈 사람은 바로 문제의 인물, 세무관리였다! 그는 계산대 앞에 서서 붉은 유리병의 불빛을 받으며 이렇게 말하고 있었다.

"황산염 반 온스 주십시오."

"쥐스탱, 황산 가져와." 약제사가 소리쳤다.

그런 다음 약제사는 오메 부인의 방으로 올라가려는 에마를 향해 말했다.

"아뇨, 번거롭게 올라가시지 말고, 아내가 곧 내려올 테니 여기 계십시오. 기다리시는 동안 난롯불 좀 쬐시지요…… 죄송합니다…… 안녕하십니까, 박사님(약제사는 이 박사라는 단어를 쓰는 것을 몹시 좋아했는데, 상대방에게 그 단어를 쓰면 그 말에 깃든 장중한 무엇인가가 자신에게 되돌아오는 것 같아서였다)…… 쥐스탱, 절구들 엎지 않도록 조심해! 그거 말고 작은 방에 있는 의자를 가져와. 거실의 안락의자는 제자리에 그대로 둬야 한다는 거 너도 잘 알잖아."

안락의자를 제자리에 갖다두기 위해 오메가 계산대 앞으로 서둘러 나오는 순간, 비네가 다시 당산 반 온스를 달라고 말했다.

"당산요?" 약제사가 비웃는 듯한 어조로 말했다. "뭘 말하는지 모르겠네요. 혹시 옥살산을 말하는 건가요? 원하는 게 옥살산염 아닙니까?"

비네는 이런저런 사냥 장비에 슨 녹을 닦으려고 자신이 직접 금속 광택제를 만드는데, 부식제가 필요하다고 설명했다. 에마가 파르르 몸서리를 쳤다. 약제사가 말을 시작했다.

"사실 습도가 높아서 사냥에 적당한 날씨는 아니지요."

"하지만 이런 날씨를 개의치 않는 사람들도 있지요." 세무관리가 의뭉스럽게 다시 말했다.

에마는 숨이 막히는 것 같았다.

"또 필요한 것이 있는데……"

'저 사람 계속 여기 있을 건가봐!' 그녀는 생각했다.

"사냥 장비의 에나멜가죽을 닦는 데 쓸 송진과 테레빈유를 각각 반 온스씩, 황랍 4온스, 그리고 골탄 3온스 반도 주십시오."

약제사가 밀랍을 자르기 시작했을 때, 오메 부인이 이르마를 품에 안고 나타났고, 나폴레옹은 옆에서, 아탈리는 뒤에서 따라왔다. 그녀는 창가에 놓인 기다란 우단 의자에 가서 앉았고, 사내아이는 동그란 의자에 주저앉았으며, 그애의 누나는 아빠 옆에 있는 대추 상자 주위를 돌아다녔다. 오메는 깔때기에 용액을 붓고, 병마개를 막고, 이름표를 붙이고, 포장을 했다. 주위 사람들 모두 입을 다물고 있었다. 이따금 저울추가 딸랑거리는 소리와 조수에게 나직하게 조언하는 약제사의 말소리만이 들려올 뿐이었다.

"아기는 어떻게 지내나요?" 오메 부인이 불쑥 에마에게 물었다.

"조용히 해요!" 오메가 장부에 숫자를 적으며 외쳤다.

"데리고 오지 그러셨어요?" 오메 부인이 낮은 목소리로 다시 말했다.

"쉿! 쉿!" 에마가 손가락으로 약제사를 가리키며 부인에게 말했다.

한편 계산서의 내역을 보는 데 정신이 팔렸던 비네는 아무 말도 듣지 못한 듯했다. 마침내 그가 약국에서 나갔다. 그러자 비로소 숨통이 트인 에마가 한숨을 내쉬었다.

"숨 한번 크게 쉬네요!" 오메 부인이 말했다.

"아! 날씨가 좀 더워서요." 에마가 대답했다.

다음날 에마와 로돌프는 어떻게 만나는 게 좋을지에 대해 이야기를 나누었다. 에마는 자기 집 하녀에게 선물을 주어 자기편으로 만들겠다고 했다. 하지만 용빌 안에서 외딴집을 찾아보는 편이 나을 듯했다. 로돌프는 그런 집을 알아보겠다고 약속했다.

그 겨울 내내 그는 일주일에 서너 차례 한밤중에 에마네 마당으로 왔다. 에마는 마당 문의 열쇠를 일부러 치워버렸는데, 샤를은 열쇠가 없어진 모양이라고 여겼다.

로돌프는 자신이 왔다는 것을 에마에게 알리기 위해 창의 덧문에 모래를 한 움큼 던지곤 했다. 그러면 그녀는 깜짝 놀라 자리에서 일어났다. 하지만 샤를이 난롯가에서 끝도 없이 이야기를 늘어놓기를 좋아했기 때문에 그녀는 기다려야만 했다. 에마는 조바심으로 마음을 끓였다. 할 수만 있다면 그녀는 눈빛을 쏘아 샤를을 창밖으로 내던져버렸으리라. 이윽고 에마는 밤 단장을 시작했다. 그런 다음 책 한 권을 집어들고는 아주 재미있다는 듯이 태연하게 책을 읽었다. 샤를이 그만 자자며 침대에서 그녀를 불렀다.

"어서 와요, 에마. 잘 시간이에요." 그가 말했다.

"네, 곧 갈게요!" 그녀가 대답했다.

하지만 촛불에 눈이 부셔서 벽 쪽으로 돌아누운 샤를은 이내 잠이 들었다. 에마는 웃음 띤 얼굴로 숨을 죽인 채 가슴을 두근거리면서 잠옷 차림으로 방을 빠져나갔다.

로돌프는 품 넓은 외투를 입고 있었다. 그는 그 외투로 그녀를 감싸고 한쪽 팔을 그녀의 허리에 감은 채 말없이 그녀를 마당 구석으로 이끌었다.

과거 여름날 저녁, 레옹이 그토록 애정에 찬 눈길로 그녀를 바라보던, 퍼걸러 아래의 썩은 통나무 벤치였다. 그녀는 이제 레옹 생각은 거의 하지 않았다.

잎이 다 떨어진 재스민 가지 사이로 반짝이는 별들이 보였다. 등뒤에서 시냇물이 흐르는 소리와 이따금 둑에서 마른 갈대가 서로 부딪는 소리가 들려왔다. 여기저기 드리워진 그림자 덩어리들이 어둠 속에서 부풀어오르더니, 한꺼번에 부르르 떨리며 마치 두 사람을 집어삼키려는 거대한 검은 물결처럼 몸을 일으켰다가 다시 고개를 숙이곤 했다. 밤의 추위 때문에 그들은 서로를 더 꼭 껴안았다. 입에서 새어나오는 숨결이 더 거칠어진 느낌이었다. 가까스로 상대를 알아볼 정도의 짙은 어둠 속에서 서로의 눈은 더 커 보였고, 정적 한가운데서 아주 나직하게 나눈 말들이 수정처럼 맑게 울리며 그들의 마음 위로 떨어져내려 낭랑하게 메아리쳤다.

비 오는 밤이면 그들은 헛간과 마구간 사이에 있는 샤를의 진료실로 몸을 피했다. 그녀는 책들 뒤에 숨겨둔 부엌용 양초에 불을 밝혔다. 로돌프는 마치 자기 집인 양 편히 자리를 잡았다. 그는 책장과 책상, 요컨대 그 방안의 모습 전체에 자극을 받아 기분이 좋아진 듯했다. 그가 자제심을 잃고 샤를에 대해 농담을 늘어놓자, 에마는 당혹스러웠다. 그녀는 로돌프가 좀더 진지한 모습을 보여주기를, 그리고 경우에 따라서는 더더욱 극적인 모습을 보여주기를 바랐다. 그러니까 뒤쪽 오솔길에서 발소리가 들린 것 같은 생각이 들 때는 말이다.

"누가 와요!" 그녀가 말했다.

그가 촛불을 불어 껐다.

"권총 갖고 있어요?"

"왜요?"

"그러니까…… 당신 몸을 지키기 위해서요." 에마가 말했다.

"당신 남편의 공격으로부터요? 아! 가엾은 친구 같으니라고!"

그러더니 로돌프는 '내가 손가락 하나로 튕기기만 해도 그는 박살이 날걸' 하고 말하는 듯한 손짓을 해 보였다.

에마는 그의 대담성에 놀라면서도 유치한 상스러움과 야비함이 느껴져 마음이 불편했다.

로돌프는 이 권총 이야기를 곰곰이 생각해보았다. 만약 그녀가 진지하게 그런 말을 했다면, 정말 터무니없다고, 심지어 기괴하기까지 하다고 생각했는데, 그로서는 이른바 질투와는 거리가 먼 그 사람 좋은 샤를을 증오할 이유가 전혀 없었기 때문이다. 그런데도 에마는 이 문제를 두고 그에게 엄숙하게 맹세까지 시켰는데, 그런 맹세 역시 좋은 취향 같지 않았다.

게다가 그녀는 몹시 감상적이 되어갔다. 초소형 초상화를 교환해야 했고, 서로의 머리카락을 한 줌씩 잘라낸 데 이어, 이제는 반지를, 영원한 결합의 증표인 진짜 결혼반지를 요구했다. 또 저녁 종소리니 자연의 소리니 하는 말을 자주 했다. 게다가 자기 어머니나 그의 어머니 이야기를 하기도 했다. 로돌프가 어머니를 여읜 것은 벌써 이십 년 전이었다. 그럼에도 에마는 고아가 된 어린아이에게 하듯이 짐짓 꾸민 듯한 말투로 그를 위로했고, 심지어 몇 차례 달을 바라보면서 이렇게 말하기까지 했다.

"어머니 두 분이 저 위에서 틀림없이 우리의 사랑을 인정해주고 계실 거예요."

그렇긴 해도 그녀는 정말 예뻤다! 로돌프로서는 에마처럼 순진한 여자를 소유하는 게 거의 처음이었다! 난잡함이라고는 찾아볼 수 없는 이런 사랑은 그에게 안이한 습관에서 벗어나게 해주는 동시에 스스로의 자긍심과 관능까지 충족시켜주는 새로운 그 무엇이었다. 그의 부르주아식 양식에 비추어 경멸해야 마땅한 에마의 열광도 마음속 깊은 곳에서는 매력적으로 여겨졌는데, 그 열광이 다름 아닌 자신을 향한 것이었기 때문이다. 그녀에게 사랑받고 있다고 확신하자, 그는 행동이 방만해졌고 시나브로 태도가 달라져갔다.

그는 지난날 그녀를 울먹이게 하던 그 감미로운 말도, 그녀를 미치게 만들던 그 격렬한 애무도 더이상 하지 않았다. 그러자 그녀가 빠져 살고 있었던 그들의 위대한 사랑이 마치 강바닥으로 빨려들어가는 강물처럼 발아래서 점점 줄어드는 듯하더니, 마침내 그녀의 눈에 강바닥의 진흙이 보이기 시작했다. 그녀는 그 사실을 믿고 싶지 않았다. 그녀는 애정을 두 배로 기울였다. 그러자 로돌프는 점점 더 노골적으로 무심한 태도를 드러냈다.

그녀는 자신이 그의 유혹에 넘어간 것을 후회하는 것인지, 아니면 반대로 그에게 더 잘해주고 싶은 것인지 알 수 없었다. 자신이 약자라는 느낌에서 받는 모욕감은 원망으로 변해갔지만 쾌락이 그런 감정을 누그러뜨렸다. 그가 주는 쾌락은 애착이 아니라, 줄곧 되풀이되는 유혹 같은 것이었다. 그는 그녀를 휘어잡고 있었다. 그 사실에 그녀는 공포에 가까운 감정을 느꼈다.

그럼에도 로돌프가 그 불륜 관계를 자기 기분에 따라 요령껏 이끌어가고 있었으므로, 표면적으로 두 사람 사이는 어느 때보다도 평온했다. 그래서 그로부터 육 개월 후 봄이 올 즈음, 그들은 가정의 성화를 꺼뜨리지 않고 지키는 부부 같은 태도로 서로를 대하고 있었다.

매해 그 무렵 루오 영감은 자기 다리가 잘 치료된 옛일을 기념하는 뜻에서 보바리 부부에게 칠면조를 보내오곤 했다. 선물에는 언제나 편지가 동봉되었다. 에마는 편지를 바구니에 매달아놓은 끈을 자르고 내용을 읽어내려갔다.

사랑하는 딸과 사위에게,

이 편지를 받는 두 사람 다 건강하기를, 그리고 이 칠면조가 예년 것들만큼 마음에 들기를 바란다. 굳이 말하자면 이번 것이 살이 좀 더 연하고 무게도 더 나가는 것 같구나. 그런데 다음번에는 좀 변화를 줘서, 너희가 꼭 칠면조를 고집하는 것만 아니라면 수탉을 보낼까 한다. 그리고 바구니는 전에 보낸 두 개와 함께 꼭 돌려보내주렴. 여기는 바람이 심하게 분 날 밤에 수레 창고의 지붕이 나무들 사이로 날아가버려서 골치를 앓고 있단다. 수확량 또한 시원찮고. 여하간 언제 너희들을 만나러 갈 수 있을지 모르겠구나. 딸아, 이 애비가 혼자 된 후로는 집을 비우기가 얼마나 어려운지!

이 줄 다음에는, 노인이 잠시 펜을 내려놓고 생각에 잠겼던 듯 공백이 있었다.

나로 말할 것 같으면, 잘 지낸다. 그런데 우리집 양치기가 입맛이 어처구니없게 까다로워 내보낸 뒤 며칠 전에 이브토의 장에 새 양치기를 구하러 갔다가 그곳에서 감기를 옮아왔어. 그 양치기 같은 불한당을 상대해야 하다니 우리 신세가 얼마나 딱한지! 게다가 그 녀석은 정직하지도 않았어.

올겨울 너희 마을을 돌아다니다가 마을 의사에게 이를 뽑고 왔다는 한 행상에게서, 보바리가 언제나처럼 열심히 일하고 있다는 소식을 들었다. 당연히 그럴 걸로 짐작하고 있어서 놀라지도 않았는데, 그가 나에게 자기 이를 보여주더구나. 나는 그 사람과 함께 커피를 마셨지. 너를 보았느냐는 내 물음에 그는 너는 못 봤지만 마구간에 말 두 마리가 있었다고 하더라. 그래서 나는 보바리의 일이 잘되고 있다는 걸 알았지. 다행한 일이다, 사랑하는 애들아, 선한 신께서 너희에게 온갖 축복을 내려주시기를.

사랑하는 손녀 베르트 보바리의 얼굴을 아직 못 봐서 정말 유감이구나. 그애를 위해 네가 쓰던 방 창문 앞 마당에 자두나무를 한 그루 심었는데, 아무도 손대지 못하게 하고 나중에 그 열매로 당절임을 만들어 찬장에 넣어두었다가 그애가 오면 줄 생각이다.

그럼 잘 있거라, 사랑하는 아이들아. 내 딸아, 입맞춤을 받으렴. 내 사위 자네도, 그리고 어린것의 두 뺨에도 입맞춤을 보낸다.

사랑을 담아,

너희를 사랑하는 아버지,

테오도르 루오.

에마는 잠시 동안 그 결이 거친 종이를 손에 들고 있었다. 철자법이 틀린 곳이 여러 군데 있었지만, 그녀는 마치 가시나무 울타리 속에 반쯤 몸을 감춘 암탉처럼 행간에 숨은 다사로운 생각을 머릿속으로 좇았다. 난로의 재를 뿌려 편지의 잉크를 말렸는지 편지지에서 잿빛 먼지가 옷 위로 떨어지자, 에마는 부젓가락을 집으려고 아궁이 쪽으로 몸을 굽히는 아버지의 모습이 한순간 눈앞에 보이는 것 같았다. 아버지와 함께 벽난로 앞 나무의자에 앉아 탁탁 소리를 내며 세차게 타오르는 골풀의 불꽃에 막대기 끝을 태우던 시절은 이제 얼마나 까마득한가!…… 그녀는 해가 쨍쨍 내리쬐던 여름날 저녁을 떠올렸다. 사람들이 지나가면 망아지들이 히잉히잉 울면서 전속력으로 달리곤 했다…… 그녀의 방 창문 아래에는 벌집이 있었는데, 때때로 꿀벌들이 햇빛 속에서 빙빙 돌다가 튕겨오르는 황금 공처럼 유리창에 몸을 부딪곤 했다. 얼마나 행복한 시절이었던가! 얼마나 자유로웠던가! 얼마나 희망찼던가! 얼마나 풍요로운 환상에 젖었던가! 이제는 아무것도 남아 있지 않았다! 처녀 시절, 결혼, 연애로 이어지는 온갖 상황을 거치며 그녀는 마음의 온갖 모험에 그 모든 것을 탕진해버리고 말았다. 마치 길가의 여인숙을 나올 때마다 수중의 돈이 조금씩 줄어드는 여행자처럼, 그녀는 살아오면서 그런 식으로 줄곧 그것들을 잃어버렸다.

그런데 무엇이 그녀를 그토록 불행하게 만들었을까? 그녀를 뒤흔들어놓은 엄청난 재앙은 어디에 있었을까? 그녀는 고개를 들고 자신을 괴롭히는 것이 무엇인지 찾기라도 하듯 주위를 둘러보았다.

4월의 햇빛이 선반의 도자기 장식 위에서 반짝였다. 난롯불이 타올랐다. 그녀는 실내화 아래로 양탄자의 부드러운 감촉을 느꼈다. 날은 맑고 대기는 온화했으며 아이가 까르륵거리며 웃음을 터뜨리는 소리가 귀에 들려왔다.

실제로 어린 딸은 잔디밭에 말리려고 널어놓은 풀 위를 뒹굴고 있었다. 아이는 퇴비용 풀에 배를 깔고 엎드렸다. 하녀가 아이의 치맛자락을 붙들었다. 그 옆에서 레스티부두아가 갈퀴로 풀을 긁어모으고 있었는데, 그가 다가올 때마다 아이는 두 팔을 허공에 흔들어대며 몸을 기울이곤 했다.

"애 좀 이리 데려다줘!" 에마가 아이에게 입맞춤을 하기 위해 달려나가며 말했다. "내가 널 얼마나 사랑하는데, 내 귀여운 아가! 내가 널 얼마나 사랑한다고!"

아이의 귀 끝이 더러워진 것을 본 그녀는 얼른 종을 울려 더운물을 가져오게 해서 아이를 씻기고, 속옷을 갈아입힌 뒤 긴 양말과 신발도 갈아 신기고, 마치 이제 막 여행에서 돌아오기라도 한 듯 아이의 건강 상태에 대해 이것저것 묻고는, 눈물을 글썽이며 아이에게 다시 입맞춤을 한 다음, 이런 지나친 애정 표현에 몹시 놀란 하녀의 손에 아이를 넘겨주었다.

그날 밤 로돌프는 그녀의 표정이 평소보다 훨씬 심각하다고 느꼈다.

'괜찮아질 거야. 지나가는 변덕이겠지.' 그가 생각했다.

그러고는 세 차례나 연속해서 그녀를 바람맞혔다. 그가 모습을 나타냈을 때, 그녀의 태도는 차가웠고 거의 그를 경멸하는 듯했다.

"이런! 이러는 건 시간 낭비야, 귀여운 에마……"

그러면서 그는 그녀의 울적한 한숨도, 그녀가 줄곧 손수건을 꺼내는 것도 못 본 척했다.

에마가 그와의 만남을 후회하게 된 것은 바로 그때였다!

심지어 그녀는 자신이 왜 그렇게 샤를을 싫어하는 것인지, 그를 사랑할 수만 있다면 그편이 가장 낫지 않을지 자문하기까지 했다. 하지만 샤를은 돌아온 그녀의 감정이 발붙일 만한 발판을 제대로 마련해주지 못했고, 그래서 그녀가 연애를 희생하겠다는 뜻만 품은 채 몹시 당혹스러워하고 있을 때 약제사가 때맞춰 적당한 기회를 제공해주었다.

11

오메는 최근 새로운 내반족 치료법에 찬사를 보내는 내용의 기사를 읽었다. 그래서 그러잖아도 진보주의자인 그는 시대의 흐름에 뒤처지지 않기 위해 용빌에서도 굽은 다리 수술이 시행되어야 한다는 애향적인 생각을 해냈다.

"위험이랄 게 뭐 있겠습니까? 생각해보세요." 그는 에마에게 말했다(그러면서 그런 시도의 장점을 손가락을 꼽아가며 늘어놓았다). "성공은 거의 확실하고 환자는 다리도 낫고 보기도 좋아지고 수술한 의사는 곧 명성을 얻을 겁니다. 예를 들어 보바리 씨도 리옹 도르 여관에서 일하는 그 가엾은 이폴리트를 고쳐주고 싶지 않으시겠어요? 이폴리트는 여관에서 만나는 손님들마다 붙잡고 자기 다리가 좋아진 이야기를 할 테고, 또," (그렇게 말한 다음 오메는 목소리를 낮추고 주위를 둘러보았다.) "내가 그 일에 대해 짤막한 글을 써서 신문사에 보내는 걸 누가 막겠습니까? 이런! 세상에! 기사가 게재되고…… 사람들이 그에 대해 이야기를 하고…… 그럼 소문이 결국 눈덩이처럼 커지는 거죠! 그러면 혹시 압니까? 혹시 압니까?"

어쩌면 보바리도 성공한 의사가 될 수 있을지도 몰랐다. 에마로서는 그가 실력이 없다고 볼 이유가 전혀 없었으니, 부와 명성을 높일 도상에 그를 세우게 된다면 스스로도 얼마나 만족스럽겠는가? 그녀는 연애보다 더 견고한 그 무엇에 스스로를 의지할 수 있기만을 바랐다.

약제사와 에마가 부추기자 샤를은 설득당하고 말았다. 그는 뒤발 박사가 쓴 문제의 책을 루앙에서 구해와 매일 저녁 두 손으로 머리를 싸매고 집중해서 읽었다.

그가 첨족, 내반족, 외반족에 대해, 즉 스트레포카토포디, 스트레펜도포디, 스트레펙소포디(좀더 알기 쉽게 말하자면 발바닥이 아래쪽, 안쪽, 바깥쪽으로 틀어진 여러 기형발)에 대해서는 물론, 스트레피포포디와 스트레파노포디(다시 말해서 아래쪽이나 위쪽으로 비틀린 기형발)에 대해 공부하는 동안, 오메는 여관 일꾼에게 갖은 이유를 대며 수술을 받아보라고 설득했다.

"아마 자네는 가벼운 통증 정도밖에 못 느낄 걸세. 티눈 빼는 것보다 쉽고, 피를 조금 뽑는 것처럼 그냥 따끔할 거라고."

이폴리트는 우둔해 보이는 눈을 굴리며 생각을 해보는 것 같았다.

약제사가 다시 말했다. "어쨌든 이건 내 이익과는 전혀 상관없는 일일세! 자네를 위해서야! 순수한 인도주의에서 이러는 거라고! 이 친구야, 난 자네가 그 허리께를 실룩거리면서 보기 싫게 절뚝거리는 것에서 해방되었으면 한다네. 자네는 괜찮다고 하지만 그건 자네 일에도 상당히 지장이 돼."

이어 오메는 수술을 받고 나면 얼마나 건장하고 민첩해질지 이야기하고 여자들에게 인기가 높아질 것이라는 암시까지 은근히 내비쳤다. 그러자 이 마구간지기는 부끄러운 듯 미소를 지었다. 오메는 그의 허영심을 자극했다.

"첫, 자네도 사내 아닌가? 자네가 군에 입대해 나라를 위해 싸워야 한다면 어떻겠나?…… 아! 이폴리트!"

이윽고 오메는 과학의 혜택을 거부하는 그런 무지와 고집을 도저히 이해할 수 없다고 목소리를 높이며 자리를 떴다.

여러 사람이 공모라도 한 듯 나서자 그 딱한 사내는 설복당하고 말았다. 남의 일에 결코 끼어들지 않는 비네, 르프랑수아 부인, 아르테미즈, 이웃 사람들, 마을 대표인 튀바슈까지 모두 나서서 그를 다그치고 훈계하고 창피를 주었다. 하지만 결국 그가 결심하게 된 계기는 비용을 전혀 부담하지 않아도 된다는 점이었다. 보바리는 수술용 장비에 드는 비용조차 자신이 부담하기로 했다. 이런 후한 구상은 에마에게서 나왔다. 그리고 샤를은 마음속으로 자기 아내를 천사라고 여기면서 그 생각에 동의했다.

그는 약제사의 충고에 따라 목수로 하여금 자물쇠공의 도움을 받아 약 8리브르의 나무 장치를 만들게 했는데, 쇠, 나무, 양철, 가죽, 수나사, 암나사가 빠짐없이 동원되었으며 세 차례나 부수고 새로 만들어졌다.

그런데 이폴리트의 다리에서 어떤 힘줄을 잘라야 하는지 알기 위해서는 먼저 그의 안짱다리가 어떤 종류인지를 알아야 했다.

그의 한쪽 발은 다리와 거의 일직선으로 뻗어 있으면서 안쪽으로도 굽어 있는, 다시 말해서 내반족 성향의 첨족, 혹은 첨족 성향이 강한 가벼운 내반족이었다. 하지만 사실 그 첨족은 말발굽처럼 넓적하고 피부는 거칠고 힘줄은 질기고 발가락이 굵은데다 발톱은 시커먼 편자 같았다. 절름발이는 이 발로 아침부터 밤까지 사슴처럼 뛰어다녔다. 길이가 짝짝이인 한쪽 다리를 앞으로 내뻗으면서 마차 주위를 겅중겅중 뛰어다니는 그의 모습이 광장에서 줄곧 눈에 띄었다. 심지어 문제가 있는 그 다리가 멀쩡한 다른 쪽 다리보다 더 기운차 보이기까지 했다. 많이 사용한 덕에 그 다리에는 참을성과 기운이라는 내공이 쌓여, 무슨 힘든 일을 해야 할 때면 그는 오히려 그쪽 다리에 체중을 싣는 편이었다.

그런데 그 발이 첨족이었으므로 일단 아킬레스건을 절단하고, 그런 다음 내반족을 고치기 위해 종아리 안쪽 근육을 손봐야 했다. 왜냐하면 의사가 두 개의 수술을 동시에 감행하는 모험을 하려 들지 않았기 때문인데, 사실 그는 자신이 잘 알지 못하는 중요한 부위를 건드릴까봐 벌써부터 떨고 있었다.

켈수스 이후 15세기 만에 처음으로 동맥에 혈관직접결찰수술을 시행한 앙브루아즈 파레도, 종양을 제거하기 위해 뇌의 두꺼운 층을 절개하려 한 뒤퓌트랑도, 최초로 상악골을 절제한 장술도, 힘줄 절단용 메스를 손에 쥐고 이폴리트에게 다가서는 보바리만큼 심장이 쿵쾅거리고 손이 바들바들 떨리고 정신이 바짝 조여들지는 않았으리라. 그 옆 탁자 위에는 병원에서처럼 린트천 더미와 밀랍을 먹인 실, 그리고 약제사의 가게에서 있는 대로 다 챙겨온 붕대가 잔뜩 쌓여 있었다. 오메가 그날 이른아침부터 모든 준비를 다했는데, 많은 이들에게 탄성을 자아내는 동시에 자신의 환상을 만족시키기 위해서였다. 샤를이 피부에 메스를 찔러넣었다. 날카롭게 찢어지는 듯한 소리가 들려왔다. 힘줄이 절단되고 수술이 끝났다. 이폴리트는 놀란 정신을 아직 수습하지 못한 채였다. 그는 보바리의 두 손 위로 몸을 굽히고 입맞춤을 퍼부었다.

"자, 진정해, 고마운 분께 감사를 표하는 건 나중에 하라고!" 약제사가 말했다.

그런 다음 그는 방을 나와서, 이폴리트가 당장 멀쩡한 다리로 걸어 나올 거라고 기대하면서 뜰에서 기다리고 있는 대여섯 명의 구경꾼에게 결과를 알려주러 내려갔다. 샤를은 만들어놓은 의료 장치에 환자를 고정시킨 다음 집으로 돌아갔다. 문간에서 에마가 걱정스러운 모습으로 그를 기다리고 있었다. 그녀는 샤를의 목에 매달렸다. 두 사람은 식탁에 앉았다. 그는 많이 먹었고, 일요일에 손님이 왔을 때에만 스스로에게 허락한 사치인 커피까지 후식으로 한 잔 달라고 청했다.

그날 저녁은 두 사람 공통의 꿈과 대화가 넘치는 매혹적인 시간이었다. 그들은 앞으로 들어올 수입에 대해, 좋아질 살림살이에 대해 이야기했다. 샤를은 자신이 사람들의 존경을 받고 생활수준이 높아지고 아내가 줄곧 자신을 사랑하는 상황을 눈앞에 떠올렸다. 그리고 그녀는 자신을 아껴주는 이 가엾은 사내에게 마침내 일말의 애정을 느끼면서, 더 건전하고 보다 나은 새로운 감정을 맛보며 생기가 도는 듯한 느낌에 행복해했다. 로돌프 생각이 한순간 그녀의 머릿속을 스쳤다. 하지만 그녀의 눈길은 다시 샤를에게로 돌아갔다. 심지어 샤를의 치열이 보기 싫지 않다는 것을 깨닫고 놀라기까지 했다.

그들이 잠자리에 들었을 때, 하녀의 만류에도 불구하고 오메가 방금 쓴 원고를 손에 들고 불쑥 방안으로 들어왔다. 그가 〈르 파날 드 루앙〉에 보낼 원고였다. 그들에게 읽어주려고 가져온 것이었다.

"직접 읽어주시지요." 보바리가 말했다.

오메가 종이에 쓰인 것을 읽기 시작했다.

"'아직도 유럽의 한 면을 거미줄처럼 덮고 있는 편견에도 불구하고, 우리가 살고 있는 이 시골에 한줄기 빛이 비쳐 들기 시작했다. 지난 화요일 작은 마을 용빌이 고매한 박애적 행위라 할 실험적 외과수술의 무대가 되었다. 우리 마을의 가장 탁월한 개업의인 보바리 씨가……'"

"이런! 그건 지나칩니다! 지나치다고요!" 샤를이 감동에 겨워 숨도 제대로 못 쉬면서 말했다.

"천만에요, 전혀 그렇지 않습니다! 무슨 말씀을!…… '안짱다리 수술을 집도한 것이다.' 사실 저는 의학 용어를 쓰지 않는답니다. 아시다시피 신문에 게재할 글에서는…… 모든 이들이 이해하기에는 무리가 있을 듯해서요. 대중을 생각해야 하니까……"

"당연하죠. 계속하십시오." 보바리가 말했다.

"그럼 계속 읽겠습니다. '우리 마을의 가장 탁월한 개업의인 보바리 씨가 과부 르프랑수아 부인이 운영하는 아름광장의 리옹 도르 여관에서 이십오 년째 마구간지기로 일하고 있는 이폴리트 토텐의 안짱다리를 수술한 것이다. 환자에 대한 관심과 새로운 시도라는 사실 때문에 많은 이들이 몰려들어 여관 문턱은 말 그대로 북새통이었다. 게다가 그 수술은 완강한 힘줄이 의술의 노력에 마침내 굴복했음을 말해주는 듯 살갗 위로 몇 방울의 피가 흘러나왔을 뿐 마술처럼 잘 끝났다. (직접 본 사람으로서 단언하는데) 신기하게도 환자가 고통을 호소한 일은 전혀 없었다. 현재까지 그의 상태는 더 바랄 바가 없을 정도다. 모든 것을 고려할 때 빠른 회복이 예상된다. 그러니 다음번 마을 축제에서 사람들이 신나게 합창을 하는 가운데 바쿠스 춤을 추는 사람들 사이에서 우리의 착실한 이폴리트가 공중으로 펄쩍 뛰어올라 흥겹게 발을 교차시키는 춤동작을 해 보임으로써 자신의 발이 완전히 치료되었음을 모든 이들에게 증명할 수도 있지 않겠는가? 자비 넘치는 과학자들에게 영광 있기를! 인류의 고통을 덜어주고 인류가 처한 상황을 개선하기 위해 밤새워 노력하는 저 불굴의 정신들에게 영광 있기를! 영광 있기를! 세 배의 영광이 있기를! 이 경우야말로 장님이 보고, 귀머거리가 듣고, 절름발이가 걸을 것이라고 외칠 만하지 않은가! 지난날 선택된 소수에게만 가능했던 이런 환상적인 일이 이제 과학의 힘 덕택으로 모든 이들에게 일어나는 것이다! 이 놀라운 치료의 경과에 대해 앞으로도 속속 독자들에게 보도할 것이다.'" 약제사가 읽기를 마쳤다.

하지만 그것으로도 그다음에 벌어질 사태를 막지는 못했다. 오 일 후 르프랑수아 부인이 사색이 된 얼굴로 달려와 이렇게 외쳤다.

"사람 살려요! 그 사람이 죽어가요!…… 난 돌아버릴 것 같다고요!"

샤를은 서둘러 여관으로 달려갔고, 그가 모자도 쓰지 않은 채 광장을 지나가는 것을 보고 약제사도 약국에서 나왔다. 그는 얼굴이 상기된 채 불안한 듯 숨을 헐떡이면서 여관에 도착해, 계단을 오르는 사람 하나하나에게 물었다.

"우리 안짱다리 환자한테 무슨 일이라도 생겼나요?"

그 안짱다리 환자는 끔찍한 경련 속에서 몸을 뒤틀고 있었는데, 어찌나 격렬했던지 다리를 고정시켜놓은 의료 장치가 마치 때려부술 듯이 거칠게 벽을 때리고 있었다.

다리의 각도가 달라지지 않도록 몹시 조심해서 장치를 떼어내자, 끔찍한 광경이 나타났다. 그의 발은 형체를 짐작할 수 없을 정도로 너무 부어올라 살갗이 온통 터질 듯 부풀어 있었으며, 그 소문 자자한 장치 때문에 피하출혈이 생겨 다리는 멍으로 뒤덮여 있었다. 사실 이폴리트는 벌써부터 고통을 호소해왔다. 하지만 아무도 그의 말을 귀담아듣지 않았다. 그의 호소에 일리가 있었음을 인정해야 했다. 그는 몇 시간 동안 그 의료 장치에서 풀려났다. 하지만 부기가 조금 가라앉자 샤를과 오메는 다리를 다시 장치에 고정시키는 것이 좋겠다고 판단했고, 회복을 빠르게 하기 위해 전보다 더 단단히 묶었다. 그로부터 삼 일 후 이폴리트가 더이상 견딜 수 없어하자 그들은 다시 한번 장치를 떼어냈는데, 다리의 상태를 보고 크게 놀라지 않을 수 없었다. 납빛 부기가 다리를 뒤덮은데다 군데군데 잡힌 물집에서는 검은 액체가 흘러나오고 있었다. 사태가 심각한 국면으로 접어들었다. 이폴리트가 인내심을 잃자, 르프랑수아 부인은 적어도 기분전환은 될 거라고 생각해 그를 부엌 옆 작은 방으로 옮겨주었다.

하지만 매일 그 방에서 저녁식사를 하는 세무관리가 식사할 때 그런 환자가 옆에 있는 것에 대해 심하게 불평을 늘어놓았다. 그래서 사람들은 이폴리트를 당구실로 데려갔다.

그곳에서 그는 창백한 낯빛에 턱수염은 덥수룩하게 자라고 눈은 움푹 꺼진 채로 거친 이불을 덮고 누워 흐느껴 울면서, 이따금 파리들이 달려들면 꼬질거리는 베개 위에서 땀에 젖은 머리를 돌리곤 했다. 보바리 부인이 가끔 그를 보러 왔다. 그녀는 찜질용 천을 가지고 와서 그를 위로하고 격려했다. 그 외에도 그는 찾아오는 이들이 있어 외롭지는 않았는데, 특히 장날이면 농부들이 그의 주위에 모여 당구를 치거나 큐를 들고 결투하는 시늉을 하기도 하면서 담배를 피우고 술을 마시고 노래를 부르고 고함을 질러댔다.

"좀 어떤가?" 그들이 그의 어깨를 툭 치면서 말했다. "이런! 좀 안 좋은 것 같군! 하지만 자네 실수야. 이것도 해보고 저것도 해봐야지 한 가지에만 매달려선 안 된다니까."

그런 다음 그들은 그가 받은 것과는 다른 치료법으로 효과를 본 사람들의 이야기를 들려주었다. 그러고는 위로 삼아 이렇게 덧붙였다.

"자네 너무 몸을 아끼는 거 아냐! 좀 일어나보라고! 무슨 왕이라도 되는 양 몸을 애지중지하는군! 아! 아무러면 어떻겠나, 웃기는 친구 같으니라고! 그런데 자네한테서 고약한 냄새가 나는걸!"

실제로 괴저 부위가 점점 더 다리 위쪽으로 올라오고 있었다. 그로 인해 보바리도 병이 날 지경이었다. 그는 시간이 날 때마다 거의 매시간, 몇 분 간격으로 환자를 보러 왔다. 이폴리트는 두려움에 사로잡힌 눈길로 의사를 바라보다가 흐느껴 울면서 더듬더듬 말했다.

"전 언제나 되어야 낫습니까?…… 아! 살려주세요!…… 제가 얼마나 고통스러운지! 정말 얼마나 고통스러운지!"

그러면 의사는 언제나 음식을 가려 먹으라고 말하고 돌아갔다.

"저 사람 말 들을 것 없어, 이폴리트. 저들은 이미 자네를 괴롭힐 만큼 괴롭혔잖아? 제대로 먹지 않으면 자넨 더 쇠약해질 거야. 자, 어서 먹어!" 르프랑수아 부인이 말했다.

그녀는 맛있는 고기 수프, 구운 양다릿살, 베이컨을 가져다주었고 때로는 작은 잔에 브랜디를 담아 오기도 했는데, 이폴리트로서는 차마 그 잔을 입으로 가져갈 용기가 나지 않았다.

부르니지앵 신부는 그의 병세가 악화되었다는 소식을 듣고 그를 만나보고 싶다고 청했다. 신부는 아픈 그를 가여워하는 말로 이야기를 시작해서 주님의 뜻인 만큼 기뻐해야 한다고, 이를 기회로 삼아 회개해야 한다고 단언했다.

사제는 아버지 같은 어조로 말했다. “왜냐하면 자네는 그동안 좀 의무를 소홀히 했잖나. 미사에 거의 나오지 않았지. 영성체를 하지 않은 지 몇 년인가? 자네의 일, 번잡한 세상사 때문에 그동안 영혼의 구원에 신경쓸 여유가 없었다는 건 알겠네. 하지만 이젠 구원에 대해 생각해야 할 때라네. 그렇다고 절망하지는 말게. 하느님 앞에 나아갈 때가 가까워졌을 때 하느님의 자비를 간절히 청함으로써 아주 편안한 마음으로 죽음을 맞은 대죄인들을 나는 여럿 알고 있다네(자네가 아직 그런 지경이 아니라는 건 나도 잘 아네). 그들처럼 자네도 우리에게 훌륭한 본보기를 보여주게! 그러니 조심하는 뜻에서 아침저녁으로 ‘은총이 가득하신 마리아여, 기뻐하소서’와 ‘하늘에 계신 우리 아버지’를 암송해보는 게 어떻겠나? 그래, 그렇게 하게! 나를 위해서, 내게 좋은 일을 해준다고 생각하고 말일세. 그게 뭐가 힘든가?…… 약속해주겠나?”

그 가엾은 사내는 그러겠다고 약속했다. 신부는 이후 며칠에 걸쳐 매일 찾아왔다. 그는 여관 주인과 대화를 나누었는데, 때로는 이폴리트가 잘 알아들을 수 없는 말장난이나 농담이 섞인 이야기를 하기까지 했다. 그런 다음 상황이 허락하면 다시 엄숙한 표정을 지으며 종교에 관한 이야기를 꺼냈다.

그의 열성적인 노력이 성공을 거둔 듯했다. 왜냐하면 얼마 지나지 않아 그 안짱다리 사내는 몸이 회복된다면 봉스쿠르*로 순례를 떠나고 싶다고 밝혔던 것이다. 부르니지앵 신부는 그래서 나쁠 것은 없다고 대답했다. 두 개의 조치가 하나보단 나았다. 잃을 것은 아무것도 없잖은가?

---

* 루앙 남쪽 센강에 면한 마을. 19세기에 지어진 봉스쿠르대성당이 있다.

약제사는 이른바 사제의 공작에 분개했다. 그는 그런 공작은 이폴리트의 회복에 악영향을 끼친다고 주장하며 르프랑수아 부인에게 말했다.

"그 사람 좀 그냥 내버려두세요! 그냥 내버려두라고요! 당신네들의 신비주의 때문에 그 사람 정신이 어지러워지잖아요!"

하지만 부인은 더이상 그의 말을 귀담아들으려 하지 않았다. 그가 이 모든 일의 원인이었다. 그의 심기를 거스르려고 그녀는 일부러 환자의 머리맡에 성수를 가득 담은 성수반을 갖다놓고 회양목 가지를 걸어두기까지 했다.

그렇지만 의술과 마찬가지로 종교 역시 그를 구원해주지는 못하는 듯했는데, 발끝에서 시작된 농이 배 쪽으로 계속 올라오는 것을 막을 수가 없었다. 온갖 물약을 써보고 찜질 방법을 달리해도 소용없이 그쪽 다리의 근육이 하루가 다르게 점점 더 뭉그러져갔으므로, 마침내 르프랑수아 부인이 궁여지책으로 뇌샤텔의 저명한 의사인 카니베에게 왕진을 청하는 게 어떻겠느냐고 물었을 때, 샤를은 고개를 끄덕이며 동의를 표했다.

확고한 지위를 누리며 자신감에 차 있는 오십 세의 의학박사 카니베는 무릎까지 괴저가 진행된 그 다리를 보고는 경멸의 미소를 감추려고조차 하지 않았다. 이어 그는 그 다리를 절단해야 한다고 분명하게 결론을 내린 다음 약국으로 가서는 불쌍한 사내를 그 지경으로 만들어놓은 멍청이들을 거세게 비난했다. 그는 약국 안에서 오메의 프록코트 단추 하나를 잡고 흔들면서 고래고래 소리를 질렀다.

"이게 바로 파리의 발명품이라는 거군요! 프랑스 수도의 그 잘난 신사들의 발상이란 게 바로 이거군요! 이건 사시 치료나 클로로포름이나 결석 쇄석술처럼 정부에서 금지시켜야 마땅한 괴상망측한 치료법이오! 똑똑한 체하는 작자들이 어떤 결과가 벌어질지 제대로 생각해보지도 않고 그런 치료법들을 들이미는 거란 말이오. 그런데 우리는 그렇게 잘난 사람들이 아니지. 우리는 만물박사도, 멋쟁이도, 바람둥이도 아니지. 우리는 의사이고 치료자라서 멀쩡하게 잘 지내고 있는 사람의 힘줄을 잘라낸다는 건 상상도 할 수 없소! 안짱다리를 펼 수 있다고? 그건 말하자면 꼽추의 등을 똑바로 펴겠다는 것과 같은 거요!"

오메는 그 장광설을 듣고 있기가 괴로웠지만, 간혹 카니베의 처방전으로 용빌까지 약을 사러 오는 환자가 있어서 그와의 관계에 신경을 써야 했으므로 불편한 기색을 감추고 비위를 맞추려는 듯한 미소를 띠었다. 그러니까 그는 보바리를 변호하지도 않고, 어떤 소견도 내놓지 않은 채, 원칙을 저버리고 더 중요한 사업상의 이익을 위해 체면을 희생했다.

카니베 박사가 집도하는 그 넓적다리 절단 수술은 마을의 커다란 사건이었다! 그날은 마을 사람들 모두 여느 때보다 일찍 일어났고, 큰길에는 사람들이 붐비는데도 무슨 사형 집행이라도 있을 것처럼 왠지 음산한 분위기가 감돌았다. 식료품 상점에서 사람들은 이폴리트의 다리에 대해 이야기했다. 상점 주인들은 물건을 파는 데 관심이 없었고, 마을 대표의 아내인 튀바슈 부인은 집도의가 도착하는 것을 보기 위해 조바심을 내며 창가에서 서성거렸다.

카니베는 직접 이륜마차를 몰고 도착했다. 살집 좋은 그의 몸에 오랫동안 눌린 탓에 오른쪽 스프링이 약해져서 그 마차가 달리는 모습은 한쪽으로 약간 기우뚱해 보였고, 그의 옆자리 방석 위에는 붉은 양가죽을 씌우고 휘황하게 빛나는 놋쇠 잠금쇠 세 개를 단 커다란 상자가 놓여 있었다.

리옹 도르 여관의 현관으로 돌풍처럼 들어온 의사는 마차에서 말을 풀어주라고 큰 소리로 지시했고, 잠시 후 마구간으로 가서 말이 귀리를 제대로 먹고 있는지 점검했다. 그도 그럴 것이 그가 환자의 집에 도착해서 제일 먼저 하는 일은 자기 말과 마차를 챙기는 것이었다. 그 일에 대해 사람들이 "아! 카니베 선생은 좀 특이한 사람이야!"라고 말할 정도였다. 그 흔들림 없는 당당한 태도 때문에 사람들은 그를 더 높이 평가했다. 우주가 무너져내려 세상에 아무도 남지 않는다 해도 그는 자신의 습관을 전혀 바꾸려 들지 않을 터였다.

오메가 모습을 나타냈다.

"수술을 잘 도와주기 바라오. 준비됐소? 시작합시다!" 의사가 말했다.

하지만 약제사는 얼굴을 붉히며 그 같은 수술을 참관하기엔 자기의 신경이 지나치게 예민하다고 털어놓았다.

"옆에서 지켜보는 입장이 되면 아시다시피 상상력이 널을 뛴다니까요! 그런데 제 신경이 너무 예민해서……" 그가 말했다.

"참!" 카니베가 그의 말허리를 잘랐다. "지금 당신 모습은 뇌졸중에라도 걸린 사람 같군. 놀랍지도 않다오. 왜냐하면 당신네 약제사들은 줄곧 약제실에만 틀어박혀 있으니까 결국 체질이 바뀌는 거라오. 날 보시오. 매일 새벽 네시에 일어나서 찬물로 수염을 깎고(나는 한 번도 추워서 떤 적이 없어요), 플란넬 내복 같은 건 입지도 않는데 감기에 걸리지 않는 걸 보면 아주 건강하지! 난 매사에 까다롭게 굴지 않고 때로는 이렇게 때로는 저렇게 되는대로 식사를 하면서 지낸다오. 바로 그렇기 때문에 당신네처럼 예민하지 않아서, 별것 아닌 닭다리를 자르는 거나 기독교 신자의 다리를 자르는 거나 나한테는 매한가지라오. 이렇게 말하면 당신네는 내가 익숙해져서 그런 거라고 하겠지…… 습관이 된 거라고!……"

두 사람은 시트 아래서 통증 때문에 진땀을 흘리고 있는 이폴리트의 입장 같은 건 전혀 고려하지 않은 채 대화를 이어갔는데, 약제사는 외과의의 침착한 태도를 장군의 침착성에 비유했다. 이런 비유가 마음에 든 카니베는 의술의 까다로움에 대해 이야기를 늘어놓았다. 공의들이 명예를 훼손시키고 있기는 하나 자신은 의사직을 성직 같은 것으로 생각한다고 했다. 그는 마침내 환자에게 관심을 돌리고, 오메가 가져온 지난번 안짱다리 수술 때 썼던 것과 같은 붕대를 점검한 다음, 환자의 팔다리를 붙잡고 있을 사람을 불러달라고 했다. 누군가 레스티부두아를 데리러 나가고 카니베가 소매를 걷어붙이고 당구실로 들어가는 동안, 약제사는 앞치마보다 더 새하얗게 질린 얼굴로 문에 귀를 갖다대고 있는 아르테미즈와 여관 주인, 두 사람과 함께 그 자리에 남았다.

그러는 동안 보바리는 집에서 나올 용기를 내지 못했다. 그는 아래층 거실의 불 꺼진 벽난로 앞에 앉아 두 손을 마주잡고 가슴팍에 고개를 묻은 채 눈앞을 물끄러미 응시하고 있었다. 왜 이다지 운이 없을까! 그는 생각했다. 이렇게 실망스러울 수가! 하지만 그는 생각해낼 수 있는 모든 주의를 기울이지 않았던가. 일이 이렇게 된 건 운명이 개입해서라고밖에는 볼 수 없었다. 하지만 만약 이폴리트가 이번 일로 죽기라도 한다면, 어찌 됐건 그가 죽인 셈이 될 터였다. 왕진을 갔을 때 사람들이 그 일에 대해 물으면 뭐라고 해야 할까? 혹시 자신이 뭔가를 실수한 걸까? 그는 곰곰 생각해보았지만 그럴 만한 것이 떠오르지 않았다. 그런데 아무리 유명한 외과의라도 실수는 할 수 있는 법이다. 그 점을 사람들은 결코 생각하려 들지 않는 것이다! 오히려 그들은 비웃고 떠들어댈 것이다! 이 소식은 포르주로! 뇌샤텔로! 루앙으로! 도처에 퍼져나갈 것이다! 동료 의사들이 그를 비난하는 글을 쓸지 누가 알겠는가? 논쟁이 이어지고, 신문 지상에 답변을 해야 할지도 모른다. 심지어 이폴리트가 그를 고소할 수도 있었다. 명예가 실추되고 전 재산을 잃고 몰락해버린 자신의 모습이 눈앞에 보이지 않는가! 그의 상상력은 있을 수 있는 수많은 일들의 공격을 받고, 마치 바다에 던져져 파도에 휩쓸리는 빈 통처럼 수많은 가능성 한가운데에서 요동치고 있었다.

에마는 맞은편에 앉아 그를 바라보고 있었다. 그녀는 그와 동일한 수치심을 공유하는 대신 그와는 다른 종류의 수치심을 느끼고 있었다. 마치 그동안 이미 수없이 그의 무능함을 확신했으면서도 그런 사내가 해낼 수 있으리라고 여긴 스스로에 대한 부끄러움이었다.

샤를은 거실을 이쪽저쪽으로 왔다갔다했다. 그의 신발이 마룻바닥에 닿아 삐걱삐걱 소리가 났다.

"좀 앉아요! 당신 때문에 신경이 곤두선다고요!" 그녀가 소리쳤다.

그가 도로 자리에 앉았다.

도대체 그녀가(그토록 똑똑한 그녀가!) 어떻게 또다시 착각한 걸까? 게다가 도대체 무슨 딱한 집착으로 스스로의 삶을 끝나지 않는 희생의 구렁에 빠뜨려버린 것일까? 그녀는 사치를 좋아하는 본능적인 성향,

내면의 온갖 결핍감, 남루한 결혼, 집안 살림, 상처 입은 제비처럼 진창으로 처박힌 꿈, 자신이 욕망하고 억눌렀던 모든 것, 가질 수도 있었을 모든 것을 떠올렸다! 그런데 왜? 대체 무엇 때문에?

한줄기 끔찍한 비명이 마을의 정적을 깨뜨리며 울려퍼졌다. 보바리는 금방이라도 기절할 듯 안색이 창백해졌다. 에마는 신경질적으로 미간을 찌푸렸다가 생각을 계속했다. 그것은 바로 이 사람, 그라는 존재, 아무것도 이해하지 못하고 아무것도 느끼지 못하는 이 남자 때문이었다! 자신의 우스꽝스러운 이름이 앞으로 그 자신과 더불어 그녀에게까지 치욕을 안겨줄 것이라는 사실을 짐작조차 못한 채 여기 이렇게 태평하게 앉아 있는 사내 때문이었다. 그녀는 그를 사랑하려고 노력했고, 다른 사내의 유혹에 넘어간 것을 울면서 후회하지 않았던가.

"어쩌면 그건 외반족이었는지도 몰라!" 생각에 잠겨 있던 보바리가 갑자기 외쳤다.

마치 은접시 속으로 납 탄환이 날아들듯 그녀의 생각 속에 떨어진 이 한 마디에 에마는 예상치 못한 충격을 받고 부르르 떨면서 고개를 들고는, 그가 무슨 뜻으로 그 말을 한 것인지 알아내려 애썼다. 그들은 말없이, 거의 놀라서 할말을 잃은 채로, 각자 너무나도 동떨어진 생각에 빠져 있던 상대방의 얼굴을 바라보았다. 샤를은 꼼짝도 하지 않은 채 취한 사람처럼 혼란스러운 눈길로 그녀를 바라보면서 다리 잘리는 사내가 내지르는 마지막 비명을 듣고 있었는데, 격렬한 발작으로 간간이 끊기면서 끝이 길게 이어지는 그 소리는 먼 곳에서 도살당하는 짐승의 울음소리 같았다. 에마는 핏기 없는 입술을 깨물고는, 떼어낸 산호 가지 하나를 손으로 만지작거리면서 금방이라도 튀어나갈 듯한 두 개의 불화살 같은 이글거리는 눈으로 샤를을 똑바로 응시했다. 이제 그의 모든 것, 그의 얼굴, 그의 옷차림, 그가 말을 하지 않고 있는 것, 그라는 인간 전체, 요컨대 그의 존재 자체가 그녀에게 짜증을 불러일으켰다. 그녀는 지난날 정절을 지켜온 것을 무슨 범죄라도 되는 양 후회했고, 그나마 남아 있던 정절에 대한 의식마저 격분한 자존심의 공격에 부서져버렸다. 그녀는 이제 정당성을 얻은 간통이 가능하게 해주는 온갖 악의 서린 조롱을 한껏 즐겼다. 연인과의 추억이 아찔한 매혹과 함께 되살아났다. 그녀는 거기에 영혼을 내맡기고 새로운 열정으로 그 이미지에 휩쓸렸다. 그러자 샤를이 곧 죽을 사람, 그녀의 눈앞에서 임종의 고통을 당하는 사람인 양 그렇게 그녀의 삶으로부터 떨어져나간, 영영 없어져버린, 존재한다고 볼 수 없는 허상으로 여겨졌다.

인도를 걷는 발소리가 들려왔다. 샤를이 밖을 내다보았다. 내려놓은 덧창문 틈으로 햇빛이 환하게 내리비치는 시장 모퉁이에서 카니베 박사가 수건으로 이마를 닦는 모습이 보였다. 오메는 그의 뒤에서 커다란 빨간색 상자를 손에 들고 서 있다가, 이윽고 카니베와 함께 약국을 향해 걷기 시작했다.

그러자 갑자기 마음이 약해지면서 에마에 대한 애정이 솟구친 샤를은 아내 쪽으로 몸을 돌리고 말했다.

"여보, 날 좀 안아줘요!"

"나 좀 가만히 내버려둬요!" 화가 나서 얼굴이 벌게진 그녀가 말했다.

"무슨 일이에요? 왜 그래요?" 그가 깜짝 놀라 거듭 물었다. "진정해요! 정신 차려요!…… 내가 당신을 사랑하는 거 잘 알잖아요!…… 이리 와요!"

"그만해요!" 그녀가 서슬 퍼런 어조로 소리쳤다.

거실에서 나가면서 에마가 어찌나 문을 세게 닫았던지 벽에 걸려 있던 기압계가 바닥에 떨어져 산산조각나고 말았다.

샤를은 몹시 동요해 안락의자에 털썩 주저앉아서는 아내가 왜 그러는 것인지, 혹시 신경성 질환 때문이 아닌지 의아해하면서, 불길하고 이해할 수 없는 무엇인가가 자신의 주위를 감돌고 있다는 것을 막연히 느끼며 눈물을 흘렸다.

그날 밤, 마당으로 들어온 로돌프는 연인이 현관 맨 아래 계단에서 기다리고 있는 것을 보았다. 그들은 꼭 껴안았고, 그 뜨거운 입맞춤 아래 서로에 대한 서운한 감정은 모두 눈 녹듯이 녹아버렸다.

12

두 사람의 사랑은 다시 불붙기 시작했다. 심지어 에마는 대낮에도 종종 불현듯 그에게 편지를 쓰곤 했다. 그러고 나서 유리창 너머로 쥐스탱에게 신호를 보내면 쥐스탱은 재빨리 앞치마를 벗고 위셰트로 달려갔다. 그러면 로돌프가 왔다. 하지만 그녀가 긴히 할 말이라 함은 따분하다, 남편이 지긋지긋하다, 사는 게 끔찍하다는 말들이었다!

"그런 걸 내가 어떻게 하겠어요?" 어느 날 그가 더이상 못 참겠다는 듯이 조바심을 내며 소리쳤다.

"오! 당신이 하려고만 든다면 할 수 있죠!……"

그녀는 머리를 풀어내리고 멍한 눈길로 그의 무릎 사이 바닥에 앉아 있었다.

"뭘 말입니까?" 로돌프가 물었다.

그녀가 한숨을 내쉬었다.

"우리 다른 데 가서 살아요…… 어딘가……"

"당신 정말 제정신이 아니군요! 그게 가능하겠어요?" 그가 웃으며 말했다.

그녀는 그 문제를 다시 꺼냈다. 그는 무슨 말인지 알아듣지 못하는 척하며 화제를 돌렸다.

그가 이해할 수 없었던 것은 연애라는 단순한 문제에 왜 그 모든 골치 아픈 일들을 개입시키는가 하는 것이었다. 그런데 에마에겐 그럴 만한 동기가, 이유가 있었는데, 그에 대한 애착을 확실하게 해줄 추가적인 뭔가가 필요했던 것이다.

실제로 로돌프에 대한 애정은 남편에 대한 혐오가 커질수록 점점 더 커져갔다. 한쪽에 빠져들수록 다른 쪽은 더욱 혐오하게 되었다. 로돌프와 만난 직후 샤를을 대할 때만큼 그가 불쾌하게 여겨지고 손가락이 뭉툭해 보이고 머리가 둔하고 태도가 상스러워 보인 적이 없었다. 그럴 때면 그녀는 겉으로는 정숙한 아내로 처신했지만, 속으로는 보기 좋게 그은 이마 위로 구불거리는 검은 머리카락이 늘어진 그 얼굴을, 그토록 건장하면서도 우아한 몸을, 요컨대 이지적으로는 그토록 판단력이 냉철하고 욕망에 있어서는 그토록 격정적인 그 남자를 떠올리며 뜨겁게 달아올랐다! 그녀가 보석 세공사처럼 정성 들여 손톱을 다듬는 것도, 얼굴에 콜드크림을 아무리 많이 바르고 손수건에 파촐리 향유를 아무리 여러 번 뿌려도 부족하게 여겨지는 것은 바로 그 남자 때문이었다. 그녀는 팔찌와 반지, 목걸이로 치장을 했다. 그가 올 때면 커다란 푸른색 유리 화병 두 개에 장미를 가득 꽂았고, 왕자를 기다리는 화류계 여자처럼 자신의 공간과 몸을 준비했다. 하녀는 줄곧 속옷을 빨아야 했다. 펠리시테는 하루종일 부엌에서 나오지 못했고, 쥐스탱은 부엌에서 일하는 그녀를 지켜보며 종종 말 상대가 되어주었다.

쥐스탱은 펠리시테가 다림판으로 쓰는 긴 판자에 팔꿈치를 괸 채, 주위에 널려 있는 온갖 여성용 옷가지를 홀린 듯이 바라보았다. 능직면으로 된 속치마, 삼각 숄, 주름 장식 깃, 엉덩이 부분이 넓고 아래로 갈수록 좁아지는 끈 달린 속바지 같은 것들이었다.

"이건 뭐에 쓰는 거야?" 소년은 페티코트나 후크 등속을 손으로 쓸면서 물었다.

"넌 이런 것들을 전혀 본 적이 없니? 너희 집 안주인 오메 부인은 이런 걸 안 입으시는 것처럼 말하네."

"아, 그렇지! 오메 부인도!"

그런 다음 그는 생각에 잠긴 어조로 덧붙였다.

"그런데 오메 부인도 이 집 마님 같은 귀부인이야?"

하지만 펠리시테는 쥐스탱이 그렇게 줄곧 자기 주위에 얼쩡거리는 것을 참을 수가 없었다. 그녀는 여섯 살이 더 많았고, 기요맹 집의 하인 테오도르가 그녀를 쫓아다니기 시작했던 것이다.

"나 좀 귀찮게 하지 마!" 그녀가 녹말풀 단지를 옮겨놓으며 말했다. "가서 아몬드라도 빻지 그래. 넌 항상 여자들 옆에 붙어서 참견이야. 턱에 수염이라도 난 다음에 그러든지, 이 꾀바른 꼬마야."

"자, 화내지 마. 그분의 구두 손질을 너 대신 해줄게."

그러고는 곧바로 화덕 위쪽 선반에서 온통 흙투성이가 된(밀회 때문에 묻은 흙이었다) 에마의 구두를 집어든 그는 손가락 아래로 떨어져 내렸다가 한줄기 햇빛 속에서 다시 뽀얗게 피어오르는 흙먼지를 바라보았다.

"구두가 상할까봐 걱정이라도 되나보네!" 하녀가 말했다. 구두 천이 낡으면 마님이 즉각 자기에게 주기 때문에 펠리시테는 그렇게 조심스럽게 구두를 닦지 않았다.

에마는 신발장에 구두를 여러 켤레 쟁여두고 조금만 낡으면 버리곤 했는데, 샤를은 잔소리 한마디 하지 못했다.

에마가 이폴리트에게 이 정도는 선물해야 한다고 판단한 나무 의족을 사느라 샤를이 3백 프랑을 지불한 것도 그런 식이었다. 그 나무 의족은 완충제로 코르크를 대고 관절 부위에는 용수철이 달려 있었는데 그 위에 검은 바지를 입히고 끝에는 에나멜 구두를 신긴 복잡한 물건이었다. 하지만 그렇게 멋진 다리를 매일 장착하는 것을 부담스럽게 여긴 이폴리트는 보바리 부인에게 좀더 쓰기 편한 것을 구해달라고 사정했다. 물론 그것을 구입하는 비용 역시 샤를이 지불했다.

그래서 그 마구간지기는 차츰 하던 일에 복귀했다. 전처럼 마을 여기저기를 누비고 다니는 그의 모습이 눈에 띄었는데, 저멀리 그의 의족이 포도 위에 울리는 소리가 들리면 샤를은 재빨리 다른 길로 발길을 돌리곤 했다.

의족의 주문을 맡아 진행한 사람은 상인 뢰뢰였다. 그 일로 그는 에마를 자주 만날 기회를 가질 수 있었다. 그는 파리에서 온 갖가지 신상

품들에 대해, 여러 가지 신기한 여성용 물건들에 대해 그녀와 이야기를 나누었는데, 아주 사근사근하게 굴었으며 물건을 가져다주고도 돈을 청구하지 않았다. 에마는 손쉽게 자신의 변덕스러운 기분을 만족시키는 이 방식에 빠져들었다. 어느 땐가는 로돌프에게 선물하기 위해 루앙의 우산 전문점에서 본 무척 멋진 승마용 채찍을 구해달라고 부탁하기도 했다. 그러자 뢰뢰는 그다음주에 그 물건을 그녀의 집 탁자 위에 내려놓았다.

그런데 그 이튿날 뢰뢰는 우수리 몇 상팀을 제외하고도 총액이 270프랑에 이르는 청구서를 가지고 그녀의 집을 찾아왔다. 에마는 무척 당황했다. 책상 서랍은 텅텅 비어 있었다. 보바리와 에마는 레스티부두아에게 보름치 품삯을, 하녀에게는 육 개월치 임금이 밀린 상태였고 그 밖에 갚아야 할 부채도 많았으므로, 보바리는 드로즈레가 매년 생피에르 축제 무렵 보내오는 돈을 초조하게 기다리고 있었다.

처음 얼마 동안 에마는 지불을 미루고 뢰뢰를 돌려보낼 수 있었다. 하지만 이윽고 뢰뢰는 참을성을 잃었다. 자신이 경제적으로 압박을 받고 있고 자금도 다른 곳에 묶여 있어서 얼마간이라도 수금을 할 수 없다면 그녀에게 구해준 물건들을 모두 도로 가져갈 수밖에 없다는 것이었다.

"아, 그럼 도로 가져가세요!" 에마가 말했다.

"이런, 농담으로 한 말입니다! 다만 그 채찍은 어쩔 수 없이 그렇게 해야겠네요. 이런, 정말이지! 제가 주인 양반께 직접 돌려달라고 하지요." 그가 말했다.

"안 돼요! 그건 안 돼요!" 그녀가 외쳤다.

'아! 걸려들었군.' 뢰뢰가 생각했다.

약점을 찾아냈다고 확신한 그는 여느 때처럼 작게 휘파람을 불며 방을 나가면서 나지막하게 중얼거렸다.

"좋아요! 좀 두고 봅시다! 두고 보자고요!"

그녀가 이 사태를 어떻게 해결해야 할지 생각에 잠겨 있을 때 하녀가 들어오더니 발신인 드로즈레라고 되어 있는 푸른색 종이로 싼 작은 원통형 꾸러미를 벽난로 위에 올려놓았다. 에마는 서둘러 달려가 그것을 열었다. 나폴레옹의 초상이 각인된 금화*가 열다섯 개 들어 있었다. 바로 뢰뢰로부터 청구받은 금액이었다. 그때 샤를이 계단을 올라오는 소리가 들려왔다. 그녀는 얼른 금화를 서랍 속에 넣고 열쇠로 잠갔다.

사흘 뒤 뢰뢰가 다시 찾아왔다.

"이 문제로 부인께 제안드리고 싶은 방법이 하나 있는데, 돈 대신에 혹시……" 그가 입을 열었다.

"돈 여기 있어요." 그녀가 그렇게 말하며 금화 열네 개를 그의 손에 건넸다.

상인은 깜짝 놀라 어안이 벙벙했다. 그는 실망을 감추기 위해 변명을 늘어놓으며 이런저런 제안을 했지만 에마는 모두 거절했다. 이윽고 그녀는 앞치마 주머니에 든, 뢰뢰가 거슬러준 100수짜리 동전 두 개를 잠시 동안 만지작거렸다. 나중에 돈을 돌려놓으려면 지금부터 절약을 해야겠다고 다짐했다……

'아 그래! 이 일을 알게 된다 해도 샤를은 오래 마음에 담아두지 않

---

* 20프랑에 해당하는 주화.

을 거야.' 그녀는 생각했다.

로돌프는 에마로부터 은도금 손잡이가 달린 채찍 외에도 '아모르 넬 코르'*라는 구절이 새겨진 봉인용 인장, 목에 감는 스카프, 그리고 최근에는 샤를이 예전에 길에서 주워 에마가 간직하고 있던 자작의 담뱃갑과 비슷한 담뱃갑을 받았다. 로돌프는 이런 선물을 받는 것이 당혹스러웠다. 그는 여러 차례 선물을 거절했으나 에마는 고집을 꺾지 않았다. 그래서 결국 로돌프는 그녀의 말을 따르면서도 그녀가 제멋대로이고 강압적이라고 여겼다.

또 에마는 괴상한 생각을 해내기도 했다.

"밤 열두시를 치는 종소리를 들으면 나를 떠올려주세요!" 그녀가 말했다.

그리고 나중에 그 시각 그녀를 생각하지 않았다고 털어놓으면 한바탕 나무라는 말이 쏟아졌는데 그 끝은 언제나 똑같은 말로 마무리되었다.

"당신 나 사랑해요?"

"물론, 사랑하지요!" 그가 대답했다.

"많이요?"

"그렇고말고요!"

"다른 여자를 사랑해본 적도 없죠, 그렇죠?"

"당신 혹시 내가 숫총각이라고 생각한 거예요?" 그가 웃으며 물었다.

---

* 이탈리아어로 '가슴속에 사랑을'이라는 뜻.

에마가 눈물을 훌쩍이면, 그는 익살 섞인 사랑의 말로 그녀를 달래주려 애썼다.

그러면 그녀는 다시 이렇게 말을 이었다. "오! 내가 이러는 건 당신을 사랑하기 때문이에요! 당신 없이는 못 살 정도로 당신을 사랑하는 거 알죠? 때로는 당신이 너무나 보고 싶어서 이 격렬한 사랑에 가슴이 찢어지는 것 같아요. 나는 이렇게 중얼거리죠. '그이는 지금 어디 있을까? 혹시 다른 여자들과 이야기하고 있는 건 아닐까? 여자들이 그를 보고 미소 짓고 그이가 다가가고……' 오! 아니, 당신 마음에 드는 여자는 나 말고는 아무도 없는 거죠? 나보다 더 아름다운 여자들은 있겠죠. 하지만 나만큼 당신을 사랑하는 여자는 없을 거예요. 난 당신의 하녀이고 당신의 첩이에요! 당신은 나의 왕이자 나의 우상이고요! 당신은 좋은 사람이에요! 잘생겼고요! 똑똑해요! 힘도 세죠!"

그는 이런 말을 수없이 들었으므로 전혀 새로울 게 없었다. 그에게 에마는 다른 정부들과 다를 바 없었다. 새로움이 주는 매력이 옷처럼 하나하나 벗겨져나가자 언제나 똑같은 형태, 똑같은 말로 표현되는 열정의 끝없는 단조로움이 적나라하게 드러나 보였다. 이 경험 많은 사내는 비슷비슷한 표현 이면에 자리잡은 감정의 차이를 구별해내지 못했다. 방종한 여자들, 돈으로 산 여자들이 그와 똑같은 말을 그에게 소곤거렸으므로 그는 그녀가 하는 말의 순수성을 거의 믿지 않았다. 보잘것없는 애정을 숨기려는 그런 과장된 말들은 감안해서 들어야 한다고 생각했다. 하지만 아무리 충만한 마음이라도 때로는 고작 공허한 비유로나 표현될 뿐이다. 어느 누구도 자신의 욕망이나 관념, 고통의 정도를 결코 적확하게 표현할 수 없을뿐더러 사람의 말이란 금간 냄비와도 같아서 별을 감동시키고자 하지만 곰을 춤추게 하는 가락을 내는 데 그치고 말기 때문이다.

하지만 어떤 관계에서든 상대에게 완전히 몰입하는 법이 없는 탁월한 판단력의 소유자인 로돌프는 이 연애에 자신이 취할 만한 다른 즐거움이 있음을 알아챘다. 그는 수줍음 따위는 거추장스러울 뿐이라고 여겼다. 그는 그녀를 아무렇게나 다루었다. 그는 그녀를 농익고 나긋나긋한 존재로 만들었다. 그 연애는 남자에 대한 여자의 찬탄, 여자에 대한 남자의 애욕으로 가득한 일종의 어리석은 집착 같은 것으로, 에마는 그 지극한 즐거움에 마비되었다. 그래서 그녀의 영혼은 말바시아 포도주가 든 통에 빠져 죽은 클래런스 공작*처럼 그 취기에 깊이 빠져 쪼그라들어버렸다.

이러한 육욕의 습관이 에마에게 끼친 결과는 그녀의 행동거지가 달라졌다는 점이었다. 그녀의 눈길은 훨씬 대담해졌고, 말투도 더욱 거침없어졌다. 그녀는 세상을 비웃기라도 하듯 궐련을 입에 물고 로돌프와 산책하는 부적절한 행동까지 했다. 결국 어느 날 그녀가 마치 남자들처럼 허리가 꼭 끼는 조끼 차림으로 리롱델에서 내리는 모습을 보자, 그동안 의혹만 품고 있던 사람들도 사태를 확신하게 되었다. 남편과 요란하게 싸운 후 아들네에 피신 와 있던 보바리 노부인도 다른 집 부인네들만큼이나 분노했다. 그 외에도 여러 가지가 노부인의 심기에 거슬렸다. 우선 샤를은 에마에게 소설책을 읽지 못하게 하라는 그녀의 충고를

---

* 영국 요크 왕가의 국왕 에드워드 4세의 동생이자 리처드 3세의 형. 형에 대한 반역 행위로 런던탑에 갇혔다가 처형되었다. 그의 마지막 소원대로 말바시아 포도주가 가득 든 통에 빠져 죽었다는 이야기가 전해진다.

전혀 귀담아듣지 않았다. 또 집안의 가풍도 그녀의 마음에 들지 않았다. 노부인은 잔소리를 했는데, 특히 한번은 펠리시테 문제를 두고 집안에서 언성이 높아졌다.

보바리 노부인이 전날 저녁 복도를 지나다가 어떤 남자와 함께 있는 하녀를 보았는데, 갈색 턱수염을 기른 마흔 줄의 남자가 그녀의 발소리를 듣고 재빨리 부엌을 빠져나갔다는 것이었다. 그 말을 듣고 에마는 웃음을 터뜨렸다. 하지만 시어머니는 화를 내면서 풍속을 깡그리 무시하고 살 것이 아니라면 하인들의 행실을 감독해야 한다고 단호히 말했다.

"도대체 어떤 세상에서 살고 계신 거예요?" 하고 말하는 며느리의 눈길이 어찌나 무례하던지, 시어머니는 에마가 지금 하녀가 아니라 자기 자신을 변명하고 있는 게 아니냐고 따져 물을 정도였다.

"나가주세요!" 에마가 자리에서 벌떡 일어나며 외쳤다.

"에마!…… 엄마!……" 샤를이 두 사람을 화해시키려고 소리쳤다.

하지만 두 사람은 흥분해서 모두 자리를 떠버렸다. 에마는 발을 구르며 되풀이했다.

"아! 고리타분하게! 시골 노인이 정말!"

샤를은 어머니에게 달려갔다. 노부인은 감정이 격앙된 나머지 말까지 더듬었다.

"건방진 것 같으니! 저렇게 경박할 수가! 어쩌면 그 이상인지도 모르지!"

그러고는 에마가 와서 사과하지 않는다면 즉각 집으로 돌아가겠다고 말했다. 샤를은 아내에게로 돌아와 한 번만 양보해달라고 간청했다.

그가 무릎을 꿇었다. 마침내 그녀가 대답했다.

"좋아요! 내가 사과하죠."

실제로 그녀는 시어머니에게 후작부인처럼 도도하게 한 손을 내밀면서 말했다.

"용서하세요."

그런 다음 자기 방으로 올라와 침대에 털썩 몸을 던지고 엎드린 채 베개에 얼굴을 파묻고 아이처럼 울었다.

그녀와 로돌프 두 사람은 특별한 일이 생길 경우에는 에마가 덧문에 흰 종잇조각을 달아매두어 로돌프가 혹시 용빌에 와 있다면 집 뒤에 있는 오솔길로 달려오기로 약속해두었다. 에마는 신호를 보냈다. 그녀가 사십오 분쯤 기다렸을 때 시장 모퉁이에서 로돌프의 모습이 보였다. 그녀는 창문을 열고 그를 부르려고 했다. 하지만 이미 그의 모습은 사라진 뒤였다. 그녀는 실망해서 다시 주저앉았다.

하지만 이내 누군가 인도를 걸어오는 소리가 들리는 듯했다. 틀림없이 그였다. 그녀는 계단을 내려가 뜰을 가로질렀다. 그가 거기에, 울타리 밖에 서 있었다. 그녀는 그의 품에 몸을 던졌다.

"이런, 조심해야죠." 그가 말했다.

"아! 무슨 일이 있었는지 당신이 알기만 했어도!" 그녀가 말했다.

그런 다음 그녀는 서둘러 두서없이 이야기를 시작했는데, 여러 사실을 과장하고 없는 일을 덧붙이고 본론에서 벗어난 이야기를 어찌나 장황하게 늘어놓던지 그로서는 무슨 이야기인지 도통 알아들을 수가 없었다.

"자, 나의 가엾은 천사, 기운을 내요. 마음을 다스리고 인내심을 가져요!"

"하지만 내가 이렇게 고통받으면서 참고 지낸 지도 벌써 사 년이나 됐잖아요!…… 우리 같은 사랑은 만천하에 고백해야 해요! 저 사람들이 나를 괴롭히잖아요. 난 더이상 버틸 수가 없어요. 날 좀 구해줘요!"

그녀는 로돌프를 꼭 끌어안았다. 눈물이 그렁그렁한 그녀의 두 눈이 물결 속에 비친 불꽃처럼 반짝였다. 그녀의 가슴이 빠르게 오르내렸다. 그녀가 이렇게 사랑스럽게 느껴지기는 처음이었다. 그래서 그는 이성을 잃고 그녀에게 물었다.

"어떻게 하면 되겠어요? 당신이 원하는 게 뭐예요?"

"날 데려가줘요! 날 여기서 구해달라고요!…… 오! 제발 부탁이에요!" 그녀가 소리쳤다.

그러더니 그녀는 그에게서 우발적으로 튀어나올 동의의 말을 입맞춤으로 잡아채기라도 할 것처럼 그의 입술로 달려들었다.

"하지만……" 로돌프가 말했다.

"왜 그래요?"

"당신 딸은요?"

그녀는 잠시 생각에 잠겼다가 대답했다.

"어쩔 수 없으니 그애도 데려가야죠!"

'무슨 저런 여자가 다 있나!' 로돌프는 멀어져가는 에마의 뒷모습을 보며 생각했다.

그녀는 그와 헤어져 막 마당 안으로 들어간 참이었다. 누군가 그녀를 불렀기 때문이다.

이후 며칠 동안 보바리 노부인은 완전히 달라진 며느리의 태도에 크게 놀랐다. 실제로 에마는 한결 고분고분해진 듯했고, 오이 피클을 만드는 방법을 그녀에게 물을 만큼 공손하게 굴었다.

이는 샤를과 시어머니를 더 감쪽같이 속여넘기기 위해서였을까? 아니면 쾌감을 동반한 이런 극기를 통해 이제 곧 버리고 갈 것들의 쓴맛을 더 속속들이 느끼고 싶어서였을까? 하지만 사실 에마는 그런 데 신경조차 쓰지 않았다. 그녀는 다가올 행복을 미리 음미하느라 여념이 없었다. 로돌프와 만나면 그 화제가 끊이지 않았다. 그녀는 그의 어깨에 기댄 채 나직하게 중얼거렸다.

"자! 우리가 드디어 역마차를 타게 되면 말이에요!…… 당신도 그런 생각을 하나요? 정말 그런 일이 일어날까요? 마차가 달려나가는 걸 느끼는 순간, 마치 우리 둘이 열기구를 탄 듯 구름 속으로 날아오르는 기분일 거예요. 내가 그날을 손꼽아 기다리고 있는 거 알아요?…… 당신은 어때요?"

보바리 부인이 이 시기만큼 아름다운 적은 일찍이 없었다. 그녀는 기쁨과 열정과 꿈의 실현으로부터 발현된 뭐라 정의하기 어려운 아름다움을 보여주었다. 기질과 상황이 꼭 맞아떨어질 때만 나타날 수 있는 아름다움이었다. 한 송이 꽃이 비료와 비와 바람과 햇빛을 통해 꽃을 피우듯이, 그녀의 갈망과 슬픔과 쾌락의 경험, 그리고 늘 새로워지는 환상이 그녀를 차츰차츰 열리게 해서 마침내 그 본성이 충만하게 개화하기에 이른 것이다. 그녀의 눈꺼풀은 동공이 사라져버릴 만큼 길고 긴 사랑의 응시를 위해 일부러 깎아놓은 듯했고, 뜨거운 숨을 내쉴 때면 섬세한 콧구멍이 벌어졌으며, 가뭇한 솜털이 빛을 받아 그림자를 드리운 도톰한 입술 양끝이 위로 당겨 올라갔다. 목덜미 위로 드리운 머리

타래는 퇴폐적인 묘사에 능한 화가가 그려놓은 것 같았다. 머리카락은 묵직한 타래를 이루며 무심한 듯 둥글게 말려 있었는데, 때없이 벌이는 정사의 리듬에 따라 매일같이 풀리곤 했다. 이제 그녀의 목소리는 더 부드러워졌고 몸매 또한 그러했다. 발의 곡선이나 드레스의 주름에서까지도 사람의 마음을 파고드는 듯한 미묘한 무언가가 풍겨나왔다. 샤를은 아내가 신혼 때처럼 감미롭고 더할 수 없이 매혹적으로 느껴졌다.

한밤중에 집에 돌아오면 그는 감히 그녀를 깨울 수가 없었다. 도기로 된 야간등이 천장에 떨리는 빛 웅덩이를 만들고, 작은 유아용 침대에 둘러친 커튼이 부부 침대 옆 어둠 속에서 하얀 오두막처럼 둥글게 솟아 있었다. 샤를은 아이 침대의 커튼을 바라보았다. 아이의 쌔근쌔근한 숨소리가 들리는 것 같았다. 이제 아이는 성장할 것이다. 계절이 바뀔 때마다 눈에 띄게 커갈 것이다. 벌써 그의 눈앞에 해질 무렵 아이가 소매 달린 유아용 조끼에 잉크 얼룩을 묻힌 채 한 팔에 책 바구니를 걸치고 학교에서 돌아오는 모습이 보이는 듯했다. 그다음에는 아이를 기숙학교에 보내야 할 텐데 그러려면 돈이 많이 들 터였다. 어떻게 한담? 그는 생각에 잠겼다. 그는 인근의 작은 농장을 하나 빌려서 매일 아침 환자를 보러 가는 길에 자신이 직접 감독을 하면 어떨까 생각했다. 거기에서 나오는 수입을 모아 저축 계좌에 넣으리라. 그런 다음 어디든 적당한 주식을 사리라. 그리고 환자도 늘겠지. 그는 그러리라 기대했다. 베르트를 잘 키워 재능도 길러주고 피아노도 가르치고 싶었다. 아! 세월이 흘러 열다섯 살이 되어 여름에 제 엄마처럼 커다란 밀짚모자를 쓰면 엄마를 닮아 얼마나 아름다울까! 멀리서 보면 두 사람은 자매처럼 보이리라. 그는 저녁에 딸아이가 그들 옆에 앉아 등잔 불빛 아래서 공부하는 모습을 눈앞에 그려보았다. 그애는 그의 실내화에 수를 놓아 주겠지. 집안일도 돕겠지. 온 집안에 따뜻하고 쾌활한 분위기가 감돌게 하겠지. 마침내 그들은 딸아이를 출가시킬 생각을 하게 될 것이다. 견실한 직업을 가진 건실한 청년을 찾아주리라. 청년은 그애를 행복하게 해주겠지. 그런 행복이 영원히 이어지리라.

한편 에마는 자고 있는 것이 아니라 잠든 척하고 있었다. 샤를이 옆에 누워 잠에 빠져드는 동안 그녀는 다른 꿈을 꾸며 깨어 있었다.

네 마리 말이 속보로 달리는 마차를 타고 그녀는 벌써 일주일째 결코 다시는 돌아오지 않을 이곳을 떠나 새로운 지방을 향해 가고 있었다. 그들은 팔짱을 낀 채 아무 말 없이 여행을 계속했다. 마차가 이따금 산 위에 오르면 그들의 눈앞에 갑자기 둥근 지붕과 다리와 범선과 레몬나무 숲, 그리고 뾰족한 종탑에 황새가 둥지를 튼 하얀 대리석으로 된 대성당이 있는 멋진 도시의 모습이 펼쳐졌다. 커다란 포석이 깔린 길 위를 말은 평보로 걸었고, 바닥에는 빨간 코르셋을 차려입은 여자들이 내미는 꽃다발들이 놓여 있었다. 종소리와 노새 울음소리에 섞여 읊조리는 듯한 기타 소리와 분수의 물소리가 들려왔다. 분수에서 피어오르는 물보라가 물줄기 아래 웃는 얼굴을 한 하얀 조각상들의 발치에 피라미드형으로 쌓아올린 과일 더미를 서늘하게 식혀주고 있었다. 마침내 어느 날 저녁 무렵, 그들은 절벽과 작은 오두막집들을 따라 갈색 그물이 바람에 마르는 어촌 마을에 도착하는 것이었다. 바로 그들이 정착해 살 곳이었다. 그들은 해안가의 만 안쪽에 있는, 종려나무 그늘 아래 지붕이 평평한 나지막한 집에서 살게 될 터였다. 곤돌라를 타고 여기저기 돌아다니고 해먹에 누워 그 흔들림에 몸을 내맡길 터였다. 그들의 삶은 입고 있는 비단옷처럼 편안하고 넉넉할 것이고, 그들이 바라보는 포근한 밤처럼 따사롭고 별빛 가득할 터였다. 하지만 그녀가 상상하는 이 드넓은 미래를 배경으로 그 어떤 특별한 것도 떠오르지 않았다. 나날들은 모두 멋지기만 하고 파도처럼 서로 비슷했다. 이 모든 것은 무한하고 조화로우며 푸르스름하고 햇빛을 듬뿍 받으며 수평선 위에서 맴돌고 있었다. 그러는 동안 침대에서 자고 있던 아이가 기침을 하기도 하고 때로는 보바리의 코골이가 유난히 심해지기도 해서, 에마는 유리창 너머가 희붐해지고 꼬마 쥐스탱이 광장에서 약국의 덧창을 열 때가 되어서야 잠이 들었다.

그녀가 뢰뢰를 불러서 말했다.

"외투, 그러니까 깃이 길고 안감이 있는 두꺼운 외투 하나가 필요해요."

"여행을 떠나시나요?" 그가 물었다.

"아니에요! 하지만…… 어쨌거나 당신을 믿어도 되겠죠? 빨리 구해주셔야 해요!"

그가 고개를 숙여 보였다.

"또 트렁크도 하나 필요해요…… 너무 무겁지 않고…… 쓰기 편한 것으로요." 그녀가 다시 말했다.

"예, 예, 그러니까 요즘 나오는 가로 92센티미터 세로 50센티미터짜리면 되겠네요."

"여행용 가방도요."

'틀림없이 말다툼을 한 거야.' 뢰뢰는 생각했다.

"그리고 자," 보바리 부인은 허리띠에서 시계를 풀어주며 말했다. "이

걸 받으세요. 이거면 물건값으로 충분할 거예요."

하지만 상인은 이러시면 안 된다고 외쳤다. 그들은 서로 아는 사이가 아니냐는 것이었다. 그가 그녀를 못 믿는단 말인가? 무슨 어린아이 같은 짓이란 말인가! 하지만 에마는 고집을 꺾지 않고 그렇다면 시곗줄만이라도 받으라고 했는데, 뢰뢰가 그것을 이미 주머니에 넣고 방을 나가려는 순간 그를 다시 불러 세웠다.

"물건은 모두 당신 가게에 두세요. 외투는," 그녀는 생각해보는 듯했다. "그것도 가져오지 마세요. 그저 양재사의 집주소만 내게 알려주고 내가 언제라도 찾아갈 수 있도록 그쪽에 말해두세요."

로돌프와 에마가 함께 도망치기로 한 것은 다음달이었다. 그녀는 루앙에 볼일을 보러 가는 것처럼 용빌을 떠날 생각이었다. 로돌프는 좌석을 예약하고, 여권을 챙기고, 파리에 편지까지 써서 마르세유까지 역마차를 전세 내기로 했고, 그곳에 이르면 사륜마차 한 대를 사서 쉬지 않고 제노바 도로를 달릴 계획이었다. 그녀는 조심성을 기울여 짐을 뢰뢰의 상점으로 보내놓고 아무도 의심을 품지 않도록 거기에서 직접 리롱델에 실을 생각이었다. 이 모든 준비 과정에서 아이에 관한 이야기는 한 번도 오간 적이 없었다. 로돌프는 그 문제에 대한 말을 피했다. 그리고 에마는 그 점에 대해서는 생각조차 않고 있는 듯했다.

그는 몇 가지 일을 끝내야 한다면서 이 주간의 여유를 더 갖고 싶어 했다. 그리고 일주일이 지나자 다시 이 주를 더 요구했다. 그런 다음에는 몸이 아프다고 했다. 그다음에는 여행을 떠났다. 8월이 지나갔고, 이렇게 여러 차례 연기한 끝에 그들은 최종적으로 9월 4일 월요일에 떠나기로 확정했다.

마침내 떠나기 이틀 전인 토요일이 왔다.

그날 밤 로돌프는 평소보다 일찍 도착했다.

"준비는 다 됐어요?" 그녀가 물었다.

"그럼요."

그들은 화단을 한 바퀴 돌고 테라스 근처 축대로 가서 앉았다.

"울적해 보이네요." 에마가 말했다.

"아닌데, 왜 그렇게 생각해요?"

하지만 그는 부드럽긴 하나 평소와는 다른 눈길로 그녀를 바라보고 있었다.

"이곳을 영영 떠나야 해서 그래요? 당신이 좋아하는 이들, 당신의 삶을 두고 떠나야 해서요? 아! 이해해요…… 하지만 난 이 세상에서 아무것도 가진 게 없는걸요! 당신이 내 전부예요. 마찬가지로 나도 당신의 전부가 되고, 당신의 가족이 되고, 고향이 될 거예요. 당신을 보살피고 사랑할 거예요." 에마가 말했다.

"어쩜 이렇게 매혹적일까!" 그가 그녀를 품에 안으며 말했다.

"정말요?" 그녀가 요염한 미소를 지으며 물었다. "날 사랑해요? 그럼 맹세해봐요!"

"내가 당신을 사랑하느냐고? 당신을 사랑하느냐고? 아니, 난 당신을 숭배하지, 내 사랑!"

풀밭 저편 지평선에서 불그스름한 보름달이 떠오르고 있었다. 달은 이내 포플러나무 가지 사이에 걸렸고, 나뭇가지에 군데군데 가려져 검은색 커튼에 난 구멍처럼 보였다. 그러더니 곧 하얗게 빛나며 두둥실 떠올라 텅 빈 하늘을 환히 비추었다. 그런 다음에는 속도를 늦추면서 시내 위에다 무수한 별들이 그 안에서 반짝이는 듯한 커다란 빛 웅덩이를 드리웠다. 그 은빛 광채는 빛나는 비늘을 뒤집어쓴 머리 없는 뱀처럼 몸을 뒤틀며 강 밑바닥까지 들어갈 듯했다. 또한 녹은 다이아몬드 방울들이 계속해서 뚝뚝 떨어져내리는 기괴한 모양의 촛대 같아 보이기도 했다. 그들 주위로 부드러운 밤이 펼쳐져 있었고, 겹겹의 어둠이 나뭇잎을 감싸고 있었다. 에마는 눈을 반쯤 감고 깊은 숨을 쉬면서 불어오는 신선한 바람을 들이마셨다. 두 사람은 밀려드는 몽상에 푹 빠져 아무 말도 하지 않았다. 지난날 함께 나눈 애정이 마치 고광나무의 꽃향기처럼 부드럽게, 흐르는 시내처럼 고요하고도 풍성하게 그들의 마음에 되살아나, 수풀 위로 가만히 늘어진 버드나무 그림자보다 더 커다랗고 울적한 그림자를 추억 속에 드리웠다. 이따금 고슴도치인지 족제비인지 알 수 없는 야행성 동물이 먹이를 쫓느라 나뭇잎이 흔들렸고, 때로는 과수장에서 익은 복숭아가 저절로 떨어지는 소리가 들려왔다.

"아! 아름다운 밤이군요!" 로돌프가 말했다.

"우리는 앞으로도 이런 밤들을 누릴 거예요!" 에마가 말했다.

그러더니 혼잣말처럼 중얼거렸다.

"그래요, 좋은 여행이 될 거예요…… 그런데 왜 마음이 슬퍼질까요? 미지의 것에 대한 두려움일까요…… 익숙한 것을 떠나야 해서 그런 걸까요…… 아니 그보다 혹시……? 아니에요, 행복에 겨워서 그러는 거예요! 난 정말 강하지 못하네요, 안 그래요? 이런 날 용서해줘요!"

"늦지 않았어요! 나중에 후회할지도 모르니까 잘 생각해봐요." 그가 소리쳤다.

"그럴 리가 없어요!" 그녀가 격한 어조로 대답했다.

그런 다음 그에게 다가앉으며 말했다.

"도대체 내게 어떤 불행이 닥칠 수 있겠어요? 당신과 함께라면 건너지 못할 사막도 절벽도 바다도 없어요. 우리가 함께 살면 매일매일이 더 강해지고 더 완전해지는 포옹 같을 거예요! 우리에겐 골치 아픈 문제도, 걱정도, 장애물도 없을 거예요. 우리 둘이서만, 서로의 전부가 되어 영원히…… 뭐라고 말 좀 해봐요. 대답해줘요."

그는 규칙적인 간격을 두고 "그래요…… 그래요!……" 하고 대답했다. 그녀는 그의 머리카락 속으로 두 손을 넣고는 굵은 눈물방울을 떨구면서도 어린아이 같은 목소리로 거듭 말했다.

"로돌프! 로돌프!…… 아! 로돌프, 귀엽고 사랑스러운 로돌프!"

자정을 알리는 종이 울렸다.

"자정이에요! 자, 드디어 내일이에요! 이제 하루 남았네요!" 그녀가 말했다.

그는 돌아가기 위해 자리에서 일어났다. 그러자 그 동작이 도피행을 시작하는 신호라도 되는 양 에마는 갑자기 쾌활한 태도를 되찾았다.

"우리 여권 갖고 있어요?"

"그럼요."

"잊은 거 없죠?"

"없어요."

"확실해요?"

"확실해요."

"프로방스호텔에서 날 기다릴 거죠?…… 정오에?"

그가 고개를 끄덕였다.

"그럼 내일 만나요!" 에마는 마지막으로 그를 쓰다듬었다.

그런 다음 그녀는 그가 멀어져가는 모습을 바라보았다.

그는 돌아보지 않았다. 그녀는 그의 뒤를 쫓아 달려가서는 물가의 덤불 위로 몸을 굽혔다.

"내일 만나요!" 그녀가 외쳤다.

그는 이미 시내를 건너 반대편으로 가서 목초지를 빠른 걸음으로 걷고 있었다.

잠시 후 로돌프는 걸음을 멈추었다. 에마가 입은 하얀 옷이 마치 유령처럼 어둠 속으로 점차 사라지는 것을 바라보자 심장이 어찌나 심하게 고동치던지 넘어지지 않기 위해 나무에 몸을 기대야 했다.

"나는 어쩌면 이렇게 바보일까!" 그는 모진 말로 스스로를 책망하며 중얼거렸다. "어쨌든 참 귀여운 정부였어!"

그러자 에마와의 연애에서 느낀 온갖 쾌락과 더불어 그녀의 아름다움이 마음속에 되살아났다. 처음에는 마음이 약해지려 했지만 이윽고 그녀에 대한 반감이 솟았다.

"하지만 난 고향을 떠날 수도 없고, 아이를 맡을 수도 없으니 어쩌겠어." 그가 손짓을 곁들여가며 부르짖듯 말했다.

그는 결심을 다지기 위해 혼잣말로 중얼거렸다.

"게다가 번거로운 일에 비용에…… 아! 안 돼, 안 돼, 절대로 안 되고 말고! 그건 너무 어리석은 짓이야!"

13

집에 돌아오자마자 로돌프는 사냥의 전리품인 사슴 머리 박제가 걸린 벽 아래 책상에 서둘러 앉았다. 하지만 깃털 펜을 들어도 쓸 말이 떠오르지 않았으므로 양 팔꿈치를 괴고 생각에 잠겼다. 그가 방금 내린 결정이 그들 사이에 돌연 엄청난 거리를 만들기라도 한 것처럼 이제 그에게 에마는 아득한 과거 속으로 뒷걸음질한 듯 여겨졌다.

그는 뭔가 그녀에 관한 것을 떠올려보려고 침대 머리맡에 있는 옷장으로 가서 낡은 랭스산 과자 상자를 꺼냈는데, 여자들에게서 온 편지를 담아둔 그 상자에서는 축축한 먼지 냄새와 시든 장미꽃 냄새가 풍겨나왔다. 제일 먼저 그의 눈에 띈 것은 희미한 둥근 얼룩들이 남은 손수건이었다. 에마의 손수건으로 언젠가 산책중에 그녀가 코피를 흘렸을 때 쓴 것이었다. 그는 이제 그 일의 세부가 더이상 기억나지 않았다. 그 옆에는 에마가 준, 이리저리 부딪히며 모서리가 상한 초소형 초상화가 있었다. 초상화 속 그녀의 몸치장은 과해 보였고 비스듬히 내리깐 눈길은 딱한 인상을 주었다. 그 그림을 들여다보면서 모델에 대한 추억을 되살리고 있자니, 마치 실제의 얼굴과 그림 속의 얼굴이 서로 부딪고 비벼져서 둘 다 지워지기라도 한 것처럼 기억 속 에마의 이목구비가 차츰차츰 모호해졌다. 이윽고 그는 그녀가 보낸 편지들을 읽기 시작했다. 모두 문제의 여행에 관한 설명뿐인 업무용 서신처럼 짧고 건조한, 급하게 쓴 편지였다. 그는 예전에 온 긴 편지들을 찾아보고 싶었다. 로돌프는 손을 넣어 상자 밑바닥에서 그런 편지들을 찾으려다가 상자 속 물건들을 모두 뒤섞고 말았다. 편지와 물건 더미를 기계적으로 뒤적이자,

꽃다발, 긴 양말 대님, 검은 가면, 장식핀, 그리고 머리카락 같은 것들이 나왔다. 갈색도 있고 금발도 있는 여러 종류의 머리카락이었다! 어떤 것은 상자를 열 때 쇠 경첩에 걸려 끊어지기도 했다.

이렇게 추억 속을 오가면서 그는 맞춤법만큼이나 다양한 글씨체와 문체를 살펴보았다. 다정한 것도 있었고 유쾌한 것, 익살스러운 것, 우수에 찬 것도 있었다. 그중 어떤 것은 사랑을 갈구하고 또 어떤 것은 돈을 요구했다. 그는 단어 하나를 실마리 삼아 편지를 쓴 여자의 얼굴과 몸짓, 목소리를 떠올렸다. 하지만 때때로 아무것도 기억나지 않는 경우도 있었다.

실제로 그 여자들은 그의 생각 속으로 한꺼번에 달려들어와 서로의 앞을 막아서다가는 비슷비슷한 사랑의 수준으로 평준화되기라도 한 듯 똑같이 줄어들고 말았다. 잠시 동안 그는 뒤섞인 편지들을 한 움큼 집어들어 장난삼아 한 손에서 다른 손으로 폭포처럼 떨어뜨렸다. 이윽고 지루해지면서 졸음이 밀려오자 로돌프는 상자를 다시 옷장에 갖다 두면서 중얼거렸다.

"웬 허풍들인지 원!……"

그 한마디야말로 그의 심정을 요약하는 것이었다. 왜냐하면 그의 가슴은 학생들의 발길에 다져진 학교 운동장처럼 쾌락으로 어찌나 다져졌던지 풀 한 포기 돋을 수 없었는데, 그리로 지나간 여자들은 어린 학생들보다도 야무지질 못해서 담벼락에 제 이름 하나 새겨놓지 못했던 것이다.

"자, 시작하자고!" 그가 혼잣말을 했다.

그는 편지를 쓰기 시작했다.

에마, 기운을 내요! 용기를 내라고요! 난 당신의 삶을 불행하게 만들고 싶지 않습니다……

'어쨌든 이건 사실이야. 내가 이러는 건 그 여자를 위해서야. 난 지금 솔직하게 말하고 있는 거라고.' 로돌프는 생각했다.

당신은 그 결정에 대해 충분히 숙고해봤습니까? 가엾은 천사, 내가 당신을 어떤 구렁텅이로 끌고 들어가려 했는지 아나요? 모르죠? 당신은 미래와 행복을 믿은 나머지 분별을 잃고 앞서나간 겁니다…… 아! 우리 둘 다 얼마나 딱한지! 얼마나 무모했는지!

로돌프는 이 대목에서 잠시 멈추고 그럴듯한 구실을 생각해내려 애썼다.

'사실은 전 재산을 잃었다고 하면 어떨까?…… 아! 아니지, 그래도 별 소용이 없을 거야. 그랬다간 나중에 다시 시작해야 할걸. 이런 여자들을 정신 차리게 한다는 게 가능하긴 한 걸까?'

그는 생각에 잠겼다가 이윽고 다시 편지를 써내려가기 시작했다.

당신을 잊지 않겠습니다. 부디 믿어주길 바랍니다. 앞으로도 줄곧 당신에게 깊은 헌신의 마음을 갖고 있을 겁니다. 하지만 물론 언젠가 이 열정도 식어가겠지요. (그게 인간사의 운명이지요!) 우리에게도 권태가 찾아올 것이고, 내가 당신의 회한을 지켜보면서 그 회한을 야기한 사람이 나 자신인 만큼 스스로도 회한에 빠지는 잔인한 고통을 겪지 않으리라고 누가 장담하겠습니까? 에마, 당신에게 슬픔이 닥친다는 생각만 해도 나는 고통스럽습니다! 날 잊어주세요! 내가 왜 당신을 사귀었을까요? 어째서 당신은 그렇게 아름다웠을까요? 내가 잘못한 걸까요? 오, 맙소사! 아닙니다, 아니지요, 그저 운명을 탓할밖에요!

'이 말은 언제나 효과가 있지.' 그가 생각했다.

아! 당신이 흔히 볼 수 있는 경박한 여자였다면, 나는 당연히 이기적인 마음에서 새로운 경험을 하고자 했을 것이고, 당신에게도 이 연애는 위험하지 않았을 겁니다. 한데 당신의 매력인 동시에 고통의 원인이기도 한 그 감미로운 열정 때문에 눈이 멀어 사랑스러운 당신은 우리가 꿈꾸는 미래가 허상임을 미처 깨닫지 못한 겁니다. 나 역시 처음 얼마간은 그 점에 대해 깊이 생각하지도, 결과를 내다보지도 못한 채, 만치닐나무*의 그늘 같은 치명적인 행복의 그늘에서 쉬고 있었습니다.

'이 여자는 내가 구두쇠라서 이 계획을 포기하는 거라고 생각할 수도 있겠군…… 아! 무슨 상관이람! 할 수 없어, 끝내야 해!'

* 아메리카대륙에 서식하는 나무로, 열매뿐 아니라 나무 자체에 강한 독성이 있어 치명적인 나무로 일컬어진다.

에마, 세상은 잔인합니다. 우리가 어디에 가든, 세상은 우리를 따라다닐 겁니다. 당신은 무례한 질문과 중상과 경멸, 어쩌면 모욕까지도 당하게 될 겁니다. 당신이 모욕을 받다니! 오!…… 나는 당신을 옥좌에 앉히고 싶은데 말입니다! 어디를 가든 당신에 대한 생각을 부적처럼 갖고 다닐 겁니다! 당신에게 이 모든 잘못을 저지른 나 자신을 벌하기 위해 유형의 길을 떠나려 합니다. 이제 나는 떠납니다. 어디로 가느냐고요? 나도 모릅니다. 난 지금 제정신이 아니에요! 영원히 안녕! 언제나 선한 마음을 간직하기를! 당신을 잃고 만 이 불행한 사내를 추억해주세요. 내 이름을 당신 딸에게 알려주어서 그애가 기도할 때 내 이름을 말할 수 있도록 해주세요.

두 자루의 촛불이 흔들리며 타오르고 있었다. 로돌프는 일어나 창문을 닫은 다음 다시 자리에 앉으면서 생각했다.

'다 된 것 같아. 아! 그 여자가 혹시라도 나를 찾아와 성가시게 구는 일이 없도록 이 말도 쓰자.'

이 슬픈 편지를 당신이 읽을 때쯤이면 나는 이미 먼 곳에 있을 겁니다. 왜냐하면 당신을 다시 보고 싶은 유혹을 피하기 위해 가능한 한 빨리 도망치고 싶으니까요. 마음 약해지지 마세요! 난 돌아올 겁니다. 그리고 어쩌면 훗날 우리는 지난날의 사랑에 대해 아주 냉정하게 함께 이야기를 나누게 될지도 모릅니다. 그럼 아듀!

그리고 마지막으로 '아듀!'라고 쓰면서, 단어를 둘로 나누어 '아듀!'

라고 적었는데,* 스스로 생각해도 아주 멋진 것 같았다.

'서명은 어떻게 하는 게 좋을까? 당신의 충실한?…… 아니지. 당신의 친구라고 할까?…… 그래, 그게 좋겠군.' 그는 생각했다.

당신의 친구.

그는 자신이 쓴 편지를 다시 읽어보았다. 괜찮아 보였다.

그는 동정심에 차서 생각했다. '딱한 여자 같으니라고! 이 여자는 나를 바위보다 무정한 사람이라고 생각하겠지. 편지지에 눈물자국이 몇 개 나 있어야 하는데. 하지만 난 우는 체질이 아닌걸. 그건 내 잘못이 아니야.' 그래서 로돌프는 유리컵에 물을 따르고 손가락을 담갔다가 위에서 큼직한 물방울 하나를 떨어뜨려 잉크를 번지게 만들었다. 그리고 편지를 봉할 것을 찾다가 '아모르 넬 코르'라고 새겨진 봉인을 발견했다.

"지금 상황과는 별로 어울리지 않는 말이군…… 아, 됐어! 아무러면 어때!"

그런 다음 그는 파이프에 담배를 담아 세 대나 피운 다음 잠자리에 들었다.

다음날 잠에서 깬 로돌프는(늦잠을 잔 탓에 오후 두시경 침대에서 나왔다) 살구를 한 바구니 따오게 했다. 그는 편지를 바구니 밑바닥에 넣고 포도 잎으로 덮은 다음 쏟아지지 않게 조심해서 보바리 부인 댁

* 프랑스어에서 마지막 작별인사를 뜻하는 '아듀(Adieu)'를 떼어 쓰면 'A Dieu', 곧 '신에게'라는 뜻이다.

에 가져다주라고 농장 일꾼 지라르에게 지시했다. 그는 계절에 따라 과일이나 사냥으로 잡은 짐승을 보내면서 이런 방식으로 에마와 소식을 주고받곤 했다.

"만약 부인이 내 소식을 물으시면 여행을 떠났다고 하게. 바구니는 반드시 부인의 손에 직접 전해야 하네…… 가보게, 조심하고!" 그가 말했다.

지라르는 새 덧옷을 입고 바구니를 자기 손수건으로 동여맨 다음 나무창에 쇠징을 박은 투박한 구두를 신고 묵직한 걸음을 성큼성큼 내딛으며 차분히 용빌을 향해 출발했다.

그가 보바리 부인의 집에 도착했을 때 부인은 펠리시테와 부엌 식탁에서 세탁물을 정리하고 있었다.

"우리 나리가 부인께 이걸 갖다드리라고 해서요." 하인이 말했다.

에마가 알 수 없는 두려움에 사로잡혀 황망한 눈길로 머슴을 바라보며 주머니를 뒤져 동전을 찾는 동안, 일꾼은 그런 선물에 그렇게까지 감동하는 것이 이해가 가지 않아 도리어 깜짝 놀라 그녀를 쳐다보았다. 마침내 그가 떠났다. 펠리시테가 곁에 있었다. 에마는 더이상 참지 못하고 살구를 가져다놓는 체하며 거실로 달려가 바구니에 든 것을 쏟고 잎을 걷어내 편지를 찾아 펼친 다음, 등뒤로 무시무시한 불길이 쫓아오기라도 하는 것처럼 몹시 겁에 질려 자기 방 쪽으로 내달렸다.

샤를이 그 방에 있었다. 그녀도 그를 보았다. 샤를이 그녀에게 말을 걸었지만 그녀는 아무 말도 듣지 못한 듯, 손가락 사이에서 양철판처럼 덜덜 떨리며 소리를 내는 그 소름 끼치는 종잇장을 줄곧 손에 쥔 채, 뭔가에 취한 듯 어쩔 줄 모르고 숨을 헐떡이며 빠른 걸음으로 층계를 계속 달려올라갔다. 이윽고 그녀는 삼층의 닫혀 있는 다락방 문 앞에서 걸음을 멈추었다.

그녀는 마음을 가라앉히려고 했다. 편지 생각이 났다. 편지를 마저 읽어야 했지만 그럴 용기가 나지 않았다. 게다가 어디서 읽는단 말인가? 어떻게? 사람들 눈에 띌 터였다.

'아! 아냐, 여기라면 괜찮을 거야.' 그녀는 생각했다.

에마는 다락방 문을 밀고 안으로 들어갔다.

슬레이트 지붕에서 찌는 듯한 열기가 곧장 내려와 관자놀이가 조이고 가슴이 답답했다. 그녀가 닫힌 채광창까지 겨우 걸어가 빗장을 벗겨 내자 눈부신 빛이 단번에 쏟아져들어왔다.

맞은편 지붕들 너머로 탁 트인 들판이 끝이 보이지 않을 정도로 펼쳐져 있었다. 발아래로 보이는 마을 광장은 비어 있었다. 인도의 자갈이 햇빛을 받아 번쩍거렸고, 집집마다 풍향계는 꼼짝도 하지 않았다. 길모퉁이 집 아래층에서 윙윙대는 날카로운 기계음 같은 소리가 들려왔다. 비네가 선반기를 돌리는 소리였다.

그녀는 채광창 틀에 몸을 기대고 편지를 다시 읽으며 분노에 찬 비웃음을 지었다. 하지만 그녀가 편지에 신경을 집중하려 할수록 머릿속이 점점 더 혼란스러워졌다. 눈앞에 로돌프의 모습이 떠오르고 그의 음성이 들리는 것 같아 그녀는 두 팔로 그를 끌어안았다. 그녀의 가슴을 울리는 심장박동이 성벽을 부수는 파성추의 커다란 울림처럼 불규칙한 간격을 두고 점점 더 빨라졌다. 그녀는 땅이 꺼지기라도 했으면 하는 심정으로 주위를 둘러보았다. 어째서 끝장을 내지 못하는 걸까? 무엇이 그녀를 붙들고 있는가? 그녀를 막는 것은 없었다. 그녀는 몸을 내밀고 포석이 깔린 길을 바라보며 중얼거렸다.

"자! 어서!"

아래에서 곧장 올라오는 빛줄기가 그녀의 몸을 깊은 구덩이로 끌어당기고 있었다. 광장 바닥이 벽을 따라 요동치면서 올라오는 듯했고, 마룻바닥이 앞뒤로 흔들리는 배처럼 한쪽 끝으로 기울어지는 것 같았다. 그녀는 거의 공중에 매달려 있기라도 한 듯 거대한 공간에 에워싸인 채 벼랑 끝에 서 있었다. 푸른 하늘이 그녀에게 밀려 들어오고 바람이 텅 빈 그녀의 머릿속에 몰아치고 있으니 그저 저항하지 않고 몸을 맡기기만 하면 되었다. 윙윙거리며 돌아가는 선반기 소리가 마치 그녀를 부르는 성난 목소리처럼 줄곧 들려왔다.

"여보! 여보!" 샤를이 그녀를 불렀다.

그녀가 동작을 멈추었다.

"당신 어디 있어요? 어서 와요!"

자신이 죽음 직전까지 갔다가 아슬아슬하게 빠져나왔다는 생각이 들자 그녀는 공포로 기절할 뻔했다. 에마는 두 눈을 감았다. 다음 순간 그녀는 누군가 자신의 소매를 붙잡는 것을 느끼고 소스라쳤다. 펠리시테였다.

"선생님께서 기다리고 계세요, 마님. 수프가 준비되었어요."

그러니까 아래로 내려가야 했다! 식탁에 앉아야 했다!

그녀는 식사를 하려 애썼다. 하지만 음식이 목에 걸려 넘어가지 않았다. 그래서 그녀는 바느질 상태를 확인하려는 것처럼 냅킨을 펼치고 정말로 신경을 집중해 섬유 가닥을 헤아려보려고 했다. 불현듯 그 편지에 대한 생각이 머릿속에 다시 떠올랐다. 잃어버린 것일까? 어디서 찾아야 할까? 하지만 그녀는 정신적으로 너무나도 지쳐 있어서 식탁에서 일어나 나갈 구실을 찾을 수 없었다. 게다가 겁도 났다. 샤를이 두려웠다. 그는 모든 것을 알고 있는 게 분명했다! 실제로 그는 기묘하게도 이렇게 말했다.

"앞으로 한동안 로돌프 씨를 못 볼 것 같더군요."

"누가 그래요?" 그녀가 부르르 몸을 떨며 물었다.

"누가 그랬냐고요?" 그녀의 갑작스러운 말투에 조금 놀라며 그가 말했다. "조금 전 카페 프랑세 앞에서 지라르를 만났는데 그가 그러더군요. 로돌프 씨가 지금 여행중이라던가, 아니 여행을 떠날 거라던가 그러더군요."

그녀는 헉하고 놀라며 눈물을 참았다.

"그런데 그게 뭐 놀랄 일인가요? 그 사람은 이따금 기분전환 삼아 그렇게 떠나곤 하잖아요. 그럴 만도 하지! 내 생각엔 정말 잘하는 일인 것 같은데. 재산도 있고 결혼도 안 했으니!…… 게다가 그 친구는 인생을 꽤나 즐기며 사는 것 같던데요! 혈기도 왕성하고. 랑그루아 씨한테 들어보니……"

하녀가 들어오자 그는 분별심을 발휘해 입을 다물었다.

하녀는 선반 위에 흩어진 살구를 다시 바구니에 담았다. 샤를은 아내의 뺨이 붉어진 것을 눈치채지 못한 채 살구 바구니를 가져오라고 해서 그중 하나를 집어들어 깨물었다.

"오! 진짜 맛있군! 자, 먹어봐요." 그가 말했다.

그가 내미는 바구니를 그녀는 부드럽게 밀어냈다.

"그럼 냄새라도 좀 맡아봐요. 얼마나 향긋한지!" 그렇게 말하며 그는 몇 번이나 에마의 코 아래에 살구를 갖다댔다.

"숨막혀요!" 하고 외치며 그녀는 자리에서 벌떡 일어났다.

하지만 곧 있는 힘을 다해 그 경련을 가라앉혔다.

"별일 아니에요! 별일 아니라고요! 신경이 곤두서서 그래요. 앉아서 식사 계속하세요!" 그녀가 말했다.

그녀는 샤를이 이것저것 캐묻고 자신을 보살펴준다고 할까봐, 자신을 혼자 내버려두지 않을까봐 두려웠다.

샤를은 에마의 말을 듣고 다시 자리에 앉아 살구씨를 손에 뱉어서는 자기 접시 위에 올려놓았다.

그때 갑자기 파란색 틸버리 마차 한 대가 광장을 빠르게 지나갔다. 에마는 비명을 내지르며 뻣뻣하게 굳어서는 마룻바닥에 등을 대고 쓰러지고 말았다.

실제로 로돌프는 많은 생각 끝에 루앙으로 떠나기로 결심했다. 그런데 위셰트에서 뷔시로 가려면 용빌을 통하지 않을 수 없었으므로 그 마을을 가로질러야 했고, 황혼녘의 대기를 번개처럼 가르며 달리는 마차의 등불 빛을 보고 에마는 그것이 로돌프의 마차임을 알아차렸던 것이다.

보바리의 집에서 벌어진 소동에 약제사가 서둘러 달려왔다. 식탁은 그 위의 접시들과 함께 엎어져 있었다. 소스 그릇, 고기 접시, 나이프, 소금통, 기름병이 바닥에 나뒹굴었다. 샤를이 도와달라고 소리를 질렀다. 베르트가 겁에 질려 울음을 터뜨렸다. 펠리시테는 부들부들 떨리는 손으로 온몸에 경련을 일으키는 부인의 옷 끈을 풀었다.

"제 약제실에 가서 방향초산을 좀 가져오겠습니다." 약제사가 말했다.

이윽고 약병에서 나는 냄새를 들이마시고 에마가 두 눈을 떴다.

약제사가 말했다. "이럴 줄 알았습니다. 이게 죽은 사람도 깨운다니까요."

"뭐라고 말 좀 해봐요! 말 좀 해보라고요! 정신 차려요! 나예요, 당신을 사랑하는 샤를! 날 알아보겠어요? 자, 여기 우리 딸도 있어요. 아이를 안아줘요." 샤를이 말했다.

아이가 어머니의 목에 매달리려고 팔을 뻗었다. 하지만 에마는 고개를 돌리며 발작적으로 외쳤다.

"싫어요, 싫어요…… 아무도 보고 싶지 않아요!"

그녀는 다시 정신을 잃었다. 사람들이 그녀를 침대로 데려갔다.

에마는 눈을 감고 입을 벌린 채 두 손을 옆으로 늘어뜨리고 밀랍 조각처럼 창백한 안색으로 꼼짝도 하지 않고 누워 있었다. 두 눈에서 한 줄기 눈물이 흘러 천천히 베개를 적셨다.

샤를은 침대가 놓인 방 안쪽에 서 있었고, 약제사는 그의 곁에 서서 삶의 심각한 순간에 가져 마땅한 명상적인 침묵을 지키고 있었다.

"이제 마음놓으시지요. 제 생각에 발작은 지나간 것 같습니다." 그가 샤를의 팔꿈치를 건드리며 말했다.

"그래요, 이제 좀 안정이 된 모양입니다!" 잠든 에마를 바라보며 샤를이 대답했다. "가엾어라!…… 가엾어라!…… 다시 병이 나다니!"

그러자 오메는 어쩌다 이런 일이 일어났는지 물었다. 샤를은 살구를 먹다가 갑자기 그랬다고 대답했다.

"특이하네요!…… 하지만 살구 때문에 기절할 수도 있을 겁니다! 특정한 냄새에 몹시 민감한 체질이 있으니까요! 이는 병리학적 관점에서든 생리학적 관점에서든 연구할 가치가 있는 흥미로운 과제입니다. 사제들은 그 중요성을 잘 알고 있어서 종교의식에 항상 향료를 사용해 왔지요. 분별력을 마비시키고 황홀경을 유발하기 위해서인데, 좀더 민감한 쪽인 여성에게서 효과를 얻어내기가 쉽습니다. 여성들 중에서는 뿔이 타는 냄새나 신선한 빵 냄새를 맡고 기절하는 경우도 있다더군요……" 약제사가 말했다.

"저 사람이 깨지 않게 목소리를 좀 낮춰주세요!" 보바리가 나지막한 어조로 말했다.

약제사가 말을 이었다. "그리고 이런 이상 현상은 인간에게만이 아니라 동물에게서도 나타납니다. '네페타 카타리아', 흔히 개박하라고 불리는 이 식물이 고양잇과 동물에게 미치는 특이한 최음 효과에 대해서는 아마 아실 겁니다. 또한 제가 확실하게 보증할 수 있는 예를 하나 들자면, 브리두(제 오랜 친구로 지금은 말팔뤼가에 가게를 갖고 있지요)가 개를 한 마리 기르는데, 이 녀석은 담배 쌈지만 들이밀면 경련을 일으킵니다. 그 친구는 부아 기욤에 있는 별장에 친구들을 불러놓고 그 실험을 하기도 하지요. 단순히 재채기 정도나 일으키는 식물이 네 발 달린 동물에게 그렇게 심각한 영향을 준다는 게 믿기십니까? 정말 희한한 일이죠, 그렇지 않습니까?"

"그렇네요." 그의 말을 건성으로 듣고 있던 샤를이 대답했다.

약제사는 흐뭇해하며 만족스럽다는 듯 미소를 띠고 말을 이었다. "이는 신경계의 이상이 흔하다는 사실을 증명합니다. 부인의 경우, 솔직히 말씀드리면 저는 줄곧 부인이 정말이지 민감한 체질이라고 여겨

왔습니다. 그래서 말인데요, 친애하는 선생, 저는 증상을 치료한다는 구실하에 체질을 공격하는 이른바 치료약 같은 것은 전혀 권하지 않습니다. 안 됩니다, 아무 소용도 없는 투약을 하다니요! 식이요법이면 됩니다! 진정제, 완화제, 감미료 같은 것 말입니다. 그리고 혹시 상상력을 자극할 필요가 있다고 생각하지 않으십니까?"

"어떤 면에서요? 어떻게 말입니까?" 보바리가 말했다.

"아! 문제는 바로 그거죠! 사실 그게 문젭니다. 얼마 전 신문에서 본대로 인용하자면, 댓 이즈 더 퀘스천!"

그때 에마가 눈을 뜨며 소리쳤다.

"그런데 편지는? 편지는?"

사람들은 그녀가 착란 증세를 보인다고 생각했다. 그 증세는 자정부터 시작되었다. 뇌막염이라는 진단이 나왔다.

사십삼 일 동안 샤를은 그녀 곁을 떠나지 않았다. 그는 아예 진료를 중단했다. 제대로 잠도 자지 않고, 줄곧 에마 곁에서 맥을 짚고 겨자 연고를 발라주고 찬물 찜질을 해주었다. 그는 쥐스탱을 뇌샤텔까지 보내 얼음을 구해오게 했다. 얼음은 돌아오는 길에 다 녹아버렸다. 그러면 그는 쥐스탱을 다시 보냈다. 또한 카니베에게 왕진을 요청했다. 그의 스승이었던 라리비에르 박사를 루앙에서 모셔오기도 했다. 그는 필사적이었다. 무엇보다 걱정스러운 것은 에마의 탈진 상태였다. 마치 몸과 마음이 모두 그동안의 신고에서 벗어나 쉬고 있는 듯, 그녀는 말도 하지 않았고 아무것도 들리지 않는 듯했으며 고통조차 느끼지 못하는 것 같았다.

10월 중순 무렵, 그녀는 등에 베개를 받치고 침대에서 일어나 앉을 수 있게 되었다. 그녀가 처음으로 잼 바른 빵을 먹는 것을 보고 샤를은 눈물을 흘렸다. 그녀는 기운을 되찾기 시작했다. 오후에는 몇 시간 동안 일어나 있곤 했는데, 어느 날 상태가 좋아 보이자 그는 그녀를 부축해 마당을 한 바퀴 돌았다. 오솔길의 모래 위에 낙엽이 쌓여 있었다. 그녀는 실내화를 끌면서 한 걸음 한 걸음 나아갔고, 샤를의 어깨에 기대어 내내 미소를 지었다.

그들은 마당 안쪽 테라스 근처까지 갔다. 그녀는 천천히 허리를 펴고 한 손을 눈 위에 올린 뒤 앞을 바라보았다. 그녀의 눈길이 저멀리로, 아주 먼 곳으로 향했다. 하지만 지평선 위에 보이는 것이라고는 언덕 여기저기에 놓은 짚불이 타는 연기뿐이었다.

"여보, 이러다 피곤해질 텐데." 보바리가 말했다.

그러고는 그녀를 부드럽게 밀어서 퍼걸러 아래로 들여보냈다.

"이 벤치에 앉아요. 그럼 편할 거예요."

"오! 싫어요, 거긴 안 돼요, 거긴 안 된다고요!" 그녀가 꺼져가는 목소리로 말했다.

그녀는 현기증이 났고, 이어 그날 저녁부터 증세가 다시 시작되었는데, 사실 병의 양상은 더 애매했고 증상은 더 복잡했다. 통증이 심장에서 가슴팍으로, 머리로, 팔다리로 옮겨갔다. 갑자기 구토를 하기도 했는데, 샤를은 암의 초기 증상이 아닐까 하고 염려했다.

그 가엾은 사내는 그 와중에 돈 걱정까지 해야 했다!

14

우선 그는 오메가 가져온 그 모든 약제의 값을 어떻게 계산해야 할지 알 수 없었다. 본인이 의사였으므로 돈을 지불하지 않을 수도 있었지만, 그런 신세를 지는 것이 그로서는 좀 낯뜨거운 일이었다. 또한 요리하는 하녀가 살림을 하게 되자 생활비가 어마어마하게 늘어났다. 청구서가 빗발치듯 날아들었다. 물건을 대주는 상인들이 불평을 늘어놓았다. 특히 뢰뢰가 끊임없이 그를 괴롭혔다. 실제로 에마의 병세가 가장 심각했을 때 뢰뢰는 그 상황을 이용해 청구액을 부풀리기 위해 외투와 여행 가방, 한 개가 아니라 두 개의 트렁크, 그 외에도 다른 많은 물건을 즉각 가져왔다. 샤를이 그런 것들은 필요하지 않다고 아무리 말해도, 상인은 그 물건들은 전부 주문을 받은 것이라서 도로 가져갈 수 없다고 건방진 태도로 대답했다. 게다가 그랬다가는 부인의 회복에도 도움이 되지 않을 거라고 했다. 선생은 잘 생각해서 행동하는 편이 좋을 거라면서 말이다. 요컨대 그는 자신의 권리를 포기하고 물건을 도로 가져가야 한다면 법에 호소할 작정이라고 했다. 그후 샤를은 그 물건들을 뢰뢰의 가게로 돌려보내라고 지시했다. 하지만 펠리시테는 그의 지시를 잊어버리고 말았다. 그리고 샤를에게는 다른 걱정거리들이 있었다. 그래서 그들은 그 문제에 더는 신경을 못 썼다. 그러다 뢰뢰가 다시 협박과 우는소리를 번갈아하며 지불을 요구하자 결국 보바리는 육 개월짜리 어음에 서명하고 말았다. 그런데 그 어음에 서명을 하자마자 보바리의 머릿속에 한 가지 대담한 생각이 떠올랐다. 뢰뢰에게서 천 프랑을 빌리는 것이었다. 그래서 그는 민망해하면서 그 돈을 변통해줄 수 있는지 물었고, 빌린 돈은 일 년 후에 갚을 것이며 이자는 좋을 대로 정하라고 덧붙였다. 뢰뢰는 재빨리 가게로 달려가 돈을 가져와서는 또 한 장의 어음에 보바리의 서명을 받아냈는데, 이듬해 9월 1일 1070프랑을 지불할 의무가 있다는 내용이었다. 기존에 약정한 180프랑과 합하면 1250프랑이 되는 액수였다. 이렇게 해서 빌려준 돈의 6부 이자를 받고, 수수료로 이자의 4분의 1을 더 받고, 물건값에서 최소 3분의 1의 이윤을 남기는 뢰뢰는 십이 개월 만에 130프랑의 이익을 보는 셈이었다. 나아가 그는 이 거래가 거기서 끝나지 않기를, 상대가 어음을 결제할 수 없어서 새로운 어음을 쓰게 되기를, 그래서 비실비실했던 그의 돈이 마치 요양소에 가듯 의사의 집으로 들어가 착실히 영양을 섭취해 어느 날 자루가 터질 정도로 토실토실 뚱뚱해져서 자신에게 돌아오기를 바랐다.

게다가 그에게는 모든 것이 잘되어가고 있었다. 그는 뇌샤텔병원에 사과주를 납품하는 것에 입찰해 낙찰되었다. 또한 기요맹으로부터는 그뤼메닐 이탄광의 주식을 약속받았고, 아르괴유와 루앙 간에 새로운 승합마차 사업을 시작할 꿈을 꾸었는데, 그렇게만 된다면 리옹 도르 여관의 고물 마차는 머잖아 망하고 더 빠르고 더 싸고 더 많은 짐을 실을 수 있는 새 마차로 용빌의 상권 전체를 장악할 수 있을 터였다.

샤를은 다음해에 대체 무슨 수로 그렇게 많은 돈을 갚아야 할지 여러 차례 자문하면서, 아버지에게 손을 벌려볼까 아니면 뭘 팔아볼까 하며 적당한 방법을 궁리해내려 애썼다. 하지만 아버지는 들은 체도 하지 않을 것이며 그에게는 팔 만한 물건도 전혀 없었다. 그는 자신이 아주 곤란한 상황에 처했음을 깨닫고, 그런 우울한 생각을 재빨리 의식에서 몰아냈다. 그는 그런 걱정을 하느라 잠시나마 에마를 잊었던 자신을 책망했다. 그가 하는 생각이 모두 그녀의 것이기라도 한 듯 줄곧 그녀를 생각하지 않는 것은 그녀에게서 뭔가를 빼앗는 듯한 기분이었다.

겨울은 혹독했다. 부인은 회복하는 데 오래 걸렸다. 날씨가 좋을 때면 안락의자에 그녀를 앉혀 광장이 내다보이는 창가로 밀어주곤 했다. 왜냐하면 이제 그녀는 마당을 몹시 싫어해서 그쪽의 덧창은 언제나 닫아놓았던 것이다. 그녀는 말도 팔고 싶다고 했는데, 지난날 그토록 아끼던 것들이 지금은 모두 싫어진 듯했다. 그녀의 생각은 온통 자신을 돌보는 데에만 국한된 듯했다. 그녀는 침대에 머물며 가벼운 식사를 하고 종을 울려 하녀를 불러 탕약에 대해 묻거나 말동무로 삼았다. 그러는 동안 시장 지붕에 쌓인 눈이 움직임 없는 하얀 반사광을 줄곧 방안으로 던졌다. 이어 비 내리는 계절이 되었다. 에마는 왠지 불안한 느낌 속에서 어김없이 되풀이되는 자질구레한 사건들을 매일같이 기다렸는데, 사실 그것들은 에마에게 전혀 중요하지 않은 일이었다. 가장 흥미로운 것은 저녁나절 도착하는 리롱델이었다. 여관 주인이 소리를 지르고 사람들이 대답하는 와중에, 짐칸에서 짐을 찾는 이폴리트의 손에 들린 초롱이 어둠 속에서 별처럼 반짝거렸다. 정오에는 샤를이 돌아왔다가 다시 나갔다. 이어 그녀는 진한 수프를 먹었고, 해가 질 무렵인 다섯 시경이면 학교에서 돌아오는 아이들이 나막신을 끌면서 덧문의 걸쇠를 막대자로 하나하나 두드리며 인도를 지나갔다.

부르니지앵 신부가 그녀를 보러 오는 때가 바로 그 시각이었다. 그는 에마의 건강에 대해 묻고, 여러 소식을 전해주고, 그런대로 재미있는 잡담을 다정하게 건네며 신앙을 갖도록 권했다. 그녀는 그의 사제복만 봐도 기운이 났다.

병이 극도로 악화되었던 어느 날 그녀는 죽음이 임박했다고 여기고 영성체를 요청했다. 그녀의 방안에 종부성사를 위한 준비를 갖추면서 시럽이 잔뜩 놓인 서랍장을 제단으로 삼고 펠리시테가 방바닥에 달리아 꽃잎을 뿌리는 동안, 에마는 온갖 고통과 인식과 감정으로부터 자신을 해방시켜주는 어떤 강한 힘이 몸을 관통하는 것을 느꼈다. 그녀의 몸은 가벼워져 더이상 무게가 느껴지지 않았고, 새로운 삶이 시작되었다. 자신의 존재 전체가 신을 향해 올라가면서 마치 불붙은 향이 연기로 사라지듯이 그 사랑 속에서 소멸하려는 듯 느껴졌다. 침대 시트에 성수가 뿌려졌다. 사제가 성합에서 하얀 성체를 꺼냈다. 신부가 내민 성체를 받아먹기 위해 입술을 내밀면서 그녀는 천상의 기쁨으로 까무러칠 것 같았다. 방 안쪽 공간의 커튼이 그녀 주위에서 구름처럼 부드럽게 부풀어올랐고, 서랍장 위에서 타는 두 자루의 촛불이 눈부신 후광처럼 보였다. 이윽고 그녀는 고개를 숙였는데, 하늘에서 천사의 하프 소리가 들린다고, 창공에서 녹색 종려나무 잎사귀를 든 성자들에게 에워싸인 채 황금 옥좌에 위엄 있게 앉아 눈부시게 빛나는 성부가 불의 날개를 단 천사들에게 지상에 내려가 그녀를 품에 안아 데려오라고 손짓하는 광경이 보인다고 생각했던 것이다.

그 찬란한 환영은 인간이 꿈꿀 수 있는 최상의 아름다움으로 그녀의 기억 속에 남았다. 그래서 그녀는 이제 처음만큼 절대적이지는 않아도 여전히 깊은 감미로움으로 남아 있는 그 감각을 다시 포착하려 애썼다. 자존심에 타격을 받아 고갈되었던 그녀의 마음은 마침내 기독교적 겸허함 속에서 안식을 찾았다. 약자로서의 쾌감을 음미하면서 에마는 자기 안에서 아집이 허물어져 은총이 풍요롭게 밀려들도록 너른 길이 만들어지는 것을 응시했다. 세속의 행복 대신에 더 큰 지극한 기쁨이 있었고, 온갖 사랑을 넘어서는 또하나의 사랑이, 쉼도 끝도 없이 영원히 커지는 사랑이 존재했다! 희망이 만들어내는 환상 속에서 그녀는 땅에서 올라가 하늘과 하나되는 순수한 상태를 언뜻 목격했고, 자신이 그 안에 있게 되기를 갈망했다. 그녀는 성녀가 되고 싶었다. 묵주를 사고 애뮬릿*을 몸에 지녔다. 침대 머리맡에 에메랄드가 박힌 성유물함을 모셔놓고 매일 밤 거기에 입맞추고 싶어했다.

사제는 이런 상황에 감동했지만, 에마의 신심이 과열되어서 자칫 이단이 되거나 심지어 도를 넘을 수도 있으리라고 보았다. 하지만 이런 방면에 조예가 깊지 않았던 터라, 상황이 어느 정도를 넘어서자 사제는 즉각 주교가 거래하는 서적상인 불라르에게 편지를 써서 지적인 여성에게 특별히 권할 만한 책을 보내달라고 요청했다. 불라르는 흑인들에게 싸구려 장신구를 보내듯이 무심하게 당시 유행하던 신앙 서적을 잡다하게 꾸려 보냈다. 문답식의 얇은 소책자들, 메스트르**풍의 고압적인 필치로 쓰인 소책자, 음유시인을 자처하는 신학생이나 회개한 여성 학자가 들척지근한 문체로 써낸 분홍색 하드커버 소설 등속이었다. 그중에는 『명심해야 할 사항』 『훈장 수훈자 아무개 씨가 들려주는 마리아에게 무릎 꿇은 한 사교계 신사 이야기』, 청소년용 『볼테르의 실수』 같은 책들도 들어 있었다.

보바리 부인은 아직 어떤 일이든 제대로 집중해서 할 수 있을 만큼

---

* 불운을 막아준다고 믿으며 부적처럼 착용하는 장신구의 일종.

** 프랑스 반계몽주의 사상가. 절대군주정과 교황권을 옹호했다.

정신이 또렷하지 못했다. 게다가 그녀는 너무 서둘러 그 책들을 읽었다. 그녀는 종교의식의 규정들에 짜증이 났다. 오만한 어투로 작성된 논쟁적인 글이 그녀가 알지도 못하는 특정인들을 악착같이 공격하는 것도 마음에 들지 않았다. 그리고 종교적인 것이 가미된 세속의 이야기는 세상을 너무 모르고 쓴 것처럼 보여서, 그녀가 기대하는 진리의 증거를 보여주는 것이 아니라 오히려 의식하지 못하는 사이에 그녀를 진리로부터 멀어지게 만들었다. 하지만 그녀는 고집스럽게 독서를 계속했고, 책이 손에서 굴러떨어질 때면 자신이 순수한 영혼이 품을 수 있는 가장 섬세한 가톨릭적 우수에 사로잡혀 있다고 여겼다.

로돌프에 대한 기억은 마음속 깊은 곳에 묻었다. 그는 지하 무덤에 안치된 왕의 미라보다도 장엄하고 요지부동으로 거기에 머물러 있었다. 방부 처리된 그 위대한 사랑에서 풍겨나오는 향은 모든 것을 뚫고 다가와, 그녀가 몸담고 살고 싶어하는 순결한 분위기에 애정의 향기를 스며들게 했다. 고딕풍 기도대에 무릎을 꿇을 때면 그녀는 지난날 격정적인 정사를 벌일 때 연인에게 속삭이던 그 감미로운 말들을 주님께 소곤거렸다. 자신에게 신앙이 생기기를 바라는 마음에서였다. 하지만 하늘에서 그 어떤 환희도 내려오지 않자, 그녀는 엄청난 속임수에 넘어간 듯한 막연한 느낌을 받으며 지친 몸을 일으키곤 했다. 그녀는 이런 노력이 또하나의 공덕이 되리라고 생각했다. 스스로의 헌신에 자긍심을 느끼면서, 에마는 자신을 과거의 유명한 귀부인들과 비교했다. 긴 드레스의 화려한 자락을 장중하게 끌면서 고독 속으로 물러나 삶에서 상처받은 마음의 눈물을 그리스도의 발아래에 모두 쏟아내는 라 발리에르 공작부인의 초상화를 보고, 지난날 그녀도 그런 영예를 꿈꾸지 않았던가.

이제 그녀는 지나칠 정도로 자선 행위에 몰두했다. 그녀는 가난한 이들을 위해 옷을 지었다. 출산한 여자들에게는 땔감을 보내주었다. 어느 날 집에 돌아온 샤를은 주방 식탁에 부랑자 셋이 앉아 수프를 먹고 있는 것을 보았다. 에마는 자신이 병이 난 동안 샤를이 유모에게 보냈던 어린 딸을 다시 집으로 데려왔다. 그녀는 아이에게 글자 읽는 법을 가르치려 애썼다. 베르트가 울어도 이제 짜증을 내지 않았다. 어떤 일에도 관용과 체념의 태도를 취하기로 마음먹었던 것이다. 그녀의 말투는 무엇에 대해서든 고매한 표현들로 가득차 있었다. 이를테면 그녀는 아이에게 이런 식으로 말하곤 했다.

"나의 천사, 배 아픈 건 나았니?"

보바리 노부인도 자기 집 행주는 깁지 않고 고아들에게 줄 스웨터나 짜고 있는 그런 광적인 행동 말고는 별달리 잔소리할 것을 찾을 수 없었다. 부부싸움에 지친 노부인은 이런 조용한 집안이 마음에 들어서, 매해 성금요일마다 어김없이 비아냥대며 앙두이유 소시지를 주문하는 자기 남편과 같이 있지 않으려고 부활절 이후까지 머물렀다.

엄정한 판단과 진지한 태도로 에마의 마음을 다잡아주는 시어머니와 함께 지내는 것 외에도 그녀는 거의 매일 다른 사람들과 만났다. 랑글루아 부인, 카롱 부인, 뒤브뢰유 부인, 튀바슈 부인, 그리고 매일 두시부터 다섯시까지는 이웃인 에마에 대해 사람들이 해대는 쑥덕공론을 결코 귀담아들은 적이 없는 사람 좋은 오메 부인이 꼬박꼬박 찾아왔다. 오메의 아이들 역시 그녀를 보러 왔다. 쥐스탱이 아이들을 데리고 왔다. 그는 아이들과 함께 에마의 방까지 올라와서는 문가에서 꼼짝도 하지 않고 말없이 서 있곤 했다. 심지어 종종 보바리 부인은 그가 거기 있다는 사실을 잊고 화장을 시작하기도 했다. 그녀는 우선 빗을 뽑고 머리 타래를 출렁 흔들었다. 둥글게 말려 있던 검은 머리 타래가 무릎까지 한꺼번에 풀려 내려오는 것을 처음 보았을 때, 이 딱한 소년은 문득 새롭고 범상치 않은 어떤 세계에 들어서는 듯한 느낌과 더불어 그 찬란함에 두려움을 느꼈다.

물론 에마는 그의 말없는 열중도, 수줍음도 눈치채지 못했다. 그녀는 자신의 삶에서 사라진 사랑이 거기, 바로 옆에서, 거친 천으로 된 셔츠 아래서, 그녀가 발산하는 아름다움을 향해 열린 소년의 가슴속에서 팔딱거리며 뛰고 있음을 짐작조차 하지 못했다. 게다가 이제 그녀는 모든 것을 극히 무심하게 대했다. 말투는 몹시 다정하고 눈길은 아주 오만하고 태도는 자주 바뀌어서, 사람들은 그녀가 이기적인지 자비로운지, 퇴폐적인지 정숙한지 구별할 수가 없었다. 예를 들어 그녀는 어느 날 밤 외출을 하게 해달라면서 더듬거리며 변명거리를 찾는 하녀에게 크게 화를 냈다. 그러고는 갑자기 이렇게 물었다.

"그러니까 넌 그 남자를 사랑하니?"

그런 다음 얼굴이 붉어진 펠리시테가 대답을 할 틈도 없이 서글픈 어조로 이렇게 덧붙였다.

"어서 그 사람한테 달려가! 마음껏 즐기라고!"

봄이 오자 그녀는 샤를이 주의를 주었음에도 마당을 이 끝에서 저 끝까지 갈아엎었다. 그럼에도 샤를은 무엇이 되었든 간에 그녀가 마침내 조금이라도 뭔가를 하려는 의욕을 보이자 기뻐했다. 몸이 회복될수록 에마는 더 많은 의욕을 보였다. 우선 그녀가 회복하는 동안 너무 자주 자기 집 주방을 드나드는 습관이 붙은 롤레 어멈을 쫓아낼 방법을 찾아냈는데, 롤레 어멈은 젖먹이 둘과 함께 자기가 맡아 키우고 있는, 식인종보다 더 탐욕스럽게 음식을 먹어대는 아이 하나까지 데리고 왔다. 그다음에는 오메 집안사람들에게서 벗어났고, 다른 사람들의 방문도 차례차례 거절했으며, 심지어 성당도 전처럼 열심히 나가지 않게 되었는데, 약제사는 그 점에 크게 찬성하며 친근한 어조로 그녀에게 이렇게 말했다.

"그동안 부인이 거의 사제처럼 보일 정도였다니까요."

부르니지앵 신부는 예전처럼 매일같이 교리문답 수업을 끝낸 다음 불쑥 찾아왔다. 그는 마당에서, 작은 숲에서 바람을 쐬는 편을 더 좋아했다. 그는 퍼걸러를 그렇게 표현했다. 마침 샤를이 집에 돌아오는 시간이었다. 날씨가 더웠다. 달콤한 사과주가 나오자, 그들은 부인의 완쾌를 축하하며 함께 마셨다.

비네도 거기에서, 다시 말해 조금 아래쪽에서 테라스의 축대에 등을 기댄 채 가재 낚시를 하고 있었다. 보바리가 한잔하자고 그를 불렀다. 그는 병마개를 완벽하게 따는 사람으로 통했다.

그가 만족스러운 눈길로 지평선 멀리까지 주위를 둘러보며 말했다.

"이렇게 탁자 위에 병을 똑바로 세워놓은 다음, 끈을 자르고 식당에서 셀처 탄산수를 딸 때처럼 조금씩 부드럽게, 아주 부드럽게 코르크를 밀어올려야 합니다."

하지만 그가 시범을 보이는 동안 종종 사과주가 뿜어져나와 그들의 얼굴 한복판에 튀곤 했는데, 그럴 때면 사제는 걸걸한 웃음을 터뜨리며 이런 농담을 잊지 않았다.

"거품이 눈까지 튀어오르는 걸 보니 좋은 술이군요!"

사제는 사실 너그러운 사람으로, 심지어 어느 날 약제사가 샤를에게 기분전환 삼아 부인을 데리고 루앙의 극장에 가서 유명한 테너 라가르디의 공연을 보는 것이 좋겠다고 충고했을 때에도 크게 반대하지 않았다. 그가 아무 반대도 하지 않자 놀란 오메가 그의 의견을 물었고, 사제는 음악은 문학만큼 풍속에 위협이 되지 않는다고 단언했다.

하지만 약제사는 문학을 옹호했다. 그의 주장에 따르면 연극은 편견을 타파하는 데 도움을 주고, 오락처럼 보이지만 실은 미덕을 가르친다는 것이었다.

"카스티가트 리덴도 모레스*인 겁니다, 부르니지앵 신부님! 예컨대 볼테르의 비극 대부분을 보세요. 철학적 고찰이 절묘하게 배치되어, 말 그대로 대중에게 도덕과 처세술을 가르치는 학원 구실을 한답니다."

"예전에 「파리의 개구쟁이」**라는 연극을 봤는데, 거기 나오는 노장군의 성격이 정말이지 인상적이었습니다! 그는 재봉사를 유혹한 명문가의 자제를 호되게 혼내줘서, 결국……" 비네가 말했다.

"물론입니다! 나쁜 약국이 있는 것처럼 나쁜 문학도 있지요. 하지만 내가 보기에 예술의 가장 중요한 한 분야를 통째로 싸잡아 비난하는 것은 우둔함의 소치이고, 갈릴레이를 감옥에 가두었던 저 고약한 시대에나 어울리는 야만적인 발상입니다." 오메가 말을 이었다.

사제가 반박했다. "좋은 작품, 좋은 저자들이 있다는 건 나도 잘 압니다. 하지만 세속적인 화려함으로 치장한 매혹적인 공간에 한데 모인 남

---

* Castigat ridendo mores. 라틴어로 '웃으면서 풍속을 교정하다'라는 뜻.

** 프랑스 극작가 장 프랑수아 바야르와 에밀 반데르뷔르슈가 쓴 희극.

녀, 이교도풍의 분장, 진한 화장, 그런 등불, 여자처럼 나긋하게 내는 목소리 같은 모든 것이 결국은 정신적 방종을 낳고, 추잡한 생각과 불순한 유혹의 실마리를 제공하는 겁니다. 적어도 이게 우리 사제들의 견해입니다." 그는 엄지손가락으로 코담배를 뭉치면서 묘한 어조로 갑자기 이렇게 덧붙였다. "요컨대 교회가 연극을 금했을 때는 그만한 이유가 있는 겁니다. 우리는 교회의 법을 따라야 합니다."

약제사가 물었다. "교회는 어째서 연극배우들을 파문하는 건가요? 옛날에는 그들도 공개적으로 종교의식에 참여했는데 말입니다. 그래요, 성가대석 한가운데서 성사극이라고 불리는 익살극을 공연했는데, 그중에는 풍기 관련법에 위배되는 것도 종종 있었지요."

사제가 끙하는 소리만 낼 뿐 아무 말도 하지 않자 약제사가 말을 이었다.

"그건 성서 속 내용도 마찬가지죠! 아시다시피…… 거기에는…… 자극적인…… 세부 묘사들과…… 정말이지…… 대담한 내용도 있잖아요!"

부르니지앵 신부가 짜증스러운 듯한 몸짓을 하자 약제사는 다시 말했다.

"아! 성서가 젊은 여자들 손닿는 데 둘 만한 책은 아니라는 건 인정하실 겁니다. 나도 화가 날 것 같아요. 만약 내 딸 아탈리가……"

상대방이 참을성을 잃고 소리쳤다. "하지만 성서를 읽으라고 권하는 건 우리가 아니라 신교도들입니다!"

"어쨌거나 말입니다! 오늘날 같은 계몽의 세기에 무해하고 교훈적이고 때로는 정신 건강에 이롭기까지 한 지적인 오락을 금지하려고 여전히 고집을 부리다니 놀라울 따름이에요, 그렇지 않습니까, 의사 선생님?" 오메가 말했다.

"그렇겠지요." 오메와 같은 생각이지만 누구의 기분도 상하게 하고 싶지 않아서인지 혹은 별다른 견해가 없어서인지 의사가 열의 없이 대답했다.

대화는 그것으로 끝난 듯했는데, 약제사는 이때가 마지막 일격을 가할 적기라고 여겼다.

"내가 아는 신부들 중에는 몸을 흔들어대는 무희들을 평상복 차림을 하고 보러 가는 이들도 있답니다."

"그럴 리가!" 사제가 외쳤다.

"아! 그런 사람들을 제가 안다니까요!"

그리고 오메는 그 문장을 한 음절 한 음절 끊어서 되풀이했다.

"제-가-안-다-고-요."

"그렇다면! 그들이 잘못하는 겁니다." 부르니지앵 신부가 어떤 말을 들어도 할 수 없다는 듯 체념한 어조로 말했다.

"그럼요! 그런데 그보다 더한 것도 한답니다!" 약제사가 외쳤다.

"선생!……" 그렇게 소리치는 사제의 눈길이 너무나 사나워서 약제사는 조금 겁이 났다.

"제가 말씀드리고 싶은 것은 다만 관용이야말로 사람의 마음을 종교로 이끄는 가장 확실한 방법이라는 겁니다." 그제야 약제사가 한결 온순해진 어조로 말했다.

"맞는 말씀입니다! 맞아요!" 사람 좋은 신부가 다시 의자에 등을 기대며 양보하듯 말했다.

하지만 그는 이내 자리에서 일어나 가버렸다. 그가 자리를 뜨자마자 오메가 의사에게 말했다.

"이런 게 바로 논쟁이라는 겁니다! 금방 보셨다시피 제가 저 사람을 때려눕힌 거죠!…… 요컨대, 일생에 한 번쯤 저런 까마귀 같은 이들을 열받게 하기 위해서라도, 제 말대로 부인을 모시고 연극을 보러 가시라고요! 만약 누가 나 대신 약국만 봐준다면 저도 두 분을 따라가겠습니다. 서두르세요! 라가르디의 공연은 한 번뿐입니다. 엄청난 보수를 받고 영국으로 가기로 했답니다. 확실한 소식통에게 듣자 하니 그 사람 대단한 한량이라더군요! 돈방석 위에서 뒹군답니다! 정부 세 명과 전용 요리사를 데리고 다닌다네요! 그런 대단한 예술가들은 다들 돈을 흥청망청 써대죠. 그들에게는 상상력을 자극하는 자유분방한 생활이 필요하니까요. 하지만 젊을 때 저축할 생각을 못하기 때문에 자선병원에서 죽음을 맞기 일쑤죠. 자, 저녁 맛있게 드십시오. 내일 뵙겠습니다!"

연극 구경을 간다는 생각이 보바리의 머릿속에서 이내 싹을 틔웠다. 그는 곧 아내에게 그 이야기를 했는데, 에마는 처음에는 피곤하고 번거롭고 비용이 든다는 이유로 거절했다. 하지만 평소와는 달리 샤를은 포기하지 않았는데, 그만큼 기분전환이 아내에게 도움이 되리라 판단했던 것이다. 그는 그러지 못할 이유가 전혀 없다고 보았다. 그의 어머니가 기대도 하지 않았던 3백 프랑을 보내왔고, 현재 지고 있는 부채도 대단한 액수가 아닌데다 뢰뢰에게 지불해야 할 어음의 기한도 아직 멀어서 고민할 필요가 없었다. 게다가 그는 그녀가 사려깊은 마음에서 사양하는 것이라고 생각해 더더욱 고집을 부렸다. 샤를이 하도 집요하게 졸라대자 에마도 마침내 마음을 정했다. 이튿날 아침 여덟시 그들은 리롱델에 올랐다.

사실 반드시 용빌에 있어야 할 이유가 전혀 없음에도 자신이 그곳을 비우면 안 된다고 굳게 믿고 있는 오메는 두 사람이 떠나는 것을 보면서 한숨을 내쉬었다.

"자, 잘 다녀오십시오! 참 좋으시겠어요!" 그가 그들에게 말했다.

그러고는 네 개의 팔발라*가 달린 푸른색 실크 드레스를 입은 에마에게 말했다.

"사랑의 신처럼 아름다우시군요! 루앙에 가시면 사람들의 찬탄을 받으실 겁니다."

그들이 탄 승합마차가 보부아진광장에 있는 크루아 루즈 여관 앞에 정차했다. 지방 도시의 외곽에서 흔히 보이는 여관으로, 커다란 마구간과 작은 객실들이 있고 뜰 한가운데에는 행상들의 진흙투성이 이륜마차 아래에서 귀리를 쪼아먹는 암탉들이 보였다. 겨울밤이면 벌레 먹은 목재 발코니가 바람에 삐걱거리는 소리를 내는 이 낡은 여관은 사람과 소음과 음식물로 늘 정신이 없었는데, 시커먼 탁자는 글로리아 커피의 얼룩으로 끈끈하고, 두툼한 창유리는 파리똥으로 누렇고, 축축한 냅킨에는 싸구려 포도주의 얼룩이 남아 있었다. 마치 농장 일꾼이 신사복을 차려입은 것처럼 여전히 촌티를 풍기는 이 여관에는 길 쪽으로 카페가 있고 들판 쪽으로 채소밭이 있었다. 샤를은 곧바로 표를 사러 나갔다. 그는 귀빈석과 관람석, 일층 앞좌석과 칸막이 좌석의 차이를 알 수 없어

* 옷자락에 달린 주름 장식.

서 설명을 요구했지만 대답을 들어도 이해가 안 가서 매표원에게서 지배인에게로, 여관으로, 다시 매표소로, 극장에서부터 대로까지 온 시내를 그렇게 몇 차례 누비고 다녔다.

부인은 자신이 쓸 모자와 장갑과 꽃다발을 샀다. 남편은 연극 앞부분을 놓칠까봐 몹시 초조해했다. 그래서 그들은 수프도 채 다 먹지 못하고 서둘러 극장으로 향했는데 극장 문은 아직 닫혀 있었다.

15

군중은 난간과 난간 사이에 두 줄로 벽을 따라 질서정연하게 서 있었다. 근처 도로 모퉁이마다 붙은 초대형 벽보에는 과장된 글씨체로 '「람메르무어의 루치아」…… 라가르디…… 오페라…… 등등'이 반복되고 있었다. 날씨가 화창했다. 모두들 더워했다. 사람들의 구불거리는 머리카락 사이로 땀이 흘러내렸고, 다들 손수건을 꺼내 달아오른 이마의 땀을 닦았다. 강가에서 불어오는 미지근한 바람에 선술집 문에 매달린 즈크 천 차양의 가장자리가 부드럽게 날렸다. 좀더 아래쪽은 동물의 비계, 가죽, 기름 냄새가 풍기는 차가운 바람이 불어 한결 서늘했다. 어두컴컴한 대형 작업장이 즐비한 샤레트가에서 풍겨나오는 냄새였는데, 작업장 안에서 사람들이 술통을 굴리고 있었다.

남들에게 우스꽝스러워 보일까봐 불안해진 에마는 극장으로 들어가기 전에 항구를 한 바퀴 산책하고 싶다고 했고, 보바리는 조심하는 뜻에서 바지 주머니 속 표를 쥔 손을 배 쪽에 붙인 채 걸었다.

에마는 극장 로비에서부터 가슴이 두근거렸다. 그녀는 일등석으로 향하는 계단을 오르면서, 오른쪽 다른 통로로 서둘러 몰려가는 군중을 바라보며 자기도 모르게 오만한 미소를 지었다. 융단을 씌운 커다란 문을 손가락으로 밀면서 어린아이처럼 기쁨을 맛보았다. 복도의 매캐한 먼지 냄새를 가슴 가득 들이마셨고, 좌석에 앉아서는 공작부인처럼 도도하게 몸을 뒤로 젖혔다.

극장 안에 사람들이 들어차기 시작했는데, 오페라글라스를 케이스에서 꺼내는 이들도 있었고, 자주 오는 사람들은 멀리서 서로를 알아보고 인사를 주고받았다. 예술 속에서 휴식을 취하면서 매상에 대한 불안을 떨쳐버리려고 온 이들이었다. 하지만 사업을 잊기는커녕 여전히 면화나 브랜디나 인디고 염료에 대한 이야기를 하고 있었다. 또한 무표정하고 평온해 보이는 노인들도 눈에 띄었는데, 희끄무레한 머리카락과 창백한 피부가 납 성분을 띤 증기에 변색된 은메달을 떠올리게 했다. 잘생긴 청년들이 일층 앞좌석에서 조끼를 열어젖히고 분홍빛이나 연녹색 넥타이를 내보인 채 으스대며 돌아다녔다. 보바리 부인은 노란 장갑을 팽팽하게 당겨 낀 손으로 금도금된 손잡이가 달린 단장을 감싸쥔 그들의 모습을 이층에서 감탄하며 지켜보았다.

오케스트라의 촛불들이 켜졌다. 천장에서부터 늘어뜨린 샹들리에의 유리 단면이 광채를 발하며 극장 안에 갑자기 경쾌한 분위기가 감돌았다. 이윽고 연주자들이 몇 사람씩 줄지어 들어왔다. 먼저 더블베이스의 길고 둔중하고 요란한 소리가 들리더니 이어 바이올린의 날카로운 소리, 코넷을 부는 소리, 플래절렛과 플루트 소리가 들려왔다. 곧이어 무대에서 세 번 두드리는 소리가 났다. 팀파니 울리는 소리를 시작으로 금관악기들이 동시에 화음을 연주하더니 막이 오르고 전원 풍경이 나타났다.

숲속 길이 교차하는 곳, 왼쪽으로 떡갈나무 그늘 아래 샘이 있었다. 어깨에 타탄체크무늬 망토를 걸친 귀족과 농민들이 함께 사냥의 노래를 불렀다. 이어 장교 한 명이 등장해 두 팔을 하늘로 쳐들고 악의 정령에게 가호를 빌었다. 또다른 장교가 등장했다. 두 사람이 퇴장하자 사냥꾼들이 다시 노래를 불렀다.

에마는 처녀 시절 읽었던 책의 세계로, 월터 스콧의 작품 한가운데로 되돌아간 느낌이었다. 스코틀랜드의 백파이프 소리가 안개를 헤치고 히스가 무성한 들판 위로 계속 반복되며 퍼져나가는 듯했다. 읽었던 소설을 떠올리자 오페라 가사가 한결 쉽게 이해되었다. 그녀는 한 구절 한 구절 줄거리를 따라갔는데, 그러는 동안 머릿속에서 막연한 생각들이 끊임없이 떠올랐다가는 폭풍처럼 밀어닥치는 음악에 곧바로 흩어져버리곤 했다. 그녀는 자신을 달래주는 듯한 멜로디에 몸을 맡겼고, 마치 바이올린의 활이 그녀의 신경줄 위를 미끄러지기라도 하듯 자신의 전 존재가 전율하는 것을 느꼈다. 의상, 무대장치, 등장인물, 배우가 걸을 때마다 흔들리는 채색된 나무, 벨벳 모자, 망토, 검 그리고 흡사 다른 세상의 공기 같은 음악 속에서 서로 조화를 이루며 움직이는 그 모든 상상의 산물을 다 음미하고 싶은데 무엇을 먼저 보아야 할지 알 수 없었다. 이윽고 한 젊은 여성이 무대로 걸어나오며 녹색 옷을 입은 시종에게 돈주머니를 던졌다. 그녀가 혼자 무대에 남자, 샘물의 속삭임이나 새의 지저귐 같은 플루트 소리가 들려왔다. 루치아는 사장조의 카바티나를 심각한 품새로 부르기 시작했다. 그녀는 사랑을 탄식하며 날개를 구하고 있었다. 에마 역시 삶으로부터 도망쳐 상대의 품에 안겨 날아가고 싶지 않았던가. 그 순간 에드가르도 역의 라가르디가 무대에 등장했다.

그의 창백하게 빛나는 피부는 남부인 특유의 열정적인 외모에 장중한 대리석 같은 느낌을 부여해주었다. 우람한 상체는 꼭 끼는 갈색 조끼에 감싸여 있었다. 돋을새김된 단검이 왼쪽 허벅지에 툭툭 부딪히는 가운데, 그는 하얀 이를 드러내 보이며 번민에 찬 눈길로 주위를 둘러보았다. 들리는 소문에 따르면 라가르디는 비아리츠 해변에서 배 고치는 일을 했는데 어느 날 밤 그가 부르는 노랫소리를 듣고 폴란드의 한 공주가 사랑에 빠졌다고 한다. 공주는 그로 인해 신세를 망쳤다. 그는 그녀를 버려두고 다른 여자들을 좇아다녔고, 대중의 관심을 끄는 이런 연애사는 오히려 그의 예술적 명성에 도움이 되었다. 처세에 능한 이 천박한 배우는 자기 영혼의 감수성과 육체적 매력에 대한 시적인 구절을 광고에 잊지 않고 끼워넣었다. 낭랑한 미성, 뻔뻔스러우리만치 당당한 태도, 지적이기보다는 박력 있고, 서정적이기보다는 과시적인 표현이 이발사와 투우사를 섞어놓은 듯한 놀라운 사기꾼적 천성을 돋보이게 했다.

첫 등장부터 그는 관중을 사로잡았다. 그는 루치아를 품에 꼭 안았다가 그 곁을 떠났다가 다시 돌아와 절망한 듯한 모습을 보였다. 분노를 터뜨린 데 이어 한없이 감미롭고 애절하게 숨을 헐떡였고, 그런 다음에는 맨살을 드러낸 목에서 흐느낌과 입맞춤으로 가득찬 곡조가 흘러나왔다. 에마는 좌석의 우단을 손톱으로 할퀴며 그를 더 잘 보기 위해 앞으로 몸을 기울였다. 요란한 폭풍우 속에서 난파자들이 내지르는 비명처럼 콘트라베이스의 반주에 맞춰 길게 늘어지는 그 탄식의 선율이 그녀의 가슴을 가득 채웠다. 그녀의 목숨을 앗아갈 뻔했던 그 모든 고통과 도취가 거기 있었다. 여가수의 음성은 그녀의 의식을 반향하는 것처럼 여겨졌고, 매혹적인 그 환상은 그녀 자신의 삶에서 뽑아내기라도 한 것 같았다. 하지만 이 지상에서는 그 누구도 그녀를 그 정도로 사랑해준 적이 없었다. 마지막날 밤 달빛 아래서 그들이 서로에게 "내일 만나요. 내일 만나요!……"라는 말을 주고받을 때 그 사람은 에드가르도처럼 눈물을 흘리지 않았다. 극장 안은 브라보 소리로 떠나갈 듯했다. 스트레토 전체가 다시 시작되었다. 연인들은 그들의 무덤을 장식할 꽃에 대해, 맹세에 대해, 이별에 대해, 숙명에 대해, 희망에 대해 이야기한 다음 마지막 작별인사를 나누었는데, 그 순간 에마는 날카로운 비명을 내질렀으나 그 소리는 마지막 화음의 떨림 속에 묻혔다.

"그런데 저 귀족은 왜 저 여자를 괴롭히는 거죠?" 보바리가 물었다.

"그런 게 아니에요. 두 사람은 연인인걸요." 그녀가 대답했다.

"하지만 저 남자는 여자의 가족에게 복수하겠다고 맹세했고, 다른 사람, 조금 전 등장한 남자는 '난 루치아를 사랑하고, 그녀도 나를 사랑하는 것 같아'라고 했잖아요. 게다가 그 남자는 여자의 아버지와 팔짱을 끼고 나갔지. 모자에 수탉 깃털을 꽂은 그 키 작고 못생긴 남자가 여자의 아버지 맞잖아요?"

에마의 설명에도 불구하고 샤를은 질베르트가 주인인 아시톤에게 자신의 가증스러운 음모를 설명하는 레시터티브 이중창이 나올 때부터 루치아를 속이기 위한 가짜 약혼반지를 에드가르드가 보낸 사랑의 징표라고 잘못 이해한 것이었다. 그는 음악소리 때문에 가사를 제대로 알아듣지 못해서 도대체 줄거리를 따라갈 수가 없다고 털어놓았다.

"그래서 어쩌라고요? 조용히 좀 해요!" 에마가 말했다.

"당신도 알겠지만 난 무슨 소린지 알고 보는 게 좋아서 그래요." 그가 그녀의 어깨 위로 몸을 기울이며 다시 말했다.

"조용히 해요! 좀 조용히 하라고요!" 그녀가 더이상 참지 못하고 소리쳤다.

머리에 오렌지꽃 화관을 쓴 루치아가 입고 있는 하얀 공단 드레스보다 더 창백한 안색으로 시녀들의 부축을 받다시피 하며 무대로 걸어나왔다. 에마는 자신의 결혼식 날을 떠올렸다. 사람들과 더불어 성당을 향해 걸어갈 때, 밀밭 한가운데 오솔길에 서 있던 자신의 모습이 눈앞에 떠올랐다. 어째서 자신은 무대 위의 저 여자처럼 저항하고 애원하지 않았던 걸까? 자신이 어떤 구렁텅이로 뛰어드는지 알지 못한 채 오히려 즐거워하지 않았던가…… 아! 그녀가 싱싱한 아름다움을 지니고 있었을 때, 결혼으로 더럽혀지고 간통으로 환멸도 느끼기 전에 누군가의 든든하고 넓은 가슴에 삶을 의탁할 수 있었다면, 덕성과 애정과 쾌락과 의무를 일치시킬 수 있었을 테고, 그런 지고의 행복으로부터 추락하는 일도 결코 없었으리라. 하지만 그런 행복은 물론, 모든 욕망이 절망으로 끝날 수밖에 없음을 말하기 위해 상상해낸 거짓말에 불과할 터였다. 이제 그녀는 예술이 과장해서 표현하는 열정의 비루함을 알고 있었다. 그래서 에마는 생각을 다른 데로 돌리려 애쓰면서, 자신의 고통을 재현하는 듯한 이 오페라가 그저 눈요기를 위한 생생한 환상에 불과하다고 여기기로 마음먹고 심지어 속으로 경멸에 찬 연민의 미소를 짓기까지 했는데, 바로 그 순간 무대 안쪽 우단 휘장 뒤편에서 검은 망토를 입은 한 남자가 나타났다.

그는 한 차례의 동작으로 챙이 넓은 스페인풍의 모자를 바닥으로 떨어뜨렸다. 그러자 즉각 오케스트라가 연주되고 가수들이 큰 소리로 육중창을 부르기 시작했다. 분노에 불타는 에드가르도의 맑은 목소리가 다른 사람들의 음성을 압도했다. 아시톤이 장중한 음조로 그에게 살기 어린 도전장을 던지고, 루치아가 날카로운 목소리로 탄식하고, 아르투르가 따로 떨어져 중간음으로 조바꿈해 노래를 이어가며, 사제가 저음으로 부르는 노랫소리가 오르간처럼 울리는 가운데, 여성 합창대가 그의 노랫말을 반복하며 다시 감미로운 코러스를 시작했다. 모두가 한 줄로 서서 각자 몸짓을 곁들였다. 분노와 복수와 질투와 공포와 연민과 경악이 살짝 벌어진 그들의 입술에서 동시에 터져나왔다. 격분한 연인이 칼을 뽑아 휘둘렀다. 가슴이 크게 오르내릴 때마다 목둘레의 레이스 장식이 단속적으로 흔들렸고, 그가 무대를 좌우로 성큼성큼 활보하자 발목께에서 나팔 모양으로 위가 벌어진 부드러운 부츠의 은도금된 박차가 마룻바닥을 쿵쿵 울려댔다. 관중에게 이토록 압도적인 열정을 발산하는 것으로 보아 그 가수는 마르지 않는 사랑의 소유자임이 분명하다고 에마는 생각했다. 그의 시적인 배역에 압도당해 그를 경멸하려던 충동은 모두 사라져버렸고, 작중인물이 주는 환상을 통해 그 가수에게 이끌린 그녀는 그의 실제 삶을, 활력에 넘치고 범상치 않으며 휘황찬란한 삶을, 우연이 도왔다면 그녀 자신도 영위할 수 있었을 그런 삶을 상상해보려 애썼다. 그들은 서로 알게 되고 서로 사랑하게 되었으리라! 그녀는 그와 함께 이 도시에서 저 도시로 유럽의 모든 왕국을 여행하고, 그의 피로와 자부심을 함께 나누고, 사람들이 그에게 던져준 꽃

다발을 줍고 그의 의상에 직접 수를 놓았으리라. 그리고 매일 밤 분장실 안쪽에서, 금빛 격자창 뒤편에서 입을 다물지 못한 채 오직 그녀만을 위해 노래하는 그 마음의 토로를 기쁘게 받아들였으리라. 무대에서 연기를 하면서도 그는 내내 그녀만 바라볼 터였다. 문득 그녀는 광기에 사로잡혔다. 그가 분명히 그녀를 보고 있었던 것이다! 그녀는 그가 사랑의 화신이기라도 하듯 그의 품속으로 몸을 날려 그의 힘 속으로 도피하며 이렇게 말하고 싶었다. '날 데려가요, 날 데려가줘요, 떠나자고요! 당신 거예요, 당신 거라고요! 내 모든 열정과 내 모든 꿈은요!' 하고 외치고 싶었다.

막이 내렸다.

사람들의 숨결에 가스등 냄새가 섞였다. 부채질 바람 때문에 공기가 더욱 답답해졌다. 에마는 밖으로 나가고 싶었다. 하지만 통로에 사람들이 가득차 있어서 심장이 뛰고 숨이 막힐 것 같아 다시 좌석에 주저앉았다. 샤를은 그녀가 기절할까봐 걱정되어 보리 시럽을 사러 매점으로 달려갔다.

두 손에 잔을 든 샤를은 걸음을 옮길 때마다 팔꿈치가 사람들에게 부딪히는 바람에 자리로 돌아오는 것이 여간 힘들지 않았는데, 그러다가 결국 소매가 짧은 옷을 입은 어떤 루앙 여자의 어깨에 시럽을 4분의 3쯤 쏟고 말았다. 차가운 액체가 등줄기로 흘러내리는 것을 느낀 여자는 누군가 자신을 죽이려 들기라도 한 듯 공작새 울음 같은 비명을 내질렀다. 방직업자인 여자의 남편은 이 서투른 사람에게 불같이 화를 냈다. 여자가 아름다운 체리빛 호박단 드레스에 묻은 얼룩을 손수건으로 닦아내는 동안 그는 퉁명스러운 어조로 변상이니 비용이니 보상이니

하는 말을 중얼거렸다. 마침내 아내 옆으로 돌아온 샤를은 숨을 헐떡이며 말했다.

"정말이지 저기서 못 빠져나오는 줄 알았어요! 사람이 얼마나 많은지!…… 정말 얼마나 많은지!……"

그런 다음 이렇게 덧붙였다.

"저 위에서 내가 누굴 만났는지 알아요? 레옹 씨를 만났어요!"

"레옹요?"

"그렇다니까요! 당신에게 인사하러 이쪽으로 올 거예요."

그 말이 끝나자마자 칸막이 안으로 예전에 용빌의 서기였던 레옹이 들어섰다.

그는 신사다운 거침없는 태도로 악수를 청했다. 보바리 부인은 더 강한 의지의 힘에 끌리기라도 한 듯 반사적으로 손을 내밀었다. 초록 잎새 위로 비가 내리던 그 봄날 저녁 그들이 창가에 서서 작별을 고했을 때 이후로 그녀는 그런 인력을 느껴본 적이 없었다. 하지만 상황에 맞게 처신해야 한다는 생각에 그때의 추억에 나른하게 젖어들던 기분을 애써 털어버리고 황급히 할말을 떠올리며 더듬더듬 말했다.

"아! 안녕하세요…… 어떻게 이런 일이! 당신이 여기에 무슨 일로?"

"좀 조용히 하세요!" 3막이 시작되고 있었으므로 아래층에서 누군가가 소리쳤다.

"그럼 지금 루앙에 사시나요?"

"예."

"언제부터요?"

"나가서 말해요! 나가라고요!"

사람들이 그들을 바라보자, 두 사람은 입을 다물었다.

하지만 그 순간부터 그녀의 귀에는 더이상 오페라가 들리지 않았다. 초대객들의 합창, 아시톤과 그의 하인이 나오는 장면, 라장조의 장중한 이중창 등 그 모든 것이 그녀에게는 마치 악기 소리가 작아지고 등장인물들이 더 멀어지기라도 한 것처럼 아득한 곳에서 벌어지는 일 같았다. 그녀는 약제사 집에서 하던 카드 게임, 유모네 집까지의 산책, 퍼걸러 아래에서의 독서, 난롯가에서 단둘이 나눈 대화 같은 너무나도 차분하고 오래 이어진, 조심스럽고도 다정했던 그 소박한 사랑의 모든 것, 하지만 그동안 잊고 지냈던 그 사랑을 기억해냈다. 그런데 그는 왜 돌아온 것일까? 어떤 우연의 조합이 그를 다시 그녀의 삶으로 끌어들인 것일까? 그는 칸막이에 어깨를 기댄 채 그녀의 뒤에 서 있었다. 그녀는 이따금 그의 따뜻한 콧김이 자신의 머리카락을 간지르는 것을 느끼며 전율했다.

"이 오페라 재미있으세요?" 그가 콧수염 끝이 그녀의 뺨을 스칠 정도로 가깝게 몸을 굽히며 물었다.

그녀는 무심하게 대답했다.

"오! 맙소사, 아뇨! 별로 재미없어요."

그러자 그는 극장을 나가 어디 가서 아이스크림을 먹는 게 어떠냐고 제안했다.

"이런! 아직 안 됩니다! 그냥 있습시다! 여자가 머리를 풀었어요. 비극적인 일이 벌어질 징조예요." 보바리가 말했다.

하지만 광란의 장면에도 에마는 전혀 관심이 가지 않았고, 여가수의 연기가 과장되게 여겨졌다.

"여자가 너무 크게 소리를 지르네요." 그녀가 노래에 귀를 기울이고 있는 샤를을 돌아보며 말했다.

"그래요…… 그런 것 같긴 해요…… 조금." 그는 자신은 즐겁게 보고 있다고 솔직히 말해야 할지, 아내의 의견을 존중하는 것이 좋을지 마음을 정하지 못한 채 대답했다.

이윽고 레옹이 한숨을 내쉬며 말했다.

"정말 덥군요……"

"참을 수가 없어요! 정말로요."

"당신 어디 불편해요?" 보바리가 물었다.

"네, 숨이 막혀요. 우리 나가요."

레옹이 그녀의 어깨에 긴 레이스 숄을 섬세한 손길로 덮어주었고, 그들 세 사람은 함께 부둣가로 가서 어느 카페의 유리창 앞에 자리를 잡았다.

처음에는 그녀의 병이 화제로 올랐지만, 에마가 레옹 씨가 지루할 거라면서 중간중간 샤를의 말허리를 잘랐다. 다음에는 레옹이, 자신이 루앙에 온 것은 이 년간 일을 제대로 배우기 위해서라고 말했는데, 노르망디식 일 처리는 파리에서 다루는 것과는 다르다고 했다. 이어 그는 베르트와 오메 일가와 르프랑수아 부인의 안부를 물었다. 그러고 나자 보바리 앞에서는 서로 할 수 있는 이야기가 더이상 없었으므로 대화가 끊겼다.

공연을 보고 나온 사람들이 인도 위를 지나가며 노랫가락을 흥얼거리거나 목청껏 소리를 질러댔다. "오 아름다운 천사, 나의 루치아!" 그러자 레옹이 애호가인 체하며 음악에 대해 이야기하기 시작했다. 자신은 탐부리니, 루비니, 페르시아니, 그리지의 공연을 다 보았다고 말했다. 라가르디는 인기만 많을 뿐 그들에 비하면 음악적으로는 아무 가치도 없다고 했다.

샤를이 럼주를 넣은 소르베를 조금씩 입으로 가져가면서 그의 말허리를 잘랐다. "하지만 마지막 막에서 그의 노래는 완벽하다고 하더군요. 막 재미있어지기 시작했는데, 끝까지 못 보고 나와서 아쉬워요."

"어쨌든 그 사람은 곧 또다시 공연을 할 겁니다." 서기가 말했다.

하지만 샤를은 자신들은 다음날 용빌로 돌아간다고 대답했다.

"혹시 당신이 혼자라도 남아 있겠다면 모르지만 말이에요, 여보." 그가 아내 쪽으로 몸을 돌리며 덧붙였다.

그러자 자신의 희망을 이루는 데 유리한 이 뜻하지 않은 기회 앞에서 작전을 바꾸기로 마음먹은 청년은 마지막 막에서 라가르디가 부르는 노래에 대해 찬사를 쏟아놓기 시작했다. 정말이지 기막히고 숭고한 그 무엇이라는 것이었다! 그러자 샤를이 에마에게 강하게 권했다.

"당신은 일요일에 돌아오면 되잖아요. 자, 그렇게 해요! 당신에게 조금이라도 도움이 된다는 생각이 든다면 그렇게 하는 게 맞다니까."

주위의 탁자들이 비어갔다. 종업원이 다가와 조심스럽게 그들 옆에 섰다. 샤를이 눈치를 채고 지갑을 꺼냈다. 서기는 그의 팔을 잡아 제지하고는, 음료값에 팁을 더해 은화 두 개를 대리석 탁자 위에 소리 나게 내려놓았다.

"계산을 당신이 하다니 정말 당황스럽네요……" 보바리가 중얼거렸다.

상대는 별것 아니라는 듯 자못 우정어린 몸짓을 해 보이고는 모자를 집어들며 말했다.

"그럼 정해진 건가요, 내일 여섯시에?"

샤를은 재차 자신은 더 오래 집을 비울 수가 없다고 대답했다. 하지만 에마의 경우엔 아무런 문제가 없으니……

"저는…… 잘 모르겠어요……" 에마가 묘한 미소를 지으며 더듬더듬 말했다.

"이런! 그럼 좀 생각해봐요, 두고 보자고, 하룻밤 자고 나면 결론이 날 거예요……"

그런 다음 그는 따라오는 레옹에게 말했다.

"이제 우리 지역에 돌아왔으니까 이따금 우리집에 저녁식사 하러 올 거죠?"

서기는 사무실 업무차 용빌에 갈 일도 있으니 꼭 그렇게 하겠다고 대답했다. 그들은 생테르블랑 상점가 앞에서 헤어졌는데, 그 순간 대성당에서 열한시 반을 알리는 종이 울렸다.

제3부

1

레옹은 법률 공부를 하는 한편 댄스홀 '쇼미에르'에도 상당히 자주 드나들었는데, 그곳의 젊은 여자들 사이에서 품위 있는 태도의 소유자라는 무척 좋은 평판을 얻었다. 그는 학생들 중에서 가장 모범적인 편이었다. 머리는 너무 길지도 짧지도 않았고, 삼 개월치 용돈을 첫날 다 써버리지도 않았으며, 교수들과도 좋은 관계를 유지했다. 예민한데다 소심해서 항상 과도한 행동을 삼갔다.

방에 틀어박혀 책을 읽거나 저녁에 뤽상부르공원의 보리수 아래에 앉아 있을 때면, 에마에 대한 기억이 되살아나 그는 종종 들여다보던 법전을 땅바닥에 떨어뜨리곤 했다. 하지만 점차 그런 감정은 엷어지고 그 위에 다른 욕망들이 쌓여갔는데, 그럼에도 불구하고 그 감정은 여전히 그의 마음속에 남아 있었다. 레옹은 모든 희망을 잃지는 않았고, 그의 마음속에서는 머지않은 미래에 지켜질지도 모르는 불확실한 약속 같은 것이 무슨 환상 속 잎사귀에 매달린 황금 열매처럼 흔들리고 있었다.

그러다가 삼 년 만에 그녀를 다시 만나자 열정이 되살아났다. 이번에는 그녀를 자기 것으로 만들어야만 한다고 그는 생각했다. 게다가 그의 소심한 성격도 쾌활한 이들과 어울리면서 이제는 많이 달라졌는데, 지방으로 돌아온 다음에는 에나멜 구두를 신고 대도시 큰길의 아스팔트를 활보해보지 못한 이들을 싸잡아 무시했다. 훈장 수훈자에다 마차를 소유하고 있는 저명한 의사의 응접실에서 레이스로 몸을 휘감은 파리 여자를 상대해야 한다면, 이 딱한 서기는 물론 어린아이처럼 벌벌 떨 터였다. 하지만 이곳 루앙의 선창가에서 별 볼 일 없는 시골 의사의 아내를 상대하는 거라면 상대의 찬탄을 자아내는 일쯤은 아무 일도 아니라고, 느긋한 마음으로 미리부터 확신했다. 자신감은 어떤 상황에 놓여 있는지에 따라 좌우된다. 저택의 중이층에 있냐 다락방에 있냐에 따라서 말하는 품새가 달라지고, 부유한 여자는 정조를 지키기 위해 그녀가 가진 모든 지폐를 코르셋 안감 삼아 갑옷처럼 두르고 있는 듯 보이는 것이다.

전날 저녁 보바리 부부와 헤어진 레옹은 멀찍이서 그들의 뒤를 밟았다. 그리고 그들이 크루아 루즈 여관 앞에서 걸음을 멈추는 것을 확인한 후 발길을 돌렸고, 밤새 계획을 세웠다.

그래서 이튿날 다섯시경 그는 목이 죄어들고 두 뺨이 창백해진 채 소심한 사람이 뭔가를 결심했을 때의 그 막무가내하고 단호한 태도로 여관의 부엌에 들어섰다.

"신사분 모습은 안 보이던데요." 그의 질문에 한 일꾼이 대답했다.

이는 그에게 좋은 징조인 듯했다. 그는 계단을 올라갔다.

에마는 그가 온 것을 보고도 놀라지 않았다. 오히려 그녀는 그들이 묵고 있는 곳을 깜빡하고 알려주지 않은 것을 사과했다.

"오! 전 짐작하고 있었습니다." 레옹이 말했다.

"어떻게요?"

그는 본능이 이끄는 대로 따라왔더니 이렇게 우연히 그녀를 찾게 되었다고 대답했다. 그녀가 웃기 시작하자, 레옹은 곧 자신의 실수를 만회하기 위해 시내의 모든 호텔을 차례로 돌며 아침나절 내내 그녀를 찾아다녔다고 말했다.

"그러니까 당신은 남아 있기로 하신 거죠?" 그가 덧붙여 물었다.

"그래요. 그런데 잘못 생각한 것 같아요. 해야 할 일이 정말 많은데 비실용적인 오락에 습관이 들면 안 되거든요……" 에마가 말했다.

"오! 어떤 건지 알겠습니다……"

"아뇨! 모르실 거예요, 당신은 여자가 아니잖아요, 당신은."

하지만 남자들에게도 나름의 걱정이 있는 법이고, 그래서 대화는 몇 가지 철학적인 고찰로 접어들었다. 에마는 세속의 사랑이 얼마나 비참한지와 사람의 마음을 매몰시키는 끝없는 고립에 대해 길게 이야기했다.

스스로 돋보이고 싶어서였는지, 아니면 에마의 우수에 자극을 받아 그것을 순진하게 모방한 것인지 청년은 자신도 공부하는 내내 믿을 수 없을 정도로 따분했노라고 말했다. 소송절차는 짜증스러웠고, 다른 직업들에 마음이 끌렸는데, 어머니는 편지할 때마다 매번 그에게 잔소리를 퍼부었단다. 그들은 점점 더 구체적으로 자신들이 불행했던 이유를 묘사했는데, 대화를 나누는 동안 점차 내밀한 속내를 털어놓으면서 두 사람은 흥분을 느꼈다. 하지만 그들은 때때로 말을 멈추고 자신들의 생각을 솔직하게 모두 토로하는 대신 빗대어 말할 수 있는 표현을 찾아내려 애썼다. 에마는 다른 남자에게 품었던 열정을 털어놓지 않았다. 레옹은 그녀를 잊고 있었다는 말을 하지 않았다.

어쩌면 그는 가장무도회가 끝난 후 부둣가 인부로 가장한 여자들과 함께 야식을 먹던 일을 더이상 기억하지 못하는지도 몰랐다. 그리고 에마도 아침마다 연인의 저택을 향해 풀숲을 달려가던 때를, 그 옛날의 밀회를 기억하지 못하는지도 몰랐다. 그들의 귀에는 도시의 소음이 거의 들려오지 않았다. 그 방은 둘만의 고독을 일부러 한층 더 강조하듯 작게 느껴졌다. 능직 가운을 입은 에마는 낡은 안락의자 등받이에 쪽찐 머리를 기대고 있었다. 그녀 뒤로 노란색 벽지가 금빛 배경을 이루었다. 모자를 쓰지 않아 가운데 가르마를 탄 맨머리가 거울에 비쳤고, 양쪽으로 내린 머리카락 아래로 귓불이 드러나 있었다.

"이런, 미안해요, 내가 잘못했네요! 계속해서 한탄만 늘어놓아 지루하시죠!" 그녀가 말했다.

"아닙니다, 결코 그렇지 않습니다! 결코!"

그녀가 눈물 한 방울이 또르르 굴러떨어지는 아름다운 눈을 천장으로 들어올리며 다시 말했다. "내가 무슨 꿈을 꿨는지 당신이 아신다면!"

"저도 마찬가지입니다! 오! 저는 정말 괴로웠습니다! 밖을 쏘다니고 강둑을 따라 걷고 군중의 시끄러운 소리에 스스로를 달래면서, 줄곧 따라다니는 생각을 떨쳐버리려 했지만 헛수고였습니다. 그곳 대로에 있는 판화 상점에 어떤 뮤즈를 형상화한 이탈리아 판화가 있더군요. 뮤즈는 튜닉으로 몸을 휘감고 풀어내린 머리 위에는 물망초 화관을 쓴 채 달을 바라보고 있었지요. 무언가가 저를 줄곧 그곳으로 이끌었습니다. 저는 그 앞에서 서서 몇 시간씩 머물곤 했지요."

그런 다음 떨리는 목소리로 덧붙였다.

"뮤즈의 모습이 당신과 좀 비슷했습니다."

보바리 부인은 억누를 수 없는 미소가 입가에 떠올라 그 모습을 보이지 않으려고 고개를 돌렸다.

그가 다시 말했다. "종종 당신에게 편지를 썼다가 찢어버리곤 했어요."

그녀는 대답하지 않았다. 그가 말을 계속했다.

"때로는 우연히 당신을 만날지도 모른다고 상상하기도 했습니다. 길모퉁이에서 당신의 모습을 본 것 같기도 했지요. 그래서 삯마차의 창에 당신 것과 비슷한 베일이나 숄이 나부끼면 그 마차를 쫓아 달려갔습니다……"

그녀는 그의 말을 막지 않고 내버려두기로 마음먹은 듯했다. 팔짱을 끼고 고개를 숙인 채 그녀는 실내화의 장미꽃 장식을 바라보면서 이따금 공단 실내화 안에서 발가락을 움직거리곤 했다.

마침내 그녀가 한숨을 내쉬며 말했다.

"더 딱한 것은 나처럼 쓸모없는 삶을 질질 끌어가는 일 아닐까요? 우리의 고통이 누군가에게 도움이 된다면, 희생한다고 생각하고 자기 위안이라도 삼으련만!"

그는 미덕과 의무와 묵묵한 헌신을 칭찬하기 시작하면서 그 자신에게도 믿기 어려울 정도로 헌신의 욕구가 있으나 그것을 충족시킬 수 없다고 말했다.

"저는 자선병원의 수녀가 되고 싶어요." 그녀가 말했다.

"안타깝네요! 남자들은 그런 성스러운 역할을 할 수가 없으니. 어디에서도 그런 직업을 찾을 수가 없어요…… 어쩌면 의사라는 직업이 그럴 수도……"

에마는 어깨를 가볍게 으쓱해 보이고는 그의 말을 끊고 죽음 직전까지 갔던 자신의 병에 대해 하소연하기 시작했다. 얼마나 안타까운 일인가! 그때 죽었으면 더이상 고통스러워하지 않아도 될 텐데. 레옹이 즉각 말을 받아 자신은 무덤 속의 평온이 부럽다면서, 심지어 어느 날 밤에는 그녀에게 받은 벨벳 띠를 두른 아름다운 침대 커버로 자신의 몸을 싸서 묻어달라는 내용의 유언장을 쓰기도 했다고 말했다. 그들은 각각 하나의 이상을 만들어서 그 이상에 걸맞도록 자신들의 지나간 삶을 끼워맞추고 있었다. 게다가 말이란 워낙에 압연 롤러처럼 언제나 감정을 길게 늘이는 법이다.

침대 커버 운운하는 그의 말을 듣고 그녀가 물었다.

"그런데 왜 그랬죠?"

"왜 그랬냐고요?"

그는 망설였다.

"당신을 무척 사랑했으니까요!"

곤란한 상황을 잘 넘긴 스스로를 대견해하며 레옹은 곁눈으로 그녀의 표정을 살폈다.

그 얼굴은 한차례 바람이 불어 구름이 걷힌 하늘과도 같았다. 두 눈에 우울을 드리우던 슬픈 생각 더미가 그 푸른 눈에서 걷힌 것 같았다. 그녀의 얼굴 전체가 환하게 빛났다.

그는 그녀의 말을 기다렸다. 마침내 에마가 대답했다.

"그렇지 않을까 하고 줄곧 짐작은 했었지만……"

이어 그들은 아득한 그 시절의 온갖 소소한 일들에 대해 서로 이야기를 나누었다. 그때의 기쁨과 우수가 방금 말한 그 한마디 말에 되살아났다. 그는 미나리아재비 넝쿨이 우거진 아치들, 그녀가 입고 있던 드레스, 그녀 방의 가구, 그녀의 집 전체를 떠올리며 이야기했다.

"그런데 우리의 그 예쁜 선인장은 어떻게 됐나요?"

"겨울에 추위로 죽었어요."

"아! 내가 그 선인장 생각을 얼마나 했는지 아세요? 여름 아침 햇살이 덧문 위에 비치던 그 시절 그대로의 모습으로 그 선인장이 눈앞에 떠오르고…… 아무것도 걸치지 않은 당신의 두 팔이 꽃 사이로 어른거리는 것도 보였지요."

"가엾은 사람!" 그녀가 그에게 한 손을 내밀며 말했다.

레옹은 재빨리 거기에 입술을 갖다댔다. 이윽고 크게 한숨을 쉬면서 말했다.

"그 시절 내게 당신은 내 삶을 사로잡는 알 수 없는 힘이었습니다. 한번은 내가 당신 집에 갔었지요. 당신은 물론 기억 못하시겠지요?"

"기억해요. 계속하세요." 그녀가 말했다.

"당신은 외출 준비를 마친 모습으로 아래층 현관의 맨 아래 계단에 서 있었어요. 파란색 작은 꽃이 달린 모자까지 쓰고요. 나는 당신이 청하지도 않았는데 나도 모르게 당신을 따라갔습니다. 내가 어리석은 행동을 하고 있다는 생각이 매 순간 점점 더 강하게 들었지만, 드러내놓고 당신과 동행할 용기는 내지 못하면서도 당신 곁을 떠나고 싶지 않아 줄곧 당신을 따라 걸었지요. 당신은 어떤 상점에 들어갔고 나는 거리에 서서 유리창 너머로 당신이 장갑을 벗고 계산대에서 잔돈을 헤아리는 모습을 지켜보았습니다. 그런 다음 당신은 튀바슈 부인 댁 초인종을 누르고 문이 열리자 안으로 들어갔고, 나는 닫혀버린 육중한 문 앞에 바보처럼 서 있었습니다."

그의 이야기를 들으면서 보바리 부인은 자신이 몹시 오래 산 사람처럼 느껴져 놀랐다. 기억에 다시 떠오르는 그 모든 일이 그녀의 삶을 확장시켜주는 것 같았다. 마치 광활한 감정의 공간을 거슬러가는 듯한 느낌이었다. 그녀는 눈을 반쯤 감은 채 이따금 나지막한 목소리로 맞장구쳤다.

"네, 그래요!…… 정말 그래요!…… 정말요……"

기숙학교, 성당, 비어 있는 대저택으로 가득한 보부아진 구역 곳곳에 있는 수많은 시계가 여덟시를 치는 소리가 들려왔다. 그들은 입을 다물었다. 서로를 응시하는 눈동자에서 낭랑하게 울리는 무엇인가가 새어나오고 있기라도 한 것처럼 두 사람은 서로를 바라보면서 머릿속에서 울리는 속삭임을 느꼈다. 그들은 손을 마주잡았다. 그러자 과거와 미래, 추억과 꿈, 모든 것이 그 감미로운 황홀경 속에 녹아들었다. 어둠이 짙어져가는 벽에는 〈넬탑〉*의 네 장면을 묘사한 야한 색채의 판화 네 점만이 그 밑에 달린 스페인어와 프랑스어 설명과 함께 어둠에 반쯤

* 넬탑에서 벌어진, 미남왕 필리프 4세의 세 며느리들의 방탕을 다룬 알렉상드르 뒤마와 프레데리크 가야르데의 희극으로 1832년 초연되어 큰 인기를 끌었다.

잠긴 채 어렴풋이 빛났다. 내리닫이창을 통해 뾰족한 지붕들 사이로 어두워진 하늘 한 조각이 보였다.

에마는 일어나 서랍장 위에 놓인 두 자루의 초에 불을 붙인 다음 다시 돌아와 앉았다.

"그래서요……" 레옹이 말했다.

"그래서라뇨?" 그녀가 물었다.

그가 끊긴 대화를 어떻게 이어갈까 궁리하고 있을 때 에마가 말했다.

"어떻게 지금까지 나에게 그런 감정을 표출한 사람이 아무도 없었던 걸까요?"

서기는 이상적인 천성을 지닌 사람들은 이해받기 어렵다고 부르짖듯 말했다. 그런데 그는 첫눈에 그녀를 사랑하게 되었다고 했다. 행운이 함께해 좀더 일찍 만나서 영원히 헤어지지 않도록 서로 맺어졌다면 얼마나 행복했을까 하는 생각에 괴롭다고 했다.

"나도 때때로 그런 꿈을 꾸었어요." 그녀가 다시 말했다.

"너무나도 기막힌 꿈이지요!" 레옹이 중얼거렸다.

그는 그녀의 하얀색 긴 허리띠의 푸른색 가장자리 장식을 가볍게 쓸면서 덧붙였다.

"그러니까 다시 시작하면 되지 않을까요?……"

"안 돼요, 친애하는 레옹. 난 너무 늙었고…… 당신은 너무 젊어요…… 날 잊으세요! 당신을 사랑해줄 다른 여자들이 있을 거예요…… 당신도 그들을 사랑하게 될 거고요." 그녀가 대답했다.

"당신을 사랑하는 것만큼은 아닐 겁니다!" 그가 소리쳤다.

"어린아이처럼 굴지 마세요! 자, 현명하게 처신합시다! 부탁이에요!"

그녀는 그에게 두 사람이 사랑하는 사이로 지내는 것은 불가능하다고, 예전처럼 오누이 같은 소박한 우정 관계를 이어가야 한다고 말했다.

그 말이 그녀의 진심이었을까? 에마 자신도 알 수 없었는데, 매혹적인 유혹에 끌리면서도 그 유혹으로부터 자신을 방어해야 한다는 생각에 온통 마음이 쏠려 있었다. 그녀는 촉촉한 눈길로 청년을 응시하면서 그가 떨리는 손길로 주저하며 수줍게 그녀를 애무하려 하자 부드럽게 그 손길을 물리쳤다.

"아! 용서하세요." 그가 물러나며 말했다.

두 팔을 벌리고 다가오는 로돌프의 대담함보다 더 위험하게 느껴지는 그런 소심함 앞에서 에마는 막연한 두려움에 사로잡혔다. 이제까지 그 어떤 남자도 그녀의 눈에 이토록 아름답게 보인 적이 없었다. 레옹의 태도에서는 감미로운 순진함이 느껴졌다. 그는 둥글게 말려 올라간 섬세하고 긴 속눈썹을 내리깔고 있었다. 그의 보드라운 뺨이 그녀에 대한 욕망으로(에마는 그렇게 생각했다) 상기되어 있는 것을 보자, 뺨에 입을 맞추고 싶은 욕망을 억누르기가 힘들었다. 그래서 에마는 시계를 보는 척 몸을 시계 쪽으로 기울이며 말했다.

"맙소사, 시간이 벌써 이렇게 되었네요! 무슨 이야기를 그렇게 많이 했는지!"

그는 그녀의 말뜻을 알아차리고 모자를 집어들었다.

"오페라를 보러 가는 것도 잊고 있었네요! 딱한 내 남편이 일부러 날 남게 해주었는데 말이에요! 그랑퐁가에 사는 로르모 씨가 자기 아내와 함께 나를 데려가주기로 했답니다."

그녀는 이튿날 떠나야 했으므로 기회를 놓친 셈이었다.

"정말 돌아가십니까?" 레옹이 물었다.

"예."

"하지만 꼭 다시 봐야만 합니다." 그가 다시 말했다. "당신에게 할말이……"

"무슨 말인데요?"

"중대하고 심각한 일…… 이런! 아뇨, 당신은 가시면 안 됩니다. 그럴 수는 없어요! 당신이 알아주면 얼마나 좋을까요…… 내 말 좀 들어보세요…… 당신은 내 말이 무슨 뜻인지 이해하지 못하셨나요? 눈치조차 못 채신 건가요?……"

"사실 당신은 말씀을 잘하세요." 에마가 말했다.

"이런! 날 놀리시다니! 그만, 그만하세요! 제발 다시 만나주십시오…… 한 번만…… 딱 한 번만요."

"그럼……"

그녀가 말을 멈추었다. 그러더니 생각이 바뀐 듯 다시 말했다.

"오! 여긴 안 돼요!"

"어디라도 상관없습니다."

"그러면……"

그녀는 생각에 잠긴 듯이 보였고, 이어 짤막하게 말했다.

"내일, 열한시, 대성당에서 봐요."

"거기 가 있겠습니다!" 그는 그녀의 두 손을 잡으며 외쳤고, 그녀는 손을 빼냈다.

두 사람은 서 있었다. 그녀 뒤에 선 그는 에마가 고개를 숙이자 그녀의 목 쪽으로 몸을 기울이며 목덜미에 오래도록 입을 맞추었다.

"당신 미쳤군요! 아! 정말 미쳤어요!" 그녀가 조그맣게 웃음을 터뜨리며 그렇게 말하는 동안 입맞춤이 계속 이어졌다.

그러더니 그는 그녀의 어깨 너머로 고개를 내밀고 동의를 구하듯 눈을 바라보았다. 하지만 그녀는 서늘한 위엄에 찬 눈길로 그를 내려다보았다.

레옹은 방에서 나가려고 뒤로 세 걸음 물러났다. 그는 문턱에서 걸음을 멈추었다. 그런 다음 떨리는 목소리로 소곤거렸다.

"내일 만나요."

그녀는 고갯짓으로 대답을 대신하고 한 마리 새처럼 옆방으로 모습을 감추었다.

그날 저녁 에마는 서기에게 만남을 취소하는 긴 편지를 썼다. 모두 끝난 일이고, 그들은 서로의 행복을 위해 더이상 만나서는 안 된다는 내용이었다. 하지만 그녀는 편지를 봉한 다음 레옹의 주소를 몰라 무척 당황했다.

'직접 전해줘야겠어. 내일 그가 올 테니까.' 그녀는 생각했다.

이튿날 레옹은 창문을 열고 발코니에서 콧노래를 흥얼거리면서 직접 정장 구두에 여러 차례 칠을 했다. 그는 하얀 바지, 얇은 양말, 초록색 양복을 입고, 갖고 있는 온갖 향수를 손수건에 뿌린 다음 머리를 곱슬거리게 말았다가 다시 펴서 자연스러운 멋이 나도록 했다.

"아직 너무 이른걸!" 이발소의 뻐꾸기시계가 아홉시를 가리키는 것을 바라보며 그는 생각했다.

그는 오래된 패션잡지를 읽은 다음 밖으로 나와 담배를 피우고 세 구역이나 걸어올라간 뒤 이제 시간이 되었을 거라고 생각하고 노트르담대성당 앞 광장을 향해 걸음을 빨리하기 시작했다.

맑은 여름 아침이었다. 귀금속 상점의 진열장에서 은식기들이 반짝거렸고, 대성당 위로 비스듬히 내리쪼이는 햇빛이 잿빛 석재의 절단면에서 빛났다. 푸른 하늘에는 삼엽형 창이 난 종루 주위로 새떼가 선회하고 있었다. 광장에는 여기저기 사람들이 외치는 소리가 들리고 꽃향기가 감돌았는데, 포석 가장자리에 장미, 재스민, 카네이션, 수선화, 월하향 같은 꽃들이 이슬에 젖은 개박하와 별꽃, 축축한 이끼와 더불어 군데군데 심어져 있었다. 광장 한가운데의 분수에서는 물이 뿜어져 나왔고, 커다란 파라솔 아래에는 피라미드처럼 쌓은 칸타로프멜론 사이에서 상인들이 모자도 쓰지 않은 채 제비꽃 다발을 종이에 싸고 있었다.

청년은 꽃다발을 하나 샀다. 여자에게 주려고 꽃을 산 것은 처음이었다. 꽃향기를 들이마시자 마치 상대방에게 표하려는 경의가 자신에게 돌아오기라도 하듯 가슴이 자부심으로 부풀었다.

하지만 남의 눈에 띌까봐 두려웠다. 그는 결연히 성당 안으로 들어섰다.

안내인은 성당의 왼쪽 문 한가운데, 그러니까 〈춤추는 마리안〉*을 조각한 그림 바로 아래에 서 있었는데, 깃털 장식을 단 모자에 종아리까지 내려오는 칼을 차고 손에는 지팡이를 쥔 모습이 추기경보다 더 위

* 성서에 나오는 살로메의 춤 장면을 뜻한다.

엄 있어 보이고 성합처럼 번쩍거렸다.

그가 레옹에게 다가오더니, 사제들이 아이들에게 뭔가를 물어볼 때처럼 비위를 맞추려는 듯하면서도 온화한 미소를 띠고 물었다.

"보아하니 이곳 분이 아니신 것 같은데요? 성당 구경을 좀 시켜드릴까요?"

"아니요." 레옹이 대답했다.

레옹은 우선 측랑을 한 바퀴 돌았다. 그런 다음 돌아와 광장을 바라보았다. 에마의 모습은 아직 보이지 않았다. 그는 다시 성가대석까지 갔다.

성수가 가득찬 성수반에 회중석의 모습이 첨두홍예가 시작되는 부분과 스테인드글라스의 일부와 함께 비쳐 보였다. 스테인드글라스 그림을 통과한 반사광이 대리석 모서리에 부딪혀 부서지면서 포석 위에 알록달록한 카펫처럼 길게 드리워져 있었다. 열린 문 세 개를 통해 밖에서 들어오는 밝은 햇빛이 성당 안에 세 개의 거대한 빛기둥으로 뻗어 있었다. 성당 안쪽에서는 성당지기가 바쁜 신자들이 그러하듯 무릎을 비스듬히 굽히고 고개를 숙이면서 제단 앞을 지나가곤 했다. 크리스털 샹들리에가 미동도 없이 매달려 있었다. 성가대석의 은제 등에 불이 밝혀져 있었다. 측면의 제실들과 성당의 어둑한 곳에서 때때로 한숨소리 같은 것이 들려왔는데, 그 소리와 함께 창살문 닫히는 소리가 높은 궁륭 아래에서 메아리쳤다.

레옹은 신중한 걸음으로 벽을 따라 걸었다. 삶이 이렇듯 기분좋게 느껴진 적이 없었다. 그녀는 장식 밑단이 달린 드레스, 금테 코안경, 날렵한 부츠 같은, 그가 경험해보지 못한 온갖 우아함과 곧 무너질 정조가 지닌 형언할 수 없는 유혹적인 분위기를 풍기며, 누군가 따라오지 않는지 뒤를 살펴보면서 동요되고 매혹적인 모습으로 이제 곧 도착할 터였다. 성당은 그녀를 중심에 두고 배치된 거대한 규방 같았다. 궁륭은 어둠 속에서 그녀의 사랑 고백을 받아들이기 위해 몸을 굽히고 있는 듯했다. 스테인드글라스는 그녀의 얼굴을 환하게 밝혀주기 위해 반짝이고, 향로는 피어오르는 향 속에서 그녀가 천사처럼 모습을 나타낼 수 있도록 때맞추어 타오를 터였다.

하지만 그녀의 모습은 여전히 보이지 않았다. 의자에 앉자, 바구니를 나르는 뱃사람을 형상화한 푸른 스테인드글라스 그림이 눈에 들어왔다. 그는 물고기 비늘과 뱃사람이 입은 상의의 단춧구멍 수를 헤아리면서 오랫동안 주의깊게 그림을 바라보았는데, 그동안에도 그의 생각은 에마를 찾아 떠돌고 있었다.

조금 떨어진 곳에 있던 성당 안내인은 혼자서 대성당 여기저기를 구경하는 그 청년에게 속으로 화가 났다. 그것은 부적절할 뿐 아니라 그에게서 뭔가를 훔쳐가는 짓이었고, 거의 불경한 행동으로까지 여겨졌다.

그때 비단옷이 판석을 스치는 소리가 나더니 모자 테두리, 검은 망토가 보이고 이어…… 그녀의 모습이 눈에 들어왔다! 레옹은 일어나 그녀를 맞으러 달려갔다.

에마의 안색은 창백했다. 그녀가 빠르게 걸어왔다.

그녀가 그에게 편지를 내밀며 말했다. "읽어보세요…… 오, 이건 안 될 일이에요!"

그러고는 갑작스럽게 손을 거두고는 성모의 제실로 들어가 앞좌석 등받이 아래에 대고 무릎을 꿇고 앉아 허리를 세운 채 기도하기 시작했다.

청년은 독실한 척하는 그런 행동에 짜증이 났다. 그러나 곧, 안달루시아 후작부인처럼 밀회 도중에 기도에 열중하는 그녀의 모습에 매력을 느꼈다.* 하지만 기도가 끝없이 이어지자 그는 이내 지루해졌다.

에마는 기도했다. 아니 하늘에서 문득 어떤 결의를 내려주기를 바라면서 기도하려 애썼다. 그녀는 신의 구원을 받기 위해 두 눈으로는 감실의 광채를 가득 담고, 코로는 커다란 화병에 꽂힌 환하게 만개한 노란장대꽃의 향기를 들이마시고, 성당의 정적에 귀를 기울였지만, 가슴속 동요만 심해질 뿐이었다.

그녀가 자리에서 일어나 레옹과 함께 성당을 나서려 할 때 성당 안내인이 재빨리 다가와 말했다.

"보아하니 이곳 분이 아니시죠? 성당 구경을 좀 시켜드릴까요?"

"아, 안 됩니다!" 서기가 소리쳤다.

"안 될 게 뭐가 있겠어요?" 그녀가 말했다.

에마는 자신의 흔들리는 정조를 구하기 위해서라면 성모든, 조각상이든, 무덤이든 닥치는 대로 매달리고 싶었다.

성당 안내를 순서대로 진행하기 위해 안내인은 그들을 우선 광장 근처의 입구로 인도해서, 비문도 형상도 새겨져 있지 않은, 검은 판석으로 된 큰 원을 지팡이로 가리키며 엄숙한 어조로 말했다.

"이것은 아름다운 앙부아즈 종의 원둘레입니다. 종의 무게는 4만 파운드였습니다. 유럽을 통틀어 이에 필적할 것이 없었습니다. 이 종을

---

* 안달루시아 귀족 여인들은 평판이 두려워 주로 성당을 밀회의 장소로 정했다고 한다.

주조한 장인은 너무 기쁜 나머지 숨을 거두었다고 합니다……"

"우리 그만 가요." 레옹이 말했다.

늙은 안내인이 다시 걷기 시작했다. 이윽고 성모의 제실로 돌아온 그는 시범을 보이려는 듯 연극적인 몸짓으로 두 팔을 벌리더니 자신의 과수장을 구경시켜주려는 시골 지주보다 더 자부심에 넘쳐 말했다.

"이 소박한 판석 아래에는 바렌과 브리사크의 영주이자 푸아투의 대원수이며 노르망디의 총독이었던 피에르 드 브레제가 묻혀 있는데, 그는 1465년 7월 16일 몽레리전투에서 전사했습니다."

레옹은 입술을 깨물며 조바심에 발을 굴렀다.

"이어 오른쪽에 보이는, 앞발을 쳐든 말 위에 철갑옷을 입고 앉은 사람은 그의 손자인 루이 드 브레제로, 브르발과 몽쇼베의 영주이자 몰브리에 백작이며 모니 남작, 국왕의 시종관, 훈장 수훈자이면서 마찬가지로 노르망디 총독을 지냈는데, 비명에 새겨진 것처럼 1531년 7월 23일 일요일에 임종했습니다. 아래쪽에, 무덤 속으로 내려갈 채비를 마친 인물 역시 같은 사람입니다. 인생의 무상함을 이보다 더 완벽하게 보여주기도 어렵겠지요?"

보바리 부인은 코안경을 치켜들었다. 한쪽은 장광설로, 또 한쪽은 무심함으로 무장한 두 사람 앞에서 레옹은 전의를 상실한 채 더이상 아무 말도 아무 행동도 하지 않고 그 자리에 서서 그녀를 바라볼 뿐이었다.

안내인이 끝없이 말을 이어나갔다.

"그 옆에서 무릎을 꿇고 울고 있는 저 여인은 그의 아내 디안 드 푸아티에로, 브레제 백작부인이자 발랑티누아 공작부인이며 1499년 태어나 1566년 세상을 떠났습니다. 왼쪽에 아기를 안고 계시는 분은 성모님입니다. 이제 이쪽을 봐주십시오. 이것은 앙부아즈 집안 가족묘입니다. 두 분 모두 루앙의 대주교이자 프랑스의 추기경을 지냈습니다. 저기 있는 분은 루이 12세 치하에서 대신을 지냈지요. 이 대성당을 위해 많은 일을 하셨습니다. 유언장에는 3만 에퀴를 가난한 이들에게 나눠주라는 조항이 있었지요."

이어 그는 말을 계속하면서 걸어가 난간이 복잡하게 가로질러진 어떤 제실에 이르러서는, 몇 개를 치우고 그들을 제실 안으로 들여보낸 다음, 잘못 만들어진 조각상처럼 보이는 돌덩어리를 찾아냈다.

그러고는 길게 탄식하며 말했다. "이것은 영국의 왕이자 노르망디 공작이었던 사자왕 리처드 1세의 무덤을 장식했던 것입니다. 그런데 말입니다, 선생님, 칼뱅파가 이 꼴로 만들어버렸답니다. 그들은 악의를 갖고 이것을 대주교의 주교석 아래에 파묻었습니다. 자, 여기가 대주교의 거처로 통하는 문입니다. 이제 석루조의 스테인드글라스를 보러 갑시다."

하지만 레옹은 주머니에서 재빨리 은화 하나를 꺼내주고는 에마의 팔을 잡았다. 성당 안내인은 외지인들에게 보여줄 것이 아직 많이 남아 있는데, 왜 때 이르게 사례를 하는 것인지 이해할 수 없어 얼떨떨한 채 서 있었다. 그가 레옹을 불렀다.

"이런! 선생님. 첨탑을 보셔야죠! 첨탑을요!……"

"됐습니다." 레옹이 말했다.

"실수하시는 겁니다! 높이가 440피에*나 되는데, 이집트의 대피라미

* 옛 길이 단위로 1피에는 약 30센티미터.

드보다 불과 9피에 모자라다니까요. 전부 주물로 만들어졌는데……"

레옹은 서둘러 그 자리를 떴다. 왜냐하면 거의 두 시간 동안 성당 안에서 돌덩이처럼 굳어 있던 그의 사랑이 이제는 정신 나간 주물공이 무슨 터무니없는 실험작처럼 대성당 위에 위태롭고 기괴하게 올려놓은, 끝을 자른 파이프 같기도 하고 길쭉한 새장 같기도 하고 속이 보이는 굴뚝 같기도 한 그 첨탑을 통해 연기처럼 증발해버리고 말 것 같았기 때문이다.

"그런데 우리 지금 어디로 가는 거예요?" 에마가 물었다.

레옹은 대답도 하지 않고 빠른 걸음으로 계속 걸었는데, 보바리 부인이 성수반에 손가락을 담갔을 때 뒤쪽에서 몹시 헐떡거리는 누군가의 숨소리가 규칙적인 지팡이 소리와 함께 들려왔다.

"선생님!"

"뭐죠?"

성당 안내인이 스무 권쯤 되는 두꺼운 가제본들을 배에 받쳐 두 팔로 안고 왔다. 대성당에 관한 저작들이었다.

"어리석은 사람 같으니라고!" 레옹은 투덜거리며 성당 밖으로 달려 나왔다.

아이 하나가 성당 앞 광장에서 놀고 있었다.

"가서 삯마차 한 대만 불러다주렴!"

아이는 카트르방가로 총알처럼 달려나갔다. 단둘이 남은 두 사람은 조금 당혹스러워하며 마주보고 서 있었다.

"아! 레옹!…… 정말이지…… 난 잘 모르겠어요…… 내가 이래도 되는지……!"

그녀가 선웃음을 지었다. 그런 다음 진지한 어조로 말했다.

"이건 몹시 적절치 못한 일이라는 거, 알죠?"

"뭐가 적절치 않다는 겁니까? 파리에서는 흔한 일이라고요!" 서기가 말했다.

이 말이 반박할 수 없는 논거라도 되는 것처럼 그녀는 마음을 정했다.

하지만 마차가 오지 않았다. 레옹은 그녀가 다시 성당으로 들어가버릴까봐 걱정스러웠다. 이윽고 마차가 모습을 나타났다.

"그럼 북쪽 문으로라도 나가주세요! 〈부활〉〈최후의 심판〉〈낙원〉〈다윗왕〉, 그리고 지옥 불속의 〈신이 버린 자들〉을 볼 수 있답니다." 여전히 문턱에 서 있던 안내인이 그들에게 소리쳤다.

"손님, 어디로 가십니까?" 마부가 물었다.

"어디로든!" 레옹이 에마를 마차 안으로 밀면서 말했다.

묵직해진 마차가 달리기 시작했다.

마차는 그랑퐁가로 내려가 데자르광장, 나폴레옹 강둑, 퐁뇌프를 지나 피에르 코르네유 동상 앞에서 갑자기 멈추었다.

"계속 가요!" 마차 안에서 외치는 소리가 들려왔다.

마차는 다시 출발해 라파예트 네거리부터 비탈길을 전속력으로 달려내려가서는 기차역 안으로 거침없이 들어갔다.

"아니, 곧장 가요!" 아까와 같은 목소리가 말했다.

마차는 철책 밖으로 나와 이내 산책로에 이르러서는 키 큰 느릅나무 사이를 천천히 달렸다. 마부는 이마의 땀을 닦고 가죽 모자를 무릎 사이에 끼운 다음 산책로를 벗어나 강가의 잔디밭 옆으로 말을 몰았다.

그런 다음 강을 끼고 마른 자갈이 깔린 예선로로 가서는 섬들 너머 우아셀 방향으로 한참을 달렸다.

그러다 갑자기 카트르마르그가, 소트빌가, 그랑드쇼세대로, 엘뵈프가를 쉬지 않고 가로지르더니 식물원 앞에서 세번째로 멈추었다.

"계속 가라니까요!" 조금 전보다 더 노기를 띤 목소리가 들려왔다.

마차는 즉각 다시 달리기 시작해 생스베르성당, 퀴랑디에 강둑, 뵐 강둑을 통과한 다음 다시 다리를 건너 샹드마르스광장을 지나, 검은색 윗옷을 입은 노인들이 온통 녹색 담쟁이덩굴로 덮인 축대를 따라 햇볕 속을 산책하고 있는 자선병원 마당 뒤편을 지나갔다. 이어 부브뢰유대로로 올라가 코슈아즈대로를 지나고 이윽고 몽리부데를 관통해 드빌 언덕에 이르렀다.

마차는 길을 되짚어 달렸다. 이때부터는 목적도, 방향도 없이 되는 대로 돌아다니기 시작했다. 생폴성당에서도, 레스퀴르 계곡에서도, 가르강 언덕에서도, 루주마르광장에서도, 가야르부아광장에서도 그 마차가 지나가는 것을 볼 수 있었다. 말라드르리가, 디낭드리가, 생로맹성당, 생비비앵성당, 생마클루성당, 생니케즈성당 앞과 세관 건물 앞에서도, 바스비에유탑 앞에서도, 트루아피프 경마장 앞에서도 모뉘망탈 묘지 앞에서도 눈에 띄었다. 마부석에 앉은 마부는 이따금 술집들 쪽으로 절망적인 눈길을 던졌다. 이 승객들이 도대체 무슨 광기에 사로잡혀 마차를 계속 달리게 하는 것인지 그는 이해할 수 없었다. 그가 몇 차례 마차를 멈추려고 할 때마다 뒤쪽에서 곧바로 계속 달리라는 분노에 찬 고함소리가 들려왔다. 그래서 그는 온통 땀에 젖은 두 마리 늙은 말을 더 세차게 채찍질하면서 마차가 덜컹거리고 바퀴가 여기저기 걸리는 것도 무시한 채, 갈증과 피로와 걱정으로 거의 눈물을 쏟을 지경이 되었다.

선창가의 짐마차와 술통들 사이에서, 거리에서, 귓돌이 있는 길모퉁이에서, 사람들은 지방에서 결코 흔히 볼 수 없는 그 광경, 차양을 내린 마차 한 대가 무덤보다 더 단단히 문을 잠근 채 바다의 배처럼 요동치면서 그렇게 끊임없이 다시 나타나는 광경에 깜짝 놀라 눈이 휘둥그레졌다.

딱 한 차례, 시골길을 달리는 마차의 낡은 은도금 등잔에 햇살이 가장 강하게 부딪히는 한낮에, 노란 방수포로 된 작은 커튼 밑으로 장갑을 끼지 않은 손 하나가 불쑥 나오더니 찢은 종잇조각을 날렸는데, 그것들은 하얀 나비처럼 바람을 타고 사방으로 흩어지며 저멀리 붉은 클로버가 만개한 들판까지 날아가 그 위에 내려앉았다.

이윽고 여섯시경, 마차는 보부아진 구역의 뒷골목에 멈추었고, 한 여자가 내리더니 베일을 쓴 채 뒤도 돌아보지 않고 멀어져갔다.

2

여관에 도착한 보바리 부인은 승합마차가 보이지 않아 깜짝 놀랐다. 이베르가 오십삼 분 동안 그녀를 기다리다가 포기하고 출발해버린 것이었다.

그날 꼭 떠나야 할 필요는 없었다. 하지만 그녀는 그날 저녁에 돌아가겠다고 약속했다. 그러니 샤를은 그녀를 기다리고 있을 터였다. 그녀는 이미 많은 여자들이 간통의 대가인 동시에 벌로 여기는 비겁한 복종의 포로가 되어 있었다.

에마는 재빨리 짐을 싸고 여관비를 지불하고 안마당에서 이륜마차 한 대를 대여한 다음, 매 순간 시간을 묻고 얼마나 왔는지를 확인하며 마부를 재촉하고 격려한 끝에, 캥캉푸아 마을에 막 진입한 리롱델을 따라잡았다.

승합마차 구석에 앉자마자 두 눈을 감았다가 언덕 기슭에서 눈을 뜬 그녀는 저만치 대장간 앞에 펠리시테가 마중을 나와 있는 것을 보았다. 이베르가 말을 세우자, 하녀는 여닫이창까지 발돋움을 하고는 밑도 끝도 없이 말했다.

"마님, 바로 오메 선생님 댁으로 가보셔요. 무슨 급한 일이 있는 모양이에요."

마을은 언제나처럼 조용했다. 길모퉁이에서 자그마한 분홍색 더미들이 대기 중으로 김을 뿜고 있었는데, 마침 잼을 만드는 시기였고, 용빌 사람들은 모두 같은 날에 일 년치 잼을 만들곤 했다. 약국 앞의 더미는 다른 것들보다 훨씬 커서 사람들의 감탄을 자아냈는데, 그것은 약제실의 화덕이 일반 가정의 화덕에 비해 크기가 큰데다 수요량도 개개인이 쓰는 양에 비해 많았기 때문이다.

에마는 약국 안으로 들어갔다. 커다란 안락의자가 바닥에 뒤집혀 있고, 〈르 파날 드 루앙〉까지 바닥에 널브러진 채 절굿공이 두 개 사이에 펼쳐져 있었다. 그녀는 복도로 통하는 문을 밀어 열었다. 주방 한복판에, 줄기에서 떼어낸 까치밥나무 열매, 가루 설탕, 각설탕으로 가득찬 단지들과 탁자 위에 놓인 저울, 화덕에 올려놓은 냄비 사이에서 오메

일가 모두가 어른 아이 할 것 없이 턱까지 올라오는 앞치마를 두르고 손에는 포크를 쥐고 있었다. 고개를 떨구고 선 쥐스탱에게 약제사가 소리를 질러댔다.

"누가 너한테 그걸 고방에 가서 찾아오랬어?"

"무슨 일이죠? 무슨 일이에요?"

약제사가 대답했다. "무슨 일이냐고요? 우리는 잼을 만들고 있습니다. 잼이 끓고 있지요. 너무 끓어서 넘칠 것 같아 다른 냄비를 하나 가져오라고 시켰답니다. 그랬더니 저 느려터지고 게을러빠진 녀석이 조제실 안 못에 걸어둔 고방 열쇠를 가져간 겁니다!"

약제사는 그의 직업상 필요한 물건이나 용품을 가득 채워놓은 그 지붕 밑 방을 고방이라고 불렀다. 그는 종종 혼자 거기에 여러 시간 틀어박혀서 라벨을 붙이고 내용물을 옮겨 담고 끈을 다시 맸다. 그곳에서 그의 손으로 직접 공들여 만드는 각종 소형 환약, 대형 환약, 탕약, 치료액, 물약 같은 것들이 인근에 그의 명성을 드높일 터였으므로, 그는 그곳을 단순한 창고가 아니라 일종의 성역으로 간주했다. 그 자신 말고는 세상 누구도 그곳에 발을 들여놓을 수 없었다. 그곳을 어찌나 소중히 여겼던지 청소도 직접 했다. 요컨대 오메의 약국이 그의 자부심을 과시하는 장소로 누구에게나 열려 있다면, 그 고방은 그가 세상으로부터 물러나 오직 자기만을 위해, 자신이 좋아하는 일에 전념하며 즐기는 은신처였다. 따라서 쥐스탱의 경솔한 행동이 그에게는 엄청나게 불경한 행위로 여겨졌다. 그래서 그는 까치밥나무 열매보다 더 붉어진 얼굴로 거듭 소리쳤다.

"그래, 고방 열쇠! 부식성 알칼리와 산 용액을 넣고 잠가두는 그곳

열쇠 말이다! 예비용 냄비를 가지러 갔다니! 뚜껑 달린 냄비를! 어쩌면 나도 평생 못 써볼 그 냄비를! 약을 조제하는 미묘한 작업에서는 어느 것 하나 중요하지 않은 게 없단 말이다! 그런데 이게 대체 무슨 짓이냐! 구별을 할 줄 알아야지, 조제에 쓸 물건을 집안일에 쓰면 안 되는 거야! 그건 말하자면 해부용 메스로 닭고기를 자르는 것과 다름없고, 판사가……"

"좀 진정해요!" 오메 부인이 말했다.

이어 아탈리가 그의 프록코트를 잡아당겼다.

"아빠! 아빠!"

약제사가 계속 말했다. "아냐! 말리지 마! 빌어먹을! 차라리 식료품점이나 하는 게 낫겠다! 그래, 해봐! 뭐든 다 마음대로 해봐! 몽땅 부숴버려! 모두 다 깨버리라고! 거머리를 풀어놔! 아욱은 태워버리고! 약병에다가는 오이 피클을 담아! 붕대도 잘라 쓰라고!"

"그런데 제게 무슨 볼일이……" 에마가 말했다.

"잠깐만요! 네가 무슨 짓을 했는지 알기나 해?…… 왼쪽 구석 세번째 선반에서 아무것도 못 봤어? 말해, 대답하라고, 무슨 말이든 해보란 말야!"

"전…… 잘 모르겠는데요." 소년이 더듬거리며 말했다.

"아! 넌 모른다! 그럼, 내가 알지, 내가 안다고! 넌 황랍으로 밀봉한 푸른 유리병을 봤을 거야. 하얀 가루가 들어 있고, 겉에는 내가 경고까지 써붙여뒀지. 위험!이라고 말이야! 그 안에 든 게 뭔지 알아? 비소야! 넌 그걸 건드릴 뻔했어! 그 바로 옆에 있는 냄비를 집으려다가 말이야!"

오메 부인이 두 손을 모아 쥐며 외쳤다. "바로 옆이라니! 비소라고요? 네가 우리 모두를 독으로 죽일 뻔했구나!"

그러자 아이들은 벌써 배를 쥐어뜯는 것 같은 고통을 느끼기라도 한 듯 비명을 지르기 시작했다.

약제사가 말을 이었다. "아니면 어느 환자를 독으로 죽게 했을 수도 있지! 나를 중죄재판소의 피고석에 앉히고 싶었던 거냐? 내가 단두대로 끌려가는 걸 보고 싶었어? 약을 취급하는 데 그렇게 경험이 많은 나도 하나하나 얼마나 조심해서 다루는지 모른단 말이냐? 내가 하는 일이 얼마나 책임이 막중한 일인지를 생각하면 나조차도 종종 두렵다고! 정부는 우리를 괴롭히고, 우리를 규제하는 부당한 법은 정말이지 다모클레스의 칼*처럼 우리 머리 위에 매달려 있단 말이다!"

에마는 자신을 왜 오라고 했는지 묻는 것을 잊어버렸고, 약제사는 숨을 헐떡이면서 말을 이어나갔다.

"네게 베풀어준 호의에 이런 식으로 보답하는 거냐! 너를 자식처럼 보살펴준 나에 대한 보답이 이거란 말이냐! 내가 아니었다면 넌 지금 어디 있을까? 뭘 하고 있을까? 누가 너를 먹여주고 공부시키고 옷 입히고 언젠가 사회에 나가 당당하게 살 수 있도록 온갖 도움을 준단 말이냐! 하지만 당당하게 살기 위해서는 열심히 땀을 흘리며 노를 젓고, 흔히 하는 말처럼 손에 못이 박이게 일해야 해. 파브리칸도 피트 파베르, 아게 쿠오드 아기스**란 말이다."

---

* 기원전 4세기경 고대 그리스의 도시국가 시라쿠사의 왕 디오니시오스는 자신의 권력과 부를 부러워하는 신하 다모클레스를 연회에 초대해 한 가닥의 말총에 매단 칼 밑에 앉혀 권력과 부가 항상 위기와 불안에 직면해 있음을 깨닫게 했다.

** Fabricando fit faber, age quod agis. 라틴어로 '대장장이처럼 일해야 대장장이가 된다'라는 뜻. 하는 일에 최선을 다하라는 의미.

그는 몹시 화가 난 나머지 라틴어 구절을 인용했다. 알기만 했다면 그린란드어나 중국어도 인용했을 것이다. 폭풍우로 뒤집힌 바다가 기슭의 해초에서부터 심연의 모래에 이르기까지 모든 것을 다 드러내듯, 그는 마음속에 담긴 모든 것을 토해내고 싶은 그런 발작 상태에 달해 있었다.

그는 말을 계속했다.

"네 녀석을 맡은 게 지독하게 후회되기 시작했다! 태어난 대로 천한 신분 속에, 비참한 생활 속에 빠져 있게 내버려두는 게 나았을걸! 기껏해야 뿔 달린 가축이나 돌보는 신세가 될 테지! 학문에는 전혀 소질이 없어! 기껏해야 약병에 이름표나 붙이는 게 다지! 그러면서도 우리집에서 무슨 성당의 참사원처럼 속 편하게 빈둥거리며 지내고 있으니!"

에마가 오메 부인 쪽으로 몸을 돌리며 물었다.

"저보고 들르라고 하셨다던데요……"

"오! 맙소사!" 착한 부인은 서글픈 태도로 말을 끊었다. "어떻게 말해야 할지…… 이런 불행한 일이!"

그녀는 말을 마치지 못했다. 약제사가 고함을 쳤던 것이다.

"그 안에 든 걸 비워! 그리고 깨끗하게 닦아! 그런 뒤에 제자리에 갖다놔! 어서!"

그러면서 그가 쥐스탱의 작업복 깃을 잡아 흔들자 주머니에서 책 한 권이 떨어졌다.

소년이 몸을 굽혔다. 오메가 재빨리 책을 집어들었는데, 들여다보더니 두 눈을 휘둥그렇게 뜨고 입을 딱 벌렸다.

"부부의…… 사랑이라니!" 그는 그 두 마디를 천천히 끊어서 발음했다. "아! 잘한다! 잘해! 아주 멋있어! 게다가 삽화까지!…… 아! 이건 너무 심한걸!"

오메 부인이 다가갔다.

"안 돼! 당신은 손대지 말아요!"

아이들이 책 속의 그림을 보고 싶어했다.

"다들 나가!" 그가 명령조로 말했다.

아이들이 부엌에서 나갔다.

처음에 약제사는 손안에 책을 펴 든 채 뇌졸중이라도 일으킬 것처럼 부은 얼굴로 눈알을 굴리고 숨을 헉헉거리며 큰 걸음으로 부엌을 왔다 갔다했다. 그런 다음 조수에게로 곧장 걸어가 그의 앞에 서서 팔짱을 끼고 말했다.

"그러니까 온갖 나쁜 물은 다 든 거냐, 이 딱한 녀석아?…… 조심해, 넌 타락의 길로 빠져들고 있어!…… 이 천박한 책이 아이들 손에 들어가 애들 머릿속에 불씨를 떨어뜨리고 아탈리의 순수한 마음을 더럽히고 나폴레옹을 타락시킬 수도 있다는 건 생각도 못했겠지! 나폴레옹은 몸은 이미 어른이야. 설마 아이들이 벌써 이 책을 읽은 건 아니겠지? 확실히 말할 수 있어……?"

"그런데 제게 하실 말씀이 있다고……?" 에마가 말했다.

"맞습니다, 부인…… 부인의 시아버님이 돌아가셨습니다!"

실제로 보바리 노인은 전전날 밤 식사를 마치고 나서다가 뇌일혈 발작으로 갑자기 세상을 떠났다. 신경이 예민한 에마를 지나치게 배려한 샤를이 아내가 충격을 받지 않도록 이 끔찍한 소식을 잘 전해달라고 오메에게 부탁했던 것이다.

오메는 이 말을 어떻게 전할지 깊이 생각하고 표현을 갈고 다듬고 운율까지 맞추어두었다. 신중함과 완곡함, 섬세한 표현과 미묘함을 갖춘 그야말로 명문이었다. 하지만 분노 때문에 그런 수사학이 송두리째 날아가버렸다.

에마는 자세한 이야기를 듣는 것을 포기하고 약국을 나왔다. 오메가 다시 비난을 퍼붓기 시작했던 것이다. 하지만 서서히 흥분이 가라앉자 그는 쓰고 있던 그리스 모자로 부채질을 하면서 아버지 같은 어조로 투덜대듯 말했다.

"그렇다고 내가 이 책을 전적으로 비난하는 것은 아니야! 저자는 의사였어. 이 안에는 남자가 알아두면 나쁘지 않은, 아니 남자라면 알아두어야 한다고까지 할 수 있는 몇 가지 과학적인 정보가 있어. 하지만 더 기다려야 해, 더 기다려야 한다고! 적어도 너 자신이 남자가 되고, 네 인격이 완성될 때까지 말이지."

한편 에마를 기다리고 있던 샤를은 그녀가 문을 두드리는 소리에 두 팔을 벌리고 나와 눈물을 글썽이며 말했다.

"아! 여보……"

그런 다음 그는 그녀의 입술에 입맞추기 위해 부드럽게 몸을 굽혔다. 하지만 그의 입술이 닿자 다른 남자의 기억이 떠오른 그녀는 몸을 떨면서 손으로 얼굴을 가렸다.

그녀가 대답했다.

"네, 알아요…… 나도 알아요……"

그는 그녀에게 어머니가 보내온 편지를 보여주었는데, 편지는 위선적인 감상은 전혀 없이 사건만 서술되어 있었다. 노부인은 남편이 두

드빌에서 퇴역 장교들과 애국회 식사 모임을 가진 후 카페를 나오다가 객사했기 때문에 종부성사를 받지 못한 것이 애석하다고 했다.

에마는 편지를 돌려주었다. 그런 다음 저녁식사 자리에서는 예의상 입맛이 없는 척했다. 하지만 샤를이 강권하자 마음을 정하고 먹기 시작했는데, 그동안 샤를은 그녀 맞은편에서 침통한 표정을 지은 채 꼼짝도 하지 않고 앉아 있었다.

그는 이따금 고개를 들고 슬픔으로 가득찬 눈길로 한동안 그녀를 건너다보았다. 한번은 한숨을 내쉬며 이렇게 말했다.

"한 번이라도 더 뵈었으면 좋았을걸!"

에마는 침묵을 지켰다. 이윽고 무슨 말이든 해야 한다는 생각이 들어 이렇게 물었다.

"아버님 연세가 어떻게 되죠?"

"쉰여덟이었어요!"

"아!"

그리고 말이 끊겼다.

십오 분 후 그가 덧붙였다.

"가엾은 우리 어머니는 어떡하나요?…… 이제 어머니는 어떻게 될까요?"

에마는 자신도 모르겠다는 듯한 몸짓을 했다.

거의 말이 없는 에마를 보고 샤를은 그녀도 슬퍼하고 있다고 여기고 감동하면서, 그녀의 고통을 자극하지 않기 위해 자제심을 발휘해 잠시 침묵을 지켰다. 잠시 후 그가 자신의 슬픔을 떨쳐내며 말했다.

"어제는 즐겁게 보냈어요?" 그가 물었다.

"네."

식탁보를 걷은 후에도 보바리는 식탁에서 일어나지 않았다. 에마도 마찬가지였다. 샤를을 지켜보면 볼수록 그 지루한 모습이 점차 그녀의 마음에서 모든 연민을 몰아내버렸다. 그녀에게 그는 초라하고 나약하고 하찮은, 요컨대 모든 면에서 한심한 남자로 보였다. 어떻게 하면 이 남자에게서 벗어날 수 있을까? 정말이지 지루하기 짝이 없는 밤 아닌가! 사람을 마비시키는 아편 연기 같은 무언가가 그녀를 무감각한 상태로 만들고 있었다.

현관 마룻바닥을 울리는 무미건조한 지팡이 소리가 그들의 귀에 들려왔다. 이폴리트가 에마의 짐가방을 갖고 온 것이다. 그는 힘겹게 짐을 내려놓느라 나무 의족으로 거의 사분원을 그렸다.

'샤를은 그 일을 더이상 생각조차 하지 않을 거야.' 덥수룩한 붉은 머리카락에 땀방울이 맺힌 그 딱한 사내를 바라보며 그녀는 생각했다.

샤를은 지갑 속에서 잔돈을 찾고 있었다. 구제불능한 그의 무능에 대한 비난이 사람으로 나타난 것과 다름없는 그 사내가 거기 서 있다는 사실 자체가 자신에게 얼마나 큰 굴욕인지 깨닫지 못하는 듯했다.

"이런! 당신이 예쁜 꽃다발을 사왔군요!" 레옹이 준 제비꽃이 벽난로 위에 놓여 있는 것을 보고 그가 말했다.

"네, 아까…… 어떤 가난한 여자가 사달라기에 샀어요." 그녀가 태연한 어조로 말했다.

샤를은 제비꽃을 집어들어 울어서 온통 붉어진 자신의 눈두덩을 식히면서 가볍게 그 향기를 들이마셨다. 에마는 얼른 그의 손에서 꽃다발을 낚아채 물컵에 꽂기 위해 가지고 나갔다.

이튿날 보바리 노부인이 도착했다. 그녀와 샤를은 펑펑 울었다. 에마는 시킬 일이 있다는 핑계로 자리를 피했다.

그다음날에는 상복 문제에 관해 함께 의논해야 했다. 그들은 바느질거리가 든 상자를 들고 물가에 있는 퍼걸러 아래에 앉았다.

샤를은 아버지를 생각하면서, 지금까지 특별히 사랑한다고 생각하지 않았던 아버지에게 그토록 강한 애정이 솟구치는 것에 놀랐다. 보바리 노부인 역시 남편 생각을 하고 있었다. 몹시 괴로웠던 지난날들도 이제는 그립게 생각되었다. 아주 오랜 습관이나 다름없는 뭔가가 사라져버린 데 대한 본능적인 회한이 다른 모든 것을 상쇄시킨 것이다. 바느질을 하는 그녀의 콧등을 타고 굵은 눈물방울이 흘러내려 코끝에 잠시 매달려 있곤 했다. 에마는 불과 사십팔 시간 전에 자신과 레옹 두 사람이 세상과 멀리 떨어져 온통 도취된 채 서로에게서 눈을 떼지 못했던 것을 생각하고 있었다. 그녀는 이제는 지나가버린 그 한나절의 아주 세세한 부분까지 다시 붙잡아보려고 애썼다. 하지만 시어머니와 남편의 존재가 방해가 되었다. 그녀는 아무것도 듣지 않고 아무것도 보지 않은 채 방해받지 않고 사랑의 느낌에 빠져들고 싶었다. 그녀가 아무리 애를 써도 그 느낌은 외부 세계와 접촉함으로써 이내 흩어져버릴 터였다.

그녀는 드레스의 안감을 뜯고 있어 주변에 실밥이 흩어져 있었다. 보바리 노부인은 눈을 내리깐 채 소리를 내며 가위질을 하고, 샤를은 가장자리를 박음질해 만든 실내화를 신고 실내복 대용인 낡은 갈색 프록코트 차림으로 두 손을 주머니에 찌른 채 역시 침묵을 지켰다. 그들 옆에서 작은 흰색 덧옷을 입은 베르트가 오솔길의 모래를 모종삽으로 긁으며 놀고 있었다.

갑자기 울타리 사립문이 열리더니 포목상 뢰뢰가 들어왔다.

그는 불행한 일을 당한 상황에서 도움을 드릴 만한 게 없을지 여쭈러 왔다고 했다. 에마는 필요한 게 없다고 대답했다. 상인은 물러서지 않았다.

"죄송합니다만 따로 드리고 싶은 말씀이 있는데요." 그가 말했다.

그런 다음 낮은 목소리로 말을 이었다.

"그 일에 대한 겁니다…… 아시죠?"

샤를은 귀까지 빨개졌다.

"아! 예…… 물론이죠."

그러고는 당황한 듯 에마를 향해 몸을 돌렸다.

"당신이 좀 해줄래요…… 여보?"

그녀가 남편의 말뜻을 알아듣고 자리에서 일어나자 샤를이 어머니에게 말했다.

"아무것도 아닙니다! 별거 아닌 살림살이 이야기일 거예요."

그는 잔소리를 들을까봐 어머니에게 문제의 어음에 관해 알리고 싶지 않았다.

두 사람만 있게 되자 뢰뢰는 즉각 상당히 노골적인 어조로 에마에게 유산상속을 축하한 다음, 과수장, 수확, 그리고 언제나 좋지도 나쁘지도 않고 그저 그런 자신의 건강 같은 잡다한 이야기를 늘어놓기 시작했다. 사실 자신은 온갖 고생은 다하면서도 사람들의 말과는 달리 겨우 입에 풀칠이나 하는 정도라고 했다.

에마는 그가 말을 계속하도록 내버려두었다. 지난 이틀 동안 그녀는 정말이지 따분한 시간을 보내지 않았던가!

그가 말을 이었다. "그런데 부인께서는 이제 완전히 회복되신 건가요? 선생께선 정말이지 아주 딱해 보일 정도로 걱정을 많이 하셨어요! 저와 문제가 좀 있기는 했지만, 정말 좋은 분입니다."

배달된 물건 때문에 그와 언쟁이 있었다는 말을 샤를에게서 듣지 못한 그녀가 무슨 문제냐고 물었다.

"잘 아실 텐데요! 여행용 트렁크 같은, 부인이 뜬금없이 주문하신 물건들 때문이었지요."

그는 모자를 눈 위까지 눌러쓰고 뒷짐을 진 채 얼굴에는 웃음을 띠고 휘파람을 불면서 견디기 힘들 만큼 그녀의 얼굴을 빤히 쳐다보았다. 그가 뭔가를 눈치챈 것일까? 에마는 여러 가지 불안한 생각에 빠져들었다. 이윽고 그가 다시 입을 열었다.

"선생과 저는 합의를 봤는데, 오늘은 또 선생께 한 가지 조정안을 제안하려고 왔습니다."

그가 말하는 조정안이란 보바리가 서명한 어음의 기한을 연장하자는 것이었다. 선생은 물론 편한 대로 하시면 된다고 했다. 특히 지금처럼 당혹스러운 일을 당했을 때 골치를 썩이면 안 된다는 것이었다.

"그러니까 누구 다른 사람에게, 예를 들자면 부인께 그 일을 위임하는 것이 나을 겁니다. 위임장 한 장이면 간단하고, 그러면 사소한 일들은 우리끼리……"

그녀는 무슨 말인지 모르겠다고 대답했다. 뢰뢰는 입을 다물었다. 그러고는 물건 파는 이야기로 돌아가 부인께 필요한 뭔가가 반드시 있을 거라고 단호한 어조로 말했다. 그는 드레스를 만들 수 있도록, 검은색 바레주산 모직 12미터를 보내주겠다고 했다.

"지금 입고 계신 드레스는 집에서 입는 옷으로나 적당합니다. 외출하실 때는 다른 걸 입으셔야죠. 들어오면서 한눈에 알아봤어요. 제가 눈썰미가 좀 있거든요."

그는 사람을 시켜 옷감을 보내는 대신 직접 가져왔다. 그런 다음 치수를 재러 다시 들렀다. 그러고는 또다른 구실을 대며 여러 차례 들락거렸는데, 그럴 때마다 친절하고 상냥하며 오메의 말대로 하자면 가신만큼이나 충성스러운 태도를 보이면서, 위임장에 대한 충고 몇 마디를 흘리곤 했다. 어음 이야기는 전혀 꺼내지 않았다. 에마는 어음에 대해서는 생각도 하지 않았다. 그녀가 병에서 회복되기 시작했을 때 샤를에게서 어음에 대한 이야기를 듣긴 한 것 같았다. 하지만 머릿속에 너무나도 많은 혼란이 스쳐지나갔으므로 그 일은 더이상 기억에 남아 있지 않았다. 게다가 이제 그녀는 돈 문제에 대한 언쟁이 벌어지지 않도록 조심했다. 보바리 노부인은 그 점에 놀라면서, 며느리가 병을 앓는 동안 종교적 신심이 생겨 기질이 바뀐 모양이라고 생각했다.

하지만 시어머니가 돌아가고 나자마자 에마는 실무 감각을 발휘해 보바리를 감동시켰다. 정보를 구하고 융자 받은 사실을 확인해 경매나 청산을 할 필요가 있는지 알아봐야 한다고 했다. 그녀는 배당 순위니, 출두 독촉장이니, 공제조합이니 하는 거창한 전문용어들을 떠오르는 대로 동원했고, 유산상속의 절차가 번거로울 거라고 줄곧 과장했다. 그러던 어느 날 그녀는 '사업에 대한 관리 및 경영, 모든 차입에 대한 권리, 모든 어음에 대한 서명과 이서, 모든 청구에 대한 지불 등'을 총괄 위임하는 위임장의 서식을 그에게 보여주었다. 뢰뢰가 가르쳐준 것을 활용했다.

샤를은 순진하게도 그녀에게 그 서류가 어디서 났는지 물었다.

"기요맹 씨한테서 받았어요."

그러더니 더할 수 없이 침착한 어조로 덧붙였다.

"나는 그 사람을 완전히 믿지는 않아요. 공증인들은 평판이 무척 나쁘잖아요! 아무래도 자문을 받아야 할 것 같아요…… 그런데 그런 쪽으로 우리가 아는 사람이…… 오! 아무도 없네요."

샤를이 생각에 잠겼다가 대답했다. "혹시 레옹이라면……"

하지만 그런 일을 편지로 의논하기는 어려웠다. 그래서 그녀는 자신이 그에게 다녀오겠다고 했다. 샤를은 그럴 것까지는 없다고 했다. 그녀는 고집을 굽히지 않았다. 둘은 서로의 입장을 배려하느라 옥신각신했다. 마침내 그녀가 짐짓 반항기어린 어조로 소리쳤다.

"아니에요, 당신이 뭐라든 내가 갈 거예요."

"당신은 어쩌면 이렇게 마음씨가 고운지!" 그는 그녀의 이마에 입맞춤을 했다.

그녀는 레옹에게 자문을 구하기 위해 다음날 당장 리롱델을 타고 루앙으로 갔다. 그리고 그곳에서 사흘을 머물렀다.

3

그 사흘은 충만하고 감미롭고 눈부신, 진정한 밀월이었다.

그들은 부둣가에 있는 불로뉴호텔에 묵었다. 그곳에서 창의 덧문을 내리고 방문을 잠그고 바닥에는 꽃을 뿌려놓고 아침부터 사람들이 가져다주는 얼음 띄운 시럽을 마시며 지냈다.

저녁 무렵이면 그들은 지붕 달린 작은 배를 타고 섬으로 저녁을 먹으러 갔다.

선대船臺를 따라 선체의 틈을 메우는 일꾼들의 망치질소리가 울려퍼지는 시각이었다. 나무 사이로 타르 태우는 연기가 피어오르고, 강 위에는 크고 찐득한 기름방울이 붉은 석양빛을 받으며 마치 얇은 청동판이 떠다니는 것처럼 불규칙하게 출렁거렸다.

그들은 정박된 배 사이로 내려갔는데, 배에 비스듬히 걸려 있는 긴 밧줄이 작은 배의 위쪽을 가볍게 스치곤 했다.

갑판 위에서 개가 짖는 소리, 사람들이 요란하게 외치는 소리, 짐수레가 굴러가는 소리 같은 도시의 소음이 의식하지 못하는 사이에 멀어졌다. 에마는 모자의 끈을 풀었고, 그들이 탄 배는 섬에 다다랐다.

두 사람은 문에 검은 그물을 걸쳐둔 어떤 술집의 천장 낮은 방에 자리를 잡았다. 그러고는 바다빙어 튀김과 크림, 버찌를 먹었다. 둘은 풀 위에 눕기도 했다. 사람들로부터 멀찍이 떨어져 포플러나무 아래서 입맞춤을 하기도 했다. 자신들만의 지극한 행복에 취한 그들에게는 이 작은 섬이 지상에서 가장 멋진 곳으로 여겨졌고, 그들은 두 사람의 로빈슨 크루소처럼 이곳에서 영원히 살았으면 싶었다. 그들이 나무와 푸른 하늘과 풀밭을 보고, 나뭇잎 사이로 부는 바람소리와 물 흐르는 소리를 들은 것이 물론 처음은 아니었다. 하지만 마치 그 이전에는 자연이 존재하지 않았던 것처럼, 혹은 그들의 욕망이 충족된 다음에야 비로소 자연의 아름다움이 느껴지기 시작한 것처럼, 그들은 그 모든 것에 처음으로 크게 감동했다.

두 사람은 밤중에야 섬에서 출발했다. 작은 배가 섬 가장자리를 따라 나아갔다. 그들은 둘 다 배 안쪽 어둠에 몸을 묻은 채 말없이 앉아 있었다. 끝이 넓적한 노가 쇠고리 사이에서 삐걱거렸다. 조용한 가운데 그 소리가 메트로놈의 박자처럼 규칙적으로 울리는 한편, 배의 고물에서는 늘어진 계류용 밧줄이 물을 스치며 끊임없이 부드럽게 찰싹거렸다.

한 번은 구름 사이로 달이 나타났다. 그들은 우수와 시정으로 가득 찬 달을 보며 온갖 화려한 수사를 동원해 찬탄했다. 심지어 에마는 노래를 부르기도 했다.

그 저녁을 그대 기억하나요? 우리가 노 젓던 그날을.

가냘프고 듣기 좋은 그녀의 목소리가 물결 위로 잦아들었다. 떨리는 노랫소리가 바람에 실려 새의 날갯짓처럼 레옹의 귓가를 스쳐지나갔다.

그녀는 배의 칸막이에 등을 대고 그와 마주앉아 있었는데, 열린 덧문을 통해 달빛이 비쳐 들었다. 까만 드레스의 주름 장식이 부채꼴로 넓게 펴져 그녀는 더 날씬하고 키가 커 보였다. 그녀는 두 손을 맞잡은 채 고개를 들고 하늘을 바라보았다. 그녀의 모습이 때때로 버드나무 그림자에 완전히 가려졌다가는 갑자기 무슨 환영처럼 달빛을 받으며 다시 나타나곤 했다.

에마 곁, 바닥에 앉아 있던 레옹의 손에 선홍색 비단 리본 하나가 만져졌다.

뱃사공이 그것을 살펴보더니 이윽고 말했다.

"아! 요전날 제가 태웠던 사람들이 떨어뜨렸나봅니다. 하나같이 잘 노는 신사 숙녀들이 과자와 샴페인, 코넷까지 가져와서 정말 요란했죠! 그중에서도 특히 콧수염을 짧게 기른, 키가 크고 잘생긴 신사분이 정말 재미있었어요! 사람들이 이러더군요. '자, 한마디해봐…… 아돌프……' 아니 도돌프라고 했던가……"

에마가 몸서리를 쳤다.

"어디 안 좋아요?" 레옹이 그녀 곁으로 다가앉으며 물었다.

"오! 아무것도 아니에요. 그냥 밤공기가 차서요."

"그런 사람은 여자가 아쉬울 일은 없겠지요." 늙은 뱃사공이 낯선 손님들의 기분을 맞춰주려는 듯 나직하게 덧붙였다.

그런 다음 손바닥에 침을 뱉어 문지르고는 다시 노를 잡았다.

하지만 그들이 서로 헤어져야 할 시간이 왔다! 작별은 슬펐다. 레옹이 편지를 보낼 때는 롤레 어멈의 집으로 보내기로 했다. 에마가 그에게 봉투를 이중으로 봉하는 법을 어찌나 정확하게 알려주었던지 레옹은 그녀의 능숙한 연애 기술에 크게 감탄했다.

"그럼 모든 게 문제없이 진행되는 거죠?" 그녀가 마지막 입맞춤을 하며 물었다.

"예, 물론입니다!" 그런 다음 여러 거리를 거쳐 혼자 걸어돌아가면서 레옹은 생각했다. '어째서 이 위임장 문제에 이렇게 집착하는 걸까?'

4

얼마 지나지 않아 레옹은 동료들 앞에서 거만한 태도를 취하고, 그들과 어울리는 것을 꺼리고, 법률 서류 따위는 아예 무시해버리기 시작했다.

그는 그녀의 편지를 기다렸다. 그 편지들을 읽고 또 읽었다. 그녀에게 답장을 썼다. 욕망과 기억의 힘을 총동원해 그녀를 떠올렸다. 그녀를 만나고 싶은 욕구는 떨어져 있다고 줄어들기는커녕 점점 커져서, 마침내 어느 토요일 아침 그는 사무실을 빠져나오기에 이르렀다.

언덕 위에서 저 아래 골짜기에 자리잡은 성당의 종탑과 거기 달린 양철 깃발이 바람에 돌아가는 것을 보았을 때, 레옹은 금의환향한 백만장자가 맛봄직한 자기중심적인 감격과 의기양양한 허영심이 뒤섞인 기쁨을 느꼈다.

그는 에마의 집 주위를 배회했다. 부엌에 불빛이 보였다. 그는 커튼에 그녀의 그림자가 비쳐 보일까 싶어 살펴보았다. 아무것도 보이지 않았다.

르프랑수아 부인은 레옹을 보자 감격해 큰 소리를 지르고는 '키가 더 크고 여위었다'고 했지만, 아르테미즈는 반대로 '건장해지고 볕에 그을었다'고 했다.

그는 예전처럼 여관의 작은 방에서 식사를 했지만, 이번에는 세무관리 없이 혼자였다. 왜냐하면 비네가 리옹델을 기다리는 데 지쳐 식사시간을 아예 한 시간 앞당겨서 이제는 정각 다섯시에 식사를 하기 때문이었는데, 시간을 바꾸었음에도 그는 여전히 그 낡은 마차가 늦는다고 자주 불평했다.

레옹은 마음을 정했다. 그는 의사의 집으로 가서 문을 두드렸다. 부인은 자기 방에 있었는데, 십오 분이 지나고 나서야 아래층으로 내려왔다. 선생은 그를 보고 반가워하는 듯했다. 하지만 그는 그날 저녁 집을 비우지 않았고, 그다음날도 하루종일 집에 있을 예정이었다.

레옹은 그날 밤 늦은 시각에 마당 뒤 오솔길에서 에마와 단둘이 만났다. 그녀가 다른 이와 만났던 바로 그 오솔길이었다! 폭풍우가 몰아쳤고, 두 사람은 번갯불이 번쩍이는 가운데 우산을 같이 쓰고 이야기를 나누었다.

그들은 헤어짐이 견디기 힘들어졌다.

"차라리 죽는 게 낫겠어요!" 에마가 말했다.

그녀는 그의 품안에서 울면서 몸부림쳤다.

"안녕!…… 안녕!…… 언제 또 만날 수 있을까요?"

그들은 서로 헤어져 돌아가다가 다시 돌아와 입맞춤을 했다. 그때 그녀는 무슨 수를 쓰더라도 조만간 적어도 일주일에 한 번은 정기적으로 그를 자유롭게 만날 수 있는 기회를 만들겠다고 약속했다. 에마는 그럴 수 있으리라는 확신이 있었다. 게다가 그녀는 희망에 차 있었다. 그녀에게 곧 돈이 들어올 터였기 때문이다.

그래서 그녀는 뢰뢰가 싸게 주는 것이라고 주장하던 굵은 줄무늬가 들어간 노란 커튼을 사서 자기 방을 장식했다. 그녀가 양탄자를 깔고 싶어하자, 뢰뢰는 '그건 그렇게 어려운 일이 아니다'라고 단언하면서 하나 가져오겠다고 공손한 말로 약속했다. 이제 에마는 그에게서 물건을 구입하지 않고는 지낼 수가 없었다. 하루에도 몇 번씩 그를 불러오게 했고, 그러면 그는 군소리 한마디 없이 하던 일을 제쳐두고 즉각 달려왔다. 사람들은 몰래 어멈이 왜 매일 그녀의 집에서 점심을 먹는지, 심지어 왜 그녀와 단둘이 만나는지 이해할 수 없었다.

그녀가 음악에 대한 커다란 열정에 사로잡힌 듯 보인 것은 바로 이 무렵, 다시 말해서 겨울이 시작될 무렵이었다.

어느 날 저녁 샤를이 연주를 듣고 있는데 그녀가 같은 곡을 연달아 네 번이나 다시 치며 매번 짜증을 내자, 아무런 차이도 알아채지 못한 그가 소리쳤다.

"멋져!…… 아주 잘 치네요!…… 잘 안 쳐진다니 아닌걸! 계속 쳐요!"

"이런, 아니에요! 엉망이에요! 손가락이 굳은 것 같아요."

그다음날 샤를은 그를 위해 뭐든 한 곡 더 연주해달라고 청했다.

"좋아요, 정 그렇다면 해보죠!"

이윽고 샤를도 그녀의 솜씨가 좀 녹슨 것 같다고 털어놓았다. 그녀는 악보를 잘못 읽고 서투르게 연주를 이어가다가 갑자기 연주를 멈추었다.

"아! 이젠 끝이에요! 강습을 좀 받아야겠어요. 하지만……"

그녀는 입술을 깨물면서 덧붙였다.

"한 회당 20프랑이라니 너무 비싸요!"

"그러네요, 사실…… 좀……" 샤를이 바보같이 웃으며 말했다. "하지만 좀 저렴하게 할 수 있을지도 몰라요. 이름 없는 음악가가 유명한 이들보다 더 잘 가르치는 경우도 있으니까요."

"그런 사람 좀 찾아봐줘요." 에마가 말했다.

이튿날 집에 돌아온 그는 장난기어린 눈길로 그녀를 응시하더니 마침내 더이상 참지 못하고 입을 열었다.

"당신은 때때로 정말 이상하게 고집을 부리곤 해요! 오늘 바르푀셰르에 갔었어요. 그런데 리에자르 부인이 하는 말이, 수녀원 부속학교에 다니는 그 집 딸 셋이 회당 평균 50수를 내고 강습을 받고 있는데, 선생이 유명한 여성 음악가라네요!"

에마는 어깨를 으쓱해 보였고, 그후로 다시는 피아노 뚜껑을 열지 않았다.

하지만 피아노 옆을 지날 때마다 (보바리가 함께 있을 때면) 한숨을 내쉬었다.

"아! 내 가엾은 피아노!"

그리고 손님이 찾아오면, 자신이 음악을 그만두었다는 것, 다시 시작하려고 해도 어쩔 수 없는 이유로 그럴 수 없다는 이야기를 빼놓지 않았다. 그러자 사람들은 그녀를 딱하게 여겼다. 그렇게 딱할 데가! 그렇게 재능이 뛰어난 사람인데! 사람들은 보바리에게까지 그 이야기를 했다. 사람들이 하는 말은 그를 부끄럽게 만들었는데, 특히 약제사의 말이 그랬다.

"선생이 잘못하시는 겁니다! 천부적인 능력을 썩혀서야 되나요. 게다가 생각해보세요, 친애하는 선생. 부인께 강습을 받게 하면 나중에 따님의 음악교육에 들어갈 돈을 절약할 수 있지 않겠습니까! 저는 어머니가 자녀를 직접 가르쳐야 한다고 생각합니다. 이건 루소의 사상인데 아직은 생소하겠지만, 모유 수유나 백신 접종처럼 머지않아 대세가 될 거라고 확신합니다."

그래서 샤를은 다시 한번 피아노 이야기를 꺼냈다. 에마는 차라리 팔아버리는 게 좋겠다고 부루퉁한 어조로 대꾸했다. 그의 허영심을 그토록 만족시켜주던 그 가엾은 피아노가 사라진다니, 샤를로서는 왜 그런 생각이 드는지 모르지만 에마의 일부가 자살이라도 하는 것처럼 여겨졌다!

"당신이 원한다면…… 이따금 강습을 받는 게 살림에 엄청난 부담이 되지는 않을 거예요." 그가 말했다.

"하지만 강습이란 건 꾸준히 받아야만 도움이 되는걸요."

그렇게 해서 그녀는 일주일에 한 차례 애인을 만나러 시내에 나갈 수 있도록 남편에게서 허락을 얻어냈다. 한 달 후 사람들은 심지어 그녀의 실력이 현저히 향상되었다고 여겼다.

5

강습은 목요일이었다. 그녀는 자리에서 일어나 조용히 옷을 갈아입었는데, 혹시 샤를이 깨면 너무 이른 시각부터 외출 준비를 한다고 잔소리를 할 것 같아서였다. 그런 다음 그녀는 방안을 이리저리 왔다갔다했다. 그리고 창가에 서서 광장을 바라보았다. 새벽빛이 시장의 기둥 사이를 감돌았고, 덧문이 닫힌 약제사의 집은 희붐한 새벽빛 속에서 간판의 대문자를 드러내 보였다.

일곱시 십오분을 치는 추시계 소리에 그녀가 리옹 도르 여관으로 가자, 아르테미즈가 하품을 하면서 나와 문을 열어주었다. 그녀는 부인을 위해 재를 헤집어 속에 묻어둔 숯불을 살려주었다. 에마는 부엌에 혼자 있었다. 이따금 밖에 나가보기도 했다. 이베르가 느릿느릿 마차에 말을 매면서 르프랑수아 부인의 말에 귀를 기울이고 있었고, 나이트캡을 쓴 부인이 작은 창밖으로 고개를 내밀고 그가 아닌 다른 사람이라면 알아듣지 못할 두서없는 설명을 곁들이며 할일을 지시하고 있었다. 에마는 안마당의 판석에 대고 부츠 신은 발을 동동 굴렀다.

마침내 수프를 다 먹은 이베르가 무거운 망토를 걸치고 파이프에 불을 붙인 다음 채찍을 손에 쥐고 느긋하게 마부석에 앉았다.

리롱델은 속보로 출발해서 4분의 3리외를 가는 동안 여기저기 정차하며, 길가나 자기 집 울타리 앞에서 마차를 기다리던 손님들을 태웠다. 전날 예약한 사람들이 나와 있지 않아 기다려야 했다. 몇몇 사람들은 심지어 침대 속에 있기도 했다. 이베르는 이름을 부르고 소리를 지르고 욕설을 퍼붓다가 결국 마부석에서 내려와 문을 쾅쾅 두드려댔다. 마차의 벌어진 여닫이창 틈으로 바람이 들어왔다.

이윽고 긴 좌석 네 개가 승객으로 꽉 차자 마차는 속도를 높여 달리기 시작했고, 줄지어 선 사과나무가 연이어 옆을 스쳐지나갔다. 길은 누런 물로 가득찬 긴 도랑 사이로 지평선까지 점점 좁아지며 뻗어 있었다.

에마는 그 길을 끝에서 끝까지 훤히 알고 있었다. 목초지 다음에는 표지 말뚝이 나오고 이어 느릅나무 한 그루, 그다음에는 헛간인지 도로 작업꾼의 움막인지 알 수 없는 건물이 나올 터였다. 때로는 자신도 모르는 사이에 목적지에 다 와서 깜짝 놀라게 되지 않을까 하고 두 눈을 감아보기도 했다. 하지만 남은 거리가 얼마인지 언제나 느낌으로 분명하게 알 수 있었다.

마침내 벽돌집들 사이의 간격이 좁아지고 바퀴가 바닥에 미끄러지는 요란한 소리를 울리면서 리롱델은 집들의 마당 사이를 미끄러지듯 지나갔는데, 그럴 때면 산울타리 사이로 조각상과 석가산, 잘 전지된 주목, 그네 같은 것들이 보였다. 그러다 다음 순간 갑자기 도시의 모습이 눈앞에 펼쳐졌다.

안개에 잠긴 도시는 원형극장처럼 점점 내려가다가 다리들 너머로 아슴푸레하게 펼쳐졌다. 이어 탁 트인 대지가 희끄무레한 하늘의 흐릿한 아래쪽과 맞닿을 때까지 단조롭게 오르막을 이루었다. 높은 곳에서 보면 풍경 전체가 한 폭의 그림처럼 움직임이 전혀 없어 보였다. 닻을 내린 배들이 한구석에 모여 있었다. 녹색 언덕 밑으로 강물이 곡선을 그리며 휘돌고, 길쭉한 형태의 섬들이 크고 검은 물고기들처럼 꼼짝않고 물위에 떠 있었다. 공장의 굴뚝에서 뿜어져나온 거대한 깃털 장식 같은 갈색 연기는 끝부분이 공중으로 흩어지고 있었다. 주물공장에서 나는 부릉거리는 소리와 안갯속에 높이 솟은 성당에서 울리는 맑은 종소리가 들려왔다. 잎을 떨군 가로수는 집들 사이에서 보랏빛 덤불을 이루고, 빗물에 젖어 번들거리는 지붕들은 동네의 높낮이에 따라 서로 다른 각도로 빛을 반사했다. 이따금 바람이 한차례 불어오면, 마치 하늘의 물살이 절벽으로 밀려가 소리 없이 부딪혀 부서지듯이 구름이 생트카트린 언덕 쪽으로 몰려가곤 했다.

에마로서는 그 밀집된 삶에서 현기증을 일으키는 뭔가가 발산되는 듯 여겨졌고, 그곳에서 고동치는 십이만 명의 사람들이 각자가 지닌 열정(그녀는 그들에게 그런 열정이 있으리라고 생각했다)의 입김을 동시에 그녀에게 불어보내기라도 하는 것처럼 가슴이 한껏 부풀어올랐다. 그녀의 사랑은 그 넓은 공간 앞에서 점점 커지고, 저 아래에서 올라오는 막연한 웅성거림이 일으키는 격동으로 차올랐다. 그녀는 그 사랑을 마차 밖으로, 광장으로, 산책로로, 거리로 다시 쏟아냈는데, 그러자 이제 막 들어서려는 노르망디 지역의 그 오래된 도시가 한 나라의 어마어마한 수도처럼, 바빌론처럼 눈앞에 펼쳐졌다. 그녀는 두 손으로 창틀을 잡고 몸을 내밀어 산들바람을 들이마셨다. 세 마리의 말이 구보로 질주하고, 진흙탕 속에서 포석에 닿을 때마다 바퀴에서는 삐걱 소리가 나고, 차체가 흔들렸다. 이베르는 저멀리 길을 달리는 마차들을 향해 고함을 질러댔는데, 부아 기욤에서 밤을 보낸 부르주아들이 작은 자가용 마차를 타고 태평스럽게 언덕을 내려가고 있었다.

마차가 도시의 방책 앞에서 멈추었다. 에마는 덧신의 고리를 풀고 장갑을 다른 것으로 바꿔 끼고, 숄의 매무새를 바로잡은 다음 이십 보쯤 더 가서 리롱델에서 내렸다.

도시가 잠에서 깨어나고 있었다. 그리스 모자를 쓴 점원들이 상점의 진열장을 닦고, 허리춤에 바구니를 낀 여자들이 거리 모퉁이에서 이따금 낭랑한 목소리로 무어라 외쳐댔다. 에마는 눈을 내리깔고 벽에 바짝 붙어 걸으면서, 얼굴을 가린 베일 안쪽에서 기쁨의 미소를 지었다.

평소에 그녀는 사람들 눈에 띌까봐 지름길을 이용하지 않았다. 그녀는 어둑한 뒷골목으로 깊숙이 들어갔다가 땀투성이가 되어 나시오날가 아래쪽 분수 옆으로 나왔다. 그곳은 극장, 선술집, 몸 파는 여자들이 있는 구역이었다. 이따금 짐수레가 흔들거리는 연극의 무대장치를 싣고 그녀 옆을 지나쳐갔다. 앞치마를 두른 웨이터들이 녹색 관목들 사이로 포석 위에 모래를 뿌리고 있었다. 압생트와 잎담배와 굴 냄새가 풍겼다.

에마는 어떤 길모퉁이를 돌았다. 그녀는 모자 아래로 빠져나온 곱슬머리를 보고 레옹을 알아보았다.

레옹은 걸음을 멈추지 않고 계속 인도 위를 걸었다. 그녀는 호텔까지 그를 따라갔다. 그가 계단을 올라가 문을 열고 들어갔다…… 이어 더할 수 없이 격렬한 포옹!

이윽고 입맞춤이 끝나면 말이 봇물처럼 쏟아져나왔다. 그들은 일주일 동안 견디기 힘들었던 일, 이런저런 예감, 편지를 초조하게 기다린 일 등에 대해 이야기를 나누었다. 하지만 이제 모든 것을 잊고, 그들은 서로 마주보면서 쾌락의 웃음을 띠고 애정이 담긴 호칭으로 서로를 불렀다.

대형 침대는 마호가니로 만들어졌으며 나룻배 모양이었다. 천장에서 내려온 붉은 서아시아산 비단으로 된 커튼이 나팔 모양으로 벌어진 침대 머리 근처에서 아주 낮게 매여 있었다. 그녀가 수줍은 듯 두 손으로 얼굴을 가리면서 드러난 두 팔을 오므릴 때, 그 주홍빛을 배경으로 도드라지는 그녀의 흰 피부와 갈색 머리카락처럼 아름다운 것은 이 세상에 다시없었다.

점잖은 색조의 양탄자와 경쾌한 실내장식과 차분한 조명을 갖춘 그 따뜻한 방은 열정적인 밀회를 위한 최적의 장소 같았다. 화살촉 모양으로 마무리된 커튼 봉, 황동으로 된 커튼걸이, 벽난로 장작 받침대에 달린 커다란 공 모양의 손잡이들이 햇빛이 비칠 때면 일제히 반짝거렸다. 벽난로 위에 놓인 나뭇가지형 촛대 사이에는 귀를 갖다대면 바닷소리가 들리는 커다란 분홍색 조개껍데기 두 개가 놓여 있었다.

광채가 좀 바래긴 했지만 경쾌함으로 가득찬 그 수수한 방을 그들은 얼마나 좋아했던가! 가구는 언제나 제자리에 있었고, 때로는 그전 목요일에 그녀가 잊고 두고 간 머리핀이 탁상시계 받침돌 아래 틈에 들어가 있기도 했다. 그들은 벽난로 옆에 놓인, 자단이 상감세공된 작은 원탁에서 점심을 먹었다. 에마는 온갖 애교를 부리며 고기를 잘라 그의 접시에 놓아주었다. 가벼운 잔 위로 샴페인의 거품이 넘쳐 반지 낀 손가락 사이로 흘러내리면 에마는 낭랑하게 울리는 방종한 웃음을 터뜨렸다. 둘은 서로에게 어찌나 정신없이 푹 빠져 있었던지 그곳이 자기들의 진짜 집이라고 착각했고, 영원히 나이를 먹지 않는 젊은 부부처럼 죽을 때까지 그곳에서 살 거라고 여겼다. 그들은 우리 방, 우리 양탄자, 우리 소파라고 말했고, 심지어 에마는 예전부터 갖고 싶어해 레옹이 선물해준 실내화를 우리집 실내화라고 부르기까지 했다. 백조의 깃털로 가장자리를 장식한 분홍색 공단 슬리퍼였다. 그녀가 그의 무릎에 앉으면 다리가 너무 짧아 발이 공중에서 대롱거렸다. 그러면 뒤축이 없는 그 앙증맞은 신발은 그녀의 맨발 발가락 끝에 매달려 있었다.

레옹은 여성적인 우아함에서 풍기는 그 표현할 길 없는 미묘함을 평생 처음으로 맛보고 있었다. 그는 한 번도 이런 우아한 말씨, 이런 품위 있는 옷차림, 잠든 비둘기 같은 이런 자태를 경험해본 적이 없었다. 그는 흥분에 도취된 그녀의 영혼과 그녀가 입고 있는 속치마의 섬세한 레이스에 감탄했다. 게다가 그녀는 상류층 여자, 또 결혼한 여자가 아닌가! 요컨대 진짜 정부가 아닌가?

변덕스럽게 변하는 기분에 따라 신비로웠다가 쾌활했다가 수다스러웠다가 과묵했다가 흥분했다가 담담해졌다가 하는 그녀는 레옹의 본능과 아련한 추억을 되살리고 한없는 욕망을 불러일으켰다. 그녀는 모든 소설 속에 등장하는 사랑에 빠진 여자였고, 모든 연극의 여주인공이었으며, 모든 시에서 모호하게 지칭하는 그녀였다. 레옹은 그녀의 어깨에서 목욕하는 오달리스크의 따뜻한 호박색 살빛을 보았다.* 긴 코르사주를 입은 그녀는 봉건시대 성주의 부인처럼 보였다. 또한 바르셀로나의 창백한 여인**을 닮은 것 같기도 했지만, 뭐니 뭐니 해도 그녀는 '천사'였다!

그녀를 바라볼 때면 그는 종종 자신의 영혼이 그녀에게로 가서 머리 주변으로 물결처럼 퍼져나가다가 그녀의 하얀 가슴속으로 이끌려 내려가는 것 같은 느낌이 들었다.

그는 에마 앞에 무릎을 꿇고 앉았다. 그런 다음 그녀의 무릎에 팔꿈치를 괸 채 미소 띤 얼굴을 들어 그녀를 응시했다.

그녀는 그를 향해 몸을 기울이고 황홀해서 숨이 막히는 듯 속삭였다.

"오! 움직이지 말아요! 아무 말도 하지 말아요! 날 봐요! 당신의 눈에서 다정한 뭔가가 흘러나와 나를 얼마나 기분좋게 해주는지!"

그녀는 그를 아가라고 불렀다.

"우리 아가, 날 사랑해요?"

대답을 들을 새도 없이 그의 입술이 서둘러 그녀의 입술을 덮쳤다.

탁상시계 꼭대기에는 미소를 지으며 두 팔로 도금된 화환을 끌어안

---

* 프랑스 화가 앵그르는 신고전주의 양식의 그림 〈그랑드 오달리스크〉 〈목욕하는 여인〉 등에서 여성의 나신을 세밀하게 그려냈다.

** 프랑스 시인 알프레드 드 뮈세의 「안달루시아 여인」에 나오는 표현.

고 있는 큐피드 청동상이 장식되어 있었다. 그들은 그 모습을 보고 여러 차례 웃음을 터뜨렸다. 하지만 헤어져야 할 때가 되면 모든 것이 심각하게 여겨졌다.

그들은 서로 꼼짝도 하지 않고 마주서서 거듭 말했다.

"목요일에 만나요!…… 목요일에!"

그녀가 갑자기 그의 머리를 두 손으로 잡고 "안녕히!" 소리치며 이마에 재빨리 입맞춤한 다음 층계로 달려갔다.

그녀는 코메디가의 미용실로 가서 머리 손질을 받았다. 어둠이 내리고 있었다. 상점에 가스등이 켜졌다.

배우들에게 공연 시간을 알리는 극장의 작은 종소리가 들려왔다. 이어 하얀 얼굴을 한 남자들과 빛바랜 의상을 입은 여자들이 길 건너편에 있는 무대 뒷문으로 들어가는 모습이 보였다.

가발과 포마드 통 한가운데에서 난롯불이 소리 내며 타는 미용실은 좁고 천장이 아주 낮아 더웠다. 머리를 매만지는 끈적끈적한 손의 섬세한 움직임과 고데에서 나는 냄새 때문에 그녀는 곧 머리가 멍해져서 가운을 입은 채로 잠시 졸았다. 그녀의 머리를 손질하는 남자 미용사가 간간이 그녀에게 가장무도회 표를 사라고 권했다.

이윽고 그녀는 그곳을 서둘러 벗어나곤 했다. 그러고는 왔던 길을 되짚어갔다. 크루아 루즈 여관에 도착했다. 그녀는 아침에 긴 의자 아래 숨겨두었던 나막신을 꺼내 신고 조바심을 치는 승객들 사이에 자리를 잡았다. 몇 사람이 언덕 아래에서 내렸다. 마차 안에는 그녀 혼자만이 남곤 했다.

모퉁이를 돌 때마다 도시의 불빛 전체가 점점 더 뚜렷하게 눈에 들어왔는데, 그 불빛은 한데 뒤섞인 집들 위로 드넓은 빛의 운무를 드리우고 있었다. 에마는 좌석의 방석 위에 무릎을 꿇고 앉아서 그 눈부신 광경을 홀린 듯 바라보곤 했다. 그러고는 흐느끼면서 레옹의 이름을 부르고 그에게 애정을 담은 말과 입맞춤을 보냈지만, 그것들은 바람에 흩어져버렸다.

언덕에는 지팡이를 짚고 마차들 사이를 돌아다니는 딱한 사내가 있었다. 어깨에는 누더기를 겹겹이 걸치고, 양푼처럼 둥글고 찌그러진 낡은 비버털 모자를 푹 눌러써서 얼굴을 가리고 있었다. 그런데 모자를 벗으면 눈꺼풀이 있어야 할 자리에 보이는 것이라고는 피투성이가 된 두 개의 눈구멍뿐이었다. 피부는 벗어져 붉은 누더기처럼 너덜거렸다. 거기에서 진물이 흘러내려 코 주변까지 녹색 딱지가 엉겨붙어 있었고 검은 콧구멍이 경련을 일으키듯 훌쩍거렸다. 사람들에게 말을 걸 때면 그는 천치처럼 웃으며 고개를 뒤로 젖혔다. 그러면 푸르스름한 눈동자가 구르며 관자놀이 근처의 벌어진 상처 언저리까지 가닿곤 했다.

그는 마차를 따라가며 짤막한 노래를 부르곤 했다.

화창한 날 더운 열기에
사랑을 꿈꾸는 아가씨

그러고는 새와 햇빛과 나뭇잎에 관한 노래가 이어졌다.

때때로 그는 모자도 쓰지 않은 채 에마의 등뒤에서 갑자기 모습을 나타내기도 했다. 그녀는 비명을 지르며 몸을 움츠렸다. 이베르가 끼어들어 그를 놀렸다. 이베르는 그에게 생로맹 장터에서 좌판을 벌이라는 둥 착한 여자친구는 어떻게 지내느냐는 둥 말을 붙이며 웃어댔다.

마차가 달리고 있을 때 창을 통해 그의 모자가 마차 안으로 불쑥 들어올 때도 종종 있었는데, 그럴 때는 그가 흙탕물을 튀기는 바퀴 사이에 걸어놓은 발판 위에 올라서서 다른 쪽 팔로 마차를 잡고 매달린 것이었다. 처음에는 가냘프고 구슬프던 그의 목소리가 점점 날카로워졌다. 무엇인지 분명치 않은 비탄에 잠긴 듯한 불명료한 탄식소리가 어둠 속에 긴 여운을 남기며 퍼져나갔다. 말방울소리, 나뭇잎이 흔들리는 소리, 군데군데 빈 마차가 덜컹거리는 소리를 배경으로 들리는 그 목소리에는 에마를 동요시키는 뭔가 아득한 것이 서려 있었다. 그것은 심연의 소용돌이처럼 그녀의 영혼 밑바닥까지 내려가서는 끝없는 우수가 서린 광활한 공간 한가운데로 그녀를 데려갔다. 하지만 마차가 기울고 있음을 알아챈 이베르가 채찍으로 맹인을 세차게 내리쳤다. 채찍 끝이 그의 상처를 건드리자, 그는 울부짖으며 진흙탕 속에 나뒹굴고 말았다.

이윽고 리롱델의 승객들은 그 무렵에는 잠이 들곤 했는데, 어떤 사람은 입을 벌리고, 어떤 사람은 턱을 떨구고, 옆 사람의 어깨에 기대거나, 마차의 가죽끈 손잡이에 한쪽 팔을 걸고 마차의 흔들림에 따라 규칙적으로 흔들렸다. 말 엉덩이 근처에서 흔들리는 램프 불빛이 초콜릿빛 면포 커튼을 통해 마차 안으로 새어들어와 꼼짝도 하지 않고 앉아 있는 승객들 위로 핏빛 그림자를 드리웠다. 에마는 슬픔에 취해 옷 속에서 떨고 있었다. 두 발이 점점 더 차가워지면서 가슴속에 죽음에 대한 생각이 떠올랐다.

집에 오니 샤를이 그녀를 기다리고 있었다. 리롱델은 목요일이면 언제나 예정보다 늦게 도착하는 것 같았다. 마침내 부인이 돌아왔다! 그녀는 아이에게 입맞춤을 하는 둥 마는 둥 했다. 저녁식사가 준비되어 있지 않았지만 무슨 상관이랴! 그녀는 하녀를 야단치지 않았다. 이제 하녀가 무슨 잘못을 해도 괜찮은 듯했다.

이따금 샤를은 그녀의 안색이 창백한 것을 보고 어디 아픈 것은 아닌지 묻곤 했다.

"아뇨." 에마가 대답했다.

"하지만 당신 오늘밤에 몹시 이상한 것 같은데요?"

"아! 아무것도 아니에요! 아무것도 아니라고요!"

심지어 에마는 집에 돌아오자마자 자기 방으로 올라가버리는 날도 있었다. 그러면 마침 거기 있던 쥐스탱이 숙련된 하녀보다도 더 눈치 빠르게 발소리도 내지 않고 왔다갔다하며 그녀의 시중을 들었다. 그는 성냥과 촛대와 책을 제자리에 갖다놓고 그녀의 잠옷을 꺼내고 시트를 젖혀주었다.

"자, 됐어, 그만 가봐!" 그녀가 말했다.

쥐스탱이 마치 수많은 몽상의 거미줄에 갑자기 걸려들기라도 한 것처럼 두 손을 늘어뜨리고 두 눈을 멀뚱거리며 멍하니 서 있었기 때문이다.

이튿날 하루는 끔찍했고, 그다음 며칠은 행복을 다시 붙잡고 싶은 조바심나는 마음 때문에 더욱 견디기 어려웠는데, 그 격렬한 갈망은 경험한 순간을 떠올리면서 한층 불타올랐다가 일주일째가 되면 레옹의 애무 속에서 한껏 터져나왔다. 한편 레옹 자신의 황홀경은 그녀에 대한 감탄과 감사하는 마음에 싸여 가려져 있었다. 에마는 그 사랑을 조심스러우면서도 깊이 음미하고 온갖 애정어린 기교를 동원해 유지하려 애쓰면서, 시간이 흘러 그 사랑이 사라져버릴까봐 두려워했다.

그녀는 종종 우수어린 목소리로 부드럽게 말하곤 했다.

"아! 언젠가는 당신도 나를 떠나겠지요!…… 결혼을 하겠죠!…… 다른 남자들처럼."

그가 물었다.

"다른 남자들이라뇨?"

"그러니까 그냥 다른 남자들 말이에요." 그녀가 대답했다.

그러고는 기운 없이 그를 밀어내며 덧붙였다.

"당신네 남자들은 모두 나빠요!"

어느 날 환멸만을 안겨주는 지상에서의 삶에 관해 달관한 듯한 태도로 이야기를 나누다가 에마는 불쑥(레옹의 질투심을 시험하고 싶었는지 아니면 속마음을 털어놓고 싶은 유혹에 넘어갔는지) 그를 만나기 전에 누군가를 사랑한 적이 있다고 털어놓았는데, 다음 순간 "당신을 사랑한 것처럼은 아니었다!"고 재빨리 덧붙이고는 딸의 목숨을 걸고 그 사람과 아무 일도 없었다고 맹세했다.

청년은 그녀의 말을 믿으면서도 그가 무슨 일을 하는 사람이었는지 물었다.

"그 사람은 해군 대령이었어요, 내 사랑."

그렇게 대답한 것은 더이상 캐묻지 못하게 하는 동시에, 사람들의 존경을 받는 데 익숙하고 용맹한 성격의 소유자일 것임에 틀림없는 그런 사내에게 이른바 매력을 행사했다는 사실로 스스로를 높여보려던 게 아니었을까?

그러자 서기는 자신의 사회적 위치가 초라하게 느껴졌다. 그는 견장과 훈장과 직위가 부러웠다. 그 모든 것이 그녀의 마음을 기쁘게 할 터였다. 사치를 즐기는 그녀의 습관으로 보건대 분명히 그럴 터였다.

사실 에마에게는 입 밖에 내지 않은 많은 기상천외한 욕망이 있었는데, 예를 들어 루앙에 갈 때 푸른색 이륜마차에 영국산 말을 매어 승마용 부츠를 신은 젊은 마부에게 몰게 하고 싶다는 욕망 같은 것이었다. 그녀가 이런 변덕스러운 생각을 품게 된 것은 쥐스탱 때문으로, 그는 자신을 하인으로 써달라고 간청했다. 그런 마차가 없다고 해서 밀회 때마다 루앙에 도착하는 기쁨이 줄어들지는 않겠지만, 이런 결핍 때문에 돌아올 때의 쓰라림이 더욱 심해지는 것은 분명했다.

두 사람이 종종 파리에 관한 이야기를 할 때면, 그녀는 마지막에 이렇게 중얼거리곤 했다.

"아! 우리가 거기 가서 살면 얼마나 좋을까요!"

"지금 이대로도 행복하지 않아요?" 청년이 그녀의 머리를 쓸면서 부드럽게 말했다.

"그래요, 맞아요. 내가 미쳤나봐요. 날 안아줘요!" 그녀가 말했다.

그녀는 남편을 어느 때보다도 다정하게 대했고, 피스타치오 크림을 만들어주기도 하고 저녁식사 후에는 왈츠곡을 쳐주기도 했다. 샤를은 자신이 세상에서 가장 행복한 남자라고 여겼고, 그래서 에마는 전혀 불안해하지 않고 지내고 있었다. 그런데 어느 날 저녁 그가 불쑥 물었다.

"당신한테 강습을 해주는 선생이 랑프뢰르 양 아닌가요?"

"맞아요."

"내가 아까 리에자르 부인 집에서 그분을 만났거든요. 그래서 당신 이야기를 꺼냈는데 당신을 모르던걸요." 샤를이 다시 말했다.

날벼락이나 마찬가지였다. 하지만 그녀는 태연하게 대답했다.

"아! 내 이름을 잊은 거 아닐까요?"

"어쩌면 루앙에는 랑프뢰르라는 피아노 교사가 여러 명 있을 수도 있지요." 의사가 말했다.

"그럴 수도 있겠네요!"

그런 다음 그녀가 쾌활한 어조로 덧붙였다.

"아 참, 영수증이 있어요. 보여줄게요."

그러더니 책상으로 가서 서랍을 모두 뒤지고 서류를 뒤섞어놓고 어찌나 정신없게 구는지, 샤를은 별것도 아닌 영수증 때문에 그렇게 애쓸 필요 없다고 그녀를 만류했다.

"오! 꼭 찾고 말 거예요." 그녀가 말했다.

실제로 그다음 금요일에 샤를은 옷을 넣어두는 어둑한 골방에서 가죽 부츠를 신다가 양말 신은 발 밑에 종잇조각이 밟히는 것을 느끼고 그것을 집어들어 내용을 읽어보았다.

'삼 개월분의 강습료와 기타 비용으로 총 65프랑을 영수함. 음악 교사 펠리시 랑프뢰르.'

"도대체 이게 어떻게 내 신발 속에 들어 있지요?"

"선반 가장자리에 올려둔 낡은 영수증 상자에서 떨어졌을 거예요." 그녀가 대답했다.

그 순간부터 그녀의 삶은 온통 거짓말투성이가 되었는데, 그녀는 마치 베일로 감싸듯 자신의 사랑을 거짓말로 감싸 숨겼다.

이제 거짓말은 필요이자 집착이자 즐거움이 되어버려서, 그녀가 어제 어떤 거리를 오른쪽으로 지나왔다고 말한다면 실제로는 왼쪽으로 지나온 것으로 받아들여야 할 정도가 되고 말았다.

어느 날 아침 그녀가 평소처럼 좀 가벼운 차림으로 집에서 나왔는데 갑자기 눈이 내리기 시작했다. 샤를은 창문 앞에서 날씨를 살피다가 부르니지앵 신부가 루앙으로 가는 튀바슈의 이륜마차에 타고 있는 것을 보았다. 그래서 그는 두툼한 숄을 챙겨 내려가서는 사제에게 건네며 크루아 루즈 여관에 도착하는 대로 아내에게 전달해달라고 부탁했다. 신부는 여관에 도착하자마자 용빌에서 온 의사 부인이 어디 있는지 물었다. 여관 주인은 그 부인은 여관에 거의 오지 않는다고 대답했다. 그날 저녁 리옹델에서 보바리 부인을 만난 신부는 자신이 당황했다는 이야기를 하면서도 그 일을 대수롭게 여기는 것 같지는 않았다. 당시 대성당에서 눈부신 활약으로 모든 부인들이 강론을 듣기 위해 모여드는 한 강론자에 대한 칭찬을 늘어놓기 시작했던 것이다.

신부는 그 일에 대해 설명 같은 걸 요구하지 않았지만, 나중에 다른 사람들은 신부만큼 점잖지 않을 수도 있었다. 그래서 그녀는 루앙에 갈 때마다 크루아 루즈 여관에서 내리는 편이 좋겠다고 판단했는데, 그러면 마을 사람들이 계단에서 그녀를 보게 되어 아무 의심도 하지 않을 터였다.

그런데 어느 날 그녀는 레옹의 팔짱을 끼고 불로뉴호텔에서 나오다가 뢰뢰와 마주쳤다. 그녀는 뢰뢰가 그 이야기를 떠들어대지 않을까 걱정스러웠다. 그는 그 정도로 어리석지는 않았다.

하지만 사흘 후 뢰뢰는 에마의 방으로 들어와 문을 닫고는 말했다.

"제가 돈이 좀 필요한데요."

에마는 그에게 당장은 줄 돈이 없다고 단호하게 말했다. 뢰뢰는 우는소리를 늘어놓으며 자신이 지금껏 베풀어준 여러 편의를 상기시켰다.

실제로 샤를이 서명한 두 장의 어음 중에서 에마가 지금까지 지불한 것은 한 장뿐이었다. 뢰뢰는 두번째 어음을 그녀의 요청에 따라 다른 두 장의 어음으로 대체하는 데 동의했고, 심지어 지불 기한을 훨씬 나중으로 갱신해주기까지 했다. 이어 그는 주머니에서 아직 돈을 받지 못한 물품들의 명세서를 꺼냈다. 즉 커튼, 양탄자, 소파 커버, 드레스 몇 벌과 이런저런 화장품들로, 그 총액이 약 2천 프랑에 이르렀다.

그녀가 고개를 떨구었다. 그가 다시 말했다.

"댁에 현금은 없다 해도 재산은 있잖아요."

그러면서 그는 오말 근처 바른빌에 있는 시원찮은 농가를 언급했는데, 들어오는 수입도 별로 많지 않은 곳이었다. 그 집은 예전에 샤를의 아버지 소유였으나 이제는 팔아버린 작은 농장에 딸려 있던 것으로, 뢰뢰는 그곳의 이웃 사람들 이름과 더불어 면적이 몇 헥타르인지까지 전부 꿰고 있었다.

"저 같으면 그걸 팔아서 빚을 청산할 겁니다. 빚을 갚고도 여윳돈이 생길 테고요." 그가 말했다.

그녀가 살 사람을 구하기 어려울 거라고 반박했다. 그는 자신이 매수자를 찾아볼 수 있다고 했다. 그녀는 자기가 그 집을 팔려면 어떻게 해야 하는지 물었다.

"부인은 위임장을 갖고 계시잖습니까?" 그가 대답했다.

이 말이 그녀에게 한줄기 시원한 바람처럼 다가왔다.

"청구서 주세요." 에마가 말했다.

"오! 그럴 필요 없습니다!" 뢰뢰가 다시 말했다.

그는 그다음주에 다시 찾아와서 열심히 뛰어다녀 랑글루아라는 사람을 찾아냈다고 자랑스럽게 말하면서, 오래전부터 그 집을 탐내고 있었던 듯한데 가격을 말하지 않는다고 했다.

"가격은 아무래도 상관없어요!" 그녀가 소리쳤다.

하지만 그는 그러지 말고 기다려야 한다고, 그 사람의 속마음을 타진해보아야 한다고 말했다. 이 건은 직접 한번 가봐야 하는 일인데, 부인이 그곳까지 먼길을 갈 수 없으므로 자신이 가서 랑글루아와 흥정을 해보면 어떻겠냐고 제안했다. 그곳에 다녀온 그는 매수자가 4천 프랑을 제시했다고 알렸다.

에마는 이 소식에 안색이 밝아졌다.

"솔직히 말해서 좋은 가격으로 파시는 겁니다." 그가 덧붙였다.

그녀는 즉각 총액의 절반을 받았는데, 청구서의 금액을 지불하려 하자 상인이 말했다.

"이처럼 큰돈을 한꺼번에 지불하시게 해서 진심으로 마음이 아픕니다."

그녀는 지폐 뭉치를 바라보았다. 그러고는 그 2천 프랑으로 즐길 수 있을 수많은 밀회를 떠올리며 더듬더듬 말했다.

"뭐라고요! 무슨 뜻으로 하시는 말씀인지!"

그가 사람 좋은 체하는 미소를 지으며 다시 말했다. "아! 뭐든 청구서에 적어두기만 하면 됩니다. 집안 살림이 어떤 건지 제가 모르겠습니까?"

그는 손에 쥐고 있던 두 장의 긴 종이를 손가락 사이로 슥 밀면서 에마를 빤히 바라보았다. 그러더니 지갑을 열고는 천 프랑짜리 약속어음 네 장을 꺼내 탁자 위에 늘어놓았다.

"여기에 서명해주시고, 돈은 전부 그냥 갖고 계십시오." 그가 말했다.

그녀는 깜짝 놀라 안 된다고 소리쳤다.

"하지만 제가 차액을 부인께 드리면, 부인께 도움이 되지 않겠습니까?" 뢰뢰가 뻔뻔스럽게 말했다.

그러더니 깃털 펜을 쥐고 계산서 아래쪽에 이렇게 적었다.

'보바리 부인, 4천 프랑을 영수함.'

"육 개월 뒤면 농가의 잔금을 받을 테고 마지막 어음의 지불기일은 그 돈을 받은 다음인데 무슨 걱정입니까?"

에마는 그의 계산법이 좀 혼란스러웠고, 마치 자루가 찢어져 금화가 쏟아져나와 주위의 마룻바닥에 온통 소리를 내며 구르는 것처럼 귓속이 윙윙거렸다. 결국 뢰뢰는 루앙의 은행에서 일하는 뱅사르라는 친구가 있다고, 그에게 이 네 장의 어음을 할인해달라고 해서 실제 부채를 빼고 남은 금액을 자신이 직접 부인께 가져오겠다고 설명했다.

하지만 그가 실제로 가져온 돈은 2천 프랑이 아니라 천8백 프랑뿐이었는데, 그것은 친구 뱅사르가 (마땅히 받아야 할) 수수료와 할인 비용으로 2백 프랑을 제했기 때문이었다.

그런 다음 그는 무심한 어조로 영수증을 써달라고 했다.

"아시다시피…… 돈거래에서는…… 때때로…… 그러니 날짜, 부탁인데, 날짜를 꼭 적어주십시오."

이제 자신의 기발한 욕망들을 실현할 수 있는 가능성이 에마 앞에 열렸다. 그녀는 신중을 기울여 천 에퀴를 저금해두고, 처음 세 장의 어음의 지불기일이 오자 그것으로 결제했다. 하지만 네번째 어음이 하필이면 어느 목요일 집으로 왔고, 샤를은 깜짝 놀라 어찌된 일인지 설명을 들으려고 아내가 돌아오기를 초조하게 기다렸다.

그에게 그 어음에 대해 전혀 말하지 않은 것은, 집안 살림 문제로 그를 번거롭게 하고 싶지 않아서였다고 그녀는 설명했다. 그녀는 샤를의 무릎 위에 앉아 그를 애무하며 달콤하게 속삭였고, 꼭 필요해서 외상으로 들여놓은 온갖 물건들을 길게 나열했다.

"요컨대 물건 양을 고려하면 그렇게 비싼 게 아니라는 걸 당신도 알 거예요."

샤를은 어찌해야 좋을지 몰라 얼마 지나지 않아 이번에도 역시 뢰뢰에게 도움을 구했고, 뢰뢰는 선생이 두 장의 어음에 서명하기만 한다면 사태를 해결할 수 있다고 힘주어 말했는데, 그중 한 장은 7백 프랑짜리로 삼 개월 안에 지불해야 했다. 이 문제를 처리하기 위해 샤를은 어머니에게 딱한 사정을 호소하는 편지를 썼다. 노부인은 답장을 보내는 대신 직접 행차했다. 에마는 어머니가 뭔가 도움을 주기로 했는지 물었다.

"그래요. 그런데 청구서를 보자고 하시네요." 그가 대답했다.

이튿날 날이 밝자마자 에마는 뢰뢰에게 달려가 천 프랑이 넘지 않는 청구서를 하나 새로 만들어달라고 사정했다. 4천 프랑짜리 청구서를 보여주게 되면 그녀가 그 청구서의 3분의 2를 이미 지불했다는 사실이 알려지고 그렇게 되면 부동산을 판 일을 털어놓아야 하기 때문이었는데, 그 거래는 사실상 상인이 잘 처리해서 훗날까지 드러나지 않을 터였다.

물건 하나하나의 가격이 아주 저렴하게 적혀 있었음에도 보바리 노부인은 낭비벽이 심하다고 지적했다.

"양탄자 없이는 못 산단 말이냐? 안락의자 천은 어째서 새로 간 거냐? 내가 젊었을 때는 한 집에 안락의자가 노인용 하나뿐이었다. 적어도 우리 어머니는 그렇게 지내셨어. 존경할 만한 분이셨지. 모두 다 부자로 살 수는 없다! 아무리 재산이 많아도 펑펑 써대는 데는 못 당한다! 나는 너희들처럼 사치스럽게 사는 건 얼굴이 뜨거워서라도 못하겠다! 이제 늙어서 보살핌이 필요하긴 하지만 말이다…… 이것 봐라! 이것 보라고! 장신구라니! 장식품이라니! 뭐라고! 안감용 비단이 2프랑이라니!…… 10수나 8수만 줘도 얼마든지 쓰는 데 아무 지장 없는 면을 살 수 있는데."

에마는 이인용 안락의자에 기대앉아 가능한 한 차분하게 말했다.

"오, 그만! 이제 그만하세요!"

상대는 설교를 계속하면서, 그렇게 낭비를 계속하다가는 결국 자선병원에서 삶을 마치게 될 거라고 단언했다. 게다가 일이 이렇게 된 건 보바리 잘못이라고 했다. 다행히 이제 그가 그 위임장을 무효화하겠다고 약속했으니……

"뭐라고 하셨어요?"

"아! 그애가 그러겠다고 맹세했어." 노부인이 다시 말했다.

에마는 창문을 열고 샤를을 불렀고, 그 딱한 사내는 어머니의 강요로 그런 약속을 했다고 털어놓지 않을 수 없었다.

에마는 방을 나갔다가 이내 돌아와 두꺼운 서류 한 장을 시위라도 하듯 노부인에게 내밀었다.

"고맙구나." 노부인이 말했다.

그러고는 위임장을 난롯불 속에 던졌다.

에마가 귀청이 찢어질 듯 날카로운 소리로 계속 웃어대기 시작했다. 신경 발작이 일어난 것이다.

"아! 맙소사! 이런! 어머니도 잘못하셨어요! 이런 식으로 제 아내를 괴롭히시다니요!" 샤를이 소리쳤다.

샤를의 어머니는 어깨를 으쓱해 보이면서 저것도 다 연극일 뿐이라고 주장했다.

하지만 샤를이 평생 처음으로 어머니의 말에 맞서며 아내를 변호하자 보바리 노부인은 자기 집으로 돌아가겠다고 했다. 그녀는 다음날 당장 그 집을 나섰는데, 문간에서 그녀를 붙잡으려는 샤를에게 이렇게 말했다.

"아니, 됐다! 넌 나보다 저애를 더 사랑하는데, 그래, 네가 맞다. 그게 당연한 거지. 뭐 어쩌겠니! 하지만 두고 봐라!…… 건강 조심하고!…… 이제 나는 네 말마따나 저애를 괴롭히러 여기 오는 일 없을 거다."

이윽고 에마와 마주앉은 샤를은 당황했는데, 에마가 자신을 믿어주지 않았다고 그에게 원망을 품고 그런 마음을 고스란히 드러냈던 것이다. 그가 여러 차례 용서를 빌고 나서야 그녀는 위임장을 다시 받는 데 동의했고, 심지어 그가 직접 그녀와 함께 기요맹의 사무실까지 가서 지난번 것과 똑같은 두번째 위임장을 만들었다.

"충분히 이해합니다. 과학자가 일상의 자질구레한 일에 번거롭게 신경을 쓸 수는 없으니까요." 공증인이 말했다.

샤를은 그 듣기 좋은 말에 마음이 편안해졌는데, 더 중요한 일에 전념하고 있다는 번지르르한 포장으로 그의 약점을 감춰주었기 때문이다.

다음 목요일 그 호텔방에서 이루어진 레옹과 그녀의 만남은 얼마나 격정적이었는지! 그녀는 웃다가 울다가 노래하다가 춤을 추다가 셔벗을 방으로 주문하고 담배도 피워보려 했고, 그런 그녀의 모습은 레옹에게 좀 과하게 느껴지면서도 여전히 사랑스럽고 아름다웠다.

도대체 무엇에 대한 반동으로 그녀가 평소보다 더 격정적으로 삶의 쾌락에 온몸으로 뛰어드는 것인지 그는 알 수 없었다. 그녀는 쉽게 발끈하고 게걸스럽게 먹고 쾌락에 집착했다. 자신의 명예가 실추되는 것 따위는 겁나지 않는다면서 고개를 꼿꼿이 들고 그와 함께 거리를 산책했다. 하지만 에마는 때때로 로돌프를 마주칠지도 모른다는 생각이 갑작스레 들어 부르르 몸서리를 치곤 했다. 영영 헤어지긴 했지만, 그녀는 그에게서 완전히 벗어나지 못한 듯했다.

어느 날 저녁 그녀는 용빌로 돌아가지 않았다. 샤를은 정신을 잃을 지경이었고, 어린 베르트는 엄마 없이는 안 자겠다며 가슴이 찢어지도록 울어댔다. 쥐스탱이 그녀를 찾으러 무작정 거리로 나갔다. 오메도 그 때문에 약국에서 나왔다.

마침내 밤 열한시가 되자 샤를은 더이상 견딜 수 없었다. 그는 마차에 말을 맨 다음 그 위에 올라타 채찍질한 끝에 새벽 두시경 크루아 루즈 여관에 도착했다. 아무도 없었다. 그는 서기가 어쩌면 그녀를 보았을지도 모른다는 데 생각이 미쳤다. 그런데 그의 집이 어디일까? 샤를은 다행히 그의 상사의 주소를 기억해냈다. 그는 그리로 달려갔다.

동이 트고 있었다. 샤를은 어떤 문 위에 붙은 공증인의 간판을 알아보았다. 그가 문을 두드렸다. 누군가 집안에서 문도 열지 않은 채 샤를이 던진 질문에 대한 대답만 큰 소리로 해주고는, 이어 밤중에 자는 사람을 깨웠다고 심한 욕을 해댔다.

서기의 집에는 초인종도 노커도 관리인도 없었다. 샤를은 덧창을 주먹으로 두드렸다. 경찰이 지나가는 것이 보였다. 그는 겁이 나서 자리를 떴다.

'내가 제정신이 아니군. 아마 로르모 씨 집에서 저녁 먹고 가라고 에마를 붙잡았을 거야.' 그가 생각했다.

하지만 로르모 일가는 더이상 루앙에 살고 있지 않았다.

'뒤브뢰유 부인을 간호하느라 남아 있는 건지도 몰라. 이런! 뒤브뢰유 부인은 열 달 전에 죽었잖아!…… 그럼 에마는 도대체 어디 있을까?'

한 가지 생각이 그의 머릿속에 떠올랐다. 그는 카페에 가서 인명부를 보여달라고 했다. 그리고 서둘러 랑프뢰르 양의 이름을 찾아서 그녀가 르넬데마로키니에가 74번지에 산다는 것을 확인했다.

그가 그 거리로 들어서는데 길 끝에서 에마의 모습이 나타났다. 그는 얼싸안는 게 아니라 거의 그녀에게 달려들다시피 하면서 소리쳤다.

"어제 왜 못 온 거예요?"

"아팠어요."

"어디가요?…… 어디서?…… 어떻게?……"

그녀가 손으로 이마를 짚으며 대답했다.

"랑프뢰르 양 집에서요."

"그럴 줄 알았어요! 지금 그리로 가는 길이에요."

“오! 그럴 필요 없어요. 랑플뢰르 양은 조금 전에 외출했어요. 그런데 앞으로는 걱정하지 말아요. 조금이라도 늦으면 당신이 이렇게 걱정을 하니까, 너무 갑갑하다고요.” 에마가 말했다.

이렇게 해서 그녀는 거리낌없이 집을 비워도 되는 권리를 스스로에게 부여한 셈이었다. 그리고 그것을 마음껏 폭넓게 활용했다. 레옹을 보고 싶은 마음이 들면 그녀는 어떤 구실을 만들어서라도 집을 나섰는데, 그런 날은 레옹이 그녀가 올 줄 모르고 있었기 때문에 사무실로 그를 찾아갔다.

처음 한동안 그들은 엄청난 행복을 누렸다. 하지만 얼마 지나지 않아 그는 솔직하게 털어놓았다. 그의 상사가 그런 식으로 일에 방해를 받는 것에 대해 드러내놓고 잔소리를 한다고 했다.

“아! 말도 안 돼요! 어서 나오기나 해요.” 그녀가 말했다.

그래서 그는 몰래 사무실을 빠져나왔다.

그녀는 그가 온통 검은색으로 차려입고 초상화 속 루이 13세처럼 턱에 짧은 염소수염을 기르기를 원했다. 그의 거처가 어떤지 궁금해하더니 와보고는 초라하다고 평했다. 그는 그 말에 얼굴을 붉혔지만 그녀는 아랑곳하지 않았고, 잠시 후 자기 방 것과 똑같은 커튼을 사라고 권했는데 그는 돈 때문에 반대했다.

“아! 이런! 그런 푼돈 가지고!” 그녀가 웃으며 말했다.

매번 그녀를 만날 때마다 레옹은 지난번 만남 이후 자신이 무엇을 했는지 빼놓지 않고 이야기해야 했다. 그녀는 시를, 그녀를 위한 시를, 그녀를 찬미하는 사랑의 시를 요구했다. 하지만 그는 두번째 행부터 도저히 운을 맞출 수 없었으므로, 결국 선물용 앨범에서 소네트 하나를 베끼기에 이르렀다.

허영심 때문이라기보다는 그녀를 기쁘게 하겠다는 단 하나의 목적을 위해서였다. 그는 그녀의 생각에 대해 이러쿵저러쿵하지 않았다. 그는 그녀의 취향을 모두 받아들였다. 그녀가 그의 정부라기보다 그가 그녀의 정부가 되어갔다. 그녀의 다정한 말과 입맞춤은 그의 영혼을 황홀하게 만들었다. 어찌나 깊고 은밀한지 거의 이 세상의 것이 아니라고 여겨지는 그런 퇴폐적인 기교를 그녀는 도대체 어디서 배운 것일까?

6

그녀를 만나러 용빌로 먼길을 올 때면 레옹은 종종 약제사의 집에서 저녁식사를 했으므로, 이번에는 자신이 약제사를 초대하는 것이 예의라는 생각이 들었다.

"기꺼이 응하고말고! 사실 나도 여기 줄곧 틀어박혀 있으니 기분전환을 좀 할 필요가 있다네. 우리 극장이든 식당이든 가서 진탕 놀아보세!" 오메가 대답했다.

"아! 여보!" 오메 부인이 그가 무슨 수상쩍은 모험을 하기라도 할까봐 불안한 듯 부드럽게 속삭였다.

"아니, 왜요? 내가 맨날 약국에서 약냄새만 맡고 지내느라 건강을 다 버렸다는 거 당신 몰라요? 요컨대 이게 바로 여자들의 특성이라니까. 여자들은 과학도 질투하고, 지극히 합법적인 도락을 취하는 것도 반대한다고. 상관없네, 꼭 가겠네. 조만간 루앙에 갈 테니 함께 판을 벌여보자고."

예전이라면 약제사는 그런 표현을 삼갔을 터였다. 하지만 요즘은 파리풍의 경박한 스타일을 최고의 취향으로 여기고 그것을 따랐다. 그래서 옆집 보바리 부인처럼 서기에게 파리의 풍습에 대해 호기심을 갖고 캐물었고, 심지어는 부르주아들로부터 선망의 눈길을 받고 싶은 듯…… 셋방, 난장판, 멋지다, 참 멋지다 하는 말 대신 '벌집'이니 '소굴'이니 '끝내준다' '진짜 끝내준다' 같은 속어를 사용했고, 홍등가 대신 '브레다 스트리트'라고 영어를 썼고, 이제 그만 가보겠다는 의미로 '꺼져줄게' 같은 표현을 썼다.

어느 목요일 에마는 리옹 도르 여관의 부엌에서 여행복 차림의 오메를 보고 깜짝 놀랐는데, 그는 처음 보는 낡은 외투에 한 손에는 여행 가방을, 다른 손에는 약국에서 신는 두꺼운 털덧신을 들고 있었다. 그는 자신이 약국을 비우는 것이 알려지면 사람들이 불안해할까봐 아무에게도 자신의 계획을 말하지 않았다.

젊은 시절을 보낸 장소들에 다시 가본다는 생각에 그는 분명 몹시 들뜬 듯했는데, 마차를 타고 그곳까지 가는 내내 끊임없이 장광설을 늘어놓았다. 이윽고 루앙에 도착하자 그는 날쌔게 마차에서 내려 레옹을 찾아갔다. 오메는 구실을 대며 빠져나가려는 서기를 억지로 '노르망디'라는 카페로 데리고 가서는, 공공장소에서 모자를 벗는 것은 촌스럽다면서 모자를 쓴 채 당당하게 안으로 들어갔다.

에마는 사십오 분이나 레옹을 기다렸다. 결국 그녀는 그의 사무실로 달려갔고, 그런 다음 오후 내내 유리창에 이마를 붙인 채 온갖 추측을 하면서 레옹의 무심함을 비난하고 나약한 스스로를 책망했다.

오후 두시가 되었지만 오메와 레옹은 여전히 탁자에 마주앉아 있었다. 커다란 홀이 비어갔다. 난로의 연통이 야자수를 연상시키는 금빛 다발을 하얀 천장에 둥글게 펼치고 있었다. 그들 옆의 유리창 뒤에서는 햇빛이 비치는 가운데 작은 물줄기가 대리석 수반으로 뿜어져나오고 있었는데, 수반에는 물냉이와 아스파라거스 사이에 움직임이 굼뜬 바닷가재 세 마리가 모로 눕혀 쌓아놓은 메추라기 더미 쪽으로 집게발을 뻗고 있었다.

오메는 무척 즐거운 듯했다. 그는 좋은 음식보다도 사치스러운 분위기에 더 취해 있긴 했지만, 포마르 포도주 역시 그의 정력을 돋운 듯 럼주가 든 오믈렛이 나올 무렵에는 여자들에 관한 외설적인 이론을 늘어놓기 시작했다. 그가 무엇보다도 매혹되는 것은 세련된 멋이라고 했다. 가구가 잘 갖춰진 방안에 있는 우아하게 단장한 여자가 좋다고 했고, 육체적인 면에서는 풍만함을 마다할 이유가 없다고 했다.

레옹은 절망적인 눈길로 시계를 응시했다. 약제사는 마시고 먹고 이야기를 늘어놓았다.

"자네는 루앙에서 무척 욕구불만인 상태로 지내고 있겠지. 게다가 사랑하는 사람이 멀지 않은 곳에 살고 있으니 더 그럴걸세." 그가 불쑥 말했다.

그러고는 상대가 얼굴을 붉히는 것을 보고 다시 말했다.

"자, 솔직해지세! 그러니까 용빌에 와서……?"

청년이 우물거렸다.

"보바리 부인 댁에서 꾀어보려고 한 거 아닌가……?"

"대체 누구를 말입니까?"

"하녀 말일세!"

오메의 말은 농담이 아니었다. 그런데 레옹은 허영심 때문에 조심성을 잃고 자기도 모르게 격하게 항의했다. 게다가 자신은 갈색 머리 여자만 좋아한다고 했다.

"자네 말이 맞네. 그들이 더 열정적이지." 약제사가 말했다.

그런 다음 친구의 귀에 대고 열정적인 기질의 여자들을 알아볼 수 있는 특징을 말해주었다. 심지어 민족적 차이에 대한 여담까지 덧붙였다. 독일 여자들은 몽상적이고 프랑스 여자들은 방탕하며 이탈리아 여자들은 열정적이라고 했다.

"그럼 흑인 여자들은요?" 서기가 물었다.

"그쪽은 예술가의 취향에 맞다네. 종업원! 여기 커피 작은 잔으로 둘!" 오메가 주문했다.

"이제 그만 갈까요?" 마침내 레옹이 조바심을 치며 말했다.

"예스."

하지만 그러고도 그는 나가기 전에 카페의 주인을 보고 싶다고 청해서 그에게 몇 마디 치하의 말을 늘어놓았다.

청년은 그와 헤어지기 위해 볼일이 있다고 넌지시 말했다.

"아! 그럼 내가 바래다주겠네." 오메가 말했다.

레옹과 함께 거리를 걸으면서 오메는 아내와 아이들과 아이들의 미래와 약국을 화제로 삼아, 약국이 옛날에 얼마나 허름했는지, 자신이 그것을 어떻게 완벽의 경지까지 올려놓았는지 이야기했다.

불로뉴호텔 앞에 이르자마자 곧장 오메와 헤어지고 층계를 달려올라간 레옹은 정부가 몹시 흥분해 있는 것을 보았다.

약제사의 이름이 나오자 그녀는 불같이 화를 냈다. 하지만 그는 그럴 만한 이유들을 늘어놓았다. 그의 잘못이 아니다, 오메 씨가 어떤 사람인지 그녀도 알고 있지 않은가? 자신이 그와 같이 있는 걸 더 좋아했을 리가 있겠는가? 하지만 에마는 그를 외면했다. 그가 그녀를 붙잡았다. 그러고는 무릎을 꿇고 앉아 색욕과 애원에 가득차 번민하는 모습으로 그녀의 허리를 두 팔로 껴안았다.

그녀는 서 있었다. 타오르는 듯한 커다란 두 눈이 무서울 정도로 진지하게 그를 쏘아보았다. 이윽고 두 눈이 눈물로 흐려지고 분홍빛 눈꺼풀이 내리깔리면서 그녀는 두 손을 내맡겼고, 레옹이 그 손을 입으로 가져가려는 순간 호텔 종업원이 와서 누군가 선생을 찾는다고 말했다.

"돌아올 거죠?" 그녀가 물었다.

"예."

"언제?"

"바로요."

레옹이 나오는 것을 보고 약제사가 말했다. "내가 수를 좀 썼다네. 자네가 별로 내켜하지 않는 것 같아 그 볼일이라는 것을 빨리 끝내게 해주고 싶었지. 자, 브리두 주점에 가서 가뤼스*나 한잔하세."

레옹은 사무실로 돌아가야 한다고 잘라 말했다. 그러자 약제사는 법률 서류나 소송절차에 대해 농담을 던졌다.

"그러니까 젠장할 퀴자스와 바르톨루스**는 잠시 잊으란 말일세! 그

---

* 프랑스 의사 조제프 가뤼스가 몰약, 사프란, 계피 등을 넣어 고안해낸 영약.

** 자크 퀴자스는 16세기 프랑스 법률가이며 로마법 연구로 고전문화의 인문주의적 부활에 기여했다. 바르톨루스 데 삭소페라토는 14세기 이탈리아 법률가로 중세 로마법의 권위자였다.

런다고 무슨 문제가 되겠나? 배짱을 키우게! 브리두네로 가세. 그 집 개를 보여주겠네. 아주 신기한 녀석이지!"

서기가 여전히 고집을 꺾지 않자 그가 다시 말했다.

"그럼 나도 같이 가겠네. 자네 일이 끝나기를 기다리면서 신문을 읽거나 법전을 뒤적거리면 되지."

에마의 분노, 오메의 수다 그리고 아마도 부담스러운 점심식사로 인해 얼떨떨해진 레옹이 결정을 내리지 못하고 약제사의 유혹에 걸려들기라도 한 듯 서 있는데 오메가 거듭 말했다.

"브리두네로 가세! 엎어지면 코 닿을 말팔뤼가에 있다네."

그래서 레옹은 비겁함과 멍청함, 그리고 의사와 상반되는 일에 끌려들어가고 마는 뭐라 설명할 수 없는 그런 감정에 밀려 결국 브리두네로 따라갔다. 브리두는 작은 마당에서 셀처 광천수 제조기의 커다란 바퀴를 거친 숨을 내쉬며 돌리고 있는 종업원 셋을 감독하고 있었다. 오메는 그들에게 몇 가지 충고를 했다. 이어 브리두를 얼싸안았다. 그들은 가뤼스를 마셨다. 레옹은 여러 차례 자리에서 일어나 가려고 했다. 하지만 상대방은 그의 팔을 붙잡으며 말했다.

"조금만 더 있다 가게! 나도 갈 거라네. 〈르 파날 드 루앙〉 신문사에 가서 그곳 사람들을 만나보세. 자네에게 토마생 씨를 소개해주겠네."

레옹은 가까스로 그에게서 벗어나 호텔까지 한달음에 달려갔다. 하지만 에마는 이미 그곳에 없었다.

그녀는 화가 머리끝까지 나서 막 호텔을 나온 참이었다. 이제 그녀는 레옹이 증오스러웠다. 밀회의 약속을 지키지 않은 것이 그녀에게는 터무니없는 모욕으로 여겨졌으므로, 그녀는 그 관계를 정리할 또다른 이유들을 찾아보았다. 그는 용감하지 못했고 나약했으며 진부하고 여자보다 더 무력한데다가 인색하고 소심했다.

이윽고 마음을 가라앉힌 그녀는 자신이 그를 부당하게 헐뜯었다는 사실을 깨달았다. 하지만 사랑하는 이들을 비방하다보면 우리는 어김없이 그들로부터 어느 정도 멀어지게 된다. 우상에는 아예 손을 대지 말아야 한다. 손에 금박 입자가 묻어나기 때문이다.

그 일로 인해 두 사람은 그들의 사랑과 관계없는 것들을 더 자주 화제로 삼게 되었다. 에마는 그에게 보내는 편지에서 꽃과 시와 달과 별에 대해 이야기했는데, 그것은 순진하게도 온갖 외부적인 자극을 동원해 약해진 열정을 되살려보려는 의도에서 나온 것이었다. 그녀는 다음번 만남에서는 깊은 행복을 느낄 거라고 매번 스스로에게 다짐했다. 하지만 역시나 특별한 감정을 전혀 느끼지 못했음을 자인하지 않을 수 없었다. 이런 환멸은 새로운 희망으로 대체되어서, 에마는 더 열정에 불타고 더 탐욕스러워져서 레옹에게로 돌아갔다. 그녀는 거칠게 옷을 벗어젖히고 코르셋의 가는 끈을 잡아당겨 풀었는데, 그러면 끈은 마치 뱀처럼 쉬리릭 소리를 내며 그녀의 허리에서 미끄러져 내렸다. 그녀는 양말을 벗고 발끝으로 걸어가 문이 잠겨 있는 것을 다시 한번 확인한 다음, 입은 옷을 모두 단번에 벗어버렸다. 그러고는 창백한 안색에 심각한 표정으로 말없이 그의 품에 안겨 오랫동안 몸을 떨었다.

그러나 식은땀으로 뒤덮인 그 이마, 무슨 말인가 더듬거리는 그 입술, 초점을 잃은 그 눈동자, 그를 껴안은 두 팔에는 뭔가 극단적이고 모호하고 불길한 것이 있었고, 레옹에게는 그것이 두 사람 사이에 슬그머니 끼어들어 둘 사이를 벌려놓는 것처럼 여겨졌다.

그는 감히 그녀에게 물어볼 용기는 나지 않았다. 하지만 그토록 노련한 것으로 보아 그녀는 온갖 고통과 쾌락에 단련된 것이 분명하다고 생각했다. 전에는 그를 매혹시켰던 것이 이제는 좀 두렵게 느껴졌다. 게다가 날이 갈수록 자신의 존재가 점점 더 그녀에게 흡수되는 것에 반발심이 생겼다. 그는 언제나 이기기만 하는 에마가 원망스러웠다. 심지어 그녀를 사랑하지 않으려고 노력해보기도 했다. 하지만 그녀가 부츠를 신고 걸어오는 소리가 들리면 독주를 앞에 둔 술꾼처럼 의지가 약해졌다.

별미의 음식에서부터 매혹적인 옷차림, 나른한 시선에 이르기까지 그녀가 그에게 온갖 정성을 쏟는 것은 사실이었다. 그녀는 용빌에서부터 장미 꽃잎을 가슴에 품고 와 그의 얼굴에 뿌려주었고, 그의 건강을 염려해주고 행동거지에 대한 충고를 해주기도 했다. 그리고 하늘의 가호로 그를 더 확실하게 붙들어두려는 듯 그의 목에 성모상 목걸이도 걸어주었다. 그녀는 자상한 어머니처럼 그의 동료들에 대해 알고 싶어 했다. 그러고는 이렇게 말하곤 했다.

"그런 사람들과 만나지 마요. 밖에 나다니지도 말고. 우리 생각만 해요. 나만 사랑해줘요!"

그녀는 그의 생활을 감시하고 싶어했다. 문득 사람을 시켜 그의 뒤를 밟게 하면 어떨까 하는 생각이 떠올랐다. 호텔 근처에는 지나가는 사람들에게 다가가 말을 걸곤 하는 부랑자가 하나 있었는데, 그에게 제안한다면 거절하지 않을 것 같았다…… 하지만 그녀의 자존심이 허락하지 않았다.

"아! 할 수 없지! 속일 테면 속이라지! 내가 신경이나 쓸 것 같아?"

어느 날 레옹과 평소보다 일찍 헤어져 대로를 혼자 걸어가다가 에마는 예전에 살던 수녀원의 담장에 우연히 눈길이 멎었다. 그녀는 느릅나무 아래 놓인 벤치에 앉았다. 그 시절은 얼마나 평화로웠던가! 책에서 읽은 대로 그려보려 했던, 그 형언할 수 없는 사랑의 감정을 그녀는 얼마나 갈망했던가?

결혼 후 첫 몇 달, 말을 타고 숲속을 산책하던 일, 왈츠를 추던 자작, 노래를 부르던 라가르디, 그 모든 것이 그녀의 눈앞을 스쳐갔다…… 그러더니 갑자기 레옹의 모습이 떠올랐는데, 그 역시 다른 사람들과 마찬가지로 아득히 멀게 여겨졌다.

"하지만 난 그를 사랑해!" 그녀가 중얼거렸다.

그런들 무슨 소용이랴! 그녀는 행복하지 않았고, 한 번도 행복해본 적이 없는 듯했다. 이런 삶의 결핍감은 어디서 오는 것일까? 그녀가 의지하던 것들이 어째서 이토록 순식간에 부패해 사라져버리는 것일까?…… 하지만 만약 이 세상 어딘가에 강하고 아름다운 존재가 있다면, 열정과 교양을 동시에 갖춘 귀한 품성을 지니고 천사의 모습 안에 시인의 가슴을 지닌 사람이 있다면, 황동 현이 달린 수금을 들고 하늘을 향해 애수 띤 축가를 연주하는 그런 사람이 있다면, 그녀가 그를 우연히라도 만나지 못할 이유가 어디 있단 말인가? 오! 그건 불가능해! 게다가 애써 찾을 가치가 있는 것은 아무것도 없다. 전부 다 거짓이다! 미소의 이면에는 어김없이 권태로운 하품이 숨어 있고, 즐거움의 이면에는 저주가 자리잡고 있으며, 모든 쾌락에는 혐오가 숨어 있고, 최고의 입맞춤일지라도 더 큰 쾌락에 대한 실현할 길 없는 욕망만을 입술에 남길 뿐 아닌가.

거친 쇳소리가 공중에 길게 울리더니, 수녀원의 종탑에서 종소리가 네 번 울렸다. 네시였다! 그녀는 자신이 그 벤치에 까마득히 오래전부터 앉아 있었던 것만 같았다. 좁은 공간에 많은 사람이 들어차듯 숱한 정념도 한순간 속에 담길 수 있는 법이다.

에마는 자신의 감정에 온통 사로잡혀 지내느라, 무슨 대공부인처럼 이제 돈 걱정 같은 것은 하지 않았다.

하지만 어느 날 대머리에 얼굴이 벌겋고 초라한 행색의 남자가 집으로 찾아와서는 루앙의 뱅사르 씨가 보내서 왔노라고 말했다. 그는 긴 녹색 프록코트의 옆주머니를 여민 핀들을 빼서 소매에 꽂은 다음 서류 한 장을 꺼내 정중하게 내밀었다.

그것은 그녀가 서명한 7백 프랑짜리 어음으로, 절대 그러지 않겠노라고 장담해놓고는 뢰뢰가 결국 뱅사르 쪽으로 돌린 것이었다.

그녀는 뢰뢰의 집으로 하녀를 보냈다. 그는 올 수 없다고 했다.

그러자 그 낯선 사내는 그 자리에 그대로 서서 짙은 금빛 눈썹 아래 감춰진 호기심어린 눈길을 이쪽저쪽으로 던지며 천연덕스러운 태도로 물었다.

"뱅사르 씨에게 뭐라고 전할까요?"

"그러니까, 지금은 그 돈이 없고…… 다음주까지…… 기다려주셨으면 한다고…… 그렇게 전해주세요. 그래요, 다음주요." 에마가 대답했다.

남자는 더이상 한마디도 하지 않고 가버렸다.

하지만 다음날 정오, 그녀는 어음인수 거절증서를 받았다. 인지를 붙인 서류에 굵은 글씨체로 된 '뷔시의 압류 집행관 아랑'이라는 날인이 여러 차례 찍힌 것을 보고 어찌나 겁에 질렸던지 그녀는 서둘러 포목상의 가게로 달려갔다.

뢰뢰는 가게 안에서 꾸러미를 끈으로 묶고 있었다.

"어서 오십시오! 필요한 걸 말씀만 하시면 도와드리지요." 그가 말했다.

그러면서도 뢰뢰는 일에서 손을 떼지 않았는데, 그 집 심부름꾼이자 하녀인 열세 살 정도 되는, 등이 꼽추처럼 굽은 여자애가 그를 돕고 있었다.

이윽고 그는 가게의 마룻바닥에 나막신소리를 떨꺽거리며 앞장서서 이층으로 올라가서는 작은방으로 부인을 안내했는데, 육중한 전나무 책상 위에는 쇠막대로 가로질러 자물쇠를 채워놓은 장부 몇 권이 놓여 있었다. 벽 쪽에는 둘둘 말린 날염된 옥양목 천 아래 금고가 보였는데, 그 크기로 보아 어음이나 현금이 아닌 다른 것도 넣어두는 듯했다. 사실 전당포 업자이기도 했던 뢰뢰가 보바리 부인의 금시곗줄과 딱한 텔리에 영감의 귀걸이를 보관한 것도 바로 이 금고였다. 텔리에 영감은 결국 카페를 팔고 캥캉푸아에 있는 초라한 식료품점을 사들였는데 그곳에서 자신이 파는 양초들만큼이나 얼굴이 누렇게 떠서 카타르로 시름시름 죽어가고 있었다.

뢰뢰는 짚을 채운 커다란 안락의자에 앉으며 말했다.

"그런데 무슨 일입니까?"

"이것 좀 보세요."

그녀가 그에게 서류를 보여주었다.

"그래서, 나보고 어쩌란 겁니까?"

그녀는 화가 치밀어서, 자신이 서명한 어음들을 유통시키지 않겠다고 약속하지 않았느냐고 따졌다. 그는 자신이 그런 약속을 했음을 인정했다.

"하지만 나도 어쩔 수 없었습니다. 내 목에 칼이 들어오는 상황이어서요."

"그럼 이제 어떻게 되는 거죠?" 그녀가 물었다.

"오! 그야 간단하죠. 법원 명령이 떨어지면 압류에 들어가고…… 다 틀린 거죠!"

에마는 그를 후려치고 싶었지만 꾹 참았다. 그녀는 뱅사르를 달랠 방법이 없을지 조용히 물었다.

"아, 예! 뱅사르를 달랜다고요. 부인은 그 친구를 잘 모르시는군요. 지독하기가 아랍인보다 더하답니다."

그렇다고 해도 뢰뢰 씨가 중간에서 힘을 좀 써줘야 하지 않느냐는 에마의 말에 그가 대답했다.

"내 말 좀 들어보세요! 저는 이미 부인께 할 만큼 해드렸답니다."

그러고는 장부 하나를 펼쳤다.

"자, 보세요!"

그는 손가락으로 그 페이지를 거슬러 짚으며 말했다.

"봅시다…… 보자…… 8월 3일, 200프랑…… 6월 17일, 150…… 3월 23일, 46…… 4월에는……"

그는 문득 자신이 무슨 실수를 할까봐 겁이 난 듯 장부 읽기를 멈추었다.

"보바리 선생이 서명한 어음들, 그러니까 7백 프랑짜리 한 장과 3백 프랑짜리 한 장은 차치하고도 말입니다. 부인이 산 물건의 소소한 할부금과 이자에 대한 이야기까지 하자면 끝이 없고, 머릿속이 뒤죽박죽으로 꼬일 지경입니다. 나는 더이상 개입하지 않을 겁니다!"

그녀는 눈물을 흘리면서 그를 '선량하신 뢰뢰 씨'라고 부르기까지 했다. 하지만 그는 줄곧 그 '독종 뱅사르' 때문에 어쩔 수 없다고 했다. 게다가 그에겐 지금 돈이 한푼도 없고, 요즘은 지불해주는 사람은 아무도 없고 그를 쥐어짜는 사람만 있다보니, 자기처럼 가난한 장사꾼은 선대금을 해줄 여력이 없다는 것이었다.

에마는 입을 다물었다. 펜의 깃털 끝을 씹고 있던 뢰뢰는 그녀의 침묵이 불안했는지 다시 입을 열었다.

"며칠 내로 얼마간이라도 회수할 수 있다면…… 혹시 어쩌면……"

"그럼 바른빌에서 잔금이 들어오는 대로……"

"뭐라고요?……"

랑글루아가 아직 잔금을 치르지 않았다는 사실에 그는 몹시 놀란 것 같았다. 그러더니 짐짓 상냥한 목소리로 말했다.

"그럼 우리 합의를 해야겠죠. 부인 조건은……?"

"오! 당신 원하는 대로 하세요!"

그러자 뢰뢰는 눈을 감고 생각에 잠겼다가 숫자 몇 개를 쓰더니, 잘못되면 자신이 크게 곤란해진다고, 위험한 일이라고, 자신의 출혈이 심하다고 중얼거리며, 지불일을 각각 한 달 간격으로 해서 250프랑짜리 어음 네 장을 쓰게 했다.

"뱅사르가 내 말을 들어줘야 할 텐데요! 어쨌든 합의한 것이니, 시간 끌지 않겠어요. 난 일 처리가 확실한 사람입니다."

그런 다음 새 물건 몇 가지를 무심한 듯이 보여주면서, 그의 생각으로는 그중 부인에게 어울릴 만한 것은 하나도 없다고 말했다.

"여기 이 옷감은 1미터당 7수짜리인데, 염색이 빠지지 않는 걸 보증한다니 참! 하지만 다들 그 말을 그대로 믿는답니다! 잘 아시다시피 손님들에게 완전히 솔직하게 말하는 장사꾼은 없으니까요." 그는 자신도 다른 손님들에게는 속임수를 쓴다고 털어놓음으로써 자신의 정직성을 그녀에게 납득시키려 했다.

그는 돌아서는 그녀를 다시 불러서는 최근 자신이 '어느 경매에서' 찾아냈다며 3온*짜리 기퓌르 레이스**를 보여주었다.

"아름답지요! 요즘 안락의자 장식 덮개로 많이 씁니다." 뢰뢰가 말했다.

그러더니 마술사보다 더 날래게 그 레이스를 푸른 종이에 싸서 에마의 손에 쥐여주었다.

"적어도 얼마인지는 알려주셔야……?"

"아! 나중에 하지요." 그렇게 말하며 그는 몸을 돌렸다.

에마는 그날 저녁 당장 보바리를 채근해서 그의 어머니에게 유산의 나머지를 빨리 보내달라는 편지를 쓰게 했다. 시어머니는 더이상 남은 것이 아무것도 없다고 답장을 보내왔다. 재산 정리가 끝났고, 그들에게는 바른빌의 농가 외에 6백 리브르의 연금이 남았는데, 그 연금은 자신이 꼬박꼬박 보내주겠다고 했다.

---

* 주로 천의 길이를 나타낼 때 사용하는 프랑스의 옛 단위. 1온은 1.188미터에 해당한다.

** 보빈 레이스의 한 형태로 망사나 그물 없이 무늬를 바로 연결해 만드는 레이스. 화려하고 정교해 고급 제품에 주로 사용한다.

그러자 에마는 환자 두세 명에게 청구서를 보냈는데, 그 방법이 통하자 곧 자주 활용하곤 했다. 그녀는 조심성을 기울여 언제나 청구서 끝에 이런 추신을 덧붙였다. "이 건에 대해서는 제 남편에게 비밀로 해주셨으면 하는데, 아시다시피 남편이 자존심이 강해서…… 죄송합니다…… 그럼 이만……" 몇몇 사람들이 항의 편지를 보내기도 했다. 하지만 그녀가 중간에서 모두 가로챘다.

돈을 만들기 위해 그녀는 낡은 장갑, 오래된 모자, 고철류를 팔기 시작했다. 농사꾼의 피가 그녀를 이욕에 집착하게 하는 듯 그녀는 악착같이 물건값을 흥정했다. 그리고 루앙에 갈 때면, 달리 살 사람이 나서지 않더라도 뢰뢰라면 분명히 맡아줄 중고 잡동사니들을 사들였다. 그렇게 타조 깃털, 중국산 도자기, 여행용 트렁크를 샀다. 그리고 펠리시테든, 르프랑수아 부인이든, 크루아 루즈 여관의 여주인이든 대상과 장소를 가리지 않고 돈을 빌렸다. 마침내 바른빌에서 들어온 잔금으로 그녀는 두 장의 어음을 결제했다. 나머지 천5백 프랑은 흐지부지 새어나가버렸다. 그녀는 다시 빚을 졌고, 줄곧 그런 식이었다!

사실 그녀도 때때로 계산을 해보려고 했다. 하지만 금액이 지나치게 불어나 있어서 도저히 믿을 수가 없었다. 그래서 다시 계산을 시작했지만 이내 뭐가 뭔지 알 수 없게 되어버려서 모든 계산을 그만두고 더이상 생각하지 않기로 했다.

이제 그 집은 무척 을씨년스러웠다! 물건을 대주는 상인들이 화난 얼굴로 그 집에서 나오는 것을 볼 수 있었다. 화덕 위에 손수건들이 널브러져 있었다. 어린 베르트가 구멍난 긴 양말을 신고 있는 것을 보고 오메 부인은 놀라서 펄쩍 뛰었다. 샤를이 용기를 내어 조심스럽게 잔소리를 하면, 에마는 그건 자기 잘못이 아니라고 퉁명스럽게 쏘아붙였다!

왜 저렇게 화를 버럭 내는 것일까? 샤를은 모든 게 그녀가 전에 앓았던 신경증 때문이라고 생각했다. 그리고 아내의 지병을 성격상 결함으로 오해한 스스로를 책망하면서 이기적인 자신을 자책하며, 달려가 아내를 안아주고 싶었다.

'오! 안 돼, 귀찮아할 거야.' 그가 생각했다.

그래서 그는 그 자리에 그대로 있었다.

저녁식사 후 그는 혼자 마당을 산책했다. 어린 베르트를 무릎에 앉히고 의학잡지를 펼친 다음 아이에게 글자 읽는 법을 가르치려 해봤다. 공부라고는 해본 적이 없었던 아이는 얼마 지나지 않아 슬퍼 보이는 눈을 휘둥그레 뜨고 울음을 터뜨렸다. 그는 아이를 달랬다. 물뿌리개에 물을 받아다가 모래 위에 강을 만들어주기도 하고 쥐똥나무 가지들을 꺾어다가 화단에 심어주기도 했는데, 길게 자란 잡초로 뒤덮인 마당이 그런다고 더 나빠질 것도 없었다. 밀린 품삯이 너무 많아 레스티부두아에게 일을 시킬 수 없었던 것이다! 이윽고 아이는 춥다면서 엄마를 찾았다.

"펠리시테 언니를 부르렴. 너도 잘 알잖아, 아가야, 엄마는 귀찮게 하는 걸 싫어하셔." 샤를이 아이에게 말했다.

가을에 접어들며 벌써 낙엽이 지기 시작했다. 마치 이 년 전 그녀가 아팠을 때 같지 않은가! 도대체 이 모든 게 언제쯤 끝날까!…… 그는 뒷짐을 진 채 계속 마당을 걸었다.

부인은 그녀의 방에 있었다. 다른 사람들은 그 방에 올라가지 않았다. 에마는 옷도 제대로 챙겨 입지 않고 무기력한 모습으로 하루종일 그곳에 틀어박혀서는, 루앙의 알제리 상인이 하는 가게에서 사온 하렘의 향을 피우곤 했다. 밤이면 남편이 곁에 누워서 자는 게 싫어서 줄곧 인상을 썼고, 결국 그를 삼층으로 쫓아보냈다. 그러고는 피비린내 나는 상황과 통음난무의 장면이 나오는 선정적인 책들을 날이 밝을 때까지 읽었다. 그러다가 종종 공포에 사로잡혀 비명을 지르기도 했다. 샤를이 달려왔다.

"아! 저리 가요!" 그녀가 소리쳤다.

또 가끔은 불륜이 부채질하는 은밀한 불길에 타올라, 욕망에 겨워 흥분한 채 숨을 헐떡이며 창문을 열고 차가운 공기를 들이마셨고, 가누기 어려울 정도로 탐스러운 머리카락을 바람에 휘날리면서 별을 바라보며 왕자의 사랑이 찾아오기를 염원했다. 그녀는 그를, 레옹을 생각했다. 그녀를 다시 충만하게 해줄 그런 밀회를 단 한 번이라도 할 수 있다면 모든 것을 다 줄 수 있을 것 같았다.

그와 만나는 날은 그녀에겐 축제나 다름없었다. 그녀는 그날들이 찬란하기를 원했다! 그래서 레옹 혼자 비용을 다 댈 수 없을 때에는 그녀가 스스럼없이 모자라는 돈을 냈는데, 그런 일이 거의 매번 벌어졌다. 그는 그들이 다른 곳, 좀더 소박한 호텔에 가도 좋을 거라고 그녀를 설득하려 해보았다. 하지만 그녀는 언제나 그 말에 반박할 거리를 찾아냈다.

어느 날 그녀는 손가방에서 은도금한 찻숟가락 여섯 개(그것은 루오 영감의 결혼 선물이었다)를 꺼내서는 레옹에게 얼른 그것을 전당포에 가지고 가서 잡히고 돈을 받아오라고 청했다. 레옹은 그런 일을 하는 것이 마뜩잖았지만 그녀의 말대로 했다. 그는 자신의 평판이 나빠질까봐 걱정스러웠다.

나중에 그 일을 곰곰 생각해보니 그는 정부의 태도가 이상해진 것 같았고, 그를 그녀에게서 떼어놓으려는 사람들의 말이 맞을지도 모르겠다는 생각이 들었다.

사실 누군가 레옹의 어머니에게 익명으로 긴 편지를 보내 그가 어떤 유부녀에게 빠져 신세를 망치고 있다고 알린 바 있었다. 그러자 그 노부인은 가정의 영원한 위협, 다시 말해서 사랑의 심연에 요괴처럼 살고 있는 모호하고 사악한 존재, 세이렌, 괴물을 머릿속에 떠올리고는 즉각 아들의 상사 뒤보카주에게 편지를 썼고, 그는 그 일을 완벽하게 처리했다. 그는 레옹을 사십오 분간 붙잡아놓고 그가 지금 눈이 멀어 있고 구렁텅이에 빠져 있다고 경고했다. 그런 연애 사건은 나중에 그가 자리를 잡는 데 걸림돌이 된다고도 했다. 뒤보카주는 그 관계를 끊으라고 레옹에게 간청했고, 스스로를 위해 그런 희생을 감수할 수 없다면 뒤보카주 자신을 위해서라도 그렇게 해달라고까지 말했다!

결국 레옹은 다시는 에마를 만나지 않겠다고 맹세했다. 그리고 그는 그 약속을 지키지 못한 스스로를 책망했는데, 아침마다 난롯가에서 떠들어대는 동료들의 농담거리가 되는 것은 차치하고라도 그 여자로 인해 자신에게 난처한 일이 더 생기고 사람들 입방아에 오르내릴 수 있다는 데에 생각이 미쳤던 것이다. 게다가 그는 이제 곧 수석 서기가 될 참이었다. 신중하게 행동해야 할 때였다. 그래서 그는 플루트 연주를 그만두고 흥분된 감정을 가라앉히고 공상을 자제했다. 사실 세속적인 부르주아라도 청춘의 열기가 타오르면 어느 날 어느 한순간에는 자신도 무한한 열정에 불탈 수 있고 고매한 과업을 해낼 수 있다고 자신하게 마련이다. 지극히 시원찮은 바람둥이도 동방의 황후를 꿈꿀 수 있다. 공증인의 가슴속에도 시인의 잔재가 남아 있는 법.

에마가 갑자기 그의 가슴에 얼굴을 대고 흐느낄 때면, 이제 그는 지겹다는 느낌이 들었다. 그의 가슴은 이제 일정량 이상의 음악은 듣지 못하는 이들처럼 요란한 사랑의 소동들 사이에 존재하는 미묘한 차이를 더이상 구별하지 못하고 그것에 무심해지기에 이르렀다.

사랑의 기쁨을 백배로 늘려주는 경이로운 소유욕을 갖기에 두 사람은 서로를 지나치게 잘 알고 있었다. 레옹이 에마를 피곤하게 여기는 것만큼 그녀도 그에게 싫증이 나 있었다. 에마는 그 불륜 관계 속에서 결혼생활의 온갖 진부함을 다시 발견했다.

하지만 어떻게 거기에서 벗어날 수 있을까? 그녀는 그런 천박한 행복을 굴욕적이라고 느꼈지만, 습관 때문인지 혹은 이미 문란해져서인지 그 관계에 집착했다. 그리고 지나치게 큰 행복을 바람으로써 남아 있는 행복의 샘마저 말려버리며, 날이 갈수록 점점 더 악착같이 매달렸다. 에마는 레옹이 자신의 희망에 부응하지 못하자 마치 그녀를 배신하기라도 한 것처럼 비난했다. 헤어질 용기가 없었던 그녀는 어떤 파국이 닥쳐 그들이 헤어지게 되기를 바라기까지 했다.

그러면서도 여자라면 마땅히 연인에게 편지를 써야 한다는 인습적 사고에서 벗어나지 못하고 그에게 계속 편지를 썼다.

하지만 편지를 쓰면서 그녀가 떠올리는 것은 어떤 다른 남자, 그녀의 가장 열정적인 추억과 그녀가 읽은 가장 아름다운 책과 그녀의 가장 강한 욕망이 합쳐져서 만들어낸 어떤 환영이었다. 그 환영은 마침내 만져질 듯 너무나도 생생해져서 그녀는 감동한 나머지 가슴이 두근거렸지만, 마치 신처럼 너무 많은 속성에 가려져 있어 그 모습을 구체적으로 또렷하게 떠올릴 수는 없었다. 그는 달빛 아래 꽃향기가 퍼지는 발코니에서 비단으로 엮은 사다리가 흔들리고 있는 푸르스름한 나라에 살았다. 그녀는 그가 가까이에 와 있음을, 다음 순간 다가와 입맞춤을 하면서 그녀를 번쩍 안아올리리라는 것을 느낄 수 있었다. 이윽고 그녀는 기진맥진해 쓰러졌다. 그런 모호한 사랑의 황홀경이 요란한 방탕 이상으로 그녀를 피곤하게 했던 것이다.

이제 그녀는 언제나 온몸에 고통스러운 피로감을 느꼈다. 인지가 붙은 서류들이나 소환장이 종종 도착했지만 제대로 읽어보지도 않았다. 그녀는 더이상 살고 싶지 않았고 줄곧 잠만 자고 싶었다.

사순절 기간 중 세번째 목요일에 그녀는 용빌로 돌아가지 않았다. 그날 저녁 그녀는 가장무도회에 갔다. 벨벳 반바지에 빨간색 긴 양말을 신고 카토강* 가발에 삼각모를 한쪽 귀 위까지 비스듬히 내려썼다. 그러고는 요란한 트롬본소리에 맞춰 밤새도록 격렬하게 춤을 추었다. 그녀를 가운데 두고 사람들이 둥글게 둘러섰다. 날이 밝았을 때 그녀는 부둣가 인부나 선원으로 가장한 레옹의 친구 대여섯 명과 극장 앞 회랑에 서 있었는데, 그들은 식사를 하러 가자고 했다.

근처의 카페는 모두 만원이었다. 그들은 부둣가에서 아주 허름한 식당을 찾아냈고, 주인은 오층의 작은 방으로 그들을 안내했다.

남자들이 비용에 대한 의논을 하는 듯 한구석에서 숙덕거렸다. 법률사무소 서기 한 명, 의과 대학생 두 명, 또 한 사람은 점원이었다. 자신

* 머리를 뒤쪽에서 하나로 묶은 다음 접어 그 중간을 다시 묶는 스타일.

이 고작 이런 무리와 어울리다니! 여자들로 말하자면, 말하는 억양만 듣고도 에마는 그들이 대부분 최하류층임을 알 수 있었다. 그녀는 겁이 나서 의자를 뒤로 빼고 눈길을 내리깔았다.

일행은 음식을 먹기 시작했다. 그녀는 먹지 않았다. 이마가 불덩이 같고 눈꺼풀이 따끔거리고 피부가 얼음처럼 차가웠다. 머릿속은 아직도 춤에 몰두한 많은 사람들의 리드미컬한 발놀림에 따라 무도장의 마룻바닥이 튀어오르는 느낌이었다. 잎담배 연기에 섞인 펀치 냄새에 그녀는 현기증이 났다. 그리고 다음 순간 기절하고 말았다. 사람들이 그녀를 창가로 옮겼다.

해가 떠오르기 시작해, 생트카트린 언덕 쪽의 희끄무레한 하늘에서 커다란 붉은 반점이 점점 커져갔다. 납빛 강물이 바람에 떨고 있었다. 다리 위에는 아무도 없었다. 가로등이 꺼졌다.

기운을 차린 그녀는 저멀리 용빌의 자기 집 하녀 방에서 자고 있을 베르트를 떠올렸다. 얇고 긴 철근을 가득 실은 짐마차 한 대가 지나가면서 금속성의 귀청이 찢어질 듯한 소리를 내며 건물 벽을 뒤흔들었다.

그녀는 서둘러 그곳을 나와 가장 의상을 벗고 돌아가야겠다고 레옹에게 말한 다음, 불로뉴호텔로 돌아와 마침내 혼자가 되었다. 모든 것이, 그녀 자신조차도 참을 수 없게 여겨졌다. 그녀는 새처럼 날아올라 저멀리 어딘가 흠 없이 깨끗한 곳에서 다시 젊어지고 싶었다.

그녀는 호텔을 나와 큰길과 코슈아즈광장과 변두리 지역을 지나 집들의 마당이 내려다보이는 탁 트인 길에 이르렀다. 빠른 걸음으로 걷고 있자니 바깥공기가 마음을 가라앉혀주었다. 이윽고 사람들의 얼굴도, 가면도, 카드리유도, 샹들리에도, 음식도, 여자들도 안개가 걷히듯 모두 사라졌다. 크루아 루즈 여관에 도착한 그녀는 〈넬탑〉의 장면들이 그려진 그림이 걸린 삼층의 작은 방 침대에 몸을 던졌다. 오후 네시에 이베르가 와서 그녀를 깨웠다.

집에 돌아오자 펠리시테가 탁상시계 뒤에서 회색 서류를 꺼내 그녀에게 보여주었다. 에마는 읽어보았다.

'법원 판결문의 등본에 근거해……'

무슨 판결이란 말인가? 사실 그 전날 또다른 서류가 왔는데 그녀는 모르고 있었다. 그래서 이런 내용에 어리둥절할 수밖에 없었다.

'국왕과 법과 법원의 명령에 따라 보바리 부인에게……'

몇 줄 건너뛰어 다음과 같은 글귀가 그녀의 눈에 들어왔다.

'24시간 내로' 이게 무슨 말인가? '총액 8천 프랑을 지불할 것.' 좀더 내려가니 이런 말까지 있었다. '모든 법적 조치가 취해지고, 특히 가구 및 기타 동산에 대한 압류가 집행될 것이다.'

이제 어떻게 해야 할까?…… 이십사 시간 내라면, 바로 내일 아닌가! 그녀는 뢰뢰가 또 자신을 겁주려는 모양이라고 생각했다. 그의 모든 술책과 친절한 말 속에 숨어 있는 의도를 이제 단번에 깨달을 수 있었다. 빚의 총액이 터무니없이 과장된 것에 에마는 오히려 안심이 되었다.

하지만 물건을 외상으로 들여놓고, 돈을 빌리면서 어음에 서명을 하고, 또 새 어음으로 갱신하다보니, 지불기일이 닥칠 때마다 금액이 불어나서 그녀는 결국 뢰뢰에게 상당한 자금을 만들어주게 되었는데, 그는 그 돈을 투기사업에 쓰려고 조바심치며 기다리고 있었다.

그녀는 태연한 태도로 그의 가게에 찾아갔다.

"제게 무슨 일이 일어났는지 아시죠? 물론 진담으로 그러는 건 아니겠지만요!"

"농담 아닙니다."

"그게 무슨 말이죠?"

그가 천천히 몸을 돌리더니 팔짱을 끼면서 말했다.

"부인, 내가 언제까지나 아무런 대가 없이 부인에게 물건을 대주고 은행 노릇을 해줄 줄 알았나요? 나도 빌려준 돈을 회수해야 할 것 아닙니까, 당연하잖아요!"

그녀는 부채의 액수가 너무 많다고 항의했다.

"아! 어쩔 수 없습니다! 법정이 인정한 금액입니다! 판결이 났어요! 부인도 통고를 받으셨잖습니까! 게다가 소송을 제기한 사람은 내가 아니라 뱅사르예요."

"혹시 당신이 좀 어떻게……?"

"오! 할 수 있는 일이 전혀 없어요."

"하지만…… 그래도…… 우리 생각 좀 해보기로 해요."

그녀는 되는대로 변명을 늘어놓기 시작했다. 자신은 이 일에 대해 전혀 모르고 있었다고…… 정말 뜻밖이라고……

"그게 누구 잘못일까요?" 뢰뢰가 그녀에게 빈정대듯이 고개를 숙여 보이며 말했다. "내가 노예처럼 땀흘려 일하는 동안 부인은 좋은 시간을 보내셨잖아요."

"아! 설교는 하지 마세요!"

"좀 듣는다고 해가 되지는 않을 겁니다." 그가 말했다.

그녀는 비굴한 태도를 취하며 그에게 사정했다. 심지어 하얗고 긴 고운 손을 상인의 무릎에 올려놓기까지 했다.

"이러지 마세요! 누가 보면 부인이 날 유혹하려는 줄 알겠네요!"

"당신 정말 형편없는 인간이군요!" 그녀가 소리쳤다.

"오! 오! 이렇게 나오시겠다는 겁니까!" 그가 히죽거리며 말했다.

"당신이 어떤 인간인지 폭로하겠어요. 남편에게 말할 거예요……"

"그렇다면 나도 당신 남편한테 보여줄 게 있지요!"

뢰뢰는 금고에서 천8백 프랑짜리 영수증을 꺼냈는데, 그것은 뱅사르에게 어음 할인을 받을 때 그녀가 그에게 써준 것이었다.

"가엾은 선생이 이걸 보고도 부인의 도둑질을 모를 것 같습니까?"

그녀는 몽둥이로 맞은 것보다 더 큰 타격을 받고 의자에 털썩 주저앉았다. 그는 창문과 책상 사이를 왔다갔다하면서 되풀이해 말했다.

"아! 선생께 확실하게 보여드릴 겁니다…… 확실하게 보여드리고말고요……"

그런 다음 그녀 곁으로 다가와 부드러운 목소리로 말했다.

"유쾌한 상황이 아니라는 거 나도 압니다. 하지만 어쨌든 이 일로 누가 죽는 것도 아니고, 내 돈을 돌려받을 수 있는 방법이 이것뿐이라서……"

"하지만 내가 그 돈을 어디서 구해요?" 에마가 양팔을 비틀어 꼬면서 말했다.

"아, 무슨 그런 말씀을! 친구들도 많으시면서 뭘!"

그리고 그는 그녀를 바라보았는데, 그 눈길이 어찌나 꿰뚫어보는 듯하고 무시무시했던지 그녀는 뱃속까지 몸이 떨렸다.

"약속해요, 새 어음에 서명할게요……" 그녀가 말했다.

"부인의 서명은 이제 됐어요!"

"그리고 물건도 팔겠어요……"

"이런! 더이상 팔 것도 없잖아요." 그가 어깨를 으쓱 올리며 말했다.

그러고는 상점으로 통하는 작은 구멍에 대고 소리쳤다.

"아네트, 14번 이자증서 세 장 잊지 말고 가져와."

하녀가 나타났다. 에마는 그만 가라는 뜻임을 알아차리고 모든 고소를 취하하는 데 필요한 돈이 얼마인지를 물었다.

"너무 늦었습니다!"

"하지만 내가 몇 천 프랑이라도, 총액의 4분의 1이나 3분의 1만이라도, 아니 거의 전부를 가져온다면요?"

"글쎄, 안 됩니다! 소용없어요!"

그는 그녀를 슬금슬금 층계 쪽으로 밀어냈다.

"제발 부탁해요, 뢰뢰 씨, 며칠만 더 여유를 주세요."

그녀가 흐느꼈다.

"이런, 아뿔싸! 눈물이라니!"

"당신이 날 절망으로 몰아넣고 있잖아요!"

"내가 알 바 아닙니다!" 그가 문을 닫으며 말했다.

7

이튿날, 집행관 아랑이 두 명의 입회인을 대동하고 압류조서를 작성하기 위해 집에 왔을 때 에마는 의연한 모습을 보였다.

그들은 보바리의 진료실부터 시작했는데, 골상학용 해골은 직업상 필요한 도구로 간주해 목록에 올리지 않았다. 하지만 부엌에서는 접시, 냄비, 의자, 촛대까지, 침실에서는 선반 위의 온갖 자질구레한 물건들까지 헤아렸다. 그들은 그녀의 드레스와 속옷과 화장하는 공간을 조사했다. 그녀의 삶은 해부대 위에 놓인 시체처럼 가장 은밀한 구석까지 세 사내의 눈길에 여지없이 노출되었다.

몸에 꼭 맞는 검은 양복의 단추를 모두 채우고 하얀 넥타이를 매고 바지에 연결된 발밑 끈을 팽팽히 당긴 아랑이 이따금 같은 질문을 던졌다.

"실례해도 될까요, 부인? 실례해도 되겠습니까?"

그는 종종 감탄을 터뜨렸다.

"매혹적이군!…… 정말 예뻐!"

그런 다음 왼손에 든 뿔로 만든 잉크병 속에 깃털 펜을 담갔다가 다시 목록을 작성하기 시작했다.

방들을 다 조사한 뒤에는 다락방으로 올라갔다.

그녀는 그 방에 놓인 책상 안에 로돌프의 편지를 넣고 열쇠로 잠가두었다. 그것을 열어야 했다.

"아! 편지로군요! 하지만 제가 좀 봐야 할 것 같은데요! 상자에 다른 물건이 없는지 확인해야 해서요." 아랑이 은근한 미소를 띠며 말했다.

그러고는 나폴레옹이 새겨진 금화라도 떨어질 것처럼 편지들을 가볍게 옆으로 기울였다. 손가락이 붉고 민달팽이처럼 물렁해 보이는 그 두꺼운 손이 자신이 가슴을 두근거리며 읽었던 그 편지들 위에 놓인 것을 보고 그녀는 분노에 사로잡혔다.

마침내 그들이 떠났다! 펠리시테가 돌아왔다. 샤를이 집으로 들어오지 못하게 망을 보라고 내보냈던 것이다. 그녀와 펠리시테는 남아 있는 압류 감시인을 재빨리 다락방으로 들여보냈고, 그는 그곳에서 나오지 않겠다고 약속했다.

그날 저녁 샤를은 에마가 보기에 걱정이 있는 사람 같았다. 그녀는 그의 주름진 얼굴에 비난이 담겨 있는 것 같아, 불안에 찬 눈길로 그를 훔쳐보았다. 이윽고 중국산 병풍으로 장식한 벽난로, 풍성한 커튼, 안락의자 같은, 생활의 고달픔을 덜어주던 그 모든 물건들 위로 눈길이 옮겨가면서 그녀는 후회에, 아니 커다란 아쉬움에 사로잡혔는데, 그 감정이 그녀의 정념을 가라앉히기는커녕 오히려 자극했다. 샤를은 벽난로의 장작 받침대 위에 두 발을 올려놓고 평온한 표정으로 불을 뒤적거리고 있었다.

그러다 한번은 감시인이 은신처에 틀어박혀 있는 게 지루했는지 달그락거리는 소리를 냈다.

"저 위에서 누가 돌아다니는 소리 같지 않아요?" 샤를이 물었다.

"아니에요! 열어둔 채광창으로 바람이 들어와서 그럴 거예요." 그녀가 말했다.

이튿날인 일요일, 그녀는 이름을 알고 있는 금융업자들을 모두 찾아가볼 생각으로 루앙으로 갔다. 모두들 시골에 가 있거나 여행중이었다. 그녀는 포기하지 않았다. 만날 수 있는 사람들에게는 꼭 필요해서 그런다고, 갚을 테니 돈을 빌려달라고 사정했다. 몇몇은 그녀의 면전에서 코웃음을 쳤다. 모두가 그녀의 부탁을 거절했다.

두시에 에마는 레옹의 집으로 가서 문을 두드렸다. 문은 열리지 않았다. 이윽고 그가 나왔다.

"무슨 일이에요?"

"내가 와서 방해가 된 건가요?"

"아뇨…… 하지만……"

그는 집주인이 '여자들'을 방에 데려오는 것을 꺼린다고 털어놓았다.

"당신한테 얘기할 게 있어요." 그녀가 말했다.

그러자 그는 문을 열기 위해 열쇠에 손을 뻗었다. 그녀가 그를 제지했다.

"오! 아니에요. 저기 우리 방으로 가요."

그들은 불로뉴호텔에 있는 그들의 방으로 갔다.

그녀는 방에 들어가자마자 큰 컵 가득 물을 마셨다. 그녀의 안색이 무척 창백했다. 에마가 그에게 말했다.

"레옹, 내 부탁 좀 들어줘요."

그러고는 그의 두 손을 꽉 잡고 흔들면서 덧붙였다.

"내 말 좀 들어봐요. 난 지금 8천 프랑이 필요해요!"

"당신 미쳤군요!"

"미쳐가고 있어요!"

그녀는 즉각 압류 이야기를 하면서 자신이 처한 곤란한 상황을 털어놓았다. 샤를은 아무것도 모르고 있고, 시어머니는 그녀를 미워하며, 아버지 루오 영감에게는 도와줄 힘이 없다. 하지만 그라면, 레옹이라면 꼭 필요한 이 돈을 구하기 위해 이리저리 뛰어다녀줄 테니까……

"어떻게 이런 부탁을……?"

"당신 어쩌면 이렇게 배짱이 없어요?" 그녀가 소리쳤다.

레옹은 어리석게도 이렇게 말했다.

"당신이 너무 심각하게 생각하는 거예요. 아마 천 에퀴 정도만 줘도 그 사람은 잠잠해질 거예요."

그렇다면 더욱더 돈을 구해줄 궁리를 해야 했다. 3천 프랑 정도도 못 구한다는 건 말이 되지 않았다. 게다가 그녀 대신에 레옹이 돈을 빌리는 것으로 할 수도 있었다.

"가봐요! 어떻게든 해보라고요! 꼭 마련해야 해요! 어서 가요!…… 오! 서둘러요! 서둘러! 더 많이 사랑해줄게요!"

그는 밖으로 나갔다가 한 시간 후에 돌아와 심각한 얼굴로 말했다.

"세 사람이나 찾아가봤지만…… 소용없었어요!"

그들은 벽난로 양쪽에 얼굴을 마주보고 앉아 입을 꾹 다물고 꼼짝도 하지 않았다. 에마는 초조한 듯 발을 구르고 어깨를 으쓱 올리곤 했다. 그의 귀에 그녀가 중얼거리는 소리가 들려왔다.

"내가 당신이라면, 어디서 돈을 구할지 알 수 있을 텐데!"

"어디서요?"

"당신 사무실에서요!"

그러면서 에마는 그를 바라보았다.

그녀의 타오르는 듯한 눈동자에서 사악한 대담성이 뿜어져나오고, 눈꺼풀이 격려하듯이 요염하게 깜박거렸다. 그러자 청년은 자신에게 범죄를 저지르라고 종용하는 그 여자의 말없는 의지에 마음이 약해지는 것을 느꼈다. 그는 두려움에 사로잡혀 더이상 말이 길어지는 것을 피하기 위해 이마를 치면서 소리쳤다.

"오늘밤 모렐이 돌아올 거예요! 그 친구는 내 청을 거절하지 않을 테니까(그는 레옹의 친구로 아주 부유한 상인의 아들이었다), 내일 그 돈을 갖고 당신 집으로 갈게요." 그가 덧붙였다.

그의 예상과 달리 에마는 그 희망에 찬 언질을 기뻐하며 받아들이는 기색이 아니었다. 거짓말이라는 것을 눈치챈 것일까? 그가 얼굴을 붉히며 다시 말했다.

"하지만 세시가 되어도 내가 나타나지 않으면 더이상 기다리지 말아요, 내 사랑. 이제 가봐야겠네요, 미안해요. 그럼 잘 가요!"

그는 그녀의 손을 잡았지만, 그 손은 축 늘어져 있었다. 에마에게는 이제 그 어떤 감정도 느낄 기운이 없었다.

시계가 네시를 쳤다. 그녀는 자동인형처럼 습관에 따라 용빌로 돌아가기 위해 자리에서 일어났다.

날씨가 화창했다. 구름 한 점 없는 하늘에 해가 하얗게 빛나는, 맑고 쌀쌀한 전형적인 3월 날씨였다. 나들이옷을 차려입은 루앙 시민들이 행복한 모습으로 산책을 하고 있었다. 그녀는 대성당 앞 광장에 이르렀다. 저녁 미사를 마친 사람들이 성당에서 나오고 있었다. 군중은 마치 세 개의 아치 교각 아래로 흐르는 강물처럼 세 개의 문으로 쏟아져 나왔고, 그 한가운데 성당 안내인이 바위처럼 꼼짝도 하지 않고 서 있었다.

그러자 그토록 불안하면서도 희망에 차서 그 커다란 회중석으로 들어갔던 날이, 자신의 사랑이 눈앞에 펼쳐진 회중석보다 깊게 느껴지던 날이 그녀의 머릿속에 떠올랐다. 에마는 베일 속에서 흐느껴 울며, 정신이 흐릿하고 두 발이 휘청거려서 금방이라도 쓰러질 것 같은 모습으로 계속 걸었다.

"조심하세요!" 어느 집의 대문이 열리면서 누군가 소리쳤다.

그녀가 걸음을 멈추자 검은 말이 틸버리 마차의 끌채 안에서 앞발로 땅을 걷어차며 지나갔는데, 검은 담비털 옷을 입은 신사가 마차를 몰고 있었다. 저 사람이 누구였더라? 그녀가 아는 얼굴이었다…… 마차가 내달리며 그녀의 시야에서 사라졌다.

바로 그 자작이었다! 그녀는 뒤를 돌아보았다. 길은 텅 비어 있었다. 그녀는 너무도 지치고 슬픈 나머지 쓰러지지 않으려고 담에 몸을 기댔다.

이윽고 자신이 잘못 봤을지도 모른다는 생각이 들었다. 사실 그녀는 아무것도 알 수 없었다. 그녀 안에서도, 그녀 밖에서도 모든 것이 그녀에게서 멀어져갔다. 길을 잃고 깊이를 알 수 없는 심연 속을 아무렇게나 떠도는 듯한 느낌이 들었다. 그래서 크루아 루즈 여관에 도착해 낯익은 오메의 얼굴을 대하자 거의 반갑기까지 했는데, 그는 약품으로 가득찬 커다란 상자를 리롱델에 싣는 것을 지켜보고 있었다. 그의 손에는 아내에게 주려고 산 슈미노 빵 여섯 개가 스카프에 싸여 들려 있었다.

오메 부인은 사순절 때 가염 버터를 발라 먹는 터번 모양의 그 작고 두툼한 빵을 무척 좋아했다. 그 빵은 아마도 십자군원정 때까지 거슬러 올라가는 전형적인 중세 음식 중에서 지금까지 유일하게 남아 있는 것으로, 지난날 건장한 노르망디 사람들은 노란 횃불이 밝혀진 식탁 위에 커다란 돼지고기 덩어리와 향료를 넣은 포도주 병들 사이에 놓인 그 빵을 사라센인의 머리통이라고 여기며 게걸스럽게 집어삼켰으리라. 약제사의 아내는 치아가 몹시 부실했지만 그들처럼 용감하게 그 빵을 이로 뜯어먹었다. 그래서 오메는 루앙에 올 때마다 아내를 위해 마사크르가에 있는 유명한 빵집에 들러 그 빵을 샀다.

"이렇게 뵈니 반갑습니다!" 그는 에마가 리롱델에 오르도록 손을 내밀어주며 말했다.

오메는 그물 선반의 가죽끈에 슈미노 빵을 매달아놓고 모자를 벗고 팔짱을 낀 다음 나폴레옹처럼 생각에 잠긴 자세를 취했다.

하지만 언제나처럼 언덕 아래에서 맹인이 나타나자 그는 소리쳤다.

"이런 불법적인 행위를 아직도 당국에서 그냥 내버려둔다니 도대체 이해할 수가 없군요! 저런 딱한 사람들은 당장 잡아들여 무슨 일이라도 시켜야 해요! 정말이지 진보가 이렇게 거북이걸음으로 이루어져서야 원! 우리는 야만의 시대 한복판에서 헤어나질 못하고 있다니까요!"

맹인이 내민 모자가 못이 빠져 한쪽이 덜렁거리는 타피스리처럼 창가에서 흔들렸다.

"연주창 환자네요!" 약제사가 말했다.

그러고는 그 딱한 사내를 이미 알고 있었으면서도 마치 처음 보는 것처럼 각막이니 불투명 각막이니 공막이니 안색이니 하는 말을 중얼거리더니 아버지연하는 어조로 맹인에게 물었다.

"이 친구야, 이렇게 끔찍한 불구가 된 지 오래됐나? 주점에서 술만 마시지 말고 섭생을 잘하면 좋아질 걸세."

그는 좋은 포도주와 좋은 맥주, 질 좋은 고기를 먹으라고 권했다. 맹인은 노래를 멈추지 않았다. 그는 거의 바보처럼 보였다. 결국 오메는 지갑을 열었다.

"자, 여기 1수를 줄 테니 2리아르*를 거슬러주게. 그리고 내 충고를

* 1리아르는 4분의 1수.

잊지 않고 실천하면 좋아질 걸세."

이베르가 그런 처방이 효과가 있겠느냐고 대놓고 의혹을 표했다. 하지만 약제사는 자신이 조제한 소염 연고로 직접 그를 낫게 할 수 있다고 장담하면서 맹인에게 자기가 사는 곳을 알려주었다.

"시장 옆에 있는 오메 약국이라고 하면 다들 알 걸세."

"이제 그 대가로 우리한테 공연을 보여줘야지." 이베르가 말했다.

맹인은 쭈그리고 앉더니 고개를 뒤로 젖히고 초록빛 도는 두 눈알을 굴리고 혀를 길게 내밀고 두 손으로 배를 문지르면서 굶주린 개처럼 탁한 울부짖음을 내질렀다. 에마는 구역감이 치밀어올라 어깨 너머로 5프랑짜리 동전을 던져주었다. 그녀의 전 재산이었다. 그렇게 전 재산을 던져버리는 것이 멋지게 여겨졌다.

마차가 다시 출발하려는 순간 오메가 창밖으로 불쑥 몸을 내밀며 외쳤다.

"전분질 음식이나 유제품은 먹지 말게! 모직 옷만 입고 환부에는 노간주나무 열매를 태워 연기를 쐬게나!"

마차의 창밖으로 펼쳐지는 낯익은 풍경이 에마로 하여금 점차 현재처한 고통을 잊게 해주었다. 참을 수 없는 피로감이 그녀를 짓눌렀으므로, 집에 도착했을 때 그녀는 정신이 몽롱하고 기운이 빠진 채 반쯤 졸고 있었다.

"될 대로 되라지!" 그녀가 중얼거렸다.

또 누가 알겠는가? 한순간에 이변이 일어나지 말란 법도 없지 않은가? 뢰뢰가 죽어버릴 수도 있었다.

다음날 아침 아홉시, 그녀는 광장에서 들려오는 웅성거리는 소리에 잠에서 깼다. 시장 주위에 사람들이 모여서 기둥에 붙은 커다란 벽보를 읽고 있었고, 쥐스탱이 표지석 위에 올라가 벽보를 찢어내는 모습이 보였다. 하지만 그 순간 마을 경찰이 나타나 쥐스탱의 목덜미를 붙잡았다. 오메가 약국에서 나왔고, 모인 사람들 한가운데에서 르프랑수아 부인이 무슨 말인가 거들먹거리며 늘어놓고 있는 듯했다.

"마님! 마님! 큰일났어요!" 펠리시테가 집안으로 들어오며 외쳤다.

그 딱한 처녀는 몹시 당황해하며 문에서 막 떼온 노란 종이를 내밀었다. 에마는 한눈에 자기 집안의 모든 동산이 경매에 부쳐졌다는 내용임을 파악했다.

이윽고 두 사람은 말없이 서로를 바라보았다. 하녀와 안주인 사이에는 비밀이 없었다. 마침내 펠리시테가 한숨을 내쉬었다.

"저라면 기요맹 씨를 찾아가보겠어요."

"그렇게 생각하니?……"

그러니까 그 질문은 이런 뜻이었다.

"그러니까 네가 그 집 하인에게 들은 바에 따르면 그 집 주인이 종종 내 얘기를 한다는 거지?"

"네, 가보세요, 도움이 될 거예요."

에마는 검은 드레스로 갈아입고 흑옥으로 장식된 모자가 달린 외투를 걸친 다음, 사람들의 눈에 띄지 않도록(광장에는 늘 사람이 많았다) 마을을 벗어나 시냇가의 오솔길로 접어들었다.

그녀는 가쁜 숨을 몰아쉬며 공증인의 집 철책 문 앞에 이르렀다. 하늘은 어두웠고 눈발이 조금 날리고 있었다.

종이 울리자 빨간 조끼를 입은 테오도르가 바깥 현관 계단으로 나왔다. 그는 아는 사람을 대하듯 친밀한 태도로 그녀에게 문을 열어주고 식당으로 안내했다.

벽감을 가득 채운 선인장 아래에서 커다란 도기 난로가 소리를 내며 타오르고 있었고, 떡갈나무 무늬의 벽지를 바른 벽에는 까만 나무 액자에 끼운 쇼팽의 〈보디발의 아내〉와 스퇴방의 〈에스메랄다〉가 걸려 있었다. 음식을 차려놓은 식탁, 은제 보온기 두 개, 크리스털로 된 문손잡이, 쪽나무로 된 마룻바닥, 가구 등 모든 것이 영국식으로 세심하게 닦여 반짝였다. 유리창의 네 귀퉁이는 스테인드글라스로 장식되어 있었다.

'바로 이런 식당이 내게 필요한데.' 에마는 생각했다.

공증인은 종려나무 무늬가 들어간 가운 자락을 왼쪽 팔로 여미고 다른 손으로는 밤색 벨벳 모자를 벗었다가 재빨리 고쳐 쓰면서 식당으로 들어왔다. 일부러 오른쪽으로 기울여 쓴 모자 밑으로, 벗어진 머리의 뒤쪽으로 빙 둘러 나 있는 금발 세 가닥이 삐죽 나와 있었다.

그는 의자를 권한 다음 결례를 하게 되어 미안하다고 하면서 식사를 하기 위해 자리에 앉았다.

"선생님, 제가 드릴 말씀이……" 그녀가 말했다.

"어떤 거죠, 부인? 말씀하십시오."

그녀는 그에게 자신이 처한 상황을 털어놓기 시작했다.

사실 공증인 기요맹은 은밀하게 포목상과 연락하면서 담보대출을 원하는 이들에게 줄 자금을 늘 그에게서 융통해왔기 때문에, 에마의 사정을 이미 훤히 알고 있었다.

그래서 그는 그 어음들에 얽힌 긴 내력을 (그녀보다도 더 잘) 알고 있었는데, 그 어음들은 처음에는 소액에 불과했지만 여러 사람이 배서하고 시간차를 두고 지불기일을 길게 늘려 잡아 거듭 갱신하다가, 마침내 포목상이 날을 잡아 지불을 거절당한 어음들을 모두 모아서 자기 친구 뱅사르에게 필요한 소송을 위탁한 것으로, 그가 친구를 동원한 것은 마을 사람들에게 피도 눈물도 없는 자라는 말을 듣지 않기 위해서였다.

에마는 이야기를 하는 중간중간 뢰뢰에 대한 불만을 드러냈는데, 그런 비난에 공증인은 간간이 건성으로 대답했다. 갈비 요리를 먹고 차를 마시면서 그는 짧은 금줄로 연결된 두 개의 다이아몬드 핀이 꽂힌 하늘색 넥타이에 턱을 묻었다. 그는 좀 느끼하면서도 미묘한, 의미를 알 수 없는 미소를 지었다. 그러더니 그녀의 발이 젖어 있는 것을 보고는 말했다.

"난로 쪽으로 다가앉으세요…… 발을 좀더 위로 올리세요…… 도기에 닿도록."

그녀는 난로가 더러워질까봐 겁을 냈다. 공증인은 짐짓 정중한 어조로 다시 말했다.

"아름다운 것은 아무것도 더럽히지 않는 법이죠."

그녀는 그의 마음을 움직이려 애쓰다가, 자기감정에 겨워 팍팍한 살림과 고충과 곤궁까지 털어놓기에 이르렀다. 그는 이해한다고 했다. 우아한 여성이 어찌 그런 고생을 한단 말인가! 그리고 식사를 계속하면서도 몸을 그녀 쪽으로 완전히 돌려서 무릎이 그녀의 부츠에 스칠 정도였는데, 도기 난로에 닿아 휘어진 부츠 바닥에서는 김이 피어오르고 있었다.

하지만 그녀가 천 에퀴를 빌려달라고 부탁하자, 그는 입술을 앙다물고는 자신이 진작 그녀의 집 재산을 관리하지 않은 것이 무척 안타깝다고 했는데, 왜냐하면 가정부인이라도 돈을 불릴 수 있는 아주 편리한 방법이 많다는 것이었다. 그랬다면 그뤼메닐 토탄광이나 르아브르의 토지에 결과가 거의 보장된 투자를 할 수 있었을 것이라고 했다. 그런 다음 그는 그녀가 분명 벌고도 남았을 어마어마하게 큰 돈을 떠올리며 원통해하는 것을 가만히 지켜보았다.

"도대체 왜 진작 저를 찾아오시지 않은 겁니까?" 그가 다시 물었다.

"잘 모르겠어요." 그녀가 대답했다.

"이유가 뭡니까?…… 제가 그렇게 무서우셨나요? 한탄을 해야 할 사람은 오히려 접니다! 우리는 서로 거의 모르는 사이나 다름없었잖습니까! 하지만 저는 당신의 충실한 친구입니다. 이제 그 점은 의심하지 않으시죠?"

그는 한 손을 내밀어 그녀의 손을 잡고 탐욕스레 여러 차례 입맞춤을 한 다음 그 손을 자기 무릎 위로 가져갔다. 그런 다음 온갖 감미로운 말을 줄곧 중얼거리며 그녀의 손가락을 만지작거렸다.

그의 억양 없는 목소리가 시냇물 소리처럼 귓가에 들려왔다. 번쩍거리는 안경 너머로 그의 동공에서 불꽃이 튀더니, 그의 두 손이 에마의 소매 속으로 들어와 팔을 더듬기 시작했다. 헐떡이는 그의 숨결이 에마의 뺨에 와 닿았다. 그녀는 그 남자가 끔찍하게 불쾌했다.

그녀가 벌떡 일어서며 말했다.

"선생님, 전 기다리고 있는데요!"

"뭘 말입니까?" 공증인이 갑자기 핏기가 가신 얼굴로 물었다.

"그 돈 말이에요."

"하지만……"

이윽고 그는 너무나도 강한 욕망이 끓어올라 항복한 듯 말했다.

"그래요, 좋습니다!……"

그는 가운이 어떻게 되든 아랑곳없이 무릎걸음으로 그녀에게 다가갔다.

"제발, 가지 마세요! 당신을 사랑합니다!"

그가 그녀의 허리를 껴안았다.

순식간에 보바리 부인의 얼굴이 새빨개졌다. 그녀는 매섭게 그를 노려보며 뒷걸음치면서 소리쳤다.

"당신은 내가 처한 곤경을 파렴치하게 이용하는군요! 난 사정을 하러 왔지 몸을 팔러 온 게 아니에요!"

그녀는 그 집을 나왔다.

공증인은 어안이 벙벙한 채 고운 수가 놓인 자기 실내화를 물끄러미 내려다보았다. 그것은 정부가 준 선물이었다. 그 선물을 보고 있자니 마침내 마음이 가라앉았다. 게다가 보바리 부인과의 그런 모험은 그에게 좀 위험할지도 모른다는 생각이 들기도 했다.

"그렇게 한심할 수가! 그렇게 상스러울 수가!…… 어떻게 그런 파렴치한 짓을!" 하고 중얼거리며, 에마는 길가에 줄지어 늘어선 사시나무 아래를 신경질적인 발걸음으로 도망치듯 걸었다. 소기의 목적을 달성하지 못했다는 실망감이 정절이 모욕당한 데 대한 분노를 가중시켰다. 마치 '하늘의 섭리'가 자신을 악착같이 괴롭히려 따라다니는 듯한 기분이었다. 그러자 자신이 자랑스럽게 여겨지고 그 어느 때보다도 스스로가 가치 있는 존재로 생각되면서 다른 이들에 대한 경멸감이 차올랐다. 그녀는 전의 같은 것에 불타올랐다. 남자들을 두들겨패고, 그들의 얼굴에 침을 뱉고, 그들 모두를 뭉개버리고 싶었다. 그녀는 창백한 얼굴로 몸을 떨며 분노에 휩싸인 채 눈물어린 눈으로 텅 빈 지평선을 훑어보면서, 마치 숨막히는 증오심을 음미하기라도 하듯 빠른 걸음으로 똑바로 걸어갔다.

집이 보이자, 그녀는 갑자기 온몸에 감각이 없어지는 것 같았다. 앞으로 나아갈 수가 없었다. 하지만 집으로 가야만 했다. 어디로 도망친단 말인가?

펠리시테가 문 앞에서 그녀를 기다리고 있었다.

"잘 풀렸어요?"

"아니!" 에마가 대답했다.

두 사람은 십오 분 동안 용빌 사람들 가운데 그녀를 구해줄 만한 이들을 떠올려보았다. 펠리시테가 누군가의 이름을 말할 때마다 에마가 대답했다.

"아니! 안 도와줄 거야!"

"하지만 곧 선생님이 돌아오시잖아요!"

"나도 알아…… 혼자 있게 해줘."

그녀는 모든 방법을 다 시도했다. 이제 더이상 할 수 있는 일이 없었다. 그래서 샤를이 오면 이렇게 말할 생각이었다.

"거기에서 물러서요. 당신이 밟고 있는 그 양탄자는 이제 우리 것이 아니에요. 이 집에 있는 물건 중에서 가구 하나, 핀 하나, 지푸라기 하나도 당신 것이 아니에요. 가엾은 샤를, 당신을 이렇게 파산시킨 사람은 바로 나예요!"

그러다보면 한바탕 울음이 터질 테고, 샤를 역시 눈물을 펑펑 쏟은 다음 충격이 진정되면 용서해주리라.

"그래, 그는 나를 용서할 거야. 나를 마음에 둔 죄를 용서받으려면 나에게 백만금을 줘도 모자랄 테니까…… 모자라지! 모자라고말고!" 그녀가 이를 갈면서 중얼거렸다.

보바리가 자기보다 우위에 선다는 생각에 그녀는 격분했다. 그녀가 털어놓든 털어놓지 않든, 당장이든 잠시 후든 내일이든 어차피 그는 이 대참사를 알게 되리라. 그러니 이 끔찍한 소동이 일어날 때까지 기다려 샤를이 베푸는 관용의 무게를 감수해야 했다. 문득 뢰뢰의 가게에 다시 찾아가볼까 하는 생각이 들었다. 하지만 무슨 소용이 있겠는가? 아버지한테 편지를 써볼까? 이미 늦었다. 조금 전 공증인에게 몸을 맡기지 않은 것이 후회될 즈음, 집 뒤편 오솔길을 말 한 마리가 달려오는 소리가 들려왔다. 다름 아닌 샤를이었는데, 사립문을 연 그의 얼굴이 회벽보다 더 하얗게 질려 있었다. 에마는 층계를 달려내려가 재빨리 광장으로 빠져나갔다. 성당 앞에서 레스티부두아와 이야기를 하고 있던 마을 대표의 아내는 에마가 세무관리의 집으로 들어가는 것을 보았다.

그녀는 황급히 카롱 부인에게 달려가 그 사실을 알렸다. 두 여자는 다락방으로 올라갔다. 그러고는 장대에 널어놓은 빨래 뒤에 몸을 숨기고 비네의 방 전체가 눈에 잘 들어오는 곳에 자리를 잡았다.

비네는 다락방에 혼자 앉아서 나무로 조각을 하고 있었는데, 그것은 꼭 집어서 뭐라고 이름할 수 없는 상아 세공물을 본뜬, 초승달 모양과 공 모양이 서로 파고들어가 맞물린 방첨탑처럼 곧게 뻗은 목각으로 딱히 용도가 있는 것이 아니었다. 그는 마지막 부분을 세공중이었으므로, 완성이 코앞이었다! 어슴푸레한 작업실에서, 질주하는 말의 쇠편자가 일으키는 불꽃 같은 금빛 먼지가 선반기에서 피어올랐다. 두 개의 바퀴가 윙윙거리며 돌아갔다. 비네는 턱을 낮춘 채 콧구멍을 벌름거리며 미소를 지었는데, 소소한 작업에서만 맛볼 수 있는 완벽한 행복의 경지에 마침내 도달한 듯했다. 그 같은 행복은 쉽사리 극복할 수 있는 어려움으로 지성을 즐겁게 해주고, 더이상 바랄 것이 없는 성취로 지성을 충족시켜주는, 그런 소소한 작업에서만 맛볼 수 있었다.

"아! 그 여자가 저기 있어요!" 튀바슈 부인이 말했다.

하지만 선반기 돌아가는 소리에 묻혀 에마가 하는 말은 거의 들리지 않았다.

두 사람의 귀에 프랑이라는 단어가 들린 듯하자, 튀바슈 부인이 나지막한 목소리로 소곤거렸다.

"세금 납부기한을 연장해달라고 부탁하는 것 같은데요."

"그래 보이네요!" 카롱 부인이 맞장구쳤다.

두 여인이 보니 에마가 방안을 왔다갔다하면서 벽에 걸린 냅킨 고리, 촛대, 공모양의 난간 장식을 살펴보는 동안 비네는 만족스러운 표정으로 턱수염을 쓰다듬고 있었다.

"혹시 뭔가를 주문하러 온 걸까요?" 튀바슈 부인이 말했다.

"한데 저 사람은 아무것도 안 팔잖아요!" 카롱 부인이 반박했다.

세무관리는 무슨 말인지 잘 모르겠다는 듯 눈을 크게 뜨고 에마의 말을 듣고 있었다. 그녀는 다정한 태도로 마치 애원이라도 하듯 말을 이어나갔다. 그녀가 비네에게 가까이 다가갔다. 에마의 가슴이 크게 오르내렸다. 두 사람은 이제 입을 다물고 있었다.

"여자가 유혹하는 건가요?" 튀바슈 부인이 물었다.

비네는 귀까지 빨개졌다. 에마가 그의 손을 잡았다.

"아! 저건 좀 심한걸요!"

에마가 비네에게 파렴치한 일을 제안한 게 틀림없었다. 뤼첸전투와 보첸전투에서 싸웠고 프랑스전투*에 참전해 무공십자훈장 후보에까지 오른 용감한 세무관리가 갑자기 뱀이라도 본 것처럼 뒤로 펄쩍 물러서며 외쳤던 것이다.

"부인! 어떻게 그런 생각을?……"

"저런 여자들은 채찍으로 맞아야 해요." 튀바슈 부인이 말했다.

"그런데 금세 어디로 갔죠?" 카롱 부인이 물었다.

두 사람이 말하는 동안 에마가 사라진 것이다. 이윽고 큰길을 따라 걷다가 묘지로 가려는 듯 오른쪽 길로 꺾는 에마를 발견한 두 여자는 이런저런 추측을 해댔다.

"롤레 어멈, 숨이 막힐 것 같아요! 옷끈 좀 풀어줘요." 에마가 유모의 집에 도착해 말했다.

그녀는 침대 위에 쓰러졌다. 그리고 흐느꼈다. 롤레 어멈은 속치마를 내려주고 옆에 서 있었다. 그녀가 아무런 반응을 보이지 않자, 유모는 침대 옆을 떠나 물레를 잡고 아마 껍질로 실을 잣기 시작했다.

---

* 뤼첸전투와 보첸전투는 각각 1813년 프랑스군이 프로이센과 러시아 연합군을 뤼첸과 보첸에서 격파한 전투. 프랑스전투는 1814년 프랑스군과 6차 연합군 사이에 벌어진 마지막 전투.

"오! 그만해요!" 에마가 비네의 선반기 소리라고 착각하고 중얼거렸다.

'무슨 일로 저러는 걸까? 여긴 왜 왔을까?' 유모는 생각했다.

에마가 그곳으로 달려온 것은 일종의 공포에 쫓겨 집에 갈 수가 없었기 때문이었다.

방바닥에 등을 대고 누워 꼼짝도 하지 않고 시선을 고정한 채 백치처럼 완강하게 주의를 기울이고 있는데도 그녀는 모든 게 흐릿해 보였다. 에마는 벽의 칠이 벗어져나간 부분, 끝이 맞닿은 채 연기를 뿜어내는 두 개의 장작 토막, 머리 위 대들보 틈새를 기어가는 커다란 거미를 멍하니 응시했다. 이윽고 머릿속이 맑아지기 시작했다. 기억이 났다…… 어느 날, 레옹과 함께…… 오! 얼마나 아득한지…… 태양이 시냇물 위에서 빛나고 미나리아재비가 향기를 내뿜었지…… 물거품을 일으키며 흘러가는 급류에 휩쓸리듯 지난 추억이 빠르게 머릿속을 지나가더니, 바로 전날 있었던 일이 곧이어 머릿속에 떠올랐다.

"지금 몇시예요?" 그녀가 물었다.

롤레 어멈은 방을 나가 하늘의 가장 밝은 쪽을 향해 오른손 손가락을 들어본 다음 천천히 방으로 돌아와 말했다.

"곧 세시예요."

"아! 고마워요! 고마워요!"

그가 올 시간이었다. 틀림없었다! 돈을 구했을 것이다. 하지만 그녀가 여기 있는 줄 모르고 집으로 갈 터였다. 에마는 유모에게 얼른 자기 집으로 달려가 레옹을 데리고 오라고 말했다.

"서둘러요!"

"갑니다, 부인! 간다고요!"

그녀는 자신이 처음부터 레옹 생각을 하지 않았다는 사실에 놀랐다. 어제 그는 약속을 했고, 그 약속을 지킬 터였다. 벌써 뢰뢰의 가게로 가서 책상 위에 지폐 세 장을 펼쳐놓는 자신의 모습이 눈에 보이는 듯했다. 그러고 나서는 샤를을 이해시킬 만한 이야기를 생각해내야 했다. 뭐가 좋을까?

하지만 꽤 시간이 흘렀는데도 유모가 돌아오지 않았다. 그 오두막에는 시계가 없어서 에마는 자신이 아마도 실제보다 시간이 더 많이 흘렀다고 여기는 모양이라고 생각했다. 그녀는 방밖으로 나가 한 걸음 한 걸음 떼어놓으며 마당을 돌기 시작했다. 울타리를 따라 샛길로 나갔다가 유모가 다른 길로 해서 돌아와 있기를 바라면서 서둘러 되돌아왔다. 마침내 기다림에 지치고 떨치려 해도 떨칠 수 없는 의혹에 쫓기면서, 에마는 자신이 그곳에 온 것이 까마득히 오래전인지 아니면 방금 전인지 더이상 알 수 없게 되어 방 한구석에 앉아 눈을 감고 귀를 막았다. 울타리 사립문이 삐걱하고 열리는 소리가 났다. 그녀는 벌떡 일어났다. 에마가 입을 열기도 전에 롤레 어멈이 말했다.

"댁에 아무도 안 왔던데요!"

"뭐라고요?"

"오! 아무도 안 왔어요! 그런데 선생님이 울고 계세요. 부인을 부르면서요. 다들 부인을 찾고 있어요."

에마는 아무 대답도 하지 않았다. 그녀가 숨을 헐떡이며 눈알을 이리저리 굴려 주변을 두리번거리는 것을 보고 유모는 그녀가 미쳤다고 여기고 겁에 질려 본능적으로 뒷걸음질했다. 갑자기 에마가 자기 이마를 탁 치면서 소리를 질렀는데, 캄캄한 어둠 속의 번갯불처럼 로돌프 생각이 머릿속을 스쳤기 때문이었다. 그는 그토록 친절하고 자상하고 너그럽지 않았던가! 만에 하나 처음에는 부탁을 들어주기를 주저한다 해도, 그녀는 눈짓 한 번으로 그들의 잃어버린 사랑을 되살려 부탁을 들어주게 만들 수 있을 터였다. 그녀는 위셰트를 향해 출발했는데, 그에게 가는 것이 불과 얼마 전 자신이 그토록 격분했던 바로 그 일을 하기 위해서라는 것도, 그리고 그것이 몸을 파는 짓이라는 것도 깨닫지 못한 채였다.

8

그녀는 걸어가며 자문했다. '뭐라고 말할까? 어디서부터 이야기하지?' 앞으로 나아갈수록 그녀는 덤불과 나무와 언덕 위의 골풀, 그리고 저멀리 저택을 알아볼 수 있었다. 그 연애를 처음 시작할 때의 느낌이 되살아났고, 가엾게도 억눌려 있던 마음이 다시 사랑으로 부풀어올랐다. 다사로운 바람 한줄기가 그녀의 얼굴을 스쳤다. 눈 녹은 물이 나무의 새순으로부터 풀밭 위로 한 방울 한 방울 떨어져내렸다.

그녀는 예전처럼 정원의 작은 문을 통해 안으로 들어간 다음 잎이 무성한 보리수가 가장자리에 두 줄로 늘어선 본채 앞뜰에 이르렀다. 보리수의 긴 나뭇가지가 휘익 소리를 내며 흔들렸다. 개집 안의 개들이 일제히 짖기 시작하면서 그 소리가 메아리치듯 울려퍼졌지만 아무도 나타나지 않았다.

그녀는 나무 난간이 달린 넓은 직선형 계단을 올라가 먼지가 소복한 판석이 깔린 복도로 접어들었는데, 그 복도에는 마치 수도원이나 여관처럼 방이 여러 개 줄지어 있었다. 로돌프의 방은 왼쪽 맨 끝 방이었다. 문의 자물통에 손이 닿는 순간, 그녀는 갑자기 온몸에 힘이 빠졌다. 그가 그 방에 없을까봐 두려우면서도 동시에 그가 없었으면 하고 바라는 마음이었는데, 이제 그녀에게 남은 희망, 마지막 구원의 기회는 그것뿐이었다. 그녀는 잠시 마음을 가다듬은 뒤 당장 해야 할 일임을 깨닫고 용기를 내어 안으로 들어갔다.

로돌프는 벽난로 앞에서 두 발을 벽난로 틀 위에 올려놓고 파이프 담배를 피우고 있었다.

"이런! 당신이군요!" 그가 벌떡 일어나며 말했다.

"네, 나예요!…… 로돌프, 당신과 의논할 일이 있어서 왔어요."

하지만 아무리 애써도 그녀는 더이상 말을 이어나갈 수가 없었다.

"당신은 하나도 안 변했군요, 여전히 매력적이에요!"

"오! 딱한 매력이죠, 로돌프, 당신도 우습게 여겼으니까."

자신의 행동을 합리화할 말이 궁해진 그는 애매한 말을 늘어놓으면서 변명을 하기 시작했다.

에마는 그 말의 내용보다는 그의 목소리와 모습에 더 이끌렸다. 그래서 그녀에게 이별을 통고하지 않을 수 없었던 그의 구실을 믿는 척했는데, 아니 어쩌면 진심으로 믿는지도 몰랐다. 그는 제삼자의 명예, 나아가 생명까지 걸린 어떤 비밀 때문에 그러지 않을 수 없었노라고 말했다.

"무엇 때문이든 무슨 차이가 있겠어요! 저는 정말이지 고통스러웠어요!" 그녀가 슬픈 눈길로 그를 바라보며 말했다.

그가 달관한 듯한 어조로 대답했다.

"인생이 그런 거 아니겠습니까!"

"우리가 헤어지고 난 후로 적어도 당신의 삶은 좋았나요?" 에마가 물었다.

"오! 좋을 것도 없고…… 나쁠 것도 없었어요."

"헤어지지 않는 편이 더 나았을지도 모르겠어요."

"그래요…… 어쩌면요!"

"그렇게 생각해요?" 그녀가 좀더 가까이 다가서며 말했다.

그런 다음 그녀는 한숨을 내쉬었다.

"오, 로돌프! 정말이지 얼마나!…… 내가 당신을 얼마나 사랑했는데!"

그녀는 그의 손을 잡았고, 두 사람은 서로 손을 깍지 낀 채 잠시 그대로 있었다. 마치 그들의 첫 만남인 농업 박람회 날 그랬던 것처럼! 로돌프는 자존심을 세우느라 자꾸 약해지려는 마음을 다잡아보려 했다. 에마가 그의 가슴에 안기면서 말했다.

"내가 당신 없이 살 수 있을 거라는 생각을 어떻게 할 수 있었나요? 행복에 익숙해지면 결코 벗어날 수가 없잖아요! 난 절망했었어요! 죽는 줄 알았다고요! 그 모든 이야기를 들으면 당신도 사태가 어땠는지 알게 될 거예요. 그런데 당신은…… 나를 피하기만 했어요!"

사실 그는 남성 특유의 타고난 비겁함으로 삼 년 동안 교묘하게 그녀를 피해왔다. 에마는 발정난 암고양이보다 더한 아양에 사랑스러운 고갯짓을 곁들이며 말을 계속했다.

"털어놔보세요, 당신은 다른 여자들을 사귀고 있겠죠. 오! 난 그 여자들을 이해해요, 그래요! 그 여자들을 용서하죠. 당신이 나를 유혹했듯이 그들을 유혹했겠죠. 당신은 남자잖아요! 여자들이 사랑할 만한 모든 것을 갖추고 있죠. 하지만 우리 다시 시작해요, 네? 서로를 사랑하기로 해요! 이런, 내가 웃고 있네요, 난 행복해요!…… 그러니 말 좀 해봐요!"

소나기가 지나간 후 푸른 꽃받침에 물이 고이듯 두 눈에 눈물이 맺힌 그녀의 모습은 매혹적이었다.

그는 그녀를 무릎 위로 끌어당겨서 매끄러운 머리카락을 손등으로 쓰다듬었는데, 황혼빛 속에서 마지막 햇살이 금빛 화살처럼 그 머리카락 위에서 반짝이고 있었다. 그녀는 이마를 숙이고 있었다. 그는 결국 그녀의 눈꺼풀에 닿을락 말락 하게 살짝 입술 끝을 갖다댔다.

"당신 울었군요! 어째서죠?" 그가 물었다.

그녀는 흐느낌을 터뜨렸다. 로돌프는 그녀의 뜨거운 사랑이 분출된 것이라고 여겼다. 그녀가 아무 말이 없자 그는 그 침묵을 마지막 수줍음으로 받아들이고 이렇게 외쳤다.

"아! 날 용서해줘요! 내가 아끼는 사람은 당신뿐이에요. 내가 어리석고 나빴어요! 당신을 사랑해요, 언제까지나 사랑할 거예요!…… 무슨 일이에요? 말 좀 해봐요!"

그가 무릎을 꿇었다.

"아, 이런!…… 난 파산했어요, 로돌프! 3천 프랑만 빌려줘요!"

"하지만…… 하지만……" 그는 천천히 몸을 일으켰고, 표정이 점점 심각해졌다.

그녀가 빠르게 말을 이었다. "남편이 전 재산을 어느 공증인에게 맡겨두었어요. 그런데 그 사람이 도망을 친 거예요. 우리는 빚을 졌어요. 환자들이 치료비를 내지 않았거든요. 그런데 아직 유산 정리가 안 끝났어요. 나중에는 돈이 들어올 거예요. 다만 오늘 3천 프랑이 없어서 압류가 들어오게 생겼어요. 지금 당장요. 그래서 당신의 우정을 믿고 찾아온 거예요."

'아! 그래서 왔군.' 로돌프는 갑자기 얼굴이 창백해진 채 생각했다.

마침내 그가 차분한 태도로 말했다.

"지금 내게는 그 돈이 없습니다, 친애하는 부인."

그 말이 전적으로 거짓은 아니었다. 그 돈이 수중에 있었다면 아마도 내주었을 테지만, 그렇다고 해도 그런 종류의 선한 행동은 대개 그다지 유쾌하지 않았다. 사랑을 쓰러뜨리는 온갖 돌풍 중에서도 돈에 대한 요구는 가장 차갑고 파괴적인 것이어서 사랑의 뿌리까지 송두리째 뽑아버리는 법이다.

에마는 그의 얼굴을 한동안 물끄러미 바라보았다.

"당신에게 그 돈이 없다고요!"

그녀는 여러 차례 그 말을 되풀이했다.

"당신에게 그 돈이 없다고요!⋯⋯ 그렇다면 이런 마지막 치욕은 무릅쓰지 말았어야 했는데. 당신은 나를 사랑한 적이 없군요! 당신도 다른 남자들과 다를 게 없어요!"

그녀는 자신도 모르게 본심을 드러냈고, 판단력을 잃었다.

로돌프는 그녀의 말허리를 자르며 자신도 '곤란한' 형편이라고 말했다.

“아! 안됐네요! 그래요, 정말 안됐어요!……” 에마가 말했다.

다음 순간 그녀의 눈길이 전시된 무기들 가운데에서 번쩍거리는 상감세공 소총 위에 머물렀다.

“그렇게 가난한 사람이 총의 개머리판에 은을 입히다니요! 거북이 등껍질을 박아넣은 탁상시계를 사다니요!” 그녀가 불* 시계를 가리키며 말을 이었다. “은도금된 호루라기를 말채찍에 달다니.” 그러면서 그녀는 호루라기를 만져보았다! “시계에 장식줄을 달다니요! 오! 없는 게 없군요! 방안에 술병을 올려놓는 대까지 있네요. 왜냐하면 당신은 자신을 사랑하고 호화롭게 지내니까요. 저택과 농장과 숲도 있고, 말을 타고 사냥을 하고 파리로 여행도 가죠…… 이런! 이것만 해도 그래요.” 그녀는 벽난로 위에서 그의 커프스단추를 집어들며 소리쳤다. “이런 하찮은 것으로라도! 팔아서 돈을 만들 수 있잖아요!…… 오! 난 이런 거 필요 없어요! 당신이나 실컷 갖고 있으라고요!”

그녀가 두 개의 커프스단추를 집어던지자, 벽에 부딪치며 금줄이 끊어졌다.

“나라면 한 번의 미소, 한 번의 눈길, ‘고마워요!’라는 말 한마디만으로도 당신에게 모든 걸 다 주고, 모든 걸 다 팔고, 내 손으로 일을 하고, 길에 나가 구걸이라도 했을 거예요. 그런데 당신은 그렇게 날 고통스럽게 하고도 더 괴롭힐 거리가 남았다는 듯이 거기 안락의자에 편히 앉아 있군요? 알다시피 당신이 아니었다면 나는 행복하게 살 수 있었어요! 그런데 왜 그래야만 했나요? 무슨 내기라도 했나요? 하지만 당신

---

* 흑단에 거북껍질, 황동, 백랍 등을 상감세공하는 기법인 ‘불 상감’을 완성한 프랑스 가구 세공인.

은 나를 사랑한다고 했어요…… 조금 전에도요…… 아! 차라리 나를 내쫓아버리지 그랬어요! 양탄자 위 바로 이 자리에서 당신은 내 무릎에 매달려 영원한 사랑을 맹세했고, 당신이 한 입맞춤의 온기가 내 손에 아직 남아 있어요. 당신은 나로 하여금 당신의 말을 믿게 만들었어요. 이 년이라는 세월 동안 더없이 멋지고 감미로운 꿈속으로 나를 끌어들였어요!…… 아! 떠나기로 했던 우리의 계획 기억해요? 오! 당신의 편지, 그 편지요! 그 편지는 내 가슴을 갈가리 찢어놓았어요!…… 이제 내가 돌아와서, 돈 많고 행복하고 자유로운 당신에게 돌아와서, 내 모든 애정을 기울여 그 누구라도 해줄 수 있는 도움을 간절히 청하는데, 당신은 3천 프랑이 아까워서 나를 내치는군요!"

"지금 나한테는 그만한 돈이 없어요!" 로돌프는 억누르고 있는 화를 방패처럼 가려주는 더할 나위 없이 침착한 어조로 대답했다.

그녀는 밖으로 나왔다. 벽이 흔들리고 천장이 그녀를 짓누르는 것 같았다. 그녀는 바람에 흩어지는 낙엽 더미에 걸려 비틀거리며 긴 오솔길을 되짚어나왔다. 이윽고 철책 문 앞의 넓은 도랑에 이르렀다. 철책 문을 서둘러 열다가 걸쇠에 걸려 손톱이 부러졌다. 거기서 백 보를 더 간 다음 에마는 숨이 차고 넘어질 것 같아 걸음을 멈추었다. 그리고 돌아서서, 아무 일 없는 듯 평화롭게 보이는 저택과 정원과 세 개의 안뜰과 전면의 창문들을 다시 한번 바라보았다.

그녀는 멍해져 그 자리에 있었는데, 자신의 존재를 의식하게 해주는 것은 그녀의 몸에서 빠져나가 귀가 먹먹할 정도로 크게 울리는 음악처럼 들판을 가득 채우는 맥박소리뿐이었다. 발밑 땅이 물결보다 더 심하게 출렁거렸고, 밭고랑은 부서지는 거대한 갈색 파도 같았다. 머릿속의 기억과 생각이 무수한 폭죽이 터지듯 한꺼번에 터져나왔다. 아버지의 모습과 뢰뢰의 가게, 저멀리 그들의 방, 들판과는 다른 풍경이 눈앞에 떠올랐다. 그녀는 그대로 미쳐버릴까봐 두려워 가까스로 정신을 붙잡았는데, 실은 여전히 몽롱한 상태였다. 자신이 그토록 끔찍한 상태에 놓인 진짜 이유, 다시 말해서 돈 문제를 완전히 잊고 있었던 것이다. 그녀는 오직 사랑 때문에 괴로워하고 있었고, 크게 다친 사람들이 상처에서 흐르는 피를 통해 생명이 빠져나가는 것을 느끼듯이, 터져나오는 사랑의 추억을 통해 영혼이 몸에서 빠져나가는 것을 느꼈다.

어둠이 내리고 떼까마귀들이 날아다녔다.

갑자기 불꽃 빛깔을 띤 작은 공들이 포탄이 폭발하듯 공중에서 터져 납작해지더니 돌고 돌다가 나뭇가지 사이에 쌓인 눈 위에 떨어져 녹는 것 같았다. 각각의 공 한가운데에 로돌프의 얼굴이 나타났다. 공의 수가 점점 늘어나더니 가까이 다가와 그녀의 몸속을 파고들었다. 그러고는 모두 사라졌다. 그녀는 저멀리 안갯속에서 반짝이는 집들의 불빛을 알아볼 수 있었다.

그러자 곧 자신이 현재 처한 상황이 무슨 구렁텅이처럼 그녀의 눈앞을 가로막았다. 그녀는 가슴이 터져나갈 듯이 숨을 헐떡였다. 그러다 거의 즐거움에 가까운 장렬한 흥분에 사로잡혀 언덕을 달려내려와 소들이 건너다니는 널빤지 다리와 오솔길과 가로숫길과 시장을 가로질러 약국 앞에 이르렀다.

약국에는 아무도 없었다. 그녀는 안으로 들어가려 했다. 하지만 문에 달린 종이 딸랑거리면 누가 나올 수도 있었다. 그래서 그녀는 울타리 사립문을 통해 살며시 집안으로 들어가 숨을 죽인 채 벽을 더듬으며,

화덕 위에서 양초가 타고 있는 부엌 문턱까지 나아갔다. 쥐스탱이 셔츠 바람으로 접시를 나르는 것이 보였다.

"아! 다들 식사중이구나. 기다려야겠다."

쥐스탱이 돌아왔다. 그녀가 유리창을 두드렸다. 그가 나왔다.

"열쇠 있잖아! 저 위 다락방 열쇠, 그게 보관되어 있는……"

"뭐라고요?"

쥐스탱은 밤의 어둠을 배경으로 하얗게 도드라지는, 너무나도 창백한 에마의 안색에 깜짝 놀라 그녀를 바라보았다. 그녀는 비정상적으로 아름다웠고 유령인 양 범접할 수 없는 기운이 서려 있었다. 그녀가 원하는 것이 무엇인지는 알지 못했지만, 그는 뭔가 끔찍한 일이 일어날 것 같은 예감이 들었다.

에마는 사람의 마음을 녹이는 부드럽고 나직한 목소리로 재빨리 다시 말했다.

"그게 필요해! 그걸 내게 좀 갖다줘."

얇은 칸막이벽 너머로 식당에서 포크가 접시에 부딪히는 소리가 들려왔다.

그녀는 잠을 방해하는 쥐를 잡아야 해서 그런다고 말했다.

"약제사님께 말씀드려야 해요."

"안 돼! 가지 마!"

그런 다음 무심한 태도로 덧붙였다.

"아니! 번거롭게 그럴 필요 없어, 내가 나중에 말씀드릴게. 자, 불 좀 비춰줘!"

그녀는 조제실로 통하는 복도에 들어섰다. 고방이라는 표찰이 달린 열쇠가 벽에 걸려 있었다.

"쥐스탱!" 약제사가 짜증스럽게 부르는 소리가 들려왔다.

"올라가자!"

쥐스탱이 그녀를 따랐다.

열쇠가 열쇠 구멍 안에서 돌아갔다. 그녀는 곧바로 세번째 선반으로 다가갔는데, 그만큼 또렷이 기억하고 있었던 것이다. 그런 뒤 파란 병을 집어들어 마개를 뽑은 다음, 손을 넣어 하얀 가루를 한 움큼 꺼내 그대로 입속에 털어넣었다.

"안 돼요!" 쥐스탱이 소리치며 그녀에게 달려들었다.

"조용히 해! 누가 오면 어떡하려고……"

그는 어쩔 줄을 모르고 사람을 부르려 했다.

"아무 말도 하지마. 그랬다간 모든 게 네 주인 책임이 될 거야!"

그녀는 갑자기 마음이 진정되었고, 무슨 의무를 다한 것처럼 거의 평온해지기까지 해서 집으로 돌아갔다.

샤를이 압류 소식을 듣고 깜짝 놀라 집으로 돌아와보니, 에마는 막 나가고 없었다. 그는 소리를 지르고 흐느껴 울다가 실신까지 했지만, 그녀는 돌아오지 않았다. 도대체 어디에 갔을까? 그는 펠리시테를 오메의 집, 튀바슈의 집, 뢰뢰의 가게, 리옹 도르 여관 등 여기저기에 보냈다. 고통이 잠시 가라앉을 때면 땅에 떨어진 자신의 평판, 잃어버린 재산, 산산조각난 베르트의 장래가 그의 눈앞에 떠올랐다! 도대체 무엇 때문에?…… 한마디 말도 없이! 그는 저녁 여섯시가 되도록 기다렸다. 마침내 더이상 가만히 있지 못하고, 샤를은 그녀가 루앙으로 갔을 거라고 생각하고 큰길로 나가 반 리외 정도 걸었지만 아무도 만나지 못한 채 거기서 좀더 기다리다가 집으로 돌아왔다.

에마가 돌아와 있었다.

"도대체 어떻게 된 거예요?…… 왜 그랬나요?…… 설명 좀 해봐요!……"

그녀는 책상 앞에 앉아 편지를 쓰고는 천천히 봉한 다음 날짜와 시각을 적었다. 그러고는 엄숙하게 말했다.

"내일 이 편지를 읽으세요. 그때까지는, 부탁인데 내게 아무것도 묻지 마세요!…… 아무것도, 아무것도 묻지 말라고요!"

"하지만……"

"오! 날 좀 내버려둬요!"

그녀는 침대 위에 길게 누웠다.

입속에서 쓴맛이 느껴져 그녀는 잠에서 깼다. 살짝 눈을 떴다가 샤를의 모습이 보이자 그녀는 다시 눈을 감았다.

그녀는 혹시 고통이 느껴지는지 몸 상태를 조심스럽게 살폈다. 하지만 아니었다! 아직 아무 느낌도 없었다. 시계가 똑딱거리는 소리, 난롯불이 타는 소리, 그리고 그녀 옆에 선 샤를의 숨소리가 들려왔다.

'아! 죽음이란 게 별거 아니구나! 이제 잠이 들고 모든 게 끝나겠지!' 그녀는 생각했다.

에마는 물을 한 모금 마시고 벽 쪽으로 돌아누웠다.

아까의 고약한 잉크맛 같은 것이 없어지지 않았다.

"목말라!…… 아! 정말 목이 말라!" 그녀가 신음했다.

"왜 그래요?" 샤를이 그녀에게 물잔을 건넸다.

"아무것도 아니에요!…… 창문 좀 열어요…… 숨이 막혀요!"

그녀는 갑작스럽게 구역질이 치밀어올라 황급히 베개 밑에서 손수건을 꺼냈다.

"이것 좀 치워줘요! 버리라고요!" 그녀가 다급하게 말했다.

샤를이 에마에게 왜 그러느냐고 물었다. 그녀는 대답하지 않았다. 조금만 몸을 움직여도 토할 것 같아 꼼짝도 하지 않았다. 발끝에서부터 심장을 향해 차가운 냉기가 올라오는 것이 느껴졌다.

"아! 이제 시작이구나!" 그녀가 중얼거렸다.

"뭐라고요?"

그녀는 고통스러워하며 천천히 고개를 저으면서, 혀 위에 뭔가 아주 무거운 것을 올려놓기라도 한 듯 끊임없이 입을 벌렸다. 여덟시가 되자 구토가 다시 시작되었다.

샤를은 도기 대야 안쪽에 하얗고 굵은 모래 같은 것이 붙어 있는 것을 발견했다.

"이거 심상찮은걸! 이상하다고요!" 그가 거듭 말했다.

하지만 그녀가 큰 소리로 말했다.

"아니에요, 당신이 잘못 본 거예요!"

그는 조심스럽게, 거의 어루만지듯이 손으로 그녀의 배를 쓸어보았다. 그녀가 날카로운 비명을 질렀다. 그가 겁에 질려 물러섰다.

이윽고 에마가 신음하기 시작했는데, 처음에는 약한 소리였다. 이어 격렬한 경련이 어깨를 뒤흔들었고, 안색이 그녀가 손가락으로 움켜쥐고 있는 시트보다도 더 하얘졌다. 맥박이 불규칙해지다가 이제 거의 느껴지지 않을 정도로 약해졌다.

마치 무슨 금속성 증기에 쐬어 굳어버린 듯한 푸르스름한 얼굴에는 땀방울이 맺혔다. 이가 딱딱 부딪히고 동공이 팽창된 눈은 주위를 멍하니 둘러보았으며, 어떤 질문을 해도 고개를 저을 뿐이었다. 심지어 두세 차례 미소를 짓기도 했다. 그러더니 점차 신음소리가 커져갔다. 둔탁한 울부짖음이 새어나오기도 했다. 곧 나아질 것이라고, 금방 일어날 거라고 했다. 하지만 다시 경련이 엄습했다. 그녀가 소리쳤다.

"아! 너무 아파, 맙소사!"

샤를이 침대 옆에 황급히 무릎을 꿇었다.

"말해요! 뭘 먹었어요? 대답해요, 제발!"

그는 에마가 한 번도 본 적 없는 애정어린 눈길로 그녀를 바라보았다.

"그러니까, 저기…… 저기!……" 그녀가 꺼져들어가는 목소리로 말했다.

그는 책상으로 달려가 편지의 봉인을 뜯고 그 내용을 큰 소리로 읽었다. 이건 그 누구의 잘못도 아니에요…… 그가 읽기를 멈추고 손으로 눈을 비비고는 다시 읽었다.

"뭐라고!…… 사람 살려! 나 좀 도와줘요!"

샤를은 "독약을 먹었어! 독약을 먹었어!" 하는 말만 되풀이했다. 펠리시테가 오메의 집으로 달려갔고, 오메가 광장으로 나와 큰 소리로 외쳤다. 리옹 도르 여관에서 르프랑수아 부인이 그 소리를 들었다. 몇몇 사람이 일어나 이웃에 그 소식을 알렸고, 마을 사람들 모두 밤새도록 잠을 이루지 못했다.

샤를은 어찌할 줄 모르고 무어라 더듬더듬 중얼거리며 금방이라도 주저앉을 듯한 걸음으로 방안을 서성거렸다. 그는 가구에 몸을 부딪혔고 머리카락을 쥐어뜯었는데, 약제사로서는 그런 끔찍한 광경을 보게 되리라고는 상상도 못했다.

그는 자기 집으로 돌아와 카니베와 라리비에르 박사에게 편지를 쓰기 시작했다. 정신을 가다듬기가 어려웠다. 열다섯 번을 다시 썼다. 이폴리트가 편지 하나를 들고 뇌샤텔로 출발했고, 쥐스탱이 다른 편지를 들고 보바리의 말에 올라탔는데 말에게 어찌나 세차게 박차를 가했던지 부아 기욤 기슭에 이르자 초주검 상태가 되어 쓰러진 말을 내버려두고 가야 했다.

샤를은 의학 사전을 찾아보았다. 하지만 글자가 춤을 추어 읽을 수가 없었다.

"침착하세요! 뭔가 강력한 해독제를 투약하면 됩니다. 어떤 독약일까요?" 약제사가 말했다.

샤를이 편지를 보여주었다. 비소였다.

"그렇다면 그걸 분석해봐야겠군요." 오메가 다시 말했다.

그는 어떤 독이든 중독되었을 경우에는 분석이 필요함을 알고 있었다. 하지만 상대는 그 말을 이해하지 못하고 이렇게 대답했다.

"아! 그렇게 하세요! 하시라고요! 아내를 살려주세요……"

그런 다음 그는 에마 곁으로 돌아가 양탄자 위에 주저앉아 침대 가장자리에 머리를 기대고 흐느꼈다.

"울지 마요! 이제 나 때문에 괴로울 일은 없을 거예요!" 그녀가 말했다.

"왜 그랬어요? 이래야만 했던 이유가 뭐예요?"

그녀가 대답했다.

"어쩔 수 없었어요, 여보."

"당신은 행복하지 않았지요? 내 탓이지요? 하지만 난 최선을 다했는데!"

"그래요…… 맞아요…… 당신은 좋은 사람이에요!"

그녀는 샤를의 머리를 천천히 쓰다듬었다. 그 부드러운 손길에 그는 슬픔이 더욱 복받쳤다. 그녀가 자신에게 그 어느 때보다도 큰 사랑을 보여주는 지금 그녀를 잃는다고 생각하자 자신의 온 존재가 절망으로 무너져내리는 것 같았다. 그는 아무 생각도 할 수 없었고 아무것도 알 수 없었으며 당장 결정을 내려야 하는 긴급한 상황에 얼이 빠져서 뭐든 시도해볼 엄두조차 나지 않았다.

한편 에마는 그 모든 배신과 비열한 행동, 자신을 고문하던 무수한 욕망도 이제 끝이라고 생각했다. 그녀는 더이상 아무도 미워하지 않았다. 그녀의 머릿속에 어스름한 혼돈이 내려앉았다. 지상의 온갖 소리 중에서 이제 에마의 귀에 들리는 것이라고는 멀어져가는 교향곡의 마지막 메아리처럼 부드럽고 아련하게 울리는, 그 가엾은 심장에서 나오는 간헐적인 탄식뿐이었다.

"아이를 데려와줘요." 그녀가 팔꿈치를 짚어 몸을 일으키며 말했다.

"더 나빠진 건 아니겠지요?" 샤를이 물었다.

"그럼요! 아니에요!"

하녀에게 안겨 들어온 아이는 긴 잠옷 밑으로 맨발이 나와 있고 아직 꿈속을 헤매는 듯 표정이 굳어 있었다. 아이는 어수선한 방안을 놀란 눈으로 바라보며, 가구들 위에서 타오르는 촛불에 눈이 부신지 눈을 깜박거렸다. 촛불을 보자 새해 첫날이나 사순절 기간 중 세번째 목요일 아침, 이른 시간에 깨어나 어머니의 침대로 와서 선물을 받았던 것이 생각난 듯 물었다.

"근데 그거 어딨어요, 엄마?"

아무도 대답을 하지 않자 아이가 다시 말했다.

"내 귀여운 구두가 안 보여요!"

펠리시테가 아이의 몸을 침대 쪽으로 기울이고 있었지만, 아이는 줄곧 벽난로 쪽을 바라보았다.

"유모가 가져갔어요?" 아이가 물었다.

보바리 부인은 자신의 간통과 불행을 떠올리게 하는 유모라는 말에 아까보다 더 강한 또다른 독이 구역질을 일으키기라도 한 듯 고개를 돌렸다. 그래도 베르트는 여전히 침대에 앉아 있었다.

"오! 눈이 너무 커요, 엄마! 얼굴은 너무 하얗고! 땀을 왜 그렇게 많이 흘려요!……"

에마가 아이를 바라보았다.

"무서워요!" 아이가 뒷걸음질하며 말했다.

에마는 입맞춤을 하려고 아이의 손을 잡았다. 아이는 손을 빼려고 몸부림쳤다.

"그만 됐어! 데리고 나가!" 침대 옆 구석에서 흐느끼던 샤를이 소리쳤다.

이윽고 에마의 증상이 잠시 멎었다. 아까보다는 덜 힘들어하는 것 같았다. 그녀가 의미 없는 말을 무어라 내뱉을 때마다, 그녀가 좀더 편안히 숨을 내쉴 때마다 샤를은 희망을 되찾았다. 마침내 카니베가 방으로 들어서자 그는 울면서 그의 팔에 매달렸다.

"아! 오셨군요! 고맙습니다! 이렇게 와주시다니 정말 친절하시군요! 하지만 나아지고 있습니다. 자, 보세요……"

카니베는 전혀 그렇게 생각하지 않았고, 그의 표현대로 하자면 이것저것 해볼 것 없이 위를 완전히 비우기 위해 당장 구토제를 처방했다.

에마는 이내 피를 토했다. 그녀의 입술이 더욱 굳게 앙다물어졌다. 사지가 뒤틀리고 온몸에 갈색 반점이 생기고 맥박이 팽팽하게 당겨진 실처럼, 끊어질 것 같은 하프 현처럼 손가락 밑에서 빠르게 팔딱거렸다.

곧 그녀는 처절하게 비명을 지르기 시작했다. 독약을 저주하고 욕설을 퍼붓고 어서 끝장을 내달라고 애원하면서 뻣뻣한 두 팔로 샤를이 내미는 것을 모조리 내쳤고, 샤를은 에마보다 더 고통스러워하면서 뭐라도 마시게 하려 애를 썼다. 그는 손수건을 입에 댄 채 숨을 헐떡이며 눈물을 흘렸는데, 발뒤꿈치까지 온몸을 떨며 흐느끼느라 숨이 막혀 컥컥거렸다. 펠리시테는 방안을 이리저리 뛰어다녔다. 오메는 꼼짝도 하지 않고 무거운 한숨을 내쉬었고, 카니베는 침착한 태도를 유지하면서도 당황하는 기색이었다.

"제기랄!…… 하지만…… 환자의 속을 비웠으니 원인이 없어진 이상……"

"결과도 없어지겠지요. 지당한 말씀입니다." 오메가 말했다.

"저 사람 좀 살려주세요!" 샤를이 외쳤다.

"어쩌면 좋아지고 있다는 의미의 발작일지도 모릅니다"라며 또다시 가설을 내놓는 약제사의 말은 들은 척도 하지 않고 카니베가 테리아카*를 처방하려는데, 바로 그 순간 말을 채찍질하는 소리가 들려왔다. 유리창이 온통 흔들리면서, 가슴 끈이 팽팽히 당겨지고 귀까지 진창이 튄 말 세 필이 끄는 역마차 한 대가 시장 모퉁이로부터 비호같이 들어서는 것이 보였다. 라리비에르 박사였다.

신이 나타났다 해도 이보다 큰 감동을 자아내진 못했으리라. 보바리는 두 손을 들어올렸고, 카니베는 동작을 멈추었으며, 오메는 쓰고 있던 그리스 모자를 의사가 들어오기도 전에 벗었다.

그는 비샤**의 계보를 잇는 외과 학파 소속으로, 자신들의 의술을 거의 광적으로 사랑하고, 열정과 통찰로 그 의술을 시행했던, 이제는 사라져버린 이른바 철학을 지닌 의사 세대에 속한 인물이었다! 그가 화를 내면 병원 전체가 떨었고, 제자들은 그를 어찌나 존경하는지 개업하자마자 그의 모범을 따르는 데 최선을 다했다. 그 결과 인근 도시들에서는 그의 차림대로 솜을 넣은 긴 메리노 외투나 품이 넉넉한 검정 프록코트를 걸친 제자들을 볼 수 있었다. 박사는 커프스단추를 채우지 않아 살집 있는 손이 살짝 덮여 있었는데, 아름답기 그지없는 그 손은 고통받는 사람들에게 즉시 달려들 만반의 채비라도 한 듯 장갑이 끼워져 있는 법이 없었다. 훈장, 직위, 학파 같은 것을 중요하게 여기지 않고, 가난한 이들에게 우호적이고 관대하고 아버지처럼 대하며, 의식하지 않은 채 미덕을 실천에 옮기는 그는, 날카로운 지성으로 악마처럼 두려움을 불러일으키지 않았다면 거의 성자로 간주되었을 터였다. 메스보다 더 예리한 그의 시선은 곧장 영혼까지 꿰뚫어 변명이나 둘러대는

* 수십 종의 약재와 벌꿀을 섞어 만든 해독제.

** 조직의 의학적 개념을 처음으로 정립한 프랑스 해부학자이자 생리학자.

말에 숨겨진 모든 거짓을 낱낱이 드러냈다. 그는 위대한 재능과 상당한 재산과 흠을 찾을 수 없는 성실한 사십 년의 생애가 주는 그런 여유로운 위엄으로 가득차 있었다.

그는 침대에 입을 벌리고 똑바로 누워 있는 에마의 송장 같은 얼굴을 보고 문턱에서부터 미간을 찌푸렸다. 그러더니 카니베의 말을 듣는 둥 마는 둥 하면서 집게손가락을 환자의 콧구멍에 대며 같은 말을 여러 번 되풀이했다.

"그래, 그렇군."

하지만 그는 천천히 어깨를 한 차례 으쓱해 보였다. 보바리가 그런 그를 바라보았다. 두 사람의 시선이 마주쳤다. 고통스러워하는 모습에 그토록 익숙한 박사도 감정을 주체하지 못하고 상의의 주름 장식 위로 눈물 한 방울을 떨어뜨렸다.

그는 카니베를 옆방으로 데리고 갔다. 샤를이 그를 따라갔다.

"저 사람 상태가 아주 나쁜 거죠, 그렇죠? 겨자 찜질을 좀 해보면 어떨까요? 뭐라도요! 아무것도 모르겠습니다! 선생님께서는 그렇게 많은 생명을 구하셨으니 뭔가 방도를 찾아주십시오!"

샤를은 두 팔로 라리비에르를 얼싸안더니, 기절이라도 하듯이 그의 가슴에 쓰러져 겁에 질려서는 애원하는 눈길로 상대를 응시했다.

"이런, 가엾은 친구 같으니라고, 기운을 내시오! 안됐지만 더 할 수 있는 게 없군요."

라리비에르가 몸을 돌렸다.

"가시는 겁니까?"

"나갔다 오겠소."

그는 역마차의 마부에게 지시를 내릴 게 있다는 듯 밖으로 나갔고, 에마가 죽는 모습을 보고 싶지 않았던 카니베 역시 그의 뒤를 따랐다.

약제사는 광장에서 두 사람을 따라잡았다. 그는 기질적으로 유명인들을 따라다니는 것을 좋아했다. 그래서 라리비에르에게 점심식사에 초대할 수 있는 특별한 영광을 달라고 청했다.

그런 다음 서둘러 리옹 도르 여관에 가서 비둘기고기를, 고깃간에 가서 남은 갈비 전부를, 튀바슈 집에서 크림을, 레스티부두아에게 달걀을 가져오게 하고는 직접 식사 준비를 도왔는데, 한편 오메 부인은 짧은 웃옷 끈을 잡아당기면서 말했다.

"죄송합니다, 선생님. 이런 외진 마을에서는 전날 연락을 받지 않으면……"

"포도주 잔 가져와요!!!" 오메가 가볍게 으르대듯 말했다.

"도시라면, 최소한 속을 채운 돼지다리 요리라도 할 수 있을 텐데요."

"그만해요!…… 식탁에 앉으시지요, 박사님!"

처음 몇 술을 뜨고 나자 오메는 이 불행한 사건의 몇 가지 세부에 대해 말하는 편이 좋겠다고 판단했다.

"처음에는 인후에 건조 증상이 나타났고, 이어 상복부에 심한 통증, 심한 설사, 혼수상태로 이어졌습니다."

"그런데 환자가 어떻게 독약을 먹은 거요?"

"그건 잘 모르겠습니다, 박사님, 그 부인이 어디서 그 무수아비산을 손에 넣었는지조차 모르니까요."

접시를 엇갈리게 포개 들고 오던 쥐스탱이 이 말을 듣고 와들와들 떨기 시작했다.

"왜 그러는 거냐?" 약제사가 물었다.

그 물음에 쥐스탱은 들고 있던 접시를 모두 놓쳤고, 요란하게 깨지는 소리가 울렸다.

"바보 같으니라고! 서투른 녀석! 칠칠치 못한 녀석! 한심한 녀석!" 오메가 소리쳤다.

그러더니 얼른 감정을 추스르며 말했다.

"박사님, 분석을 하기 위해, 제가 처음에 시험관에 조심스럽게 넣은 것은……"

"차라리 선생 손가락을 환자의 목구멍에 넣는 게 더 나았을 거요." 외과의가 말했다.

그의 동료는 자신이 처방한 구토제에 관해 바로 조금 전 남들 없는 자리에서 박사에게 심한 질책을 당한 터라 잠자코 있었는데, 그러니까 안짱다리 수술 때 그토록 오만하고 달변이던 그 대단한 카니베가 오늘은 무척 겸손한 태도를 취했다. 그는 박사의 말에 동의한다는 듯 줄곧 미소를 짓고 있었다.

오메는 식탁에서 주인 역할을 한다는 자부심에 얼굴이 환해져 있었고, 보바리의 가엾은 처지를 이기적이게도 자기 자신과 비교해 생각함으로써 즐거움이 은근히 더해졌다. 또한 박사와 함께 있다는 사실이 감격스러웠다. 그는 가뢰의 독, 우파스나무의 독, 만치닐나무의 독, 독사의 독 등 이것저것 닥치는 대로 인용하며 자신의 박식을 과시했다.

"심지어 저는 지나치게 훈제된 소시지를 먹고 급성 중독을 일으켜 벼락이라도 맞은 것처럼 뻗어버린 사람들의 이야기도 읽은 적이 있습니다! 우리 약학계의 권위자이자 대가인 저명한 카데 드 가시쿠르가 쓴 탁월한 논문에 나온답니다!"

오메 부인이 알코올램프로 가열하는, 불안정해 보이는 기구를 들고 다시 나타났다. 오메가 직접 볶고 빻고 배합한 커피로 식탁에서 커피를 끓이고 싶어했던 것이다.

"사카룸입니다, 박사님." 그가 설탕을 내밀며 말했다.

그런 다음 그는 아이들을 모두 내려오게 해서 그들의 골격에 대해 외과의의 견해를 듣고 싶어했다.

마침내 라리비에르가 돌아가려고 하자, 오메 부인이 남편을 한번 진찰해봐달라고 청했다. 그의 피가 탁해졌는지 매일 저녁만 먹고 나면 곧장 잠이 든다는 것이었다.

"이런! 탁한 건 남편분의 다른 상스* 같은데요."

상대방이 이 재담을 못 알아듣는 것을 보고 의사는 빙긋 웃으면서 문을 열었다. 그런데 약국에 사람이 바글바글했다. 아내가 재 속에 가래침을 뱉는 습관이 있어 혹시 폐렴이 아닌지 걱정된다는 튀바슈, 이따금 심한 허기를 느낀다는 비네, 몸이 따끔따끔한 느낌이 든다는 카롱 부인, 현기증이 있다는 뢰뢰, 류머티즘을 앓는 레스티부두아, 속에서 신물이 올라온다는 르프랑수아 부인 등으로부터 벗어나느라 의사는 무척 애를 먹었다. 마침내 세 마리 말이 끄는 마차가 출발하자, 사람들은 대부분 박사가 그다지 친절을 베풀지 않았다고 생각했다.

이윽고 사람들의 관심은 성유를 들고 시장의 지붕 아래를 지나가는 부르니지앵 신부에게로 쏠렸다.

---

* 프랑스어에서 발음이 비슷한 두 단어 '피(sang)'와 '감각(sens)'을 이용한 말장난.

오메는 평소의 지론대로 신부들을 시체 냄새를 맡고 모여드는 까마귀에 비유했다. 그는 성직자를 보면 개인적으로 불쾌했는데, 사제복이 수의를 떠올리게 하고 수의가 으스스한 것처럼 사제복 역시 그런 느낌을 풍겼기 때문이다.

그럼에도 그는 스스로 자신의 사명이라고 부른 그 일로부터 물러서지 않고 카니베와 함께 보바리의 집으로 돌아갔는데, 라리비에르가 떠나기 전에 카니베에게 그곳에 남아 있으라고 단단히 일러두었던 것이다. 아내가 말리지 않았다면 오메는 두 아들 역시 데리고 가, 힘든 상황에 대한 경험을 쌓게 하고 나중까지 그들의 머릿속에 남게 될 엄숙한 장면으로, 하나의 사례로, 하나의 교훈으로 삼게 했을 터였다.

그들이 들어갔을 때, 방안은 음산하고 엄숙한 분위기로 가득차 있었다. 하얀 수건이 덮인 재봉대 위에는 두 개의 양초가 타고 있었고, 그 사이에 있는 커다란 십자고상 옆으로 대여섯 개의 작은 솜뭉치가 담긴 은접시가 놓여 있었다. 에마는 턱을 가슴에 붙이고 눈을 부릅뜨고 있었다. 두 손은 딱하게도 시트 위로 축 늘어져 있었는데, 이따금 마치 얼른 수의를 입고 싶기라도 한 것처럼, 임종을 앞둔 사람 특유의 기운 없고 섬뜩한 움직임을 보이곤 했다. 샤를은 조각상처럼 창백한 안색에 숯불처럼 빨갛게 충혈된 눈으로 이제 울음을 그치고 침대 발치에서 그녀를 마주보며 서 있었고, 사제는 한쪽 무릎을 꿇고 나지막한 소리로 기도를 읊조리고 있었다.

그녀는 천천히 고개를 돌리다가 문득 신부의 보랏빛 영대를 발견하고는 기쁜 기색을 보였는데, 아마도 이상하리만큼 평온한 감각 속에서 이제 시작되려는 영원한 지복의 환영과 함께 지난날 처음으로 신비를 갈망했을 때 느꼈다가 잃고 만 그 황홀경을 다시 경험하고 있는 듯 했다.

신부가 일어서서 십자가를 집어들었다. 그러자 그녀는 목마른 사람처럼 고개를 길게 빼서 그리스도상에 입술을 갖다대며, 꺼져가는 기운을 모아 평생을 통틀어 가장 열렬한 사랑의 입맞춤을 했다. 이어 신부는 '주여 자비를 베푸소서'와 '저희를 용서하소서'를 암송하고 엄지를 성유에 담근 다음 종부성사를 시작했다. 먼저 지상의 온갖 영화를 그토록 갈망하던 두 눈에, 이어 따스한 미풍과 사랑의 향기를 그토록 좋아하던 코에, 거짓을 말하기 위해 벌리고 교만으로 신음하며 색욕으로 울부짖던 입술에, 감미로운 감촉을 즐기던 두 손에, 마지막으로 욕망을 채우기 위해 달려갈 때 그토록 재빨랐으나 이제 다시는 걷지 못할 두 발바닥에 차례로 성유를 발랐다.

신부는 손가락을 닦은 다음 기름에 젖은 솜조각을 불속에 던지고는 죽어가는 여자 곁으로 돌아와 앉아, 이제 그녀의 고통을 그리스도의 고통과 일치시키고 신의 자비에 몸을 맡기라고 말했다.

강론을 마치면서 그는 그녀의 손 안에, 그녀가 곧 둘러싸이게 될 하늘의 영광을 표상하는 축성된 초를 쥐여주려 했다. 하지만 너무 쇠약해진 에마는 손가락을 오므릴 수가 없어서 부르니지앵 신부가 붙잡지 않았다면 초는 바닥에 떨어지고 말았을 터였다.

하지만 그녀의 안색은 이제 조금 전처럼 창백하지 않았고, 성사로 치유되기라도 한 듯 평온한 표정이 떠올라 있었다.

신부는 그 점을 놓치지 않고 지적했다. 주님은 구원에 필요하다고 판단되면 때때로 사람들의 생명을 연장시키기도 한다고 보바리에게 말하기까지 했다. 그러자 샤를은 예전에 에마가 지금처럼 죽음에 임박해 영성체를 했던 일을 기억해냈다.

'어쩌면 그렇게 절망적이지 않을지도 몰라.' 그는 생각했다.

실제로 에마는 꿈에서 깨어난 사람처럼 천천히 주위를 둘러보았다. 그러더니 또렷한 목소리로 거울을 달라고 해서 잠시 거울을 들여다보고는 굵은 눈물방울을 떨구었다. 이어 한숨을 내쉬면서 고개를 젖히고는 다시 베개 위에 쓰러졌다.

곧이어 그녀의 가슴이 빠르게 헐떡이기 시작했다. 혀가 완전히 입 밖으로 빠져나왔다. 두 눈알이 돌아가면서 꺼져가는 두 개의 둥근 램프처럼 빛을 잃었고, 영혼이 몸에서 빠져나가려고 뜀박질이라도 하는 듯이 갈비뼈가 거친 숨결에 흔들리며 무서울 정도로 점점 더 빨리 경련하지 않았다면 이미 죽은 사람처럼 여겨질 정도였다. 펠리시테가 십자가 앞에 무릎을 꿇고 약제사까지 무릎을 약간 굽혔는데, 그러는 동안 카니베는 광장을 물끄러미 내다보고 있었다. 부르니지앵 신부는 얼굴을 침대 가장자리에 대고 검은색 신부복 자락을 뒤로 길게 드리운 채 다시 기도를 시작했다. 샤를은 맞은편에 무릎을 꿇고 앉아 에마를 향해 두 팔을 뻗었다. 그는 그녀의 두 손을 꼭 쥐고는 그녀의 심장이 뛸 때마다 폐허가 무너지는 진동이기라도 하듯 몸을 떨었다. 헐떡이는 소리가 거칠어질수록 사제의 기도 소리도 빨라졌다. 거기에 보바리의 숨죽인 흐느낌이 뒤섞였는데, 이따금 조종弔鐘처럼 울리는, 라틴어 음절을 나직하게 읊조리는 소리에 다른 소리가 모두 덮이는 듯했다.

갑자기 인도에서 둔탁한 나막신소리와 함께 지팡이를 끄는 소리가 들려왔다. 누군가 목쉰 음성으로 소리 높여 노래했다.

화창한 날 더운 열기에
사랑을 꿈꾸는 아가씨

에마는 머리카락은 헝클어지고 눈동자는 한곳에 붙박고 입은 벌어진 채로 마치 벼락 맞은 송장처럼 벌떡 몸을 일으켰다.

부지런히 거둬 모으네
낫으로 베어낸 알곡을
나의 나네트는 몸을 굽히고 나아가네
알곡 내어주는 밭고랑으로.

"맹인이다!" 그녀가 소리쳤다.

이어 에마는 절망에 찬 날카롭고 광기어린 웃음을 터뜨렸는데, 영원한 어둠 속에서 흡사 공포 그 자체인 양 몸을 일으키는 무시무시한 괴물 같은 거지의 얼굴을 눈앞에 떠올린 듯했다.

그날 부는 세찬 바람,
짧은 치마 들어올렸네!

그녀는 한차례 경련을 일으키며 다시 침대 위에 쓰러졌다. 모두 그녀 곁으로 다가갔다. 에마는 더이상 이 세상 사람이 아니었다.

9

사람이 죽은 직후에는 그 주위에 언제나 일종의 마비 상태가 감도는데, 갑자기 닥친 소멸을 이해하고 체념하며 받아들이기가 그만큼 어렵기 때문이다. 하지만 그녀가 움직이지 않는다는 것을 알아차린 샤를은 그녀에게 달려들며 소리쳤다.

"잘 가요! 잘 가요!"

오메와 카니베가 그를 방밖으로 데리고 나갔다.

"진정하세요!"

"예, 난동 피우지 않겠습니다, 엉뚱한 짓 같은 건 하지 않을 겁니다. 하지만 날 놔줘요! 저 사람을 봐야겠어요! 내 아내란 말입니다!" 그가 몸부림치며 말했다.

그러면서 그는 울었다.

"우십시오, 마음 가는 대로 하세요. 그러면 좀 나아질 겁니다!" 약제사가 말했다.

아이보다 더 약해진 샤를은 사람들에게 이끌려 아래층 거실로 내려갔고, 잠시 후 오메도 자기 집으로 돌아갔다.

광장을 지나는 그에게 맹인이 다가왔는데, 맹인은 염증을 가라앉히는 연고를 구하려고 불편한 몸을 끌고 용빌까지 와서 행인이 지나갈 때마다 약제사가 사는 곳을 묻는 중이었다.

"아, 이런! 내가 그렇게 할일이 없는 사람인 줄 아는가! 아! 안됐지만, 나중에 다시 오게!"

그런 다음 그는 서둘러 약국으로 들어갔다.

소식을 들으려고 그를 기다리고 있는 사람들은 차치하더라도, 편지를 두 통 쓰고, 보바리에게 줄 진정제를 조제하고, 이 음독 사건의 진상을 숨길 수 있는 거짓말을 생각해내고, 그에 기초해 〈르 파날 드 루앙〉에 보낼 기사를 써야 했다. 그리고 온 마을 사람들이 에마가 바닐라 크림을 만들다가 비소를 설탕으로 착각한 모양이라는 그의 말을 듣게 됐을 즈음 오메는 다시 보바리의 집으로 갔다.

샤를 혼자서(카니베는 막 돌아가고 없었다) 창가의 안락의자에 앉아 바보처럼 멍한 눈길로 바닥의 판석을 응시하고 있었다.

"이제 예식을 치를 시각을 직접 정해야 합니다." 약제사가 말했다.

"왜요? 무슨 예식이요?"

그러더니 겁에 질린 듯한 목소리로 더듬거렸다.

"오! 안 됩니다, 안 그런가요? 안 된다고요. 난 저 사람과 같이 있겠어요."

오메는 짐짓 태연한 척하며 선반 위의 물병을 집어들어 제라늄에 물을 주었다.

"아! 고맙습니다, 정말 친절하시네요!" 샤를이 말했다.

그는 말을 채 끝맺지 못했는데, 약제사의 그 행동에 수많은 추억이 떠올라 숨이 막힐 것 같았던 것이다.

오메는 그의 신경을 다른 곳으로 돌리기 위해 원예에 관해 이야기하는 것이 좋겠다고 판단했다. 그는 식물에는 물기가 필요하다고 말했다. 샤를이 동의한다는 뜻으로 고개를 끄덕였다.

"게다가 이제 날씨가 좋아질 테니까요."

"아!" 보바리가 말했다.

할말이 궁해진 약제사는 창에 드리워진 작은 커튼을 조심스럽게 젖혔다.

"이런, 저기 튀바슈 씨가 지나가네요."

샤를이 무슨 기계처럼 그 말을 반복했다.

"튀바슈 씨가 지나가네요."

결국 오메는 장례 절차에 관한 이야기를 차마 다시 꺼낼 수가 없었다. 보바리를 설득해 그 문제를 해결한 것은 신부였다.

샤를은 진료실에 틀어박혀 펜을 들고 한참을 흐느껴 울다가 쓰기 시작했다.

> 나는 그녀가 결혼식 때 입었던 드레스에 하얀 구두를 신고, 머리에는 화관을 쓰고 묻히기를 바랍니다. 머리카락은 양쪽 어깨 위로 늘어뜨리고요. 관은 참나무, 마호가니, 납, 이렇게 삼중으로 해주십시오. 나는 이 뜻을 관철하고 말 터이니, 잠자코 따라주기 바랍니다. 관 전체를 커다란 초록색 벨벳 천으로 덮어주십시오. 이상이 내가 원하는 바입니다. 그렇게 해주십시오.

오메와 신부는 소설 속 장면을 떠올리게 하는 보바리의 발상에 놀랐고, 약제사가 즉각 그에게 가서 말했다.

"이 벨벳 천은 제가 보기에 불필요한 것 같은데요. 게다가 비용이……"

"그게 당신과 무슨 상관입니까? 나 좀 내버려두세요! 당신은 제 아내를 사랑하지 않았군요! 그만 가주세요!" 샤를이 소리를 질렀다.

사제는 그의 팔을 부축해 마당을 한 바퀴 산책하게 했다. 그리고 지상의 것들은 모두 덧없다고 이야기했다. 하느님은 위대하고 선하시니, 사람은 하느님의 명령에 불평 없이 복종하고 나아가 감사해야 한다고 말했다.

샤를은 신을 모독하는 말을 내뱉었다.

"난 당신의 하느님을 증오합니다!"

"당신 마음속에 아직도 반항하는 마음이 남아 있군요." 신부가 한숨을 내쉬었다.

보바리는 멀찍이 자리를 떴다. 그는 과수장 옆의 축대를 따라 성큼성큼 걸으면서, 이를 갈며 저주하는 눈길로 하늘을 올려다보았다. 하지만 그 눈길에 나뭇잎 하나 움직이지 않았다.

부슬비가 내리고 있었다. 가슴을 드러내놓고 있던 샤를이 몸을 떨기 시작했다. 그는 부엌으로 들어가 앉았다.

여섯시에 광장에서 쇠가 덜컥거리는 소리가 들려왔다. 리롱델이 도착한 것이다. 그는 창문에 이마를 대고 내리는 승객을 한 사람 한 사람씩 모두 지켜보았다. 펠리시테가 거실에 매트리스를 깔아주었다. 그는 그 위에 쓰러져 잠이 들었다.

오메는 내세를 믿지 않는 합리주의자였지만 망자를 존중할 줄 알았다. 그래서 가엾은 샤를에게 앙심을 품지 않고 그날 저녁 시신 옆에서 밤을 지새려고 책 세 권과 메모용 필기첩을 가지고 다시 왔다.

부르니지앵 신부가 와 있었고, 침실 안쪽에서 가운데로 꺼내놓은 침대의 머리맡에서 커다란 양초 두 개가 타고 있었다.

침묵이 부담스러웠던 약제사는 얼마 지나지 않아 이 '불운한 젊은 여자'를 애도하는 말을 늘어놓기 시작했다. 그러자 신부는 이제 그녀를 위해 할 수 있는 일은 기도하는 것뿐이라고 대답했다.

오메가 다시 말했다. "하지만 둘 중 하나겠지요. 그녀가 ('교회'에서 말하는 것처럼) 은총 안에서 죽었다면 우리의 기도 같은 건 필요 없을 겁니다. 만약 그렇지 않고 그녀가 (신부들 표현대로 하자면) 회개하지 않고 죽었다면, 그렇다면……"

부르니지앵 신부는 그의 말허리를 끊으며 그래도 기도는 해야 한다고 불퉁하게 대답했다.

"하지만 신이 우리에게 필요한 걸 다 아는데 굳이 기도를 왜 해야 합니까?" 약제사가 반박했다.

"뭐라고요! 기도를 왜 해야 하냐니! 그러니까 당신은 기독교 신자가 아니란 말입니까?" 사제가 물었다.

"이런! 저는 기독교를 존중합니다. 기독교는 우선 노예를 해방시켰고 세상에 도덕을 들여왔으며……" 오메가 말했다.

"그런 얘기가 아닙니다! 성서의 모든 구절은……"

"오! 오! 성서의 내용에 관해서라면, 역사책을 펼쳐보시지요. 예수회가 그 내용을 날조했다는 건 다 아는 이야기예요."

샤를이 방으로 들어와 침대 쪽으로 다가가서는 천천히 커튼을 열었다.

에마는 고개를 오른쪽 어깨 위로 떨구고 있었다. 한쪽 입 귀퉁이가 벌어져 얼굴 아래쪽에 검은 구멍이 난 것 같았다. 양쪽 엄지손가락이 손바닥 안으로 접혀 있었다. 속눈썹에는 하얀 먼지 같은 것이 붙어 있고 두 눈은 마치 거미줄이 덮인 듯 얇고 끈끈한 하얀 막에 가려 사라져가고 있었다. 몸에 덮인 시트가 그녀의 가슴에서부터 무릎까지 움푹 들어갔다가 발가락 끝에서 들어올려져 있었다. 샤를에게는 한없이 큰 덩어리가 엄청난 무게로 그녀를 누르고 있는 듯이 보였다.

성당의 종이 두시를 쳤다. 테라스 아래 어둠 속에서 콸콸거리며 흘러가는 시냇물 소리가 들려왔다. 부르니지앵 신부는 이따금 요란스럽게 코를 풀었고, 오메는 사각거리는 소리를 내며 종이 위에서 펜을 놀렸다.

"자, 친애하는 보바리 씨, 그만 물러나세요, 보고 있으면 가슴만 찢어지죠!" 그가 말했다.

샤를이 방을 나가자 약제사와 신부는 토론을 계속했다.

"볼테르의 책을 읽어보세요! 돌바크*도 읽으시고 『백과전서』도 좀 보시라고요!" 한쪽이 말했다.

"『포르투갈 유대인들의 편지』**를 읽어보시죠. 전직 판사 니콜라가 쓴 『기독교의 이성』도 좀 읽어보시고요!" 상대편이 말했다.

두 사람은 열을 올리며 얼굴이 벌게져 상대의 말을 듣지도 않고 동시에 떠들어댔다. 부르니지앵 신부는 오메의 말도 안 되는 대담성에 분노했고, 오메는 신부의 어마어마한 우매함에 경악했다. 그들이 막 서로에게 욕설을 퍼부으려 할 때, 샤를이 갑자기 다시 방안으로 들어왔다. 어떤 환영이 그를 이끄는 듯했다. 그는 아래층으로 내려갔다가도 줄곧

---

* 유물론을 주장한 프랑스 계몽사상가로 『백과전서』 집필에 참여했고, 반종교적 저서를 남겼다.

** 프랑스 사제이자 기독교 옹호론자인 앙투안 게네의 저서로, 볼테르의 주장에 반박하는 내용이다.

다시 계단을 올라오곤 했다.

샤를은 아내의 얼굴을 더 잘 보려고 맞은편에 서서는 하염없이 응시했는데, 어찌나 깊이 빠져 응시하는지 자신의 고통마저도 더이상 의식하지 못했다.

그는 강경증에 대한 이야기와 최면술의 기적을 기억해냈다. 그래서 자신이 간절히 원한다면 어쩌면 그녀를 되살릴 수 있을지도 모른다고 생각했다. 한번은 그녀 위로 몸을 굽히고 아주 나지막하게 "에마! 에마!" 하고 불러보기까지 했다. 그의 입김이 너무 세서 양초의 불꽃이 벽 쪽으로 밀려나며 흔들렸다.

새벽에 보바리 노부인이 도착했다. 샤를은 어머니를 얼싸안으며 또다시 눈물을 쏟았다. 그녀는 약제사처럼 샤를에게 장례 비용에 관해 몇 가지 잔소리를 하려고 했다. 그러나 그가 어찌나 심하게 화를 내던지 그녀는 입을 다물었고, 그는 모친에게 즉각 시내에 가서 필요한 것을 사다달라고 부탁까지 했다.

샤를은 오후 내내 혼자 있었다. 베르트는 오메 부인이 맡아주었다. 펠리시테는 르프랑수아 부인과 함께 이층 방에 있었다.

저녁이 되자 사람들이 문상을 왔다. 샤를은 자리에서 일어나 아무 말도 하지 못한 채 악수를 했고, 손님들은 벽난로 앞에 커다란 반원을 그리며 둘러앉은 다른 이들 틈에 가서 앉았다. 사람들은 고개를 숙인 채 한쪽 다리를 무릎 위에 올려놓고 건들거리면서 이따금 무거운 한숨을 내쉬곤 했다. 모두들 너무나도 지루해했다. 하지만 아무도 자리를 뜨지 않았다.

아홉시에 오메가 그 집에 다시 오면서(지난 이틀 동안 광장을 오가는 그의 모습을 줄곧 볼 수 있었다), 장뇌, 안식향, 향기나는 허브를 잔뜩 가져왔다. 또한 유독성 악취를 없애기 위해 단지에 염소염도 한가득 담아왔다. 그즈음 하녀와 르프랑수아 부인과 보바리 노부인은 에마 주위에서 분주히 움직여 수의를 거의 다 입혀가고 있었다. 그들은 뻣뻣하고 기다란 베일을 잡아당겨 공단 구두를 신은 발까지 덮었다.

펠리시테가 흐느꼈다.

"아! 가엾은 우리 마님! 가엾은 우리 마님!"

"좀 보세요, 아직도 저렇게 예쁜데! 금방이라도 일어날 것 같아요." 여관 주인이 한숨을 내쉬며 말했다.

이어 여자들은 에마에게 화관을 씌우기 위해 몸을 굽혔다.

에마의 머리를 조금 들어올려야 했는데, 그러자 그녀의 입에서 검은 액체가 마치 토사물처럼 흘러나왔다.

"아! 맙소사! 드레스 조심해요!" 르프랑수아 부인이 소리쳤다. "우리 좀 도와줘요!" 그녀가 약제사에게 말했다. "혹시 겁먹은 거예요?"

"내가 겁을 먹어요?" 그가 어깨를 으쓱해 보이며 말했다. "이런, 그럴 리가요! 약학을 공부할 때 병원에서 이런 장면들은 숱하게 본걸요! 우리는 해부학 강의실에서 펀치를 만들어 마시기도 했다고요! 합리주의자는 소멸을 두려워하지 않죠. 심지어 나는, 종종 말하지만, 후에 내 시신을 '과학'의 발전에 이바지하도록 병원에 기증할 생각이에요."

신부는 방안에 들어서면서 선생의 상태가 어떤지 물었다. 약제사의 대답을 듣고 그가 다시 말했다.

"아시다시피 아직 충격에서 헤어나지 못했을 테니까요!"

그러자 오메는 신부에게 다른 사람들처럼 사랑하는 반려자를 잃을 걱정이 없어서 좋겠다고 말했다. 그 말을 시작으로 사제들의 독신생활에 대한 토론이 이어졌다.

"남자가 여자 없이 산다는 건 순리가 아니죠! 그래서 온갖 범죄도 일어나고……" 약제사가 말했다.

"이 무도한 사람 같으니라고!" 사제가 소리쳤다. "결혼생활을 한다면 예를 들어 고해성사의 비밀 같은 걸 어떻게 지킬 수 있겠습니까?"

오메는 고해성사를 공격했다. 부르니지앵 신부는 그것을 옹호했다. 그는 고해성사가 인간을 갱생시켜주는 효과에 대해 늘어놓았다. 그는 한순간에 정직한 사람이 된 도둑들의 일화를 인용했다. 고해소에 이르자 눈을 가리고 있던 비늘이 떨어지는 느낌을 받은 군인들도 있다고 했다. 프리부르에서는 어떤 대신이……

상대방은 졸고 있었다. 이윽고 지나치게 무거운 방안 분위기에 신부는 약간 숨이 막힐 것 같아서 창문을 열었고, 그 바람에 약제사가 잠에서 깼다.

"자, 코담배 한 줌 하시죠! 사양 마세요. 머리가 맑아질 겁니다." 그가 신부에게 말했다.

멀리 어딘가에서 개 짖는 소리가 끊이지 않고 길게 이어졌다.

"개 짖는 소리 들리십니까?" 약제사가 물었다.

"개들은 시체의 냄새를 맡는다더군요. 꿀벌도 마찬가지입니다. 사람이 죽으면 벌통에서 날아오르거든요." 신부가 대답했다. 오메는 이런 미신들에 대해 반박하지 않았는데, 다시 잠이 들었던 것이다.

그보다 건장한 신부는 한동안 입술을 달싹이며 읊조리기를 계속했다. 이윽고 그도 모르는 사이에 턱이 점점 아래로 처지더니 두툼한 까만 책이 떨어지고 코 고는 소리가 들려왔다.

두 사람은 배를 내밀고 부어오른 얼굴에 찡그린 표정으로 마주앉아 잠이 들었는데, 그토록 서로 충돌하다가 결국 인간적인 나약함에서 하나가 된 셈이었다. 그들은 잠든 듯이 보이는 바로 옆의 시체처럼 꼼짝도 하지 않았다.

샤를이 들어왔지만 두 사람은 깨지 않았다. 그것이 마지막이었다. 샤를은 그녀에게 작별인사를 하러 온 것이었다.

향이 강한 허브가 여전히 타고 있었고, 푸르스름한 연기의 소용돌이가 창가에서 밖으로부터 들어오는 안개와 뒤섞였다. 하늘에 별이 드문드문 반짝이고 밤공기가 부드러웠다.

양초의 촛농이 굵은 눈물방울처럼 침대 시트 위로 떨어졌다. 샤를은 눈부신 노란 불빛에 눈이 피로해지는 것을 느끼며 타오르는 촛불을 바라보았다.

달빛처럼 하얀 공단 드레스 위로 물결무늬가 일렁거렸다. 에마의 모습은 그 아래로 사라져갔다. 그에게는 그녀가 자기 몸밖으로 빠져나와 주위의 사물들 속으로, 정적 속으로, 밤 속으로, 지나가는 바람 속으로, 피어오르는 습한 향내 속으로 들어가 뒤섞이는 것처럼 여겨졌다.

문득 그의 눈앞에 토트의 집 마당 가시나무 산울타리 앞 벤치에 앉아 있는 그녀의 모습이 떠올랐고, 이어 루앙의 거리를 걷는 모습, 집 문간에 선 모습, 베르토의 안뜰에 있는 모습이 떠올랐다. 사과나무 아래서 춤추던 소년들의 활기찬 웃음소리가 여전히 귓가에 들리는 것 같았다. 그녀의 향기로운 머리 냄새가 방에 가득차 있었고, 그녀의 드레스가 그의 품안에서 마치 불꽃이 튀듯이 타닥거리며 떨고 있었다. 지금 그녀가 입은 것 같은 바로 그 드레스였다!

그는 사라져버린 온갖 행복을, 그녀의 품새와 몸짓과 목소리의 울림을 떠올리면서 한참을 보냈다. 하나의 절망 뒤에 또다른 절망이 다가왔고, 넘치는 밀물처럼 끝없이 밀려왔다.

샤를은 갑자기 참을 수 없는 호기심에 사로잡혔다. 그는 가슴을 두근거리며 손가락 끝으로 천천히 그녀를 덮은 베일을 들어올렸다. 순간 그의 입에서 공포에 찬 외마디소리가 터져나왔고, 그 소리에 두 사람이 잠에서 깼다. 그들은 샤를을 아래층 거실로 데리고 갔다.

이어 펠리시테가 오더니 그가 에마의 머리카락을 갖고 싶어한다고 말했다.

"잘라 가렴!" 약제사가 말했다.

그리고 하녀가 겁을 내자 그가 직접 손에 가위를 들고 다가갔다. 그가 너무 심하게 떠는 바람에 에마의 관자놀이 근처 살갗에 여러 군데 상처가 났다. 이윽고 오메는 무서움을 억누르고 뻣뻣한 자세로 잡히는 대로 두세 번 뭉텅뭉텅 가위질을 해, 그 아름다운 검은 머리칼에 군데군데 허연 자국이 생겼다.

다시 밤샘을 시작한 약제사와 신부는 이따금 졸기도 했는데 깨어날 때마다 잔다고 서로를 비난했다. 부르니지앵 신부는 방에 성수를 뿌렸고, 오메는 바닥 여기저기 염소염을 조금씩 뿌렸다.

펠리시테가 두 사람을 위해 서랍장 위에 브랜디 한 병과 치즈와 두툼한 브리오슈 빵 하나를 갖다두었다. 새벽 네시경 약제사는 더이상은 못 참겠다는 듯 한숨을 내쉬었다.

"솔직히 말해서 뭘 좀 먹었으면 좋겠네요!"

신부는 선뜻 동의했다. 그는 미사를 올리기 위해 나갔다가 다시 돌아왔다. 그들은 슬픈 모임 후에 찾아오는 모호하면서도 흔쾌한 기분에 들떠 이유 없이 히죽거리면서 음식을 먹고 잔을 부딪쳤다. 마지막 잔을 들면서 신부가 약제사의 어깨를 두드리며 말했다.

"우리는 결국 서로 이해하게 될 겁니다!"

두 사람은 아래층 현관에서 막 도착한 일꾼들과 마주쳤다. 그때부터 두 시간 동안 샤를은 널빤지에 못을 박는 몹시 고통스러운 망치질소리를 참아내야 했다. 이윽고 에마의 몸이 참나무 관으로 들어갔고, 그 관이 다른 두 개의 관에 다시 넣어졌다. 그런데 바깥쪽 관이 너무 커서 매트리스의 양털로 빈틈을 메워야 했다. 마침내 관뚜껑 세 개의 높이를 맞추고 못질을 하고 땜질을 마치자 사람들은 관을 문 앞에 내놓았다. 대문이 활짝 열리자, 마을 사람들이 모여들기 시작했다.

루오 영감이 도착했다. 광장에서 관을 덮은 거무스레한 천을 본 그는 실신하고 말았다.

10

루오 영감은 사건이 일어난 지 서른여섯 시간이 지나서야 약제사의 편지를 받았다. 그런데 노인이 충격을 받을까봐 오메가 내용을 어찌나 애매하게 썼는지 도대체 무슨 일인지 알 수가 없었다.

처음에 노인은 뇌출혈이라도 일으킨 것처럼 쓰러졌다. 이어 그는 에마가 아직 죽지는 않은 것으로 이해했다. 하지만 죽었을 수도 있었다…… 결국 그는 상의를 걸치고 챙모자를 쓰고 부츠에 박차를 걸고 전속력으로 말을 몰았다. 숨을 헐떡이며 달려오는 내내 루오 노인은 불안에 시달렸다. 심지어 한 번은 말에서 내릴 수밖에 없을 정도였다. 눈앞이 보이지 않고, 주위에서는 여러 목소리가 들려서 미쳐버릴 지경이었던 것이다.

날이 밝았다. 검은 암탉 세 마리가 나뭇가지 위에서 자고 있는 모습이 눈에 들어왔다. 그는 이 흉조에 놀라 몸을 떨었다. 그래서 성당에 사제용 제의 세 벌을 바치고 베르토 공동묘지에서부터 바송빌성당까지 맨발로 걷겠다고 성모님께 약속했다.

마롬 마을에 들어서자 그는 어깨로 여관 문을 벌컥 밀고 들어가 큰 소리로 사람들을 부르며 귀리 자루 있는 곳으로 달려가 한 자루 집어든 뒤 순한 사과주 한 병과 함께 구유에 부은 다음 다시 조랑말에 올라탔고, 말은 또다시 네 개의 편자에서 불꽃을 일으키며 달리기 시작했다.

루오 영감은 사람들이 틀림없이 딸을 살려낼 거라고 생각했다. 의사들은 분명 치료법을 찾아낼 터였다. 그는 이제까지 들어온 기적적인 치유의 사례들을 떠올렸다.

잠시 후 에마가 죽은 모습으로 그의 눈앞에 떠올랐다. 딸은 그 앞에 펼쳐진 길 한복판에 등을 대고 누워 있었다. 그가 말고삐를 잡아당기자 환영은 사라졌다.

그는 캥캉푸아에 도착해, 기운을 차리려고 커피를 세 잔 연거푸 마셨다.

편지를 쓴 사람이 이름을 잘못 썼을지도 모른다는 생각이 들었다. 주머니 속을 더듬자 편지가 만져졌지만 차마 펼쳐볼 용기가 나지 않았다.

마침내 루오 영감은 누군가 장난을 치거나 복수를 하려고, 혹은 술 취한 사내가 꾸며낸 짓일 수도 있다는 생각이 들었다. 에마가 정말 죽었다면, 편지 쓴 사람이 모를 리가 없지 않은가? 그런데 모르는 것 같았다! 들판은 평소와 다름이 없었다. 하늘은 푸르고 나무들은 바람에 흔들렸다. 양떼가 지나갔다. 마을이 보였다. 그가 말 위에 엎드린 자세로 말의 뱃대끈에서 피가 방울져 떨어지도록 힘껏 채찍을 후려치며 달리는 모습이 사람들 눈에 띄었다.

다시 정신을 차린 그는 울면서 보바리의 품에 안겼다.

"내 딸아! 에마! 내 아가! 자네가 설명 좀 해보게, 도대체 어떻게……?"

상대방이 흐느껴 울면서 대답했다.

"저도 모르겠습니다, 몰라요! 이건 저주예요!"

약제사가 그들을 떼어놓았다.

"끔찍한 이야기를 자세하게 해봐야 뭐하겠습니까. 제가 나중에 어르신께 설명 드리겠습니다. 사람들이 옵니다. 품위를 지키세요! 제발 이성을 잃지 마세요!"

딱한 사내는 꿋꿋해 보이려 애쓰며 몇 차례 되풀이해서 중얼거렸다.

"그래요…… 용기를 내야죠!"

그러자 노인도 말했다. "그래, 나도 용기를 내야지, 그래야 하고말고! 저애를 끝까지 잘 보내줘야지."

종이 울렸다. 모든 준비가 끝났다. 출발해야 했다.

성가대석 안쪽의 성직자석에 나란히 앉은 두 사람은 세 명의 성가

대원이 성가를 읊조리며 앞에서 줄곧 왔다갔다하는 것을 지켜보았다. 세르팡* 주자가 가슴이 터지도록 힘껏 악기를 불었다. 부르니지앵 신부는 예복을 차려입고 날카로운 목소리로 노래를 했다. 그는 감실을 향해 절을 하고 두 손을 들어올리며 두 팔을 벌렸다. 레스티부두아가 고래뼈로 된 막대를 들고 성당 안을 돌아다녔다.** 관은 보면대 옆에 놓여 있고 그 주위로 네 줄의 촛불이 타고 있었다. 샤를은 일어나 그 촛불을 꺼버리고 싶었다.

그럼에도 그는 신앙심을 되살려, 내세에서 에마를 다시 볼 수 있으리라는 희망을 가져보려고 애썼다. 그녀가 오래전에 아주 멀리로 긴 여행을 떠난 것이라고 상상했다. 하지만 그녀가 관 속에 있고, 모든 것이 끝났고, 사람들이 이제 곧 그녀를 땅속에 묻는다는 사실을 깨닫자 사납고 암울하고 절망에 가까운 분노에 사로잡혔다. 때로는 더이상 아무것도 느껴지지 않는 듯도 했다. 그럴 때면 스스로를 한심하다고 자책하면서도 고통이 누그러지는 순간을 음미했다.

쇠징이 박힌 지팡이가 규칙적인 간격을 두고 바닥을 두드리는 건조한 소리가 들려왔다. 그 소리는 성당 뒤쪽에서 나다가 옆 통로에서 갑자기 멎었다. 거친 천으로 된 갈색 상의를 입은 한 사내가 힘들여 무릎을 꿇었다. 리옹 도르 여관의 일꾼 이폴리트였다. 그는 새 의족을 차고 있었다.

성가대원 하나가 연보를 걷기 위해 회중석을 한 바퀴 돌았고, 묵직

* 프랑스 성직자 에드메 기욤이 만든 뱀 모양의 관악기.

** 장례미사 같은 가톨릭 의식에서 봉사자가 사제 앞에서 성수와 향로를 들고 가기도 하고, 성지(聖枝)나 막대로 길을 내기도 한다.

한 1수짜리 동전들이 은쟁반에 소리를 내며 차례로 떨어졌다.

"좀 서둘러요! 고통스럽단 말이오!" 보바리가 화를 내면서 5프랑짜리 동전 하나를 던지며 소리쳤다.

성가대원은 긴 절로 그에게 감사를 표했다.

성가를 부르고 무릎을 꿇었다가 다시 일어나고, 미사는 끝날 줄 모르고 이어졌다! 그는 이곳에 온 지 얼마 되지 않았을 때 딱 한 번 에마와 함께 미사 예식에 참석했던 일을 떠올렸는데, 그때 그들은 반대편인 오른쪽 벽 쪽에 앉았었다. 종이 다시 울리기 시작했다. 의자 끌리는 소리가 요란하게 났다. 운구자들이 관 밑으로 세 개의 막대기를 밀어넣었고, 모두들 성당을 나왔다.

그 순간 쥐스탱이 약국 문간에 나타났다. 그는 갑자기 얼굴이 창백해져서는 비틀거리며 다시 안으로 들어갔다.

사람들은 장례 행렬이 지나가는 것을 보려고 창가에 서 있었다. 샤를은 맨 앞에서 허리를 꼿꼿이 세우고 걸었다. 그는 의연한 척하면서 골목이나 집에서 나와 군중 속으로 끼어드는 사람들에게 가볍게 고개를 숙여 보였다. 한쪽에 세 사람씩 여섯 사람이 약간 헐떡이며 잦은걸음으로 걷고 있었다. 사제들, 성가대원들, 복사 두 명이 '깊은 구렁 속에서 주께 부르짖사오니'로 시작하는 위령기도를 암송했다. 그들의 목소리가 물결치듯 올라갔다 내려갔다 하며 들판으로 퍼져나갔다. 오솔길 모퉁이를 돌 때면 때때로 그들의 모습이 시야에서 사라졌다. 하지만 커다란 은십자가만은 언제나 나무들 사이에 우뚝 솟아 있었다.

여자들은 검은 망토를 입고 망토에 달린 두건을 뒤로 젖힌 채 뒤를 따랐다. 저마다 손에 타고 있는 굵은 양초를 들고 있었다. 샤를은 계속

되는 연송 소리와 양초의 불꽃, 밀랍과 사제복에서 풍기는 메슥거리는 냄새 때문에 기절할 것 같았다. 시원한 바람이 불고, 호밀밭과 유채밭이 푸르르고, 길가의 가시나무 울타리에 맺힌 작은 이슬방울이 떨리고 있었다. 멀리서 바큇자국을 따라 덜컹거리며 굴러가는 짐수레 소리, 끊임없이 들려오는 수탉의 울음소리, 사과나무 아래로 서둘러 도망치는 망아지의 발굽소리 등 온갖 즐거운 소리들이 대기를 가득 채웠다. 맑은 하늘에는 장밋빛 구름이 군데군데 떠 있었다. 소용돌이치는 푸르스름한 연기가 창포로 덮인 초가지붕 위로 내리깔렸다. 샤를은 스쳐지나가는 농가의 안마당들이 눈에 익었다. 바로 지금 같은 아침에 환자를 왕진하고 그 마당을 거쳐 나와 에마에게로 돌아가던 일이 머릿속에 떠올랐다.

군데군데 허옇게 눈물자국이 남은 거무스름한 천이 이따금 들리며 관이 드러나곤 했다. 지친 운구자들의 걸음이 느려졌고, 관은 마치 파도에 부딪힐 때마다 흔들리는 작은 배처럼 줄곧 불규칙하게 들썩이며 앞으로 나아갔다.

행렬이 묘지에 도착했다.

남자들은 풀밭에 움푹하게 구덩이를 파놓은 곳까지 계속 걸어갔다.

모두들 구덩이 주위에 둘러섰다. 신부가 말하는 동안 구덩이 가장자리에 쌓인 흙더미 귀퉁이에서 붉은 흙이 소리 없이 계속해서 떨어져내렸다.

이윽고 밧줄 네 가닥이 위치를 잡자 사람들이 그 위로 관을 밀어올렸다. 샤를은 관이 내려가는 것을 바라보았다. 끝없이 내려가는 것 같았다.

마침내 쿵 하는 소리가 들려왔다. 밧줄이 쓸리는 소리를 내며 올라왔다. 부르니지앵 신부는 레스티부두아가 내미는 삽을 받았다. 그는 오른손으로는 계속 성수를 뿌리면서 왼손으로 기운차게 한 삽 가득 흙을 퍼서 뿌렸다. 자갈이 나무관에 부딪히며 영원의 울림 같은 무시무시한 소리를 냈다.

신부가 성수채를 옆 사람에게 넘겼다. 바로 오메였다. 그는 성수채를 엄숙하게 흔든 다음 샤를에게 내밀었고, 샤를은 무릎이 흙속에 묻히도록 주저앉아 두 손 가득 흙을 담아 던지며 소리쳤다. "잘 가요!" 그는 아내에게 입맞춤을 보냈다. 아내와 함께 묻히겠다며 구덩이 쪽으로 기다시피 해 바짝 다가갔다.

사람들이 그를 끌어냈다. 그는 다른 이들처럼 모든 것이 끝났다는 데서 막연한 안도감을 느꼈는지 곧 진정되었다.

돌아가는 길에는 루오 영감도 평온하게 파이프 담배를 피우기 시작했다. 오메는 그 모습을 보고 속으로 부적절한 행동이라고 생각했다. 그는 또한 비네가 나타나지 않은 것, 튀바슈가 미사가 끝나자 '빠져나간' 것, 공증인의 하인 테오도르가 '예법에 맞는 검은 옷 하나 찾아 입지 못하고' 푸른색 옷을 입고 온 것도 염두에 두었다. 그리고 이쪽저쪽 사람들 사이를 오가며 그런 자신의 견해를 피력하고 다녔다. 모두들 에마의 죽음을 슬퍼했는데, 특히 잊지 않고 장례식에 참석한 뢰뢰가 그러했다.

"정말 가엾은 부인이죠! 남편께서 얼마나 고통스러우실까요!"

약제사가 대답했다.

"사실 나 아니었으면, 그분도 뭔가 극단적인 일을 저질렀을 겁니다!"

"정말 착한 분이셨는데! 지난 토요일에도 우리 가게에서 뵈었었는데!"

"짬이 좀 났다면 부인의 무덤에 바칠 짤막한 말이라도 준비해 낭독할 수 있었을 텐데요." 오메가 말했다.

집으로 돌아온 샤를은 상복을 갈아입었고 루오 영감도 다시 푸른색 덧옷을 입었다. 새 옷이었는데, 그가 이곳까지 오면서 여러 차례 소맷부리로 눈물을 닦는 바람에 얼굴에 푸른 물이 들어 있었다. 흙먼지가 두껍게 앉은 그의 얼굴에 눈물자국이 줄을 그은 듯이 남아 있었다.

보바리 노부인이 그들과 함께 있었다. 세 사람 모두 침묵을 지켰다. 이윽고 루오 영감이 한숨을 내쉬었다.

"이보게, 기억나나, 자네가 첫 아내를 잃은 직후 내가 토트에 갔었잖나. 그때 내가 자네를 위로했었지! 위로할 말을 해줄 수 있었거든. 하지만 지금은……"

그러고는 가슴 전체가 들썩일 만큼 길게 신음을 토해냈다.

"아! 이제 난 끝일세, 안 그런가! 아내를 떠나보냈고…… 그다음에는 아들을…… 오늘은 딸까지 가버렸어!"

그는 이 집에서는 잠을 이룰 수 없을 것 같다면서 곧바로 베르토로 돌아가겠다고 했다. 심지어 손녀도 보고 싶지 않아했다.

"아닐세! 아니야! 아이를 보면 더 슬플 것 같네. 그저 그애에게 나 대신 입맞춤을 해주게! 잘 있게!…… 자네는 착한 사람이야! 그리고 이 은혜는 결코 잊지 않겠네"라고 말하며 그는 자기 다리를 두드렸다. "걱정 말게! 칠면조는 계속 보내주겠네."

언덕 꼭대기에 이르자 그는 예전에 생빅토르에서 딸과 헤어지고 오는 길에 그랬듯이 뒤를 돌아보았다. 들판으로 넘어가는 저녁해의 비스듬한 광선에 마을의 창문들이 불이라도 붙은 듯 보였다. 그는 한 손을 눈에 갖다댔다. 담으로 둘러친 묘지가 지평선에 보였는데, 하얀 묘석 사이에서 나무들이 여기저기 검은 다발을 이루고 있었다. 이윽고 그는 다리를 절뚝이는 조랑말을 느리게 몰면서 다시 길을 떠났다.

샤를과 그의 어머니는 지쳐 있었음에도 그날 밤 아주 오랫동안 이야기를 나누었다. 그들은 지나간 나날과 앞으로의 날들에 대해 이야기했다. 노부인은 용빌에 와 살면서 살림을 해주겠다고, 서로 더이상 떨어지지 말자고 했다. 그녀는 오래전에 놓쳤던 아들의 애정을 되찾을 수 있게 된 데 내심 기뻐하면서 비위를 맞춰주며 다정하게 행동했다. 자정을 알리는 종이 울렸다. 마을은 평소처럼 조용했고, 샤를은 잠을 이루지 못한 채 여전히 에마를 생각하고 있었다.

로돌프는 기분전환을 위해 하루종일 숲속을 뛰어다닌 참이라 자신의 저택에서 곤히 자고 있었다. 저멀리에서 레옹 역시 잠들어 있었다.

그 시각 잠을 이루지 못하는 사람이 또 한 명 있었다.

전나무가 늘어선 묘혈가에서 한 소년이 무릎을 꿇고 앉아, 달빛보다 부드럽고 깊은 밤보다 헤아릴 길 없는 엄청난 회한에 눌려 어둠 속에서 숨을 헐떡이며 가슴이 미어질 듯 흐느껴 울고 있었다. 그때 갑자기 철책 문에서 삐걱 소리가 났다. 레스티부두아였다. 낮에 두고 간 삽을 가지러 온 것이었다. 담을 넘어 도망가는 사람이 쥐스탱임을 알아본 그는 그동안 감자를 훔쳐간 도둑놈이 누구인지 그제야 알 것 같았다.

11

이튿날 샤를은 어린 딸을 다시 데려오게 했다. 아이는 엄마를 찾았다. 엄마는 지금 나가고 없는데, 장난감을 갖고 올 거라고 말해주었다. 베르트는 몇 차례 같은 질문을 되풀이했다. 이윽고 아이는 더이상 엄마 생각을 하지 않게 되었다. 아이의 밝은 모습을 지켜보며 보바리는 가슴이 무너지는 듯했는데, 게다가 약제사가 늘어놓는 견디기 힘든 위로도 참고 들어야 했다.

이내 돈 문제가 다시 대두되었다. 뢰뢰가 친구 뱅사르를 부추겨서, 샤를은 엄청난 액수의 어음에 서명했다. 에마가 쓰던 가구는 아무리 작은 것이라도 팔지 않으려 했던 것이다. 그 일로 보바리 노부인은 몹시 화를 냈다. 그는 어머니보다 더 분개했다. 그는 사람이 완전히 달라져 있었다. 어머니는 자기 집으로 돌아가버렸다.

그러자 모두들 자기 몫을 챙기기 시작했다. 랑프뢰르 양은 에마에게 한 차례도 수업을 한 적이 없음에도 육 개월치 수업료를 청구했다(에마가 보바리에게 보여준 영수증이 있긴 했다). 영수증은 두 여자의 합의 사항이었다. 도서 대여점 주인은 삼 년치 구독료를 요구했다. 롤레 어멈은 이십여 통의 편지를 배달한 수고비를 달라고 했다. 샤를이 무슨 편지냐고 설명을 요구하자, 그녀는 나름대로 분별력을 발휘해 이렇게 대답했다.

“아! 저는 아무것도 몰라요! 시킨 일을 한 것뿐이니까요.”

빚을 갚을 때마다 샤를은 이제 끝이려니 생각했다. 하지만 또다른 빚이 끊임없이 튀어나왔다.

그는 환자들에게 밀려 있던 치료비를 청구했다. 그러자 그들은 에마가 보낸 편지를 보여주었다. 그래서 오히려 그가 사과하지 않을 수 없었다.

이제 부인의 드레스는 펠리시테가 입었다. 전부 다는 아니었는데, 샤를이 그중 몇 벌을 에마의 방에 가져다놓고 그 옷들을 바라보며 틀어박히곤 했기 때문이다. 펠리시테와 에마는 몸집이 거의 같아서, 이따금 샤를은 펠리시테의 뒷모습을 보고 착각에 사로잡혀 소리쳤다.

"오! 가지 말아요! 가지 말아요!"

하지만 성령강림대축일에 펠리시테는 테오도르의 꼬드김에 넘어가 용빌을 떠나면서, 옷장에 남아 있던 것을 모조리 훔쳐가버렸다.

그 무렵, 과부 뒤퓌 부인이 '이브토의 공증인이 된 아들 레옹 뒤퓌와 봉드빌의 레오카디 르뵈프 양의 결혼'을 알리는 정중한 편지를 그에게 보내왔다. 샤를은 그녀에게 쓴 축하 답신에 이런 구절을 넣었다.

"가엾은 제 아내가 얼마나 기뻐했을까요!"

어느 날 그는 무심하게 집안을 돌아다니다가 다락방에 올라갔는데, 공처럼 말린 얇은 종이 뭉치가 실내화에 밟혔다. 그는 그 종이를 펴서 읽었다. '에마, 기운을 내요! 용기를 내라고요! 난 당신의 삶을 불행하게 만들고 싶지 않습니다.' 그것은 로돌프의 편지로, 궤짝들 사이 바닥에 떨어져 있다가 채광창으로 들어온 바람에 문 쪽으로 밀려온 것이었다. 샤를은 그 옛날 에마가 지금의 그보다 더 창백해진 얼굴로 절망에 빠져 죽으려 했던 바로 그 자리에 서서 벌린 입을 다물지 못한 채 꼼짝도 하지 않았다. 이윽고 그는 둘째 장 아래쪽에서 작은 R 자를 발견했다. 누구였을까? 샤를의 머릿속에 로돌프가 줄기차게 찾아오던 것, 갑자기 발길을 끊은 것, 그후 두세 차례 그를 만났을 때 어색해하던 것이 떠올랐다. 하지만 그는 편지의 정중한 어조에 속고 말았다.

'두 사람이 정신적인 사랑을 했던 모양이군.' 그는 생각했다.

샤를은 사태를 깊게 파고드는 사람이 아니었다. 그는 증거를 보고도 뒷걸음쳤고, 그가 느끼는 애매한 질투심은 끝없는 슬픔 속에 빠져 사라져버렸다.

그는 모두들 그녀를 숭배할 수밖에 없었으리라고 생각했다. 남자라면 분명 다들 그녀를 갖고 싶어했으리라. 그러자 샤를은 그녀가 더욱 아름답게 여겨졌다. 그리고 그녀를 향해 끊임없이 격렬한 욕망이 타올랐는데, 이제는 결코 채워질 수 없기에 절망에 기름을 들이붓는 그 욕망은 한없이 커져만 갔다.

그는 마치 에마가 여전히 살아 있는 것처럼 그녀의 마음에 들기 위해 그녀의 취향과 생각에 맞춰 자신을 단장했다. 에나멜 부츠를 사고 하얀 넥타이를 맸다. 콧수염에 화장품을 바르고 그녀처럼 약속어음에 서명했다. 그녀는 무덤 저편에서 그를 타락시키고 있었다.

샤를은 은식기를 하나씩 팔아야 했고, 이어 거실의 가구를 팔았다. 모든 방이 비어갔다. 하지만 그 방, 그녀의 침실은 옛날 그대로였다. 저녁식사를 하고 나면 샤를은 그 방으로 올라갔다. 그는 벽난로 앞으로 원탁을 밀어놓고 그녀의 안락의자를 가까이 가져왔다. 그러고는 그 의자를 마주보고 앉았다. 금도금된 촛대에서 양초 한 자루가 타고 있었다. 그의 곁에서 베르트는 그림에 색칠을 했다.

집안일을 봐주는 여자가 제대로 돌보지 않아, 끈이 떨어져나간 부츠에 소맷부리가 허리께까지 찢어진 블라우스를 입은 아이의 몹시도 초라한 차림을 보자 이 딱한 사내는 가슴이 아팠다. 하지만 무척 순하고 착한 아이가 작은 고개를 우아하게 숙여, 장밋빛 뺨 위로 고운 금발이 흘러내릴 때면 한량없는 기쁨을 느꼈는데, 그것은 잘못 발효되어 송진 맛이 나는 포도주처럼 온통 씁쓸함이 감도는 기쁨이었다. 그는 아이의 장난감을 고쳐주기도 하고 마분지로 인형을 만들어주기도 하고 인형의 터진 배를 꿰매주기도 했다. 그러다가 반짇고리나 굴러다니는 리본, 탁자 틈새에 박힌 핀 하나만 보고도 멍하니 몽상에 잠기곤 했고, 그럴 때면 그의 표정이 어찌나 슬펐는지 아이 또한 아빠처럼 슬퍼졌다.

이제 아무도 그들을 보러 오지 않았다. 쥐스탱은 루앙으로 도망쳐 그곳에서 식품점 점원이 되었고, 약제사의 아이들은 점점 베르트와 어울리지 않게 되었는데, 둘의 사회적 신분이 달라지자 오메가 굳이 친분을 유지하려 들지 않았던 것이다.

한편 맹인은 오메의 연고를 발라도 상처가 낫지 않자, 부아 기욤 언덕으로 돌아간 다음 지나가는 마차의 승객들에게 약제사의 시도가 효과가 없었노라고 어찌나 떠들어댔는지, 오메는 시내에 갈 때면 그와 만나는 것을 피하려고 리롱델의 커튼 뒤에 숨을 정도였다. 그는 맹인을 증오하기에 이르렀다. 자신의 평판을 지키기 위해 어떻게든 맹인을 쫓아버려야겠다고 생각한 그는 은밀한 계책을 마련했는데, 거기에는 그의 뛰어난 지성과 파렴치한 허영심이 드러나 있었다. 그때부터 육 개월에 걸쳐 〈르 파날 드 루앙〉에는 짤막한 기사들이 실리곤 했다.

'비옥한 피카르디 지역 쪽으로 가는 사람이라면 누구든 부아 기욤 언덕에서 얼굴에 무시무시한 상처가 있는 거지를 만나게 될 것이다. 그는 사람들을 귀찮게 하고 괴롭히고 마차의 승객들로부터 말하자면 진짜 세금을 뜯어낸다. 우리가 아직도 부랑자들이 십자군전쟁에서 옮아 온 문둥병과 연주창을 공공장소에서 드러내고 다니는 것을 허용하던 저 야만스러운 중세시대에 살고 있단 말인가?'

혹은 이런 글도 있었다.

'집 없이 떠도는 것을 금지하는 법에도 불구하고 우리 대도시 주변은 여전히 거지떼에 오염되어 있다. 그중에는 무리와 떨어져 혼자 배회하는 이들도 있는데, 위험하기는 매한가지다. 담당 관리들은 무슨 생각을 하고 있는 것일까?'

그런 다음 오메는 몇 가지 일화를 만들어냈다.

'어제 부아 기욤 언덕에서 평소에도 잘 놀라는 말 한 마리가……' 그리고 맹인이 나타나는 바람에 생긴 사고 이야기가 이어졌다.

그의 술책이 어찌나 효과적이었던지 당국에서 맹인을 체포했다. 하지만 곧 풀려났다. 맹인은 다시 시작했고, 오메 역시 다시 시작했다. 전쟁이었다. 승리자는 오메였다. 그의 적은 종신 구금형을 선고받고 구빈원에 수용되었다.

이 성공으로 오메는 대담해졌다. 그 지역 내에서 개가 치여 죽거나, 헛간에 불이 나거나, 여자가 매를 맞는 일이 일어나면, 진보에 대한 사랑과 사제들에 대한 증오에 언제나 고무되어 있던 그는 그 사실을 즉각 대중에게 알렸다. 그는 공립 초등학교 교육과 '무식한 수사회'*의 가르침 양쪽을 비교해 수사들을 비판했고, 성당에 백 프랑의 보조금이 주어지자 성바르톨로메오 축일 학살 사건을 환기시켰으며, 악폐를 고발

* 가톨릭 수사들의 모임으로 가난한 이들에게 기초 교육을 제공했다. 겸양의 뜻에서 지은 이름이나 경멸조로 사용되기도 했다.

하고 독설을 퍼부었다. 그의 말에 따르면 그랬다. 오메는 기존 체제에 대한 전복을 꾀했다. 그는 점점 위험한 존재가 되어갔다.

그는 언론의 좁은 한계 속에서 갑갑함을 느끼고 얼마 지나지 않아 책, 곧 저술의 필요성을 깨달았다! 그래서 그는 『용빌 지방의 일반 통계 및 기후학적 고찰』을 썼는데, 통계학은 그를 철학으로 밀어붙였다. 그는 사회문제, 빈민층의 교화, 물고기 양식법, 고무 추출법, 철도 산업 등 거창한 문제에 매달렸다. 그는 자신이 부르주아라는 사실이 부끄러워졌다. 그는 예술가 스타일을 선망하며 담배를 피우기 시작했다! 거실을 장식하기 위해 퐁피두르양식의 세련된 조각 두 점을 구입했다.

그렇다고 약국 일을 소홀히 한 것은 아니었다. 그 반대였다! 그는 신문물에 대해 잘 알고 있었다. 초콜릿의 대유행에도 동참했다. 카카오 가루 '쇼카'와 건강식 '르발렌시아'를 센앵페리외르 지역에 처음 들여온 사람이 바로 그였다. 그는 풀버마허 수력전기 벨트에 열광해서 직접 그것을 차고 다녔다. 밤에 그가 플란넬 내복을 벗으면 오메 부인은 그의 온몸을 감싼 그 금빛 나선형 장치에 눈부셔하며, 스키타이인보다 더 단단히 몸을 졸라매고 고대의 사제만큼이나 번쩍거리는 자기 남편에 대한 열정이 배가되는 것을 느꼈다.

그는 에마의 무덤에 대해서도 멋진 아이디어를 갖고 있었다. 처음에는 휘장을 두른 원기둥 토막을 제안했다가 이어 피라미드 모양을, 다음에는 베스타 신전 같은 원형 정자를…… 아니면 '폐허처럼 돌무더기를 쌓는 것'은 어떠냐고 했다. 그런데 어떤 계획에서든 슬픔을 상징하는 데 불가결한 요소인 수양버들을 빼놓아서는 안 된다고 주장했다.

샤를과 그는 묘석을 알아보기 위해 함께 루앙으로 가서 어느 묘석

제작소를 찾았고, 보프릴라르라는 화가도 동행했는데, 그는 브리두의 친구로 줄곧 재담을 늘어놓았다. 그날 샤를은 백여 개의 도안을 검토하고 견적을 내달라고 한 다음 그후 다시 한번 루앙에 다녀왔고, 마침내 '불 꺼진 횃불을 든 정령'을 앞뒤 양면에 새긴 영묘로 결정했다.

비문에 대해 오메는 '스타 비아토르'*만큼 아름다운 글귀를 찾을 수 없었다. 그런데 그다음에 이을 말이 떠오르지 않았다. 그는 상상력을 쥐어짰지만 줄곧 '스타 비아토르'……만 되풀이할 뿐이었다. 그러다 마침내 '아마빌렘 코뉴겜 칼카스!'**라는 글귀를 찾아냈고 그것으로 결정되었다.

이상한 일은 보바리가 끊임없이 에마를 생각하는데도 그녀를 잊어간다는 사실이었다. 그는 그녀의 모습을 붙잡아두려고 몹시 노력했지만 기억 속에서 점점 흐려지는 것을 느끼고 절망했다. 샤를은 매일 밤 에마의 꿈을 꾸었다. 언제나 같은 꿈이었다. 그가 그녀에게 다가간다. 하지만 껴안으려고 하면 그녀가 품속에서 폭삭 썩어서 꺼져버리는 것이었다.

일주일 내내 그가 저녁마다 성당에 들어가는 모습이 보였다. 부르니지앵 신부가 두세 차례 집으로 찾아오다가 그만두었다. 오메의 말에 따르면 신부는 점점 더 편협해지고 광신적으로 변해갔다. 시대정신에 반하는 비난을 퍼붓고 이 주일마다 하는 강론 때면 볼테르가 임종하면서 자신의 배설물을 먹었다는, 모두 다 아는 이야기를 빼놓지 않았다.

아끼며 살았지만 보바리는 도저히 묵은 빚을 청산할 수가 없었다.

---

* Sta viator. 라틴어로 '방문자여 발길을 멈추라'라는 뜻.

** amabilem conjugem calcas. 라틴어로 '사랑스러운 아내 여기 잠들다'라는 뜻.

뢰뢰는 모든 어음의 상환 기한을 연장하기를 거부했다. 압류가 목전에 와 있었다. 그래서 그는 어머니에게 도움을 청했는데, 보바리 노부인은 자기 재산을 저당잡는 것을 허락했지만, 에마를 몹시 비난하는 편지를 써 보냈다. 그리고 자신의 희생에 대한 보상으로 펠리시테의 도둑질을 모면한 에마의 숄 하나를 달라고 했다. 샤를은 거절했다. 그들은 사이가 틀어졌다.

보바리 노부인은 먼저 화해의 물꼬를 트면서 아이가 집에 있으면 위안이 될 것 같다면서 자기 집으로 데려가면 어떻겠느냐고 제안했다. 샤를은 이번에는 동의했다. 하지만 아이를 보내려는 순간 용기가 꺾여 버렸다. 그래서 두 사람 사이는 이제 완전히 결정적으로 끊어지고 말았다.

달리 애정을 쏟을 곳이 없어지자 그는 아이에 대한 사랑에 전보다 더 오롯이 집중했다. 그런데 아이 때문에 걱정이 생겼다. 아이가 때때로 기침을 하고 양쪽 볼에 붉은 반점이 생겼던 것이다.

그런 그의 면전에서 약제사 일가는 번창하고 행복했는데, 세상의 모든 것이 오메를 기쁘게 하는 듯했다. 나폴레옹은 조제실에서 그를 도왔고, 아탈리는 그의 그리스 모자에 수를 놓았으며, 이르마는 잼 병을 덮을 종이를 동그랗게 오려놓았고, 프랑클랭은 구구단을 단숨에 외웠다. 오메는 세상에서 가장 행복한 아버지였고, 가장 운좋은 남자였다.

그런데 그렇게 생각한다면 오산이었다! 남모를 야심이 그를 괴롭히고 있었다. 오메는 레지옹 도뇌르 훈장을 간절히 받고 싶었다. 자격이 부족하지는 않아 보였다.

첫째, 콜레라가 유행했을 때 헌신적인 봉사활동으로 공헌한 바 있었다. 둘째, 공익에 도움이 되는 다양한 저서를 자비로 출판했다(「사과주의 제조법과 효과에 대하여」라는 소논문, 학회에 보낸 털진딧물에 대한 보고서, 통계에 관한 책, 그리고 약제사 자격 논문까지). 게다가 여러 학회의 회원이기도 했다(실제로는 한 학회에만 소속되어 있었다).

"사실 화재 때 활약한 것만으로도 훈장을 받기에 충분하잖아!"라고 소리치며 그는 한 발로 빙글 돌았다.

그래서 오메는 권력자들에게 접근하기 시작했다. 선거 때 지역 대표를 위해 은밀하게 선거운동을 했다. 요컨대 스스로를 팔고 지조를 팔았다. 국왕에게까지 탄원서를 보내, 국왕을 우리의 성군이라고 칭하면서 앙리 4세에 비유하고 자신에게 합당한 조치를 내려달라고 간청했다.

매일 아침 약제사는 자신에게 훈장을 수여한다는 기사가 났는지 보려고 급히 신문을 펼쳤다. 그런 기사는 없었다. 마침내 그는 더는 견딜 수 없어 자기 집 마당에 훈장의 별 모양을 본떠 잔디밭을 만들게 하고, 그 꼭대기에 마치 리본을 묶은 것처럼 보이도록 풀덤불 두 개를 더해 놓았다. 그러고는 팔짱을 끼고 그 주위를 산책하면서 정부의 어리석음과 인간의 배은망덕을 곱씹었다.

망자에 대한 존중에서인지, 아니면 조사를 유예하는 데서 느끼는 일종의 관능적 쾌감 때문인지 샤를은 에마가 평소 사용하던 자단으로 만든 책상의 비밀 칸을 아직 열어보지 않았다. 마침내 어느 날 그는 그 앞에 앉아 열쇠를 돌리고 용수철을 눌렀다. 거기에는 레옹에게서 받은 편지가 모두 들어 있었다. 이번에는 더이상 의심의 여지가 없었다! 그는 마지막 편지까지 정신없이 읽었고, 흐느끼고 소리치고 이성을 잃고 미친듯이 흥분해서는 방안 구석구석, 가구 하나하나, 서랍 한 칸 한 칸을

다 뒤지고 벽 뒤까지 확인했다. 그러다 상자 하나를 발견하고는 발로 밟아 부수었다. 쏟아진 편지 한가운데에서 로돌프의 초상화 속 얼굴이 그를 정면으로 쏘아보는 것 같았다.

사람들은 샤를이 모든 의욕을 잃은 것에 놀랐다. 그는 더이상 외출을 하지 않고 사람들의 방문도 받지 않으며 환자 왕진조차 거절했다. 그래서 사람들은 그가 틀어박혀 술을 마신다고 수군거렸다.

하지만 때때로 호기심 많은 사람이 까치발을 하고 마당 울타리 너머로 안을 들여다보면, 길게 늘어진 턱수염에 더러운 옷을 입은 채 사나운 표정으로 울면서 돌아다니는 샤를의 모습이 눈에 들어와 깜짝 놀라곤 했다.

여름날 저녁이면 그는 어린 딸을 데리고 묘지로 갔다. 그러고는 밤이 이슥해, 비네의 채광창 말고는 마을 광장 전체가 어둠에 잠겨 있을 때에야 집으로 돌아왔다.

하지만 그가 슬픔에 온전히 탐닉할 수 없었던 것은 그 감정을 나눌 사람이 주위에 아무도 없었기 때문이다. 그는 그녀 이야기를 하려고 르프랑수아 부인을 찾아가곤 했다. 하지만 여관 주인에게도 걱정거리가 있기는 마찬가지여서 그녀는 그의 말을 한 귀로 흘려들었는데, 그 걱정거리란 뢰뢰가 드디어 '파보리트 뒤 코메르스'라는 이름의 승합마차 사업을 시작하자, 심부름을 잘한다고 사람들 사이에 소문이 자자한 이베르가 '경쟁업체'로 옮기겠다고 위협하며 임금 인상을 요구한 일이었다.

어느 날 샤를은 그 집에서 마지막으로 남은 재산이라 할 수 있을 말을 팔려고 아르괴유 시장에 갔다가 로돌프와 마주쳤다.

서로를 알아보자 두 사람 모두 얼굴이 창백해졌다. 장례식에 조의를 표하는 카드만 보냈던 로돌프는 우선 몇 마디 변명을 더듬더듬 늘어놓았는데, 이윽고 좀더 대담해져서 뻔뻔스럽게도 맥주 한잔하자며 샤를을 술집으로 이끌었다(8월이라 날씨가 무척 더웠다).

로돌프는 샤를의 맞은편에 앉아 팔꿈치를 괸 채 잎담배를 씹으면서 줄곧 이야기를 늘어놓았고, 샤를은 에마가 사랑했던 남자의 얼굴을 앞에 두고 하염없이 몽상에 잠겼다. 그녀의 일부를 다시 보는 듯한 느낌이었다. 경이로운 기분이었다. 그는 그 사내가 되고 싶었다.

상대방은 그 어떤 암시도 끼어들 여지를 주지 않으려는 듯 경작이니 가축이니 비료니 하는 일상적인 이야기만 하고 있었다. 샤를은 그의 말을 듣고 있지 않았다. 그것을 눈치챈 로돌프는 추억이 스쳐지나감에 따라 달라지는 샤를의 얼굴 표정을 지켜보았다. 샤를의 안색이 점점 붉어지고 콧구멍이 빠르게 벌름거리고 입술이 떨렸다. 심지어는 한순간 어두운 분노가 가득한 눈길로 쏘아보기까지 해서, 로돌프는 공포를 느끼고 말을 멈추었다. 하지만 이내 그 얼굴은 조금 전과 같은 울적한 권태가 깃든 표정으로 돌아갔다.

"난 당신한테 원한 같은 거 없어요." 그가 말했다.

로돌프는 침묵을 지켰다. 그러자 샤를은 두 손으로 머리를 감싸쥐고 담담한 목소리로, 끝없는 고통을 체념하며 받아들이는 어조로 다시 말했다.

"그래요, 난 더이상 당신에게 원한이 없어요!"

심지어 그는 지금까지 한 번도 해본 적이 없는 엄청난 한마디를 덧붙이기까지 했다.

"이건 다 운명 탓이니까요!"

그 운명을 초래한 장본인인 로돌프는 그 말이 샤를 같은 상황에 놓인 사람이 하기에는 지나치게 너그럽다고, 나아가 우스꽝스럽고 비겁하기까지 하다고 생각했다.

그다음날 샤를은 마당의 퍼걸러 아래로 가서 벤치에 앉았다. 퍼걸러의 나무 격자 사이로 햇빛이 들어왔다. 포도나무 잎새가 모래 위에 그림자를 드리우고 재스민 향이 퍼지고 하늘은 푸르고 만개한 백합 주위로는 딱정벌레가 붕붕거리며 날아다녔는데, 샤를은 자신의 슬픔어린 마음을 부풀어오르게 하는 그 아련한 사랑의 향기 속에서 사춘기 소년처럼 숨이 막혔다.

일곱시가 되자, 오후 내내 아빠의 모습을 보지 못한 어린 베르트가 저녁식사를 하자고 그를 부르러 왔다.

그는 고개를 뒤로 젖혀 벽에 기대고 두 눈을 감고 입을 벌린 채 길고 검은 머리카락 한 줌을 손에 쥐고 있었다.

"아빠, 어서 오세요!" 아이가 말했다.

아이는 아빠가 장난을 치는 줄 알고 살짝 밀었다. 그의 몸이 땅바닥으로 나동그라졌다. 그는 죽어 있었다.

서른여섯 시간 후 약제사의 요청으로 카니베가 달려왔다. 그는 샤를의 몸을 부검했지만 아무것도 발견할 수 없었다.

모든 것을 팔고 정리하자 12프랑 75상팀이 남았고, 그 돈은 보바리 양이 할머니 집으로 가는 여비로 쓰였다. 보바리 노부인 역시 그해에 세상을 떠났다. 루오 영감은 중풍에 걸려, 어떤 친척이 베르트를 맡기로 했다. 그 여자는 가난해서 생활비를 벌어오라고 아이를 방직공장에 보낸다.

보바리가 죽은 후 용빌에서는 세 명의 의사가 차례로 개업을 했지만 아무도 자리를 잡지 못했는데, 그들이 도착하자마자 오메가 맹공을 퍼부었기 때문이다. 이제 오메는 어마어마하게 많은 고객을 확보하고 있다. 당국은 그를 관대하게 봐주고 여론은 그를 옹호해준다.

얼마 전 그는 레지옹 도뇌르 훈장을 받았다.

다른 우주 속으로 들어가기
—"서정성과 통속성의 이중 심연 사이에 드리워진 머리카락 위를 걸어서"*

소설이라는 문학 장르가 자리잡은 이후 가장 많이 읽히고 가장 높은 평가를 받았다고 해도 과언이 아닌 소설, 단 하나의 단어도 다른 단어로 대체할 수 없다는 '일물일어설'을 낳은 절대 작품, 프루스트, 라마르틴, 조이스, 카프카, 쿤데라, 보르헤스, 반스 같은 작가, 바르트, 아우어바흐, 사르트르, 푸코 같은 철학자, 로트먼, 티보데, 브롱베르, 파케, 브륀티에르 같은 전기작가와 평론가 등 이 작품을 언급한 사람들의 이름만으로도 작품 자체의 분량을 넘고도 남을 작품, "플로베르가 없었다면 프루스트도, 조이스도 없었을 것이고 체호프도 지금의 체호프가 아니었을 것"(블라디미르 나보코프)이라는 단언에 가장 크게 기여한 소설,

* 귀스타브 플로베르의 『서간집』에서 인용. 이 글에서 별도의 출처를 표기하지 않은 플로베르의 말은 모두 이 책에서 인용했음을 밝힌다.

1857년 출간되어 무려 백육십여 년 동안 전 세계에서 줄곧 현역으로 읽히고 있는 이 소설.

플로베르 자신이 친구들에게 보낸 편지에서 여러 차례 밝히고 있듯이 이 소설은 엄청난 자료 조사와 스스로를 극한까지 몰아가는 철두철미한 글쓰기로 플로베르의 사 년 반을 집어삼켰다. 에마가 비소 중독으로 죽어가는 장면을 쓰면서 플로베르는 실제로 소화불량과 복통에 시달렸고, "생각의 발기는 신체의 발기와 마찬가지로 마음대로 되는 것이 아니다"라고 하면서 문장 속에 단어 하나를 넣기가 시를 쓰는 것만큼이나 힘들다고 털어놓는다. 이런 '작중인물과의 동화'는 "마담 보바리는 곧 나다"*라고 했다는 그의 말이 과장이 아님을 보여준다. "외과의사였던 부친과 형이 메스를 잡듯 그는 과학과 관찰 정신과 성숙함과 냉정함으로 무장하고 펜을 잡았다"(생트뵈브). 에마를 "이 세상 모든 소설 속에 나오는 여자 중에서 가장 아름답고 생생하며 실제 같은 인물"(공쿠르형제)로 만들기 위해 플로베르는 역설적으로 수술대 위에 그녀를 눕혀놓고 메스로 심장을 찍어내 현미경으로 들여다보는데, 그러면서 마치 자신의 심장을 들고 있는 것 같은 어이없는 감정을 느낀다. "사랑은 내가 평생 숙고한 주제였습니다⋯⋯ 그리고 내가 연구한 심장은 바로 나의 것이었습니다." 또한 이 소설은 "플로베르 자신의 낭만성을 치유하기 위해 스스로에게 부여한 일종의 숙제"(빅토르 브롱베르)였다. 어떤 신비로운 문학적 숙명으로 이 소설이 요구하고 체현해낸 것은 이후

* René Descharmes, dans *Flaubert, sa vie, son caratère et ses idées avant 1857*, Ferroud, Paris, 1909, p.103, note 3.

의 삶까지를 포괄하는 작가의 일생이다.

귀스타브 플로베르는 1821년 프랑스 노르망디 지역의 유서 깊은 도시 루앙에서 태어났다. 아버지는 그곳의 유지이자 외과의사였다. 10대 때부터 잡지를 만들고 작품을 쓰는 등 문학에 재능과 관심을 보였으나, 부친의 바람대로 파리 법과대학에서 공부하다가 신경성 발작을 일으켜 학업을 중단하고 루앙 교외의 크루아세에서 본격적인 창작생활에 들어갔다. 이곳에서 그는 어머니와 함께 죽은 누이의 딸을 키웠고, 죽을 때까지 평생 독신으로 지낸다. 친구 막심 뒤 캉, 루이 부이예, 그리고 여자친구 루이즈 콜레와 오랫동안 교제해 편지를 주고받는데, 이 편지들은 후에 작품의 구석구석을 밝혀주는 귀중한 문헌이 된다. 스페인, 베이루트, 예루살렘, 이집트, 그리스, 이탈리아 등을 여행하고 돌아와 마침내 『마담 보바리』를 탈고하고 큰 반향을 일으킨다. 잡지에 연재된 이 소설이 "시골 여자의 간통 이야기"(에르네스트 피나르)로 미풍양속을 해쳤다는 이유로 법정에 서게 되자, 당시 황후까지도 플로베르를 지지했다고 한다(페르디낭 브뤼티에르). 이 작품 이전에 그는 『감정 교육』 『성 앙투안의 유혹』 등을 썼으나 나중에야 출간된다. 그 외 『살람보』와 「순박한 마음」 「구호수도사 성 쥘리앵의 전설」 「헤로디아」를 묶은 『세 가지 이야기』를 출간했고, 오래전에 구상하고 쓰다가 멈춘 『부바르와 페퀴셰』를 다시 쓰기 시작했으나 마치지 못한 채 1880년 뇌출혈로 세상을 떠나 고향 루앙에 묻혔다.

문학 역시 반드시 아는 만큼은 아니라도 제대로 읽는 만큼 보인다.

소설이란 줄거리만으로 읽힐 수 없고(허버트 로트먼), 그렇게 읽혀서도 안 된다. 요컨대 똑같은 줄거리로 전혀 다른 울림을 줄 수 있고, 전혀 다른 이야기들이 똑같은 진부함으로 귀착되는 예도 많다. 그리고 플로베르의 소설만큼 줄거리가 중요하지 않은 것도 없다. 출간 당시 세간을 떠들썩하게 했던 '시골 공의의 아내가 벌인 간통 이야기'는 표면적인 이정표 정도의 비중만을 갖는다. '지금 여기'를 직시하고 그곳에 뿌리내리는 것이 아니라 '저 너머 다른 곳'을 동경하며 부유하는 에마의 비극은 실제로 낭만주의 그 자체가 아니라 그것을 무비판적으로 보는 데서 나온다. 낭만주의 소설을 무비판적으로 읽음으로써 바흐친이 말하는 '멜로드라마성 페스트'에 감염된다. 그러므로 "눈앞의 현실이 아니라 꿈꾸는 환상을 살고자 하고 스스로를 있는 그대로의 자신과 다르게 생각하는 보바리슴"(쥘 드 고티에)에 빠진다. "이 소설에 대한 플로베르의 첫 계획은 몽상 속의 열정이 내적으로 전개되는 것을 그려내는 것이었는데, 최종적으로 여주인공을 고른 기준은 보다 재미있는 작품이 되어야 한다는 것이었다. 그가 줄거리를 작품 속에 받아들이기로 한 것은 무엇보다 읽히게 하기 위해서였고 그 계산은 맞아떨어졌다"(고토메르슈). 사랑과 사치에 대한 꿈을 품은 여주인공은 간통과 빚이라는 위험한 수단을 찾아냄으로써 작품 속에 비극적 통속성을 보장했고, 작가는 아이디어와 표현의 일치라는 거의 불가능한 과업을 해냄으로써 작품을 서정적으로 끌어올렸다.

사건에 대한 기술보다 사건을 보는 시선을 묘사하다

"플로베르의 작품에는 일종의 모순이 자리잡고 있는데 이 자가당착 덕분에 소설적 현실은 현실이 아닌 지점에서 작동한다. 사건 자체보다는 머릿속으로 그 사건을 되짚는 것, 열정 그 자체보다는 열정을 꿈꾸는 것, 행동에 대한 몽상으로 행동을 대신하고 모든 실재를 무로 대신하는 것을 통해"(장 루세) 소설적 핍진성을 획득하는 것이야말로 플로베르의 재능이다. "플로베르의 문장은 중립적이고 묘사적이다. 그러나 이 묘사는 단순히 표면적인 묘사가 아니다"(고토메르슈). 작가 자신의 말에 따르면 "그림을 그려내야 한다. 있는 그대로의 자연을 드러내야 한다. 그런데 문학에서 완벽한 그림이 되려면 겉과 속을 모두 그려야 한다."

보비에사르의 무도회는 단 이틀 동안이었으나 이후 에마의 머릿속에서는 춤의 곡조가 줄곧 울려대고 자작의 얼굴이 줄곧 어른거린다. 플로베르가 에롱성의 무도회에 초대를 받은 적이 있는데 이 연회의 기억이 그에게 깊은 인상을 남겼다(고토메르슈). 무도회장 바닥에 칠한 밀랍 때문에 밑창이 노래진 비단 구두와 길에서 주운 비단 담뱃갑을 꺼내보면서 에마는 줄곧 몽상에 잠기고 이 몽상은 추억을 되새기는 데에서 나아가 가보지 못한 파리의 진홍빛 분위기로 확장된다. 여성잡지의 클리셰들이 이런 몽상을 부채질한다. 앞이 벌어진 실내복과 그 안에 입을 주름 블라우스, 필요도 없는 압지와 종이와 봉투를 구입하면서 에마는 연애와 돈, 사랑과 사치에 대한 갈망을 달랜다.

레옹과의 연애 초기에도 그녀는 행동이 아닌 몽상 속으로 도피한다. 상상 속에서 혼자 그의 모습을 마음껏 즐기기 위해 그와 떨어져 혼자 있기를 원한다. 레옹에 대한 추억을 되씹는, 현실 아닌 것으로의 도피로 자신의 감정을 불완전하게 처리한다. 실제 일어난 일보다는 머릿속에서 일어난 일이 더 중요해진다. 이런 지독한 몽상은 행동보다 더 멀리로 사람을 데려간다.

주관적인 시점 속에 객관성이 교차된다

이 소설을 하나의 전기로 보자면 그 주인공은 에마가 아니라 샤를인 것 같다. 소설은 샤를의 중학교 편입 장면으로 시작해서 그의 죽음으로 끝난다. 그의 부모들이 어떤 사람들이었는지, 그가 어떤 가정환경에서 컸는지가 자세히 묘사된다. 하지만 심리적 전기라는 관점에서 보자면 이 소설의 주인공은 에마가 확실하다. 숱한 페이지들이 그녀의 권태와 몽상과 기대와 심상의 무늬를 그리는 데 바쳐진다. 독자들은 그녀와 함께 한숨을 내쉬고 울고 웃는다. "에마의 삶은 결혼, 이사, 연인과 또다른 연인, 자살로 인한 죽음으로 구성되는데 이는 보통 사람의 삶의 궤적에서 크게 벗어나 있다. 그러나 이를 사건이 아닌 의식의 관점에서 보면, 에마는 권태로워하고 사랑하고 절망하고 죽는다. 물론 비관적이긴 하지만 이는 인간의 삶을 공통적으로 요약한다…… 다만 이 심리적 전기는 환상이 아닌 구체적인 현실을 발판으로 하는 만큼 버지니아 울프나 로브그리예의 그것과는 다르다"(고토메르슈). 결국 "이 소설은 누군가의 전기라기보다는 인간의 삶에 대한 전기"(알베르 티보데)인 셈이다.

소설의 첫 서술자는 '우리'로서 샤를의 중등학교 급우들쯤 된다. 이들은 독자에게 샤를을 소개한다. 이 소설이 비극으로 단단히 설득력을 갖기 위해서는 샤를의 생래적인 눈치 없음이 꼭 필요하다. 바로 자기 집 뒷마당과 자기 진료실에서 아내가 정부와 사랑을 속삭이는데도, 아내의 연인이 던진 모래가 덧창을 두드리는데도 샤를은 태평하다.

이어 '우리'에게서 샤를로 시점이 옮겨간다. 에마를 만나기 전까지 샤를은 그저 '우리'에 의해 기술되는 객체였다. 이른새벽 다리를 다쳤다는 환자의 집으로 왕진을 가면서 샤를은 말 위에서 졸고 있다. 그때까지의 그의 삶은 졸음 속에 잠겨 있었던 셈이다. 그러나 에마를 만나 욕망에 눈뜬 샤를의 시선은 그의 둔감함을 덮을 정도로 아름답게 이곳저곳을 답사한다. 에마를 배려할 때 그는 더이상 우둔한 인물이 아니다. 은판사진을 준비하고 남의 집 마구간에서 아내를 위한 말을 찾아내며 수업료가 그리 비싸지 않은 피아노 교사를 구한다.

그러다가 3인칭 시점이 어느 사이엔가 다시 등장해 풍성하고 요란하며 아름다운 시골 결혼식 장면을 묘사한다. 이 객관적인 시선은 작품 전체에 예고 없이 끼어든다. 마침내 에마의 몽상 속을 독자들이 함께 거닐게 되었을 때에도 이 3인칭 시점은 문장 속에 내재한다. 손에 금박이 묻어날 수밖에 없다고, 우상에는 손을 대지 말아야 한다고, 사람의 말이란 금간 냄비와도 같아서 별을 감동시키고자 하지만 곰을 춤추게 하는 가락을 내는 데 그치고 말 뿐이라는 가슴을 치는 구절들에는 시점이 '없다'.

"에릭 아우어바흐는 『미메시스』에서 이 중요한 작품 속에서 재현된 현실이 주관성과 객관성을 어떻게 통합하는지 잘 보여주고 있다고 지적한다"(고토메르슈). 아우어바흐는 토트 집 일층 좁은 부엌 장면을 불러온다. 냄비에서는 김이 펄펄 오르고 문은 삐걱거리고 벽에서는 물기가 줄줄 흘러내리며 돌바닥은 젖어 있다. 삶의 온갖 신산이 에마 앞에 놓인 음식 접시 위에 올라와 있는 것 같다. 게다가 샤를은 아주 오랫동안 먹는다. 이 장면에는 에마의 1인칭 시점과 드론으로 내려다보는 듯 무심한 3인칭 시점이 교차된다. 사실 이 무심한 객관성에 작품의 비밀 하나가 있다. 『돈키호테』의 '무기교'에 감탄했던 플로베르는 자신의 작품에서도 그것을 구현하고자 했다. "걸작들은 담담하다. 큰 짐승이나 산 같은 자연의 산물처럼 고요한 태도를 갖고 있다."

장소가 달라지면 삶이 바뀌는가

공간적인 배경으로 이 소설은 우선 루앙에서 출발한다. 루앙은 플로베르가 태어나고 살고 죽은 곳으로 그가 가장 잘 알고 있는 그의 도시였다. 마차에 앉은 에마의 시선으로 언덕 위에서 도시 전체가 파노라마로 조망되기도 하고, 에마와 레옹이 탄 마차가 루앙의 거의 모든 거리를, 생트카트린 언덕과 부아 기욤까지 빠르게 스쳐간다. 대성당 맞은편 화가 모네의 작업실과, 이 소설의 초안과 초고가 있는 시립 도서관도 지나갔을 것이다. 요컨대 루앙은 소설 전체를 관통해 배후 도시로 자리잡고 있으면서도, "발자크라면 저항하지 못했을 이야기의 실마리로서 작용하지 않고 그냥 '있다'. 또한 에밀 졸라나 공쿠르형제 같은 자연주의자들이 하는 것처럼 모자이크 방식으로 작품 속에 구축되지도 않는다"(고토메르슈).

에마가 샤를과 결혼해 자리잡은 토트에서의 생활은 말라버린 결혼식 부케를 벽난로에 내던지는 것으로 마무리된다. 부케는 순식간에 불붙어 뒤틀리고 녹아내리며 마침내 재가 되어 굴뚝을 통해 날아가버린다. 토트를 떠나면서 에마는 새로운 장소에 대한 기대를 갖는다. 봄이 오고 아이가 태어나면 모든 것이 좋아질 것이다. 장소를 바꾸는 것은 삶의 새로운 국면이 도래하는 것과 같다고, 장소가 다른데 여전히 같은 일이 벌어질 수는 없다고, 지금까지 살아온 부분이 나빴으니까 이제 남은 부분은 더 나을 것이라고 여긴다. 플로베르의 상상 속에서 탄생한 용빌라베는 이 작품이 실마리가 된 '들라마르 사건'의 부부가 살았던 리Ry라는 실제 마을을 모델로 했는데, 사실 "인간 자체가 아니라 인간의 삶이 주인공인 배경"(알베르 티보데)인 셈이다. 푸른 목초지와 황금빛 경작지 사이에 하천이 흐르는, 초록색 벨벳 깃에 은색 장식끈으로 테를 두른 커다란 망토를 펼쳐놓은 것 같은 이곳은 에마의 심리상태에 따라 즐거운 곳이 되기도 하고 따분하고 잔인한 곳이 되기도 한다.

리옹 도르 여관의 주방에서는 냄비마다 음식이 끓어오르고, 오메의 약국에서는 어스름녘 캥케식 램프가 켜지며, 공증인의 거실, 비네의 방, 유모의 오두막으로 통하는 골목길에 황혼빛이 내려앉는다. 에마와 샤를은 앞으로 살게 될 그 집으로 들어간다. 그 집에는, 의사에게 유용할 뿐 아니라 소설의 여러 장면에서 꼭 있어야 하는 광장에 면한 앞문과 오솔길로 통하는 뒷문이 있다. 압류를 목전에 둔 에마는 마을 사람들 눈에 띄지 않고 공증인의 집에 가기 위해 뒷문으로 나서고, 뒤쪽 오솔길에서 들려오는 샤를의 말의 발굽소리를 듣자 이번에는 계단을 달려내려와 앞문으로 도망친다.

그 또는 그것이 이름을 갖고 거기 있는 이유

대상에 이름을 붙임으로써 그 대상은 시공의 한 자리에 위치하게 된다. 이름을 통해 한 존재는 비로소 '존재'하게 된다. 이 작품 전체를 통해 "샤를이 거기 있었다". 이는 에마가 레옹에 대한 감정을 처음으로 깨닫는 나들이 때 나온 진술로, 레옹의 아름다움에 흠뻑 취해 있던 에마가 고개를 돌리자 샤를이 답답한 매무새에 우둔한 등을 하고 거기 서 있는 것이다.

작품 속에서 진보와 합리의 대변자이자 위선적인 부르주아의 면모를 보이는 오메Homais의 경우 그 이름은 '호모homo' 곧 '인간'에서 나온 것으로 인간의 미덕과 단점을 고스란히 보여준다. 자신의 지성을 과시하고 남모를 계산을 친목에 개입시키며 명예욕과 잘난 척으로 뭉쳐 있지만, 샤를의 면박에도 불구하고 상가에 필요한 물건을 챙겨 밤샘을 하러 온다. 에마의 파국을 부채질하는 악마적인 인간 뢰뢰Lheureux에게는 역설적으로 '행복한 자heureux'라는 이름이 붙는다.

사람뿐 아니라 사물이나 상황 역시 명명을 통해 인물의 감정과 연결된다. "묘사된 대상은 인물과 함께하는 범위 내에서 이야기 속 중심 역할을 수행하게 된다. 그 자체로는 의미가 없지만 거기 있음으로써 감정과 기억이 부여하는 모든 것을 상징할 뿐 아니라 그 이상의 기능을 한다." 샤를의 잡탕식 모자가 갖는 '말없는 추함'은 그 주인의 속성을 드러내고, 루오 영감이 보내주는 칠면조 바구니는 그들의 관계를 드러내며, 레옹이 선물한 골상학용 해골 흉상 아래서 샤를은 끝내 고개를 파묻고 운다. 석고 사제상은 짐마차에서 떨어져 산산조각이 나고, 이폴리트의 목발은 에마에게 줄곧 샤를의 무능을 상기시키며, 마을 광장 한켠에서는 거의 언제나 비네의 선반기 돌아가는 소리가 들린다.

리옹 도르 여관은 '황금 사자'의 위용을 자랑하고 승합마차 리롱델은 '제비'라는 이름답지 않게 덜컹거리며 달리다가 소설 후반부에서 파보리트 뒤 코메르스, 곧 '장사의 동반자'에게 자리를 넘겨주고, 〈르 파날 드 루앙〉은 오메의 사심을 은밀히 채워줄 뿐 아니라 그의 앞을 환하게 밝혀주는 '등불'이다.

에마를 정부로 삼을 계략을 짜느라 분주한 로돌프의 머릿속에서 에마는 "그녀, 그 사람, 그것"으로 옮겨간다. "처음에는 그가 욕망을 품은 여자, 이어 그의 육체적 쾌락의 대상, 그리고 일단 욕망이 충족되고 난 다음에는 버려도 되는 물건이 된다"(알베르 티보데).

산도 바다도 인물의 감정을 반영한다. 로돌프와의 첫 정사를 마친 후 숲속의 나무들은 고요하고 아름답다. 무심한 묘사가 도리어 에마의 감정을 고스란히 드러낸다. 한편 바다의 이미지는 에마의 몽상 한가운데에 자리잡고 상황에 따라 아름답게도 두렵게도 다가온다. 로돌프와의 사랑의 도피를 꿈꾸는 그녀의 머릿속에서 해변가 마을의 바다는 평화롭지만, 마지막 희망을 거절당하고 돌아가는 절망한 에마의 발밑에서 밭고랑은 '거대한 갈색 파도'가 되어 그녀를 집어삼킨다. 마지막으로 그녀의 관은, 피로해진 운구자들의 손길로 파도를 만난 듯이 불규칙하게 출렁이면서 무덤으로 간다.

이중적 묘사와 웅변보다 더 발언하는 무심한 대사

플로베르는 뷔퐁을 인용해 이렇게 말한다. "잘 쓴다는 것은 잘 느끼는 것이고 잘 생각하는 것이며 잘 말하는 것이다." 잘 쓰기 위해서 작가는 깊게 느끼고 그 느낌을 객관화해야 한다. 심미적인 계산으로 대상과의 거리를 유지해야 하는 것이다. 또한 예술적 관찰은 과학적 관찰과 아주 다르다. 그것을 제대로 하기 위해서는 무엇보다도 원초적이 되어야 하고 상상력을 사용해야 한다. "……예술은 곧 묘사다. 작가가 진정으로 신경써야 할 것은 오직 표현뿐이다. 문학은 점점 더 과학의 방식을 따르게 된다. 그리고 문학에서 과학적 정확성이란 다른 무엇보다도 미학적 계산에 의해 이루어진다…… 위대한 천재들, 위대한 작품들은 결코 결론짓지 않는다. 호머, 셰익스피어, 괴테는…… 표현하는 것 이외의 다른 것에는 조심스러운 태도를 취한다."

이 소설에서 플로베르의 묘사는 다분히 이중적이다. 그는 사물의 표면뿐 아니라 속까지, 사고의 흐름뿐 아니라 잠재의식까지 드러낸다. 사물의 겉모습 역시 전체적인 인상으로 뭉뚱그리는 대신 '층층 기법'을 사용해 본질로 들어가는 길을 낸다. 샤를의 모자가 그 속성으로 주인의 성격을 드러내려면, 고래수염으로 모양을 잡아 윗부분에 소시지처럼 둥글게 감아놓은 층이 있고 띠가 둘러진 다음 마름모꼴의 토끼털과 벨벳이 교차되며 몇 개의 층이 겹쳐져야 하는 것이다.

샤를과 에마의 결혼식 케이크는 그 지역에서 처음 개업을 한 파티셰의 야심작으로, 밑바닥에는 푸른색 판지를 깔고 주랑이 있는 신전이 있으며 그다음 층에는 사부아 지방의 카스테라로 만든 성이 안젤리카 졸임과 아몬드, 건포도로 된 보루에 둘러싸이고 맨 위층에는 바위들이 드문드문 있는 푸른 초원에 잼으로 만든 호수가 있다.

샤를이 침대에서 행복하게 들여다보는 에마의 눈은 여러 색이 층층으로 겹쳐진 것처럼 빛을 받지 않을 때에는 까맣고 환한 햇빛 속에서는 짙푸른 빛이다.

에마의 관 역시 세 개의 층으로 만들어진다. 참나무, 마호가니, 납으로 만든 세 개의 관들을 높이를 맞추어 겹겹이 넣고 그 위에 초록색 벨벳 천을 덮는다. "이 소설 속의 모든 층층 케이크 테마가 모이는 지점이 바로 에마의 관"(나보코프)이다.

이런 묘사를 채색하는 도구는 놀랍게도 대화이다. 무심하고 평범해 보이는 인물 간의 대화는 머리카락처럼 가늘지만 강철처럼 끊어지지 않는 필연성으로 서로 묶여 있다. "문장의 색칠은 대화로 해야 한다…… 대화는 인물의 성격을 드러내야 한다." 여관에서 펼쳐지는 오메의 장광설, 유모의 집을 다녀오는 에마와 레옹의 대화, 농업 박람회를 바라보면서 나누는 로돌프와 에마의 대화, 물건을 팔 때와 돈을 회수할 때 달라지는 뢰뢰의 말투 등에는 언제나 잠깐씩 숨을 고르게 하는 무심한 장치들이 포진해 있다. "『마담 보바리』에서 플로베르는 대화를 통해 인물의 감정과 마음의 상태를 효과적으로 드러낸다"(나보코프).

적절한 포석을 딛고 디테일은 설득력을 획득한다

몇 가지 장치들을 포석으로 사용함으로써 플로베르는 소설 전체의 균형을 잡고 적절한 순간에 문을 열고 닫는다. 레옹과 에마가 몇 년 만에 극장에서 다시 만나기 위해서는 그들의 이전 대화 속에 루앙의 극장에 관한 구절이 꼭 들어가 있어야 했다. 곧 있을 스페인 무용단 공연에 갈 생각이냐고 에마가 묻자 레옹은 가능하다면 그럴 거라고 대답한다. 이 단계에서 그들이 같이 공연을 보러 가거나 하는 일은 아직 일어나지 않는다. 그 포석으로 인해 극장에서의 그들의 재회는 설득력을 갖는다.

부아 기욤 언덕에서 구걸을 하는 맹인의 존재는 우선 에마와 오메의 성격을 미묘한 방식으로 독자들에게 환기시킨다. 에마는 지갑 속의 마지막으로 남은 5프랑짜리를 던져주지만 오메는 1수를 주면서 2리아르를 거슬러달라고 한다. 그러면서 맹인이 앓고 있는 연주창에 대한 자신의 지식을 과시하는데, 이는 맹인이 플로베르가 원하는 그 순간, 에마의 임종 때 용빌에 모습을 나타낼 수 있는 근거가 된다. 사실 이 맹인은 에마가 로돌프와의 첫 정사 후 고요한 숲속에 앉아 심장이 다시 뛰는 것을 느낄 때에도 등장하는데, 물론 이 전조를 에마는 아직 의식하지 못한다. 숲 너머 저멀리 다른 언덕에서 여운이 남는 외침이 들려오는 것이다. 마지막 순간 에마는 맹인의 목소리를 알아듣고 죽어가는 몸을 벌떡 일으킨다.

당시의 이동 수단인 말은 소설 전체를 관통해 자주 등장하는데, 에마의 아버지를 치료하기 위해 처음으로 베르토 농장에 갈 때 말이 가시덤불 구덩이 앞에서 멈출 때마다 샤를이 소스라치는 장면은 이후 벌어질 샤를의 운명에 대한 암시처럼 읽힌다. 또한 에마와 샤를이 처음으로 우발적인 신체적 접촉을 하게 되는 것도 함께 샤를의 말채찍을 찾으면서다. 로돌프와의 연애에도 승마가 좋은 구실이 되어주고, 보바리의 결정적 실패인 안짱다리 수술을 받은 이폴리트는 마구간지기였다. 에마가 죽은 후 샤를은 마지막 재산인 늙은 말을 팔러 장에 갔다가 로돌프와 마주친다. 말이 없었다면, "다 운명 탓이니까요!"라는 샤를의 한마디는 나오지 않았을지도 모른다.

대위법을 통해 문장으로 교향악을 연주하다

대위법은 둘 이상의 대화나 생각의 흐름을 나란히 배치하거나 중간에서 자르고 들어감으로써 극적인 효과를 이끌어낸다. 농업 박람회의 시상식 장면이 그 대표적인 예로 수상자의 이름과 로돌프의 작업 멘트가 줄 단위로 엇갈리며 긴장을 자아낸다. 마을 청사에서 열린 농업 박람회는 수직적으로 보면 제일 아래쪽에는 농민과 가축이, 연단에는 주요 인사와 중산층이, 이층에는 로돌프와 에마가 층층으로 자리잡고 있다. 가축들은 상으로 받은 관을 머리에 쓴 채 무심히 울고, 한껏 차려입은 농부의 아내들은 손수건으로 목덜미의 땀을 닦으며, 연단에 앉은 오메는 이 모든 장면들을 눈에 담느라 여념이 없다. 하얀 보닛 자락이 펄럭이고 공단 리본이 나부끼며 프록코트 자락이 들썩인다. 이 장면을 두고 플로베르는 "내가 제대로 해낸다면, 진짜 교향곡처럼 보일 것"이라면서 "교향곡의 장점을 문학으로 옮겨놓은 사례가 있다면 이 장이 바로 그것"이라고 말한다. 실제로 그는 "가장 정확한 표현과 방식을 찾아 박람회 장면을 처음부터 끝까지 일곱 번을 고쳐썼다"(르네 뒤메닐).

루앙대성당 안에서 레옹과 에마가 만나는 장면에서도 레옹의 속마음과 성당 안내인의 열띤 설명은 줄곧 교차된다. 여기서는 심리적인 겹이 하나 더 많아져서 세 겹의 대위법이 된다. 얼른 에마를 끌고 성당을 나가 단둘이 되고자 하는 레옹의 욕망과 위기에 처한 정조를 지키려는 에마의 절박함, 성당의 보물들에 대한 자부심에 찬 안내인의 설명이 교차한다. 마침내 레옹은 에마를 끌고 성당에서 나오는 데 성공하는데, 북쪽 문으로 나가서 지옥을 형상화한 기념물을 감상하라는 안내인의 목소리가 무슨 경고처럼 날아와 꽂힌다.

이 작품을 시작하면서 플로베르는 루이즈 콜레에게 이렇게 쓴다. "내게 아름답게 보이는 것, 내가 쓰고 싶은 것은 아무것에도 떠받쳐지지 않은 채 공중에 떠 있는 지구처럼 외부적으로 전혀 묶인 데 없이 문체의 내적인 힘으로 저 혼자 독립적으로 존재하는 한 권의 책입니다. 가능하다면 주제랄 것이 거의 없는, 아니 적어도 주제가 거의 눈에 띄지 않는 책 말입니다. 가장 아름다운 작품은 그 재료가 거의 눈에 띄지 않는 책입니다. 표현이 생각한 바에 가까워질수록, 언어가 사고와 하나가 되어 사라져버릴수록 작품은 더 아름다워집니다." 그러니까 『마담 보바리』는 그 시작부터 무無에 관한 책이 아닌가? 거기에는 플로베르가 예술의 미래라고 예지한 저 '물질성으로부터의 해방'이 주창되고 있다"(고토메르슈). 그런 염원으로 완성된 이 책은 적확하고 치밀하고 유려하고 자연스러운 문장들로 언제나 진부해지는 지점을 벗어나 홀로 선다. 이 작품의 시점과 구성과 대화와 묘사는 "더할 수 없이 촘촘하고 고르게 짜여 연결 부위를 찾을 수 없다"(장 루세). 바늘 자국 없는 한 단락을 위해, 한 문장에서 머리카락만큼의 차이를 내기 위해 그는 수십 권의 책을 읽고 먼 곳까지 답사를 갔다. "치밀한 구상, 중복 효과, 은밀한 계산 같은 것들이 나를 괴롭힌다. 문체의 효과가 드러나는 것은 바로 이런 지점들에서다." "예술과 병을 알리바이로 삼아 고독과 간소함을 확보하고 칩거의 자유를 누린"(빅토르 브롱베르)이 "문학의 수도자"(허버트 로트먼)는 독자가 이 모든 장치들을 포착하기 어려우리라는 우려에 이렇게 대답한다. "상관없습니다. 그래도 그 '효과'는 느낄 테니까요." 들여다보는 만큼 풍부한 층을 보여주는 이 책이 당신 앞에 있다.

번역의 원본으로는 *Madame Bovary*(Gustave Flaubert, édition de C. Gothot-Mersch, Editions Garnier Frères, Paris, 1971)를 사

용했다. 수많은 판본 중에서 이 오래된 책을 고른 것은 편집자를 신뢰할 수 있어서이기도 했고, 역자가 처음으로 원문으로 처음부터 끝까지 다 읽고 문학을 업으로 하겠다는 생각을 다지게 된 '그' 책이기도 해서다. 플로베르 연구자로, 브뤼셀 생루이대학교 교수였던 고토메르슈는 객관성과 열정이 돋보이는 긴 서문을 통해 『마담 보바리』의 탄생 과정을 꼼꼼히 추적하고 작가의 의도나 이면의 의미를 여러 자료를 섭렵하면서 짚어낸다. 당시 루앙의 전경을 묘사한 석판화 사진이 내지에 실리고, 표지에는 너무 일찍 대머리가 된 플로베르를 그린 르모의 캐리커처가 있는 이 책은 지난 사십 년간 내 서가를 떠난 적이 없지만, 행간을 빼곡히 채운 젊은 날의 작은 글씨를 이제는 돋보기를 쓰고도 읽을 수 없다. 번역을 의뢰받았을 때 이미 많은 한국어판이 나와 있는데 굳이, 하는 생각으로 망설이지 않을 수 없었는데, 베토벤의 〈함머클라비어〉는 그렇게 많은 피아니스트들이 연주했음에도 매 시대마다 여전히 새로운 피아니스트를 기다리고 있노라던 오랜 친구의 한마디가 며칠 머릿속을 떠나지 않았다. 작업을 한창 진행하는 동안 모친이 돌아가셨고 그후 터널에서 빠져나오느라 몇 년 만에야 탈고할 수 있었다.

『마담 보바리』의 첫 영어 번역판은 카를 마르크스의 딸이 번역했고, 그녀 역시 에마처럼 자살로 삶을 마감했다(허버트 로트먼). 사실 그보다 앞서 이 책을 영어로 번역한 사람은 플로베르의 조카딸 카롤린의 가정교사였는데, 플로베르가 경제적인 이유로 가정교사를 내보내면서 그 '걸작' 번역이 빛을 보지 못한 것을 안타까워했다. 역자가 참고한 영역본은 옥스퍼드대학출판부에서 2004년에 초판이 나온 마거릿 몰든 판과 2010년 바이킹 펭귄에서 초판이 나온 리디아 데이비스 판이었는데,

전자가 내용을 풍부하게 이해해 풀어낸 번역이었다면, 후자는 문장의 리듬과 단어의 선택을 원문에 엄격하게 맞추어서 어려워지는 것을 감수한 번역이었다. 길을 가는 사람은 먼저 간 이의 걸음에 언제나 얼마간을 빚지고 있다. 새로운 번역이 의미 있는 '연주'가 되고 뒤에 올 이들에게 발판이 되려면, 동시대의 분위기를 반영하면서 연주자의 색깔을 내는 것이 되어야 할 텐데, 이번에는 유난히 '투명해지기'에도 힘에 부쳤다. 편집부의 노고가 컸다. 플로베르 탄생 200주년에 문학동네 세계문학전집 200번으로 나오는 이 한국어판『마담 보바리』가 독자와 만날 때 부디 원문의 감동과 아름다움이 맑게 살아나기를.

김남주

1821년	12월 12일 루앙에서 출생. 아버지 아실-클레오파스 플로베르는 루앙 시립 병원 외과 과장, 어머니는 플뢰리오 가문의 쥐스틴 카롤린, 형 아실은 당시 여덟 살이었음.
1824년	누이동생 카롤린 출생.
1832년	2월 루앙의 왕립 중학교에 입학. 역사와 문학에서 특출난 재능을 보임. 루이 부이예와 절친한 친구가 됨.
1836년	노르망디 해안 도시인 트루빌에서 휴가를 보내던 중에 열 살 연상의 유부녀인 엘리자 슐레징거를 만나 열정적으로 짝사랑하게 됨. 음악 서적 출판업자의 아내인 그녀는 나중에 장편소설 『감정 교육*L'Éducation sentimentale*』의 여주인공 아르누 부인의 모델이 됨.
1837년	루앙에서 발행되는 문예지 『르 콜리브리*Le Colibri*』에 「장서벽*Bibliomanie*」「자연사 수업*Une leçon d'histoire naturelle*」을 처음으로 발표함.
1838년	자전적 이야기인 「고뇌*Agonies*」「광인의 수기*Mémoires d'un fou*」를 집필.
1840년	대학입학자격시험에 합격. 가족의 친구인 클로케 박사와 함께 피레네산맥과 코르시카를 여행. 마르세유에서 윌랄리 푸코와 육체적 관계를 맺음.
1841년	11월 파리 법과대학에 등록함.
1842년	제비뽑기로 군복무를 면제받음. 파리에서 콜리어, 프라디에, 슐레징거 집안과 친분을 맺으며 지냄. 10월 25일 자전적 이

야기 「11월*Novembre*」을 완성.

1843년 막심 뒤 캉과 친해짐. 『감정 교육』(제1고)을 쓰기 시작함. 대학의 2학년 진급 시험에 실패함. 프라디에의 집에서 빅토르 위고를 만남.

1844년 1월 형 아실과 도빌에서 퐁레베크로 가는 도중 간질로 추정되는 신경성 발작을 일으킴. 파리에서의 법학 공부를 포기하고 루앙 교외의 크루아세에서 본격적인 창작활동을 시작함.

1845년 1월 7일 첫번째 『감정 교육』 완성(이 제1고는 플로베르가 죽은 지 삼십 년이 지나서야 발표됨). 3월 누이동생 카롤린이 에밀 아마르와 결혼함.

1846년 1월 아버지 사망. 2월 조카딸 데지레 카롤린 출생. 3월 누이동생이 산욕열로 사망. 어머니와 함께 크루아세에서 조카딸을 키우기 시작함. 파리 여행중 프라디에의 집에서 '시의 여신' 루이즈 콜레를 만남. 플로베르는 평생 독신으로 살며 많은 여인에게 불규칙적으로 열정을 바쳤으나, 루이즈와는 마지막까지 편지로 우정과 연정을 나누었음.

1847년 막심 뒤 캉과 함께 브르타뉴와 노르망디 지방을 여행함.

1848년 부이예와 함께 파리에서 2월혁명의 현장을 목격함. 『성 앙투안의 유혹*La Tentation de saint Antoine*』(제1고)을 쓰기 시작함.

1849년 『성 앙투안의 유혹』을 완성했지만 친구들로부터 혹평을 받음. 11월 막심 뒤 캉과 함께 동방 여행길에 오름.

1850년 이집트, 팔레스타인, 로도스섬, 콘스탄티노플, 그리스 등지를 여행함. 베이루트에서 성병에 감염된 것으로 추정됨.

1851년 여행을 마치고 크루아세의 집으로 돌아와 9월 19일 『마담 보바리*Madame Bovary*』를 집필하기 시작. 12월 루이 나폴레옹 보나파르트의 쿠데타를 목격함.

1854년 루이즈 콜레와 결별.

1856년 4월 30일 『마담 보바리』 탈고. 뒤 캉이 편집장으로 있는 『르뷔 드 파리*Revue de Paris*』 10~12월호에 발표함. 『성 앙투안의 유혹』(제2고)을 집필하고, 12월 테오필 고티에가 편집장으로 있는 『라르티스트*L'Artiste*』에 부분적으로 발표함.

1857년 1월 29일 '공중도덕 저해 및 종교 모독죄'로 『마담 보바리』의 작가 플로베르와 『르뷔 드 파리』가 기소됨. 2월 7일 집행유예 판결을 받음. 4월 『마담 보바리』가 단행본으로 출간되어 큰 성공을 거둠. 9월 1일 『살람보*Salammbô*』를 집필하기 시작.

1858년 파리의 사교계에 드나들며 생트뵈브, 고티에, 르낭, 보들레르, 공쿠르형제 등과 친분을 나눔. 4월 『살람보』 집필을 위해 튀니지를 여행함.

1862년 4월 『살람보』를 탈고하고 11월 24일 출판해 대단한 성공을 거둠. 이 소설은 프티푸르(petit-four, 한 입에 들어갈 만한 크기의 쿠키)의 새로운 상표명이 됨.

1863년 조르주 상드와 서신 교환을 시작함. 생트뵈브가 주최하는 저녁 모임에서 투르게네프를 만남. 제롬 보나파르트의 딸인 마틸드 공작부인의 살롱에 드나듦.

1864년 조카딸 카롤린이 목재상 에르네스트 코망빌과 결혼. 9월 1일 『감정 교육』을 집필하기 시작.

1866년 레지옹 도뇌르 훈장을 받음. 조르주 상드가 두 차례 크루아세를 방문함.

1867년 조카사위 코망빌을 돕기 위해 빚을 지고 농장을 팔아야 하는 처지에 놓임. 6월 10일 튈르리궁에서 황제가 베푸는 만찬회에 참석함.

1869년 5월 16일 『감정 교육』을 탈고하고 11월 17일 출간하지만,

대중과 언론으로부터 혹평을 받고 상업적으로도 실패함. 6월 크루아세로 돌아와 『성 앙투안의 유혹』을 손질함. 7월 루이 부이예가 사망하고, 11월 생트뵈브가 사망함.

1870년 프로이센-프랑스 전쟁이 발발하여 루앙에서 국민방위군 중위로 복무. 11월 프로이센군이 크루아세를 점령함. 12월 어머니와 함께 루앙으로 피란.

1871년 1월 휴전협정이 맺어짐. 3월 마틸드 공작부인을 만나러 브뤼셀에 감.

1872년 4월 6일 모친 사망. 7월 1일 『성 앙투안의 유혹』(결정고)을 완성. 이십여 년 동안 생각해왔던 『부바르와 페퀴셰*Bouvard et Pécuchet*』의 준비 작업에 본격적으로 착수함.

1873~1874년 희곡 「후보자*Le Candidat*」를 발표하지만 실패를 맛봄. 『성 앙투안의 유혹』 출간.

1875년 조카딸의 파산을 막기 위해 도빌의 농장을 매각함. 9월 콩카르노에 체류하면서 「구호수도사 성 쥘리앵의 전설*La Légende de saint Julien l'Hospitalier*」을 집필.

1876년 2월 파리에서 「구호수도사 성 쥘리앵의 전설」을 탈고하고 「순박한 마음*Un cœur simple*」을 집필하기 시작. 3월 8일 루이즈 콜레의 사망 소식을 들음. 6월 조르주 상드의 장례식에 참석함. 8월 「순박한 마음」을 완성하고 11월 「헤로디아*Hérodias*」를 집필하기 시작.

1877년 4월 24일 세 작품을 묶어 『세 가지 이야기*Trois contes*』라는 제목의 단편집으로 출간. 비평가와 대중으로부터 호평을 받음. 이 책은 삼 년 동안 5쇄를 찍게 됨. 1875년 이후로 중단했던 『부바르와 페퀴셰』의 집필에 다시 매달림.

1878~1879년 건강 악화와 경제적 문제로 어려움을 겪음. 친구들의 주선으로 국가 연금을 받게 됨. 투르게네프의 도움으로 마자린

도서관의 하위직을 얻음.

1880년 에밀 졸라와 모파상을 포함한 다섯 작가가 프로이센-프랑스 전쟁을 테마로 쓴 작품집 『메당의 저녁나절*Soirées de Médan*』을 플로베르에게 헌정함. 5월 8일 파리 여행을 준비하던 중 크루아세에서 뇌출혈로 쓰러져 사망함. 5월 11일 루앙의 기념 묘지에 묻힘.

1881년 3월 평생 꿈꾸다가 유작으로 남긴 『부바르와 페퀴셰』가 출간됨.

문학동네 세계문학전집 발간에 부쳐

세계문학은 국민문학 혹은 지역문학을 떠나 존재하는 문학이 아니지만 그것들의 총합도 아니다. 세계문학이라는 용어에는 그 나름의 언어와 전통을 갖고 있는 국민문학이나 지역문학의 존재를 인정하면서 그것을 넘어서는 문학의 보편적 질서에 대한 관념이 새겨져 있다. 그 용어를 처음 고안한 19세기 유럽인들은 유럽문학을 중심으로 그 질서를 구축했지만 풍부한 국민문학의 전통을 가지고 있는 현대의 문학 강국들은 나름의 방식으로 세계문학을 이해하면서 정전(正典)의 목록을 작성하고 또 수정한다.

한국에서도 세계문학 관념은 우리 사회와 문화의 변화 속에서 거듭 수정돼왔다. 어느 시기에는 제국 일본의 교양주의를 반영한 세계문학 관념이, 어느 시기에는 제3세계 민족주의에 동조한 세계문학 관념이 출현했고, 그러한 관념을 실천한 전집물이 출판됐다. 21세기 한국에 새로운 세계문학전집이 필요하다는 것은 명백하다. 우리의 지성과 감성의 기준에 부합하는 세계문학을 다시 구상할 때가 되었다.

문학동네 세계문학전집은 범세계적으로 통용되는 고전에 대한 상식을 존중하면서도 지난 반세기 동안 해외 주요 언어권에서 창작과 연구의 진전에 따라 일어난 정전의 변동을 고려하여 편성되었다. 그래서 불멸의 명작은 물론 동시대 세계의 중요한 정치·문화적 실천에 영감을 준 새로운 작품들을 두루 포함시켰다.

창립 이후 지금까지 한국문학 및 번역문학 출판에서 가장 전문적이고 생산적인 그룹을 대표해온 문학동네가 그간 축적한 문학 출판 경험을 바탕으로 새로운 세계문학전집을 펴낸다. 인류가 무지와 몽매의 어둠 속을 방황하면서도 끝내 길을 잃지 않은 것은 세계문학사의 하늘에 떠 있는 빛나는 별들이 길잡이가 되어주었기 때문이다. 우리가 자부심과 사명감 속에서 그리게 될 이 새로운 별자리가 독자들의 관심과 애정에 힘입어 우리 모두의 뿌듯한 자산이 되기를 소망한다.

문학동네 세계문학전집 편집위원

민은경, 박유하, 변현태, 송병선, 이재룡, 홍길표, 남진우, 황종연

지은이 **귀스타브 플로베르**
1821년 프랑스 북부 루앙에서 태어났다. 16세에 지역 문예지에 처음으로 글을 발표하며 작가 활동을 시작했다. 『성 앙투안의 유혹』 『마담 보바리』 『감정 교육』 등 많은 대작을 집필했고, 플로베르가 발표한 유일한 단편집 『세 가지 이야기』가 평단 및 대중의 커다란 호응을 얻었다. 이십여 년 동안 구상해온 『부바르와 페퀴셰』의 집필을 이어가다가 결국 미완으로 남긴 채 1880년 뇌출혈로 사망했다.

옮긴이 **김남주**
이화여자대학교 불어불문학과를 졸업하고 프랑스문학과 영미문학을 번역하고 있다. 옮긴 책으로 가즈오 이시구로의 『나를 보내지 마』 『녹턴』 『우리가 고아였을 때』, 프랑수아즈 사강의 『브람스를 좋아하세요...』 『슬픔이여 안녕』, 로맹 가리의 『새들은 페루에 가서 죽다』 『여자의 빛』, 야스미나 레자의 『행복해서 행복한 사람들』 『함머클라비어』 『비탄』 『지금 뭐 하는 거예요, 장리노?』, 벨마 월리스의 『두 늙은 여자』 등이 있고, 지은 책으로 『나의 프랑스식 서재』 『사라지는 번역자들』이 있다.

세계문학전집 200
마담 보바리

1판 1쇄 2021년 8월 19일
1판 2쇄 2022년 4월 25일

지은이 귀스타브 플로베르 | 옮긴이 김남주
책임편집 김수현 | 편집 김경은
디자인 김마리 최미영 | 저작권 박지영 형소진 이영은 김하림
마케팅 정민호 이숙재 한민아 김혜연 이가을 안남영 김수현 정경주
브랜딩 함유지 함근아 김희숙 정승민
제작 강신은 김동욱 임현식 | 제작처 영신사

펴낸곳 (주)문학동네 | 펴낸이 김소영
출판등록 1993년 10월 22일 제2003-000045호
주소 10881 경기도 파주시 회동길 210
전자우편 editor@munhak.com | 대표전화 031)955-8888 | 팩스 031)955-8855
문의전화 031)955-3578(마케팅), 031)955-3560(편집)
문학동네카페 http://cafe.naver.com/mhdn
문학동네트위터 http://twitter.com/munhakdongne
북클럽문학동네 http://bookclubmunhak.com

ISBN 978-89-546-8170-4 04860
978-89-546-0901-2 (세트)

1, 2, 3 안나 카레니나 레프 톨스토이 | 박형규 옮김
4 판탈레온과 특별봉사대 마리오 바르가스 요사 | 송병선 옮김
5 황금 물고기 르 클레지오 | 최수철 옮김
6 템페스트 윌리엄 셰익스피어 | 이경식 옮김
7 위대한 개츠비 F. 스콧 피츠제럴드 | 김영하 옮김
8 아름다운 애너벨 리 싸늘하게 죽다 오에 겐자부로 | 박유하 옮김
9, 10 파우스트 요한 볼프강 폰 괴테 | 이인웅 옮김
11 가면의 고백 미시마 유키오 | 양윤옥 옮김
12 킴 러디어드 키플링 | 하창수 옮김
13 나귀 가죽 오노레 드 발자크 | 이철의 옮김
14 피아노 치는 여자 엘프리데 옐리네크 | 이병애 옮김
15 1984 조지 오웰 | 김기혁 옮김
16 벤야멘타 하인학교 - 야콥 폰 군텐 이야기 로베르트 발저 | 홍길표 옮김
17, 18 적과 흑 스탕달 | 이규식 옮김
19, 20 휴먼 스테인 필립 로스 | 박범수 옮김
21 체스 이야기 · 낯선 여인의 편지 슈테판 츠바이크 | 김연수 옮김
22 왼손잡이 니콜라이 레스코프 | 이상훈 옮김
23 소송 프란츠 카프카 | 권혁준 옮김
24 마크롤 가비에로의 모험 알바로 무티스 | 송병선 옮김
25 파계 시마자키 도손 | 노영희 옮김
26 내 생명 앗아가주오 앙헬레스 마스트레타 | 강성식 옮김
27 여명 시도니가브리엘 콜레트 | 송기정 옮김
28 한때 흑인이었던 남자의 자서전 제임스 웰든 존슨 | 천승걸 옮김
29 슬픈 짐승 모니카 마론 | 김미선 옮김
30 피로 물든 방 앤절라 카터 | 이귀우 옮김
31 숨그네 헤르타 뮐러 | 박경희 옮김
32 우리 시대의 영웅 미하일 레르몬토프 | 김연경 옮김
33, 34 실낙원 존 밀턴 | 조신권 옮김
35 복낙원 존 밀턴 | 조신권 옮김
36 포로기 오오카 쇼헤이 | 허호 옮김
37 동물농장 · 파리와 런던의 따라지 인생 조지 오웰 | 김기혁 옮김
38 루이 랑베르 오노레 드 발자크 | 송기정 옮김
39 코틀로반 안드레이 플라토노프 | 김철균 옮김
40 어두운 상점들의 거리 파트릭 모디아노 | 김화영 옮김
41 순교자 김은국 | 도정일 옮김
42 젊은 베르테르의 슬픔 요한 볼프강 폰 괴테 | 안장혁 옮김
43 더블린 사람들 제임스 조이스 | 진선주 옮김
44 설득 제인 오스틴 | 원영선, 전신화 옮김
45 인공호흡 리카르도 피글리아 | 엄지영 옮김
46 정글북 러디어드 키플링 | 손향숙 옮김
47 외로운 남자 외젠 이오네스코 | 이재룡 옮김
48 에피 브리스트 테오도어 폰타네 | 한미희 옮김
49 둔황 이노우에 야스시 | 임용택 옮김
50 미크로메가스 · 캉디드 혹은 낙관주의 볼테르 | 이병애 옮김
51, 52 염소의 축제 마리오 바르가스 요사 | 송병선 옮김
53 고야산 스님 · 초롱불 노래 이즈미 교카 | 임태균 옮김

54 다니엘서 E. L. 닥터로 | 정상준 옮김
55 이날을 위한 우산 빌헬름 게나치노 | 박교진 옮김
56 톰 소여의 모험 마크 트웨인 | 강미경 옮김
57 카사노바의 귀향 · 꿈의 노벨레 아르투어 슈니츨러 | 모명숙 옮김
58 바보들을 위한 학교 사샤 소콜로프 | 권정임 옮김
59 어느 어릿광대의 견해 하인리히 뵐 | 신동도 옮김
60 웃는 늑대 쓰시마 유코 | 김훈아 옮김
61 팔코너 존 치버 | 박영원 옮김
62 한눈팔기 나쓰메 소세키 | 조영석 옮김
63, 64 톰 아저씨의 오두막 해리엇 비처 스토 | 이종인 옮김
65 아버지와 아들 이반 투르게네프 | 이항재 옮김
66 베니스의 상인 윌리엄 셰익스피어 | 이경식 옮김
67 해부학자 페데리코 안다아시 | 조구호 옮김
68 긴 이별을 위한 짧은 편지 페터 한트케 | 안장혁 옮김
69 호텔 뒤락 애니타 브루크너 | 김정 옮김
70 잔해 쥘리앵 그린 | 김종우 옮김
71 절망 블라디미르 나보코프 | 최종술 옮김
72 더버빌가의 테스 토머스 하디 | 유명숙 옮김
73 감상소설 미하일 조셴코 | 백용식 옮김
74 빙하와 어둠의 공포 크리스토프 란스마이어 | 진일상 옮김
75 쓰가루 · 석별 · 옛날이야기 다자이 오사무 | 서재곤 옮김
76 이인 알베르 카뮈 | 이기언 옮김
77 달려라, 토끼 존 업다이크 | 정영목 옮김
78 몰락하는 자 토마스 베른하르트 | 박인원 옮김
79, 80 한밤의 아이들 살만 루슈디 | 김진준 옮김
81 죽은 군대의 장군 이스마일 카다레 | 이창실 옮김
82 페레이라가 주장하다 안토니오 타부키 | 이승수 옮김
83, 84 목로주점 에밀 졸라 | 박명숙 옮김
85 아베 일족 모리 오가이 | 권태민 옮김
86 폭풍의 언덕 에밀리 브론테 | 김정아 옮김
87, 88 늦여름 아달베르트 슈티프터 | 박종대 옮김
89 클레브 공작부인 라파예트 부인 | 류재화 옮김
90 P세대 빅토르 펠레빈 | 박혜경 옮김
91 노인과 바다 어니스트 헤밍웨이 | 이인규 옮김
92 물방울 메도루마 슌 | 유은경 옮김
93 도깨비불 피에르 드리외라로셸 | 이재룡 옮김
94 프랑켄슈타인 메리 셸리 | 김선형 옮김
95 래그타임 E. L. 닥터로 | 최용준 옮김
96 캔터빌의 유령 오스카 와일드 | 김미나 옮김
97 만(卍) · 시게모토 소장의 어머니 다니자키 준이치로 | 김춘미, 이호철 옮김
98 맨해튼 트랜스퍼 존 더스패서스 | 박경희 옮김
99 단순한 열정 아니 에르노 | 최정수 옮김
100 열세 걸음 모옌 | 임홍빈 옮김
101 데미안 헤르만 헤세 | 안인희 옮김
102 수레바퀴 아래서 헤르만 헤세 | 한미희 옮김
103 소리와 분노 윌리엄 포크너 | 공진호 옮김

104 곰 윌리엄 포크너 | 민은영 옮김
105 롤리타 블라디미르 나보코프 | 김진준 옮김
106, 107 부활 레프 톨스토이 | 백승무 옮김
108, 109 모래그릇 마쓰모토 세이초 | 이병진 옮김
110 은둔자 막심 고리키 | 이강은 옮김
111 불타버린 지도 아베 고보 | 이영미 옮김
112 말라볼리아가의 사람들 조반니 베르가 | 김운찬 옮김
113 디어 라이프 앨리스 먼로 | 정연희 옮김
114 돈 카를로스 프리드리히 실러 | 안인희 옮김
115 인간 짐승 에밀 졸라 | 이철의 옮김
116 빌러비드 토니 모리슨 | 최인자 옮김
117, 118 미국의 목가 필립 로스 | 정영목 옮김
119 대성당 레이먼드 카버 | 김연수 옮김
120 나나 에밀 졸라 | 김치수 옮김
121, 122 제르미날 에밀 졸라 | 박명숙 옮김
123 현기증. 감정들 W. G. 제발트 | 배수아 옮김
124 강 동쪽의 기담 나가이 가후 | 정병호 옮김
125 붉은 밤의 도시들 윌리엄 버로스 | 박인찬 옮김
126 수고양이 무어의 인생관 E. T. A. 호프만 | 박은경 옮김
127 맘브루 R. H. 모레노 두란 | 송병선 옮김
128 익사 오에 겐자부로 | 박유하 옮김
129 땅의 혜택 크누트 함순 | 안미란 옮김
130 불안의 책 페르난두 페소아 | 오진영 옮김
131, 132 사랑과 어둠의 이야기 아모스 오즈 | 최창모 옮김
133 페스트 알베르 카뮈 | 유호식 옮김
134 다마세누 몬테이루의 잃어버린 머리 안토니오 타부키 | 이현경 옮김
135 작은 것들의 신 아룬다티 로이 | 박찬원 옮김
136 시스터 캐리 시어도어 드라이저 | 송은주 옮김
137 고독한 산책자의 몽상 장자크 루소 | 문경자 옮김
138 용의자의 야간열차 다와다 요코 | 이영미 옮김
139 세기아의 고백 알프레드 드 뮈세 | 김미성 옮김
140 햄릿 윌리엄 셰익스피어 | 이경식 옮김
141 카산드라 크리스타 볼프 | 한미희 옮김
142 이 글을 읽는 사람에게 영원한 저주를 마누엘 푸익 | 송병선 옮김
143 마음 나쓰메 소세키 | 유은경 옮김
144 바다 존 밴빌 | 정영목 옮김
145, 146, 147, 148 전쟁과 평화 레프 톨스토이 | 박형규 옮김
149 세 가지 이야기 귀스타브 플로베르 | 고봉만 옮김
150 제5도살장 커트 보니것 | 정영목 옮김
151 알렉시 · 은총의 일격 마르그리트 유르스나르 | 윤진 옮김
152 말라 온다 알베르토 푸겟 | 엄지영 옮김
153 아르세니예프의 인생 이반 부닌 | 이항재 옮김
154 오만과 편견 제인 오스틴 | 류경희 옮김
155 돈 에밀 졸라 | 유기환 옮김
156 젊은 예술가의 초상 제임스 조이스 | 진선주 옮김
157, 158, 159 카라마조프가의 형제들 표도르 도스토옙스키 | 김희숙 옮김

160 진 브로디 선생의 전성기 뮤리얼 스파크 | 서정은 옮김
161 13인당 이야기 오노레 드 발자크 | 송기정 옮김
162 하지 무라트 레프 톨스토이 | 박형규 옮김
163 희망 앙드레 말로 | 김웅권 옮김
164 임멘 호수 · 백마의 기사 · 프시케 테오도어 슈토름 | 배정희 옮김
165 밤은 부드러워라 F. 스콧 피츠제럴드 | 정영목 옮김
166 야간비행 앙투안 드 생텍쥐페리 | 용경식 옮김
167 나이트우드 주나 반스 | 이예원 옮김
168 소년들 앙리 드 몽테를랑 | 유정애 옮김
169, 170 독립기념일 리처드 포드 | 박영원 옮김
171, 172 닥터 지바고 보리스 파스테르나크 | 박형규 옮김
173 싯다르타 헤르만 헤세 | 권혁준 옮김
174 야만인을 기다리며 J. M. 쿳시 | 왕은철 옮김
175 철학편지 볼테르 | 이봉지 옮김
176 거지 소녀 앨리스 먼로 | 민은영 옮김
177 창백한 불꽃 블라디미르 나보코프 | 김윤하 옮김
178 슈틸러 막스 프리슈 | 김인순 옮김
179 시핑 뉴스 애니 프루 | 민승남 옮김
180 이 세상의 왕국 알레호 카르펜티에르 | 조구호 옮김
181 철의 시대 J. M. 쿳시 | 왕은철 옮김
182 카시지 조이스 캐럴 오츠 | 공경희 옮김
183, 184 모비 딕 허먼 멜빌 | 황유원 옮김
185 솔로몬의 노래 토니 모리슨 | 김선형 옮김
186 무기여 잘 있거라 어니스트 헤밍웨이 | 권진아 옮김
187 컬러 퍼플 앨리스 워커 | 고정아 옮김
188, 189 죄와 벌 표도르 도스토옙스키 | 이문영 옮김
190 사랑 광기 그리고 죽음의 이야기 오라시오 키로가 | 엄지영 옮김
191 빅 슬립 레이먼드 챈들러 | 김진준 옮김
192 시간은 밤 류드밀라 페트루솁스카야 | 김혜란 옮김
193 타타르인의 사막 디노 부차티 | 한리나 옮김
194 고양이와 쥐 귄터 그라스 | 박경희 옮김
195 펠리시아의 여정 윌리엄 트레버 | 박찬원 옮김
196 마이클 K의 삶과 시대 J. M. 쿳시 | 왕은철 옮김
197, 198 오스카와 루신다 피터 케리 | 김시현 옮김
199 패싱 넬라 라슨 | 박경희 옮김
200 마담 보바리 귀스타브 플로베르 | 김남주 옮김
201 패주 에밀 졸라 | 유기환 옮김
202 도시와 개들 마리오 바르가스 요사 | 송병선 옮김
203 루시 저메이카 킨케이드 | 정소영 옮김
204 대지 에밀 졸라 | 조성애 옮김
205, 206 백치 표도르 도스토옙스키 | 김희숙 옮김
207 백야 표도르 도스토옙스키 | 박은정 옮김
208 순수의 시대 이디스 워턴 | 손영미 옮김
209 단순한 이야기 엘리자베스 인치볼드 | 이혜수 옮김

● 문학동네 세계문학전집은 계속 출간됩니다